ullstein

Das Buch

Die mächtige spanische Armada rüstet sich für die Schlacht gegen die Engländer, als die Unsterblichen Andrej Delany und Abu Dun im Hafen von Cádiz eintreffen. Sie sind auf der Suche nach dem gefallenen Gott Loki, dem Andrej tödliche Rache geschworen hat: Loki soll für seine schrecklichen Taten im hohen Norden büßen. Doch Loki ist stärker als jeder Feind, dem die Unsterblichen je gegenübergestanden haben. Und Andrej sieht sich plötzlich noch mit einem weiteren gefährlichen Gegner konfrontiert – seiner eigenen Natur. Er muss erkennen, dass die Blutgier, die er lange unter Kontrolle gehalten hat, sich machtvoll ihren Weg bahnt.

Der Autor

Wolfgang Hohlbein, 1953 in Weimar geboren, zählt zu Deutschlands erfolgreichsten Autoren phantastischer Unterhaltung. Seine Bücher haben inzwischen eine Gesamtauflage von über 30 Millionen erreicht.

Von Wolfgang Hohlbein sind in unserem Hause bereits erschienen:

Die Chronik der Unsterblichen 1. Am Abgrund
Die Chronik der Unsterblichen 2. Der Vampyr
Die Chronik der Unsterblichen 3. Der Todesstoß
Die Chronik der Unsterblichen 4. Der Untergang
Die Chronik der Unsterblichen 5. Die Wiederkehr
Die Chronik der Unsterblichen 6. Die Blutgräfin
Die Chronik der Unsterblichen 7. Der Gejagte
Die Chronik der Unsterblichen 8. Die Verfluchten
Die Chronik der Unsterblichen. Blutkrieg
Die Chronik der Unsterblichen 9. Das Dämonenschiff
Nemesis – Band 1: Die Zeit vor Mitternacht
Nemesis – Band 2: Geisterstunde
Nemesis – Band 3: Alptraumzeit
Nemesis – Band 4: In dunkelster Nacht
Nemesis – Band 5: Die Stunde des Wolfs
Nemesis – Band 6: Morgengrauen
Das Blut der Templer
Das Blut der Templer II
Das Paulus-Evangelium

Wolfgang Hohlbein

Göttersterben

Die Chronik der Unsterblichen 10

Ullstein

Besuchen Sie uns im Internet:
www.ullstein-taschenbuch.de

Mix
Produktgruppe aus vorbildlich bewirtschafteten Wäldern und anderen kontrollierten Herkünften
www.fsc.org Zert.-Nr. GFA-COC-001278
© 1996 Forest Stewardship Council
FSC

Dieses Taschenbuch wurde auf FSC-zertifiziertem Papier gedruckt.
FSC (Forest Stewardship Council) ist eine nichtstaatliche, gemeinnützige Organisation, die sich für eine ökologische und sozialverantwortliche Nutzung der Wälder unserer Erde einsetzt.

Ungekürzte Ausgabe im Ullstein Taschenbuch
1. Auflage Januar 2011
Lizenzausgabe mit freundlicher Genehmigung der
EGMONT Verlagsgesellschaften mbH, Köln
Titel der Originalausgabe:
Wolfgang Hohlbein. Die Chronik der Unsterblichen – Göttersterben

Umschlaggestaltung: HildenDesign, München
Titelabbildung: Artwork HildenDesign unter Verwendung von Motiven von
© 1971yes/shutterstock (Schiff) und © fpm/iStockphoto
Papier: Pamo Super von Arctic Paper Mochenwangen GmbH
Druck und Bindearbeiten: CPI – Ebner & Spiegel, Ulm
Printed in Germany
ISBN 978-3-548-28246-6

I

Von der Höhe des Hügels herab betrachtet und im Licht der allmählich untergehenden Sonne, die das Meer in einen kupferfarbenen Spiegel verwandelte und die Konturen der Mauern und Türme aufzuweichen schien, bot die Stadt einen geradezu friedlichen Anblick. Über die große Entfernung hinweg war in den schmalen Straßen und verwinkelten Gässchen kein menschliches Leben zu erkennen, nicht einmal für seine scharfen Augen, und auch das weit offen stehende Stadttor schien leer, wie eine Einladung an jeden, hereinzukommen und eine Gastfreundschaft zu genießen, von der er doch nur zu gut wusste, dass es sie nicht gab; schon gar nicht für ihn. Wenn er genau hinsah, meinte er etwas wie einen flüchtigen Dunst wahrzunehmen, etwas wie Nebel, der über der Stadt hing und zu fein war, als dass sein Blick ihn tatsächlich erfassen konnte; ein Feengespinst, das dieser Stadt, so hässlich und wehrhaft sie in Wahrheit auch sein mochte, etwas Verlockendes verlieh. Sie schien nicht hierher zu gehören, weder in dieses Land noch in diese Zeit; ein Überbleibsel aus einer Epoche, in der nicht nur die Dinge, sondern auch die Menschen anders gewesen waren, und in der noch Frieden und Vertrauen das Leben bestimmt hatten.

Andrej wusste jedoch nur zu gut, wie falsch dieser Eindruck war. Und hätte er es nicht schon vorher gewusst, so hätte er es wohl spätestens zugeben müssen, als er seinen Blick – mit einiger Mühe – von den pittoresken Dächern und Zinnen der Stadt löste und über das dahinterliegende Meer schweifen ließ.

Es war schwarz von Schiffen.

Er hatte versucht, sie zu zählen, war aber irgendwo zwischen hundert und hundertfünfzig durcheinandergeraten (und somit noch weit von ihrer wahren Anzahl entfernt) und hatte es beim zweiten, ebenfalls misslungenen Versuch aufgegeben. Eines jedoch war ihm klar: Mit einer einzigen Ausnahme, die lange zurücklag und ihn nur noch manchmal in seinen schlimmsten und schwärzesten Träume heimsuchte, war dies die größte Flotte, die er jemals zu Gesicht bekommen hatte. Und was er jetzt vor sich sah, das war nur ein kleiner Teil der gewaltigen Armee, die zum Krieg rüstete.

»Wenn wir die Stadt noch vor der Dämmerung erreichen wollen, sollten wir aufbrechen«, sagte Abu Dun neben ihm. Andrej wandte sich im Sattel um, biss die Zähne zusammen, um einen Schmerzenslaut zu unterdrücken, und warf ihm einen fragenden Blick aus seinem gesunden Auge zu. Das andere tränte so stark, dass er die hünenhafte Gestalt des Nubiers nur schemenhaft wahrnahm, und seine verletzte Schulter bereitete ihm immer noch starke Schmerzen.

»Es ist natürlich Eure Entscheidung, Sahib«, fuhr Abu Dun, der seinen Blick wohl falsch gedeutet hatte, fort und verzog spöttisch die Lippen. »Aber ich vermute, dass sie die Tore mit Einbruch der Dämmerung schließen. Und ich für meinen Teil würde gerne einmal wieder in einem richtigen Bett übernachten. Ganz davon zu schweigen«, fügte er nach einer winzigen Pause hinzu, »dass du ebenfalls aussiehst, als täte dir ein Bett gut.«

Andrej wollte mit der Hand nach seinem verletzten Auge tasten, hielt dann aber inne. »Du hast recht«, sagte er, wandte sich mühsam wieder im Sattel nach vorne, machte aber dennoch keine Anstalten, Abu Duns Aufforderung nachzukommen. Sein Pferd begann, unruhig mit den Vorderhufen im Boden zu scharren. Nach Tagen, in denen sie jeder menschlichen Ansiedlung und Nähe sorgsam ausgewichen und sich stets in den Wäldern gehalten hatten, witterte das Tier nun die Nähe eines Stalls und sehnte sich wohl ebenso sehr nach frischem Heu und einem warmen Verschlag für die Nacht, wie Abu Dun nach einem Bett und einer Mahlzeit, die nicht nur aus einer Handvoll Beeren und einem halb verhungerten Kaninchen bestand. Andrej erging es nicht anders. Dennoch zog er sachte an den Zügeln, um das Tier zu beruhigen, und sah noch einmal lange und nachdenklich auf die weiß getünchten Mauern und die mit Kanonenläufen gespickten Zinnen Cádizs hinab. Nun konnte er dort unten doch Bewegung ausmachen, wenn sich ein Lichtstrahl auf poliertem Metall, das zu den Rüstungen und Helmen der Soldaten gehörte, brach. Gerade, als er sich wieder an den Nubier wenden wollte, tauchte ein Trupp von gut hundert bewaffneten Reitern aus dem Wald zu ihren Füßen auf und näherte sich in scharfem Galopp der Stadt.

Abu Dun räusperte sich ebenso laut wie nachdrücklich, und Andrej wurde erst jetzt klar, dass abermals Minuten verstrichen waren, in denen er einfach dagesessen und ins Leere gestarrt hatte. Ein wenig schuldbewusst ließ er sein Pferd antraben, nur, um es unmittelbar darauf schon wieder zu zügeln. Das Tier schnaubte verärgert, und auch zwischen Abu Duns Augenbrauen entstand eine tiefe, vielsagende Falte. Der neuerliche Vorwurf, auf den Andrej wartete, kam jedoch nicht. Stattdessen sah er Sorge in den Augen des Nubiers, und das machte ihm noch mehr zu schaffen.

»Tut mir leid«, murmelte er. »Ich weiß, ich benehme mich albern, aber …«

»Das ist es nicht«, unterbrach ihn Abu Dun. Sein Pferd wieherte ebenso unwillig wie das Andrejs und es klang, als wolle es seinem Reiter recht geben.

»Was dann?«

»Das gefällt mir nicht«, antwortete Abu Dun. Er löste die rechte Hand vom Zügel und deutete auf die weiß getünchten Mauern und Dächer der Stadt hinab. Die Sonne war weiter gesunken und die Schatten waren länger und dunkler geworden, was die Farbe des Mauerwerks noch heller aufleuchten ließ. »Das ist eine Falle.«

Vermutlich hatte er recht, dachte Andrej betrübt. Gleichzeitig fragte er sich, warum *er* nicht auf diesen Gedanken gekommen war. Trotz allen großspurigen Geredes und seiner manchmal an den Nerven zerrenden Art, den ungebildeten Barbaren zu spielen, war Abu Dun im Grunde ein Pragmatiker und von den beiden Freunden derjenige, der nur zu oft vor Andrej die wahre Bedeutung der Dinge erkannte. Nach allem, was sie auf den Weg hierher erlebt hatten, hätten sich allenfalls ihre Pferde von dem Anblick der Stadt, in deren festen Mauern und sauber verputzten Häusern schon unter normalen Umständen Zehntausende leben mussten und die jetzt vermutlich ein Mehrfaches dieser Zahl an Menschen beherbergte, täuschen lassen dürfen. Vielleicht lag es an seiner Müdigkeit. Er schob die Hand unter den Mantel und legte sie um den Griff des gewaltigen Breitschwerts, das vor Jahren den Platz seiner geliebten Damaszenerklinge eingenommen hatte, ohne sie jemals wirklich ersetzen zu können. Doch dann zog er sie so rasch und erschrocken wieder zurück, als hätte er glühendes Eisen berührt. Auch diese Bewegung entging Abu Dun nicht, aber er reagierte auch darauf nur mit einem besorgten Stirnrunzeln.

»Er ist dort«, sagte Andrej. »Ich spüre es.«

»So wie in Göteborg?«, vermutete Abu Dun. »Oder in Hamburg? Oder in Wien? Oder Prag?«

Andrej brachte ihn mit einem eisigen Blick zum Verstummen, bevor Abu Dun die Aufzählung fortführen und womöglich zu Ende bringen konnte – wofür er vermutlich länger gebraucht hätte, als die Sonne noch am Himmel stand.

»Ja«, antwortete er. »Aber diesmal ist es anders. Er ist hier. Ich weiß es. Und du weißt es auch.«

Der Nubier verzog abfällig die Lippen, aber seine Antwort klang weder spöttisch noch verärgert, sondern besorgt. *»Etwas* ist hier«, bestätigte er. »Das ist wahr. Aber ich bin nicht sicher, ob ich wirklich herausfinden möchte, was es ist.«

Andrej wies den Freund nicht darauf hin, dass er keineswegs darauf beharrte, dass Abu Dun ihn begleitete. Dieses Gespräch hatten sie ein einziges Mal geführt, und Abu Duns Antwort war so deutlich gewesen, dass es sinnlos gewesen wäre, diesen Vorschlag noch einmal zu wiederholen. Also zuckte er nur noch einmal (vorsichtig) mit den Schultern, blinzelte die Tränen weg, die nach wie vor den Blick seines verletzten Auges verschleierten, und gab seinem Pferd mit einem sachten Schenkeldruck die Erlaubnis, weiterzutraben. Das Tier setzte sich mit einem erfreuten Schnauben in Bewegung und auch Abu Duns riesiger weißer Hengst lief los, ohne dass sein Reiter ihn eigens dazu auffordern musste.

Sie überquerten eine schmale, aber sehr lang gestreckte und so präzise wie mit einem Lineal gezogene Lichtung, drangen noch einmal in den Halbschatten des Waldes ein und erreichten schon nach wenigen Minuten einen gewundenen Pfad, der weiter hangabwärts führte und schließlich in einer schmalen Straße mündete, die weder gepflastert noch auf andere Weise befestigt, aber von so vielen Hufen und Füßen festgetreten war, dass sich der Hufschlag ihrer Pferde anhörte, als ritten sie über Stein. Der Wald war hier weniger dicht als der, in dem sie sich in den vergangenen Tagen und Nächten versteckt hatten, sodass es nicht Andrejs übermenschlich scharfer Sinne bedurft hätte, um ihm zu verraten, dass sie die einzigen Menschen in weitem Umkreis waren. Die Reiter, die sie gerade beobachtet hatten, waren hier entlanggekommen; selbst jetzt hing noch der Schweißgeruch von Mensch und Tier in der Luft, und hier und da entdeckte er am Wegesrand einen Stofffetzen, einen weggeworfenen oder verlorenen Gegenstand, einmal sogar eine kleine Münze – die allerdings nicht so klein war, dass Abu Dun es nicht der Mühe wert befunden hätte, sein Pferd anzuhalten und abzusteigen, um sie aufzuheben. Wäre da nicht das nagende Gefühl der Unruhe in ihm gewesen (und die Tatsache, dass die Sonne jetzt immer rascher sank und die Stadttore bei der Dämmerung schließen würden), hätte er jetzt vermutlich zu einer spöttischen Bemerkung angesetzt. So aber hielt er nicht einmal an, sondern ritt nur ein wenig langsamer, bis der Nubier wieder zu ihm aufgeholt hatte.

Die Sonne berührte das Meer im Westen und verwandelte die zahllosen Masten und Rahen der Schiffe, deren Zahl das Fassungsvermögen des kleinen Hafens längst überschritten hatte, in den schwarzen, seltsam geometrischen Scherenschnitt eines abgebrannten Waldes. Andrej atmete erleichtert auf, als das letzte, sorgsam gerodete Stück bis zur Stadt vor ihnen auftauchte, und wollte gerade schneller reiten, als Abu Dun ihn beim Arm packte, den Kopf schüttelte und sein eigenes Tier zum Stehen brachte.

»Irre ich mich, oder warst du gerade derjenige von uns, der zur Eile gedrängt hat?«, fragte Andrej.

Der Nubier maß ihn nur mit einem fast mitleidigen Blick, griff hinter sich und kramte einen Moment lang in seiner Satteltasche. Seine Hand hielt einen schwarzen, sorgsam aufgerollten Streifen Stoff, als sie wieder zum Vorschein kam – Abu Duns Ersatz-Turban, den er normalerweise hütete wie seinen Augapfel. Andrej sah ihn fragend an.

»Bind ihn dir um«, sagte der Nubier.

»Ich dachte, ich hätte dir schon vor zweihundert Jahren klargemacht, dass ich nicht zum Islam übertreten werde«, witzelte Andrej.

Abu Dun machte nur eine ungeduldige Geste mit dem Stoffstreifen. »Du solltest dein Auge damit verbergen«, sagte er. »Es sieht nicht besonders schön aus.«

Wenn es so aussah, wie es sich anfühlte, dachte Andrej, musste es ganz ausgesprochen *hässlich* aussehen. Trotzdem rührte er keinen Finger, um nach dem schwarzen Stoff zu greifen. »Dieses Land befindet sich im Krieg«, erinnerte er. »Ich nehme an, die Leute hier haben schon Verwundete gesehen.«

»Aber noch niemanden mit einem halb ausgeschossenen Auge«, erwiderte Abu Dun und kam Andrejs Widerspruch zuvor, indem er ihn kurzerhand mit einer seiner gewaltigen Pranken ergriff und festhielt und mit der anderen den Turban so um seinen Kopf wickelte, dass der Stoff sein zerstörtes Auge verbarg. »Und ganz bestimmt noch niemanden, dessen Verletzung ein paar Stunden später wie durch Zauberei verschwunden ist.«

Andrej wollte mit einer spöttischen Bemerkung dagegenhalten, aber stattdessen biss er die Zähne zusammen, um nicht vor Schmerz aufzustöhnen, als Abu Dun den improvisierten Verband fester als notwendig verknotete. Gleichzeitig sagte er sich, dass der Nubier natürlich recht hatte. Die Verletzung heilte bereits – immer noch nicht annähernd so schnell wie gewöhnlich, aber sie *heilte* – und in ein paar Stunden, spätestens morgen früh, würde nichts mehr davon zu sehen sein. Der Gedanke daran schürte seinen Ärger nur noch, auch wenn dieses Gefühl jetzt nur ihm selbst galt, nicht mehr dem Nubier. Die Kugel musste ihn schlimmer verletzt haben, als er sich eingestehen wollte. Die Handvoll Möchtegern-Wegelagerer, die geglaubt hatten, mit den beiden ahnungslosen und sichtbar zu Tode erschöpften Reitern leichtes Spiel zu haben, hatten nicht einmal mehr Zeit gefunden, diesen Irrtum gebührend zu bedauern. Dennoch war auch er selbst nur knapp dem Tod entronnen. Nicht dem scheinbaren Tod, den er schon zahllose Male er- und überlebt hatte, sondern dem endgültigen Ende. Die beiden Schüsse, die erstaunlicherweise beide auf ihn abgegeben worden waren statt auf Abu Dun, der zumindest dem äußeren Anschein nach der eindeutig gefährlichere Gegner hätte sein sollen, hatten beide getroffen; die erste Kugel hatte ein sauberes Loch in seine linke Schulter gestanzt und sein Herz um Haaresbreite verfehlt, die zweite hatte sein linkes Auge getroffen und ihn nur deshalb nicht auf der Stelle getötet, weil sie aus der Schläfe wieder ausgetreten war, ohne durch sein Gehirn zu pflügen. Andrej hasste Schusswaffen, seit er das erste Mal mit dieser Erfindung des Teufels in Berührung gekommen war, und tief in seinem Innersten war er davon überzeugt (und hatte es Abu Dun schon hunderte Male versichert), dass ihn eines Tages eine Kugel und kein ehrlicher Schwertstreich in einem Kampf Mann gegen Mann töten würde. Aber erst jetzt wurde ihm klar, dass dieser Tag um Haaresbreite der heutige gewesen wäre.

»So!« Abu Dun betrachtete sein Werk kritisch, grinste dann plötzlich so breit wie ein Schuljunge, der sich über einen besonders gelungenen Scherz freut, und versetzte ihm einen Schlag mit der flachen Hand auf den Rücken, der ihn beinahe aus dem Sattel geworfen hätte. »Jetzt siehst du wieder einigermaßen ansehnlich aus. Jedenfalls wird nicht gleich jeder schreiend davonlaufen, der dich sieht.«

»Ansehnlich?« Andrej betastete missmutig sein Gesicht. Seine Fingerspitzen verrieten ihm, dass der improvisierte Verband viel mehr als sein Auge bedeckte.

»Glaub mir, Hexenmeister«, versicherte Abu Dun mit todernster Miene, »es gibt durchaus Männer, denen es zum Vorteil gereicht, wenn man nur die Hälfte ihres Gesichtes sieht. Du solltest dir überlegen, dieses Tuch ständig zu tragen.«

Andrej verzichtete vorsichtshalber auf jedwede Antwort, sondern starrte den Nubier finster an – nicht finster genug, denn Abu Duns Grinsen wurde nur noch breiter – und griff trotzig nach den Zügeln. Diesmal hielt er sein Pferd nicht zurück, sondern spornte es an, zuerst in einen raschen Trab, dann in einen langsamen Galopp zu fallen.

Dennoch hätten sie es beinahe nicht rechtzeitig geschafft. Ganz wie Abu Dun erwartet hatte, begannen die Wachen die Stadttore zu schließen, als die Sonne hinter dem Horizont verschwand und aus dem Gold des letzten Tageslichtes das Grau der Dämmerung wurde. Einer der beiden riesigen Torflügel war bereits geschlossen, der andere wäre ihnen buchstäblich vor der Nase zugeschlagen worden, hätte ihn nicht ein Mann in einer blau-weißen Uniform, der einen verbeulten Bronzehelm auf dem Kopf und einen schartigen, aber tadellos sauberen Säbel am Gürtel trug, im letzten Moment zurückgehalten, um sie passieren zu lassen. Kurz darauf brachten sie ihre unwillig schnaubenden Tiere zum Stehen.

Der Mann mit dem Bronzehelm war nicht allein. Abu Dun und Andrej sahen sich plötzlich von einem knappen Dutzend Soldaten umringt, die nicht nur die unterschiedlichsten Uniformen und Rüstungen trugen, sondern auch mit einem schon beinahe lächerlich anmutenden Sammelsurium der verschiedensten Waffen auf sie zielten: Speere, Armbrüste und Bögen. Einer legte sogar eine Muskete an, die Andrej unangenehm den Schmerz in Auge und Schulter in Erinnerung rief.

»Steigt ab!«, befahl der Soldat, ohne sich mit einer Begrüßung aufzuhalten. Andrej überlegte einen halben Atemzug lang, ihm genau die Antwort zukommen zu lassen, die dieser unverschämte Ton verdiente, besann sich dann darauf, ausnahmsweise einmal vernünftig zu reagieren, und ließ sich mit einer bewusst langsamen und umständlich anmutenden Bewegung aus dem Sattel gleiten, wobei er sorgsam darauf achtete, dass sein Mantel geschlossen blieb und seinem Gegenüber die gewaltige Waffe an seinem Gürtel nicht auffiel. Nicht nur Abu Dun und er selbst, auch und vielleicht sogar vor allem Gunjir erregten fast überall Aufsehen, wohin sie kamen; tatsächlich hatte ihnen das auffällige Bastardschwert schon mehr als einmal Ärger eingehandelt. Zum einen lag das an seinem Aussehen. Man sah der Waffe nicht nur ihr Alter an, sondern auch ihr Gewicht, das es selbst einem Mann von Andrejs kräftiger Statur schwerfallen musste, sie auch nur zu heben, geschweige denn, damit zu *kämpfen*. Aber das war es längst nicht allein. Gunjir war kein normales Schwert. Es war eine Waffe der Götter, geschmiedet in den heiligen Feuern Asgards und dazu geschaffen, Götter zu töten. Sein bloßer Anblick erfüllte die Herzen sterblicher Menschen mit einer Furcht, die sie sich nicht erklären konnten, und die vielleicht gerade deshalb nur zu oft in Aggressivität umschlug.

»Ich danke Euch, dass Ihr uns noch eingelassen habt«, begann Abu Dun, indem er rasch an Andrej vorbeitrat und so versuchte, die Aufmerksamkeit des Soldaten zu erheischen. »Wir haben auf dem Weg zu viel Zeit verloren und ...«

Der Soldat mit dem Bronzehelm – Andrej sah erst jetzt, dass er fast noch ein Kind war, höchstens siebzehn oder achtzehn Jahre alt und trotzdem augenscheinlich schon der Kommandant dieser kleinen Truppe – brachte Abu Dun mit einer herrischen Geste zum Verstummen, würdigte ihn darüber hinaus aber nicht einmal eines Blickes, sondern starrte Andrej an. Er sah ein bisschen erschrocken aus, auf jeden Fall aber verwirrt, doch Andrej spürte zugleich auch, wie ernst er seine Aufgabe nahm. »Wer ist dieser Kerl?«, fragte er. »Euer Sklave? Ich rede nicht mit Muselmanen. Wer seid Ihr? Was wollt Ihr hier in Cádiz?«

»Zuallererst ein Dach über dem Kopf und vielleicht eine warme Mahlzeit«, antwortete Abu Dun, bevor Andrej es tun konnte. Doch der junge Soldat sah ihn immer noch nicht an und presste die Zähne so heftig aufeinander, dass seine Lippen zu einem blutleeren, schmalen Strich wurden, der sein Gesicht wie eine schlecht verheilte Narbe teilte.

»Vergebt meinem Freund, Señor«, sagte Andrej rasch. »Ich

glaube, wir waren zu lange unterwegs. Er beginnt seine guten Manieren zu vergessen.«

»Das ist keine Antwort auf die Frage, was Euch hierher führt, Señor«, erwiderte der Soldat. Andrejs Blick ließ sein Gesicht keinen Moment lang los, dennoch sah er aus den Augenwinkeln, wie sich der Halbkreis der anderen Männer um sie herum schloss. Keiner von ihnen hatte seine Waffen sinken lassen und auch die Muskete zielte nach wie vor auf ihn.

»Bitte verzeiht«, fuhr er fort. »Aber es ist so, wie mein Freund sagt. Wir haben eine lange Reise hinter uns und sind müde. Könnt Ihr uns ein Gasthaus empfehlen? Eines«, fügte er mit einem angedeutet-verlegenen Lächeln hinzu, »das nicht zu teuer ist?«

Schon bevor er die Worte ganz zu Ende ausgesprochen hatte, begriff er, dass er nicht den richtigen Ton angeschlagen hatte. Das Misstrauen aus dem Blick seines Gegenübers wich nicht, und er setzte auch zu einer Antwort an, als sich in diesem Moment zwei weitere Gestalten aus dem Schatten eines der umliegenden Häuser lösten. Die beiden Männer, der eine älter und größer als der andere, trugen beide Uniform, und auch wenn Andrej sich mit dem spanischen Militär nicht auskannte, war ihm doch sofort klar, dass sie im Rang weit über den Männern stehen mussten, mit denen sie es bisher zu tun gehabt hatten. Einer von ihnen – der ältere, dessen gewelltes weißes Haar unter einem Dreispitz hervor bis auf seine Schultern herabfiel – maß zuerst Abu Dun und dann ihn mit einem flüchtigen Blick, bevor er sich in scharfem Ton und mit einer herrischen Geste an den jungen Soldaten wendete. »Leutnant! Verratet Ihr mir, was Ihr hier tut?«

Der junge Mann mit dem Bronzehelm fuhr sichtbar erschrocken herum, und für die Dauer eines halben Atemzuges schien es Andrej, als wollte er Widerstand leisten. Dann aber traf sein Blick auf den des Weißhaarigen und da verließ ihn der Mut. »Colonel«, stammelte er. »Ich wollte nur …«

»… einem Reisenden, der nach Unterkunft und einer Mahlzeit verlangt, zeigen, wie weit es mit der spanischen Gastfreundschaft gekommen ist?«, unterbrach ihn der Colonel scharf. Er schüttelte den Kopf. »Genug! Euren Diensteifer in allen Ehren, aber diese Männer haben Euch gesagt, was ihr Anliegen ist, und damit solltet Ihr Euch zufriedengeben.« Er drehte sich dann auf dem Absatz herum und deutete eine knappe Verbeugung in Andrejs Richtung an. »Bitte verzeiht diesem übereifrigen jungen Mann, Señor«, sagte er. »Ich fürchte, er nimmt seine Aufgabe zu ernst.«

»Besser, als nicht ernst genug«, antwortete Andrej.

Der Weißhaarige lächelte knapp, doch seine Augen blieben ernst, während ihr Blick aufmerksam und unverhohlen neugierig über Andrejs Gesicht tastete.

»Ihr seid verletzt, Señor?«

»Das ist nichts«, antwortete Andrej vielleicht eine Spur zu hastig. »Ich war unaufmerksam. Mein Freund hat mich gewarnt, auf tief hängende Äste zu achten, wenn ich durch den Wald reite, aber ich habe nicht auf ihn gehört. Geschieht mir recht.«

»Falls Ihr einen Arzt braucht, so …«, begann der Offizier.

»Das wird nicht nötig sein«, unterbrach ihn Andrej. »Wie gesagt: Es ist nur ein Kratzer. Abu Dun hat darauf bestanden, mich zu verbinden, als hätte man mir den Schädel gespalten, dabei ist es nur eine Schramme. Kaum der Rede wert.«

Er konnte seinem Gegenüber ansehen, wie wenig ihn diese Behauptung überzeugte, und fragte sich, ob er nicht einen Fehler gemacht hatte. Was, wenn der Offizier darauf bestand, sich die Wunde, die er als einen einfachen Kratzer abgetan hatte, anzusehen?

Er tat es nicht. Nach einer weiteren, schier endlosen Sekunde zuckte der Weißhaarige nur mit den Schultern und machte dann eine Bewegung, wie um nun auch offiziell den Weg freizugeben. »Nun, das ist Eure Entscheidung. Wenn Ihr ein Gasthaus sucht, dann kann ich Euch vielleicht behilflich sein.«

»Das ist sehr freundlich von Euch, Colonel«, sagte Andrej, »aber ...«

»Ich will mich nicht aufdrängen«, unterbrach ihn der Offizier. »Es ist nur so, dass die Stadt aus den Nähten platzt. Ihr werdet Mühe haben, ein Zimmer zu finden – noch dazu eines, dessen Besitzer nicht versucht, Euch zu übervorteilen. Zeiten wie diese bringen leider meist das Schlechte im Menschen zutage.«

»Zeiten wie diese?«, wiederholte Andrej.

»Ihr habt die Schiffe nicht gesehen?«

»Doch«, antwortete Andrej, »und wir haben uns gefragt ...« Er brach ab und mimte den Überraschten. »Sagt es nicht! Das ist die *Armada*?«, hauchte er dann.

»Zumindest ein Teil davon«, erwiderte der Weißhaarige. »Die Stadt ist voller Soldaten, Söldner und Freiwilliger, die sich der Flotte anschließen wollen. Ihr werdet kaum ein Zimmer finden – es sei denn, Ihr seid nicht allzu anspruchsvoll. Geht am Ende der Straße nach links und biegt dann zweimal rechts ab, bis Ihr zum Goldenen Eber kommt. Wenn Ihr dem Besitzer Grüße von Colonel Rodriguez ausrichtet, dann wird er vielleicht noch ein Plätzchen für Euch finden und möglicherweise sogar darauf verzichten, Euch den zehnfachen Preis für einen Krug schales Bier und einen vertrockneten Fisch abzuknöpfen.« Er lachte leise.

Andrej stimmte – ganz bewusst ein wenig unsicher – in dieses Lachen ein, gemahnte sich im Stillen aber zur Vorsicht. Er traute dem Weißhaarigen nicht und spürte ganz instinktiv, dass dieses Misstrauen auf Gegenseitigkeit beruhte.

»Dorthin werden wir gehen«, sagte er. »Vielen Dank. Und macht Euch keine Sorgen, Colonel. Abu Dun und ich werden die spanische Gastfreundschaft in guter Erinnerung behalten. Zumindest die Cádizs.«

2

Der Goldene Eber war nicht so schlimm, wie Andrej nach der Beschreibung des Colonels erwartet hatte – er war schlimmer. Das einzig Prachtvolle daran war das sorgsam gemalte und mit Blattgold verzierte Schild über dem niedrigen Eingang, unter dem selbst er sich hindurchbücken musste, um nicht mit dem Kopf anzuschlagen. Und das einzige *Zimmer*, das der vermeintliche Freund des Colonels ihnen anbieten konnte (für einen geradezu unverschämten Preis, von dem er mindestens ein Dutzend Mal behauptete, er würde nicht einmal seine Unkosten decken und er böte ihn ihnen nur an, weil der Colonel ein guter Freund des Neffen des Schwagers seiner Frau wäre), war ein nach faulendem Stroh und Exkrementen stinkender Verschlag hinter dem Pferdestall. Aber immerhin hatte er vier Wände und ein Dach und es war das erste Mal seit Tagen, dass sie nicht auf feuchtem Waldboden, wenngleich auf nicht minder feuchtem Stroh schlafen mussten.

Dennoch erwachte Andrej am nächsten Morgen so ausgeruht wie schon seit langer Zeit nicht mehr, dafür aber mit hämmernden Kopfschmerzen und einem widerwärtigen Geschmack im Mund pünktlich mit dem ersten Licht der Sonne, das durch die fingerbreiten Ritzen der morschen Bretterwand drang. Das Erste, was ihm auffiel, war, dass er allein war. Abu

Dun war nicht bei ihm, und doch konnte Andrej seine Nähe spüren; eine sachte Präsenz, kaum fühlbar. Vielleicht war er nur hinausgegangen, um sich umzusehen oder einem körperlichen Bedürfnis nachzukommen, dem sich von Zeit zu Zeit sogar Unsterbliche beugen mussten.

Andrej setzte sich auf und wäre um ein Haar gleich vornübergefallen, als ihn ein heftiges Schwindelgefühl ergriff und ein stechender Schmerz durch seinen Schädel fuhr. Stöhnend verbarg er das Gesicht in den Händen, wartete, bis das Pochen hinter seiner Stirn nachließ, und richtete sich dann ein zweites Mal und sehr viel vorsichtiger auf. In Erwartung eines neuerlichen Schmerzes tastete er behutsam mit den Fingerspitzen zuerst nach seiner Schläfe, dann nach seinem Auge. Er fühlte nur den rauen Stoff des Turbans, aber immerhin, sowohl Schläfe als auch Auge waren noch an ihrem Platz, denn schon die bloße Berührung tat weh. Auch seine linke Schulter meldete sich mit einem leichten Ziehen wieder zurück. Was um alles in der Welt war nur mit ihm los? Sicher, die Verletzungen waren schlimm gewesen, jede einzelne davon schwer genug, um einen normalen Menschen augenblicklich zu töten – aber er *war* kein normaler Mensch.

Und warum waren die beiden Wunden nicht schon längst verheilt? Das letzte Mal, dass er eine Verletzung erlitten hatte, die nicht nach wenigen Stunden (meistens jedoch schon nach Minuten) spurlos verschwunden war, war ein Jahrhundert her, und vielleicht sogar länger. Waren die beiden Musketenkugeln vielleicht vergiftet gewesen?

Sofort verwarf Andrej diesen Gedanken mit einem überzeugten *Nein*. Geschöpfe wie die, in die Abu Dun und er sich verwandelt hatten, *konnten* nicht vergiftet werden.

Andrej sah ein, dass er dieses Rätsel jetzt nicht lösen würde, und stemmte sich behutsam zuerst auf die Knie, dann ganz hoch. Aufmerksam sah er sich um. Der Geruch der Fäulnis des auf dem Boden liegenden Strohs würde für die nächsten

Wochen in seinen Kleidern haften, und die Bretterwand verdiente ihren Namen kaum, denn sie bestand mehr aus Ritzen und Spalten als aus Holz. Die schmale Tür, durch die sie hereingekommen waren, hatte keinen Riegel, und er konnte sowohl den Geruch als auch die gereizte Unwilligkeit der zwei Dutzend Pferde durch das dünne Holz hindurch wahrnehmen, die in dem engen Stall dahinter zusammengepfercht waren. Einen Moment lang lauschte er konzentriert nach Abu Dun. Der Nubier befand sich in seiner Nähe, zugleich aber auch zu weit entfernt, als dass er ihn hätte rufen oder die genaue Richtung erkennen können, in der er sich befand.

Andrej runzelte die Stirn, verärgert über sich selbst. Er benahm sich wie ein Kind, das nachts in einem fremden Zimmer erwachte und nach seiner Mutter suchte.

Andrej öffnete die Tür und trat in den Pferdestall hinaus. Wie er erwartet hatte, war der winzige Verschlag so hoffnungslos überfüllt, dass er sich dicht an der Wand entlangschieben musste, um zum Ausgang zu gelangen. Die schwarze Stute, die er seit zwei Jahren ritt, begrüßte ihn mit einem erfreuten Schnauben, in das sich leichter Vorwurf mischte. Andrej schenkte dem treuen Tier ein um Vergebung bittendes Lächeln und hätte sich im nächsten Moment beinahe einen weiteren blauen Fleck oder gar einen Knochenbruch eingehandelt, als eines der anderen Pferde verärgert auf seine Nähe reagierte und mit den Hinterläufen austrat. Andrej drehte sich im letzten Moment zur Seite, und der beschlagene Huf zertrümmerte die morsche Bretterwand neben ihm so mühelos, als wäre sie aus Papier.

Er erlebte eine weitere, nicht unbedingt angenehme Überraschung, als er aus dem Stall heraus und in den winzigen, von fensterlosen, schmutzigen Mauern gerahmten Innenhof trat. Die Sonne stand deutlich höher am Himmel, als er angenommen hatte; es war nicht früher Morgen, sondern früher *Vormittag.* Er hatte verschlafen, und das geschah so selten und war so ganz und gar nicht seine Gewohnheit, dass er sich erneut die Frage stellte, ob es an seinen Verletzungen liegen mochte, die so langsam heilten. Immerhin konnte er sich nun erklären, warum er sich trotz allem so ausgeruht und erfrischt fühlte.

Nun erspürte er auch die Richtung, in der er Abu Dun zu suchen hatte: eine schmale Tür in einer der schmuddeligen Wände, hinter der sich der Schankraum der Gaststube verbarg, die ebenso schäbig wie ihr Name hochtrabend war. Instinktiv wandte er sich dorthin, besann sich dann aber eines Besseren und trat noch einmal in den überfüllten Pferdestall zurück, um sich suchend umzusehen. Nach einem Moment gewahrte er einen ledernen Wassereimer, der noch zu einem guten Drittel gefüllt war, trug ihn ins Freie – was ihm ein unwilliges Schnauben und Zähnefletschen des vierbeinigen Besitzers des Eimers eintrug, der sich seinen Inhalt anscheinend für später aufgespart hatte – und ließ sich davor auf ein Knie sinken, nachdem er ihn zu Boden gestellt hatte. Andrej tastete mit steifen Fingern nach dem improvisierten Verband und versuchte, den Knoten des Turbans zu lösen, den Abu Dun – natürlich viel zu fest – angelegt hatte.

Der Stoff klebte an seiner zerschmetterten Augenhöhle, und als er ihn schließlich mit einem unwilligen Ruck (und zusammengebissenen Zähnen) abriss, spürte er, wie die Wunde aufbrach und wieder leicht zu bluten begann. Auf das Schlimmste vorbereitet, beugte Andrej sich vor und betrachtete sein eigenes Spiegelbild im Wasser. Es war trüb und hatte sich noch immer nicht vollends beruhigt, sodass er das seitenverkehrte Abbild seines Gesichts nur verzerrt erkennen konnte. So konnte er sich einreden, dass der Anblick in Wahrheit vielleicht nicht ganz so schlimm sein mochte.

Nicht, dass er diese Lüge auch nur einen Moment lang wirklich glaubte.

Sein Auge war zu- und gleichzeitig angeschwollen, und die

Schläfe sah aus, als hätte ihn ein Pferd getreten; die Haut hatte sich dunkelblau und schwarz verfärbt, und der dazugehörige Bluterguss reichte fast bis zur Mitte seiner Wange hinab. Im Geiste leistete Andrej Abbitte, weil er Abu Dun gestern Übereifer vorgeworfen hatte, und bedankte sich stattdessen bei seinem Freund. Hätte Abu Dun nicht so hartnäckig darauf bestanden, sein Gesicht zu verbinden, dann hätten die Wachen am Tor sie ganz gewiss nicht eingelassen, sondern vermutlich ohne zu Zögern auf sie geschossen. Dieses Land befand sich seit Jahren im Krieg, und wenn es irgendetwas gab, was seine Bewohner noch mehr fürchteten als einen unerwarteten Überfall oder feindliche Spione, so waren es Krankheiten. Sein Gesicht sah aus, als hätte er die Lepra oder etwas noch Schlimmeres ... und jetzt, einmal darauf aufmerksam geworden, spürte Andrej auch, dass er auch ganz genauso roch. Vielleicht war es nicht nur der Gestank nach verschimmeltem Heu, der in seiner Kehle würgte.

Lange saß Andrej so auf den Knien und starrte sein eigenes Spiegelbild an. Das Wasser beruhigte sich zusehends, und sein eigenes Abbild wurde klarer, verlor dabei aber nichts von seinem Schrecken. Schließlich raffte er all seinen Mut zusammen, tauchte beide Hände in den Eimer und schöpfte sich, ungeachtet der Schmerzen, das eiskalte Wasser ins Gesicht. Die Tropfen, die in den Eimer zurückfielen, waren schmutzig von Blut und Eiter.

Immerhin war er es gewohnt, Schmerzen klaglos zu ertragen, und so biss er nur die Zähne zusammen und wusch sich nicht nur gründlich das Gesicht, sondern säuberte auch die Wunde, so gut er es ohne Spiegel oder Hilfe konnte. Nachdem er sich das Wasser aus den Augen gewischt hatte, konnte er sogar wieder sehen, wenn auch immer noch nicht klar, und selbst diese kleine Anstrengung führte dazu, dass sein Auge wieder zu tränen begann. Angewidert betrachtete er den schwarzen Stoffstreifen, den Abu Dun um seinen Kopf gewickelt hatte. Der Gestank stieg ihm jetzt so deutlich in die Nase, dass er beinahe würgen musste. Es war ein Geruch, den er nur zu gut kannte: der Geruch des Schlachtfeldes. Der Gestank des Todes, den er in zahllosen Lazaretten und Siechenhäusern wahrgenommen hatte. Das Tuch stank nach Wundbrand – abgesehen vielleicht von einem Mann mit einem Schwert (oder einer Muskete) in der Hand der schlimmste Feind eines jeden Soldaten.

Aber das war vollkommen unmöglich. So wenig, wie er vergiftet oder mit einer Krankheit infiziert werden konnte, die die Leben der Menschen bedrohten, konnte er Wundbrand erleiden. Wäre es so, dann würde das nichts anderes bedeuten, als dass ...

Andrej weigerte sich, diesen Gedanken zu Ende zu denken. Er schöpfte sich nur noch eine weitere Handvoll kaltes Wasser ins Gesicht, atmete ein paar Mal tief ein und aus, um die Furcht zu vertreiben, und tunkte schließlich das Tuch in den Eimer, um es gründlich auszuwaschen. Das eisige Wasser ließ seine Fingerspitzen taub werden, und kribbelnde Lähmung kroch langsam in den Händen bis in die Unterarme hinauf. Verwirrt nahm Andrej die Arme hoch, betrachtete seine Finger und stellte fest, dass ein eingerissener Fingernagel zwar aufgehört hatte zu bluten, aber noch längst nicht verheilt, geschweige denn nachgewachsen war. Was bedeutete das? Hatte er seine Unverwundbarkeit verloren?

Statt weiter nach einer Antwort zu suchen, wrang er das schwarze Tuch so gründlich aus, wie er konnte, und wickelte es sich dann wieder um den Kopf. Andrej zupfte und schob den Verband zurecht und beugte sich dann noch einmal über den Wassereimer, um sein Werk zu begutachten.

Alles, was er sah, war die Spiegelung eines hohlwangigen Totenkopfs, der fast zur Hälfte unter einem nassen Tuch verborgen war – und die Umrisse einer zweiten, dunklen Gestalt, die hinter ihm stand.

Andrej fuhr so schnell in die Höhe und herum, dass er in kampfbereiter Haltung und mit gezogenem Schwert dastand, noch bevor der Eimer, den er in seiner Hast umgestoßen hatte, seinen Inhalt über den Boden ergossen hatte. Gunjir in seiner Hand schrie tief in seiner Seele nach Blut, so wie immer, wenn er die Waffe aus ihrer ledernen Umhüllung zog, und Schmerz und Schwäche waren augenblicklich vergessen.

Aber hinter ihm war niemand.

Andrej ließ sich nicht die Zeit, um diese – unerhörte – Erkenntnis ganz in sein Bewusstsein sickern zu lassen, sondern wirbelte in einer halben Drehung nach links und im gleichen Augenblick nach rechts und dann abermals herum, um einem potenziellen Angreifer keine Gelegenheit zu geben, sich etwa von hinten auf ihn zu stürzen, alles in einer einzigen, geschmeidigen Bewegung, so schnell, dass ihr kein menschliches Auge hätte folgen können. Gunjirs mehr als zwanzig Pfund Gewicht verwandelten sich in einen bronzefarbenen Blitz, der die Luft rings um ihn herum in einem perfekten Kreis spaltete.

Doch dann sah er: Auch hinter ihm war niemand. Der Hof war leer.

Andrej fuhr noch einmal und womöglich noch schneller auf dem Absatz herum, wechselte das Schwert von der rechten in die linke Hand und wieder zurück und sah sich gehetzt um.

Sein Blick tastete über jeden Schatten, jede noch so winzige Unebenheit und jedes mögliche Versteck, das groß genug für eine Ratte gewesen wäre, und zugleich lauschte er mit all seinen anderen, übermenschlich scharfen Sinnen. Aber es blieb dabei: Der Hof war leer. Das einzige andere Lebewesen, das er sah, war der gescheckte Hengst, dessen gehortete Wasservorräte er sich angeeignet hatte und der ihn jetzt hinter der Stalltür hervor vorwurfsvoll ansah, vielleicht auch ein bisschen schadenfroh.

Lässig an den Türrahmen des Goldenen Ebers gelehnt, stand ein schwarz gekleideter Riese mit einem noch schwärzeren Gesicht, der ihm nun spöttischen Beifall zollte.

»Mein Kompliment, Hexenmeister«, sagte Abu Dun auf Arabisch. »Für einen Mann, der gestern beinahe ein Auge und um ein Haar das Leben verloren hätte, bist du schon wieder in erstaunlicher Verfassung ... aber übertreib es nicht. Es reicht vollkommen aus, wenn du deine morgendlichen Übungen nach dem Frühstück absolvierst.«

Andrej würdigte ihn keiner Antwort, sondern drehte sich noch einmal – langsam – im Kreis und lauschte angestrengt. Nichts. Der einzige andere Mensch weit und breit außer ihm war Abu Dun.

»Hast du irgendjemanden gesehen oder gehört?«, fragte er, während er Gunjir langsam sinken ließ. Sein Herz klopfte, als wäre er eine Meile weit aus Leibeskräften gerannt, und er begann das enorme Gewicht der Waffe zu spüren; selbst ihm fiel es nicht leicht, das schwere Schwert länger als einige wenige Augenblicke mit ausgestrecktem Arm zu halten.

»Außer dir?« Abu Dun hörte endlich mit dem albernen Klatschen auf und schüttelte den Kopf. »Nein. Ist alles in Ordnung mit dir?« Das spöttische Grinsen blieb wie eingemeißelt auf seinem Gesicht, aber Andrej spürte auch die unterdrückte Sorge, die in seinen letzten Worten mitschwang.

»Nein«, raunzte er. »Nichts ist in Ordnung. Jemand war hier.« Er rammte das Schwert so heftig in die Lederscheide an seinem Gürtel zurück, dass die Klinge schmerzhaft gegen seinen Knöchel schlug, und musste plötzlich mit aller Macht gegen den Impuls ankämpfen, den leeren Eimer zu nehmen und dem grinsenden Gaul auf den Schädel zu schlagen.

»Hast du gerade irgendetwas von Frühstück gesagt?«

Abu Dun verbeugte sich so tief, dass sein Turban bedrohlich zu wackeln begann und er ihn hastig mit der linken Hand festhalten musste. Mit der anderen machte er eine übertrieben einladende Geste auf die Tür hinter sich. »Wenn Ihr mir in Eurer unendlichen Großmut folgen würdet, Sahib? Euer Mahl ist angerichtet.«

Andrej sagte nichts, sah sich noch einmal prüfend um (wobei er die Gelegenheit nutzte, dem Schecken hinter der Stalltür einen so mordlüsternen Blick zuzuwerfen, dass der Hengst es vorzog, hastig zurückzuweichen) und stolzierte hoch erhobenen Hauptes an dem Nubier vorbei; wenn auch nicht annähernd so sicheren Schrittes, wie ihm lieb gewesen wäre.

Sie durchquerten einen halbdunklen, schlecht riechenden Raum, der so niedrig war, dass nicht einmal Andrej sich zu seiner ganzen Größe aufrichten konnte – von Abu Dun ganz zu schweigen –, und betraten den eigentlichen Schankraum. Er war nicht nennenswert höher als die Kammer, durch die sie gerade gekommen waren, roch beinahe genauso schlecht und kam ihm sonderbarerweise dunkler vor als am Abend zuvor, obwohl Türen und Fenster weit offen standen, um das Tageslicht und den stickigen Hauch hereinzulassen, den die Menschen hierzulande anscheinend für frische Luft hielten. Immerhin war der Schankraum nicht mehr voller Betrunkener und Raufbolde, wie am vergangenen Abend.

Abu Dun deutete auf einen Tisch am anderen Ende des Raumes, schob ihn mit sanfter Gewalt voran und hob die andere Hand, um dem Wirt zuzuwinken.

Auf dem Tisch wartete bereits ein einfaches, dafür aber umso reichhaltigeres Frühstück auf sie: Brot, Käse und ein hölzernes Tablett mit dünn geschnittenem Schinken, dazu zwei kostspielig aussehende Zinnbecher. Den dazugehörigen Krug brachte der Wirt genau in dem Moment, in dem Andrej sich setzte. Beiläufig bemerkte er, dass Abu Dun erst nach ihm Platz nahm … und auch das erst, nachdem er ihm einen weiteren, nun unverhohlen besorgten Blick zugeworfen hatte.

»Iss«, sagte Abu Dun. »du musst hungrig sein.«

Doch schon der Gedanke, das Essen auch nur anzurühren, erfüllte ihn mit Unbehagen. »Ich … fühle mich nicht nach Essen«, sagte er.

»So, wie du aussiehst«, sagte Abu Dun ernst, »fühlst du dich wahrscheinlich nach gar nichts. Was ist los mit dir?«

Andrej hätte viel für die Antwort auf diese Frage gegeben, antwortete aber nur mit einem ruppigen Schulterzucken und wich Abu Duns direktem Blick aus.

»Vielleicht sollten wir dem Rat des freundlichen Colonels von gestern Abend folgen und einen Arzt aufsuchen«, fuhr Abu Dun fort.

Andrej starrte ihn an. »Das meinst du nicht ernst!«

»Natürlich nicht«, erwiderte der Nubier. Doch die Sorge blieb in seinem Blick. »Deine Wunde heilt nicht«, sagte er unvermittelt.

Bevor Andrej antwortete, warf er einen flüchtigen Blick auf seinen eingerissenen Fingernagel, den Abu Dun, so hoffte er, nicht bemerkte. Immerhin war *diese* Verletzung verschwunden, wenn auch nicht vollkommen. »Doch«, behauptete er. »Nur nicht so schnell, wie ich gehofft habe.«

»Und das sollte eigentlich unmöglich sein«, beharrte Abu Dun. »Muss ich mir Sorgen um dich machen, Hexenmeister?«

»Nein«, versetzte Andrej unfreundlich. »*Du* ganz bestimmt nicht. Ich werde mich schon erholen. Schließlich ist es nicht nur ein Kratzer gewesen.«

»Du bist schon oft schwer verwundet worden«, beharrte der Nubier. »Und ich auch.«

»Aber bisher hat noch niemand versucht, mir ein Auge auszuschießen«, knurrte Andrej. »Und die zweite Kugel hat mein Herz nur knapp verfehlt.«

Er sah Abu Dun an, wie wenig ihn diese Antwort zufriedenstellte (obwohl er einen Moment lang ernsthaft überlegte, dass es gut die Wahrheit sein konnte. Abu Dun und er waren weder wirklich unverwundbar noch tatsächlich unsterblich. Man *konnte* Wesen wie sie töten, wenn man sich nur genügend Mühe gab. Und die Wegelagerer gestern hatten sich alle Mühe gegeben). Er hob unwillig die Hand und deutete, eigentlich nur, um den Nubier auf andere Gedanken zu bringen, auf das reichhaltige Frühstück. »Können wir uns das leisten?«

»Euer fürstliches Frühstück, Sahib?«, fragte Abu Dun. Der Stuhl knarrte bedrohlich, als er sein Gewicht ein wenig zu heftig verlagerte. »Aber Ihr wisst doch, oh Ihr Zierde des Okzidents und einziges Licht meiner mondlosen Nächte, Sahib, dass mir für Euch und Euer Wohlergehen nichts zu teuer ist, und ...«

»Ich meine es ernst«, fiel ihm Andrej ins Wort, lauter und in schärferem Ton, als er es beabsichtigt hatte.

Der Nubier zog vielsagend die linke Augenbraue hoch. »Ja«, sagte er nur. »Heute, und vielleicht auch noch morgen. Danach sind wir mittellos ... . Wieder einmal.«

Geld hatte Andrej noch nie interessiert und interessierte ihn auch jetzt nicht, auch wenn Abu Dun und er über dieses Thema in letzter Zeit immer häufiger aneinandergerieten. Das Schlimme an diesen endlosen Diskussionen war, dachte er, dass der ehemalige Pirat und Sklavenhändler vollkommen recht hatte. Die Zeiten, in denen ein Mann nur mit einem Schwert in der Hand, einem guten Pferd und genügend Optimismus überleben konnte, neigten sich unerbittlich ihrem Ende entgegen. Vielleicht gehörte die Zukunft nicht nur den Kanonieren und Musketenschützen, sondern auch und vor allem den Krämern.

»Das heißt, wir haben noch zwei Tage, um Loki zu finden«, sagte er.

»Einen Tag und ein paar Stunden von morgen«, korrigierte ihn Abu Dun. »Es sei denn, wir lassen unsere morgigen Mittags- und Abendmahlzeiten aus.« Er langte nach dem Krug, den der Wirt gebracht hatte, und goss zuerst sich und dann

Andrej ein; Bier, dessen bloßer Geruch am frühen Morgen Andrej beinahe den Magen umdrehte. »Immer vorausgesetzt, er ist wirklich hier.«

Auch dazu sagte Andrej nichts. Sie hatten dieses Gespräch schon unzählige Male geführt, so oft, dass jeder alle nur denkbaren Argumente des jeweils anderen schon kannte, bevor er auch nur dazu ansetzen konnte, sie auszusprechen. Andrej hatte längst aufgehört zu zählen, wie oft er schon *vollkommen sicher* gewesen war, diesmal auf der richtigen Spur zu sein, nur um am Ende doch wieder enttäuscht zu werden. Aber dieses Mal war es anders. Loki war hier, hier in Cádiz. Er wusste es einfach.

Abu Dun maß ihn mit einem Blick, als könnte er seine Gedanken wie mit glühenden Lettern geschrieben von seiner Stirn ablesen, griff dann mit einer bedächtigen Bewegung nach seinem Becher und leerte ihn mit einem einzigen, gewaltigen Schluck.

»Nehmen wir einmal an, dass du recht hast«, fuhr Abu Dun fort, nachdem er sich mit dem Handrücken den Schaum von den Lippen gewischt und so lautstark gerülpst hatte, dass der Wirt ihm einen missbilligenden Blick zuwarf. »Wie genau willst du ihn finden? Ich meine: Du weißt, dass wir sie nicht aufspüren können, wenn sie es nicht wollen?«

»Ich weiß, dass er hier ist«, beharrte Andrej stur. »Alles andere wird sich ergeben.«

»Wird sich ergeben«, wiederholte Abu Dun … und Zweifel schwang in seiner Stimme mit. Er goss sich einen zweiten Becher Bier ein, trank aber nicht davon, sondern begann nur, wie in Gedanken verloren damit zu spielen.

»Du weißt, wie es angefangen hat?«

Andrej starrte ihn nur an.

»Jetzt töten wir einen Gott«, zitierte Abu Dun. »Das waren deine Worte, nicht wahr?«

Andrej schwieg noch immer.

»Ich will ja nicht kleinlich erscheinen«, fuhr Abu Dun fort, als ihm klar wurde, dass er keine Antwort bekommen würde. »Aber ist dir schon einmal der Gedanke gekommen, dass *er* vielleicht *uns* töten könnte?«

»Hat er das nicht schon?«, fragte Andrej bitter.

Abu Dun überging den Einwand. »Und wenn du die Wahrheit gesagt hast, ohne es zu wissen?«

»Wie meinst du das?«

Abu Dun hob scheinbar beiläufig die Schultern und trank nun doch von seinem Bier, wenn auch nur einen winzigen Schluck. »Was, wenn er wirklich ein Gott ist? Glaubst du, du bist stark genug, einen leibhaftigen *Gott* zu besiegen?« Er stellte seinen Becher ab, rülpste noch einmal, leiser diesmal, und schob Andrej mit der linken Hand den Brotkorb und mit der anderen den Schinken hin. »Iss etwas. Du musst zu Kräften kommen.«

»Götter«, antwortete Andrej leichthin, »gibt es mindestens so lange, wie es Menschen gibt. Sie wurden schon unzählige Male besiegt.«

»Ja«, antwortete der Nubier. »Von der Zeit.« Andrej sah ihm an, dass er noch mehr sagen wollte, und er war ziemlich sicher, dass es ihm nicht gefallen würde ... aber dann seufzte Abu Dun nur, trank sein Bier aus und schenkte sich mit der linken Hand nach, während er ihm mit der anderen auch den Käse zuschob. »Iss.«

Andrej stellte mit einem Gefühl sachter Überraschung fest, dass er tatsächlich sehr hungrig war.

Trotz des Ekels, der ihn immer noch erfüllte, griff er zu, knabberte lustlos an einem Stück Brot, dessen Geschmack nicht zu seinem appetitlichen Äußeren zu passen schien, und spülte den Bissen mit einem Schluck Bier herunter, das ebenfalls köstlich aussah und zweifellos frisch gezapft war, aber so schmeckte, als wäre es schon vor einer Woche schal geworden. Er zwang sich dennoch, weiterzuessen, und fühlte sich nachher zwar gesättigt, doch zugleich schien es ihm, als habe sein Hunger nur noch zugenommen.

Der Wirt kam, nahm den leeren Bierkrug und warf Abu Dun einen fragenden Blick zu. Der Nubier nickte, und der Wirt wollte sich gerade umdrehen, um einen neuen Krug Bier zu holen, als Andrej ihn mit einem raschen (und offenbar zu festen) Griff am Arm zurückhielt.

»Bring diesmal frisches Bier«, sagte er grob. »Das Zeug schmeckt wie Pferdepisse.«

Erst sah es aus, als wollte der Mann auffahren, doch dann zuckte er nur mit den Schultern, bedachte Abu Dun mit einem kurzen und anklagenden Blick und trollte sich.

Der Nubier wartete, bis der Mann außer Hörweite war. »Lass den armen Kerl in Ruhe«, sagte er dann, leise, und in sehr ernstem Ton. »Das Bier ist gut. Und du hast ihm gestern Abend genug zugesetzt.«

»Gestern Abend?«

»Du erinnerst dich nicht?«

Andrej versuchte es. Irgendetwas war gestern Abend geschehen, das ahnte er noch, ohne es wirklich zu wissen.

»Was ... habe ich denn getan?«, erkundigte er sich vorsichtig.

Abu Dun grinste ohne eine Spur von echtem Humor. »Das willst du gar nicht wissen«, antwortete er. »Aber ich hätte da noch eine Frage.«

»Und welche?« Als ob er das nicht wüsste.

»Ich habe sie schon einmal gestellt, aber du hast nicht geantwortet«, sagte Abu Dun. »Nicht, dass es Euren unwürdigen Diener und Sklaven etwas anginge, oh erleuchteter Sahib, doch was tun wir jetzt? Hast du vor, dir ein Schild um den Hals zu hängen, auf dem Lokis Name geschrieben steht, und die Bitte, sich bei uns zu melden, oder gibt es so etwas wie einen Plan?«

Andrej musste sich beherrschen, um den Nubier nicht anzufahren. Er hatte schon vor einem oder zwei Menschenaltern aufgehört, Abu Duns albernes Gehabe komisch zu finden, sich aber irgendwie damit abgefunden. Doch jetzt fand er Abu Duns gespielte Unterwürfigkeit nicht mehr nur albern; sie ärgerte ihn. Vielleicht zum ersten Mal, seit sie zusammen waren, fragte er sich allen Ernstes, ob der Nubier ihn auf diese Weise möglicherweise verhöhnte.

»Was wir immer tun«, antwortete er gepresst, ohne Abu Dun dabei anzusehen.

»Alle umbringen und hinterher nachsehen, ob der Richtige dabei war?«, fragte Abu Dun.

Das ärgerte Andrej noch mehr, aber er ließ es sich nicht anmerken. »Wir werden uns umsehen«, sagte er, so ruhig er konnte. »Cádiz ist groß, aber wir haben den Kerl auf einem ganzen Kontinent aufgespürt. Da wird es uns wohl gelingen, ihn in einer einzelnen Stadt zu finden.«

Er sah Abu Dun an, dass ihm eine Menge auf der Zunge lag … doch der Nubier schüttelte nur den Kopf, seufzte tief und klaubte die letzte Scheibe Schinken von der Platte, um sie zwischen seinen strahlend weißen Zähnen verschwinden zu lassen.

»Was für ein genialer Plan«, sagte er schmatzend. »Nicht, dass ich als Besserwisser dastehen will … aber ich kann mir einfach nicht vorstellen, dass man hier Fremden, die neugierige Fragen stellen, bereitwillig Auskunft erteilt.« Er deutete mit großer Geste auf den Schankraum. »Diese Stadt bereitet sich auf einen Krieg vor. Die Menschen sind misstrauisch.«

»Tut das nicht irgendwie jede Stadt, in die wir kommen, und zu allen Zeiten?«, murmelte Andrej lahm. Der Anblick des Schinkens, der zwischen Abu Duns mahlenden Zähnen verschwand, erfüllte ihn mit Ekel. Saurer Speichel sammelte sich unter seiner Zunge, und er musste einige Male krampfhaft schlucken.

Abu Dun griff nach einem Apfel und biss krachend hinein.

»Aber da ich in weiser Voraussicht mit einer solchen Antwort gerechnet habe«, fuhr er mit vollem Mund und ungeniert kauend fort, »habe ich bereits ein paar Erkundigungen eingezogen, während du deinen Schönheitsschlaf gehalten hast ... wenn auch mit wenig Erfolg, wenn du mir die Bemerkung gestattest.« Speichel und Saft liefen aus seinem Mundwinkel und zogen eine glitzernde Spur an seinem Kinn hinab; ein Anblick, der Andrejs Magen vollends rebellieren ließ. Sein Ekel wurde so stark, dass er befürchtete, sich übergeben zu müssen, wenn er dem Nubier noch länger beim Essen zusah.

Unbeschadet – weil nichts ahnend – von alledem biss Abu Dun ein weiteres gewaltiges Stück von seinem Apfel und deutete mit der anderen Hand auf den Wirt. »Der Bursche da ist gar nicht so übel, wenn man ihn halbwegs freundlich behandelt«, sagte er. »Er hat mir eine Menge über die Stadt und die Lage hier verraten. Was möchtest du zuerst hören? Die guten oder die schlechten Neuigkeiten?«

Als Andrej nicht antwortete, deutete Abu Dun nur ein Schulterzucken an und biss zum dritten Mal in den Apfel und redete kauend weiter. Wieder schluckte Andrej sauren Speichel. »Die gute Nachricht ist, dass viele Fremde in der Stadt sind. So viele, dass nicht einmal du und ich sonderlich auffallen – solange du deinen Verband nicht abnimmst, heißt das.«

Er wartete einen Moment vergebens darauf, dass Andrej lachte, schluckte seinen Bissen geräuschvoll herunter und fuhr in unverändertem Ton fort: »Die schlechte Nachricht ist, dass viele Fremde in der Stadt sind. Niemand weiß genau, wie viele. Der Wirt meinte, sicherlich zehntausend, aber ich denke, es ist ein Mehrfaches dieser Zahl. Es wird schwer werden, hier jemanden zu finden. Selbst jemanden, der sich *nicht* vor uns versteckt.«

»Vor allem, wenn wir hier herumsitzen und darauf warten, dass er zur Tür hereinspaziert kommt«, fügte Andrej hinzu.

»Oh, wir wären längst unterwegs, wenn du nicht verschlafen hättest«, versetzte Abu Dun. »Nicht zu vergessen den Krug Bier, den ich noch bestellt habe. Aber keine Sorge, ich weiß, wo wir mit unserer Suche beginnen können ... wenn du dich kräftig genug dazu fühlst, heißt das.« Andrej wollte auffahren, doch er spürte auch, dass Abu Dun ihn keineswegs auf den Arm hatte nehmen wollen. Seine Sorge war echt. Bevor er noch irgendetwas sagen konnte, beugte sich der Nubier über den Tisch und legte die flache Hand auf seine Stirn.

Ärgerlich schlug Andrej seinen Arm zur Seite. »Was soll das?«

»Du hast Fieber.«

»Unsinn!«, fauchte Andrej. »Ich kann kein Fieber bekommen, so wenig wie du.«

»Dann musst du die Nacht wohl versehentlich *auf* dem Herd verbracht haben statt dahinter«, antwortete Abu Dun ungerührt. »Du glühst. Was zum Teufel ist los mit dir, Andrej?«

»Gar nichts!«, antwortete Andrej ärgerlich. »Mir fehlt nichts.« Er stand auf. »Du sagst, du weißt, wo wir mit unserer Suche anfangen können?«

3

Nach der stickigen Luft und der Dunkelheit im Schankraum hätte er die hell strahlende Vormittagsonne als wohltuend empfinden müssen, doch das genaue Gegenteil war der Fall. Das Licht stach unangenehm grell in Andrejs Augen, und obwohl die Sonne noch Stunden vom Zenit entfernt war, schien die Luft in den schmalen Gassen zwischen den Häusern zu heißem Sirup geronnen zu sein, der sie kaum atmen ließ und jede Bewegung schwer machte. Außerdem stank die Stadt.

Dazu kam, dass Abu Dun keineswegs übertrieben hatte: Cádiz platzte buchstäblich aus den Nähten vor Menschen. Nicht nur alle Gasthäuser und privat vermieteten Unterkünfte waren hoffnungslos überfüllt, auch auf den Straßen drängten sich die Menschen so dicht, dass es kaum ein Durchkommen zu geben schien. Nicht einmal Abu Duns Ehrfurcht gebietende Statur, die die Menschen sonst instinktiv einen respektvollen Abstand einhalten ließ, brachte ihnen heute einen Vorteil. Niemand konnte ihnen ausweichen, wenn ihm einfach der dazu notwendige Platz fehlte. Sie waren erst seit einigen Augenblicken unterwegs, aber Andrej war für sich schon längst zu dem Schluss gekommen, dass er besser auf Abu Dun gehört hätte. Nicht nur das grelle Licht, die Hitze und die Menschen mit ihrem Lärm und ihren unangenehmen Gerüchen und Gefühlen setzten ihm zu. Immer noch weigerte er sich zu glauben, er könnte Fieber haben (das war unmöglich, basta!), aber er fühlte sich schlecht. Das Essen hatte ihn gesättigt, schien seinen Hunger gleichzeitig aber auch noch weiter angestachelt zu haben, und der schale Geschmack des Bieres hatte sich mit dem nicht minder schlechten Geschmack auf seiner Zunge verbunden, mit dem er aufgewacht war, sodass er das Gefühl einfach nicht loswurde, etwas Verdorbenes gegessen zu haben. Außerdem bewegten sich seine Gedanken so träge, dass Abu Dun ihn gerade zwei Mal hatte ansprechen müssen, bevor er es nur gemerkt hatte.

Und dazu kamen natürlich die Blicke, mit denen sie gemustert wurden. Niemand wagte es, sie offen anzustarren. Ganz im Gegenteil versuchte jedermann, ihnen Platz zu machen oder es doch zumindest zu vermeiden, ihre Aufmerksamkeit auf sich zu ziehen – und sei es nur durch einen allzu neugierigen Blick. Natürlich war Andrej klar, was für einen Anblick sie bieten mussten. Abu Dun, ein ganz in Schwarz gekleideter Riese, der es gut zu verbergen wusste, was für ein sanftmütiger und verständnisvoller Mensch er sein konnte (wenn er wollte), und er selbst, ebenfalls hochgewachsen und von kräftiger Statur, dem das schwarze Band, halb Piratentuch, halb Augenklappe, das er sich um den Schädel gewickelt hatte, etwas sehr viel mehr Erschreckendes als Beeindruckendes gab. Vermutlich, dachte er spöttisch, waren Abu Duns Bedenken überflüssig – sie würden keine Mühe haben, Loki zu finden. Falls der nordische Halbgott nicht taub war, dann würde er bald erfahren, dass sie in der Stadt waren.

Abu Dun, dem es offensichtlich zu viel wurde, drängte sich unsanft an ihm vorbei und setzte seine gewaltige Körpermasse nun rücksichtslos ein, um für sich selbst und Andrej einen Weg durch die Menschenmenge zu bahnen. Es gelang ihm auch, wenn auch nicht mit dem erwünschten Erfolg und um den Preis, dass ihnen nun ein ganzer Chor von Flüchen, Verwünschungen und Drohungen folgte. Immerhin kamen sie auf diese Weise ein wenig besser voran, und schließlich bog der Nubier – wie Andrej annahm – wahllos nach rechts in eine schmale Gasse ab, in der es zumindest wieder genug Platz zum Atmen gab. Auch die Luft war etwas besser. Es war noch immer stickig und heiß, zugleich aber spürte er einen sachten Windhauch auf dem Gesicht und roch den charakteristischen Geruch von Salzwasser, unter den sich nach ein paar Schritten noch der von nassem Holz und feuchtem Tau und Segelzeug mischte. Sein feines Gehör vernahm das Klatschen von Wellen, die sich an Kaimauern und Schiffsrümpfen brachen, und ein vielstimmiges Gemurmel, anders als der dumpfe Straßenlärm, der sie bisher begleitet hatte. Jetzt wusste er, dass sie sich dem Hafen näherten, und auch wenn seine Gedanken sich noch immer nicht so schnell und präzise bewegten wie gewohnt, so war er dennoch nicht benommen genug, um sich nicht ein wenig über seine eigene Trägheit zu ärgern. Ein Hafen war überall auf der Welt der geeignete Ort, um die aktuellsten Neuigkeiten und Gerüchte aufzuschnappen. Wieso war *er* nicht auf diese Idee gekommen?

Gerade als sie das Ende der Gasse erreicht hatten, vertraten ihnen zwei Männer in dunkelblauen Uniformen und mit Musketen den Weg. Selbst der Größere von beiden war fast einen Kopf kleiner als er selbst, und beide waren weder besonders gut genährt noch in guter Verfassung. Keine Gegner für ihn, nicht einmal in seinem momentanen Zustand, dachte er.

Andrej war nicht sicher, ob er diesen Gedanken nicht sogar laut ausgesprochen hatte; wenn nicht, so musste Abu Dun ihn wohl irgendwie erraten haben, denn er warf ihm einen raschen und fast beschwörenden Blick zu, dann zauberte er ein ebenso breites wie dümmliches Grinsen auf sein schwarzes Mohrengesicht und trat mit weit ausgebreiteten Armen auf die beiden Soldaten zu.

»Señores!«, radebrechte er in bewusst schlechtem Spanisch. »Gutes euch treffen! Wo gehen Hafen?«

Einer der beiden Soldaten prallte erschrocken vor dem schwarzen Riesen zurück und nahm seine Muskete von der Schulter, der andere brachte immerhin genug Mut auf, Abu Duns imposanter Gestalt entgegenzutreten; auch wenn sein Gesicht unter der Sonnenbräune alle Farbe verlor. Er raunzte den Nubier an: »Wer bist du, Bursche? Was sucht ihr hier am Hafen?«

Abu Dun schauspielerte Verständnislosigkeit und wiederholte nur: »Hafen? Richtige Weg?«

Der Soldat machte eine Geste, von der Andrej nicht ganz sicher war, ob sie tatsächlich Verärgerung ausdrücken oder nur seine Unsicherheit überspielen sollte, setzte zu einer geharnischten Entgegnung an und besann sich dann eines Besseren, indem er sich an Andrej wandte. »Du da! Sprichst du unsere Sprache besser als dieser Dummkopf?«

»Etwas, wenn ich mir Mühe gebe«, antwortete Andrej, nicht nur in perfektem Spanisch, sondern auch dem in diesem Teil des Landes geläufigen Dialekt. Er sah, wie der zweite Soldat, der gerade so erschrocken vor Abu Dun zurückgewichen war, mit fliegenden Fingern an seiner Muskete herumfummelte, um die Waffe schussbereit zu machen. Vor lauter Nervosität gelang es ihm nicht.

»Dann wirst du mir meine Fragen beantworten«, fuhr der Soldat fort. »Was sucht ihr hier? Und was hast du mit diesem Muselmanen zu schaffen? Zeigt mir eure Papiere!«

»Papiere?«, wiederholte Andrej. »Was für Papiere?«

»Eure Legitimation! Niemand betritt den Hafen, ohne die entsprechenden Papiere vorzuweisen«, belehrte ihn der Soldat. Eben noch erschrocken, musterte er jetzt misstrauisch die beiden Freunde. »Wenn ihr keine habt, dann solltest du besser eine gute Ausrede dafür haben, hier herumzuschnüffeln, noch dazu in Begleitung von *dem da!*«

Er deutete auf Abu Dun, und hinter Andrej erklang ein leises, amüsiertes Lachen. »Mein Kompliment, Sergeant. Da habt Ihr ja einen ganz besonders guten Fang gemacht, wie mir scheint. Ganz zweifellos sehen diese beiden aus wie die typischen britischen Spione.«

Andrej drehte sich um und erkannte überrascht einen in eine tadellos sitzende Uniform gekleideten, weißhaarigen Marineoffizier, der gemächlich auf sie zugeschlendert kam. »Colonel Rodriguez?«

»Ihr habt Euch meinen Namen gemerkt«, sagte Rodriguez anerkennend. »Das nehme ich einmal als Kompliment.« Er lachte erneut, leise und gutmütig. »Wie es scheint, ist es wohl mein Schicksal, Euch und Euren Freund unentwegt vor übereifrigen jungen Soldaten zu retten.« Er wartete Andrejs Antwort nicht erst ab, sondern kam näher und wandte sich dann mit einer sachten, doch keinen Widerspruch duldenden Geste an den Sergeant. »Es ist alles in Ordnung, Sergeant. Ich kenne die beiden. Sie sind vertrauenswürdig. Geht und setzt Eure Runde fort – und seid weiter so wachsam wie bisher. Ich werde das lobend bei Eurem Vorgesetzten erwähnen.«

Der Soldat wirkte ein wenig unentschlossen, fand Andrej, aber schließlich nickte er, fuhr auf dem Absatz herum und verschwand so schnell, dass sein Kamerad Mühe hatte, ihm zu folgen und dabei nicht über seine eigenen Füße zu stolpern. Rodriguez sah den beiden kopfschüttelnd nach.

»Kinder«, seufzte er, kaum dass sie verschwunden waren. »Es ist immer dasselbe. Man sollte Kinder nicht die Arbeit von Männern tun lassen ... und sie schon gar nicht in eine Uniform stecken und ihnen eine Waffe geben, wenn sie noch nicht einmal richtig trocken hinter den Ohren sind.«

Andrej, der nicht genau wusste, was er mit diesen Worten anfangen sollte, oder ob sie überhaupt für ihn gedacht waren, zwang ein verlegenes Lächeln auf seine Lippen. »Ich glaube, Ihr habt recht, Colonel«, sagte er. »Ihr scheint tatsächlich so etwas wie unser Schutzengel zu sein. Ich bin Euch schon wieder zu Dank verpflichtet.«

»Aber ich bitte Euch, Señor«, antwortete Rodriguez lachend. »Spanien ist eine große Nation, und die spanische Armee ist nicht nur dafür da, die Sicherheit seiner Grenzen zu gewährleisten, sondern auch, den Ruf des Landes vor Schaden zu bewahren. Wie ich gestern schon einmal sagte: Es täte mir leid, wenn Ihr einen falschen Eindruck von uns bekämt. Bei der Gelegenheit ... hat es geholfen, den Wirt im Goldenen Eber Grüße von mir auszurichten?«

»Wir haben ein Zimmer bekommen, ja«, antwortete Andrej diplomatisch.

»Das ist gut.« Rodriguez seufzte. »Allerdings muss ich diesem übereifrigen jungen Mann in einem Punkt recht geben. Euer Freund und Ihr könnt es nicht wissen, aber der Hafen wird tatsächlich gut bewacht. Niemand hat hier ohne ausdrückliche Genehmigung Zutritt ... nun, zumindest theoretisch.«

»Theoretisch?«

»Ich habe dreihundert Männer unter meinem Befehl, Señor«, sagte Rodriguez betrübt. »Ungefähr genau so viele, wie Schiffe im Hafen liegen. Wisst Ihr, wie viele Mann Besatzung das sind? Von den Hafenarbeitern und Söldnern ganz zu Schweigen ... und dem ganzen anderen Gelichter, das eine solche Flotte anzieht?« Er seufzte noch einmal, schien aber keine Antwort zu erwarten, denn er schnitt Andrej mit einer Handbewegung das Wort ab, noch bevor dieser es überhaupt ergreifen konnte: »Darf ich fragen, was Ihr und Euer Freund hier am Hafen sucht?«

»Arbeit«, antwortete Abu Dun, bevor Andrej es tun konnte.

»Arbeit?« Rodriguez wirkte ein bisschen überrascht.

»Abu Dun hat recht«, sagte Andrej. Er fuhr sich mit der Zungenspitze über die Lippen, bevor er weitersprach. Der schlechte Geschmack war noch immer in seinem Mund, doch zumindest die Übelkeit hatte sich ein wenig gelegt. »Leider.

Die Reise hat länger gedauert, als wir erwartet haben, und ich fürchte, sie war auch um etliches teurer ... unsere Mittel sind im Moment ein wenig beschränkt, um das einmal so auszudrücken.«

»Also sucht Ihr Arbeit. Und wo gäbe es mehr davon als in einem Hafen, in dem eine Flotte zum Krieg rüstet«, sinnierte Rodriguez. »Das ehrt Euch.«

»Wieso?«

Der Colonel lächelte dünn. »Viele an Eurer Stelle kämen auf ... andere Ideen, ihre Börsen wieder zu füllen. Allerdings kann ich Euch keine allzu großen Hoffnungen machen, fürchte ich. Es gibt eine Menge Arbeit am Hafen, zugleich aber auch noch mehr Männer, die welche suchen.« Er überlegte einen Moment; oder tat zumindest so. »Geht zur Hafenmeisterei. Jeder kann Euch sagen, wo Ihr sie findet. Wenn Ihr dort nach Pedro fragt und ihm ...«

»Grüße von Colonel Rodriguez ausrichtet, dann findet er vielleicht etwas für uns?«, fiel ihm Andrej ins Wort.

»Vielleicht«, erwiderte Rodriguez amüsiert. »Und wenn Ihr Euch mit dem Gedanken anfreunden könntet, mir eine kleine Provision von ... sagen wir: zehn Prozent ... zu zahlen, dann könnte ich mir vorstellen, dass er sogar ganz bestimmt eine gut bezahlte Arbeit für Euch und Euren Freund findet.«

»Fünf«, sagte Abu Dun.

»Wie?« Rodriguez blinzelte.

»Fünf Prozent«, beharrte der Nubier, jetzt ebenso wie Andrej in fließendem Spanisch. »Wenn die Arbeit wirklich so gut bezahlt ist, wie Ihr behauptet, Colonel, dann lohnt es sich immer noch für Euch.«

Rodriguez wirkte ehrlich erschüttert, aber nicht wirklich ärgerlich. »Siebeneinhalb«, sagte er, nachdem er Abu Dun einige Augenblicke lang durchdringend angestarrt hatte.

»Vier«, sagte Abu Dun.

»Also gut, fünf«, seufzte Rodriguez. Mit einem vorwurfsvollen Blick wandte er sich wieder zu Andrej um. »Euer Freund ist ein zäher Verhandlungspartner, Señor.«

»Ich hätte Euch warnen sollen, Colonel«, bestätigte Andrej. »Wusstet Ihr nicht, dass man niemals mit einem Orientalen feilschen sollte?«

»Nein«, seufzte Rodriguez. »Ich dachte, es wäre gerade umgekehrt. Aber ich werde es mir merken.« Er machte ein wehleidiges Gesicht, rückte dann mit präziser Bewegung seinen Dreispitz auf dem Kopf zurecht und straffte die Schultern. »So sehr ich es auch genieße, mit Euch zu plaudern, Señor, fürchte ich doch, dass mich jetzt meine Pflichten rufen. Aber ich bin sicher, dass wir uns wiedersehen. Cádiz ist klein.«

»Und dieser Halsabschneider hat seine Finger anscheinend in jedem Geschäft in dieser *kleinen* Stadt«, grollte Abu Dun, nachdem Rodriguez gegangen war ... nicht, ohne vorher zackig salutiert zu haben. »Mein Glaube an die Ehrlichkeit der Menschen hat gerade einen gehörigen Knacks bekommen. Vor allem an die Ehrlichkeit des Militärs.«

»Ich fürchte, beides schließt sich gegenseitig aus«, sagte Andrej.

»Ehrlichkeit und Militär?«

»Ehrlichkeit und *Menschen*«, antwortete Andrej. Nachdenklich sah er in die Richtung, in die Rodriguez verschwunden war. Er war verwirrt. Keinen Moment hatte er daran geglaubt, dass Rodriguez rein zufällig gerade jetzt und an diesem Ort aufgetaucht war, und eigentlich sollte er Misstrauen empfinden. Er *wollte* es sogar empfinden. Aber es gelang ihm nicht. Rodriguez war nicht das, wofür er sich ausgab, das war ihm klar, aber irgendetwas sagte ihm auch, dass er nicht ihr Feind war. Doch was er tatsächlich war, das wusste Andrej immer noch nicht.

Abu Dun räusperte sich laut. »Soll ich deinem neuen Freund nachlaufen und ein Tête-à-tête für euch vereinbaren? Wenn ich mir ein bisschen Mühe gebe, finde ich bestimmt auch noch einen Händler, bei dem ich einen Strauß Blumen kaufen kann … oder nehmen wir das Angebot des Halsabschneiders an und sprechen mit diesem Pedro?«

Es dauerte einen Moment, bis Andrej begriff, was Abu Dun meinte. »Moment«, sagte er. »Du willst doch nicht wirklich …?«

»… arbeiten?« Abu Dun nickte heftig. »Doch. Es sei denn, du willst die nächste Nacht im Freien schlafen und dir das Essen abgewöhnen.«

»Das ist ausgesprochen komisch«, maulte Andrej.

»Nein«, antwortete Abu Dun … »Das ist Cádiz.«

Andrej warf ihm den bösesten Blick zu, zu dem er sich in der Lage sah, riss sich endlich vom Anblick der leeren Gasse hinter ihnen los und trat als Erster mit einem großen Schritt in den eigentlichen Hafen hinaus.

Allerdings nur, um nach einem einzigen weiteren Schritt so abrupt innezuhalten, dass Abu Dun eine albern anmutende Verrenkung aufführen musste, um nicht gegen ihn zu prallen und ihn über den Haufen zu rennen.

Obwohl es kaum eine Stadt in der bekannten Welt gab, in der sie noch nicht gewesen waren oder von der sie nicht zumindest gehört hatten, gehörte Cádiz doch dazu. Andrej wusste wenig mehr über diesen westlichsten spanischen Hafen, als dass es ihn gab; doch er wusste auch, dass es einer der modernsten und wehrhaftesten Häfen der westlichen Welt war.

Im Moment kam er ihm allerdings eher vor wie eine ummauerte Pfütze.

Zu einem Gutteil lag dieser Eindruck sicherlich an dem Dutzend gewaltiger Linienschiffe, die sich so präzise wie an einer Maurerschnur aufgereiht an der Kaimauer drängten, drei Etagen hohe Ungetüme mit Dutzenden und Dutzenden von Geschützpforten, deren Masten sich weit über die höchsten Dächer des Hafenviertels reckten, wenn nicht gar der ganzen Stadt, als wollten sie sie erdrücken. Im allerersten Moment fragte er sich, ob er überhaupt etwas von Menschen Gemachtes vor sich hatte, kamen sie ihm doch eher vor wie Boten aus einer düsteren Zukunft, in der Menschen wie Abu Dun und er keine Rolle mehr spielten, und in der nur noch *Dinge* zählten, nicht mehr die, von denen sie gemacht worden waren.

»Beeindruckend, nicht?«, fragte Abu Dun neben ihm.

Andrej hätte gern ein anderes Wort gewählt ... auch wenn er nicht wusste, welches. Diese gigantischen Konstruktionen machten ihm Angst.

Es war das erste Mal, dass er ein solches Ungetüm von Schiff aus der Nähe sah. Natürlich wusste er, was ein Linienschiff war; er hatte davon gehört und alles in Erfahrung gebracht, was er nur konnte. Aber es war eine Sache, zu wissen, das etwas existiert, und eine gänzlich andere, es tatsächlich vor sich zu sehen.

Diese Schiffe waren ... monströs, das war das einzige Wort, das ihm einfiel, sie zu beschreiben.

Es war nicht nur ihre Größe – auch wenn diese zweifellos beeindruckend war –, sondern das, wofür sie standen: gigantische Vernichtungsmaschinen, lang wie ein Häuserblock und mindestens doppelt so hoch. Monster mit hundert Kanonen auf jeder Seite und hunderten und aberhunderten Mann Besatzung, die zu keinem anderen Zweck erschaffen worden waren als dem, Feuer und Tod über die Menschen zu bringen. Jedes Einzelne dieser Ungetüme war zweifellos in der Lage, ganz allein eine Stadt von der Größe Cádizs in Schutt und Asche zu legen, und jedes einzelne trug eine kleine Armee von Soldaten in seinem riesigen Leib. War das die Zukunft, die auf sie alle wartete?, dachte Andrej schaudernd. Abu Dun und er waren Krieger, Männer, die mit dem Schwert in der Hand geboren waren und zweifellos irgendwann einmal auch durch das Schwert sterben würden – so, wie sie ihre nach

Jahrhunderten zählenden Leben verbracht hatten. Er hatte kein Problem mit dem Krieg oder dem Tod. Aber diese Schiffe standen für etwas anderes, eine Zukunft, in der nicht mehr der Mann zählte und das Schwert oder der Speer in seiner Hand.

»Andrej?«, fragte Abu Dun.

Erst mit einiger Verzögerung begriff Andrej, dass sein Freund nicht nur seinen Namen genannt, sondern damit auch zugleich eine Frage ausgesprochen hatte.

»Schon gut«, sagte er. Seine Stimme klang belegt. »Ich war nur ... überrascht.«

»Ja, so groß hätte ich sie mir auch nicht vorgestellt«, pflichtete ihm Abu Dun wenig überzeugend bei. »Und das sind noch längst nicht alle. Schau dorthin.«

Andrej gehorchte – auch wenn es ihm schwerfiel, seinen Blick von den riesigen Schiffen zu lösen – und sah in die Richtung, in die Abu Duns ausgestreckte Hand wies. Das Dutzend Linienschiffe allein sprengte zwar schon fast das Fassungsvermögen des Hafens, aber es stellte nicht einmal einen Bruchteil der Flotte dar, die sich hier versammelt hatte. Viele davon, aber längst nicht alle, waren moderne Linienschiffe wie die, die über ihnen emporragten, ein überraschend großer Teil ganz offensichtlich gerade erst erbaut und in Dienst gestellt. Aber es gab auch eine erstaunliche Anzahl anderer Schiffe: Galeonen, schlanke, für Schnelligkeit gebaute Segler, plumpe Frachtschiffe, deren Decks in aller Hast mit Kanonen bestückt worden waren, und sogar eine Anzahl altertümlich anmutender Galeeren, die sich in der Zeit verirrt zu haben schienen und unangenehme Erinnerungen in Andrej wachriefen. Er erblickte eine erstaunlich geringe Zahl von Menschen auf den Decks der Schiffe, dafür umso mehr auf den Kais und in den angrenzenden Straßen.

»He, ihr da!«, keifte es hinter ihnen. Abu Dun tat, als habe er nichts gehört, während Andrej ganz bewusst eine oder auch zwei Sekunden verstreichen ließ, bevor er sich betont langsam umdrehte.

Ein kleines rundes Männchen mit ungepflegtem, langem Haar, schmutzigem Bart und ebensolchen Kleidern wuselte auf sie zu und gestikulierte dabei so heftig mit Armen und Händen wie eine Marionette, deren Spieler vom Veitstanz befallen waren. »Ja, ihr zwei da! Der Lange und der Schwarze! Was habt ihr hier verloren?«

»Nichts«, antwortete Abu Dun, der sich jetzt nicht nur zu seiner vollen Größe von nahezu sieben Fuß aufrichtete, sondern sich auch noch dazu auf die Zehenspitzen reckte, um auf den wuselnden Zwerg hinunterzusehen. »Wenn wir etwas verloren hätten, dann würden wir ja danach suchen, nicht wahr?«

»Schau an, was haben wir denn da?«, fragte der Knirps. Weder Abu Duns Größe noch Andrejs zumindest im Moment martialisches Aussehen schienen ihn sonderlich zu beeindrucken. »Einen richtigen Schlaumeier, wie? Also, Kerl – wer seid ihr, und was steht ihr hier rum und haltet Maulaffen feil?«

Abu Dun sah plötzlich gar nicht mehr so freundlich aus wie noch vor einem Moment, doch Andrej bedeutete ihm rasch zu schweigen und wandte sich ruhig an den kleinen Mann. »Mein Name ist Andrej«, sagte er. »Das ist Abu Dun. Wir suchen die Hafenmeisterei.«

»Und ihr glaubt, sie kommt angelaufen, wenn ihr nur lange genug dasteht und Löcher in die Luft starrt?«, vermutete der Kleine.

»Colonel Rodriguez hat uns gesagt, dass wir dort vielleicht Arbeit finden«, antwortete Andrej. »Könnt Ihr uns den Weg zur Hafenmeisterei weisen? Wir sollen dort nach Pedro fragen.«

»Den Weg könnt ihr euch sparen«, antwortete der Knirps. »Ich bin Pedro. Der Colonel schickt euch, sagst du? Ist das auch die Wahrheit?«

»Sehen wir aus, als würden wir einen Mann wie Euch belügen, Señor?«, fragte Abu Dun verschnupft.

»Ganz bestimmt sogar«, versetzte Pedro. »Aber es würde euch nicht viel nutzen. Ihr braucht Arbeit?«

»Eigentlich brauchen wir Geld«, erwiderte Abu Dun trocken. »Wenn Ihr wisst, wo wir welches bekommen, ohne dafür arbeiten zu müssen, dann soll es uns auch recht sein.«

»Nicht nur ein Schlaumeier, sondern auch noch ein Witzbold«, sagte Pedro verdrossen. »Auf so einen haben wir gerade noch gewartet. Aber du siehst aus, als könntest du zupacken, und dein Freund ...« Er trat zwei Schritte zurück und legte den Kopf in den Nacken, um Andrej einer gründlichen Inspektion zu unterziehen. Seinem Gesichtsausdruck nach zu urteilen, schien ihm das, was er sah, nicht unbedingt zu gefallen. »Du siehst nicht gerade aus wie ein Schwächling, aber was ist mit deinem Gesicht?«

»Nichts«, antwortete Andrej. »Das ist nur ein Kratzer.«

»Den du so aufwendig verbindest?« Pedro betrachtete sie mit neu erwachtem Misstrauen. »Du bist doch nicht etwa krank, Kerl? Das ist das Letzte, was wir jetzt noch gebrauchen können, einen, der am Ende noch die halbe Mannschaft ansteckt!«

»Ich bin nicht krank«, antwortete Andrej ungeduldig. »Es sieht nur nicht sehr schön aus, das ist alles.« Da ihm klar war, dass sich Pedro mit dieser Antwort nicht zufriedengeben würde, nahm er seinen improvisierten Verband ab und gewährte dem Mann einen Blick auf sein Gesicht. Das Sonnenlicht, das in seinem gesunden Auge gebrannt hatte, schmerzte in seinem verletzten Auge noch ungleich mehr, und ihm wurde leicht schwindelig.

»Oh«, murmelte Pedro. Selbst unter all dem Schmutz und dem ungebändigt sprießenden Bart konnte Andrej erkennen, wie blass er wurde. »Ja, das ... das sieht mir ganz nach einer Verletzung aus. Und das nennst du eine Schramme?«

»Wird es vielleicht besser, wenn ich laut lamentiere?«

»Nein«, gestand Pedro. »Auch wenn die meisten an deiner Stelle genau das täten. Wenn du so zupacken kannst, wie du redest, dann können wir dich gebrauchen. Aber tust du mir und dem Rest der Stadt einen Gefallen?«

»Sicher.« Andrej legte den Verband wieder an, und Pedro bedankte sich mit einem nervösen Lächeln.

»Aber die Arbeit ist schwer«, fuhr er fort. »Wenn du schlapp machst, ist das dein Problem. Geld gibt es erst, wenn alles erledigt ist. Schafft ihr es nicht bis Sonnenuntergang, dann geht ihr leer aus.«

»Das ist fair«, antwortete Abu Dun. »Mach dir keine Sorgen. Andrej ist zäh. Und wenn er es nicht schafft, dann übernehme ich seinen Teil der Arbeit.«

»Ganz, wie du meinst«, sagte Pedro. »Da wären ein paar Kisten und Säcke an Bord der Schiffe zu bringen. Seht ihr den kleinen Stapel dort hinten, bei der Gasse?«

Andrejs Blick folgte seinem ausgestreckten Arm. Abu Dun tat dasselbe. Er war auch der Erste, der die Sprache wiederfand.

»Oh«, murmelte er.

Zwei- oder dreimal im Laufe dieses Tages – der überdies kein Ende zu nehmen schien – war Andrej nahe daran gewesen, Abu Dun beim Wort zu nehmen und die Hilfe des Nubiers, die dieser ihm angeboten hatte, einzufordern. Sein Zustand besserte sich nicht. Zu der leisen Übelkeit und den dumpfen Kopfschmerzen, die ihn schon beim Aufwachen geplagt hatten, gesellte sich nun noch eine körperliche Schwäche, und mit jedem Sack und jeder Kiste, die sie an Bord des Schiffes gebracht hatten, schienen seine Muskeln ein bisschen mehr zu schmerzen. Pedro hatte ihnen versichert, dass sie erst ihren Lohn bekommen würden, sobald sie den gesamten Stapel fortgeschafft hatten, und Andrej zweifelte nicht daran, dass er sein Wort auch halten würde. Doch schon nach kaum einer Stunde keimte in ihm der Verdacht, dass der heimtückische Zwerg den Frachtstapel mit einem Zauber belegt hatte, der ihn jedes Mal wieder auf seine ursprüngliche Größe anwachsen ließ, wenn sie nicht hinsahen, und der jede Kiste, die er sich auf die Schultern und Arme lud, eine Winzigkeit schwerer machte als die vorherige.

Bis zum Sonnenuntergang und damit dem Ende ihrer Schicht war vielleicht noch eine Stunde Zeit, als es Abu Dun zu bunt wurde und er Andrej die Kiste (sie fühlte sich an, als enthielte sie mindestens drei Schiffsgeschütze samt der dazugehörigen Munition für eine ganze Seeschlacht), die er sich gerade aufgeladen hatte, wortlos abnahm und mit deutlich mehr als nur *sanfter* Gewalt auf eine andere Kiste drückte.

»Was soll der Unsinn?«, beschwerte sich Andrej.

»Genau das wollte ich dich auch gerade fragen«, antwortete Abu Dun. »Willst du mir beweisen, wie stark du bist? Das ist nicht nötig, Hexenmeister. Ich weiß es. Bleib hier sitzen und ruh dich aus.«

»Was soll der Unsinn?«, wiederholte Andrej nur.

»Dieser Unsinn soll zum Beispiel verhindern, dass ich dich nach der ganzen Plackerei auch noch ins Gasthaus zurücktragen muss, wenn wir hier fertig sind«, antwortete Abu Dun säuerlich, schulterte die Kiste, unter der Andrej gerade fast zusammengebrochen wäre, ohne die geringste Mühe und besaß auch noch die Unverschämtheit, sich eine zweite, ebenso große Kiste auf die andere Schulter zu laden.

»Du bleibst hier sitzen und ruhst dich aus, bis ich zurück bin, oder ich verprügle dich so lange, bis du Vernunft angenommen hast.«

»Das kannst du gar nicht«, sagte Andrej schwach.

»Heute schon«, behauptete Abu Dun. Dann wurde sein Blick weich. »Jetzt nimm Vernunft an, Andrej. Du bist krank, ob du das nun zugeben willst oder nicht. Wir werden später herausfinden, was mit dir nicht stimmt. Jetzt komm erst einmal wieder zu Kräften.«

Er ging, ohne Andrej auch nur die Zeit zu einer Erwiderung zu geben, wandte aber auf dem Weg zum Kai und auch die schmale Planke zum Schiff hinauf mehrmals den Kopf, um sich davon zu überzeugen, dass Andrej seinem Befehl auch folgte.

Andrej schnitt ihm jedes Mal eine Grimasse, aber er blieb auch gehorsam sitzen, und im Stillen empfand er eine tiefe Dankbarkeit. Abu Dun hatte mit jedem Wort, das er gesagt hatte, recht. Er war krank, ob ihm das nun unmöglich erschien oder nicht.

Andrej warf einen Blick zu der tief stehenden Sonne hinauf, dann auf den mittlerweile sichtbar zusammengeschmolzenen Kistenstapel, auf dem er saß, und kam zu dem Schluss, dass Abu Dun es schaffen würde. Ohne seine Hilfe vermutlich sogar schneller als mit ihr.

Das Gefühl, angestarrt zu werden, ließ ihn aufblicken.

Er hatte sich nicht getäuscht. Jemand hatte ihn beobachtet. Die Gestalt war zu schnell verschwunden, als dass er mehr als einen huschenden Schatten wahrnahm, aber sie war da gewesen.

Und? Abu Dun und er waren praktisch den ganzen Tag über ununterbrochen angestarrt worden, und das von so ziemlich jedermann, der vorbeigekommen war – am Anfang hämisch und voll unverhohlener Schadenfreude, später, als der gewaltige Stapel mehr und mehr schrumpfte, überrascht und ungläubig. Mittlerweile, so mutmaßte er, waren vermutlich Abu Dun und er das interessanteste Gesprächsthema unter den Hafenarbeitern. Wieso also wunderte er sich darüber, angestarrt zu werden?

Abu Dun kam zurück und trottete mit einem ansehnlichen Teil des Kistenstapels wieder davon, und Andrej hatte immer noch keine Antwort auf seine Frage gefunden – aber das nagende Gefühl, dass es wichtig sein könnte, eine zu finden, wurde stärker.

Schließlich stand er auf, um erst zur Kaimauer hinunterzuschlendern, und dann ein gutes Stück nach links. Das gigantische Schlachtschiff, das Abu Dun und er im Laufe des Tages beladen hatten, war nicht sein Ziel. Er hatte Zeit genug gehabt, es in Augenschein zu nehmen, und rein gar nichts von dem, was er gesehen hatte, hatte ihm gefallen. Aber es gab noch mehr Schiffe hier im Hafen.

Eines davon weckte ganz besonders seine Neugier, auch wenn er selbst im ersten Moment nicht sagen konnte, warum. Neben den bauchigen Linienschiffen wirkte es wie ein besseres Paddelboot, obgleich es nicht einmal besonders klein war – ein schlanker, mit einem Dutzend zusätzlicher Ruder auf jeder Seite ausgestatteter Segler, der sich zwischen den von Kanonen starrenden Kriegsschiffen ausnahm wie ein Hai inmitten einer Schule von Walfischen. Doch der Anblick einer leibhaftigen Galeere inmitten der berühmten Armada war ungewöhnlich. Doch das war es nicht allein. Bug und Heck des Schiffes waren weit nach oben geschwungen, so wie er es bisher noch nicht gesehen hatte. Hätte dieses seltsame Schiff auch noch einen Rammsporn und den charakteristischen Schwanenkopf gehabt, Andrej hätte geschworen, dem Nachbau einer römischen Kriegsgaleere gegenüberzustehen. Auch der Name, der in vergoldeten Lettern an dem zum Teil brandgeschwärzten Bug prangte, wollte nicht so recht passen. *Ninja. Die Schöne.*

Aber vielleicht würde sich das ja in nächster Zukunft noch ändern, denn an der *Schönen* wurde nach Kräften gearbeitet. Dutzende von Arbeitern und Handwerkern wuselten an Deck des Schiffes herum, sägten, hämmerten und hobelten, Taue wurden gespannt und Segeltuch und Kisten hin und her getragen, Kommandos und Befehle gebrüllt, und das Ganze mit einer Schnelligkeit und Effizienz, als hinge das Leben all dieser Männer davon ab, möglichst schnell mit ihrer Arbeit fertig zu werden.

Wahrscheinlich tat es das sogar, dachte Andrej. Ihr neuer Wohltäter Colonel Rodriguez wäre vermutlich ebenso erstaunt wie wenig erfreut, wenn er erführe, dass Abu Dun und er sehr wohl wussten, welche Aufgabe diese gewaltige Flotte hatte, und auch, wann sie auslaufen sollte, wenn sich der Kriegsverlauf und das Wetter nicht radikal änderten.

Von heute an gerechnet in acht Tagen. Dann würde nicht nur die *Ninja*, sondern die gesamte Armada in See stechen, und in einer Seeschlacht oder einem schweren Sturm konnte eine nicht oder schlampig ausgeführte Reparatur durchaus den Untergang eines Schiffes bedeuten.

Aber das war nicht sein Problem.

Abu Dun und er waren hier, um einer viel größeren Gefahr zu begegnen als einer lächerlichen Kriegsflotte.

Er bemerkte aus den Augenwinkeln, dass Abu Dun wieder zu seinem Kistenstapel zurücktrottete, winkte ihm flüchtig zu und verfolgte noch einige Momente lang das Treiben an Deck des Schiffes, bevor auch er kehrtmachte. Er fühlte sich nicht besser, aber auch noch nicht so schlecht, Abu Dun den Triumph zu gönnen, die allerletzte Kiste an seiner statt an Bord zu tragen.

Als er den Stapel fast erreicht hatte, schoss plötzlich eine zerlumpte Gestalt vor, schnappte sich wahllos eine der prall gefüllten Kisten und schulterte sie, um unter ihrer Last gebeugt davonzuwanken.

Allerdings in die falsche Richtung.

Es dauerte eine halbe Sekunde, bis Andrej begriff, dass der Bursche keineswegs gekommen war, um Abu Dun und ihm zu helfen, sondern um zu stehlen. Verblüfft von so viel Dreistigkeit, schrie er wütend: »Heda! Was fällt dir ein?«, und setzte ihm mit weit ausgreifenden Schritten nach.

Der Dieb rannte ebenfalls, und in Anbetracht der enormen Last, die er gerade stibitzt hatte, sogar erstaunlich schnell.

Nicht, dass ihm das irgendetwas nutzen würde.

Krank oder nicht, Andrej folgte fünfmal schneller, als der Bursche vor ihm flüchtete, flankte über den zusammengeschmolzenen Frachtstapel hinweg und fragte sich in dem kurzen Augenblick, den er für diesen Sprung brauchte, was zum Teufel er hier eigentlich tat. Nichts von diesen Sachen gehörte ihm, und in der Armada würde keine Hungersnot ausbrechen, wenn eine Kiste mit Rüben oder Schießbaumwolle fehlte.

Doch dann setzte er auf der anderen Seite auf, und der stechende Schmerz, den die Erschütterung in seinem verletzten Auge auslöste, lieferte ihm den Grund für die Verfolgung: Just in diesem Moment brauchte er dringend jemanden, an dem er seine schlechte Laune auslassen konnte.

Der unglückselige Bursche, hinter dem er her war, schien dies wohl zumindest zu ahnen, denn er sah sich in diesem Moment um, fuhr erschrocken zusammen, ließ seine (vermutlich ohnehin nahezu wertlose) Beute fallen und setzte zu einem verzweifelten Spurt an, sodass auch Andrej beschleunigen musste. Immerhin würde es dem Dieb durch diese Anstrengung möglicherweise gelingen, die schlimmste Tracht Prügel seines Lebens um beinahe eine Sekunde zu verzögern, dachte Andrej.

Doch während Andrej die Entfernung zwischen sich und dem untalentiertesten Dieb Cádizs mit einem einzigen Satz halbierte, fiel ihm auf, dass die Gasse, die noch am Morgen hinter einem gut drei Meter hohen Stapel aus Kisten und Säcken verborgen gewesen war, nur knappe zwei Dutzend Schritte lang war und vor einer fensterlosen Wand endete, in der es nur eine einzige, schmale Tür gab. Der Bursche sprintete darauf zu, als ginge es um sein Leben, und wäre Andrej ein normaler Mensch gewesen, dann hätten seine Chancen nicht einmal schlecht gestanden, sie zu erreichen, bevor er ihn eingeholt hatte.

Auf einmal von einer unguten Ahnung erfasst, lief Andrej langsamer, blieb schließlich stehen und ließ es zu, dass der Bursche die Tür erreichte und in der fast völligen Dunkelheit dahinter verschwand.

Verwirrt – und plötzlich misstrauisch geworden – sah Andrej über die Schulter zurück und maß die Reste des zusammengeschmolzenen Kistenstapels mit nachdenklichen Blicken. Vor ein paar Stunden noch hatten die Kisten eine mehr als mannshohe, kompakte Mauer gebildet, deren Rückseite vom Kai aus nicht einsehbar war, nicht einmal von einem der höher gelegenen Schiffsdecks aus. Doch das bedeutete, dass sich jeder, der durch diese Tür kam, nach Belieben daran hatte bedienen können. Warum also war der Bursche das Risiko eingegangen, jetzt noch eine wertlose Kiste zu stehlen und dabei womöglich ertappt zu werden?

Entweder war er dumm, oder er *wollte*, dass ihn jemand sah. Andrej bedachte beide Alternativen einige Sekunden lang gründlich, kam zu dem Ergebnis, dass sie einander keineswegs ausschlossen, und setzte seinen Weg dann langsamer fort. Der Dieb hatte die Tür hinter sich nicht geschlossen, aber selbst Andrejs scharfe Augen erkannten dahinter nichts als Schwärze.

Dafür verriet ihm sein Gehör umso mehr. Der Raum hinter der Tür war nicht leer. Er identifizierte die Atemzüge von drei, vielleicht von vier Männern, die irgendwo in der Dunkelheit verborgen lauerten, und als er näher herankam, hörte er das Rascheln von Kleidung und ein leises, aber charakteristisches Scharren. Metall. Waffen, die aus ihrer Umhüllung gezogen wurden.

Eine Falle. Der Bursche hatte gewollt, dass er ihn sah, denn er hatte es keineswegs auf eine Kiste Rüben oder warme Wollsocken abgesehen gehabt, sondern auf ihn.

Andrej überlegte einen Moment lang ganz ernsthaft, auf Abu Duns Rückkehr zu warten, verwarf die Idee jedoch im gleichen Moment, in dem er sich den Kommentar des Nubiers vorzustellen versuchte. Außerdem waren die anderen nur zu viert, und *so* krank war er nun auch wieder nicht.

»Also gut, Freunde«, murmelte er. »Wenn ihr spielen wollt …« Mit einem entschlossenen Schritt trat er durch die Tür, hörte ein Rascheln zu seiner Linken und schlug mit der flachen Hand mit aller Macht in die entsprechende Richtung. Ein überraschtes Keuchen ertönte, und irgendetwas Schweres polterte zu Boden, obwohl er nicht einmal gespürt hatte, dass er etwas getroffen hatte. Blitzartig schlug er die Tür hinter sich zu, und der Raum versank vollends in Schwärze … ein Vorteil, den er zu nutzen wissen würde. Sein Gehör und sein instinktives Gespür für Bewegung verrieten ihm den Dolch, der genau dorthin gestoßen wurde, wo er gerade noch gestanden hatte. Andrej schlug ihn mit einer fast beiläufigen Bewegung zur Seite, rammte die andere Faust in die Dunkelheit dahinter und horchte befriedigt auf das Klatschen und den pfeifenden Laut, mit dem die Luft zwischen den gebrochenen Rippen des unsichtbaren Angreifers hindurch aus seinen Lungen gepresst wurde. Dieser brach gurgelnd zusammen, und Andrej huschte lautlos an ihm vorbei und duckte sich, um zu lauschen.

Er hatte sich getäuscht. Nicht vier Männer, sondern fünf lauerten im Hinterhalt. Zwei befanden sich links von ihm, der dritte auf der anderen Seite und ein paar Schritte entfernt, und zumindest er musste entweder über ein außergewöhnlich scharfes Gehör verfügen oder Augen wie eine Katze haben, denn er bewegte sich nicht nur auf ihn zu, er tat es auch so zielsicher, dass es kein bloßer Zufall oder nur pures Glück sein konnte. Diese Sicherheit war sonderbar, vielleicht sogar beunruhigend, aber es machte die Sache auch spannender. Andrej registrierte beinahe überrascht, dass er die Situation zu genießen begann. Die Erregung des Jägers hatte ihn ergriffen, und er konzentrierte sich mit all seinen Sinnen auf den heranschleichenden Burschen, wartete den richtigen Moment ab und trat dann zu.

Er traf, aber nicht annähernd so hart und präzise, wie er gehofft hatte. Statt gegen die Kinnspitze des Mannes prallte sein Fuß nur gegen dessen Schulter, weil sich der Bursche im letzten Moment zur Seite und zurück warf. Auch war der Tritt nicht annähernd hart genug, um sie zu brechen, sondern schleuderte ihn lediglich zu Boden. Der Kerl musste geradezu übermenschlich schnelle Reaktionen haben.

Was möglicherweise daran lag, dass er in der Tat kein Mensch war.

Beinahe zu spät begriff Andrej seinen Irrtum.

Sein Gegner war kein Mensch, sondern ein Vampyr.

Hinter ihm scharrte es, und gerade noch rechtzeitig erinnerte sich Andrej an die beiden anderen Kerle. Sich der Gefahr bewusst, dem Vampyr den Rücken zuzuwenden, fuhr er herum, packte die beiden Burschen an der Brust und schlug ihre Köpfe mit solcher Wucht aneinander, dass der Glücklichere der beiden auf der Stelle starb. Noch bevor der andere schreiend zusammenbrach und die Hände gegen seinen gebrochenen Schädel schlug, fuhr Andrej abermals herum und riss schützend den linken Arm vor das Gesicht. Etwas biss glutheiß und grausam tief in seinen Unterarm, und ein Fausthieb traf ihn so hart gegen die Brust, dass er zurück und gegen die Wand taumelte. Schmerzen loderten in seinem verletzten Arm, und der Hieb war hart genug gewesen, um ihm nicht nur zwei oder drei Rippen zu brechen, sondern ihm auch alle Kraft zu nehmen. Panik wollte sich seiner bemächtigen, aber das ließ er nicht zu. Stattdessen nahm er einen zweiten, womöglich noch härteren Treffer hin, registrierte mit sonderbar distanziertem Entsetzen, wie seine Knie unter dem Gewicht seines Körpers nachgaben, und ließ sich einfach zur Seite fallen. Metall grub sich knirschend genau dort in die Wand, wo sich zweifellos seine Kehle befunden hätte, wäre er nicht gestürzt, und als der Dolch zurückgerissen wurde, drang ein einzelner, gleißend heller Sonnenstrahl durch das schmale Loch, das die Waffe in die Wand gebohrt hatte.

Das erwies sich als fatal für seinen Gegner.

Er ging weder in Flammen auf noch ergriff er schreiend die Flucht, wie es der Volksglauben so gerne erzählte. Vampyre verbrennen nicht im Sonnenlicht. Aber die Augen des Angreifers hatten sich ebenso an die völlige Dunkelheit hier drinnen gewöhnt wie die Andrejs, und sein Pech war es, dass er direkt in den hellen Lichtfinger hineinblickte. Er war geblendet, vielleicht nur für den Bruchteil eines Atemzuges, aber mehr brauchte Andrej nicht.

Er versuchte nicht, aufzuspringen oder in eine günstigere Angriffsposition zu gelangen, sondern stieß einfach die Faust schräg nach oben zwischen die Oberschenkel des Burschen, und seine Vermutung, dass Vampyre an einer gewissen Stelle kaum weniger empfindlich sind als normale Menschen, erwies sich als richtig. Der Bursche japste vor Schmerz, ließ seinen Dolch fallen, brach zusammen und schlug hart mit dem Gesicht auf Andrejs rechtes Knie.

Damit – Vampyr hin oder her – wäre der Kampf vorbei gewesen, hätte sich Andrej im Vollbesitz seiner Kräfte befunden. Unglückseligerweise war er es nicht. Sein Gegner brach gurgelnd und Blut und Zähne und Knochensplitter spuckend zusammen, aber auch Andrejs Kräfte ließen ihn im Stich. Er fiel, wälzte sich mühsam auf den Rücken und drängte mit aller Macht die Bewusstlosigkeit zurück, die nach ihm greifen wollte. Um ihn drehte sich alles. Ihm wurde übel, und plötzlich war er entsetzlich *hungrig*.

Was ihm das Leben rettete, war wohl der Umstand, dass es dem anderen auch nicht sehr viel besser zu ergehen schien. Andrej hörte ein dumpfes Stöhnen, und erst nach zwei oder drei Atemzügen wurde ihm klar, dass es nicht aus seiner Kehle kam. Mit einer schon beinahe verzweifelten Willensanstrengung zwang er sich auf die Knie und registrierte wie durch einen betäubenden Nebel hindurch, dass auch der andere neben ihm schon wieder in die Höhe kam. Er versuchte etwas zu erkennen, doch es gelang ihm nicht. Der einzelne Lichtstrahl, der durch das Loch in der Wand drang, schien die ihn umgebende Dunkelheit nur noch zu vertiefen.

»Wir können jetzt so weitermachen, bis einer von uns tot ist«, sagte er gepresst. »Oder du siehst ein, dass es sich nicht lohnt, einen Mann auszurauben, der nichts hat, und gehst deiner Wege.«

Er hatte nicht mit einer Antwort gerechnet und bekam auch keine. Der Vampyr war nicht hinter seinem Besitz her, jedenfalls nicht hinter dem, den er in einer Geldbörse tragen würde. Er stemmte sich weiter in die Höhe, und Andrej konnte hören, wie er nach seinem Dolch tastete, ihn fand und aufhob.

»Nur, falls du es noch nicht gemerkt hast, mein Freund«, murmelte er, »aber wir sind vom selben Blut. Wir sollten nicht gegeneinander kämpfen.«

Die Antwort des anderen bestand aus einem ungelenken Messerhieb, dem Andrej zwar instinktiv auswich, der aber auch jedes weitere Wort überflüssig machte. Andrej trat blindlings in die Richtung, aus der der Dolch gekommen war, traf nichts als leere Dunkelheit und erinnerte sich endlich daran, auch nicht gänzlich unbewaffnet hierher gekommen zu sein. Hastig wich er zwei, drei Schritte zurück und zog Gunjir unter dem Mantel hervor. Das enorme Gewicht der Waffe hätte ihn fast aus dem Gleichgewicht gebracht. Er musste einen hastigen halben Ausfallschritt zur Seite machen, um nicht zu stürzen, und es bereitete ihm wirkliche Mühe, das Schwert nicht fallen zu lassen. Aber zugleich flößte ihm die vertraute Schwere der Waffe auch eine Zuversicht ein, die er bisher schmerzlich vermisst hatte. Mit einem weiteren Schritt verschaffte er sich festen Stand, schloss die Hand enger um den mit feinem Leder umwickelten Griff des Schwertes, schloss die Augen und lauschte.

Es dauerte einen Moment, bis er mehr hörte als das rasende Hämmern seines eigenen Herzens. Er fühlte sich noch immer schwach, sein linker Arm tat höllisch weh und blutete, wo ihn das Messer gestreift hatte, und an sein verletztes Auge wagte er nicht einmal zu denken, ohne dass ihn der stechende Schmerz beinahe in den Wahnsinn trieb ... aber er spürte zugleich auch, dass es dem anderen nicht sehr viel besser ergehen konnte. Er hatte ihn übel erwischt, und auch ein Unsterblicher hatte mit zermalmten Genitalien und einem zerschmetterten Kiefer eine Weile zu tun. Und er hatte Gunjir. Das Schwert war bereits erwacht und schrie tief in seiner Seele nach Blut.

»Ich weiß ja, dass es sinnlos ist«, sagte er, »aber ich sage es trotzdem noch einmal: Noch können wir die Sache hier beenden, ohne dass einer von uns sterben muss. Sag mir, wer dich geschickt hat, und ich lasse dich gehen.«

Schritte, irgendwo links von ihm. Dann das Scharren von Metall, als eine zweite Waffe gezogen wurde, vermutlich ein Schwert. Und dann eine ... *dritte?*

Entsetzt erkannte Andrej seinen erneuten Fehler, während er sich mit einer verzweifelten Bewegung zur Seite kippen ließ: Auch der Mann, den er als Ersten niedergeschlagen hatte, war kein *Mann* gewesen, sondern ebenfalls ein Vampyr. Und auch dieses Mal war es ihm entgangen.

Etwas aus sehr hartem (und sehr scharf geschliffenem) Metall erwischte ihn am Rücken, als er in die Höhe sprang, schlitzte seinen Mantel, das Hemd, das er darunter trug, und auch die Haut und Muskeln auf, ließ ihn vor Pein aufschreien und rettete ihm wahrscheinlich zugleich das Leben, denn er taumelte haltlos nach vorne und entging so dem Schwerthieb des zweiten Vampyrs, der ihn von der anderen Seite attackierte. Schmerz schoss in einer weißglühenden Flamme zuerst in seinem Rücken hoch, dann in seinem ganzen Leib, und die Schwärze vor seinen Augen färbte sich rot. Alles roch nach Blut, *seinem* Blut, und wieder spürte er den lähmenden Griff der Panik. Was geschah hier? Diese beiden Männer, die er nicht sehen konnte, sondern nur hörte, waren Vampyre wie er, aber das bedeutete nichts. Er sollte sie töten können. Er hatte Dutzende ihrer Art getötet, und oft genug mehr als nur einem zugleich gegenübergestanden, ohne dass es auch nur den geringsten Zweifel am Ausgang dieses Kampfes gegeben hatte.

Vielleicht war heute der Tag, an dem sich das Blatt wendete.

Ein kaum merkliches Scharren zu seiner Linken warnte ihn, und gerade wollte Andrej sich instinktiv in die andere Richtung fallen lassen, als er im allerletzten Moment die Falle erahnte und im Gegenteil mit Gunjir in die Richtung stieß, aus der das Geräusch gekommen war. Er traf, nicht tödlich, nicht einmal sehr schwer, doch Blut benetzte Gunjirs Klinge, und mehr brauchte das Höllenschwert nicht, um das zu tun, wozu es erschaffen war. Gier, reine, erbarmungslose Blutgier explodierte in Andrej, ließ ihn Schmerz und Schwäche und Zweifel auf der Stelle vergessen und erfüllte ihn mit einer Kraft, die nicht die seine war. Er wusste sehr wohl, welchen Preis er für diese geliehene Kraft würde bezahlen müssen, aber jetzt und hier war sie alles, was noch zwischen ihm und dem sicheren Tod stand.

Andrej ergriff das Götterschwert mit beiden Händen und schwang es zu einem gewaltigen Hieb – nicht gegen seine Gegner, sondern die Wand hinter sich. Das dünne Geflecht aus Holz und mit Stroh vermischtem Lehm zerstob, und gleißendes Sonnenlicht strömte in den Raum.

Zum ersten Mal sah Andrej die beiden Vampyre, gegen die er bisher in vollkommener Dunkelheit gekämpft hatte. Einer davon war ein Mann unbestimmbaren, aber fortgeschrittenen Alters, der mit einem dünnen Florett und einem schlanken, beidseitig geschliffenen Dolch bewaffnet war, der andere zu seiner Verblüffung eine junge Frau – fast noch ein Mädchen, die nur ein schlankes Messer in den Händen hielt. Dennoch spürte er sofort, dass sie die Gefährlichere der beiden Gegner war.

»Das ist jetzt meine letzte Warnung«, sagte er – gegen seinen Willen. Alles in ihm dränge auf ihren schnellen Tod. Gunjir schrie nach dem Blut der beiden Vampyre, und das Ungeheuer tief in seiner Seele zerrte immer heftiger an seinen Ketten. Trotzdem fuhr er fort: »Gebt auf und sagt mir, wer euch geschickt hat, und ich lasse euch am Leben.«

Wie er es erwartet (und insgeheim gehofft) hatte, griffen sie augenblicklich und gleichzeitig an. Der Mann stürzte sich mit Schwert und Dolch zugleich auf ihn; ein direkter, brutaler Ansturm ohne irgendwelche raffinierten Tricks oder Finten. Währenddessen vollführte die junge Frau einen komplizierten Sprung, an dessen Ende sie nahezu waagerecht in der Luft lag und mit beiden Füßen zugleich nach Andrejs Gesicht stieß.

Mit mehr Glück als Geschick wich er dem doppelten Angriff aus, zerschmetterte das alberne Florett des männlichen Vampyrs mit einem fast beiläufigen Schlag Gunjirs und brachte den Kerl mit einem blitzartig nachgesetzten Tritt zu Fall. Sein anschließender Schwerthieb ging ins Leere, und für einen neuerlichen Angriff blieb ihm keine Zeit. Die junge Frau war wieder auf den Beinen und hackte mit ihrem Messer wie mit einem Metzgerbeil nach seinem Gesicht.

Andrej wich dem ungelenken Hieb zwar fast mühelos aus, aber er beging auch nicht den Fehler, sich durch diese kindisch anmutende Attacke täuschen zu lassen – zumal ihm die junge Vampyrin noch vor einem Augenblick gezeigt hatte, wie gewandt und schnell sie sich bewegen konnte. Blitzartig schlug er ihren Arm zur Seite und rechnete fest mit einer Finte oder einer weiteren Heimtücke, aber sie nahm den Hieb ohne mit der Wimper zu zucken hin, taumelte zurück und stocherte noch in der Bewegung ungeschickt mit der Messerspitze nach seinen Armen. Sowohl die Waffe als auch die Art ihres Angriffes waren kaum in der Lage, ihn ernsthaft zu verletzen, aber er wich dem Stoß trotzdem instinktiv aus, schleuderte die Vampyrin zu Boden und stieß blindlings mit Gunjir hinter sich, als er dort eine Bewegung spürte.

Er traf, riss das Schwert mit einem Ruck wieder zurück und wirbelte in der gleichen Bewegung und gerade noch rechtzeitig herum, um den Vampyr in die Knie brechen zu sehen. Sein Gesicht war blutüberströmt, aber Andrej erkannte trotzdem den Ausdruck fassungslosen Staunens und aufkeimenden Entsetzens in seinen Augen, als er den Biss des Götterschwertes spürte und allmählich begriff, dass diese Klinge ihm weit mehr antat, als jede von Menschenhand geschmiedete Waffe es gekonnt hätte.

Gunjir stieß blitzartig zu, wobei die Waffe mehr Andrejs Hand führte als diese das Schwert, und der Kopf des Vampyrs flog davon und verschwand in der Dunkelheit, während sich sein enthaupteter Torso noch einen Herzschlag lang trotzig gegen das Unausweichliche zu stemmen schien und dann so langsam nach vorne sank, als würde er von unsichtbaren Bändern gehalten.

Schwer atmend wandte Andrej sich um, wischte das Blut von Gunjirs Klinge und sah auf die Vampyrin hinab. Er war überrascht, dass sie die Chance nicht genutzt hatte, aufzustehen und ihm ihr Messerchen in den Rücken zu stoßen; vielleicht hatte er sie doch härter getroffen, als er geglaubt hatte.

Immerhin versuchte sie sich genau in diesem Moment aufzurappeln, hielt aber sofort in ihrer Bewegung inne, als er Gunjir senkte und die Spitze der Klinge auf ihre Kehle setzte. Täuschte er sich, oder loderte für einen Moment so etwas wie nackte Panik in ihrem Blick auf?

»Ich an deiner Stelle würde jetzt aufgeben«, sagte er. »Aber die Entscheidung liegt natürlich bei dir.«

Und natürlich bekam er auch keine Antwort. Die junge Frau – nein, Andrej korrigierte sowohl sich selbst auch seine erste Einschätzung in Gedanken: Sie war noch ein Mädchen, möglicherweise ein Jahrhundert alt oder auch zwei, aber ihr Körper war der einer sechzehn- oder siebzehnjährigen – starrte nur das Schwert in seiner Hand an, und was er in ihren Augen las, das war jetzt die blanke Todesangst. Vielleicht eine neue Erfahrung für sie, dachte er, die ihr ganz gut tat.

Andrej bemerkte erst jetzt, dass sich die Klinge allein durch ihr bloßes Gewicht eine Winzigkeit weiter gesenkt und ihre Kehle geritzt hatte. Die Wunde war nicht gefährlich und tat vermutlich nicht einmal weh; ein winziger Schnitt, aus dem ein einzelner Blutstropfen quoll und eine geschwungene rote Spur an ihrem Hals hinabzog.

Der Anblick löste etwas in ihm aus, das Andrej verwirrte. Ein Gefühl, ein Bild, das nicht hierher gehörte, nicht an diesen Ort und schon gar nicht in diesen Moment. Hastig zog er das Schwert zurück, und das Mädchen nutzte sofort die Gelegenheit, in eine halb sitzende Position hochzuschnellen und nach seinem Messer zu greifen.

Andrej trat es weg, schob Gunjir wieder in die lederne Scheide an seinem Gürtel und riss das Mädchen mit der anderen Hand auf die Beine. Sofort versuchte sie, ihm mit den Fingernägeln das Gesicht zu zerkratzen. Andrej stieß sie so wuchtig gegen die Wand, dass sie vor Schmerz stöhnte und benommen ein Stück weit in die Knie ging. Ihr Blick begann sich zu verschleiern. Ein zweiter, kleinerer Blutstropfen quoll aus dem winzigen Schnitt an ihrem Hals und folgte der roten Spur des ersten. Andrejs Blick ließ die dunkelrote Träne erst los, als sie zwischen den noch beinahe kindlichen Brüsten des Mädchens verschwand, und diesmal reagierte sein Körper noch weitaus stärker auf das Bild als eben.

»Willst du, dass ich dich töte?«, fragte er. Seine Stimme klang belegt und nicht annähernd so fest, wie er es erwartet hatte. Es fiel ihm immer schwerer, seinen Blick vom Ausschnitt des Mädchens loszureißen, und er konnte nicht sagen, was ihn mehr in seinen Bann schlug: Der Anblick der weichen Rundungen unter ihrem Kleid oder das lebendige, warme Rot, das an ihrem Hals hinabrann. Vielleicht beides. Blut war so wenig ein Lebenselixier für ihn wie für irgendeinen anderen Vampyr, aber es war das, wofür es stand, was ihn fast über den Rand seiner Beherrschung hinaustrieb – das pulsierende Leben der jungen Vampyrin, dessen Hitze er tief in ihr spürte und die ein Teil von ihm einfach nur *haben* wollte.

Aber es war auch die Frau, nach der sein Körper sich sehnte, ganz gleich ob sie noch ein halbes Kind war und nicht einmal seinem bevorzugten Frauentyp entsprach. Der immer schwächer werdende Teil von ihm, der noch zu logischem Denken fähig war, schämte sich dieses Gefühls, aber er konnte sich nur noch mit äußerster Kraft beherrschen, um ihr nicht die Kleider vom Leib zu reißen und sein Gesicht zwischen ihren Brüsten zu vergraben … und seine Zähne in ihren Hals.

Vielleicht spürte sie seine Unsicherheit und deutete sie falsch oder sie war einfach verzweifelt – auf jeden Fall versuchte sie sich loszureißen und hätte es um ein Haar sogar geschafft. Im letzten Moment erwischte Andrej eine Strähne ihres langen rabenschwarzen Haares, riss sie daran zurück und schmetterte sie noch einmal und mit noch viel größerer Kraft als gerade gegen die Wand. Diesmal verlor sie tatsächlich das Bewusstsein, aber Andrej fing sie mit einer Hand auf, presste sie gegen die Mauer und griff gleichzeitig in sie hinein, um sie wieder ins Wachsein zurückzuzwingen. Dabei sorgte er dafür, dass es auf sehr unangenehme Art geschah. Es war mehr als Schmerz, was er ihr zufügte.

Und ein Teil von ihm genoss es sogar.

In den Augen des Mädchens stand nichts als Qual geschrieben, als sie die Lider hob, und ihre Seele krümmte sich in schierer Agonie, die sie für ihn nur noch verlockender werden ließ. Ein Teil von ihm wollte ganz genau diese Qual, die er in ihren Augen sah, wollte sich an ihrem Schmerz und ihrer Furcht laben, sowie ein anderer ihren Körper wollte, ihren Duft, die verlockende Süße ihrer Lippen und die Weichheit ihrer kindlichen Brüste und Schenkel. Und plötzlich war da noch eine andere, wispernde Stimme in ihm, die ihm zuflüsterte, dass er beides haben konnte, ihren Körper *und* ihr Leben, und dass es rein gar nichts gab, was sie dagegen tun konnte. Er war um so vieles stärker als sie. Sie gehörte ihm, in jeglicher Beziehung, und er konnte – und würde! – mit ihr tun, was immer ihm beliebte.

Irgendwie gelang es Andrej, der wispernden Stimme zu widerstehen (wie lange noch?) und den Druck seiner Hand zumindest so weit zu mildern, dass sie wieder atmen konnte. Keuchend zog sie Luft in die Lungen, und in ihren Augen, die jetzt schwarz vor Angst waren, schimmerten plötzlich Tränen. Er hatte sich nicht geirrt. Jahrhunderte alt oder nicht, tief in ihrem Inneren war sie noch immer mehr Kind als Frau.

»Ich könnte dich töten«, sagte er noch einmal, und mit mühsam beherrschter, bebender Stimme. »Dann warte ich, bis du wieder aufgewacht bist, und töte dich erneut. Und wieder, und wieder, so oft, wie ich will. Und es wird sehr, sehr wehtun, jedes Mal. Willst du das?«

Sie musste ihm wohl ansehen, dass er all das, was er ihr gerade angedroht hatte, sowohl tun konnte als auch wollte, denn die Angst in ihren Augen loderte noch einmal auf, und sie versuchte sich loszureißen.

Andrej ohrfeigte sie, und ihr ohnehin schwacher Widerstand erlosch.

»Willst du das?«, fuhr er sie an. »Antworte!«

»Nein«, murmelte das Mädchen. »Ich will noch nicht sterben.«

»Gut«, sagte Andrej. »Und ich will dich nicht töten. Aber ich werde es tun, wenn du meine Fragen nicht beantwortest. Ihr seid keine Diebesbande, habe ich recht?«

Sie antwortete nicht laut, rang sich aber ein schwaches Nicken ab, und Andrej fuhr fort: »Ihr habt mich hierher gelockt, um mich umzubringen.«

Wieder ein angedeutetes Nicken, mit dem er sich diesmal aber nicht zufriedengab. Er schlug sie erneut, so hart, dass ihre Unterlippe aufplatzte und ein dünnes Rinnsal aus Blut an ihrem Kinn hinablief. Die Angst in ihren Augen loderte noch heller, und Andrej genoss diesen Anblick in vollen Zügen. Gleichzeitig empfand er aber auch Entsetzen und Furcht vor sich selbst – zwar schwach und doch lebendig.

»Ja«, flüsterte sie mit zitternder Stimme. »Du hast recht. Es war eine Falle.«

Zur Antwort schlug er sie noch einmal, sodass nun auch noch ihr anderer Mundwinkel aufplatzte. Jetzt sah sie wirklich aus wie ein Vampyr aus den düsteren Geschichten, die sich die Menschen so gern erzählten, der sich gerade an einem wehrlosen Opfer gütlich getan hatte. Andrej spürte, wie sich sein Atem beschleunigte. Sein Körper schrie immer lauter nach der Frau, und der Vampyr tief in ihm heulte nach ihrem Blut.

Ohne sich der Bewegung auch nur bewusst zu sein, geschweige denn etwas dagegen tun zu können, drängte er sich enger an sie, presste sie mit seinem ganzen Körper gegen die Wand und legte die Hand unter ihr Kinn, um ihren Kopf in den Nacken zu pressen und sie auf diese Weise zu zwingen, ihn anzusehen. Ein weiterer Fehler. Er war ihr zu nah, viel zu nahe. Der Geruch ihres Blutes stieg ihm immer berauschender in die Nase, und sein Körper rief nach dem verwundbaren, weichen Körper der Frau, den er durch den dünnen Stoff ihres Kleides hindurch spürte. Während er seine eigene Reaktion beobachtete, begriff er voll hilflosem Erschrecken, dass er nichts dagegen tun konnte.

Das Mädchen schrie, wimmerte und wand sich immer verzweifelter unter seinem Griff, aber ihr Widerstand fachte seine Gier nur noch weiter an. Seine Hände tasteten über ihren schlanken Leib, begrapschten ihre Hüfte und ihren Rücken und krochen höher, und sein Gesicht näherte sich dem des Mädchens, bis er die doppelte Süße ihrer Lippen und ihres Blutes schmeckte. Er würde sie nehmen, dachte er entsetzt, zuerst ihren Körper und dann ihr Leben. Und er war machtlos dagegen.

Und er hätte es getan, hätte sie nicht in diesem Moment ihre Hand losgerissen und ihm die Faust gegen die Schläfe geschmettert. Es war ein lächerlicher Hieb, der Schlag eines Kindes, aber er traf sein verletztes Auge.

Der Schmerz war unbeschreiblich. Wo sein Auge gewesen war, explodierte eine weiße Sonne aus purer Qual, die schlimmer war als alles, was er jemals zuvor erlebt hatte. Andrej schrie vor Pein, taumelte zurück und fiel ungeschickt auf den Rücken. Blut tränkte den Verband um seinen Kopf, und flüssiges Feuer brannte sich seinen Weg durch jeden einzelnen Nerv in seinem Leib. Die Qual war so stark, dass er sich wünschte, das Bewusstsein zu verlieren oder vielleicht auch zu sterben.

Doch diese Gnade wurde ihm nicht gewährt. Der Schmerz schien noch schlimmer zu werden, bohrte sich wie ein glühender Dolch tief in seinen Schädel und ließ ihn sich schreiend herumwälzen, und dann erwachte sein rasender Bruder, der Zorn. Wut, alles hinwegfegende, reine Wut stieg vom Grunde seiner Seele empor, wischte den Schmerz nicht fort, aber nahm ihm seine lähmende Kraft und riss Andrej auf die Beine. Wie durch einen roten Nebel hindurch sah er, wie das Mädchen schluchzend in der Dunkelheit verschwand. Aber das nutzte ihr nichts. Er war nicht darauf angewiesen, sie zu sehen. Er hörte ihre Schritte, ihr Schluchzen und das rasende Hämmern ihres Herzens, und er witterte ihr Blut und ihre

Angst. Mit einem einzigen gewaltigen Satz holte er sie ein, schleuderte sie zu Boden und stampfte mit dem Fuß nach ihrem Gesicht. Das Mädchen warf sich im allerletzten Moment herum und entging dem tödlichen Angriff, besaß zugleich aber auch Geistesgegenwart genug, ihrerseits nach ihm zu treten. Andrej, der noch immer schrie – jetzt aber vor Wut und Mordlust –, sank überrascht auf das linke Knie hinab und wäre beinahe vollends gestürzt, hätte er sich nicht im letzten Moment mit beiden Händen abgestützt, und die Vampyrin rollte blitzschnell herum, stemmte sich halb in die Höhe und machte dann mit ausgestreckten Armen einen Hechtsprung, der sie ein gutes Stück weit über den rauen Boden schlittern ließ, statt die vermeintliche Chance zu nutzen, die sich ihr bot, und die Flucht zu ergreifen.

Erst, als sie zur Ruhe kam, begriff Andrej den Sinn ihrer Aktion. Zwischen ihren Fingern schimmerte plötzlich die Klinge des Messers, das er ihr gerade aus der Hand geschlagen hatte.

Doch dann, statt endlich davonzurennen, warf sie sich abermals herum, packte den Dolch mit beiden Händen und versuchte die Klinge durch seinen Stiefel zu rammen. Es war nichts als ein bloßer Reflex, der Andrejs Zehen rettete. Um den Preis, abermals das Gleichgewicht zu verlieren und ungeschickt gegen die Wand zu prallen, zog Andrej den Fuß zurück, und der Dolch grub sich knirschend in den Boden und brach ab. Die gesplitterte Klinge hinterließ eine tiefe, blutende Spur in den Handflächen des Mädchens, was die Vampyrin aber nicht daran hinderte, auf die Füße zu rollen.

Diesmal kam ihre Reaktion zu spät. Andrej war immer noch halb wahnsinnig vor Schmerzen und zu keinem klaren Gedanken fähig, aber er hatte in seinem Leben so viele Kämpfe gefochten, dass ein klarer Gedanke nicht nötig war. Sein Körper wusste beinahe besser als er selbst, was zu tun war. Wenn die Vampyrin je eine Chance gehabt hatte zu entkommen, dann hatte sie sie mit ihrer selbstmörderischen und sinnlosen Attacke auf seinen Fuß verspielt. Andrej holte sie ein, schleuderte sie mit einer wütenden Bewegung zu Boden und versetzte ihr einen Tritt, der ihr die Luft aus den Lungen trieb und ihren Widerstand endgültig brach.

Im nächsten Moment war Andrej auf ihr, riss ihr mit einer einzigen Bewegung das Kleid vom Leib und drängte ihre Beine mit einem brutalen Kniestoß auseinander. Das Mädchen wehrte sich nur noch schwach, und aus seinen schluchzenden Schreien war längst ein verzweifeltes Weinen geworden, ohne dass er den Moment hätte benennen können, in dem sie aufgehört hatte zu kämpfen. Er schlug ihr trotzdem noch einmal so hart ins Gesicht, dass ihre Nase heftig zu bluten begann.

»Andrej?«

Abu Duns Stimme erklang irgendwo hinter ihm, und es war der fassungslose Ton, der ihn aufschrecken ließ, nicht sein plötzliches Erscheinen. Andrej sah hoch, und für einen kurzen Moment war er abgelenkt.

Vielleicht war es die pure Verzweiflung, vielleicht auch ihr letzter Ausweg: Die Vampyrin musste seine Kraft und Erfahrung ebenso genau eingeschätzt haben, wie Andrej umgekehrt ihre Jugend und Unerfahrenheit. Diesen Kampf konnte sie nicht gewinnen, noch sehr viel weniger, wie sie ihn mit einer Waffe in der Hand hatte bezwingen können, und sie wusste es auch; aber sie versuchte es trotzdem: Ihre vampyrischen Sinne griffen in ihn hinein und versuchten das Leben aus ihm herauszureißen. Andrej reagierte ganz instinktiv und auf die einzige Weise, mit der er einem Angriff wie diesem begegnen konnte: Er schmetterte die unsichtbare Hand beiseite, griff seinerseits nach dem lodernden Lebensfunken in ihr (die Flamme brannte heiß, und sie war jung, so unbeschreiblich, herrlich jung!) und riss ihn mit einem einzigen brutalen Ruck aus ihr heraus.

Es war kein Kampf. Hätte sie versucht, Widerstand zu

leisten, hätte er es gespürt, ganz egal, wie gering er auch ausfallen mochte, aber sie wehrte sich nicht, sondern schien ihm ihr Leben und ihre Kraft ganz im Gegenteil geradezu anzubieten. Das Allerletzte, was er spürte, waren weder Furcht noch Schmerz, sondern beinahe so etwas wie Erleichterung, ein lautloses Seufzen, vielleicht ein winziger Funken von Triumph, ihm diesen allerletzten Sieg doch noch vorenthalten zu haben, dann ging ihre Lebenskraft in der Andrejs auf und wurde zu einem winzigen Tropfen in einem Meer fremder Leben, die er im Laufe der Jahrhunderte genommen und seiner eigenen Kraft hinzugefügt hatte.

Für einen kurzen Moment wehte noch ein Hauch der Vampyrin durch seine Seele, ihr Leben, all ihre Erinnerungen, Sehnsüchte, Wünsche und Hoffnungen und Träume und Niederlagen, alles, was sie jemals gehofft und gespürt und befürchtet hatte, zusammengefasst in der Dauer eines einzelnen Gedankens. Dann war sie verschwunden, so endgültig und spurlos, als hätte sie niemals existiert. Allenfalls blieb ein leises Bedauern zurück, ein vages Gefühl von Zorn über so viel sinnlose Verschwendung. Aber auch dieses Gefühl verging, und es blieb nichts als rasender Zorn über diesen letzten Betrug, auf den er hereingefallen war.

»Andrej?« Abu Duns Stimme klang jetzt anders, angespannt und auch alarmiert. Andrej hörte, dass er vollends hereinkam und schon nach zwei Schritten wieder stehen blieb, aber dieses Mal wandte er sich ihm nicht zu.

»Was ... tust du da, Andrej?«

Er wusste keine Antwort, selbst wenn er es gewollt hätte. Sein Zorn war noch immer nicht verraucht, und nun war noch das Gefühl hinzugekommen, betrogen worden zu sein, um etwas sehr Wertvolles bestohlen, das ihm zustand. Er musste sich zurückhalten, um nicht auf das tote Mädchen einzuschlagen.

»Was tust du hier, Andrej?«, fragte Abu Dun noch einmal.

Seine Stimme klang jetzt gleichermaßen erschüttert wie misstrauisch.

»Sieht man das nicht?«, schnappte Andrej. »Ich habe versucht, am Leben zu bleiben … falls du nichts dagegen hast.« Du warst ja nicht hier, sprach er nicht laut aus, aber der Vorwurf war unüberhörbar.

Abu Dun verzog keine Miene, als er die drei toten Männer und den enthaupteten Vampyr entdeckte, aber das änderte sich, als sein Blick auf das leblose Mädchen zu Andrejs Füßen fiel.

»Nur gewehrt, wie?«

»Stell dir vor, ja«, giftete Andrej. »Sie war eine …«

»Ich weiß, was sie war«, unterbrach ihn Abu Dun. Wortlos ging er an Andrej vorbei, hob das zerrissene Kleid auf und breitete es wie eine Decke über den reglosen Körper, der in entwürdigender Haltung neben ihm lag.

»Nur diese beiden?«, fragte er.

»Für meinen Geschmack hat es gereicht«, fauchte Andrej. »Wo zum Teufel bist du gewesen?«

Statt zu antworten, ließ sich Abu Dun neben der Toten auf ein Knie hinab, drehte ihren Kopf auf die Seite und sah kurz, aber sehr konzentriert in ihr Gesicht, Vorwurf im Blick, als er wieder aufstand. »Nur diese beiden?«, fragte er noch einmal.

Andrej deutete auf die drei anderen Toten. »Sie und …«

»Nur diese beiden Vampyre?«, unterbrach ihn Abu Dun scharf.

Andrej nickte. Wahrscheinlich war es besser, wenn er schwieg. Abu Dun wirkte äußerlich ruhig, aber er kannte ihn gut genug, um zu wissen, wie sehr dieser Eindruck täuschen konnte. »Ja«, sagte er knapp.

»Könnten es diese beiden gewesen sein, deren Nähe wir gespürt haben?«

Andrej überlegte einen Moment – widerwillig – und schüttelte dann den Kopf. »Kaum. Über den anderen kann ich nicht viel sagen, aber das da …«

»… war noch ein halbes Kind?«, fiel ihm Abu Dun ins Wort.

Andrej schwieg. Unverwandt starrte er Abu Dun an, und der Nubier erwiderte seinen Blick so kalt und voller Verachtung, dass sich in Andrejs Kehle plötzlich ein bitterer Kloß bildete, der ihm das Atmen schwer machte. Hinter seiner Stirn tobte noch immer ein Sturm einander widersprechender Gefühle und Gedanken, aber die fremde, rasende Gier begann ganz allmählich zu verebben. Und zurück ließ sie einen sehr bitteren Nachgeschmack.

»Also gut«, sagte Abu Dun schließlich. »Ist alles in Ordnung mit dir?« Andrej nickte, und Abu Dun zeigte in die Runde: »Dann räum das Durcheinander hier weg. Lass die Leichen verschwinden. Ich habe keine Lust, neugierige Fragen zu beantworten. Und dann warte hier auf mich.«

»Und du?«, fragte Andrej.

»Ich hole unseren Lohn«, antwortete Abu Dun. »Oder hast du Lust, heute Abend wieder nur altes Brot und eine Handvoll trockener Rosinen zu essen?«

Wortlos sah Andrej Abu Dun nach.

Was hätte er auch sagen sollen?

Dass er plötzlich gar nicht mehr hungrig war?

4

Verglichen mit vielem – eigentlich dem meisten –, was sie in den letzten Wochen gegessen hatten, kredenzte ihnen der Wirt des Goldenen Eber an diesem Abend ein wahres Festmahl – selbst wenn es auch dieses Mal kaum mehr als hart gebackenes Brot, Käse und einige wenige Scheiben Schinken waren. Es schmeckte dennoch köstlich, und vor allem Abu Dun (der an diesem Tag ja auch den Großteil der Arbeit geleistet hatte) griff nach Kräften zu und vertilgte eine Portion, die selbst Andrej Respekt abnötigte. Er selbst aß wenig, und selbst dieses Wenige nur, um Abu Duns Argwohn nicht noch anzustacheln.

Ganz, wie er es angekündigt hatte, war der Nubier zum Hafenmeister zurückgegangen, um ihren Lohn zu holen, und hatte ihm anschließend geholfen, die Leichen verschwinden zu lassen. Die ganze Zeit über hatte er kein einziges Wort mit ihm gesprochen.

Er blieb auch während des Essens und der guten Stunde danach, die sie noch bei einem Bier beieinandersaßen und den Gesprächen der immer betrunkener und lauter werdenden Gäste des Goldenen Ebers lauschten, ungewohnt schweigsam und sah Andrej nur an, wenn er es unbedingt musste. Doch als es Andrej schließlich zu viel wurde und er aufstehen wollte, um in ihr fürstliches Quartier hinter dem Pferdestall zu gehen, packte er ihn schnell und stieß ihn so derb auf seinen Schemel zurück, dass mehr als einer der anderen Gäste sein Gespräch unterbrach und erstaunt (oder auch ein wenig erschrocken) in ihre Richtung sah.

»Was soll das?«, fragte Andrej scharf.

»Setz dich«, antwortete Abu Dun, schon beinahe gefährlich leise und in einem wenig geläufigen persischen Dialekt, von dem Andrej sicher war, dass sie beide in diesem Teil der Welt die Einzigen waren, die ihn beherrschten. Vielleicht nicht nur in diesem Teil.

»Ich kann mich irren, aber ich glaube, ich sitze bereits«, antwortete Andrej.

»Und das wirst du auch weiter. Wir haben zu reden.«

»Und worüber?«

»Ich dachte, das wüsstest du«, erwiderte Abu Dun ruhig. »Ich habe über das nachgedacht, was du erzählt hast. Du hast mir doch alles gesagt, oder?«

Alles, was sich abgespielt hatte, dachte Andrej. Nicht alles, was mit ihm geschehen war. Er nickte.

»Dann wird mir vielleicht einiges klar«, sagte Abu Dun.

»Und was?«

Statt zu antworten, griff der Nubier unter seinen Mantel und zog etwas hervor, das Andrej erst erkannte, als er es bedächtig vor sich auf den Tisch legte. Es war der Stumpf des Dolches, mit dem das Mädchen ihn attackiert hatte. Andrej hatte ihn während des Kampfes nur flüchtig gesehen, aber abermals fiel ihm auf, wie zierlich die Klinge war – im Grunde nicht einmal eine richtige Waffe, sondern beinahe ein Spielzeug.

»Damit hat sie dich angegriffen?«

Andrej nickte und wollte die Hand nach dem Messergriff ausstrecken, doch Abu Dun schloss erschrocken die Finger um sein Handgelenk und hielt seinen Arm fest.

»Das solltest du besser nicht tun.«

»Warum nicht?«

Abu Dun griff noch einmal unter den Mantel und zog einen schmalen, in einen Tuchfetzen eingeschlagenen Gegenstand hervor. Als er den Stoff – sehr vorsichtig, wie Andrej nicht entging – zurückschlug, kam der unbeschädigte Zwilling des zerbrochenen Dolches darunter zum Vorschein. Andrej wollte auch danach greifen, zog die Hand diesmal aber rasch zurück, als Abu Dun den Kopf schüttelte.

»Das solltest du besser nicht tun.«

Und Abu Dun sollte es ihm besser nicht verbieten, dachte Andrej, jedenfalls nicht in diesem Ton. Niemand im Raum konnte verstehen, was er sagte. Selbst Andrej hatte Schwierigkeiten, der seit unzähligen Generationen toten Sprache zu folgen. Dafür war sein erschrockener Tonfall umso beredter, und der Dolch war alles andere als unauffällig. Verständlicherweise hatte Andrej während des Kampfes nicht auf Details geachtet; dafür fiel ihm jetzt umso mehr auf, dass es sich um eine ausgesprochen kostbare Waffe handeln musste. Der Dolch war kaum breiter als zwei nebeneinandergelegte Finger und nicht mehr als sechs oder sieben Zoll lang. Die Klinge war auf beiden Seiten rasiermesserscharf geschliffen und spitz wie eine Nadel, und der schlanke Griff war nicht nur überaus kunstvoll ziseliert, sondern auch mit feinen Edelsteinsplittern besetzt.

Andrej griff nun doch – sehr behutsam – nach der Waffe, nahm sie an ihrem stumpfen Ende und betrachtete die feinen Gravurarbeiten eingehend. Der Dolch war ganz zweifellos ein Meisterstück, aber er hätte beim besten Willen nicht sagen können, welcher Kultur er entstammte. Bilder und Symbole wie diese hatte er noch nie zuvor gesehen. Doch er spürte, wie alt diese Waffe sein musste.

Und ganz offensichtlich war er nicht der Einzige. Mehr als einer der anderen Gäste starrte Abu Dun und ihn – und vor allem den kostbaren Dolch – unverhohlen neugierig an, und in dem einen oder anderen Augenpaar stand auch Gier geschrieben.

»Ein schönes Stück«, sagte er. Abu Dun legte die Waffe vor sich auf den Tisch. Andrej fiel auf, wie sorgsam er darauf achtete, der Klinge mit den Fingern nicht nahe zu kommen. Erwartungsvoll sah er Andrej an, doch der fragte nur: »Und?«

»Es hat dem Mann gehört«, antwortete Abu Dun. »Jedenfalls lag er neben dem, was du von ihm übrig gelassen hast. Sie hatten beide die gleiche Waffe. Sonderbar, nicht?«

»Wahrscheinlich waren sie ein Team«, antwortete Andrej. »Vielleicht Bruder und Schwester. Oder ein Paar.«

»Eher Vater und Tochter«, sagte Abu Dun. »Weißt du noch, was du mir über das ... Mädchen erzählt hast?«

Andrej fragte sich, ob das kaum merkliche Zögern in Abu Duns Worten etwas zu bedeuten hatte, und wenn ja, was, nickte aber nur.

»Sie haben dich beide mit diesem Kinderspielzeug angegriffen«, sinnierte der Nubier. »Das finde ich seltsam. Das ist ein schönes Stück, aber mehr auch nicht. Ich würde es mir zweimal überlegen, selbst einen ganz normalen Menschen mit einem solchen Kinderspielzeug anzugreifen.«

»Aber sie hat es getan«, sagte Andrej nachdenklich. Allmählich glaubte er zu verstehen, worauf Abu Dun hinauswollte. Aber der Gedanke war einfach zu absurd. Trotzdem fuhr er fort: »Und das Mädchen hat sogar seine einzige Chance verschenkt zu entkommen, um mich damit in den Fuß zu stechen ... was mich ja zweifellos auf der Stelle erledigt hätte«, fügte er mit einem schwachen Grinsen hinzu.

Abu Dun blieb ernst. »Wer weiß?«

Andrej blinzelte. »Wie meinst du das?«

»Wie geht es deinem Auge?«

»Es tut weh«, fauchte Andrej. »Und was hat das jetzt damit zu tun?«

»Und ganz offensichtlich«, antwortete Abu Dun in nachdenklich-spöttischem Ton, »beeinträchtigt es auch dein Denkvermögen, Hexenmeister. Es ist schade, dass von den Burschen keiner mehr lebt, die auf dich geschossen haben.«

»Das waren keine Vampyre«, sagte Andrej, »sondern nur ein paar Strauchdiebe und Halsabschneider.«

»Oder du nicht wenigstens die Kugeln aufgehoben hast«, fuhr der Nubier unbeeindruckt fort. »Vielleicht wäre es interessant, sie zu untersuchen.«

»Du glaubst, sie waren vergiftet gewesen.« Andrej machte eine wegwerfende Geste. »Du weißt, dass man uns nicht vergiften kann.«

»Bist du sicher?«

»Ja«, antwortete Andrej im Brustton der Überzeugung, der ihn beinahe selbst überraschte.

»Nur, weil etwas noch nie geschehen ist, heißt das noch lange nicht, dass es nicht doch geschehen kann«, sagte Abu Dun. Andrej wollte auffahren, doch der Nubier brachte ihn nur mit einem raschen Kopfschütteln zum Verstummen und hielt ihm den Dolch mit der Klinge voran hin.

»Wenn du so sicher bist, warum probierst du es dann nicht aus?«

Andrej hob zwar trotzig die Hand, wie um nach der Waffe zu greifen, hielt aber auf halbem Wege inne, und Abu Dun nickte grimmig. »Ja, das dachte ich mir.«

»Es ist trotzdem Unsinn«, beharrte Andrej, auch wenn er sich selbst dabei albern vorkam.

»Aber du willst wenigstens nicht bestreiten, dass mit dir etwas ganz und gar nicht stimmt«, fuhr Abu Dun fort.

»Ich will vor allem nicht bestreiten, dass ich ganz und gar nicht verstehe, warum wir dieses Gespräch hier und jetzt führen müssen«, antwortete Andrej zornig.

»Vielleicht, damit wir es überhaupt führen«, antwortete Abu Dun. »Vielleicht habe ich ja Angst, dass du wütend davonrennst und noch mehr Dummheiten machst?«

»Noch mehr? Darüber reden wir noch!«, versetzte Andrej.

Abu Dun blieb ernst. »Was ist los mit dir, Hexenmeister? Ich weiß, ich habe dich das schon ein paar Mal gefragt, und du wirst auch jetzt wieder behaupten, es wäre alles beim Alten – aber ich weiß, dass das nicht stimmt, und du weißt es verdammt noch mal genauso wie ich. Irgendetwas geschieht mit dir, und es macht mir Angst.«

»Das hat aber ziemlich lange gedauert«, sagte Andrej.

»Was?«

»Dass du endlich Angst vor mir hast«, sagte Andrej. »Und ich habe schon gedacht, du begreifst es nie.«

»Mir ist nicht nach Albernheiten«, sagte Abu Dun ruhig. »Andrej, etwas geschieht mit dir! Und erzähl mir nicht, du hättest es nicht schon selbst gemerkt!«

»Selbst gemerkt?« Andrej nippte an seinem Bier, das genauso scheußlich schmeckte wie das von heute Morgen. Vielleicht sogar noch schlechter. »Und was sollte das sein?«

»Das Mädchen«, antwortete der nubische Riese. »Warum hast du das getan?«,

»Was getan?«, fragte Andrej abweisend. »Sie getötet? Bitte entschuldige, dass ich dich nicht vorher um Erlaubnis gefragt habe. Hätte ich gewusst, dass es dir so nahegeht, dann hätte ich mich natürlich nicht gewehrt, sondern mich von ihr umbringen lassen.«

»Von uns beiden bin ich der Zyniker«, sagte Abu Dun mit steinernem Gesicht. »Und du hast meine Frage nicht beantwortet – was zum Teufel war da los mit dir? Wenn ich nicht gekommen wäre ...«

»Dann wäre ich es, nur einen Augenblick später, meinst du?« Andrej grinste. »Ja, das könnte schon sein. Eigentlich sollte ich dir böse sein, mir diese Gelegenheit verdorben zu haben.«

Abu Duns Gesicht blieb vollkommen unbewegt, aber etwas in seinem Blick änderte sich. »Und es war bisher auch nicht deine Art, so zu reden«, sagte er.

Andrej schwieg.

»So wenig, wie es deine Art ist, eine Frau gegen ihren Willen zu nehmen – ob sie nun vorher versucht hat dich umzubringen oder nicht«, fuhr Abu Dun fort. Als Andrej auffahren wollte, schnitt er ihm mit einer Geste das Wort ab. »Du hast Männer getötet, nur weil sie genau das getan haben. Und jetzt wolltest du dieses Mädchen ...«

»Vergewaltigen?«, half ihm Andrej aus, als Abu Dun nicht weitersprach, sehr leise und auf Spanisch, weil es in dem uralten Dialekt, in dem sie sich nach wie vor unterhielten, keinen entsprechenden Ausdruck dafür gab. Er hatte beinahe nur geflüstert. Trotzdem drehte einer der Männer am Nebentisch den Kopf und sah stirnrunzelnd in ihre Richtung, blickte aber dann hastig wieder weg, als Abu Dun seinerseits ihn anstarrte und dabei die Stirn in Falten legte.

»Hättest du es?«, fragte er dann, wieder an Andrej gewandt und sehr ernst.

»Ich ...«, Andrej fuhr halb auf seinem Schemel in die Höhe, erstarrte dann mitten in der Bewegung und blieb zwei oder drei Herzschläge lang wie erstarrt stehen, bevor er sich wieder zurücksinken ließ. Er wich Abu Duns Blick aus, als er – nach einer schieren Ewigkeit und sehr leise – antwortete: »Ich weiß es nicht.«

Er wusste es sehr wohl, und Abu Dun ebenso, aber er ließ ihm diese kleine Lüge durchgehen, und obwohl die Härte in seinen Augen blieb, mischte sich nun doch ein Hauch von Mitgefühl in seinen Blick.

»Wird es schlimmer?«, fragte er nach einer Weile.

Auch darauf blieb ihm Andrej eine Antwort schuldig, Er wusste es nicht, und wie auch?

Eine Zeit lang saßen sie sich in unbehaglichem Schweigen gegenüber, jeder mit seinen eigenen Gedanken beschäftigt.

Andrej mühte sich verzweifelt, irgendeine – und sei sie noch so weit hergeholte – Erklärung für das zu finden, was am Nachmittag geschehen war. Beinahe war er erleichtert, als der Wirt an ihren Tisch trat, um einen frischen Krug Bier zu bringen, obwohl er sich nicht daran erinnern konnte, dass Abu Dun es bestellt hatte.

Doch dann verstand er, dass es nur ein Vorwand war, genauso durchsichtig wie der Mann ein schlechter Schauspieler. Der Bursche stellte den Krug wortlos ab und gab sich nicht einmal die Mühe, den Überraschten zu spielen, sondern beugte sich ganz unverhohlen neugierig über den Dolch.

»Das ist ja mal ein prachtvolles Stück«, sagte er. »Gehört es Euch?«

»Warum?«, fragte Abu Dun, statt direkt zu antworten.

Der Wirt wischte sich die Hände an den Hosenbeinen ab, bevor er antwortete, auch wenn Andrej mutmaßte, dass seine Finger dadurch noch schmutziger geworden waren. »Weil es wirklich ein sehr wertvolles Stück ist«, sagte er und streckte ungefragt die Hand aus, um den Dolch zu nehmen.

Andrej und Abu Dun tauschten einen überraschten Blick. »Ihr … kennt dieses Messer?«, fragte Andrej.

»Diesen Dolch?« Der Wirt schüttelte hastig den Kopf. Er wirkte ertappt, fand Andrej. »Oh nein, Señor. Ich bin nur ein einfacher Schankwirt, der alle Mühe hat, ein Küchenmesser von einem Säbel zu unterscheiden. Aber der Schwager des Cousins zweiten Grades des Großneffen der …«

Abu Dun räusperte sich, und der Wirt unterbrach sich, sah ihn verdutzt an und fuhr dann mit einem verlegenen Lächeln fort: »Also ich kenne jedenfalls jemanden, der mit solchen Kostbarkeiten handelt. Manchmal trifft er sich mit seinen Kunden hier, um ihnen seine Preziosen zu zeigen, und da bleibt es gar nicht aus, dass ich …«

Diesmal war es Andrej, der sich laut und übertrieben räusperte, und der Wirt fuhr nahtlos und jetzt ganz unverblümt fort: »Wenn Ihr ihn verkaufen wollt, könnte ich Euch behilflich sein.«

»Wie kommt Ihr darauf, dass wir ihn verkaufen wollen?«, fragte Andrej.

»Ihr schlaft in meinem Stall«, antwortete der Wirt gelassen. »Und Ihr bestellt nur das billigste Essen.«

»Und ich dachte, es wäre nur das Schlechteste«, sagte Abu Dun lächelnd.

»Wenn Ihr Geld hättet, dann würdet Ihr nicht bei mir wohnen.« Der Mann wedelte mit dem Dolch. »Das hier würde ein ansehnliches Sümmchen bringen, nehme ich an.«

»Und Euch eine hübsche Provision«, vermutete Abu Dun.

»Man muss sehen, wo man bleibt«, erwiderte der Wirt ungerührt. »Und mein Schwager gehört nicht zu denen, die viele Fragen stellen.«

Abu Dun starrte ihn einen Atemzug lang mit versteinerter Miene an, aber dann zuckte er nur mit den Achseln. »Wir denken darüber nach. Auf jeden Fall danken wir Euch für Euer Angebot.«

Der Wirt machte keinen Hehl aus seiner Enttäuschung und setzte auch dazu an, etwas zu sagen, doch Abu Dun streckte bereits die Hand aus und nahm ihm den Dolch ab. Dabei stellte er sich so ungeschickt an, dass der Wirt nicht mehr schnell genug reagierten konnte und die rasiermesserscharfe Klinge seinen Daumen ritzte.

»He!«, protestierte der Bursche. »Pass doch auf, du Tölpel!« Aber er klang eher erschrocken als wirklich zornig, und es war auch tatsächlich nur ein winziger Schnitt, aus dem nur zwei oder drei Tropfen Blut hervorquollen, und auch die versiegten, als der Wirt den Daumen in den Mund steckte und einen Moment lang daran saugte.

»Das tut mir aufrichtig leid, Señor«, sagte Abu Dun. »Ich wollte Euch gewiss nicht verletzen.«

»Schon gut«, antwortete der Bursche, nachdem er den Daumen aus dem Mund genommen und ihn verdrießlich angesehen hatte. »Es ist ja nur ein Kratzer.«

»Es tut mir dennoch leid«, versicherte Abu Dun.

»Ja, ja«, maulte der Wirt, gab sich noch einmal redliche Mühe, den Nubier mit Blicken zu durchbohren, und wandte sich dann beleidigt ab. »Den Krug Bier schreibe ich an, bis Ihr Euch mein Angebot überlegt habt.«

»Ich hoffe doch, es ist Eure billigste Sorte«, sagte Abu Dun.

»Nein«, maulte der Wirt, der schon im Davonschlurfen begriffen war. »Nur meine Schlechteste.«

»Ich wusste gar nicht, dass er zwei Sorten Bier hat«, sagte Abu Dun.

Andrej nippte an seinem Becher und schürzte die Lippen. »Hat er auch nicht.« Dann wurde er nicht nur wieder ernst, sondern wechselte auch in den persischen Dialekt. »Warum hast du das getan?«

»Was?«

»Ihn geschnitten. Du hast ihn mit Absicht verletzt.«

»Vielleicht wollte ich sehen, wie du auf das Blut reagierst?«, erwiderte Abu Dun, goss sich einen Becher Bier ein und verzog kurz angewidert die Lippen. »Was das Bier angeht, hast du übrigens recht.« Diese – wahrheitsgemäße – Behauptung hinderte ihn weder daran, den Rest seines Bechers in einem Zug herunterzustürzen, noch sich genießerisch mit der Zungenspitze über die Lippen zu fahren und sich sofort nachzuschenken. »Außerdem finden wir auf diese Weise gleich noch etwas heraus.«

»Und was sollte das sein?«

Abu Dun grinste. »Nun ja, zum Beispiel, ob das Gift auch auf Menschen wirkt.«

Der Wirt war am darauf folgenden Morgen sowohl noch am Leben als auch bei bester Gesundheit und keineswegs erfreut, von Abu Dun zu erfahren, dass sie noch nicht abschließend über sein großzügiges Angebot beraten hatten. Das Frühstück, das er ihnen vorsetzte, fiel dann auch entsprechend mager aus, und das dazugehörige Bier schmeckte nicht nur so, sondern stammte ganz zweifellos noch vom vergangenen Abend.

Andrej tröstete sich damit, dass Gift ihm schließlich nichts anhaben konnte, und würgte das schale Gebräu ebenso tapfer herunter wie das trockene Brot und den noch trockeneren Schinken und war regelrecht erleichtert, als Abu Dun schließlich verkündete, dass es Zeit war, zum Hafen zu gehen und Pedro nach Arbeit zu fragen.

Nebenbei waren es die ersten Worte, die der Nubier an diesem Morgen direkt an ihn richtete. Seit sie erwacht waren, war Abu Dun ungewohnt schweigsam gewesen, beinahe schon abweisend, und daran änderte sich auch nichts, als sie den Goldenen Eber verließen und sich durch die überfüllten Straßen zum Hafen durchkämpften.

Nicht unfreundlich, wich er doch jedem Gespräch und selbst Andrejs Blick aus, und nach dem dritten oder vierten Versuch gab dieser auf und hüllte sich ebenfalls in beleidigtes Schweigen.

Die gleichen Wachen, die sie gestern aufzuhalten versucht hatten, ließen sie heute nicht nur wortlos passieren, sondern begegneten ihnen mit offensichtlichem Respekt. Sie steckten die Köpfe zusammen und begannen zu tuscheln, kaum dass sie weitergegangen waren. Andrej fragte sich leicht beunruhigt, ob er vielleicht Grund zur Sorge hatte. Er hatte sowohl die beiden toten Vampyre als auch ihre drei sterblichen Gehilfen beseitigt und maßte sich an, eine gewisse Erfahrung in solcherlei Dingen zu haben ... aber sicher war er sich dennoch nicht, alle Spuren restlos beseitigt zu haben. Jemand mochte ihn beobachtet haben. Jemand mochte die Kampfspuren und das Blut gefunden und die richtigen Schlüsse gezogen haben. Wenn er in seinem Leben etwas gelernt hatte, dann dass der Zufall zwar manchmal sein größter Verbündeter war, nur zu oft aber auch sein schlimmster Feind – und ihr Wohltäter Colonel Rodriguez wartete schon mit einem vierzigköpfigen Verhaftungskommando auf sie.

Aber wahrscheinlicher war, dass sich Abu Duns und seine (nun ja, Abu Duns) erstaunliche Leistung vom gestrigen Tag herumgesprochen hatte. Er fragte sich, welche Überraschung ihr neuer Freund Pedro wohl heute für sie bereithielt. Vielleicht ein leckgeschlagenes Linienschiff allein mit Muskelkraft an Land zu ziehen und ins Trockendock zu tragen?

Ganz so schlimm kam es dann doch nicht. Pedro begrüßte sie mit ebenso überschwänglicher wie schlecht geschauspielerter Freundlichkeit. Und nachdem er ein paar ebenso wenig ernst gemeinte lobende Worte über ihre gestrige Arbeit verloren hatte, kam er auch gleich zur Sache. »Ihr könnt euch heute den doppelten Lohn verdienen«, sagte er.

»Für die vierfache Arbeit?«, vermutete Abu Dun.

Pedro ignorierte den Einwurf. »Wie es der Zufall will, fehlen mir ein paar Leute«, sagte er. »Einer ist krank, und die drei anderen sind einfach nicht gekommen, und das heißt, dass sie sich hier auch gar nicht mehr blicken zu lassen brauchen. Ich hasse Unzuverlässigkeit. Ein Mann sollte zu seinem Wort stehen, oder er ist in meinen Augen kein richtiger Mann.«

»Du willst damit sagen, dass zwei die Arbeit von vier erledigen sollen«, vermutete Andrej. Er widerstand der Versuchung, einen Blick zur Gasse herüberzuwerfen, in der er gestern in den Hinterhalt geraten war, aber er glaubte zu wissen, weshalb drei von Pedros Männern heute nicht zur Arbeit erschienen waren.

»Ihr bekommt auch den doppelten Lohn«, sagte Pedro gelassen. »Vorausgesetzt natürlich …«

»... wir sind bis Sonnenuntergang mit der Arbeit fertig, sonst gehen wir leer aus«, seufzte Abu Dun. »Ich verstehe schon. Was sollen wir tun? Die gesamte Flotte bis Sonnenuntergang neu streichen? Welche Farbe mag euer Kommandant denn am liebsten?«

Pedro wirkte irritiert, hob aber dann nur die Schultern und rettete sich in ein verlegenes Lächeln. »Nicht ganz«, sagte er. »Seht ihr das Schiff?«

»Schiff?« Abu Dun tat überrascht. »Was für ein Schiff?«

»Das genau hinter mir. Die EL CID.«

Andrej legte den Kopf in den Nacken und sah zur Reling des gewaltigen Schlachtschiffes hinauf, auf das der Hafenmeister deutete. Der hölzerne Koloss überragte sogar die anderen Linienschiffe am Kai noch einmal um ein gutes Stück und war neu – selbst die Farbe roch noch frisch.

Andrej dachte daran, wie beeindruckt er noch gestern von den anderen Schiffen im Hafen gewesen war, und musste zugeben: Wenn ihm in einem seiner zukünftigen Albträume ein Schiff erscheinen würde, dann würde es dieses Ungetüm sein.

»EL CID?«, wiederholte er.

Pedro deutete den sonderbaren Unterton in seiner Stimme falsch. »EL CID«, bestätigte er mit einem heftigen Nicken. »Als Ausländer könnt ihr beide es natürlich nicht wissen, aber El Cid ist einer unserer größten Volkshelden. Er allein hat damals die Muselma-«

Er unterbrach sich, sah plötzlich fast ein bisschen verlegen aus und maß Abu Dun mit einem unsicheren Blick, bevor er fortfuhr: »Er hat jedenfalls unser Land befreit. Vielleicht nicht ganz allein, wie der Volksmund behauptet, aber ohne ihn wären die ...« Wieder sah er Abu Dun an und schien nicht genau zu wissen, wie er weitersprechen sollte, »... vielleicht noch immer hier«, endete er schließlich.

»Ja, er war ein tapferer Mann«, bestätigte Abu Dun.

Jetzt war Pedro erstaunt. »Du hast von ihm gehört?«

»Ich bin ihm ein- oder zweimal begegnet«, antwortete Abu Dun. »Er war wirklich ein beeindruckender Mann.«

Pedros Augen wurden groß, dann schmal, und schließlich rettete er sich in ein verunglücktes Lachen. »Ja, ich habe schon gestern gemerkt, dass du ein richtiger Witzbold bist«, sagte er. »Auf jeden Fall ist das die EL CID, und es gibt da ein paar Kleinigkeiten, die an Bord gebracht werden müssen.«

»Zweihundert Kanonen?«, vermutete Abu Dun. »Neunpfünder?«

»Zwölfpfünder«, antwortete Pedro ungerührt. »Und ein paar Fünfzehnpfünder samt der dazugehörigen Munition.«

Abu Duns Unterkiefer klappte herunter, und Andrej fragte rasch: »Warum heißt das Schiff EL CID?«

»Seht sie euch doch an, dieses Prachtstück!«, antwortete Pedro. »Kein Schiff auf den sieben Meeren kann ihr widerstehen! Sie wird den Engländern zeigen, was es heißt, den Drachen zu wecken, glaubt mir. Kein Schiff dieser sogenannten britischen Flotte kann ihr widerstehen!«

Andrej glaubte ihm. Er machte sich nicht die Mühe, sie zu zählen, schätzte aber, dass die EL CID auf jeder Seite hundert Kanonen hatte – möglicherweise auch mehr – und allein durch ihre schiere Größe schon imstande war, eine Fregatte auf den Meeresgrund zu rammen.

»Und wozu brauchst du uns, wenn dieses Schiff doch angeblich so unbesiegbar ist?«, fragte Abu Dun.

»Weil dieser Schönheit noch die Zähne fehlen, um richtig zubeißen zu können«, antwortete Pedro. »Sie ist vor einer Woche vom Stapel gelaufen, aber die eine oder andere Kleinigkeit fehlt noch. Und ich bin natürlich wieder einmal der, an dem der ganze Ärger hängen bleibt.« Er seufzte tief. »Es bräuchte einen Zauberer, um dieses Schiff in zehn Tagen gefechtsklar zu machen, und ich habe fünf! Niemand wird danach fragen, warum ich es nicht geschafft habe, wenn es mir nicht gelingt. Versteht ihr etwas von Schiffen?«

»Du meinst die großen Dinger, die auf dem Wasser schwimmen und bei Sturm untergehen?«, fragte Abu Dun. »Oh ja, sicher. Ich hatte selbst eines, als ich noch ein Kind war. Ein ziemlich Großes, mit zwei Segeln. Ich habe es selbst geschnitzt.«

Pedro verdrehte mit einem Seufzen die Augen. »Also gut«, sagte er. »Seht ihr die Kisten dort drüben? Und nun ratet mal, wo ich die gerne sehen würde …«

5

Was er nur scherzhaft gemutmaßt hatte, das stellte sich jetzt als wahr heraus: Die Fässer und Körbe, auf die Pedro mit einem breiten Grinsen gedeutet hatte, enthielten zwar keine Kanonenrohre, wohl aber etwas, ohne das die mächtigen Geschütze der EL CID nichts als überflüssiger Ballast gewesen wären: Schießpulver und Kugeln, die gleich zu Tausenden zur Grundausstattung des gewaltigen Schiffes gehörten.

Andrej wunderte sich zwar, dass Pedro Abu Dun und ihn einteilte, nicht nur ausgerechnet dieses Schiff, den geheimen Stolz der Flotte, zu beladen und ihnen damit Zugang ausgerechnet zum Pulvermagazin des Schiffes gewährte – was ihnen hinlängliche Gelegenheit für den einen oder anderen neugierigen Blick und somit später auch den einen oder anderen Sabotageakt bieten würde –, schalt sich aber schon bald darauf einen misstrauischen Narren. Der Hafen wimmelte nicht nur von Schiffen, sondern auch von Menschen. Tausende von Männern (und auch eine überraschend große Anzahl Frauen) versuchten sich an der unmöglich erscheinenden Aufgabe, eine nach Hunderten von Schiffen zählende Flotte in einer Zeit zu beladen, die seiner Einschätzung nach allenfalls für ein Zehntel dieser Anzahl gereicht hätte. Andrej zweifelte nicht daran, dass es ein gut durchdachtes System gab, nach dem Pedro und seine Kollegen dieses geordnete

Chaos lenkten, doch erschloss es sich ihm nicht. Vermutlich zerbrach sich der Hafenmeister den Kopf über andere Dinge als über britische Spione oder gar Saboteure. Und doch hätte Andrej seine rechte Hand darauf verwettet, in jeder beliebigen Sekunde des Tages mindestens ein Dutzend britischer Spione am Hafen anzutreffen ... oder vielleicht sollte er sich doch besser für sein linkes Auge als Wetteinsatz entscheiden. Es schmerzte immer noch, wenn auch nicht mehr annähernd so schlimm wie noch gestern.

Nach der ersten halben Stunde hatte er jeglichen Gedanken an Saboteure und Spione vergessen, und nach der zweiten auch sein schmerzendes Auge. Nach anderthalb Stunden war er davon überzeugt, dass Pedro Abu Dun und ihn für britische Spione hielt und er sie sich nun zu Tode schuften lassen wollte. Nach zwei Stunden hielt er sich nur noch mit der Vorstellung der diversen Grausamkeiten auf den Beinen, die er dem schmierigen Hafenmeister anzutun gedachte.

Selbst Abu Dun begann erste Anzeichen von Erschöpfung zu zeigen, noch bevor die Sonne ihren Höchststand erreicht hatte und die Hafenglocke zu der kurzen Mittagspause rief. Für jeden gab es einen Becher lauwarmes Wasser.

Auch Andrej war hungrig, aber zugleich empfand er bei dem bloßen Gedanken an Essen beinahe Übelkeit.

Es lag nicht allein an der schweren Arbeit – auch wenn sie ihm mehr zugesetzt hatte, als er sich selbst eingestehen wollte – oder daran, dass er auch heute Morgen kaum etwas zu sich genommen hatte. Er fühlte sich schlecht und war gereizt.

Allein zwei Mal in der vergangenen Stunde hätten ihn beinahe die Kräfte verlassen, und Abu Dun hatte mehr als einmal gerade noch zugreifen können, als ihm seine Last zu entgleiten drohte. Außerdem setzte ihm die Sonne zu. Schon gestern war sie ihm lästig gewesen, aber heute kam ihm die Hitze nahezu unerträglich vor. Das grelle Licht stach wie mit

Messern in seine Augen, und wie Abu Dun die Hitze unter seinem schwarzen Mantel und dem gewaltigen Turban aushielt, war ihm schlichtweg ein Rätsel.

»Du fühlst dich immer noch nicht besser«, sagte Abu Dun unvermittelt.

»Doch«, log Andrej. »Die Arbeit ist nur ... ein bisschen ungewohnt. Anstrengend.« Er sah Abu Dun an, was der Nubier von dieser Antwort hielt, zwang sich zu einem matten Lächeln und deutete auf eine Anzahl Männer, die in einiger Entfernung im Halbkreis auf einem Kistenstapel hockten und in erschöpftem Schweigen ihr Mittagsmahl verzehrten. »Ich verstehe nicht, wie sie diese Arbeit Tag für Tag aushalten.«

Abu Dun sah ihn einen Moment lang mit schräg gehaltenem Kopf an. »Ich habe eine ungefähre Ahnung.« Er stand auf, um zu den Männern hinüberzugehen.

Keiner von ihnen hatte auch nur ein einziges Wort mit den beiden Freunden gesprochen, wohl aber hatten sie über sie geredet, und zumindest die wenigen Brocken, die Andrej aufgeschnappt hatte, waren alles andere als angenehm gewesen. Konkurrenz war hier offenbar genauso wenig beliebt wie anderenorts; vor allem Konkurrenz, die zu zweit die Arbeit von zehn Männern machte. Auch die beiden Burschen, mit denen Abu Dun nun sprach, sahen nicht sonderlich begeistert aus. Einer von ihnen schüttelte unentwegt den Kopf, der andere beschränkte sich auf ein – ebenso heftiges – Gestikulieren und sah dabei immer wieder in seine Richtung. Andrej versuchte, etwas von dem Gespräch zu verstehen, und stellte ohne große Überraschung fest, dass ihm nun auch sein ansonsten so scharfes Gehör den Dienst versagte.

Abu Dun redete noch einige Augenblicke lang weiter auf die beiden Tagelöhner ein und kam dann zurück. Er reichte ihm einen Kanten hartes Brot und ein Stück Käse, das aussah, als wäre es ein Jahr und roch, als wäre es drei Jahre alt. »Iss«, sagte er.

»Ich hätte dir nicht verraten dürfen, dass man mich doch vergiften kann«, maulte Andrej. »Jetzt versuchst du es auch schon.«

»Du isst das oder du fällst mit dem nächsten Fass Schießpulver auf der Schulter von der Planke«, antwortete Abu Dun grimmig. »Ich musste all meine Überredungskunst und einen nicht unbeträchtlichen Teil unserer Barschaft investieren, um dieses köstliche Mahl für Euch zu erstehen, Sahib.«

Andrej schluckte eine wütende Antwort herunter und versuchte ein dankbares Lächeln, während er die halb vergammelten Lebensmittelreste herunterwürgte. Abu Dun beobachtete ihn mit einem so strengen Blick, dass er es nicht wagte, auch nur einen Krümel übrig zu lassen.

»Ich habe mich in dir getäuscht, Pirat«, sagte er. »Und meinen guten Ruf aufs Spiel gesetzt.«

»Ach?«, fragte Abu Dun. »Inwiefern?«

»Ich habe Colonel Rodriguez gegenüber behauptet, du wärst ein guter Händler«, antwortete Andrej. »Das stimmt nicht. Du bist miserabel.«

Abu Dun bedachte ihn mit einem Lächeln, so freudlos, wie Andrej es selten an ihm gesehen hatte. »Iss«, sagte er nur.

Andrej gehorchte und spülte mit einem gewaltigen Schluck Wasser nach.

»Zufrieden?«, nörgelte er.

»Deine Träume heute Nacht«, fragte Abu Dun, statt seine Frage zu beantworten. »Waren sie sehr schlimm?«

»Träume?«, wiederholte Andrej. »Wie kommst du darauf, dass ich geträumt habe? Und noch dazu schlecht?«

»Du hast im Schlaf gesprochen.«

»Und was habe ich gesagt?«

»Wenn ich es verstanden hätte, dann müsste ich dich jetzt nicht fragen«, antwortete Abu Dun.

Träume? Andrej versuchte angestrengt, sich zu erinnern, aber es gelang ihm nicht. Er hob nur die Schultern.

Ungerührt trank Abu Dun einen weiteren Schluck Wasser. Bevor er weitersprechen konnte, tauchte Pedro hinter ihnen auf und begann sofort – wenn auch an die anderen Männer gewandt – loszupoltern. »Was fällt euch ein, hier herumzusitzen und Gott den Tag zu stehlen? Habt ihr euer königliches Mahl vertilgt? Dann auf die Beine und an die Arbeit!«

Das Ergebnis war ein allgemeines Murren und Grimassenschneiden, dessen ungeachtet die Männer aber sofort aufsprangen und zu ihren verschiedenen Tätigkeiten zurückgingen. Obwohl Abu Dun und er unschuldig an Pedros Tadel waren, trafen sie beinahe ebenso viele zornige Blicke wie den Hafenmeister. Und Pedro war kaum mit seiner Standpauke fertig, als er die beiden neuen Opfer gewahrte.

»Und was ist mit euch beiden?«, polterte er los. »Haltet ihr euch für etwas Besseres, oder braucht ihr prinzipiell eine besondere Einladung? Die Pause ist vorbei!«

»Nicht für uns«, sagte Abu Dun ruhig.

Pedros Augen wurden schmal. »Wieso?«

»Immerhin arbeiten wir für vier.« Abu Dun blieb todernst. »Also steht uns auch die doppelte Pause zu – wenn ich's mir recht überlege«, fügte er etwas leiser und in gespielt nachdenklichem Ton fort, »sogar die vierfache.«

Pedro nickte. »Ein Witzbold, ich sage es ja. Nun, das kommt mir gelegen, um ehrlich zu sein. Ich habe da gerade eine Aufgabe für zwei Männer, die Spaß verstehen.«

Andrej warf Abu Dun einen beinahe hasserfüllten Blick zu, bevor er sich mit unbewegtem Gesicht an Pedro wandte. »Und welche wäre das?«

»Versteht ihr etwas von Schiffen?«, fragte Pedro. »Wisst ihr, was die Bilge ist?«

»Der Teil des Schiffes, der schon vor dem ersten Sturm unter Wasser liegt?«, fragte Abu Dun.

»Nicht nur ein Witzbold, sondern auch noch ein weiser Mann«, sagte Pedro. »Und du hast sogar recht, es ist der Teil eines Schiffes, der über dem Kiel und somit unter der Wasserlinie liegt. Wie lange kannst du die Luft anhalten, Langer?«

»Warum?«, fragte Abu Dun misstrauisch.

»Weil diese junge Schönheit leckt«, antwortete Pedro unverhohlen schadenfroh. »Die Bilge steht schon knietief unter Wasser. Jemand muss da runter und nach dem Leck suchen, bevor die Pumpen es nicht mehr schaffen.«

»Ein Leck?«, wunderte sich Andrej. »Hast du uns nicht gesagt, das Schiff wäre neu?«

»Vor einer Woche vom Stapel gelaufen«, bestätigte Pedro. »Aber das ist normal. Es dauert immer eine Weile, bis bei einem neuen Schiff alle Kleinigkeiten und Schlampereien beseitigt sind. Leider hat die EL CID diese Zeit nicht.«

»Eine Seeschlacht ist kein guter Moment, um festzustellen, dass jemand an Teer und Dichtungshanf gespart hat«, pflichtete ihm Abu Dun bei.

»Ich werde jedenfalls weder an Teer noch an Federn sparen, wenn ihr noch lang hier herumsitzt und meine und die Zeit des Königs stehlt«, grollte Pedro. »Dafür aber ganz bestimmt an eurem Lohn. Seid ihr immer noch nicht weg? Geht an Bord! Der zweite Maat weiß Bescheid und zeigt euch, was zu tun ist.«

Er wartete nicht einmal ab, ob sie seinem Befehl nachkamen, sondern fuhr auf dem Absatz herum und stampfte davon. Abu Dun, der nur mühsam ein Grinsen unterdrückte, ließ etliche Sekunden verstreichen, bevor er aufstand und wieder in Richtung des Schiffes schlurfte.

Sie waren nicht nur die Ersten, die an Bord gingen, sondern auch die Einzigen, die es mit leeren Händen taten. Die endlose Kette von Männern, die sich hinter ihnen die schmale (und geländerlose) Planke hinaufquälte, ging gebeugt unter derselben Last, die auch Abu Dun und er den ganzen Vormittag über getragen hatten, und Andrej brauchte keine Fantasie, um sich vorzustellen, dass sie auf der Beliebtheitsskala der Männer soeben noch einmal ein gutes Stück nach unten gerutscht waren.

Dies war das erste Mal, dass sie die EL CID betraten und Andrej nicht unter einer Last stöhnte, die selbst seine Kräfte beinahe überstieg, und er somit die Muße hatte, sich mehr als nur flüchtig umzusehen. Tatsächlich hatten sie von dem gewaltigen Schiff kaum mehr als diverse Treppen und Abstiege gesehen, während sie auf Schritt und Tritt misstrauisch von den zahlreichen Wachen beobachtet worden waren.

Jetzt wandte sich Abu Dun rasch an einen eben dieser Wachsoldaten. »Wo finden wir den zweiten Maat?«, fragte er.

Der Mann maß zuerst Andrej und dann ihn mit einem langen prüfenden Blick und erwog offensichtlich etliche verschiedene – aber allesamt abfällige – Antworten, beließ es aber dann bei einem knappen: »Warum?«

Abu Dun erklärte es ihm. »Wartet hier«, raunzte der Soldat, nachdem er beide noch einmal von oben bis unten gemustert hatte. »Und rührt euch nicht von der Stelle.« Ohne ein weiteres Wort schulterte er sein Gewehr und ging, um den Maat zu holen – allerdings nicht, ohne vorher zwei anderen Posten einen verstohlenen Wink gegeben zu haben, woraufhin diese wie zufällig näher kamen und rechts und links von ihnen Aufstellung nahmen.

»Man könnte meinen, die guten Leute hier trauen uns nicht«, witzelte Abu Dun.

»So vertrauenswürdig, wie du aussiehst?«, gab Andrej zurück. »Unmöglich!«

Abu Dun zog eine Grimasse.

Andrej trat an die gegenüberliegende Reling, von wo er einen ausgezeichneten Blick über den Rest der Flotte hatte. Das allererste Schiff allerdings, auf das sein Blick fiel, war eine schlanke Galeere, die längsseits des Linienschiffes lag und an der ununterbrochen gewerkelt und gehämmert wurde. Seltsam … er hatte sich zwar gestern nicht die Mühe gemacht, sich die Position jedes einzelnen Schiffes zu merken, aber dennoch war er sicher, dass die *Ninja* am anderen Ende des Kais gelegen hatte.

Aber vielleicht hatte er sich getäuscht.

Hinter ihm erklangen zackig-militärische Schritte und das Klimpern von Metall. Die beiden Soldaten, die Abu Dun und ihn bewachten, waren nicht mehr die Einzigen an Deck, die Uniformen trugen. Über eine breite Planke, die ein sorgsam geflochtenes Geländer auf beiden Seiten hatte, kam gerade in diesem Moment eine ganze Abteilung Soldaten, größtenteils hochrangige Offiziere, an Deck. Einer von ihnen, von dem er nicht nur wegen der Ordensspangen und Abzeichen auf seiner Brust und den goldenen Epauletten auf seinen Schultern annahm, dass es sich um den Höchstrangigen handelte, erregte seine Aufmerksamkeit. Der Mann war sehr groß – sicherlich größer als er selbst, wenn nicht sogar so groß wie Abu Dun – und von schlankem, aber kräftigem Wuchs. Er hatte schwarzes, kurz geschnittenes Haar, das glatt und glänzend wie eine lackierte Kappe auf seinem Schädel lag, ein kräftiges, glatt rasiertes Kinn und markante Züge, und selbst über die große Entfernung hinweg und ohne dass sich ihre Blicke begegneten, spürte Andrej, wie wach seine Augen waren. Lachend plauderte er mit seinen Begleitern, aber Andrej hatte das Gefühl, dass all das nichts als Fassade war. In Wahrheit entging diesem Mann nichts.

Von Abu Dun und ihm schien er jedenfalls keinerlei Notiz zu nehmen, noch immer lachend und von einem ganzen Rattenschwanz seiner Offiziere begleitet, die wie gebannt an seinen Lippen hingen und viel zu laut über seine Scherze lachten, ging er quer über das Deck, stützte sich vielleicht zwei Dutzend Schritte neben Andrej auf die Reling und sah zur *Ninja* hinunter.

»Ihr seid die beiden, die Pedro schickt?«

Andrej fuhr erschrocken zusammen. Ein schlanker, noch überraschend junger Mann in einfachen Kleidern und mit kräftigen Händen, denen man ansah, dass sie schwere Arbeit gewohnt waren, hatte sich ihnen von hinten genähert, ohne dass er es gemerkt hatte. Das war ungewöhnlich und hätte nicht passieren dürfen. Ein weiterer und alles andere als beruhigender Hinweis darauf, wie es um ihn stand. Er nickte nur.

»Dann kommt mit«, sagte der Maat knapp. Er winkte Abu Dun zu, sich zu ihnen zu gesellen, und ging auf eine von zahlreichen Luken zu, die unter Deck führten.

Die beiden Wachen schlossen sich ihnen unaufgefordert an, während sie über eine schmale Stiege nach unten gingen.

Andrej nickte zu der Gruppe von Offizieren hinter ihnen. »Wer ist das?«, fragte er.

»Seht nicht so auffällig dorthin«, zischte der junge Maat erschrocken.

»Warum?«, fragte Abu Dun.

»Weil solche wie ihr von Rechts wegen gar nicht hier sein dürften«, antwortete der Maat.

»Solche wie wir?« In Abu Dans Stimme schwang ein leiser Unterton mit, den man durchaus als Drohung auslegen konnte.

Jedenfalls schien der Maat es zu tun, denn er maß den nubischen Hünen mit einem nervösen Blick, sah dann schnell zu den Offizieren hinüber und senkte die Stimme noch mehr, als er antwortete: »Das sollte nicht gegen dich gehen. Fremde dürfen gar nicht hier an Bord sein.«

»Warum sind wir es dann?«, fragte Abu Dun prompt.

»Das müsst ihr den Hafenmeister fragen«, antwortete der Maat. »Vielleicht hat er sich ja auch die Erlaubnis geholt. Wahrscheinlich sogar. Wäre es anders, hätte Don de Castello euch wahrscheinlich schon festnehmen lassen.«

»Der schwarzhaarige Offizier?«, vermutete Andrej.

»Offizier?« Der Maat lachte leise. »Nun ja, so kann man es auch nennen ... jedenfalls ist er der Kapitän der EL CID. Oder wird es in ein paar Tagen sein, sobald das Schiff zum ersten Mal offiziell in See sticht.«

Sie hatten den Abstieg erreicht und gingen hintereinander nach unten. Andrej sah sich unverhohlen neugierig um. Sie befanden sich auf einem der drei übereinandergelegenen Geschützdecks des Schiffes, und der Raum erschien ihm nicht nur unerwartet weitläufig und hoch, sodass sogar Abu Dun samt seines halb meterhohen Turbans aufrecht darin stehen konnte, sondern auch erstaunlich hell. Sämtliche Stückpforten waren geöffnet worden, um Licht und Luft hereinzulassen, und da – zumindest auf diesem Deck – noch keine einzige Kanone eingebaut worden war, gab es von beidem reichlich. Dennoch war es hier drinnen merklich kühler als oben an Deck, und – viel wichtiger – sie waren vor der grausamen Sonne geschützt.

Alles hier unten war sauber und neu. Von dem frisch gehobelten und lackierten Boden hätte Andrej ohne zu zögern gegessen, und das Schiff roch sogar frisch. Trotzdem wusste Andrej, wenn dieses Schiff erst einmal vollständig bemannt, bestückt und in See gestochen war, dann würden hier unten drückende Enge, Gestank und unbeschreibliche Hitze herrschen, und im Falle eines Gefechtes musste sich das Deck in eine Hölle verwandeln, die sich niemand auch nur vorzustellen vermochte, der sie nicht schon selbst erlebt hatte. Abu Dun und er hatten sie erlebt, und keiner von ihnen legte Wert darauf, sich daran zu erinnern.

»Das ist ein wirklich beeindruckendes Schiff«, sagte Abu Dun, nachdem sie eine Treppe hinuntergestiegen und ein zweites, gleichartiges Geschützdeck durchquert hatten. »Ich habe schon einige Kriegsschiffe gesehen. Aber noch niemals etwas Vergleichbares!«

»Niemand hat das«, antwortete der junge Maat. Der Stolz in seiner Stimme war nicht zu überhören. »Sie ist das größte Schiff der Flotte ... wenn nicht das größte der Welt. Nicht einmal die INVINCIBLE ist ihr gewachsen, glaubt mir. Sobald sie fertig ausgerüstet und bemannt ist, wird sie das Flaggschiff der Armada. Dieser verfluchte Hund Drake wird eine böse Überraschung erleben.«

»Wenn sie vorher nicht untergeht«, sagte Abu Dun.

Eisig musterte der Maat ihn, aber dann lachte er. »Ich sehe, Pedro hat wieder einmal hoffnungslos übertrieben.«

»Er hat uns nur gesagt, das Schiff läuft voll.«

»Ein paar Eimer Wasser, die sich in der Bilge gesammelt haben«, sagte der Maat mit einer wegwerfenden Geste. »Zeigt mir ein Schiff auf der Welt, bei dem das nicht so ist. Ein bisschen Hanf und Teer, und die Sache ist erledigt.«

»Warum schickst du uns dann da runter?«, erkundigte sich Abu Dun harmlos.

»Wie gesagt: Das hier wird in wenigen Tagen das Flaggschiff der Armada sein«, antwortete der Maat. »Wo kommen wir hin, wenn sich ein Admiral oder ein Mitglied des Adels kalte Füße holt, weil es feucht von unten heraufzieht, oder er am Ende gar noch einen Schnupfen kriegt und das gepuderte Näschen läuft?«

Sie standen vor einer weiteren Klappe, unter der sie keine Treppe erwartete, sondern eine fast senkrecht in die Tiefe führende Leiter. Salzwassergeruch und Kälte schlug ihnen entgegen und ein ganz sachter moderiger Hauch.

Andrej wartete darauf, dass der Maat auch jetzt vorausging, aber der trat einen Schritt zurück und machte eine einladende Geste. »Fragt die Männer an den Pumpen. Sie werden euch sagen, was zu tun ist. Wenn ihr fertig seid, meldet euch bei mir. Ich habe dann noch eine andere Aufgabe für euch.«

Andrej schien es, als füge er in Gedanken hinzu: Wenn ihr dann noch am Leben seid.

»Pumpen?«, murmelte Abu Dun. »Wo es doch nur ein paar Eimer Wasser sind?«

Der Maat würdigte ihn keiner Antwort, sondern ging. Die beiden Wachen, die sie herunterbegleitet hatten, blieben. Sie wirkten nervös.

Diesmal war es Abu Dun, der eine spöttisch-einladende Geste auf die offen stehende Luke machte. Andrej schnitt ihm genau die Grimasse, die er verdiente, griff aber trotzdem nach dem Ende der Leiter und kletterte rasch in die Tiefe. Unten angekommen, musste er einen hastigen Schritt zur Seite machen, als Abu Dun die guten drei oder vier Meter kurzerhand zu ihm heruntersprang. »Angeber«, maulte Andrej.

»Das kommt dir nur so vor«, sagte Abu Dun. »Heute.« Er lauschte. »Dort hinten höre ich Wasser«, sagte er. »Gehen wir.«

Sein Gehör hatte ihn nicht getäuscht. Sie mussten zwei weitere Räume durchqueren und eine weitere, kurze Treppe hinunterklettern, bis sie in eine Kammer gelangten, deren Decke so niedrig war, dass auch Andrej nicht mehr aufrecht stehen konnte. Er stand knöcheltief im Wasser. Die Luft war eisig, und es roch so schlecht, dass Andrej schon wieder gegen eine leise Übelkeit ankämpfen musste. Das einzige Licht kam von einer trüben Petroleumlampe mit gesprungenem Glas, die aber mehr Schatten als Helligkeit zu verbreiten schien. Abu Dun deutete nach links, wo eine von vier schwitzenden Männern bediente Hebelpumpe stand. Sie waren am Ziel.

»Was habt ihr hier unten zu suchen?«, fuhr sie ein fünfter Mann an, ein grobschlächtiger Bursche mit kleinen Augen und schwieligen Pranken, die er zu Fäusten geballt hatte. »Hier unten hat niemand …«

»Der Maat schickt uns«, unterbrach ihn Abu Dun. »Wir sollen hier irgendetwas reparieren, das Bilge heißt.«

Der Mann riss verblüfft die Augen auf, und zwei der vier anderen hielten für einen Moment mit dem Punpen inne. »Etwas, das Bilge heißt?«, wiederholte er verwirrt. Dann wandte er sich an Andrej. »Gehört der Dummkopf zu dir?«

»Ja«, antwortete Andrej. »Und er ist ein ziemlich starker Dummkopf, nebenbei bemerkt.«

Auch wenn diese Worte in seinen Ohren herausfordernd klingen mussten, kam der Bursche nach einem langen Blick auf Abu Dun zu der Einsicht, dass jetzt der rechte Moment für Diplomatie war.

»Etwas, das sich Bilge nennt«, wiederholte er, kopfschüttelnd und mit einem breiten Grinsen. »Ja, so kann man es auch nennen. Kommt mit.«

Noch immer leise vor sich hin glucksend, wandte er sich um, bedeutete ihnen mit einer amüsierten Geste, ihm zu folgen, und schlurfte voraus. Die Männer an der Pumpe nahmen ihre Arbeit wieder auf, und im Vorbeigehen glaubte Andrej, für ihn unerklärlich, Mitleid in ihren Augen zu sehen.

Nur einen Moment später verstand er warum. Sie traten durch eine weitere Tür, die so niedrig war, dass Abu Dun Mühe hatte, sich unter dem Rahmen hindurchzubücken, und standen jetzt wadenhoch im Wasser. Vor ihnen gähnte eine weitere Klappe im Boden. Sie lag eine gute Handspanne tief unter Wasser. Eine von Abu Duns Handspannen.

»Was ... ist das?«, fragte Andrej. Plötzlich überkam ihn ein ungutes Gefühl.

»Das«, antwortete der Mann feixend, »nennt man eine Bilge.«

»Oh«, murmelte Abu Dun.

»Sie steht unter Wasser«, sagte Andrej.

»Und genau deshalb seid ihr beiden hier«, sagte der Mann. Er gab sich nicht einmal mehr Mühe, seine Schadenfreude zu verhehlen. »Jemand muss da runter und das Loch stopfen.«

»Das Loch?«, wiederholte Abu Dun.

»Stopfen?«, fügte Andrej hinzu.

»Dort unten?«, schloss Abu Dun.

»Ist halb so schlimm«, versicherte der Mann treuherzig, »mein dreijähriger Sohn könnte es.«

»Und warum macht er es dann nicht und verdient sich ein Taschengeld?«, murmelte Abu Dun. Die Worte waren nur für ihn selbst bestimmt und geflüstert, aber der hünenhafte Matrose hatte sie trotzdem verstanden.

»Weil ich mich nicht entscheiden kann, welchem meiner Söhne ich diesen Extraverdienst zukommen lassen sollte«, antwortete er grienend. »Außerdem hätten ihre diversen Mütter etwas dagegen.« Er machte eine Bewegung, wie um das Thema beiseitezuwischen, deutete auf die unter Wasser liegende Luke und fuhr in verändertem Ton fort: »Es ist halb so schlimm. Die Bilge ist nicht tief, und die undichte Stelle liegt fast genau unter der Luke. Einer von euch muss da rein und das Leck mit Hanf und Werg abdichten, nur weit genug, dass weniger Wasser nachfließt, als die Pumpe hinausschafft. Sobald der Wasserspiegel gesunken ist, erledigen meine Männer den Rest. Wenn ihr nicht zu lange trödelt, schafft ihr es in einer halben Stunde.«

»Dort unten?«, vergewisserte sich Andrej noch einmal.

»Du musst nichts sehen«, sagte der Matrose, der Andrejs nächsten Einwand wohl vorausgesehen hatte. »Die lose Planke liegt direkt unter der Luke. Du kannst den Spalt fühlen. Stopf ihn zu, bis ihr seht, dass der Wasserspiegel sinkt, das reicht.« Er bückte sich, wobei er ein Ächzen wie das eines mindestens doppelt so alten Mannes hören ließ, tauchte beide Hände ins Wasser und hielt dann ein halb gespleißtes Tauende hoch, als er sich wieder aufrichtete. »Bind dir das um«, sagte er. »Dein Freund kann dich rausziehen, wenn irgendetwas nicht stimmt. Und ich bleibe vorsichtshalber hier und passe auf.«

»Warum habt ihr das Leck nicht längst geflickt?«, fragte Abu Dun, während er Andrej das Tauende um die Taille wickelte. Er fragte ihn gar nicht erst, ob er derjenige sein wollte, der in das eisige Wasser hinabtauchte, sondern zog das Tau so fest, dass Andrej kaum noch Luft bekam.

»Weil es den hohen Herren ja nicht schnell genug gehen konnte, ihr neues Schreckgespenst zu Wasser zu lassen!«, ereiferte sich der Mann. »Ich habe von Anfang an gesagt, dass das Schiff noch nicht fertig ist, aber auf mich hört ja niemand! Eine Woche länger in der Werft, und alles wäre in Ordnung gewesen. So leckt diese Señorita an allen Ecken, und meine Männer und ich können sehen, wie wir das Schlimmste verhindern!«

»Das Schiff könnte immerhin sinken«, gab Andrej zu bedenken, erntete aber nur ein abfälliges Kopfschütteln.

»Wegen dem bisschen Wasser? Kaum. Da unten gibt es ein Dutzend Zwischenwände, die halten ... noch.«

»Aber du hast Angst, dass das nicht mehr lange so bleibt«, vermutete Abu Dun. »Famoses Schiffchen.«

Der Mann überzeugte sich pedantisch vom festen Sitz des Knotens um Andrejs Hüfte und drückte Abu Dun das andere Ende des nassen Seils in die Hand. »Du tauchst am besten erst einmal nach unten, um dich zu orientieren. Ich hole inzwischen alles, was du brauchst.«

»Alles, was ich brauche?«, wiederholte Andrej verdutzt. »Was meint er denn damit?«

»Warum siehst du nicht einfach nach?«, schlug Abu Dun vor und versetzte ihm einen Stoß, der ihn haltlos mit den Armen rudernd in die offen stehende Luke stolpern ließ.

Das Wasser war so kalt, dass ihm augenblicklich die Luft wegblieb. Andrej tauchte unter, spürte, wie sein Herz einen Moment aussetzte und dann doppelt so schnell und unregelmäßig weiterhämmerte. Er schoss beinahe schneller aus dem Wasser wieder heraus, als er hineingestürzt war, sank mit einem gewaltigen Platschen wieder zurück und schlug absichtlich mit den flachen Händen auf das Wasser, damit Abu Dun wenigstens ein paar Spritzer abbekam.

Doch das schien den Nubier nicht zu stören. »Das ging schnell«, sagte er anerkennend, während er sich mit dem Handrücken die wenigen Tropfen aus dem Gesicht wischte, die ihr Ziel getroffen hatten. »Muss ein großes Loch sein.«

Andrej bespritzte ihn noch einmal mit Wasser. »Jedenfalls ist es dunkel«, sagte er. »Und verflucht kalt.« Er tauchte noch einmal bis zu den Schultern unter, um sich an die eisige Temperatur zu gewöhnen, schnallte unter Wasser den Schwertgurt ab und wickelte ihn in seinen nassen Mantel, bevor er ihn Abu Dun reichte. Gewicht und Größe der Waffe hätten ihn dort unten nur behindert.

»Zieh zweimal, wenn etwas nicht in Ordnung ist«, wies ihn Abu Dun an.

»Kommst du dann nach und hilfst mir?«, fragte Andrej zähneklappernd, holte noch einmal tief Luft und tauchte dann mit geschlossenen Augen unter.

Zumindest in einem Punkt hatte der Matrose die Wahrheit gesagt: Die Bilge – der spitz zulaufende Raum unmittelbar über dem Kiel – war kaum anderthalb Meter hoch, sodass er sich einfach auf die Knie herabsinken ließ, um den Boden unter sich abzutasten. Die EL CID mochte ja gerade vor ein paar Tagen erst vom Stapel gelaufen sein, aber hier unten hatte sich bereits der erste Unrat angesammelt. Andrejs tastende Hände erfühlten etliches, über dessen genauere Beschaffenheit er gar nicht so genau Bescheid wissen wollte (darunter auch etwas, das sich verdächtig nach einer toten Ratte anfühlte), bis er auf Widerstand traf und tatsächlich im nächsten Moment einen Spalt zwischen den ansonsten sorgsam abgedichteten Planken fand. Er konnte spüren, wie das kalte Wasser aus dem Hafenbecken hereinströmte; gerade eine Winzigkeit schneller, als die Männer an der Pumpe im Nebenraum es wieder hinausbefördern konnten. Der Riss war etwas breiter als zwei nebeneinandergelegte Finger, doppelt so lang wie seine Hand, und lief an beiden Seiten spitz zu.

Als ihm die Luft knapp zu werden drohte, machte er kehrt, schwamm zur Luke zurück und tauchte genau in dem Moment heftig prustend und um Atem ringend wieder auf, als der Matrose zurückkam, begleitet von einem zweiten Mann, und beide Arme bis unter das Kinn mit Stoff, Hanfseilen und anderen Utensilien beladen, die nicht alle dazu beschaffen schienen, ein Leck abzudichten.

»Das ist entschieden zu viel«, sagte er japsend. »Das Leck ist nicht besonders groß. Aber wirf das Zeug noch nicht weg, ich fürchte, du wirst es noch brauchen.« Er zog eine Grimasse, spuckte einen Mund voll eiskaltes Wasser zielsicher vor Abu Duns Füße und fuhr nach einem tiefen Atemzug fort: »Na ja, oder wahrscheinlich eher ich.«

»Was soll das heißen?«, fragte der Mann misstrauisch.

Statt zu antworten, deutete er mit müder Geste unter sich. »Wie viele dieser Kammern gibt es?«

»Das darf ich dir nicht sagen«, antwortete der Matrose. »Aber du stellst eine Menge neugieriger Fragen, finde ich.«

»Immerhin hast du uns belogen«, sagte Andrej geradeheraus.

»Belogen?«

»Diese Arbeit ist ganz leicht«, zitierte Andrej, wenigstens sinngemäß. »Und so ungefährlich, dass selbst dein dreijähriger Sohn sie erledigen könnte?«

Der Matrose sah ihn durchdringend und misstrauisch an, aber dann seufzte er und machte ein Gesicht, als fühle er sich ertappt. »Du hast recht«, sagte er. »Ich habe gelogen. Ich habe gar keinen Sohn. Wie hast du es herausgefunden?«

Andrej blieb nicht nur ernst, ihn packte auch der Zorn. »Dieses Schiff ist wahrscheinlich das größte Geheimnis, das im Hafen von Cádiz liegt«, sagte er. »Kein Fremder darf es auch nur ansehen, geschweige denn betreten – aber Abu Dun und ich bekommen gleich eine Privatführung durch alle Decks?« Er schnaubte abfällig. »Die Arbeit dort unten ist nicht harmlos, sondern grenzt an Selbstmord. Ihr habt Pedro gebeten, nach ein paar Dummköpfen Ausschau zu halten, weil du das Leben deiner Männer nicht aufs Spiel setzen willst, habe ich recht? Oder weil keiner von ihnen bereit war, da hinunterzutauchen.« Er rechnete nicht mit einer Antwort, und er bekam auch keine. »Aber ich habe eine Überraschung für dich«, fuhr er fort. »Wie es aussieht, habt ihr einen Saboteur an Bord.«

»Wie kommst du darauf?« Der Mann war ob der Anschuldigung überrascht – aber nicht so sehr, wie er es eigentlich sollte, fand Andrej.

»Das da unten ist ein Axthieb.«

»Ein Axthieb?« Jetzt wirkte der Matrose doch verblüfft. Dann begann er zu lachen. »Ein Axthieb?«, fragte er kopfschüttelnd. »Du bist völlig verrückt! Das ist mehr als ein Fuß Eichenholz da unter dir! Kein Mensch auf dieser Welt kann das mit einer Axt zerschlagen.«

Damit mochte er recht haben, dachte Andrej ... auch wenn er den ein oder anderen kannte, der durchaus dazu in der Lage war. Fast hätte er unvorsichtigerweise einen erschrockenen Blick mit Abu Dun getauscht.

»Willst du es dir selbst ansehen?«, fragte er.

»Zweifellos«, antwortete der Matrose. »Sobald du das Leck abgedichtet hast und meine Männer die Bilge leer gepumpt haben.« Er reichte seine Last an Abu Dun weiter.

»Wenn ich noch einmal dort hinuntertauche, dann verlange ich einen kompletten Tageslohn für Abu Dun und mich, solltest du feststellen, dass ich die Wahrheit gesagt habe.«

»Und nichts, wenn sich herausstellt, dass du lügst?«

»Einverstanden«, sagte Andrej. Abu Dun zog überrascht die linke Augenbraue hoch, enthielt sich aber jeden Kommentars, und nach kurzem Nachdenken bekundete der Matrose mit einem Nicken seine Zustimmung.

»Und wenn ich dir einen Rat geben darf«, fügte Andrej hinzu, während er die Hand nach Abu Duns Last ausstreckte, »Dann sieh dir die anderen Kammern an, ganz egal wie viele es sind. Es sollte mich nicht wundern, wenn du dort auch den ein oder anderen Schaden findest, von dem du bisher glaubtest, er sei unmöglich.«

Der Matrose sagte nichts dazu, doch es war ihm anzusehen, dass er nervös war. Er wandte sich mit einem bedeutsamen Blick und einem kurzen Nicken an seinen Begleiter, der dieses wortlos erwiderte, und ging.

Andrej nahm Hanf und Werkzeug und ließ sich wieder ins Wasser sinken. Er hatte ein gutes Geschäft gemacht, auch wenn Abu Duns Blick ahnen ließ, dass er anderer Meinung war. Mit seiner Kraft und seiner Fähigkeit, die Luft ohne Probleme viele Minuten lang anhalten zu können, würde er diese lächerliche Reparatur binnen kürzester Zeit erledigen.

Doch er musste feststellen, dass er das Material, das der Matrose ihm gegeben hatte, noch so oft und fest in den vermeintlichen Axthieb stopfen konnte, das hereinströmende Wasser drückte es jedes Mal genauso schnell wieder heraus. Nachdem er das dritte Mal zum Luftholen aufgetaucht und wieder nach unten geschwommen war, begannen seine Finger vor Kälte taub zu werden, und ein sonderbares Kribbeln ergriff von all seinen Gliedern Besitz, das ihm beinahe angenehm gewesen wäre, hätte er nicht allzu gut gewusst, was es bedeutete. Das Wasser war eisig – obgleich es Sommer war, und Cádiz nicht am Polarkreis, sondern an der Küste Spaniens lag! – und dieser verdammte Riss schien sich all seinen Bemühungen, ihn zu verschließen, mutwillig zu widersetzen.

Dennoch kam er voran und der Wasserspiegel sank allmählich. Die Bilge war noch immer komplett geflutet, aber Abu Dun und der Matrose, die sein unermüdliches Tauchen beobachteten – der eine besorgt, der andere entsetzt –, standen nicht mehr bis zu den Knöcheln im Wasser, und die unermüdlich arbeitende Pumpe konnte nun allmählich Wirkung zeigen. Noch zwei oder drei Anläufe, dachte Andrej, und er konnte es zumindest ein bisschen ruhiger angehen lassen.

Ihr Arbeitgeber schien das etwas anders zu sehen. »Du solltest eine Pause einlegen«, sagte er. »Du warst bestimmt drei Minuten dort unten.«

Es waren mehr als fünf gewesen, wie ihm sein eigenes, untrügliches Zeitgefühl verriet, aber Andrej hütete sich, den Mann zu verbessern. Er tat so, als bemerkte er Abu Duns beschwörende Blicke nicht, nahm sich aber vor, von nun an in kürzeren Abständen zum Luftholen aufzutauchen. Der Mann war ohnehin schon misstrauisch genug.

Außerdem hatte er recht. Er war mit seinen Kräften tatsächlich fast am Ende.

Er holte noch einmal sehr tief Luft, ließ sich in das eisige Wasser gleiten und spürte sofort, noch bevor er mit Händen und Knien den Boden berührte, dass er nicht mehr allein war.

Etwas – jemand? – war hier unten, hinter ihm, und selbst Andrejs übermenschlich schnelle Reaktionen kamen zu spät. Er wirbelte herum, drehte sich wie ein Fisch im Wasser und zog die Knie an den Leib, um noch eine Winzigkeit schneller zu sein. Dennoch war er nicht schnell genug. Schmale, aber grausam starke Hände ergriffen ihn an Brust und Hemdkragen, drehten ihn nahezu mühelos um und tasteten nach seiner Kehle. Andrej packte instinktiv zu, bekam ein überraschend schlankes, beinahe schon zerbrechliches Handgelenk zu fassen und drückte zu. Knochen brachen.

Es war ein Fehler, doch das begriff er viel zu spät. Erschöpfung und vor allem das eiskalte Wasser hatten längst nicht nur seine Reaktionen, sondern auch sein Denken verlangsamt, und er verstand nicht schnell genug, dass der unsichtbare Angreifer ein gebrochenes Handgelenk gerne in Kauf nahm, um ihm im Gegenzug die steifen Finger der anderen Hand ins Zwerchfell zu rammen. Kostbare Atemluft wich in einem Vorhang silberner Luftblasen aus seinem Mund und blieb eine knappe Handbreit über seinem Kopf unter der Decke hängen. Im nächsten Moment riss sich der Angreifer los und war verschwunden ... allerdings nicht, ohne ihm noch einen schmerzhaften Hieb gegen die Schläfe versetzt zu haben.

Wieder entwich Atemluft, die er so dringend benötigte, seinen Lungen in einem lautlosen Schrei, und Schmerzen explodierten in jeder Faser seines Körpers – aber beides machte ihn nur umso wütender.

Der Angreifer verschwand aus seinem Blickfeld, doch Andrej war nicht darauf angewiesen, ihn zu sehen. Rasend vor Zorn schoss er hinter ihm her, bekam irgendetwas zu fassen, das sich ebenso verwundbar und zerbrechlich anfühlte wie das Handgelenk gerade, und verfuhr auch auf die gleiche Weise damit. Diesmal hörte er etwas wie einen gurgelnden Schmerzensschrei, gedämpft durch das Wasser, aber unendlich befriedigend, und er rammte die andere Faust in dieselbe Richtung und jubilierte innerlich, als er spürte, wie Fleisch riss und Knochen brachen. In diesem Moment war es ihm gleichgültig, wer ihn da angriff und warum. Er wollte verletzen, Schmerz zufügen und töten – das war alles, was zählte.

Und um ein Haar hätte es ihn das Leben gekostet.

Er schlug noch einmal zu, und noch einmal, und nach dem dritten Hieb erlahmten die Bewegungen des anderen. Aus purer Freude daran, Schmerz zuzufügen, schlug er noch einmal zu, spürte, dass er nur noch totes Fleisch traf, und ließ seinen Gegner los.

Plötzlich berührte eine Hand seinen Fuß, und etwas schloss sich kalt und hart um seinen Knöchel. Andrej trat mit dem anderen Fuß aus, spürte, dass er etwas traf, und roch Blut, das sich in wirbelnden Schlieren durch das eisige Wasser zog.

Er musste ziemlich hart getroffen haben, denn der Angreifer zog sich mit hastigen Schwimmbewegungen zurück, eine immer größer werdende Blutspur hinter sich herziehend. Andrej hätte nichts lieber getan, als ihm nachzusetzen und die Sache hier und jetzt zu Ende zu bringen. Aber ihm wurde die Luft allmählich knapp, und seine Schläfe tat noch immer entsetzlich weh. Es wurde Zeit, aufzutauchen.

Der Ruck war so unerwartet und hart, dass Andrej vor Schrecken auch noch den allerletzten Rest seiner wertvollen Atemluft ausstieß. An seinem Fußgelenk saß ein eiserner Ring, und an dem eine Kette, die mit der gegenüberliegenden Wand verbunden war.

Für eine einzelne, grässliche Sekunde geriet er in Panik, warf sich herum und zerrte und riss mit verzweifelter Kraft an der Kette, dann zwang er sich zur Ruhe, ignorierte das Pochen in seinen Lungen und griff nach der wie aus dem Nichts aufgetauchten Fessel, die mit jedem Moment schmerzhafter in seinen Knöchel zu beißen schien.

Und es schien nicht nur so. In der vollkommenen Dunkelheit, die ihn umgab, war er allein auf seinen Tastsinn angewiesen, der ihm verriet, dass er es mit einer besonders perfiden Konstruktion zu tun hatte: zwei mit Zähnen besetzte metallene Ringe, die ineinandergriffen und sich bei jeder heftigen Bewegung enger zusammenzogen, ohne sich mit etwas Geringerem als einer Brechstange (oder dem passenden Schlüssel) wieder öffnen zu lassen.

Andrej hatte weder das eine noch das andere, aber er versuchte es trotzdem. Mit aller Gewalt zerrte und riss er an der eisernen Fessel, ohne dass sie sich auch nur um eine Winzigkeit rührte, gab seine Bemühungen nach einem Moment ebenso plötzlich wieder auf und zerrte stattdessen mit derselben Kraft, aber ohne Erfolg, an der Kette. Sie rührte sich nicht, obwohl er sich mit seiner ganzen gewaltigen Körperkraft dagegenstemmte, aber er konnte spüren, wie rasend schnell die Anstrengung auch noch das letzte bisschen Sauerstoff in seinem Blut verbrauchte. Seine Lungen pochten mittlerweile unerträglich, und er spürte ein heftiges Schwindelgefühl. Ihm blieben nur noch ein paar Augenblicke, bis er das Bewusstsein verlor und ertrank.

Andrej kam endlich – viel zu spät – auf den Gedanken, an dem Seil um seine Hüften zu ziehen, stemmte gleichzeitig den freien Fuß gegen die Wand und riss noch einmal mit aller Gewalt an der Kette. Ohne Ergebnis. Die einzelnen Glieder waren so dick wie sein kleiner Finger und bestanden aus solide geschmiedetem Eisen. Wer immer diese Falle aufgestellt hatte, hatte gewusst, was er tat, und auch, wem sie galt.

Hinter ihm fiel etwas Großes und sehr Schweres ins Wasser. Abu Dun war mit zwei raschen, kraftvollen Schwimmstößen an seiner Seite, packte ihn bei den Schultern und zerrte ihn mit einem Ruck zurück, in den er seine ganze gewaltige Körperkraft legte.

Das einzige Ergebnis war ein weiterer, grausamer Schmerz, mit dem die eiserne Fessel noch tiefer in sein Fleisch schnitt. Das Blut, das nun das Wasser trübte, war sein eigenes, aber das nahm Andrej kaum noch wahr. Alles begann sich um ihn zu drehen. Sein Herz pochte wie wild, und er musste mittlerweile seine ganze Willenskraft aufwenden, um nicht den Mund aufzureißen und nach Luft zu schnappen, ganz egal, ob ihm sein Verstand sagte, dass das sein sicheres Todesurteil war.

Abu Dun zerrte noch einmal an seinen Armen, sah die Sinnlosigkeit seiner Bemühungen ein und tastete sich an seinem Körper entlang, bis er den Ring und die eiserne Kette gefunden hatte. Zu spät. Viel zu spät. Andrejs Lungen standen in Flammen. Sein Herz pochte, als wolle es jeden Moment aus seiner Brust springen. Er musste atmen.

Er tat es.

Und ertrank.

6

Jemand schlug ihm mit der flachen Hand ins Gesicht, mehrmals hintereinander und so hart, als wollte er ihn bewusstlos prügeln, statt ihn zu wecken. Abu Dun. Natürlich war es Abu Dun. Der heimtückische Muselmane nutzte schließlich jede Gelegenheit, ihm etwas anzutun, solange er wehrlos war.

Als hätte er seine Gedanken gelesen, ohrfeigte Abu Dun ihn noch einmal, drehte ihn dann unsanft um und versetzte ihm einen so harten Stoß zwischen die Schulterblätter, dass er sich qualvoll übergeben und Salzwasser und mit Blut vermischten Schleim ausspucken musste. Seine Brust schmerzte noch immer unerträglich, und auch sein verletztes Auge und die Schläfe meldeten sich nachhaltig zurück. Jemand keuchte. Es war nicht Abu Dun, dazu klang das Keuchen zu überrascht – und zu erschrocken. Außerdem glaubte er einen Unterton von Mitleid in der Stimme zu vernehmen. Vollkommen ausgeschlossen also, dass es Abu Dun war.

»Aber wieso … wieso lebt er noch?«

»Das ist Hexerei!«, fügte ein anderer, nicht minder entsetzt, hinzu.

»Vollkommen unmöglich«, sagte eine dritte Stimme.

»Er war mindestens zehn Minuten unter Wasser!«, sagte der Erste wieder. »So lange überlebt das keiner!« Trotz allem glaubte er die Stimme jetzt als die des Mannes zu erkennen, der sie hierher gebracht und ihm das Werkzeug gegeben hatte.

»Das ist Hexerei!«

»Nein. Das ist euer Glück, glaubt mir«, grollte Abu Dun. »Dort unten war eine Lufttasche, die sich unter der Decke gebildet hat. Nicht sehr groß, aber ausreichend für ein paar Atemzüge. Sonst wäre er jetzt tot. Und das wäre nicht gut für euch, glaubt mir. Es wäre ganz bestimmt nicht gut für euch.«

Er drehte Andrej – sehr viel behutsamer als zuvor – wieder auf den Rücken und schlug ihm noch einmal ins Gesicht, allerdings nur ganz sachte. Dennoch beeilte sich Andrej, die Augen zu öffnen, um so einem weiteren Schlag zuvorzukommen. Abu Duns Gesicht schwebte kaum eine Handbreit über ihm. Der Ausdruck von Sorge in seinen Augen war echt, aber Andrej erkannte auch große Erleichterung. Der Anblick tat sehr gut.

»Alles in Ordnung, alter Freund?«, fragte Abu Dun.

Alter Freund. Nicht Hexenmeister. Andrej lächelte dankbar. »Wunderbar«, brachte er irgendwie hervor. »Ich habe mich ... selten so gut ... gefühlt.«

»So lebendig, nehme ich an«, sagte Abu Dun. Sein Blick versuchte Andrej etwas zu sagen, aber er verstand nicht, was. »Das war wirklich knapp, Andrej. Ohne diese Luftblase wärst du jetzt tot. Ich musste dreimal auftauchen und Luft holen, bevor es mir gelungen ist, das da zu öffnen.«

Er hielt ein verbogenes Etwas in die Höhe, das Andrej erst beim zweiten Hinsehen als die Reste der heimtückischen Fußfessel erkannte, die ihm der unbekannte Angreifer angelegt hatte. »Ich verstehe ja beim besten Willen nicht, wie jemand so tölpelhaft sein kann, sich in so einem Ding zu verfangen ... aber was zum Teufel hat diese Todesfalle dort unten überhaupt zu suchen?!«

Die letzten Worte hatte er beinahe geschrien, und sie galten nicht Andrej, sondern jemandem, der hinter ihm stand. Andrej stemmte sich mühsam auf beide Ellbogen hoch und legte den Kopf in den Nacken, bis er den Mann erkennen konnte. Es war der Matrose.

»Das ist nicht meine Schuld!«, beteuerte dieser erschrocken. »Die Dinger liegen dort unten überall herum!«

»Wozu?«, fragte Abu Dun scharf.

»Die Bilge wird auch als …« Er sprach nicht weiter, sondern hob nur die Schultern, als wäre ihm das, was er zu sagen hatte, aus irgendeinem Grund unangenehm.

»… als Kerker benutzt«, vermutete Andrej. »Um Kriegsgefangene unterzubringen, oder Matrosen, die sich etwas zuschulden haben kommen lassen.«

»Hm«, machte der Mann.

»Da unten?«, fragte Abu Dun stirnrunzelnd. »Ihr Spanier seid wirklich ein reizendes Völkchen.«

»Normalerweise steht die Bilge nicht unter Wasser«, verteidigte sich der Mann trotzig. »Und eigentlich ist es auch ganz und gar unmöglich, versehentlich in die Fesseln zu geraten.«

»Ja«, sagte Abu Dun böse. »Vor allem, wenn man vorher so ausführlich gewarnt worden ist, nicht wahr?«

Der Matrose wollte auffahren, und Andrej hob rasch die Hand, um seine Aufmerksamkeit zu erheischen. Das Letzte, was sie jetzt gebrauchen konnten, war ein Streit zwischen den Matrosen und einem wütenden Abu Dun – ein Streit, der nicht gut für die Matrosen enden würde.

»Apropos«, sagte er matt und deutete auf die Luke. »Ich kann mich täuschen … aber es kommt mir so vor, als wäre das Wasser schon wieder gestiegen. Es wäre dumm, wenn die ganze Mühe …«, er hustete qualvoll und musste einige Male schlucken, um sich nicht wieder zu übergeben. »… umsonst gewesen wäre.«

Der Mann starrte die Luke an, nickte knapp und wandte sich dann in rüdem Ton an die anderen. »Der Mann hat recht! Was steht ihr hier herum und glotzt? Macht, dass ihr an die Pumpe kommt, oder ich schicke euch als Nächste da runter!«

Womit wir beim Thema wären, dachte Andrej. Er setzte zu einer Frage an, doch Abu Dun bedeutete ihm mit einem hastigen Blick zu schweigen.

»Schon gut«, sagte er, an dem Matrosen gewand. »Ich ... war vielleicht ein bisschen heftig. Es tut mir leid.«

»Du bist in Sorge um deinen Freund«, antwortete der Matrose. »Das verstehe ich.«

Abu Dun wartete, bis sie allein waren, und sagte dann leise und in seiner Muttersprache: »Er sagt die Wahrheit, habe ich recht? Es ist unmöglich, sich versehentlich selbst in dieser Fessel zu verfangen.«

»Dort unten war jemand«, bestätigte Andrej. »Zwei. Sie haben auf mich gewartet.«

»Vampyre?«

Andrej überlegte einen Moment und schüttelte dann den Kopf. Er hätte gespürt, hätte sich ihm ein Vampyr genähert. Außerdem war er alles in allem mindestens eine halbe Stunde dort unten gewesen, und auch Vampyre mussten atmen.

»Nein«, sagte er. »Und bevor du fragst: Ich weiß nicht, wer es war.«

»Aber ich«, antwortete Abu Dun.

Andrej sah hoch. »Wie?«

»Nicht, was sie *sind*«, antwortete der Nubier. »Aber was sie *wollen*. Dich.«

»Nicht uns?«

»Niemand hat versucht, mich zu ertränken«, erinnerte Abu Dun ihn, auch wenn das nicht nötig gewesen wäre. Andrej war längst zum gleichen Schluss gekommen.

»Und auf mich hat auch niemand geschossen, obwohl es

Sinn ergeben hätte. Ich bin größer und sehe, mit Verlaub gesagt, auch gefährlicher aus.«

»Vielleicht haben sie einfach auf das beweglichere Ziel geschossen, um es zuerst auszuschalten«, sagte Andrej.

»Jemand ist hinter dir her, Hexenmeister. Hast du eine ungefähre Vorstellung, wer das sein könnte?«

»Vielleicht derjenige, der auf gar keinen Fall hier in Cádiz sein kann?«

»Loki würde sich nicht die Mühe machen, einen so komplizierten Plan zu ersinnen«, behauptete Abu Dun. »Außerdem wärst du jetzt tot, wenn er dort unten auf dich gewartet hätte. Und ich wahrscheinlich auch.«

»Und wer soll es sonst gewesen sein, deiner Meinung nach?«, fragte Andrej.

Abu Dun zuckte mit den Schultern und dachte einen Moment nach. Er bückte sich nach Andrejs Mantel und Schwert und reichte ihm beides, bevor er antwortete. »Ich weiß es nicht, Hexenmeister. Aber ich glaube, ich kenne da jemanden, den wir fragen können.«

Irgendwo hatte Andrej einmal gelesen, ertrinken wäre eine sehr angenehme Art zu sterben. Wer immer das gesagt hatte, wusste sicher nicht aus eigenem Erleben, wovon er sprach. Er erinnerte sich nicht, wie oft er ertrunken war – sein unglaublich zäher Körper hatte den Tod mindestens ein halbes Dutzend Mal besiegt und ihn ins Leben zurückgezwungen, nur damit er erneut und qualvoll ertrinken konnte – bis es Abu Dun endlich gelungen war, die eiserne Fußfessel aufzubrechen. Er wusste nur, dass es die Hölle gewesen war. Und er hatte noch eines begriffen: Wer immer ihm diese teuflische Falle gestellt hatte, hatte genau gewusst, wer und vor allem was er war, und dass es ihm auf diese Weise nicht gelingen würde, ihn zu töten. Jedenfalls nicht endgültig. Es hatte gar nicht in seiner Absicht gelegen, ihn umzubringen. Er hatte gewollt, dass er litt, und dieses Ziel hatte er erreicht.

Auch darüber würde er sich ausgiebig mit Loki unterhalten, sobald er ihn gefunden hatte.

Abu Dun, der gegangen war, um mit einem der Arbeiter zu sprechen, kam zurück und machte ein grimmig-zufriedenes Gesicht. »Er ist in seinem Büro ... der Verschlag dort hinten«, sagte er, während er auf eine windschiefe Bretterbude unmittelbar am Kai deutete, die aussah, als könne der nächste Windstoß sie ins Wasser des Hafenbeckens hinunterstoßen. »Jedenfalls hat der Bursche das gesagt.« Er runzelte die Stirn, sah ihn prüfend an und fügte in verändertem Ton hinzu: »Ist alles in Ordnung?«

»Sicher«, antwortete Andrej. »Ich fühle mich so wohl wie ein Fisch im Wasser.«

Abu Dun ging nicht auf das lahme Wortspiel ein. »Ich kann allein mit ihm reden«, schlug er vor.

»Hast du Angst, ich könnte die Beherrschung verlieren?«

»Ja«, sagte Abu Dun geradeheraus.

»Blödsinn!«, schnappte Andrej und zwang sich zu einem schiefen Grinsen, als er Abu Duns zweifelnden Blick sah. »Ich musste nur gerade an etwas denken.«

»Und woran?«, fragte Abu Dun, als sie nebeneinander herschlenderten.

»Malta«, antwortete Andrej. »Erinnerst du dich an den Dämon?«

Die Frage war überflüssig. Keiner von ihnen würde die Begegnung mit dem mythischen Ungeheuer jemals vergessen. Sie hatten sie nur um Haaresbreite überlebt, und nicht nur sie hatten einen entsetzlichen Preis dafür bezahlt.

»Und?«

»Ich weiß jetzt, wie er sich fühlt«, sagte Andrej. Und wo ich ganz bestimmt nicht sein will, wenn es ihm jemals gelingt, sich aus seinem Gefängnis auf dem Meeresgrund zu befreien.

»Vielleicht ist es tatsächlich Loki«, sagte Abu Dun plötzlich.

Andrejs Überraschung war nicht gespielt. »Irre ich mich, oder hast du selbst mir vor gar nicht so langer Zeit erklärt, warum er auf gar keinen Fall hinter dieser Falle stecken kann?«

»Nicht, wenn er deinen Tod gewollt hätte«, bestätigte Abu Dun nachdenklich. »Aber du wärst nicht gestorben.«

»Vielleicht doch«, antwortete Andrej. »In einem Monat. Oder einem Jahr, oder zehn.«

»Und das würde wiederum ganz ausgezeichnet zu Loki passen«, sagte Abu Dun. »Er ist der grausamste Mensch, dem ich jemals begegnet bin.«

»Falsch«, sagte Andrej. »Er ist überhaupt kein Mensch.«

»Aber irgendwann einmal war er es«, sagte Abu Dun ungerührt. »Ich frage mich, was passieren muss, damit ein Mann so grausam wird.«

»Frag es ihn selbst, wenn wir ihn gefunden haben«, antwortete Andrej. »Aber stell diese Frage schnell. Sehr viel Zeit wird ihm nicht bleiben, um zu antworten.«

Sie legten die letzten zwei Dutzend Schritte schweigend zurück, bis sie Pedros Büro erreicht hatten. Dort fanden sie einen vierschrötigen Burschen mit verschränkten Armen vor der Tür stehend und finsteren Blickes nach dem Erstbesten Ausschau haltend, den er anraunzen konnte. Er erschrak, als er Abu Duns Blick begegnete, doch dann ließ er mit grimmiger Entschlossenheit die Arme sinken.

»Überlass mir das Reden«, sagte Abu Dun. »Ich regele das schon.«

»Keine Sorge«, knurrte Andrej. »Ich beherrsche mich, mein Ehrenwort.«

Er beschleunigte seine Schritte und wandte sich in herausforderndem Ton an den Muskelprotz. »Wir suchen den Hafenmeister«, sagte er. »Pedro. Ist er da drin?«

Der Mann sah aus, als habe er fest damit gerechnet, sich

handfest mit dem Sieben-Fuß-Riesen hinter Andrej auseinandersetzen zu müssen – wirkte zugleich aber auch erleichtert.

»Ja«, sagte er. »Aber du kommst hier nicht rein.«

Andrej stieß ihm die flache Hand mit solcher Gewalt vor die Brust, dass er gegen die Tür geschleudert wurde. Diese barst unter dem Aufprall und er stürzte in einem Regen von Holzsplittern in den dahinterliegenden Raum.

»Komme ich doch«, sagte er.

Abu Dun seufzte. »Du hast mir dein Wort gegeben, dich zu beherrschen, Hexenmeister.«

»Aber das habe ich doch«, antwortete Andrej treuherzig, während er bereits gebückt durch die niedrige Tür trat. Immerhin lebte der Bursche noch. Hoffentlich.

Sie standen in einem winzigen Raum, in dem sich die Hitze staute, und der gerade Platz für ein einfaches Bretterregal bot, dessen Böden vor Schriftrollen, Folianten und ledergebundenen Büchern überquollen, und einen ebenso grob zusammengezimmerten Schreibtisch, hinter dem ein sehr verdutzt aussehender Pedro saß und sie aus großen Augen ansah. Die Reste der Tür (und ihres Bewachers) lagen unmittelbar am Fuße seines Tisches, aber er schien es nicht einmal zu bemerken, sondern hatte alle Mühe, den Federkiel nicht fallen zu lassen, mit dem er gerade auf einem Pergament vor sich gekritzelt hatte.

»Oh«, murmelte er schließlich. »Ihr seid …«

»Noch am Leben, ganz recht«, unterbrach ihn Andrej. »Überrascht dich das?«

»Ja«, murmelte Pedro. »Ich … meine natürlich: Nein, Warum sollte mich das überraschen?« Er linste nun doch – schüchtern – zu dem Wachtposten hin, der sich in diesem Moment stöhnend hochzurappeln versuchte, es dann aber vorzog, sich hastig wieder zurücksinken zu lassen und weiter den Bewusstlosen zu mimen, als er Andrejs Blick begegnete. Pedro schluckte hart und fuhr dann mit einem nervösen Lächeln fort: »Ich bin nur überrascht, dass ihr schon mit eurer Arbeit fertig seid.«

»Und dass wir sie überlebt haben«, sagte Andrej.

Pedro starrte ihn an und schwieg. Zwar sah man ihm das schlechte Gewissen an, fand Andrej ... doch schien er in der Tat nicht erstaunt zu sein, sie lebendig zu sehen. »Ich ... ähm ... verstehe nicht ganz, was ihr von mir wollt«, sagte er, sah noch einmal zu dem halb benommenen Wachtposten hinunter und raffte sich zu etwas wie trotzigem Widerstand auf. »Und was hat dieser Auftritt zu bedeuten? Was fällt euch ein, hier so ...«

Abu Dun baute sich vor seinem Schreibtisch auf und verschränkte die Arme vor der Brust, und Pedro zog es vor, den Rest seiner Worte herunterzuschlucken.

»Ich ... äh ... nehme an, ihr wollt jetzt euren Lohn?«, fragte er vorsichtig. Abu Dun deutete ein Schulterzucken an. Pedro ließ seine Schreibfeder sinken und zog mit der anderen Hand eine Schublade an seinem Schreibtisch auf, aus der er einen prall gefüllten Lederbeutel nahm. Mit fliegenden Fingern begann er, einige Münzen daraus abzuzählen, doch Abu Dun entledigte ihn schnell des ganzen Beutels und ließ ihn mit unbewegtem Gesicht in der Manteltasche verschwinden.

»He!«, protestierte Pedro schwach. »Was soll denn das!«

»Nimm es als Wiedergutmachung«, sagte Abu Dun.

»Oder Schmerzensgeld«, fügte Andrej hinzu.

»Jemand hat versucht, Andrej umzubringen«, schloss der Nubier.

»Umbringen?« Pedro riss ungläubig die Augen auf. »Aber das ist ja furchtbar!«

Sein Erschrecken war nicht gespielt, begriff Andrej. Er tauschte einen ebenso fragenden wie überraschten Blick mit Abu Dun, wandte sich dann aber wieder grimmig an den Hafenmeister: »Wie Ihr seht, sind wir noch am Leben. Aber wir hätten da ein paar Fragen an Euch.«

»An mich?« Pedro kratzte noch einmal all seinen Mut zusammen und straffte sogar die Schultern, aber irgendwie sah er dadurch beinahe noch erbärmlicher aus. »Ich wüsste nicht, was ich …«

»… was du damit zu tun hast, dass zwei Fremde und Ausländer wie wir Zugang zu dem neuesten und zweifellos geheimsten Schiff der ganzen Flotte bekommen?«, unterbrach ihn Abu Dun. »Ja, darüber haben wir uns auch gewundert.«

Pedro starrte erst sein Gesicht, dann die Manteltasche an, in der sein Geldbeutel verschwunden war. Er schwieg.

»Ja, das ist eine wirklich gute Frage«, pflichtete ihm Andrej bei. »Hast du vielleicht eine Erklärung dafür?«

»Ich verstehe überhaupt nicht …«, begann Pedro. Abu Dun ergriff ihn an der Schulter und drückte so fest zu, dass Andrej hören konnte, wie seine Knochen knackten. »Wir haben weder die Zeit noch Lust für Spielchen«, sagte Abu Dun. »Wer hat dich beauftragt, uns auf dieses Schiff zu schicken?«

»Niemand!«, keuchte Pedro. »Ich …«

Abu Dun packte noch fester zu, und Pedro verstummte mit einem entsetzten Japsen. Sein Gesicht verlor die letzte Farbe. In seinen Augen stand die blanke Todesangst geschrieben.

»Sagte ich schon, dass wir ein wenig in Eile sind?«, erkundigte sich Abu Dun lächelnd.

»Bitte!«, wimmerte Pedro. »Ich weiß nicht, was ihr von mir wollt, und …«

Andrej sah, wie Abu Dun dazu ansetzte, seinen Griff noch einmal zu verstärken und dem Hafenmeister damit vermutlich die Schulter zu brechen, und fiel ihm mit einer hastigen Bewegung in den Arm. »Lass ihn«, sagte er rasch. »Er sagt die Wahrheit.«

Verdutzt, aber gehorsam ließ Abu Dun Pedros Schulter los, und der Hafenmeister sank mit einem Wimmern über seinem Schreibtisch zusammen und schlug die Hand gegen den schmerzenden Arm.

»Ihr seid ja verrückt«, keuchte er. »Ihr könnt doch nicht hierherkommen und …«

»Vielleicht sollte ich lieber gehen und dich mit meinem Freund allein lassen«, schlug Andrej vor.

Pedro mied Abu Duns Blick. »Ich weiß überhaupt nicht, was ihr von mir wollt«, sagte er schließlich.

»Siehst du, ich wusste doch, dass du Vernunft annimmst«, antwortete Andrej, setzte für eine Sekunde sein freundlichstes Lächeln auf und wandte sich dann zu Abu Dun um. »Ich denke, ich sehe mich ein wenig draußen um«, sagte er im Plauderton. »Wie lange brauchst du?«

»Nicht lange«, antwortete Abu Dun, wobei er die linke Hand mit einem Geräusch zur Faust ballte, als würden Walnüsse geknackt.

»Aber gib acht, dass es nicht zu laut wird«, sagte Andrej. Er wandte sich um und machte einen einzelnen Schritt, und Pedro sagte hastig: »Warte!«

Andrej gönnte sich den Spaß, noch einen weiteren Schritt zu tun und sich auch dann nur ganz langsam und mit fast enttäuschtem Gesichtsausdruck umzudrehen.

»Ich … ich kann euch wirklich nicht viel sagen«, sagte Pedro nervös. »Sie haben jemanden gesucht, der das Leck flickt, das ist wahr, und … und der zweite Maat der EL CID hat nach euch gefragt.«

»Nach uns?«, fragte Abu Dun.

»Nicht nach euch direkt«, sagte Pedro hastig. »Nicht namentlich, meine ich.«

»Sondern?«

»Er hat gehört, dass ich hier zwei Arbeiter habe, die gut zupacken können, und da es sich um eine ziemlich gefährliche Arbeit handelt …«

»War es euch lieber, zwei Fremde gehen dabei drauf, statt einer von deinen Arbeitern«, vermutete Andrej.

Pedro war klug genug, nicht zu antworten.

»Und er hatte nichts dagegen, dass wir an Bord dieses streng geheimen Schiffes gehen?«, vergewisserte sich Andrej.

»Warum sollte er?«, fragte Pedro und schüttelte den Kopf, bevor Andrej seine nächste Frage stellen konnte. »Die EL CID läuft in vier Tagen aus, und gewiss hat sie schon jeder britische Spion in Cádiz gesehen und Skizzen aus allen möglichen Perspektiven angefertigt. Außerdem kommt niemand aus der Stadt heraus, bevor die Flotte ausgelaufen ist.«

Diese Information war neu für Andrej, aber keineswegs überraschend. Sie beunruhigte ihn auch nicht sonderlich. Die Stadt, deren Mauern und Tore Abu Dun und ihn gegen ihren Willen halten konnte, war noch nicht gebaut worden.

»Ja, und darüber hinaus war er ziemlich sicher, dass wir das Schiff ohnehin nicht mehr verlassen, nicht wahr?«, grollte Abu Dun. Er ballte jetzt auch noch die andere Hand zur Faust.

»Damit habe ich nichts zu tun«, beharrte Pedro. »Ich weiß nicht, was da unten passiert ist!«

Andrej starrte ihn eine kleine Ewigkeit lang durchdringend an. Er glaubte dem Mann. Er hatte viel zu große Angst, um zu lügen ... und er war vielleicht ein Schlitzohr, der es darin durchaus mit Abu Dun aufnehmen konnte, aber kein Mörder.

»Es war der zweite Maat?«, vergewisserte er sich. Pedro nickte hastig und brachte es irgendwie fertig, wenigstens äußerlich seine Fassung zurückzuerlangen. Auch wenn sein Blick weiter unstet flackerte. Andrej dachte an den noch so überraschend jungen Mann zurück, den sie an Bord der EL CID getroffen hatten, und war verwirrt. Er hatte nichts Falsches an ihm gespürt, ganz im Gegenteil war er ihm beinahe sympathisch gewesen, und auf seinen ersten Eindruck konnte er sich meistens verlassen.

»Also gut«, fuhr er fort, »dann sollten wir vielleicht noch einmal mit ihm reden. Immerhin haben wir ihn ja noch gar nicht gefragt, wie zufrieden er mit unserer Arbeit ist.«

»Bitte tu das …«, begann Pedro, und Andrej unterbrach ihn, indem er hastig die Hand hob: »Keine Sorge. Wir verraten ihm nicht, dass du uns geschickt hast.« Er lächelte beruhigend.

»Es sei denn, er fragt uns danach«, sagte Abu Dun.

»Aber ich habe euch doch gar nicht ge…«, keuchte Pedro, und Andrej fuhr unbeeindruckt fort:

»Im Gegenzug solltest du auch niemandem verraten, dass wir hier waren. Du weißt ja, wie schnell die Leute falsche Schlüsse ziehen.«

Pedro hatte es sehr eilig, zu nicken, konnte sich aber auch einen raschen, nervösen Blick über die Schreibtischkante zu dem noch immer den Bewusstlosen mimenden Mann nicht verkneifen.

»Nimm es dem armen Burschen nicht zu übel«, sagte Andrej. »Ich nehme an, er arbeitet noch nicht sehr lange für dich.«

»Also eigentlich …«

»Wahrscheinlich war er nur ungeschickt«, fuhr Andrej lächelnd fort. »Wenn man so groß und muskulös ist wie er, passiert das leider manchmal.«

»Und selbstverständlich kommen wir für den Schaden auf«, fügte Abu Dun hinzu, zog den Geldbeutel aus der Tasche, den er Pedro abgenommen hatte, und kramte umständlich die kleinste Münze hervor, die er darin fand. Er setzte eine unschuldige Miene auf und legte sie vor Pedro auf den Tisch. »Das sollte genügen, um den Schaden auszugleichen«, sagte er. »Behalte den Rest ruhig – oder gib ihn dem armen Burschen da, damit er sich auf den Schrecken ein Bier genehmigen kann.«

Pedros Blick wanderte von dem Geldstück zu Abu Dun und dann wieder zurück, und Andrej konnte ihm ansehen, dass seine Empörung für einen ganz kurzen Moment tatsächlich größer war als seine Furcht. Gottlob nicht lang genug, ihn etwas wirklich Dummes sagen oder gar tun zu lassen, und bevor er es sich am Ende doch noch anders überlegen konnte, drehte Andrej sich rasch um und verließ die Hütte. Abu Dun folgte ihm, aber erst nach einem Augenblick, und nachdem er noch ein paar Worte zu Pedro gesagt hatte, die Andrej geflissentlich überhörte.

»Sei nicht so streng mit ihm«, sagte er, als Abu Dun sich zu ihm gesellte. »Es war nicht seine Schuld. Ich glaube ihm.«

Abu Dun machte keinen Hehl daraus, dass er anderer Meinung war, ging jedoch mit keinem Wort auf seine Bemerkung ein, sondern deutete stattdessen zur EL CID hinüber. »Gehen wir und wechseln ein paar kameradschaftliche Worte mit diesem Maat?«

Andrejs Blick tastete über die Reling des gewaltigen Schlachtschiffes. Das Deck lag so hoch, dass er nicht erkennen konnte, was darauf geschah, aber er sah immerhin, dass sich die Gruppe um Don Alberto de Castello noch auf dem erhöhten Achterdeck befand. Etwas störte ihn am Anblick des herausgeputzten Adeligen und zukünftigen Kommandanten, noch mehr als vorhin sogar, aber er konnte nicht sagen, was. Vielleicht war es einfach nur seine angeborene Abneigung gegen den Adel im Allgemeinen und herausgeputzte Gecken im Besonderen.

»Nein«, antwortete er schließlich. »Jetzt nicht. Warten wir bis heute Abend. Wir schnappen ihn uns, sobald er von Bord geht.«

»Und wenn er auf dem Schiff übernachtet?«

»Das wird er nicht«, behauptete Andrej. »Dieses Schiff sticht in ein paar Tagen in See, und das womöglich für Monate. Wenn du an seiner Stelle wärst, würdest du dann nicht auch jeden Moment ausnutzen, den du noch festen Boden unter den Füßen hast?«

»Wenn ich an seiner Stelle wäre, Hexenmeister«, antwortete Abu Dun ernst, »dann wärst du jetzt tot.«

Abu Dun sollte recht behalten, was den Maat anging. Die geschäftige Aktivität hielt bis lange nach Sonnenuntergang an, und selbst dann wurde es weder dunkel noch still. Zahllose Fackeln, Lampen und glühende Kohlebecken sorgten für fast taghelle Beleuchtung, und die Anzahl der Arbeiter nahm so wenig ab, wie die Lautstärke der hin und her gebrüllten Befehle, Flüche und Kommandos. Erst gut zwei Stunden nach Dunkelwerden ließ das nervöse Treiben ein wenig nach, und es verging noch einmal beinahe eine weitere Stunde, bis es auch an Bord der EL CID ruhiger wurde. Die meisten Lichter hinter den offen stehenden Geschützpforten und Luken erloschen, und nur kurze Zeit darauf ging eine ganze Kolonne von Männern von Bord, alle sichtlich erschöpft und von einem halben Dutzend Soldaten begleitet, die bald darauf kehrtmachten und wieder auf das Schiff zurückgingen, nachdem der letzte Mann von Bord geschlurft war.

Der Maat war nicht bei ihnen gewesen, und nachdem jeder von ihnen ein gutes halbes Dutzend Ausreden erfunden hatte, nicht noch einmal an Bord der EL CID zu gehen und nach dem Maat zu suchen, kehrten sie auf dem schnellsten Weg in den Goldenen Eber und ihr feudales Quartier hinter dem Pferdestall zurück.

Zu Andrejs eigener Überraschung fiel er sofort in einen tiefen, erschöpften Schlaf, aus dem er, wenn auch mit der Erinnerung an einen üblen Traum und klopfendem Herzen, aber doch pünktlich, mit dem ersten Sonnenstrahl und so ausgeruht und frisch wie schon seit Tagen nicht mehr erwachte. Der schlechte Geschmack war von seiner Zunge verschwunden, und selbst sein Auge schmerzte nicht mehr. Immerhin etwas.

Abu Dun rumorte irgendwo draußen im Stall – Andrej konnte seine Nähe spüren, und nach einem weiteren Moment hörte er auch seine Stimme, auch wenn er nicht verstand, was der Freund sagte; wahrscheinlich sprach er mit den Pferden, was er oft tat. Andrej setzte sich auf, um sich erst einmal ausgiebig zu recken. Dann jedoch merkte er, dass ihm kalt war. Seine Hosen und sein Hemd waren klamm und in seinen Stiefeln stand das Wasser. Andrej blinzelte überrascht an sich herab und versuchte sich zu erinnern. Er hatte keine Ahnung, wie das hatte geschehen können, während er schlief. Er stand auf, reckte sich noch einmal ausgiebig und machte sich dann auf die Suche nach Abu Dun.

Ganz wie er erwartet hatte, fand er den Nubier in scheinbar vertrautem Zwiegespräch mit dem weißen Lipizzanerhengst, den er jetzt seit drei Jahren ritt. Er musste ihn gehört haben – Andrej hatte sich keine Mühe gegeben, leise zu sein, und die Verbindungstür zu dem Verschlag, in dem sie schliefen, quietschte noch dazu so erbärmlich, dass es noch auf der Rückseite des Häuserblocks zu hören sein musste – unterbrach aber nicht sein einseitiges Gespräch mit dem Hengst. Und vielleicht, dachte Andrej, war es ja gar nicht so einseitig, wie es auf den ersten Blick den Anschein hatte.

Andrej näherte sich dem Nubier bis auf zwei oder drei Schritte und blieb dann stehen, um ihm einen Moment lang zuzusehen. Seine Hand streichelte Stirn und Nüstern des prachtvollen Tieres, während er ihm zugleich leise Worte in die aufmerksam aufgestellten Ohren flüsterte. Andrej verstand sie nicht, weil der Nubier in einer Sprache redete, die ihm nicht geläufig war – möglicherweise waren es auch nur beruhigende Laute –, aber der Hengst schien ihnen tatsächlich zuzuhören. Seine Ohren zuckten aufmerksam, und dann und wann ließ er ein leises Schnauben hören oder scharrte mit dem Vorderhuf, als versuche er dem Nubier zu antworten.

Es war nicht das erste Mal, dass Andrej es beobachtete, aber ihm war noch nie aufgefallen, wie tief das Vertrauen zu sein schien, das Abu Dun und den riesigen Hengst verband.

»Du liebst dieses Tier sehr, nicht wahr?«, fragte er leise.

»Mehr als die meisten Menschen, die ich kennengelernt

habe«, antwortete Abu Dun, ohne sich zu ihm umzudrehen. »Es würde mich nie verraten, weißt du? Und es würde mich niemals im Stich lassen.«

Andrej fragte sich flüchtig, ob er sich den sonderbaren Unterton, der in diesen Worten mitschwang, nur einbildete, verfolgte den Gedanken aber nicht weiter, sondern machte einen weiteren Schritt, hielt dann aber inne, als der Hengst den Kopf hob und nervös mit den Vorderhufen zu scharren begann. Abu Dun legte ihm rasch die Hand auf die Nüstern und gab ein paar beruhigende Laute von sich, die fast wie das Schnurren einer großen Katze klangen. Das Pferd beruhigte sich augenblicklich, behielt Andrej aber misstrauisch im Auge. Der Hengst hatte Andrej nie leiden können ... aber wenn er es recht bedachte, duldete er außer Abu Dun keinen Menschen in seiner Nähe.

»Es könnte sein, dass wir ihn zurücklassen müssen«, sagte er zögernd.

Abu Dun schwieg.

»Es wäre immerhin möglich, dass wir die Stadt nicht auf dem Landweg verlassen.«

Abu Dun schwieg noch immer, aber der Blick des Hengstes wurde nun vorwurfsvoll, und einen Moment lang fragte sich Andrej, ob das Tier seine Worte vielleicht verstanden hatte.

Was für ein Unsinn.

Andrej wartete einen Moment lang – vergeblich – darauf, dass Abu Dun das immer unbehaglicher werdende Schweigen brach, zuckte schließlich nur mit den Achseln und beschloss, erst einmal nach draußen zu gehen und sich zu waschen. Vielleicht halfen ja einige Handvoll kaltes Wasser im Gesicht, die letzten Spinnweben des Schlafs zu vertreiben und wieder einen klaren Kopf zu bekommen.

Die Sonne war gerade erst aufgegangen, und ihre beinahe noch waagerecht einfallenden Strahlen erreichten den Innenhof noch nicht wirklich. Dennoch war Andrej allein das Wissen um ihr Vorhandensein schon unangenehm. Er senkte den Blick, hielt nach dem Wassereimer vom vergangenen Morgen Ausschau und stellte wie erwartet fest, dass sich niemand die Mühe gemacht hatte, ihn fortzuschaffen. Das Wasser musste mittlerweile mehr als nur abgestanden sein, aber er hatte ja schließlich auch nicht vor, es zu trinken. Rasch ging er zu dem Eimer, der noch an derselben Stelle stand wie gestern, ließ sich davor auf die Knie sinken, tauchte die Hände in das eiskalte Wasser ... und erstarrte.

Diesmal war es kein Gespenst, dessen vermeintlicher Anblick seinen Atem stocken ließ, sondern der seines eigenen Gesichts.

Andrej schloss die Augen, zwang sich, so lange zu warten, bis sich das Wasser wieder beruhigt hatte, und sah dann noch einmal hin.

Der mit Wasser gefüllte Eimer war ein vielleicht noch erbärmlicherer Spiegel als am vergangenen Morgen, als es wenigstens hell gewesen war, aber er reichte allemal aus, um Andrej erkennen zu lassen, dass sein linkes Auge und seine Schläfe unversehrt waren.

Mehr überrascht als erschrocken hob er die Hand und tastete mit den Fingerspitzen nach seiner Schläfe. Der erwartete Schmerz blieb aus, und Andrej registrierte erst jetzt und im Nachhinein, dass auch sein Sehvermögen wieder mit gewohnter Schärfe funktionierte.

Seltsam – er sollte erleichtert sein. Aber er war es nicht. Nach bald vier Tagen, in denen die Wunde einfach nicht mit der gewohnten Schnelligkeit hatte heilen wollen, war sie quasi über Nacht verschwunden.

Andrej blieb etliche Minuten reglos auf den Knien sitzen, starrte sein eigenes Spiegelbild an und versuchte eine Erklärung sowohl für diese sonderbare Spontanheilung als auch für die noch viel sonderbarere Unruhe zu finden, die sich in ihm ausbreitete. Er sollte erleichtert sein, dass seine Kräfte endlich zurückgekehrt waren, aber neben der Erleichterung fühlte er auch Beklemmung … als hätte er etwas Schlechtes gegessen, um wieder zu Kräften zu kommen, und diese Kraft auch bekommen, sich im Gegenzug aber vergiftet.

Andrej schüttelte diesen unsinnigen Gedanken ab, stand mit einem Ruck auf und ging in den Stall zurück. Mit einer viel zu heftigen Bewegung bückte er sich nach seinem Mantel, warf ihn sich um die Schultern und stellte fest, dass er ebenfalls feucht war.

Als er sich erneut nach seinem Schwert bücken wollte, kam ihm Abu Dun zuvor, hob den zusammengerollten Waffengurt mit der schmucklosen Lederscheide auf und trat einen halben Schritt zurück; aber nicht um ihm die Mühe abzunehmen, wie Andrej verwirrt begriff.

»Was soll das?«, fragte er scharf.

»Wo warst du heute Nacht?«

»Heute Nacht?« Andrej verstand nicht, wovon Abu Dun überhaupt sprach.

»Ich bin nach Mitternacht wach geworden«, sagte Abu Dun. »Du warst nicht da.«

»Unsinn!«, antwortete Andrej. »Ich habe geschlafen wie ein Stein!«

Abu Dun widersprach ihm nicht, sah ihn aber lange und sehr durchdringend an, und das auf eine Art, die Andrej mit jedem Moment als unangenehmer empfand. Er kannte diesen Blick. So mancher, dem dieser Blick gegolten hatte, hatte nicht mehr lange genug gelebt, um zu begreifen, was er bedeutete. Vielleicht war es besser, wenn er …

Was?, dachte er erschrocken. Abu Dun umbrachte, solange er es noch konnte?

Beinahe entsetzt schob er den Gedanken beiseite und streckte die Hand nach seinem Schwert aus, und Abu Dun zögerte noch einen einzelnen, endlosen Augenblick. Aber dann schnaubte er nur enttäuschte und reichte ihm Gunjir.

»Was sollte das bedeuten?«, fragte Andrej übellaunig, während er seinen nassen Mantel zurückschlug und sich den Waffengurt umband. Das vertraute Gewicht des Götterschwertes an seiner Seite verlieh ihm ein trügerisches Gefühl von Sicherheit, und eine lautlos lockende Stimme tief am Grunde seiner Seele versicherte ihm, dass es nichts und niemanden auf dieser Welt gab, das ihn aufhalten konnte, niemanden, dem er Rechenschaft schuldig war.

Andrej atmete hörbar ein und sagte noch einmal: »Du musst dich täuschen. Wahrscheinlich hast du nur schlecht geträumt. Ich war nicht weg.«

Abu Dun schwieg.

7

Die Stadt kam ihm noch überfüllter und schmutziger vor als bisher. Sie hatten in aller Hast gefrühstückt - Abu Dun hatte das ohnehin kärgliche Mahl allein in sich hineingestopft und Andrej nur lustlos davon probiert - und waren danach zum Hafen aufgebrochen. Trotz der noch frühen Stunde waren die Straßen bereits so voller Menschen, dass sie doppelt so lang wie erwartet für die Strecke brauchten, und auch das nur, weil Abu Dun immer rücksichtsloser von seiner Größe und Masse (und dem einen oder anderen Ellbogenstoß) Gebrauch machte. Cádiz war schon bei ihrer Ankunft kein Hort der Ruhe und Beschaulichkeit gewesen, nun aber lag eine gereizte Nervosität in der Luft, die sich fast mit Händen greifen ließ. Die Zahl der Soldaten hatte nun noch einmal zugenommen, und sie beäugten alles und jeden mit unübersehbarem Misstrauen. Mehrmals beobachtete er, wie sie sich scheinbar wahllos Männer oder Frauen aus der Menge herauspickten, ihre Papiere kontrollierten oder sie auch gleich an Ort und Stelle einem hochnotpeinlichen Verhör unterzogen. Allein zweimal auf dem Weg zum Hafen vertrat auch ihnen ein Soldat den Weg, wich aber jedes Mal hastig zurück, wenn ihn Abu Duns Blick traf. Schon bald, dachte Andrej, würde sich die Tatsache, dass sie keine Papiere hatten, als Problem herausstellen. Sie befanden sich an einem streng geheimen Ort, und es war nur eine Frage der Zeit, bis sie auf einen etwas mutigeren Soldaten trafen, der ihnen eine Frage stellte, die sie nicht beantworten konnten.

Heute schien dieser Tag jedoch noch nicht gekommen zu sein. Sie erreichten den Hafen unbehelligt - wenn auch ein wenig zerrupft -, nur um sich dort einer dicht geschlossenen Reihe von Soldaten gegenüberzusehen, die jeden kontrollierten, dem es in den Sinn kam, einen Blick in Richtung der Schiffe am Kai zu werfen.

Abu Dun prallte im letzten Moment zurück und zog Andrej nicht nur mit sich, sondern legte ihm auch kurzerhand eine seiner gewaltigen Pranken auf den Mund, während er ihn in den Schutz des nächstbesten Schattens zerrte. Bevor Abu Dun ihn endlich losließ, wäre Andrej nahezu erstickt, auch wenn er tatsächlich keinen verräterischen Laut von sich gegeben hatte.

»Danke«, stieß er hervor, nachdem er wieder halbwegs zu Atem gekommen war. Gleichzeitig gab er sich alle Mühe, Abu Dun mit Blicken zu durchbohren - was der Nubier natürlich ebenso ignorierte wie seinen sarkastischen Tonfall.

»Wofür?«

»Dass du mich nicht erstickt hast.«

»Soviel ich weiß, ist das gar nicht möglich«, antwortete Abu Dun ernst. »Jedenfalls nicht auf Dauer.«

Andrej bedachte Abu Dun mit einem wütenden Blick und wartete vergeblich auf ein Grinsen oder wenigstens die Andeutung eines Lächelns. Er bekam weder das eine noch das andere. Abu Duns Augen blieben so kalt und hart wie schwarzes Glas.

Auch der Hafen wimmelte von Soldaten. In Kompaniestärke waren sie aufmarschiert und hatten in Reih und Glied am Kai Aufstellung genommen. So standen sie in zwei Reihen, die einen Abstand von gut fünf Metern zueinander hielten und eine Art lebende (und bis an die Zähne bewaffnete) Gasse bildeten, in der sich eine schier endlos scheinende Doppelreihe von Männern bewegte. Die meisten waren abgerissen und gingen gebeugt wie unter einer unsichtbaren Last. Etliche waren verwundet und trugen schmutzige Verbände, und Andrej erblickte auch mehr als einen Mann, der kaum noch aus eigener Kraft gehen konnte und von seinen Kameraden gestützt werden musste. Außerdem waren die Männer aneinandergekettet.

»Sklaven?«, murmelte Abu Dun.

Andrej überlegte einen Moment, bevor er den Kopf schüttelte. Wenn Abu Dun Menschen in Ketten sah, dann dachte er immer und sofort an Sklaven. Andrej hatte nie herausgefunden, ob das an seiner Vergangenheit als Sklave oder der als Sklavenhändler lag. Und in diesem speziellen Fall irrte er sich; auch wenn der Unterschied vermutlich nicht einmal besonders groß war. »Kriegsgefangene«, sagte er. »Briten, nehme ich an.« Mit ausgestreckter Hand deutete er auf die Kette der erschöpften Männer bis zu der schmalen Planke, die zum Achterdeck eines wuchtigen Kriegsschiffes hinaufführte. Der Dreimaster hatte direkt neben der EL CID angelegt und wirkte neben dem gigantischen Schlachtschiff ebenso winzig wie erbärmlich, obwohl es sich in Wahrheit auch bei ihm um eine Ehrfurcht gebietende Kriegsmaschine handelte; ein Koloss mit einer Doppelreihe Kanonen auf jeder Seite und einem gedrungenen Rumpf, der schon durch seine bloße Bauweise einschüchterte.

Doch jetzt hing der größte Teil der Takelage in Fetzen, war brandgeschwärzt oder gleich ganz verschwunden, und zumindest einem der Masten sah man an, dass er nur notdürftig geflickt war und schon der nächsten steifen Brise wohl nicht mehr standhalten würde, von einer Sturmböe gar nicht zu reden. Gut die Hälfte der Geschützpforten war leer und glich ausgebrannten schwarzen Augenhöhlen, und der Rumpf war an zahllosen Stellen geflickt, und das zumeist auch nur notdürftig. Das Schiff sah aus, als käme es direkt aus der Hölle. Was der Wahrheit vermutlich ziemlich nahe kam, dachte Andrej.

»Bullseye«, las Abu Dun den Namen vor, der in brandgeschwärzten goldenen Lettern am Heck des Schiffes angebracht war. »Ein seltsamer Name für ein Schiff.«

»Ein englischer Name«, antwortete Andrej. »Die Engländer sind seltsame Leute.« Er wurde wieder ernst. »Sie müssen das Schiff erbeutet haben. Ganz so unbesiegbar scheint die britische Flotte wohl doch nicht zu sein.«

»Dann ist das da die Besatzung?«, vermutete Abu Dun. Er schürzte die Lippen. »Arme Schweine.«

»Nein«, antwortete Andrej, schüttelte den Kopf und verbesserte sich: »Ich meine: Ja, es sind zweifellos arme Schweine, aber kaum die Besatzung dieses Schiffes. Jedenfalls nicht nur.«

Abu Dun runzelte zwar demonstrativ die Stirn, sah aber dann noch einmal hin und bekundete dann mit einem angedeuteten Nicken, dass er wohl zu demselben Schluss gekommen war.

Die Bullseye war groß und hatte sicherlich eine Besatzung von zwei-, wenn nicht dreihundert Mann, aber die schier endlose Reihe von Gefangenen, die sich von Bord des Schiffes und über den Pier schleppte, zählte mindestens doppelt so viele Köpfe. Darüber hinaus sah die Bullseye nicht so aus, als hätte ein nennenswerter Bruchteil ihrer Besatzung die Schlacht überlebt.

»Es sind Kriegsgefangene von verschiedenen Schiffen«, sagte eine Stimme hinter ihnen.

Abu Dun und Andrej fuhren gleichzeitig und so schnell herum, dass sie um ein Haar gegeneinandergeprallt wären, und rissen auch beide gleichermaßen ungläubig die Augen auf.

»Das war Don de Castellos Idee«, fuhr Pedro mit einem

bekräftigenden Nicken fort. »Britische Seeleute, die aus verschiedenen Gefängnissen hierher gebracht werden. Morgen kommt noch ein zweites Schiff, das noch mehr Männer bringt.«

»Was beim Teufel tust du hier?«, fragte Abu Dun verdutzt.

Andrej fragte: »Und warum kommen noch mehr Männer?«

Der strubbelbärtige Hafenmeister tat, als müsse er überlegen, welche Frage er zuerst beantworteten sollte. Schließlich wandte er sich an Andrej. »Wir sind hier im Moment ein wenig knapp an Männern. Es gibt hier mehr als genug Tagelöhner und Möchtegerne, die sich um Arbeit reißen, aber die meisten wissen nicht einmal, an welchem Ende man einen Hammer anfassen muss. Was wir brauchen, sind qualifizierte Männer.«

»Und das da sind qualifizierte Männer?«, fragte Andrej zweifelnd.

»Es sind Seeleute«, erwiderte Pedro, als wäre das Antwort genug. »Und um deine Frage zu beantworten, Langer: Ich habe nach euch gesucht. War nicht besonders schwer, euch zu finden.«

»Wozu?«, grollte Abu Dun.

»Vielleicht lasse ich mich nicht gerne als Mörder titulieren«, schnaubte Pedro.

»Als Mörder?«

»Gestern hätte ich euch ohne zu zögern den Fischen zum Fraß vorgeworfen. Aber dann habe ich mich ein bisschen umgehört - um ehrlich zu sein, weil ich herausfinden wollte, wer ihr seid und wo ich euch finde.« Er grinste humorlos. »Ich hatte vor, euch ein paar Freunde vorbeizuschicken, damit wir unsere nette Plauderei vom Nachmittag fortsetzen können.«

Andrej verspürte für einen Moment beinahe so etwas wie Hochachtung vor dem kleinen Mann. Man konnte sicher eine Menge gegen ihn sagen, aber Mut hatte er.

Vielleicht war er auch nur verrückt.

»Und warum hast du uns deine Freunde nicht geschickt?«, erkundigte sich Abu Dun.

Andrej war ehrlich erstaunt, wie verächtlich ein so kleiner Mann wie Pedro einen so großen Mann wie Abu Dun ansehen konnte. »Weil ich kein Lügner bin, Großer«, sagte er. »Und wenn ich eines auf den Tod nicht ausstehen kann, dann ist es, für dumm verkauft zu werden. Ihr hattet recht, wisst ihr? Ich habe mit dem Maat gesprochen, und auch mit dem Schiffszimmermann, der euch zum Dienst eingeteilt hat.«

»Und was haben sie gesagt?«, fragte Andrej, als Pedro ganz offensichtlich auf ein Stichwort wartete, um seine nachfolgende Eröffnung auch ins rechte Licht zu rücken.

»Jemand hat ganz gezielt nach euch verlangt«, sagte Pedro. »Er wusste eure Namen nicht, gab aber eine Beschreibung, die keinen Zweifel zuließ. Und er hat klare Anweisungen gegeben, wer von euch in die Bilge hinuntersteigen soll.«

»Jemand?«, fragte Abu Dun.

Pedro hob die Schultern und hielt Andrejs Blick unerschrocken fest. »Der Schiffszimmermann weiß nicht, wer«, sagte er. »Er bekommt seine Befehle vom Maat.«

»Mit dem du auch gesprochen hast«, vermutete Andrej.

»Ich habe es versucht, ja«, sagte Pedro. Er zog eine Grimasse. »Dieser aufgeblasene Bengel könnte mein Sohn sein, aber er führt sich auf, als wäre er der Sohn des Vizekönigs! Hat irgendetwas von einer hochgestellten Persönlichkeit gefaselt und mich von seinem Schiff gejagt! Sein Schiff! Das hat er tatsächlich gesagt, das müsst ihr euch einmal vorstellen! Ohne die Arbeit und den Schweiß all dieser Männer hier würde dieses aufgeblasene Ungetüm von Schiff schon lange auf dem Meeresgrund liegen! Bildet sich ein, mich von *seinem* Schiff jagen zu können!«

Andrej tauschte verstohlen einen Blick mit Abu Dun.

»Und du weißt nicht, von wem diese Anweisung kam?«

»Nein«, antwortete Pedro. »Der Maat hat gesagt, dass mich

das alles nichts anginge! Pah!« Er stieß verächtlich die Luft zwischen den Zähnen aus. »Ihr scheint mächtige Feinde zu haben.«

»Umso mutiger von dir, uns alles zu erzählen«, sagte Andrej. »Du könntest dir eine Menge Ärger einhandeln.«

Pedro lachte abfällig. »Ich habe keine Angst«, sagte er. »Weder vor diesem aufgeblasenen Hundsfott noch vor seinen mächtigen Freunden. Und ich mag es nicht, wenn man mich benutzt.«

»Wie nobel«, sagte Abu Dun, vorsichtshalber allerdings in einer Sprache, die der Hafenmeister nicht verstand.

Obwohl sein Blick verriet, dass er den Sinn seiner Worte erraten hatte, war Pedro klug genug, es bei einem ärgerlichen Schürzen der Lippen zu belassen. »Wenn ihr mit dem Freund dieser hochgestellten Persönlichkeit reden wollt, dann kommt in einer Stunde wieder, oder besser in zwei. Solange sie die Gefangenen von Bord bringen, kommt niemand auch nur in die Nähe des Piers.«

Andrej sah zu der Reihe der Gefangenen hin, die immer noch kein Ende zu nehmen schien. Drei-, vierhundert Mann, schätzte er, wenn nicht mehr. Die Bullseye war kein kleines Schiff, aber mit einer solchen Menge an Gefangenen mussten unter Deck des Dreimasters unbeschreibliche Zustände geherrscht haben. Wahrscheinlich konnte ein Großteil dieser Männer von Glück sagen, überhaupt noch am Leben zu sein. Der Anblick versetzte ihm einen tiefen Stich, erfüllte ihn aber auch mit Zorn. Diese Männer waren Soldaten - Kriegsgefangene - und somit Krieger wie Abu Dun und er. Er hatte in mehr Kriegen gekämpft, von denen irgendeiner dieser Männer auch nur wusste, und mehr Schlachtfelder gesehen, als die meisten von ihnen Kanonenschüsse gehört hatten. Abgesehen von Abu Dun vielleicht war der Tod der treueste und älteste Begleiter in seinem langen Leben gewesen.

Niemals hatte Andrej an den moralisch verbrämten Unsinn

von einem ehrenvollen Tod auf dem Schlachtfeld geglaubt. Es gab keine Ehre in einem gewaltsamen Tod, und keinen Grund, sein Leben zu opfern, nur um einem dummen Ideal nachzujagen. Krieg war einfach nur brutal, in den meisten Fällen sinnlos und immer grausam.

Abgesehen von einem Schlachtfeld voller Toter und Verstümmelter war der Anblick einer Kolonne von Kriegsgefangenen vielleicht das Schlimmste, was der Krieg zu bieten hatte. Es waren nicht die Ketten, in die diese Männer geschlagen waren, oder der Anblick ihrer schmutzigen Verbände, ihrer zerfetzten Kleider oder kaum verheilten Wunden. Es waren ihre Gesichter. Die Leere in ihren Augen und ihre schlaffen Züge. Gesichter, aus denen alle Kraft und jede Zuversicht verschwunden waren, um vielleicht nie wieder zurückzukehren. Alles, wofür sie gekämpft hatten, war verloren. All ihr Leiden, all ihr Mut und ihre Schmerzen und Furcht waren umsonst gewesen. Er konnte beinahe verstehen, dass manchem dieser Männer der Tod als der leichtere Ausweg erschien, angesichts dessen, was den meisten von ihnen bevorstand.

Aber er wusste auch, dass dieser Ausweg ein trügerischer war.

»Wohin werden sie gebracht?«, fragte er.

»Die Gefangenen?« Pedro deutete auf einen wuchtigen Bau mit mehreren gedrungenen Türmen, der die Hafengebäude in einer Entfernung von vielleicht einer Meile überragte. »In die Zitadelle. Die, die sie überleben, kommen zurück, um bei der Ausrüstung der Flotte zu helfen.« Andrej war sicher, sich den bitteren Unterton in seiner Stimme nicht nur einzubilden.

»Und das war de Castellos Idee?«, vergewisserte sich Andrej.

»Selbstverständlich«, antwortete Pedro, mit einem freudlosen Lachen. Doch dann kniff er misstrauisch die Augen zusammen. »Warum fragst du?«

»Weil es eine dumme Idee ist«, antwortete Abu Dun an Andrejs Stelle. »Kriegsgefangene zur Arbeit einzusetzen, ist im Allgemeinen eine dumme Idee. Sie zur Arbeit an Schiffen einzusetzen, von denen sie wissen, dass sie in wenigen Tagen gegen ihre Kameraden und Brüder kämpfen werden, ist allerdings die Dümmste aller dummen Ideen, von denen ich je gehört habe.«

»Meine Rede«, sagte Pedro grimmig. »Ganz davon abgesehen, dass sie vielen guten Männern hier Lohn und Brot wegnehmen, auf die sie dringend angewiesen sind. Dieser Castello ist ...« Er beendete den Satz mit einem trotzigen Schnauben, auch wenn Andrej das sichere Gefühl hatte, dass ihm noch eine Menge mehr auf der Zunge lag.

Statt es auszusprechen, wechselte er das Thema. »Ihr solltet hier nicht bleiben«, sagte er und zeigte auf die Soldaten und die Kette aus Gefangenen, die immer noch kein Ende nehmen wollte. »Die hohen Herren sind nervös, solange sich dieses britische Pack nicht sicher hinter Schloss und Riegel befindet. Und wenn die Offiziere nervös sind, findet sich immer ein übereifriger Soldat, dem der Säbel locker sitzt. Sie kontrollieren alles und jeden. Selbst meine Papiere wollten sie schon sehen!«, fügte er empört hinzu. Dann fragte er: »Habt ihr Papiere?«

Abu Dun schwieg, und Andrej zauberte zum ersten Mal seit Beginn des Gespräches ein schmales Lächeln auf seine Züge.

»Ja, das habe ich mir gedacht«, seufzte Pedro.

»Und du redest trotzdem mit uns?«

Der Hafenmeister machte eine wegwerfende Handbewegung. »Die Hälfte von allen hier hat keine Papiere, und die andere Hälfte besitzt gefälschte«, sagte er. »Ein Grund mehr, nicht hier zu warten. Kommt mit. Sobald die Soldaten verschwunden sind, bringe ich euch auf die EL CID. Ihr wolltet doch mit dem Maat sprechen, nehme ich an?«

Andrej nickte zwar, konnte seine Überraschung aber auch nicht ganz verhehlen. »Du willst uns begleiten?«

»Sicher«, antwortete Pedro. »Allein kommt ihr niemals an Bord des Schiffes. Und außerdem muss doch jemand achtgeben, dass ihr dem armen Jungen nicht wehtut.« Plötzlich grinste er wieder. »Nicht allzu sehr, wenigstens.«

Pedro hatte sie auf Umwegen und durch ein Labyrinth schmaler Gässchen und verborgener Durchgänge in ein leer stehendes Gebäude geführt, und dann in einen übel riechenden, von Ratten und anderem Ungeziefer verseuchten Verschlag, in den Andrej nicht einmal seinen schlimmsten Feind gesteckt hätte, und aus den zwei Stunden, von denen er gesprochen hatte, waren mehr als drei geworden, in denen sie in vollkommener Dunkelheit dagesessen und gewartet hatten. Abu Dun hatte in der ganzen Zeit kaum geredet, aber Andrej war das nur recht gewesen. Er kannte Abu Dun gut genug, um zu wissen, wie wenig Sinn es ergab, ihm jetzt auch nur eine einzige Frage zu stellen. Der Nubier würde von sich aus reden, wenn er es wollte – oder auch gar nicht. Doch er spürte auch eine Veränderung an seinem Freund, die ihn in Unruhe versetzte.

Vielleicht war jetzt der Moment gekommen, den er insgeheim schon seit Jahren gefürchtet hatte.

Andrej hatte längst aufgehört, die Jahre zu zählen, die er nun schon auf der Jagd nach Loki war, aber es waren viele.

Vielleicht zu viele. Abu Dun war ihm klaglos einmal durch die bekannte Welt und zurück gefolgt, hatte zahllose Kämpfe an seiner Seite gefochten, hatte mit ihm gelitten, geblutet und gebangt, und jede einzelne der zahllosen Enttäuschungen, die er nach ebenso zahllosen Hoffnungen erlitten hatte, war auch die seine gewesen. Er hatte sich niemals beklagt, niemals auch nur ein einziges Wort der Kritik geäußert und stets alles getan, was er von ihm verlangt hatte, obwohl es viel gewesen war. Zu viel.

Tief in seinem Herzen hatte Andrej stets gewusst, dass der Moment kommen würde, an dem sein Freund dieses Leben satt hatte. Seit sie zusammen waren, waren sie Heimatlose, wenig mehr als Vagabunden, die von einem Schlachtfeld zum nächsten zogen, von einem Leben zum anderen, und wussten, dass sie nirgendwo hingehörten. Aber seit er die Jagd auf den abtrünnigen Gott begonnen hatte, hatte sich ihr Leben geändert. Weiter zogen sie von Ort zu Ort und von Land zu Land, doch jetzt ließen sie sich nicht mehr vom Schicksal treiben und warteten voller Neugier darauf, was der nächste Tag bringen würde. Sie waren Gehetzte, besessen von dem einen Gedanken, einen Mann zu finden und zu töten, der vielleicht nicht einmal getötet werden konnte.

Vielleicht war das der grundlegende Fehler, dachte Andrej. Es war allein seine Obsession, der sie seit Jahren folgten, seine Rache und sein Kampf, nicht der des Nubiers. Welches Recht hatte er, von dem einzigen Menschen auf der Welt, der ihm wirklich etwas bedeutete, zu verlangen, möglicherweise sein Leben, mit Sicherheit aber eine ganze Lebenszeit zu opfern, um seine Rache zu befriedigen?

Andrej kam zu einem Entschluss, während sie in der stinkenden Dunkelheit saßen und darauf warteten, dass Pedro zurückkehrte. Ganz gleich, wie diese Geschichte ausgehen würde, seine Jagd würde hier ihr Ende finden. Vielleicht, indem er Loki stellte und tötete, vielleicht, indem er von ihm gestellt und getötet wurde. Aber auch wenn keines von beiden geschah, würde er aufhören. Er war des Jagens müde, und vielleicht gab es ja doch noch wichtigere Dinge im Leben als Rache.

Etwas scharrte.

Andrej fuhr aus seinen Gedanken hoch und stellte fest, dass Abu Dun das Geräusch schon vor ihm gehört haben musste, denn er hatte sich bereits kerzengerade aufgerichtet und lauschte. Seine Hand lag auf dem Schwertgriff an seinem Gürtel. Andrej stellte verwundert fest, dass er all dies in der vollkommenen Dunkelheit ausmachen konnte, denn selbst seine Augen benötigten ein Mindestmaß an Licht. Dennoch konnte er die Umrisse des Nubiers neben sich deutlich erkennen, und sogar den angespannten Ausdruck auf seinem Gesicht.

Andrej stand lautlos auf und zog Gunjir unter dem Mantel hervor. Sofort begann das Schwert in seiner Hand zu flüstern.

Auch Abu Dun erhob sich, fast so fließend und schnell wie Andrej. Sein Blick wanderte hin und her, ohne etwas zu finden, woran er sich festhalten konnte. Er orientierte sich nur an Geräuschen, begriff Andrej.

»Jemand kommt«, flüsterte Andrej.

»Zwei.« Abu Dun nickte, wandte sich vollends in die Richtung, aus der Andrejs Stimme gekommen war, und verbesserte sich: »Drei.«

Andrej hatte die unterschiedlichen Schritte und Atemzüge der drei Männer schon registriert, aber er spürte auch noch weit mehr. Alle drei Männer (er konnte tatsächlich riechen, dass es Männer waren) waren nervös und hatten große Angst, und mindestens einer hatte Übles im Sinn. Er konnte nicht sagen, was, aber seine Gegenwart schien einen schlechten Geschmack zu haben, wie der sachte Geruch nach Verwesung, der das frische Aroma des Waldes durchdringt, ohne dass man die genaue Richtung benennen konnte, aus der er kam. Andrej beschloss, noch mehr auf der Hut zu sein.

Andrej wandte sich hastig nach links und bedeutete Abu Dun, in die entgegengesetzte Richtung zurückzuweichen. Obwohl der Nubier die Bewegung nicht sehen konnte, reagierte er sofort und zog noch im Herumdrehen sein Schwert. Dann warteten sie mit angehaltenem Atem.

Sie mussten sich nur einen kurzen Moment gedulden. Die

Schritte und gedämpften Atemzüge kamen näher, dann klimperte etwas, und eine Haarlinie aus Licht fiel in den Raum und wurde rasch zu einem Keil aus staubiger Helligkeit, die nur matt war, in seinen an die lange Dunkelheit gewöhnten Augen aber trotzdem schmerzte. Instinktiv hob er die Hand, um sein Gesicht zu schützen, und jemand sagte leicht erschrocken: »Ich bin es nur, Pedro. Nehmt die Waffen herunter ... bitte.«

Andrej gehorchte, senkte aber zugleich auch den Kopf, um nicht direkt in die schmerzende Helligkeit sehen zu müssen, die Pedros Gestalt in eine schwarze Silhouette mit grell lodernden Konturen verwandelte.

»Tut mir leid, dass ihr so lange warten musstet«, fuhr Pedro fort. Seine Stimme klang sehr nervös. »Aber es hat länger gedauert, als ich dachte. Einem der Gefangenen ist die Flucht gelungen, und sie haben den ganzen Hafen abgeriegelt und Haus für Haus durchsucht.«

»Haben sie ihn wieder eingefangen?«, erkundigte sich Abu Dun.

»Nein«, antwortete Pedro. »Er ist lieber ins Wasser gesprungen und hat sich erschießen lassen.« Er hob die Schultern. »Ist wahrscheinlich besser für ihn. Auf einen Fluchtversuch steht die Garotte. Kein angenehmer Tod.«

Er trat einen halben Schritt zurück, wodurch das einfallende Tageslicht noch greller wurde. »Kommt jetzt. Es ist alles wieder ruhig, aber die Posten sind immer noch nervös. Versucht euch unauffällig zu verhalten.«

Eine gute Idee, dachte Andrej – aber wie verhielten sich ein einäugiger Krieger und ein sieben Fuß großer Schwarzer unauffällig?

Er schob sich an Pedro vorbei ins Freie und streifte dabei wie versehentlich die Schulter des hochgewachsenen Burschen, der sich hinter Pedro in den Raum gedrängt hatte. Er spürte Furcht und ein neuerliches, jähes Erschrecken, aber keinerlei Heimtücke. Der Verräter, den Pedro mitgebracht hatte, wartete draußen auf sie. Andrej schob sein Schwert zwar wieder unter den Mantel, während er an dem zweiten Mann vorbei und gänzlich ins Freie trat, blieb aber wach und kampfbereit. Seine offensichtlich noch einmal verbesserte Sehkraft richtete sich im ersten Moment gegen ihn. Sie standen nicht im Freien, sondern befanden sich in einer hohen, mit allerlei Gerümpel und Unrat vollgestopften Halle, durch deren halb eingestürztes Dach grelles, unbarmherzig gleißendes Sonnenlicht hereinfiel, aber nach der vollkommenen Schwärze des Verschlages stach das Licht wie ein Messer in seine Augen. Fluchend hob er die Hand vor das Gesicht, trat instinktiv einen Schritt zurück und registrierte zu spät, dass er sich so angreifbar gemacht hatte. Ein schwerer Fehler, der ihm nicht hätte unterlaufen dürfen.

Er hatte jedoch keinen Angriff zu erwarten. Der heimtückische Verräter, den Pedro mitgebracht hatte, war ein zehn- oder elfjähriger dunkelhaariger Knabe, der ihn aus vor Furcht dunklen Augen anstarrte. Andrej erwiderte seinen Blick einen Moment lang, schalt sich in Gedanken einen hysterischen Narren und versuchte ein beruhigendes Lächeln. Der Reaktion des Knaben nach zu schließen, gelang es ihm jedoch nicht recht. »Das ist Fernando, mein Sohn«, sagte Pedro, der hinter Abu Dun als Letzter in die Halle trat. »Er hat darauf bestanden mitzukommen, nachdem ich ihm von euch erzählt habe. Ich hoffe, ihr habt nichts dagegen.«

»Warum sollte ich?« Andrej drehte sich zu dem ungepflegten Zwerg herum. »Es ist schließlich dein Kind, dessen Leben du riskierst, nicht wahr?«

Pedro wollte gerade zu einer Antwort ansetzen, riss dann jedoch nur die Augen auf und starrte Andrej entsetzt an.

»Was ist los?«, fragte Andrej.

Pedro keuchte japsend und prallte einen Schritt vor ihm zurück.

»Was ist los?«, fragte Andrej noch einmal. Er musste den Impuls unterdrücken, wieder nach seiner Waffe zu greifen.

»Dein ... Auge«, brachte Pedro mühsam heraus.

Andrej hob die Hand, tastete mit den Fingerspitzen nach seinen Augen und spürte nichts als unversehrte Haut. Erst dann wurde ihm klar, dass genau das der Grund für Pedros Entsetzen war. Bevor sie den Goldenen Eber verlassen hatten, hatte er den schwarzen Verband wieder angelegt, ihn aber irgendwann in der Dunkelheit ihres Verstecks abgestreift und schlichtweg vergessen.

»Die Wunde ist gut verheilt, nicht wahr?«, fragte er harmlos.

»Verheilt? Sie ... sie ist verschwunden!«

»Ich wünschte, es würde sich auch so anfühlen«, seufzte Andrej. »Das Auge pocht noch immer, als wäre ein tobsüchtiger Esel in meinem Schädel eingesperrt.«

Pedro schien ihm nicht einmal zuzuhören. »Aber wie ... wie kann das sein?«, stammelte er. »Dein Auge sah ganz und gar schrecklich aus!«

»Gut, dass es ihm endlich einer sagt«, mischte sich Abu Dun ein. »Ich predige seit einer Woche, dass es noch keiner frischen Fleischwunde geschadet hat, wenn sie mit Wasser in Berührung kommt, aber auf mich hört er ja nicht.«

»Euer gutes spanisches Hafenwasser kann anscheinend Wunder bewirken«, pflichtete ihm Andrej bei. »Ihr solltet es in Flaschen abfüllen und verkaufen.«

Pedro starrte ihn an, als dächte er tatsächlich über diesen Vorschlag nach, und streifte sein Gesicht dann noch einmal mit einem nervösen Blick. »Wir sollten jetzt gehen. Ari hat zwar gesagt, dass er auf mich wartet, aber ich weiß nicht, wie viel auf sein Wort zu geben ist.«

»Ari?«, fragte Andrej.

»Der zweite Maat der EL CID«, antwortete Pedro. »Ihr wolltet doch mit ihm reden.«

Andrej hatte gerade einmal einen einzelnen Schritt getan und hielt jetzt inne. »Du hast ihm gesagt, dass wir kommen?«

»Natürlich nicht«, antwortete Pedro. »Ich habe dringende Arbeiten an seinem famosen Schiffchen vorgeschoben. Ehrlich gesagt freue ich mich schon auf sein Gesicht, wenn er sieht, dass ich lieben Besuch mitgebracht habe.«

Er lachte leise, aber Abu Dun warf Andrej einen alarmierten Blick zu, und Andrej wusste auch, dass er recht hatte. Er war noch immer ein wenig hin- und hergerissen, was Pedros plötzlichen Sinneswandel anging. Trotz allem war ihm der schlitzohrige Zwerg sympathisch genug, dass er froh war, ihn nicht zu seinen Feinden zählen zu müssen, aber vielleicht war es an der Zeit, ihn ein wenig zu bremsen. Anscheinend betrachtete Pedro die ganze Geschichte als ein großes Spiel, zu dem er nicht nur nicht einmal bewaffnet kam, sondern sogar noch seine Familie mitbrachte wie zu einem Picknick. Aber es war ein Spiel, das durchaus tödlich enden konnte.

Sie durchquerten die Lagerhalle, und Andrej musste schon wieder blinzeln, als sie nunmehr endgültig ins helle Tageslicht hinaustraten. Pedro führte sie auf einem anderen und kürzeren Weg zum Hafen zurück, blieb aber kurz vor dem Ende der Gasse stehen und hob hastig die Hand. Seine beiden ungleichen Begleiter (Andrej erkannte in dem anderen erst jetzt den kräftigen Mann, den er gestern so unsanft behandelt hatte, und verstand sein Erschrecken nun ein bisschen besser) blieben gehorsam stehen, während Abu Dun und er an Pedros Seite traten und über den Pier blickten. Alles schien ganz normal, sah man vielleicht einmal davon ab, dass es noch immer erstaunlich viele Uniformierte gab und die Bullseye verschwunden war. Das Schiff hatte trotz seines desolaten Zustandes schon wieder abgelegt und den Hafen verlassen. Andrej hoffte für seinen Kapitän und die Mannschaft, dass die See noch eine Weile so ruhig blieb wie im Moment.

»Warum wimmelt es im Hafen von Soldaten?«, erkundigte sich Abu Dun.

Pedro hob die Schultern. »Ich weiß es nicht«, gestand er. »Vielleicht suchen sie die Leiche des geflohenen Gefangenen. Seltsam ... ich hatte erwartet, dass sie sie längst gefunden hätten.«

»Dann verschieben wir unsere Verabredung mit Ari vielleicht besser«, schlug Abu Dun vor.

»Unsinn«, widersprach Pedro, doch wenig überzeugt. »Die Soldaten sind beschäftigt.«

Andrej sah nachdenklich zur EL CID hinüber, bevor er antwortete. »Dann lass wenigstens deinen Sohn hier«, sagte er. »Das hier ist kein Spiel. Es könnte gefährlich werden.«

Der Hafenmeister maß ihn mit einem langen, nachdenklichen Blick. »Gefährlich? Gefährlich werde allerhöchstens ich, sollte ich herausfinden, dass sich jemand einbildet, er könnte meinen Hafen für seine eigenen schmutzigen Geschäfte nutzen.«

»Du meinst, wenn hier jemand schmutzige Geschäfte macht, dann du?«, fragte Abu Dun treuherzig.

»Ich lasse nicht zu, dass der Hafen in Verruf gerät«, antwortete Pedro scharf und setzte sich dann ohne ein weiteres Wort in Bewegung. Andrej seufzte und schloss sich ihm an. Abu Dun blieb zurück und wechselte einige Worte mit Pedros Begleiter, dann drehte sich der Mann um und ging, wobei er den heftig protestierenden Jungen einfach mit sich zog.

»Warum hast du das getan?«, fragte er, nachdem sich der Nubier wieder zu ihm gesellt hatte und sie dem Hafenmeister folgten.

»Waren es nicht deine eigenen Worte, dass es gefährlich werden könnte?«

»Das waren sie«, bestätigte Andrej. »Aber seit wann scherst du dich um das, was ich sage?«

»Ich wollte nur nicht, dass sich der Junge erschreckt, wenn

er dein Gesicht im hellen Sonnenlicht sieht«, antwortete Abu Dun.

»He!«, protestierte Andrej. »Der Verband ist ab! Ich sehe wieder aus wie immer!«

»Eben«, antwortete Abu Dun.

Andrej strafte ihn mit Schweigen. Während sie schneller gingen, um Pedros Vorsprung nicht zu groß werden zu lassen, nutzte Andrej die Zeit, um unauffällig die Soldaten zu beobachten, die mit kleinen Ruderbooten das Wasser zwischen den Schiffen nach der Leiche des entflohenen Häftlings absuchten. Wahrscheinlich, dachte Andrej, hatten sie den armen Kerl mit so vielen Musketenkugeln gespickt, dass er wie ein Stein auf den Grund des Hafenbeckens gesunken war.

Das Deck der EL CID bot einen vollkommen anderen Anblick als gestern. Es war voller Männer – größtenteils Soldaten, aber auch erstaunlich viele Arbeiter und Seeleute, und mehr als ein Dutzend zerlumpter Gestalten mit ausgemergelten Körpern und verhärmten Gesichtern, die in schwere Ketten geschlagen waren; Don de Castello verlor anscheinend keine Zeit bei der Umsetzung seiner Pläne – und das Schiff summte geradezu vor nervöser Aktivität. Trotz des allgemeinen Tohuwabohus sah Andrej niemanden, der wirklich arbeitete, aber alle wirkten sehr beschäftigt, und niemand würdigte sie auch nur eines Blickes; nicht einmal die allgegenwärtigen Soldaten, deren Aufmerksamkeit sich zum Teil auf die Kriegsgefangenen konzentrierte (von denen die meisten kaum in der Verfassung waren, das Gewicht ihrer Ketten zu tragen) und zum anderen auf die kleine Armada von Booten im Wasser, die immer noch nach der Leiche des Gefangenen suchten. Wahrscheinlich gingen die Männer davon aus, dass jeder, der an Bord kam, auch das Recht dazu hatte. Sie kannten ihre Kameraden an Land wohl nicht allzu genau.

Pedro deutete in dieselbe Richtung, in die sie gestern gegangen waren, steuerte jedoch nicht die Treppe zum Kanonendeck an, sondern einen schmaleren Abgang, hinter dem eine steile Treppe hinunter und in einen schmalen Gang führte, in dem es kein Tageslicht gab, sondern nur eine qualmende Petroleumlampe unter der Decke, die im Takt der sanften Dünung schaukelte und mit Licht und Schatten spielte. Auch hier roch es überall nach frischer Farbe, Teer und neuem Holz, und auch hier schien ein kaum spürbarer, aber penetranter Geruch in der Luft zu hängen, der einem das Atmen schwer machte, als wäre dieses Schiff bereits dem Tode geweiht, ohne dass irgendwer von seiner Besatzung auch nur eine Ahnung davon hatte.

»Die Offiziersquartiere?«, fragte Abu Dun. Seine Stimme klang verächtlich.

»Aris Kabine liegt am Ende des Korridors«, sagte Pedro, ohne Abu Duns Frage zu beantworten. »Der eingebildete Bengel schläft sogar an Bord, habe ich gehört. Dabei hat er vor einem Jahr noch nicht einmal gewusst, dass ein Schiff Segel hat und aufs Wasser gehört!«

»Du kennst ihn?«, fragte Andrej.

»Nein«, antwortete Pedro. Sie hatten die von ihm bezeichnete Tür erreicht, und er hob die Hand und machte Anstalten, sie einfach aufzustoßen und hindurchzustürmen. Doch die Tür war verschlossen, und Pedro wurde unsanft zurückgeworfen und hätte um ein Haar das Gleichgewicht verloren, wenn Abu Dun nicht blitzschnell die Hand ausgestreckt und ihn aufgefangen hätte.

»Vielleicht solltest du anklopfen?«, schlug dieser vor.

»Anklopfen?« Pedro riss sich mit einer ärgerlichen Bewegung los und schnaubte abfällig. »Niemand schließt an Bord eines Schiffes eine Tür ab! Nicht einmal im Hafen!« Dennoch hämmerte er mit solcher Wucht gegen die Tür, dass es wahrscheinlich noch am anderen Ende des Hafens zu hören war.

»Es sei denn, er hat nicht die geringste Ahnung von der Seefahrt«, vermutete Andrej.

Pedro warf ihm einen schrägen Blick zu und hämmerte noch lauter.

»Was soll das heißen, Ari weiß nicht einmal, dass ein Schiff aufs Wasser gehört?«, fragte Andrej. »Wie kommt ein solcher Mann an diesen Posten?«

»Wie die meisten hier«, antwortete Pedro verächtlich. »Er ist um sechs oder sieben Ecken mit Don de Castello verwandt, heißt es. So wie die Hälfte der Offiziere auf diesem Monstrum.«

Er hämmerte noch einmal mit der Faust gegen die Tür, als betrachte er sie als seinen persönlichen Feind, und er hätte sich wohl die Knöchel blutig geschlagen, hätte Abu Dun nicht seinen Arm zur Seite geschoben und die Tür aufgedrückt. Auf der anderen Seite gab es tatsächlich ein Schloss, das Abu Duns Körperkraft aber kaum Widerstand entgegensetzte. Mit dem leisen Splittern von zerbrechendem Holz gab es nach, und die Tür schwang nach innen.

8

Andrej hatte sich nicht getäuscht, als er gemeint hatte, den Geruch des Todes zu vernehmen. Aber es war nicht das Schiff selbst, das ihn verströmte, sondern der bäuchlings in einer Blutlache liegende Körper, der unmittelbar hinter der Tür auf sie wartete. Pedro hätte beinahe einen Schrei ausgestoßen, hätte Abu Dun ihm nicht gedankenschnell die Hand auf den Mund gelegt und ihn mit den gespreizten Fingern der anderen durch die geöffnete Tür geschoben. Andrej folgte ihnen dichtauf und schob die Tür hinter sich zu, nachdem er sich mit einem raschen Blick über die Schulter davon überzeugt hatte, dass niemand Zeuge der kurzen Szene geworden war.

Andrej hörte ein halb ersticktes Ächzen und sah, dass Pedro nicht nur heftig zu zappeln begonnen hatte, sondern ganz langsam auch blau anlief. Hastig bedeutete er Abu Dun, ihn loszulassen, legte aber auch gleichzeitig mahnend den Zeigefinger an die Lippen. Abu Dun gehorchte, und Pedro stolperte hastig zurück, beherzigte aber auch Andrejs Warnung, und versuchte sogar, leise zu keuchen.

Abu Dun hatte sich inzwischen schon neben dem Leichnam auf die Knie sinken lassen und drehte ihn fast behutsam auf den Rücken. Keiner von ihnen war überrascht, als sie sein Gesicht sahen.

»Madre de dios!«, keuchte Pedro. »Das ist Ari!« Zögernd

machte er einen Schritt, wich dann aber hastig so weit wieder zurück, wie es in der winzigen Kajüte überhaupt möglich war. In seinen Augen war Furcht. »Aber was ... was ist denn hier passiert?«, stammelte er.

Weder Andrej noch Abu Dun antworteten sofort, aber sie tauschten einen beredten Blick. Aris Gesicht war grau wie das eines Hundertjährigen und im Tode erschlafft, aber in seinen weit aufgerissenen, erloschenen Augen schien selbst jetzt noch ein Ausdruck grenzenlosen Entsetzens zu stehen. Brust und Schultern des toten Jungen waren zerfurcht, als wäre er von schrecklichen Krallen getroffen worden, aber die Wunden schienen seltsamerweise nicht geblutet zu haben, und dasselbe galt für seine aufgerissene Kehle.

»Was ... was ist hier passiert?«, fragte Pedro noch einmal. Er versuchte das Zittern aus seiner Stimme zu verbannen, und es gelang ihm sogar. Dafür klang sie jetzt so flach und ausdruckslos, dass man die Furcht darin nur noch deutlicher hörte.

Andrej wollte antworten, doch Abu Dun kam ihm zuvor. »Sieht so aus, als hätte ihn jemand umgebracht«, sagte er. »Wir waren wohl nicht die Einzigen, die eine Meinungsverschiedenheit mit ihm hatten.«

»Aber das ist doch ...« Pedro nahm all seinen Mut zusammen, kam wieder einen Schritt näher und zwang sich, den toten Maat anzusehen. Sein Gesicht war fast so bleich wie das des Toten. »Aber was ... wer hat ihm das denn nur ... nur angetan?« Er fuhr sich nervös mit dem Handrücken über das Kinn. »... Das ist doch nicht das Werk eines Menschen!«

Andrej schwieg, aber unter Abu Duns Blick begann er sich unwohl zu fühlen. Er sah hastig weg. Wer immer Ari angegriffen hatte, musste ihn im Schlaf überrascht haben. Er war fast nackt und trug nur eine knielange, schmutzig-graue Unterhose, und der Gestank, den er wahrgenommen hatte, war nicht der nach Verwesung. Ari hatte im Moment seines

Todes die Kontrolle über seinen Körper verloren, was Andrej schmerzlich traf, denn es nahm ihm noch im Sterben den Rest seiner Würde.

»Wieso ... hat er nicht geblutet?«, fragte Pedro stockend. »Da ist kein Blut. Nirgendwo. Das ... das ist Hexerei!«

»So etwas kommt vor«, antwortete Abu Dun, wobei er Andrej nicht aus den Augen ließ.

»Unmöglich!«, behauptete Pedro. Seine Stimme klang jetzt wieder fest, aber Andrej spürte auch, dass seine vermeintliche Ruhe nichts als Fassade war. Er hatte Situationen wie diese zu oft erlebt, um nicht zu wissen, dass der Mann kurz davorstand zusammenzubrechen.

»So etwas kommt vor«, beharrte Abu Dun. »Manchmal tritt der Tod so schnell ein, dass der Körper nicht einmal mehr Zeit findet zu bluten. So etwas nennt man Schock. Es passiert selten, aber es passiert.« Sein Blick suchte den des Hafenmeisters und hielt ihn fest, während er wie zufällig den Mantel zurückschlug, sodass der Griff des monströsen Krummsäbels zum Vorschein kam. »Glaub mir, ich weiß, wovon ich rede.«

»Und wenn es dir ein Trost ist«, fügte er nach einer winzigen Pause freundlicher hinzu, »er hat ganz bestimmt nichts gespürt. Wahrscheinlich hat er nicht einmal gemerkt, dass er angegriffen wurde.«

Pedro schwieg. Seine Furcht schien ein wenig nachzulassen.

Wenigstens sah er nicht mehr allzu genau hin, dachte Andrej. Ein einziger Blick in die gebrochenen Augen des Toten hätte selbst Pedro klargemacht, dass Abu Dun Unsinn redete. Niemand, der solche Verletzungen erlitt wie dieser bedauernswerte Junge, starb einfach so, ohne zu bluten, und Ari hatte gelitten, lange und unsagbar.

»Er muss schon längere Zeit tot sein«, sagte Abu Dun nachdenklich. »Wahrscheinlich ist es heute Nacht passiert.«

»Die Tür«, sagte Pedro leise.

Andrej blickte fragend auf, obwohl er ganz genau wusste, was der Hafenmeister meinte. »Was soll damit sein?«

»Sie war abgeschlossen«, erinnerte ihn Pedro. »Von innen.« Er sah von Andrej zu Abu Dun und dann wieder zu Andrej, während er auf eine Antwort wartete. Schließlich sagte er: »Und das ist unmöglich.«

Statt zu antworten, stand Abu Dun auf, ging zur Tür und untersuchte ebenso pedantisch wie überflüssig das simple Schloss, das er vor wenigen Augenblicken eigenhändig aufgebrochen hatte. Nachdenklich sah er sich in der winzigen Kajüte um, trat an das schmale, mit buntem Bleiglas versehene Fenster und öffnete es. Andrej registrierte ohne Überraschung, dass es nicht verriegelt, sondern nur zugezogen gewesen war.

»Hier ist er raus«, sagte er.

»Durch das Fenster?«, ächzte Pedro. »Es sind fünfzig Fuß bis zum Wasser!«

»Kein Problem für einen Mann, der halbwegs in Form ist«, erwiderte Abu Dun lakonisch, drückte das Fenster wieder zu und warf Andrej wieder einen schrägen Blick zu, wie dieser ungehalten bemerkte. Dann ging er zur Tür.

»Wartet hier. Ich bin gleich zurück. Und seid leise.«

Andrej fragte nicht, ob Abu Dun vielleicht noch ein paar weitere überflüssige Ratschläge parat hatte, wartete, bis der Nubier die Kajüte verlassen hatte, und ging dann zum Bett, um eine Decke zu holen, die er über Brust und Gesicht des Toten breitete. Pedro sah ihn dankbar an. »Das ist entsetzlich. Wer tut so etwas? Und warum?«

Da Andrej keine Antwort auf diese Frage hatte, durchsuchte er rasch, aber sehr gründlich die Kabine. Das Ergebnis war mager. Aris Seemannskiste enthielt nur ein paar ebenso zerschlissene wie einfache Kleider und einige wenige persönliche Dinge, die Andrej kurz in Augenschein nahm und dann respektvoll zurücklegte. Darüber hinaus gab es ein schmales

Regal und ein kaum breiteres Schreibpult mit einem fest darauf verschraubten Tintenfässchen und mehreren Schubladen voller Papiere und Schriftstücke. Andrej blätterte sie flüchtig durch und kam zu dem Schluss, dass es sich nur um Aufstellungen und Frachtlisten handelte, legte alles ordentlich zurück und schob auch die Schubladen wieder zu, bevor er sich wieder Pedro zuwandte.

»Wonach hast du gesucht?«, wollte der Hafenmeister wissen. Sein Blick irrte immer wieder zu dem abgedeckten Leichnam hin.

Andrej hob die Schultern. »Nach nichts. Vielleicht einem Hinweis, warum er sterben musste. Oder wer er wirklich war ... Du sagst, er war mit Don de Castello verwandt?«

»Das erzählt man sich«, antwortete Pedro ausweichend. »Aber es muss nicht wahr sein. Und selbst wenn ... dieses adelige Pack besteht doch nur aus Inzucht, oder? Wahrscheinlich ist bei Hofe jeder irgendwie mit jedem verwandt, wenn man nur genau genug hinschaut.«

Andrej hatte Mühe, ein Lächeln zu unterdrücken. Pedros Sympathien für den Adel schienen fast genauso ausgeprägt zu sein wie seine eigenen.

Bevor sie weitersprechen konnten, flog die Tür auf und Abu Dun stampfte herein, eine gut zehn Pfund schwere Kanonenkugel in jeder Hand und ein zusammengerolltes Seil über der rechten Schulter. »Keine Sorge«, sagte er, noch bevor jemand eine Frage stellen konnte. »Niemand hat mich gesehen.«

Andrej ging rasch zur Tür, um sie wieder zu schließen, während Abu Dun sich neben dem Toten auf die Knie sinken ließ und seine Last behutsam ablud.

»Woher hast du das?«, fragte Pedro.

»Daher, wohin du selbst uns vor zwei Tagen geschickt hast«, antwortete Abu Dun. »Oder hast du schon vergessen, wer das ganze Zeug an Bord geschleppt hat?«

»Und was … hast du damit vor?«

Abu Dun zog die Decke vom Gesicht des Toten, beschwerte sie mit den beiden Kanonenkugeln und rollte den Leichnam darauf. Binnen einer einzigen Minute hatte er Ari sicher darin eingewickelt und mit dem mitgebrachten Seil verschnürt. Dann lud er sich den Toten auf die Arme und bedeutete Andrej mit einer Kopfbewegung, das Fenster zu öffnen.

Pedro ächzte. »Aber ihr könnt doch nicht … !«

»Was?«, unterbrach ihn Abu Dun. »Nicht verhaftet werden, und nicht auf der Stelle öffentlich gehenkt oder erschossen werden? Oh doch, das können wir. Wenn es dir nichts ausmacht, dann geh zu den Wachen und stell dich. Ich für meinen Teil habe keine Lust zu sterben. Das ist eine ziemlich unangenehme Erfahrung.«

Andrej hatte das Fenster geöffnet und spähte aufmerksam hinaus. Die EL CID lag mit dem Bug zum Kai, sodass der Blick auf das Hafenbecken und die dicht an dicht ankernden Schiffe fiel. Das Risiko, dass irgendjemand zufällig in ihre Richtung sah, war sehr hoch, aber welche Wahl hatten sie schon? Außerdem lagen zahllose Schiffe im Hafen, an denen noch gearbeitet und Reparaturen in letzter Minute ausgeführt wurden. Wahrscheinlich wurde ununterbrochen irgendetwas ins Wasser geworfen.

»Aber warum tut ihr das?« Pedro klang beinahe schon verzweifelt. »Ihr macht doch alles nur noch schlimmer und …«

Andrej gab Abu Dun einen Wink und trat zur Seite, und der Nubier schob den zusammengeschnürten Leichnam des Maats durch das Fenster und ließ ihn fallen. Kaum einen Atemzug später wehte ein gedämpftes Platschen aus der Tiefe zu ihnen herauf, doch als Andrej sich noch einmal aus dem Fenster beugte, war keine Spur mehr von Ari zu sehen. Das Gewicht der beiden Kanonenkugeln hatte ausgereicht, ihn wie einen Stein auf den Grund des Hafenbeckens sinken zu lassen.

Und wie es aussah, war ihnen das Glück ausnahmsweise einmal hold. So aufmerksam Andrej sich auch umsah, allem Anschein nach hatte niemand etwas bemerkt. Zumindest waren keine aufgeregten Rufe zu hören und niemand hatte es plötzlich sehr eilig, ein Boot zu Wasser zu lassen.

»Warum habt ihr das getan?«, heulte Pedro. »Jetzt werden sie uns gewiss verhaften und aufhängen!«

»Niemand würde uns glauben, dass wir nichts mit seinem Tod zu tun haben«, sagte Abu Dun, während er bereits zur Tür ging und sich in die Hocke sinken ließ, um das demolierte Schloss kritisch in Augenschein zu nehmen. »Schon gar nicht, wenn er wirklich mit diesem Don de Sonstwie verwandt ist. Spanien befindet sich im Krieg, mein Freund. Da fackelt man nicht lange. Sie werden uns aufhängen und sich vielleicht anschließend fragen, wen sie da gerade hingerichtet haben. Legst du Wert darauf?«

»Nein«, antwortete Pedro nervös, »Aber –«

»Siehst du?«, sagte Abu Dun gelassen. »Und genau aus diesem Grund haben wir Ari nicht angetroffen, sondern nur ein paar Mal an seine Tür geklopft und dann wieder kehrtgemacht.« Er machte sich am Schloss zu schaffen, richtete sich dann auf und ging noch einmal zum Fenster, um es zu schließen und sorgsam zu verriegeln. Anschließend sah er sich aufmerksam in der Kajüte um und nickte dann zufrieden. Der Raum stank noch immer erbärmlich, und es sah unaufgeräumt aus, aber nichts deutete mehr auf das hin, was hier wirklich geschehen war. »Glaubst du, dass du das schaffst?«

»Ja«, behauptete Pedro. Für Andrej hörte es sich nach einem eindeutigen Nein an, und für Abu Dun anscheinend auch, denn er verdrehte nur die Augen und warf ihm einen flehenden Blick zu.

»Überlass uns das Reden«, sagte Andrej. »Du bist einfach wütend, weil er seine Verabredung nicht eingehalten hat.«

»Sie werden den Toten finden«, gab Pedro zu bedenken.

»Kaum«, antwortete Andrej. Jedenfalls nicht, bevor wir die Stadt verlassen haben, dachte er, ohne es laut auszusprechen. Stattdessen machte er eine auffordernde Geste zur Tür, und zu seiner Erleichterung wollte Pedro zwar abermals widersprechen, nickte aber dann nur nervös und verließ die Kabine. Abu Dun verließ den Raum als Letzter, zog die Tür hinter sich zu und drückte vorsichtig mit der Handfläche dagegen. Das Schloss tat seinen Dienst. Die Tür hielt.

Als sie auf das Deck hinaustraten, kniff Andrej geblendet die Augen zusammen. Die Sonne war nicht heißer geworden, aber ihr Licht eindeutig greller, sodass er die ersten zwei Schritte fast blind zurücklegte. Prompt stieß er gegen ein Hindernis, das zwar ungeschickt zurückstolperte, ihn aber auch sofort mit einem ganzen Schwall der übelsten Flüche und Verwünschungen überschüttete. Andrej blinzelte die Tränen fort, setzte zu einer genauso zornigen Entgegnung an und sah dann betroffen, gegen wen er geprallt war.

Der Mann war fast so groß wie er und musste einmal sehr muskulös gewesen sein, war aber jetzt nur noch ein Schatten seines früheren Selbst. Sein ausgemergeltes Gesicht war schmutzig, und die linke Seite seines Körpers war mit zahllosen winzigen Wunden übersät, von denen die meisten zu eitern begonnen hatten – als wären sie mit unzähligen Holz- oder Metallsplittern gespickt gewesen. Von seinen nackten Armen hing die Haut in schlabbernden Falten, die Andrej verrieten, wie viel Gewicht er verloren hatte, und seine Handgelenke waren blutige Wunden, aufgeschürft von den schweren Ketten, mit denen er gefesselt war. Dennoch verriet der Blick, mit dem er Andrej anstarrte, keine Spur von Furcht, sondern brodelnden Zorn.

Andrej wollte den Mann beruhigen (oder sich vielleicht sogar bei ihm entschuldigen), doch einer der Soldaten kam ihm zuvor, indem er den Gefangenen mit einem brutalen Kolbenhieb niederstreckte.

»Geht weiter!«, fuhr er Andrej an. »Kümmert euch nicht um dieses Pack. Die leben sowieso nicht mehr lange.« Wie um seine Worte noch zu bekräftigen, trat er dem ohnehin Bewusstlosen kräftig mit dem Stiefel gegen den Hals.

Andrej überlegte einen Moment lang, ob er dasselbe mit ihm tun oder ihn kurzerhand über Bord werfen sollte, ging dann aber einfach weiter. So grausam es klang, der Soldat hatte recht: Wahrscheinlich würde keiner dieser Männer noch lange leben. Die, die nicht an ihren alten Wunden oder neuerlichen Misshandlungen starben, würden sich entweder zu Tode schuften oder bei einem Fluchtversuch umkommen oder verhungern.

In diesem Moment wurde es hinter ihnen laut.

Andrej sah im Gehen über die Schulter zurück. Soldaten liefen aus allen Richtungen herbei, und der Kai hallte wider von aufgeregten Rufen, Geschrei und gebrüllten Befehlen.

»Sie ... sie haben ihn gefunden«, stammelte Pedro. »Wahrscheinlich ist er aufgetaucht, und sie ziehen ihn gerade aus dem Wasser! Jetzt ist alles aus! Sie werden uns aufhängen!«

»Zwei Kanonenkugeln?«, erinnerte Abu Dun. »Wenn er trotzdem auftaucht, dann muss das Bürschchen gestern Abend eine Menge Bohnen gegessen haben.«

Andrej grinste, versuchte aber nun genauer zu erkennen, was dort hinten vor sich ging. Die Zahl der Soldaten – aber auch Arbeiter oder einfach nur Neugieriger, die am Ufer zusammengelaufen waren – musste die Hundert längst überschritten haben und wuchs immer noch an. Andrej überlegte einen Moment hinzugehen und sich unauffällig unter die Gaffer zu mischen, entschied sich dann dagegen und setzte dazu an, seinen Weg fortzusetzen, als sich vom anderen Ende des Hafengeländes aus drei Reiter näherten. Alle drei waren in prachtvolle Uniformen gekleidet, sprengten rücksichtslos und in scharfem Tempo heran und überließen es den umstehenden Männern, ihren Pferden rechtzeitig aus dem Weg zu springen. Die Entfernung war selbst für Andrej zu groß, um ihre Gesichter zu erkennen, aber er sah, dass ihr Anführer von sehr großem Wuchs war und schwarzes, ölig glänzendes Haar hatte.

»De Castello?«, murmelte Abu Dun.

»In der Tat!«, entfuhr es Pedro. »Wir ... müssen weg. Schnell!«

Abu Dun warf Andrej einen fragenden Blick zu, auf den er nach kurzem Überlegen wortlos kopfschüttelnd antwortete. »Geh zu deinem Sohn und erzähl ihm, warum es manchmal keine gute Idee ist, sich mit Männern wie uns einzulassen«, sagte er.

»Und wenn du nicht möchtest, dass er ohne Vater aufwächst, dann solltest du über alles andere schweigen«, fügte Abu Dun mit einem warmen Lächeln hinzu.

Pedro fuhr auf dem Absatz herum und war wie der Blitz verschwunden.

Abu Dun sah ihm stirnrunzelnd nach. »Hältst du es für eine gute Idee, ihn gehen zu lassen?«, fragte er.

»Nein. Und was soll ich deiner Meinung nach tun? Ihm die Kehle durchschneiden?«

Abu Dun sah ihn schon wieder prüfend an. »Natürlich nicht«, antwortete er schließlich und blickte Pedro nachdenklich nach. »Aber ich frage mich, woher seine plötzliche Hilfsbereitschaft kommt.«

Andrej hatte sich dieselbe Frage auch schon gestellt – mehrmals –, hatte aber darauf keine Antwort gefunden. Demonstrativ wollte er sich in Richtung des immer noch größer werdenden Menschenauflaufs in Bewegung setzen, doch der Nubier hielt ihn zurück.

»Da gibt es ein paar Dinge, über die wir reden müssen, Hexenmeister«, sagte Abu Dun. Obwohl sie allein waren und sich im Moment ganz gewiss niemand für sie interessierte, wechselte er wieder zu seiner Muttersprache.

»Jetzt?«, fragte Andrej im gleichen Idiom.

»Warum nicht jetzt?«, erwiderte Abu Dun. Andrej hätte nicht sagen können, was ihn mehr alarmierte: Der fast eisige Klang seiner Stimme oder die beinahe noch größere Kälte in seinem Blick. »Du weißt, wer diesen Jungen getötet hat?«

»So wenig wie du«, antwortete Andrej.

»Also weißt du es.« Abu Dun machte ein grimmiges Gesicht. »Es war ein Vampyr.«

»Und?«

»Pedro hat recht«, fuhr Abu Dun fort. »Die Tür war von innen verriegelt. Der, der ihn getötet hat, ist durch das Fenster gekommen – und vorher entweder wie euer Messias über das Wasser gewandelt oder geschwommen.«

»Und?«, fragte Andrej. »Worauf willst du hinaus?«

Abu Dun hob die Schultern. Sein Gesicht blieb so ausdruckslos wie seine Augen kalt. »Du warst heute Nacht weg«, sagte er, »und als du zurückgekommen bist, waren deine Kleider nass.«

Andrej starrte ihn an. »Das meinst du jetzt nicht ernst.«

»Ich meine gar nichts«, antwortete Abu Dun ungerührt. »Es ist mir gleich, ob du diesen Jungen umgebracht hast oder nicht. Ich wüsste nur gerne, warum.«

Andrej hätte nicht einmal dann antworten können, wenn er es gewollt hätte. Abu Dun hielt ihn für einen ... Mörder? Er war nicht einmal zornig oder empört, sondern einfach ... fassungslos. Abu Dun und er hatten im Laufe ihres Lebens Hunderte von Männern getötet, aber niemals heimtückisch und niemals grundlos. Sie waren Krieger, keine Mörder.

»Du bist ja verrückt«, brachte er schließlich heraus.

»Vielleicht bin ich nur neugierig und möchte wissen, ob du noch der bist, den ich kenne«, antwortete Abu Dun ruhig. »Deine Wunde ist verheilt. Über Nacht.«

»Vielleicht hat das Gift seine Wirkung verloren«, sagte Andrej trotzig. Er war noch immer zutiefst erschüttert – nicht nur wegen dieses geradezu ungeheuerlichen Vorwurfs, sondern weil da tief in ihm eine leise Stimme flüsterte, dass die Worte des Nubiers nicht vollkommen unsinnig waren. Seine Kleider waren nass gewesen, als er aufgewacht war, und seine Verletzung war wie durch Zauberei verschwunden. Und da war auch noch die Erinnerung an einen wirren Traum ...

Nein, an den er sich nicht erinnern wollte. Ohne ein weiteres Wort wandte er sich um und ging. Ein Teil von ihm wünschte sich beinahe, dass Abu Dun ihm nicht nachkam, doch der Nubier folgte ihm trotzdem.

Nur um auf andere Gedanken zu kommen, ging Andrej den Weg zurück, den sie gerade erst gekommen waren.

Der Auflauf am anderen Ende des Kais war noch einmal größer geworden. De Castello und seine beiden Begleiter hatten ihre Versuche, möglichst viele Männer in möglichst kurzer Zeit niederzureiten, mittlerweile eingestellt und waren abgesessen. Andrej korrigierte seine erste Schätzung, was de Castellos Größe anging. Der schwarzhaarige Edelmann musste nahezu Abu Duns Statur haben – zumindest seine Größe –, denn er konnte ihn selbst inmitten der Menschenmenge noch immer ausmachen, die er wie der sprichwörtliche Fels in der Brandung überragte, genauso unerschütterlich, aber kaum so ruhig.

Irgendetwas warnte ihn weiterzugehen. Andrej konnte das Gefühl nicht wirklich greifen und noch viel weniger in Worte fassen, aber es warnte ihn, diesem Mann nicht näher zu kommen. Es war keine Angst – Angst vor einem Menschen zu haben war für ihn unnötig –, sondern vielmehr etwas wie eine instinktive Abneigung, die es ihm schwer machte, den schwarzhaarigen Gecken auch nur anzusehen. Don Alberto de Castello mochte es lieben, sich so dezent wie ein Pfau zu kleiden und den hochnäsigen Aristokraten zu spielen, aber hinter dieser Maske lauerte etwas, das ihm Angst machte.

Voll dunkler Ahnung konzentrierte Andrej sich mit all

seinen Sinnen auf die dunkelhaarige Gestalt. Aber er spürte nichts.

»Du würdest es nicht spüren, wenn er es wäre«, sagte Abu Dun auf Arabisch hinter ihm. »Du weißt, dass sie sich tarnen können.«

»Er nicht. Ich wüsste es, wenn es Loki wäre.«

»Ach?«, fragte Abu Dun. »Und warum?«

»Weil ich diesen Kerl überall erkennen würde. Ganz egal, wie er sich auch verkleidet. Ich werde ihn finden, und wenn er sich im siebten Kreis der Hölle versteckte.«

Zu seiner Überraschung antwortete Abu Dun nicht darauf, aber Andrej spürte seine mitleidigen Blicke. Er selbst hörte, wie albern und schwülstig seine Worte klangen.

Doch sie entsprachen der Wahrheit.

Loki hatte ihm alles genommen, was ihm nach einem schier endlosen Leben voller Schmerz und Enttäuschung noch geblieben war, und manchmal glaubte er, dass dadurch eine Seelenverwandtschaft zwischen ihnen entstanden war. Abu Dun hatte recht: Die Unsterblichen konnten ihre wahre Natur ebenso verbergen wie ihr wahres Aussehen, sodass nicht einmal Andrej und er sie erkannten ... aber für Loki galt das nicht. Andrej hatte immer gewusst, wo er war.

Und dieser Mann dort drüben war nicht Loki.

»Was ist das für eine Sprache, in der ihr da redet?«

Andrej wandte den Kopf und blinzelte verständnislos in ein blasses Kindergesicht. Der junge Mann steckte in einer unpassenden Uniform, die aus einem Kind einen Mann machen sollte – vergebens. Erst nach einem Moment wurde ihm klar, dass sie wieder zur EL CID zurückgekehrt waren.

»Arabisch«, antwortete er. »Abu Duns Muttersprache. Er verfällt immer wieder hinein, wenn er nervös ist.«

»Nervös?«, fragte der Posten misstrauisch.

Andrej deutete auf den Menschenauflauf. »Was ist da los?«

»Der entflohene Engländer«, antwortete der Soldat. »Sie haben ihn wieder eingefangen.«

»Der englische Soldat?«, wunderte sich Abu Dun. »Haben sie ihn nicht erschossen?«

»Anscheinend hat er mehr Glück als Verstand gehabt. Muss eine Stunde oder länger im Wasser getrieben sein, aber jetzt haben sie ihn doch erwischt.« Er lachte leise. »Was für eine Schande. Die ganze Mühe, nur damit am Ende doch die Garotte auf ihn wartet. Gott ist ganz gewiss kein Brite.«

Nach allem, was Andrej bis jetzt erlebt hatte, bezweifelte er, dass Gott ein Mensch war – geschweige denn, etwas mit dieser Spezies zu tun haben wollte, beließ es aber nur bei einem angedeuteten Schulterzucken und sah wieder zum anderen Ende des Kais hin. Der Flüchtling lebte? Andrej hatte die Szene nicht selbst beobachtet, aber nach allem, was er von Pedro gehört und selbst beobachtet hatte, sollte das eigentlich unmöglich sein.

Er spürte Abu Duns bohrenden Blick und verständigte sich stumm mit dem Freund. Sie mussten dorthin.

Wie sich zeigte, war das nicht nötig. Andrej zerbrach sich noch den Kopf über eine möglichst unauffällige Art, sich unter die Zuschauermenge zu mischen, als Bewegung in den Mob aus Soldaten und Schaulustigen kam. Etliche scharfe Befehle erschollen, deren Wortlaut Andrej nicht, deren Sinn er aber dafür umso besser verstand, dann teilte sich die Mauer aus Uniformen und zerschlissener Arbeitskleidung, und ein gutes Duzend Soldaten mit drohend erhobenen Musketen und aufgesteckten Bajonetten bildete ein lebendes Spalier für drei Reiter und zwei weitere, ausgesucht kräftige Marinesoldaten, die eine in Ketten geschlagene Gestalt zwischen sich führten.

Der Mann torkelte vor Erschöpfung und fiel allein auf dem ersten Dutzend Schritte drei oder vier Mal auf die Knie, wurde aber jedes Mal grob wieder auf die Füße gezerrt und mit mehr als einem Fußtritt oder Kolbenstoß für seine Schwäche bestraft.

Andrej presste die Kiefer so fest aufeinander, dass seine Zähne knirschten. Er kannte diesen Mann nicht. Er wusste nicht, was er sich hatte zuschulden kommen lassen und welchen Grund diese Soldaten hatten, ihn zu hassen. Aber niemand hatte das Recht, ihn so zu behandeln.

Abu Dun legte ihm wie zufällig die Hand auf den Unterarm, während er neben ihn trat, und Andrej signalisierte ihm mit einem angedeuteten Nicken, dass er verstanden hatte und sich beherrschen würde, so schwer es ihm auch fiel.

Abu Dun verstärkte den Druck seiner Finger noch einmal und zog die Hand dann zurück und Andrej verstand auch das. Seine rechte Hand, die sich unter dem Mantel um den Griff Gunjirs geschlossen hatte, ließ das Götterschwert los.

Der kleine Trupp kam, begleitet von einem aufgebracht johlenden Mob, der Fäuste in Richtung des Gefangenen schüttelte und Verwünschungen und Flüche ausstieß, langsam näher. Mehr als einer der Männer versuchte ihn anzuspucken oder gar etwas nach ihm zu werfen, ohne dass einer der Soldaten dem unwürdigen Treiben Einhalt gebot.

Andrej widerstand mit einiger Mühe dem Bedürfnis, de Castello anzustarren, als der Adelige, ein so selbstzufriedenes Lächeln auf den glatt rasierten Zügen, als hätte er ganz allein und höchstpersönlich den entlaufenen Gefangenen gejagt und aufgespürt und aus dem schmutzigen Hafenwasser gefischt, hoch zu Ross an ihnen vorbeidefilierte, aber er glaubte die Arroganz dieses eingebildeten Pfaus beinahe mit Händen greifen zu können. Er verstand nicht nur Pedros abfällige Äußerungen plötzlich sehr viel besser, er wusste jetzt auch, dass dieser Mann ganz gewiss nicht Loki war.

Dann spürte er etwas anderes.

Sowohl der junge Wachsoldat als auch Abu Dun und er wichen zwei Schritte weit auf das Fallreep zurück, als der improvisierte Gefangenenkonvoi an ihnen vorüberzog. Sein Gesicht befand sich auf gleicher Höhe mit dem de Castellos, und vermutlich war das der Grund, warum der Adelige ihn – kaum für die Dauer eines Atemzuges, aber so durchdringend und misstrauisch, dass er es beinahe körperlich spüren konnte – anstarrte. Aber Andrej fühlte auch die Nähe einer anderen, viel vertrauteren Präsenz.

Er sah, dass Abu Dun nicht minder alarmiert war als er. Verwirrt sah er sich um, und schließlich blieb sein Blick am Gesicht des Gefangenen hängen. Er torkelte immer noch mehr, als er ging, und bot auch ansonsten Bild des Jammers ... aber so seltsam es schien, hatte Andrej trotzdem den Eindruck, dass er sich jetzt sicherer bewegte als noch vor einem Moment.

Dann ging der Mann an ihnen vorbei, und Andrejs Blick fiel auf den Rücken seiner zerschlissenen schwarzen Weste, und aus seinem Verdacht wurde Gewissheit, als er das Dutzend fingernagelgroßer, schwarz geränderter Einschusslöcher darin sah.

Er hatte kein Glück gehabt. Und die Musketensalven seiner Verfolger hatten ihn auch nicht verfehlt. Jedenfalls nicht alle.

»Einer von uns«, sagte Abu Dun auf Arabisch.

9

Die Hinrichtung fand noch am selben Nachmittag statt, genau wie Pedro es vorhergesagt und Rodriguez ihnen bestätigt hatte. Es gab weder eine Verhandlung noch ein Urteil, und nicht einmal eine offizielle Ankündigung des grausigen Schauspiels, aber das war auch gar nicht notwendig. Sie fanden sich nahezu eine Stunde vor dem angesetzten Termin am Markt ein, aber trotzdem hatten sie keine Chance, einen einigermaßen guten Platz zu ergattern. Der Markt quoll schon jetzt über vor Menschen, die gekommen waren, um das grausige Schauspiel zu verfolgen. Und es waren längst nicht nur Männer. Nahezu genauso viele Frauen waren gekommen, ganze Familien, und mehr als eine hatte auch ihre Kinder mitgebracht, unschuldige kleine Engel mit lustigen Hütchen oder wippenden Zöpfen, die auf den Schultern ihrer Väter und Mütter saßen, um einen besseren Blick auf das erhöhte Podest in der Mitte des Marktplatzes zu haben. Aufgeregtes Stimmengewirr erfüllte die Luft, es wurde gelacht und gescherzt, und der eine oder andere Weinkrug kreiste. Es herrschte eine Stimmung wie auf einem Volksfest.

»Ich frage mich, was am Tod eines Menschen so faszinierend ist«, sagte Abu Dun. Sie standen am Rande der dicht an dicht gedrängten Menschenmenge, und Andrej konnte ihm ansehen, dass er mit dem Gedanken spielte, sich nicht nur auf gutes Zureden und Bitten zu verlassen, um sich einen Weg zu bahnen.

»Der Anblick hilft ihnen zu begreifen, dass sie selbst noch am Leben sind«, antwortete Andrej. »Außerdem sind Menschen im Grunde ihres Herzens grausam.«

»Das mag sein«, grunzte Abu Dun. »Aber die habe ich nicht gemeint.«

Andrej sah ihn verständnislos an.

»Ich frage mich, was *wir* hier tun«, sagte Abu Dun. »Seit wann zieht es dich zu öffentlichen Hinrichtungen?«

»Solange es nicht deine ist?«, fragte Andrej.

Abu Dun verzog nicht einmal die Lippen, sondern starrte ihn nur an.

»Es zieht mich nicht hierhin«, sagte er schließlich. »Aber ich möchte unseren neuen Freund Colonel Rodriguez nicht enttäuschen ... und ich will sehen, was passiert. Du nicht auch?«

Abu Dun zog nur die linke Augenbraue hoch.

»Etwas stimmt mit Rodriguez nicht«, fuhr Andrej mit einem bekräftigenden Kopfschütteln fort. »Vielleicht hätten wir ihm nicht vertrauen sollen.«

»Das verletzt mich jetzt ein wenig, Señor Delãny«, sagte eine Stimme hinter ihm – die allerdings eher amüsiert als tatsächlich verletzt klang. Abu Dun rührte sich nicht einmal, aber Andrej fuhr wie von der Tarantel gestochen herum. Rodriguez war nicht nur vollkommen lautlos hinter ihm aufgetaucht, sondern grinste unbeschadet seiner eigenen Worte wie ein Schuljunge, dem ein besonders guter Streich gelungen war.

Der Anblick versetzte Andrej in Wut; so sehr, dass er sich nur noch mit Mühe beherrschen konnte, Rodriguez nicht anzufahren oder ihn gleich zu packen und ...

Er kämpfte das Aufwallen dieser fremden Gefühle mit großer Anstrengung nieder und zwang sich zu einem verlegenen Lächeln.

»Oh, das muss Euch nicht peinlich sein, Señor Delãny«, fuhr Rodriguez fort. »Mir an Eurer Stelle erginge es vermutlich nicht anders. Es sind schlimme Zeiten, in denen auch die Gefühle manchmal schlimme Dinge tun, nicht wahr?« Er wedelte mit der Hand, um jede mögliche Antwort gleich im Keim zu ersticken. »Macht Euch nichts draus. Irgendwann ist dieser elende Krieg vorbei.«

»Ja, und der nächste beginnt«, sagte Abu Dun, noch immer mit dem Rücken zu Rodriguez gewandt.

Dieser sah eine halbe Sekunde lang ziemlich verdutzt aus. Dann lachte er. »Ja, so habe ich das noch gar nicht gesehen ... aber in der Zeit zwischen beiden Kriegen werden die Menschen vielleicht wieder vernünftig.«

Abu Dun warf ihm nun doch einen schrägen Blick zu, und Andrej seufzte leise. »Nichts für ungut, Colonel ... aber für Märchen aus Tausendundeiner Nacht ist hier wohl eher Abu Dun zuständig.«

»Ihr seid ein Zyniker, Señor Delãny«, sagte Rodriguez. »Was muss einem Mann zustoßen, damit er so wird?«

»Das Leben?«

Rodriguez wirkte plötzlich sehr nachdenklich. Aber nur für einen kurzen Moment, dann lächelte er wieder. »Der Eindruck, den ich von Euch gewonnen habe, scheint zu stimmen. Ich würde gerne länger mit Euch philosophieren, aber ich fürchte, dass mir dazu wieder einmal die Zeit fehlt. Wir sollten das nachholen, am besten bei einem guten Glas Wein. Doch jetzt muss ich mich entschuldigen. Dringende Geschäfte. Mein Adjutant wird sich um Euch und Euren Freund kümmern. Lieutenant Bresto!«

Die beiden letzten Worte hatte er beinahe geschrien, obwohl es nicht nötig gewesen wäre. Nur den Bruchteil eines Atemzuges nämlich tauchte Bresto wie aus dem Nichts auf, und dasselbe galt auch für die vier Soldaten hinter ihm. Andrej konnte beim besten Willen nicht sagen, wer ihn feindseliger anstarrte: die Soldaten oder Rodriguez' frisch gebackener Adjutant.

»Was soll das?«, fragte er scharf.

»Ich verstehe nicht …«, begann Rodriguez, dann hellten sich seine Züge auf, und er schüttelte hastig den Kopf. »Oh nein, das ist ein Missverständnis. Lieutenant Bresto soll Euch und Euren Freund lediglich eskortieren.« Er deutete auf eines der schmalbrüstigen, aber reich mit Stuckarbeiten und Ornamenten verzierten Gebäude, die den Marktplatz umrahmten. »Mein Adjutant wird Euch und Euren Freund zu einem Zimmer im ersten Stock eskortieren. Von dort aus habt ihr einen besseren Blick.«

»Haben wir denn eine Wahl?«, fragte Abu Dun.

»Selbstverständlich!« Rodriguez klang verletzt. »Aber ich bitte Euch, Señor! Ihr könnt gehen, wohin auch immer Ihr wollt! Oder auch hierbleiben, wenn Ihr lieber aus der Entfernung zusehen möchtet … allerdings habe ich oben einen guten spanischen Rotwein. Ein vorzüglicher Tropfen, der Euch sicher besser munden wird als das abgestandene Bier im Goldenen Eber.«

»Ein verlockender Gedanke«, gestand Andrej.

»Vor allem, wenn man bedenkt, wer uns diese fürstliche Unterkunft empfohlen hat«, fügte Abu Dun hinzu.

Rodriguez machte ein Gesicht, als hätte er in einen Apfel gebissen und zu spät gemerkt, dass es in Wahrheit eine Zwiebel war.

»Ja, das tut mir aufrichtig leid. Aber die Stadt platzt aus den Nähten. Etwas anderes hättet Ihr schwerlich bekommen. Und wenn, dann wärt Ihr dort noch mehr über den Löffel balbiert worden.« Er machte eine unschlüssig wirkende Geste, die aber zugleich auch etwas von einem Befehl hatte, der keinen Widerspruch zuließ. »Ich muss noch ein paar Dinge erledigen. Geht mit dem Lieutenant oder bleibt hier, ganz wie es Euch beliebt. Aber ich würde mich freuen, Euch und

Euren Freund gleich wiederzusehen.« Er legte den Kopf in den Nacken, um in Abu Duns Gesicht hinaufzublicken. »Ich bin sicher, er weiß die eine oder andere interessante Geschichte aus seiner Heimat zu erzählen.«

»Sicher«, sagte Abu Dun. »Eine Menge sogar. Ich weiß nur nicht, ob sie Euch gefallen.«

Rodriguez blinzelte, lachte dann wieder – hörbar nervöser – und ging ohne ein weiteres Wort.

»Señores?« Brestos Stimme klang so freundlich, als habe er nicht übel Lust, den Soldaten hinter sich zu befehlen, auf Abu Dun und ihn zu schießen. Und dieser Ton (und der dazugehörige Blick) gab letzten Endes den Ausschlag.

Andrej signalisierte ihm mit einem stummen Nicken, dass er Rodriguez' Einladung annehmen wollte, und Bresto bedeutete seinen Begleitern, eine Gasse für sich und die Gäste des Colonels zu bahnen ... was sie unter Zuhilfenahme ihrer Gewehrkolben und Ellbogen und Fäuste auch mit sichtlichem Enthusiasmus taten. Brestos Beförderung mochte erst wenige Tage zurückliegen, aber gewisse Spielregeln hatte er offensichtlich schon gelernt. Vielleicht streifte man diese Attitüde aber auch zusammen mit der Uniform über.

Nicht zum ersten Mal gefolgt von einer Schleppe aus Flüchen, zornigen Blicken und hinter ihrem Rücken geschüttelten Fäusten überquerten sie den Marktplatz und betraten ein schmales Gebäude, dessen Erdgeschoss gerade Platz für ein winziges Zimmer und eine steile Treppe bot. Sie war so eng, dass Abu Dun schräg gehen musste, und sie ächzte zudem bedrohlich unter seinem Gewicht. Das Haus roch muffig, als wäre es schon vor langer Zeit von seinen Bewohnern aufgegeben worden, wimmelte aber nicht von Soldaten, wie Andrej insgeheim befürchtet hatte, sondern stand anscheinend leer. Selbst die vier Soldaten, die ihre Eskorte gebildet hatten, blieben am Fuße der Treppe zurück, während sie von Rodriguez' Adjutanten nach oben geführt wurden. Vielleicht fürchteten sie auch, die Treppe würde ihr Gewicht nicht mehr tragen, nachdem Abu Dun sie hinaufgestiegen war.

Auch das Zimmer, in das sie gebracht wurden, entsprach ganz und gar nicht Andrejs Befürchtungen. Es war winzig und genauso spartanisch wie ärmlich möbliert, hatte aber ein großes Fenster, das auf den Marktplatz zeigte, und sogar einen kleinen Balkon. Er sah nicht so aus, als könne er Abu Duns oder auch nur Andrejs Gewicht tragen, doch auch ohne ihn zu betreten, hatten sie einen ausgezeichneten Blick auf das hölzerne Podest im Herzen der Menschenmenge.

Bresto deutete auf einen niedrigen Tisch, auf dem tatsächlich ein Weinkrug und drei einfache, aber saubere Trinkbecher aus Ton standen, und nach einer gemurmelten Entschuldigung hatte er es plötzlich sehr eilig, sich zu verabschieden. Andrej hörte seine Schritte so schnell die Treppe hinunterpolterten, dass er erstaunt war, dass er nicht stürzte und sich den Hals brach.

Abu Dun ging zur Tür, öffnete und schloss sie wieder. »Kein Schloss«, sagte er und ging zum Tisch und ergriff den Weinkrug, um daran zu riechen.

»Kein Gift.« Abu Dun deutete auf das Fenster. »Und keine Gitterstäbe.«

»Und du glaubst, irgendetwas davon könnte uns aufhalten?«, erkundigte sich Andrej.

Abu Dun sah sich aufmerksam im Zimmer um, bevor er antwortete, als hätte er Angst, belauscht zu werden. »Nein«, sagte er. »Aber dein neuer Freund wird es sicher glauben.«

»Rodriguez?« Andrej schnaubte ärgerlich. »Er ist nicht mein Freund. Aber ich bin auch nicht sicher, dass er unser Feind ist.«

»Ich verstehe nicht, wieso du diesem Kerl vertraust«, sagte Abu Dun.

»Bisher hat er mir noch keinen Grund gegeben, ihm nicht zu trauen«, erwiderte Andrej.

Er sah, wie Abu Dun zu einer lautstarken Erwiderung ansetzte, die man vermutlich noch auf der anderen Seite des Marktplatzes hätte hören können, doch dann wandte er sich nur mit einem Ruck um und starrte wortlos aus dem Fenster.

Andrej war beinahe erleichtert, als nach einer Weile wieder Schritte draußen auf der Treppe laut wurden und Colonel Rodriguez eintrat. In dem kurzen Moment, bevor er die Tür hinter sich schloss, konnte Andrej sehen, dass er nicht allein gekommen war. Bresto war bei ihm, aber begnügte sich damit, Abu Dun und ihm einen zornigen Blick zuzuwerfen und draußen auf dem Treppenabsatz zu warten.

»Ich muss mich entschuldigen. Es hat länger gedauert, als ich erwartet habe. Verwaltungskram«, sagte Rodriguez, als spräche er über etwas Unanständiges, ging zum Tisch und verteilte den Inhalt des Kruges pedantisch genau auf die drei Becher.

Andrej griff dankbar zu, und zu seinem Erstaunen nahm auch Abu Dun den angebotenen Becher entgegen. Nachdem Andrej den ersten Schluck probiert hatte, wusste er, dass der Nubier diese Entscheidung nicht bereuen würde. Abu Dun aber nippte (ganz gegen seine sonstigen Gewohnheiten) nur und blickte mit steinernem Gesicht weiter auf den Platz hinab. Die Menge dort unten war noch einmal größer geworden, und Andrej meinte, die Volksfeststimmung sogar hier oben zu spüren. Ein kleiner, morbider Teil von ihm erwartete fast, dort unten die ersten Gaukler auftauchen zu sehen, oder Verkaufsstände, an denen gebratenes Fleisch und Glühwein feilgeboten wurden.

»Sie werden gleich gebracht«, sagte Rodriguez, der Andrejs Blick bemerkt und offensichtlich falsch interpretiert hatte.

»Sie?«

Rodriguez deutete auf das Podest im Zentrum der Menschenmenge, und Andrej fiel erst jetzt auf, dass dort nicht ein, sondern drei mannshohe Pfosten aufgerichtet worden waren, vor denen jeweils ein niedriger Schemel stand. Seine scharfen Augen sagten ihm, dass sie am Boden festgeschraubt waren. »Es finden drei Exekutionen gleichzeitig statt«, sagte er. »Ein Mörder und ein Dummkopf, der sich beim Einbruch in ein Munitionsdepot hat erwischen lassen.«

»Ihr richtet einen Mann hin, weil er ein Fass Pulver stehlen wollte?«, fragte Abu Dun.

»Es war ein bisschen mehr als ein Fass«, antwortete Rodriguez achselzuckend. »Außerdem ist Krieg. Da fällt so etwas rasch unter Hochverrat, und darauf steht nun einmal der Tod.«

Zum ersten Mal, seit der Colonel hereingekommen war, sah Abu Dun ihn an. »Also ist ein Menschenleben bei euch weniger Wert als ein paar Fass Pulver?«

Rodriguez nahm ihm die Frage nicht übel. »Ist das dort, wo du herkommst, anders, Vater des Todes?«, fragte er.

Abu Dun starrte ihn an, und auch Andrej brauchte eine oder zwei Sekunden, um zu begreifen, was Rodriguez gerade gesagt hatte. »Ihr ... wisst, was Abu Duns Name bedeutet, Colonel?«, fragte er. Rodriguez wirkte jetzt nicht mehr amüsiert, sondern griente ganz unverhohlen schadenfroh. »Ich spreche ein paar Brocken Eurer Sprache«, sagte er in vollkommen akzentfreiem Arabisch.

Abu Dun zog die Augenbrauen zusammen, und Andrej musste plötzlich wieder an das denken, was sie vorhin im Goldenen Eber miteinander geredet hatten.

Und als hätte er seine Gedanken gelesen, grinste Rodriguez nur noch breiter und fuhr – noch immer in derselben Sprache – fort: »Und Ihr habt vollkommen recht. Die Spanier sind ein komisches Völkchen.«

»Die Spanier?«

»Ihr seid ein wirklich aufmerksamer Beobachter, Señor Delãny«, sagte Rodriguez, nun wieder in seiner Muttersprache. »Mir scheint, man sollte sich jedes Wort genau überlegen, das man in Eurer Gegenwart spricht.«

»Sollte man das nicht immer?«, fragte Andrej ausweichend.

Bevor Rodriguez antworten konnte, drehte sich Abu Dun ganz zu ihm um und fragte: »Warum habt Ihr uns kommen lassen, Colonel?«

Rodriguez lächelte unerschütterlich weiter. »Wisst Ihr, wie viel so mancher von denen da unten für einen Fensterplatz bezahlen würde?«

Abu Dun starrte ihn nur weiter finster an, und sein Blick hatte schließlich auch auf den Colonel dieselbe Wirkung wie auf die meisten anderen Männer; auch wenn es vielleicht eine Spur länger dauerte. Das Lächeln wich von seinen vom Alter gezeichneten Zügen, und sein Blick wurde ernst. »Ich beantworte Eure Fragen«, sagte er. »Aber erst, wenn alles vorbei ist, einverstanden? Die Delinquenten werden jeden Moment gebracht, und wir wollen doch nicht das Beste verpassen, oder?«

Abu Dun setzte zu einer scharfen Erwiderung an, doch Andrej bedeutete ihm mit einem raschen Blick, es gut sein zu lassen, und zu seiner Erleichterung gehorchte der Nubier sogar.

Nur einen Moment später begann sich Unruhe auf dem Marktplatz zu verbreiten. Zornige Stimmen wurden laut, aber auch aufgeregte Rufe, und man hörte ein von Vorfreude erfülltes Johlen und Applaudieren. Ein zweirädriger Leiterwagen mit den Gefangenen, der von einem altersschwachen Maultier gezogen und einem Dutzend Soldaten eskortiert wurde, bahnte sich langsam seinen Weg durch die Menschenmenge und hielt schließlich auf der Rückseite der hölzernen Tribüne an. Andrej konnte nicht genau erkennen, was als Nächstes geschah, doch der Erste, der das Podest betrat, war kein Soldat oder Gefangener, sondern ein hochgewachsener, außergewöhnlich kräftiger Mann, der nur knielange schwarze Hosen und eine ebenfalls schwarze Kapuze trug. Die Menge brach in begeistertes Klatschen und Johlen aus.

»Der Scharfrichter?«, fragte Andrej.

Rodriguez nickte. Abu Dun ließ ein abfälliges Grunzen hören, und Rodriguez zog fragend die Augenbrauen hoch. »Was Ihr seht, scheint Euch nicht zu gefallen, Vater des Todes. Ich nehme doch an, Ihr tragt den Säbel an Eurer Seite nicht nur zur Zierde. Wie viele Männer habt Ihr in Eurem Leben getötet?«

»Mehr als die da«, sagte Abu Dun mit einer Geste aus dem Fenster, die offen ließ, ob sie den drei Delinquenten oder der gesamten Menschenmenge auf dem Platz galt. »Aber das ist etwas anderes. Möglich, dass diese Männer den Tod verdient haben, aber Ihr macht ein Volksfest aus einer Hinrichtung. Das ist unwürdig!«

»Ich stimme Euch zu«, sagte Rodriguez mit einem Mal sehr ernst. »Aber es war nicht meine Entscheidung.«

»Und Ihr hättet sie selbstverständlich auch nicht getroffen.«

»Vielleicht doch«, antwortete Rodriguez mit unerwarteter Offenheit. »Es ist Krieg. Wir verlangen viel von den Menschen. Sie ertragen große Entbehrungen, zumal jetzt, wo die Stadt noch mehr als sonst von Matrosen und Soldaten überquillt. Man muss ihnen von Zeit zu Zeit etwas bieten.«

»Brot und Spiele?«, vermutete Andrej.

»Ja, so nannte man es früher einmal«, sagte Rodriguez. »Ihr seid ein gebildeter Mann, Señor Delãny.« Er machte eine wedelnde Handbewegung zum Fenster. »Aber nun lasst uns in Ruhe zusehen. Danach reden wir.«

Tatsächlich war Bewegung in die Szene gekommen. Nachdem der Scharfrichter den Applaus der Menge gehörig ausgekostet hatte, betraten die sechs Soldaten die Richtstätte. Jeweils zwei von ihnen führten einen in Ketten gelegten

Gefangenen zwischen sich. Zwei der drei Gefangenen waren Andrej völlig fremd, bei dem Dritten handelte es sich um den englischen Matrosen. Die Gesichter der beiden Verbrecher zeigten unübersehbar Furcht, aber auch mühsam aufrechterhaltene Fassung – vielleicht auch nur Trotz – während der britische Soldat wie Espenlaub zitterte und sich immer wieder loszureißen versuchte. Einer von uns?, dachte Andrej verwirrt. Dann begriff er. Gerade weil der Mann ein Unsterblicher war, wollte er nicht zeigen, dass er den Tod nicht fürchtete.

Die drei Gefangenen wurden grob auf die lehnenlosen Schemel gestoßen und mit dicken Stricken an die dahinter aufgestellten Pfähle gebunden, bevor man ihnen die Ketten abnahm. Auch jetzt verhielten sich die beiden Spanier erstaunlich tapfer angesichts dessen, was ihnen bevorstand, während der vermeintliche Brite mit verzweifelter Kraft an den Fesseln zerrte, natürlich ohne sie auch nur einen Deut lockern zu können.

Wenigstens schrie er nicht.

»Das sind also die unbesiegbaren Truppen der britischen Marine«, spöttelte Rodriguez. »Ich frage mich, was Sir Francis Drake wohl sagen würde, könnte er diesen tapferen Mann jetzt sehen.«

»Er würde wohl eher das eine oder andere über die Art der Spanier zu sagen haben, mit ihren Gefangenen umzugehen«, murmelte Abu Dun gerade leise genug, dass Rodriguez nicht sicher wissen konnte, ob diese Worte für ihn bestimmt waren.

Was nun geschah, gehörte mit zu dem Grausamsten, dessen Andrej jemals Zeuge geworden war.

Natürlich wusste Andrej, was eine Garotte war und wie man sie benutzte – im Grunde nicht mehr als ein Seil, das dem Delinquenten um den Hals gelegt und hinter seinem Nacken mit einem Holzpflock oder einem anderen geeigneten Werkzeug zugedreht wurde, bis das Opfer erstickt war, oder, bei einem gnädig gestimmten Henker, auch so angelegt werden konnte, dass der Strick die Halsschlagader des Delinquenten zudrückte und somit die Blutzufuhr im Gehirn unterbrach, was binnen weniger Augenblicke zum Tod führte.

Mit den beiden verurteilten Verbrechern verfuhr der Scharfrichter auch so. Es war so schnell vorbei, dass in der Zuschauermenge nicht nur ein enttäuschtes Murren laut wurde, sondern sogar der eine oder andere Buhruf.

Aber der Mann entschädigte sein Publikum mit der dritten Hinrichtung.

Andrej sah genau, dass er die Garotte so anlegte, dass der Gefangene nicht das Bewusstsein verlor, sondern qualvoll erstickte, und er tat es nicht schnell, sondern sehr, sehr langsam. Der Gefangene bäumte sich auf, warf verzweifelt den Kopf hin und her und begann mit den Füßen zu zappeln, während sich die Garotte quälend langsam zusammenzog und ihm die Luft abschnürte.

Als seine Bewegungen zu erlahmen begannen und sein Kopf nach vorne sank, ließ der Henker die Garotte nicht nur los, sondern trat mit einem schnellen Schritt um den Pfahl herum und lockerte den Strick, damit er wieder atmen konnte. Aus der Menschenmenge auf dem Marktplatz stieg ein Chor beifälliger Rufe, und hier und da brandete sogar Applaus auf.

»Bei Allah!«, keuchte Abu Dun. »Was tut er da?«

»Das, wofür ihn die Menschen lieben«, sagte Rodriguez. »Er bietet ihnen ein Schauspiel.«

»Das ist kein Schauspiel, das ... das ist ... widerwärtig!«

Rodriguez nickte, während draußen das grausame Schauspiel seinen Fortgang nahm.

Der Henker ließ sich Zeit und wartete, bis sein unglückseliges Opfer keuchend und würgend wieder zu Atem gekommen war und den Kopf hob, dann trat er wieder hinter den Pfahl und zog die Garotte zu.

Diesmal dauerte es noch länger, bis die Glieder des Mannes zu zucken aufhörten und sein Kopf nach vorne sank, und auch der Applaus und das beifällige Gejohle und Pfeifen waren deutlich lauter.

»Bei Allah, gebietet denn niemand diesem grausamen Schauspiel Einhalt?«, flüsterte Abu Dun. Andrej sah, wie sich seine Hand unter dem Mantel um den Schwertgriff schloss. »Wie lange will er das noch treiben?«

Rodriguez hob scheinbar desinteressiert die Schultern. »So lange der Gefangene es aushält«, antwortete er. »Wenn er Pech hat – und ein starkes Herz ... sein Rekord liegt bei sechsmal.«

Dann wird er ihn heute wohl überbieten, dachte Andrej düster.

»Und so lange el excellencia es will, natürlich«, fügte Rodriguez hinzu. Seine ausgestreckte Hand deutete auf ein dreistöckiges Haus auf der anderen Seite des Marktes, wo es einen ähnlichen, wenngleich sehr viel größeren Balkon gab, auf dem drei Männer in dunkelblauen Marineuniformen standen. Andrej hätte nicht die scharfen Augen eines Vampyrs haben müssen, um Castello zu erkennen. Die glänzenden Orden und Auszeichnungen und sein ölig schimmerndes schwarzes Haar waren unverwechselbar.

»Don de Castello?«, fragte er.

Rodriguez antwortete nicht, aber Andrej sah, wie der Scharfrichter fragend zum Balkon hinaufschaute und Castello kaum merklich nickte, woraufhin er sich daran machte, die Garotte zum dritten Mal zuzudrehen.

Und noch einmal.

Und noch einmal und noch einmal und noch einmal.

Der Applaus und das begeisterte Geschrei der Menge wurden noch lauter.

Doch nachdem der Henker die Garotte insgesamt achtmal zugedreht und wieder gelockert hatte, wurde das begeisterte

Johlen und Händeklatschen leiser, und nach dem zehnten Mal kehrte eine fast unheimliche Stille ein.

Wieder blickte der Henker zum Balkon. De Castello rührte sich nicht, und der Scharfrichter trat erneut hinter den Pfahl und begann sein grausames Werk.

Als der Gefangene dieses Mal wieder zu sich kam, wurde es vollkommen still auf dem Marktplatz, zumindest für zwei oder drei Sekunden. Dann schrie eine einzelne Stimme: »Gnade!«

»Tötet ihn!«, fiel eine zweite Stimme ein. »Schnell!«

»Es ist genug!«, schrie ein dritter Mann. »Habt Erbarmen!«

Der Scharfrichter zögerte. Fünf, wenn nicht zehn Sekunden stand der Kapitän der EL CID reglos da, mit steinernem Gesicht, dann drehte er sich mit einem Ruck um und verschwand im Haus, und der Henker trat zum letzten Mal hinter den Pfahl und zog die Garotte zu. Diesmal lockerte er den Knoten nicht wieder, sondern wandte sich um und floh schon beinahe von dem Podest, noch bevor die Glieder des Gefangenen zum letzten Mal aufgehört hatten zu zucken und sein Kopf nach vorne sank.

»Was für ein Ungeheuer«, murmelte Abu Dun.

»Der Mann macht nur seine Arbeit«, antwortete Colonel Rodriguez. »Zugegeben, sie bereitet ihm vielleicht mehr Freude, als gut ist, aber wenn nicht er, dann würde es ein anderer tun.«

»Ja, und mit diesem Argument sind schon immer die größten Gräueltaten gerechtfertigt worden«, sagte Andrej bitter.

»Seid Ihr auch noch ein Philosoph, Señor Delãny?«, erkundigte sich Rodriguez.

»Nur Realist«, antwortete Andrej. »Aber ich glaube nicht, dass Abu Dun den Henker gemeint hat.« Der seine Strafe bekommen würde. Und Andrej wagte sich nicht einmal vorzustellen, wie sie aussehen würde.

»Don de Castello, ich verstehe«, seufzte Rodriguez. »Nun, ich fürchte, ich kann der Einschätzung Eures Freundes nicht so vehement widersprechen, wie ich es als Offizier der spanischen Krone eigentlich müsste.«

»Ihr mögt Capitan de Castello nicht besonders«, vermutete Andrej.

»Niemand mag Don Alberto de Castello«, sagte Rodriguez, »abgesehen vielleicht von Don Alberto de Castello selbst, und nicht einmal dessen bin ich mir sicher. Er ist ein grausamer Mann, der keine Freunde hat und will und nur Freude daran empfindet, andere zu quälen.«

»Und dennoch vertraut man ihm das Kommando über das neueste und mächtigste Kriegsschiff der spanischen Flotte an?«

Rodriguez zog eine Grimasse. »Die Mysterien des Krieges«, seufzte er. »Es heißt, er wäre ein Protegé des Königs. Und angeblich stammen die Pläne für den Bau der EL CID von ihm persönlich – und auch ein Großteil der nicht unbeträchtlichen Summe, die der Bau dieses Monstrums verschlungen hat.« Er hob die Hand, als Andrej antworten wollte, und fuhr mit einem Kopfschütteln fort: »Aber ich habe Euch und Euren Freund nicht hierher gebeten, um über Don de Castello zu reden.«

»Was für eine Überraschung«, sagte Andrej mit einem sanften Anflug von Spott. »Und worüber wolltet Ihr mit uns reden, Colonel?«

»Genau genommen wollte ich Euch eine Frage stellen, Señor Delãny.«

»Und welche wäre das?«

»Oh, sie ist ganz simpel«, sagte Rodriguez. »Wer seid Ihr?«

»Wir haben Euch unsere Namen genannt«, sagte Andrej. Er widerstand dem Impuls, einen mahnenden Blick in Abu Duns Richtung zu werfen, aber er konnte spüren, wie sich der

Nubier spannte, und schickte ein Stoßgebet zum Himmel, dass er nichts Unbedachtes tat.

Als Rodriguez nicht antwortete, sondern ihn nur weiter durchdringend anstarrte, fügte er hinzu: »Falls Ihr irgendwelche Dokumente von uns erwartet, muss ich Euch enttäuschen. So etwas haben wir nicht.«

»Wer hat in Zeiten wie diesen schon Dokumente?«, fragte Rodriguez und nippte an seinem Wein. »Und hättet Ihr welche, so wären sie entweder echt oder so perfekt gefälscht, dass mir der Unterschied sicher nicht auffallen würde ... wenn Ihr das seid, wofür ich Euch halte.«

»Wofür haltet Ihr uns, Colonel?«, fragte Andrej. Ihm selbst fiel der lauernde Unterton in seiner Stimme auf. Er wollte nicht nach Gunjir greifen und unter dem Mantel die Hand um den Griff des Götterschwertes schließen, aber er tat es trotzdem.

Rodriguez besänftigte ihn. »Nicht mehr für das, wofür ich Euch am ersten Abend gehalten habe – und wofür Euch mein etwas übereifriger Adjutant noch immer hält, nebenbei bemerkt – wenn es Euch beruhigt.«

»Spione«, brachte es Abu Dun auf den Punkt. Er lachte leise. »Euer kleiner Krieg geht uns nichts an, Colonel. Und er interessiert uns auch nicht.«

Andrej verfluchte Abu Dun innerlich für diese Worte, aber Rodriguez schien sie ihm nicht übel zu nehmen. Er maß den Nubier nur mit einem sehr nachdenklichen Blick, als fragte er sich, was der Nubier wohl unter einem großen Krieg verstand.

»Ihr habt mir erzählt, dass Ihr auf der Suche nach einem Freund seid. Gehe ich recht in der Annahme, dass Ihr mich angelogen habt und dieser Mann nicht euer Freund ist?«

»Wie kommt Ihr darauf, Colonel?«, fragte Andrej spröde.

»Man hat versucht, Euch umzubringen, Señor Delãny. Zweimal. Das gibt einem zu denken, nicht wahr?«

»Zweimal?«, wiederholte Andrej. Abu Dun legte misstrauisch den Kopf schräg.

»Ich bitte Euch, Señor«, seufzte Rodriguez. »Ich bin für die Sicherheit in dieser Stadt verantwortlich. Glaubt Ihr wirklich, Ihr könnt fünf Männer töten, ohne dass ich es merke?« Er hob die Hand. »Keine Sorge. Es war nur eine Diebesbande, hinter der wir schon seit geraumer Zeit her waren. Wir hätten sie sowieso gehenkt ... Ihr habt uns also nur die Arbeit abgenommen. Na ja, und die Bevölkerung von Cádiz um ein kurzweiliges Schauspiel gebracht. Niemand wird irgendwelche Fragen stellen, keine Angst.«

»Warum sind wir dann hier?«, fragte Andrej geradeheraus.

»Möglicherweise«, antwortete Rodriguez, »können wir uns gegenseitig von Nutzen sein.«

»Und wie?«

Rodriguez zögerte, obwohl Andrej sehr sicher war, dass er sich das, was er als Nächstes sagen würde, Wort für Wort zurechtgelegt und sehr genau überlegt hatte. »Ihr sucht einen Mann. Ich kann Euch dabei helfen. Wenn er hier in Cádiz ist, finde ich ihn, ganz egal, unter welchem Namen er reist und wie gut er sich auch versteckt. Ich bringe Euch zu ihm, und Ihr könnt das Wiedersehen mit Eurem Freund feiern ... auf welche Art auch immer.«

Andrej unterdrückte ein Schmunzeln. »Und was verlangt Ihr als Gegenleistung?«

Rodriguez zögerte noch länger; nicht weil er nicht wusste, was er sagen sollte, sondern weil er nicht sicher war, ob er ihnen wirklich trauen konnte. »Don de Castello«, sagte er schließlich.

Andrej gab vor, nicht zu verstehen, was er meinte.

»Ich traue ihm nicht«, sagte Rodriguez. »Ich spüre, dass er etwas vorhat, aber ich weiß nicht, was. Etwas, das weder gut für diese Stadt noch für Spanien ist.«

»Ihr haltet ihn für einen Verräter?«

»Vielleicht ist das ein zu großes Wort«, sagte Rodriguez, eine Spur zu hastig. »Aber ich traue ihm nicht. Er plant etwas, das spüre ich.«

»Und wir sollen für Euch herausfinden, was. Wie kommt Ihr auf die Idee, dass wir das könnten?«

»Instinkt«, erwiderte Rodriguez lächelnd. »Ich erkenne eine verwandte Seele, wenn ich ihr begegne.«

Abu Dun legte nachdenklich die Stirn in Falten und schwieg, und auch Andrej überlegte einen Moment lang. Dieses Angebot kam wirklich sehr überraschend, und etwas störte ihn daran – auch wenn er zugleich spürte, dass es ehrlich gemeint war.

»Und wenn wir nichts finden?«, fragte er schließlich.

»Dann gehe ich davon aus, dass nichts zu finden oder es so gut versteckt ist, dass auch ich nicht darauf gekommen wäre«, antwortete Rodriguez. »Und Ihr könnt Eurer Wege gehen. Sind wir uns einig?«

Haben wir denn eine Wahl?, dachte Andrej, während er noch einmal aus dem Fenster sah. Die Soldaten begannen gerade damit, die Leichen der drei Männer loszubinden. Laut fragte er: »Was haben wir zu verlieren?«

»Dann sind wir uns einig«, sagte Rodriguez. »Was kann ich tun, um Euch zu unterstützen?«

Andrej deutete auf den Richtplatz. »Ihr könntet uns sagen, wohin sie die Toten bringen.«

10

Früher einmal mochte der Gottesacker klein und schäbig gewesen sein – ein Armenfriedhof, nicht einmal eingezäunt, außerhalb der Stadtmauern, auf dem man vergeblich nach einer Kapelle oder irgendeiner anderen Andachtsstätte gesucht hätte. Schäbig war er noch immer. Es gab keine aufwendigen Grabsteine, sondern nur einige wenige Holzkreuze, die mit ungelenk hineingekratzten Namen oder Initialen versehen waren, und die allermeisten Gräber waren gar nicht gekennzeichnet. Hier und da hatte jemand Blumen gebracht oder auch versucht, ein kleines Beet anzulegen, aber diese wenigen Inseln der Freundlichkeit schienen die sie umgebende Trostlosigkeit nur noch hervorzuheben. Dies war weniger eine letzte Ruhestätte, dachte Andrej bitter, sondern ein Abfallhaufen, der Ort, an dem man die Heiden und Ketzer abwarf, die, die keine Verwandten hatten oder die sich eine würdevolle Bestattung nicht leisten konnten oder wollten. Die wenigsten dieser Gräber waren mit Tränen benetzt worden.

Was sich verändert hatte, war die Größe des Armenfriedhofes.

Nachdem die Sonne untergegangen war, war es so dunkel geworden, dass man kaum die Hand vor Augen sehen konnte. Dennoch konnte Andrej erkennen, dass der Friedhof seine Grenzen längst gesprengt hatte und auf das mindestens

Dreifache seiner ursprünglichen Ausdehnung angewachsen war, wenn nicht noch weiter. Der Großteil dieser Gräber war neu, allesamt flache Erdhügel ohne ein Kreuz, einen Grabstein oder irgendeinen anderen Hinweis auf denjenigen, der darin lag.

»Der Henker von Cádiz muss eine Menge zu tun haben«, sagte Abu Dun. »Ich sollte vielleicht umsatteln. Es scheint ein Beruf mit Zukunft zu sein.«

»Hier werden nicht nur hingerichtete Verbrecher beigesetzt«, sagte Bresto, der diese Worte tatsächlich ernst zu nehmen schien. »Cádiz hat fast drei Mal so viele Einwohner, seit die Armada begonnen hat, sich hier zu sammeln.« Er zuckte mit den Achseln. »Dreimal so viele Menschen bedeuten auch dreimal so viele Tote. Soldaten, Wanderarbeiter, Söldner und Diebe ... die Leute wollen sie nicht auf ihrem Friedhof.« Er blieb stehen und deutete in die fast vollkommene Dunkelheit hinein. »Das Grab liegt dort vorne, ganz am Ende des Weges. Ihr könnt es gar nicht verfehlen.«

»Ihr begleitet uns nicht, Lieutenant?«, fragte Abu Dun spöttisch.

Bresto funkelte ihn an. »Colonel Rodriguez hat mir befohlen, Euch den Friedhof und das Grab zu zeigen, nicht, Euch dorthin zu begleiten. Ich warte am Tor auf Euch und sorge dafür, dass man Euch wieder herauslässt. Es sei denn, Ihr wollt hier draußen übernachten.« Er wartete Abu Duns Antwort erst gar nicht ab, sondern fuhr auf dem Absatz herum und verschwand mit schnellen Schritten in der Dunkelheit. Abu Dun sah ihm mit steinernem Gesicht nach. Erst, als der junge Adjutant endgültig in der Nacht verschwunden war, gestattete er sich ein breites Grinsen, bei dem seine strahlend weißen Zähne gespenstisch aufblitzten. »Eigentlich ist der Kleine gar nicht so übel«, sagte er.

Jetzt war es an Andrej, finster zu blicken. »Ja, und besonders interessant wäre es gewesen, seine Reaktion zu beobachten, wenn wir ein frisches Grab aufbrechen und die Leiche darin plötzlich wieder quicklebendig ist«, grollte er. »Was hast du dir dabei gedacht?«

Abu Dun schüttelte nur den Kopf. »Keine Sorge. Der Kleine mag keine Friedhöfe. Er war halb verrückt vor Angst.«

Das stimmte. Andrej hatte seine Furcht ebenfalls gespürt. »Und warum wolltest du dann, dass er uns weiter begleitet?«

»Weil es ihm so umso leichter gefallen ist, es nicht zu tun«, antwortete Abu Dun. »Ich hätte ihn natürlich auch niederschlagen können, wenn dir das lieber gewesen wäre.«

Statt zu antworten, ging Andrej weiter und schluckte herunter, was ihm auf der Zunge lag. Abu Dun war auch den Rest des Tages über nicht minder einsilbig und abweisend gewesen wie am Morgen; vorgeblich, weil Bresto keinen Schritt von ihrer Seite gewichen war. Aber natürlich war das nicht der wahre Grund gewesen. Andrej hätte blind sein müssen, um nicht zu begreifen, dass den Nubier etwas beschäftigte.

Ein Geräusch wehte durch die Nacht heran, selbst für ihre scharfen Ohren zu schwach, um es zu identifizieren. Abu Dun schlug den Mantel zurück und legte die Hand auf den Schwertgriff. Noch bevor auch Andrej nach Gunjir greifen konnte, trat Abu Dun von dem schmalen Pfad herunter und war mit der Nacht verschmolzen.

Äußerlich scheinbar gelassen, aber innerlich bis zum Zerreißen angespannt, ging Andrej weiter. Er lauschte. Für den ahnungslosen Bresto (und nahezu jeden anderen Einwohner der Stadt, deren Mauern schwarz über ihnen emporragten) wäre die Nacht vollkommen still gewesen, aber Andrej hörte Dinge, von denen die meisten anderen nicht einmal wussten, dass sie existierten.

Aber jetzt spürte er, dass Abu Dun und er allein waren. Aber irgendetwas …

Dann roch er das Blut.

Es war nur ein Hauch, selbst für seine scharfen Sinne kaum wahrnehmbar, und es war nicht einmal frisch, aber es war Blut, und es weckte die alte Gier wieder in ihm. Weit davon entfernt, die Beherrschung zu verlieren, spürte er doch, wie der Vampyr in ihm zu erwachen begann, und das beunruhigte ihn.

Etwas raschelte zu seiner Linken; Abu Dun, der einen Bogen schlug, um das Grab zu umgehen und sich jedem, der vielleicht dort lauern sollte, von hinten zu nähern. Andrej ging ein wenig langsamer, um dem Nubier die notwendige Zeit zu verschaffen. Nach zwei oder drei weiteren Schritten blieb er endgültig stehen, als ein filigraner Umriss vor ihm aus der Dunkelheit auftauchte. Es war der Leiterwagen, auf dem die Gefangenen zum Marktplatz gefahren und ihre Leichen weggeschafft worden waren.

Jetzt war Andrej endgültig alarmiert. Es war Stunden her, dass die Toten abtransportiert worden waren, und er konnte sich nicht vorstellen, dass man den Wagen einfach hier stehen gelassen hatte.

Lautlos zog er sein Schwert, schlich auf Zehenspitzen weiter und erkannte dann, dass nicht nur der Wagen noch hier war, sondern auch das altersschwache Zugtier. Es war tot. Andrej musste es nicht erst untersuchen, um zu wissen, dass ihm etwas die Kehle aufgerissen hatte. Der Boden unter seinem Hals war dunkel und glänzte von frischem Blut.

Aber es war nicht sein Blut, das Andrej roch. Was die Gier in ihm weckte – seinen Hunger –, war ein anderer Geruch. Hier war ein Mensch gestorben. Und es war noch nicht lange her.

Andrej brachte das verführerische Wispern in seiner Seele mit einer bewussten Willensanstrengung zum Verstummen, ging weiter und erreichte nach wenigen Schritten das frisch ausgehobene Grab – ein kaum zwei Meter breiter und halb so tiefer Graben, der quer über das gesamte Friedhofsgelände führte und bisher nur etwa zur Hälfte wieder zugeschüttet worden war.

Immerhin konnte man der spanischen Armee nicht vorwerfen, dass sie nicht effizient arbeitete.

Er drehte sich noch einmal sehr langsam um sich selbst und lauschte dabei mit all seinen Sinnen, doch das einzige andere lebende Wesen, dessen Nähe er spürte, war Abu Dun.

Dennoch hielt er Gunjir gezückt, als er sich neben dem nur halb zugeschütteten Grab auf ein Knie sinken ließ und mit den Fingern in der frischen Erde grub. Etwas Kleines, Hartes mit sehr vielen Beinen schrak unter seiner Berührung zurück und huschte davon, dann fühlte er grobes Leinen und zog ohne besondere Anstrengung einen der groben Säcke aus dem Boden, in die man die Toten eingenäht hatte, um einen Sarg zu sparen.

Er musste seinen Dolch zu Hilfe nehmen, um den zähen Stoff zu zerteilen, und fand einen der beiden toten Verbrecher. Wenige Augenblicke später fand er den zweiten Delinquenten. Der dritte Jutesack, den er aus dem lockeren Erdreich zog, war leer.

»Hinter dir, Hexenmeister. Nur ein paar Schritte.«

Abu Dun war lautlos hinter ihn getreten, und während Andrej sich aufrichtete und dem Nubier folgte, bemerkte er, dass dieser den Säbel nun wieder am Gürtel trug, nicht mehr in der Hand.

Obwohl ihn der charakteristische Geruch leitete, wäre er um ein Haar über die toten Soldaten gestolpert.

Wenigstens waren es nur zwei, nicht sechs, wie er insgeheim befürchtet hatte. Wahrscheinlich hatten sie um die undankbare Aufgabe geknobelt, wer von ihnen hierbleiben musste, um die Toten zu begraben. Ihre Kehlen waren aufgerissen, und in ihren Augen stand derselbe Ausdruck namenlosen Entsetzens, den er schon in denen des toten Maats gesehen hatte.

»Das ging schneller, als ich erwartet hatte«, sagte er.

»Er muss ziemlich wütend gewesen sein«, pflichtete ihm Abu Dun bei. Er kniete neben einem der toten Soldaten nieder, berührte die Wunde an seinem Hals und roch dann an seinen Fingerspitzen. Der Anblick beunruhigte Andrej. Abu Dun sollte das nicht tun. Gleichzeitig war es fast mehr, als er ertragen konnte. Er wollte dieses Blut. Er brauchte es.

Abu Dun sah ihn an, als hätte er seine Gedanken gelesen, und wischte sich die Finger am Mantel ab. »Es ist mindestens zwei Stunden her, wenn nicht drei«, sagte er. »Der Kerl ist längst weg.«

»Wie du schon gesagt hast«, antwortete Andrej. Selbst das Sprechen fiel ihm schwer. Fast überstieg es seine Kräfte, den Blick von den Kehlen der beiden Männer loszureißen.

Nein. Daran wollte er nicht einmal denken.

»Wir sollten deinem neuen Freund Bescheid sagen«, sagte er mit belegter Stimme. »Besser, er erfährt es von uns, bevor ihm jemand erzählt, dass wir es waren.«

Schneller, als sie gekommen waren, machten sie sich auf den Rückweg zur Stadt. Das gewaltige Tor war geschlossen, aber Andrej konnte die misstrauischen Blicke eines Dutzends Augenpaare spüren, die ihnen folgten; zusammen mit vermutlich ebenso vielen Musketenläufen. Gerade, als er die Hand heben wollte, um gegen das Tor zu hämmern, wurde eine schmale Tür links von ihnen geöffnet, und Rodriguez' Adjutant winkte sie herein.

»Das ging schnell«, sagte er, während Andrej an ihm vorbeischlüpfte.

Andrej wartete, bis auch Abu Dun hereingekommen war und Bresto das Schlupftor hinter ihm geschlossen hatte, bevor er antwortete: »Es gibt nichts mehr für uns dort draußen zu tun.«

»Wie wollt Ihr einen Krieg gewinnen, wenn Euch nicht einmal auffällt, dass Euch einige Soldaten abhanden kommen?«, erkundigte sich Abu Dun.

»Abhanden kommen?«, wiederholte Bresto. Er sah jetzt so hilflos aus, dass er Andrej beinahe leid tat.

Aber nur beinahe.

»Ist niemandem aufgefallen, dass die Männer nicht zurückgekommen sind?«

»Welche Männer, Abu Dun?«, murmelte Bresto. Andrej fragte sich, ob er den Begriffsstutzigen nur spielte oder wirklich nicht verstand.

»Die beiden, die ihr losgeschickt habt, um die Toten zu verscharren«, sagte Abu Dun. Bresto fuhr auf dem Absatz herum und wandte sich an die beiden Soldaten, die ein paar Schritte entfernt im Schatten standen.

»Ist das wahr?«

»Wenn, dann muss es vor unserer Wache gewesen sein«, antwortete einer der Soldaten hastig.

»Wir sind erst seit Sonnenuntergang hier«, fügte der andere hinzu. Obwohl Andrej spürte, dass sie die Wahrheit sagten, klangen sie sehr unruhig.

»Und es ist niemandem aufgefallen, dass sie sich nicht zurückgemeldet haben?«, fragte Bresto, wartete aber die Antwort des unglückseligen Postens gar nicht ab, sondern wandte sich in herrischem Ton an Andrej. »Ihr habt sie gefunden? Wo sind sie? Wieso kommen sie nicht zurück?«

»Noch auf dem Friedhof«, antwortete Abu Dun. »Und ich glaube nicht, dass es Euch wirklich gefallen würde, wenn sie zurückkämen, Lieutenant.«

»Wieso?«, fragte Bresto lauernd.

»Weil sie tot sind«, antwortete Andrej.

Bresto starrte ihn an. »Tot?«

»Jemand hat ihnen die Kehlen durchgeschnitten«, bestätigte Andrej ruhig, »schon vor einigen Stunden, wie es aussieht.«

»Tot?«, wiederholte Bresto verstört. »Aber wieso … ich meine, was …?« Dann fuhr er herum und deutete so schnell und drohend wie mit einer Waffe mit dem ausgestreckten Arm auf den am nächsten stehenden Soldaten. »Schlagt Alarm! Wir müssen den Friedhof abriegeln und die umliegenden Straßen absuchen und ...«

»Ich glaube nicht, dass das sinnvoll ist, Lieutenant«, unterbrach ihn Abu Dun.

»Warum?«

»Weil es schon ein paar Stunden her sein muss«, sagte Andrej rasch. »Die Leichen sind bereits kalt. Wer immer sie getötet hat, ist gewiss nicht mehr hier.«

Bresto machte keinen Hehl daraus, dass ihn diese Antwort nicht überzeugte. Er starrte Andrej misstrauisch und Abu Dun feindselig an, überlegte noch einen Moment und fuhr dann abermals zu den beiden Soldaten herum. »Ihr habt mich gehört! Schlagt Alarm! Und ich will hier fünfzig Mann sehen, mit Fackeln und Laternen! Und Ihr ...«, fuhr er an Andrej und Abu Dun gewandt in ebenso herrischem Ton fort, doch Andrej unterbrach ihn:

»Auf unsere Hilfe werdet Ihr verzichten müssen, Lieutenant, fürchte ich. Wir werden den Colonel benachrichtigen. Wo finden wir ihn?«

»Zu dieser Stunde vermutlich im Goldenen Eber. Aber Ihr könnt jetzt nicht einfach ...«

»Dann gehen wir jetzt zu ihm«, fuhr Andrej ungerührt fort. »Und noch eine Frage, Lieutenant. Der Henker, der die drei Männer heute Abend hingerichtet hat. Ihr kennt ihn?«

Brestos Augen wurden schmal. »Warum wollt Ihr das wissen?«

»Weil wir mit ihm reden müssen. Wisst Ihr, wo wir ihn finden?«

»Warum?«, beharrte Bresto.

»Vielleicht, um ihm einen guten Rat zu geben«, sagte Abu Dun, bevor Andrej antworten konnte.

»Und welcher wäre das?«

»Wenn man einen Mann zehnmal hinrichtet und er es überlebt«, antwortete Abu Dun in beinahe freundlichem Ton, »dann ist man vielleicht gut beraten, sich davon zu überzeugen, ob er beim elften Mal auch wirklich tot ist.«

Bresto starrte ihn an, als zweifele er an Abu Duns Verstand.

Aber er nannte ihnen die Adresse.

Das Haus lag nicht in jener Art von Viertel, das Andrej erwartet hatte. Einen Henker – noch dazu einen so grausamen Mann, dem seine Arbeit sichtliche Freude bereitete – hatte Andrej in einer heruntergekommenen, finsteren Gasse in einer schmuddeligen Gegend gesehen, ein Handlanger- oder gar Verbrecherviertel voller zwielichtiger Gestalten und Schatten, in das man besser nicht unbewaffnet ging.

Doch das überraschend schmucke zweieinhalbgeschossige Gebäude, hinter dessen Fenstern behaglicher Kerzenschein der Nacht Einhalt gebot, lag in einem der besseren Viertel der Stadt. Die Häuser waren gepflegt und die schmalen Bürgersteige sauber. Die wenigen Menschen, die sie auf dem Weg hierher getroffen hatten, waren vornehm gekleidet, und aus manchem der Häuser drangen Gelächter oder fröhliche Stimmen, einmal zu Andrejs nicht geringer Überraschung auch Klaviermusik und der Klang einer Violine, die mit mehr Enthusiasmus als Können gespielt wurde. Seit einer geraumen Weile waren ihnen keine Passanten mehr begegnet, sondern nur einige Soldaten, die in Zweiergruppen durch die leeren Straßen patrouillierten und dafür sorgten, dass die Bewohner dieser noblen Gegend nicht von dem Pöbel belästigt wurden, der den Rest der Stadt bewohnte. Abu Dun und er waren ihnen ausgewichen, um unnötige Diskussionen zu vermeiden, und jetzt standen sie seit geraumer Zeit im Schatten eines überhängenden Stockwerks und beobachteten das Haus, in dem der Henker von Cádiz wohnte; obwohl das Bauwerk eher so aussah, als gehöre es dem stellvertretenden Bürgermeister der Stadt oder einem Militärgouverneur.

Letzterer Vergleich war ihm vielleicht in den Sinn gekommen, weil vor der Tür des Henkerhauses gleich fünf Pferde standen – drei davon nicht nur aufwendig, sondern geradezu prachtvoll aufgezäumt, die beiden anderen bescheiden – und zwei Soldaten mit geschulterten Musketen Wache standen.

»Entweder, unser Freund weiß schon, was passiert ist, oder er ist ein wirklich unbeliebter Mitbürger«, knurrte Abu Dun.

Andrej warf ihm einen mahnenden Blick zu, der ebenso unnötig wie fruchtlos war. Abu Dun hatte so leise gesprochen, dass die Männer auf der anderen Straßenseite sie ohnehin nicht gehört hätten. Kurz ließ er seine schneeweißen Zähne in der Dunkelheit aufblitzen.

Aber er schwieg.

Zeit verstrich, ohne dass etwas geschah. Nur dann und wann bewegte sich ein Schatten hinter den hell erleuchteten Fenstern im Obergeschoss, und Andrej wurde zunehmend nervöser.

»Wir können jetzt hier stehen bleiben, bis die Sonne aufgeht«, sagte Abu Dun, nachdem weitere endlose Minuten vergangen waren, »oder wir schauen nach, ob es eine Hintertür gibt.«

Andrej zweifelte keinen Moment lang daran, dass es Abu Dun und ihm gelingen würde, unbemerkt auf die Rückseite des Hauses und hinein zu gelangen, und gerade wollte er sich in Bewegung setzen, als sich etwas am Rhythmus der tanzenden Schatten hinter den Fenstern änderte.

Das Zupfen am Rande seines Bewusstseins, eher verstörend als wirklich erschreckend, als hätte er einen flüchtigen Blick auf ein Bild erhascht, von dem er wusste, dass er es kannte, ohne es wirklich zu erkennen, verschwand so schnell, wie es gekommen war. Es ließ eine vage Beunruhigung zurück, und

Abu Duns leichtes Zusammenzucken verriet ihm, dass er mit diesem Gefühl nicht allein war.

»Was zum Teufel ...?«, murmelte Abu Dun.

Andrej hob rasch die Hand, um den Nubier zum Schweigen zu bringen, denn in diesem Moment tat sich etwas auf der anderen Straßenseite. Die Tür wurde geöffnet, und eine hünenhafte Gestalt trat ins Freie.

Der Mann trug keine Maske, dafür aber jetzt beinahe schon vornehme Kleidung anstelle von knielangen Hosen, aber Andrej erkannte ihn trotzdem sofort. Allerdings war er erstaunt. So, wie er von der Lage der Wohnung des Scharfrichters überrascht gewesen war, so wenig entsprach dessen Gesicht seinen Erwartungen. Der Mann hatte kräftige Züge mit einem kantigen Kinn, das Stärke ausdrückte und zu seinem muskulösen Äußeren passte, aber grausam wirkte er nicht. Ganz im Gegenteil hatte er etwas Sanftes; wie ein großer Bruder, dem man ohne zu zögern das Leben seiner Kinder oder auch das eigene anvertraut hätte. Es fiel Andrej schwer zu glauben, dass dies derselbe Mann sein sollte, der noch vor wenigen Stunden mit so sichtlichem Vergnügen drei Menschen grausam zu Tode gefoltert hatte.

Dann trat eine zweite, womöglich noch größere Gestalt aus dem Haus, und Andrej vergaß den Scharfrichter auf der Stelle.

Es war de Castello.

Vor der hell erleuchteten Tür war er nicht mehr als ein Schemen, aber Andrej wusste trotzdem sofort und jenseits allen Zweifels, wen er vor sich hatte.

»Was für eine Überraschung«, flüsterte Abu Dun. »Ich bin auf seine Antwort gespannt, wenn wir ihn fragen, was er mit dem Kapitän der EL CID zu schaffen hat.«

Zwei weitere Gestalten traten aus dem Haus, ebenso geckenhaft gekleidet wie der schwarzhaarige Edelmann, wenn auch etwas kleiner, und Andrej hörte einen Laut, von dem er nicht ganz sicher war, ob es sich um ein Lachen oder ein Weinen handelte. Abu Dun wollte etwas sagen, doch Andrej brachte ihn mit einer raschen Geste zum Schweigen; und dabei blieb es auch, bis sich die drei Männer in die Sättel der wartenden Pferde geschwungen hatten. Erst danach saßen auch die beiden Soldaten auf.

»Du folgst ihnen«, sagte Andrej. »Ich bleibe hier und kümmere mich um den Henker.«

»Wer sagt das?«

»Ich. Und jetzt beeil dich lieber. Ich weiß ja, dass du saufen kannst wie ein Pferd, aber kannst du auch so schnell laufen?«

»Darüber reden wir noch.« Abu Dun verschwand lautlos in der Nacht. Nur einen Moment später setzte sich auch der kleine Reitertrupp in gemächlichem Tempo in Bewegung.

Der Scharfrichter blieb unter der geöffneten Tür stehen, bis der klappernde Hufschlag verklungen war, und verharrte auch dann noch eine kleine Weile, bevor er ins Haus zurückging und die Tür hinter sich zuzog. Er wirkte nicht beunruhigt, dachte Andrej, sondern eher ... zufrieden?

Andrej fragte sich, was ein Mann wie er mit einem Mann wie de Castello zu tun hatte, und er kannte jemanden, der ihm diese Frage beantworten konnte.

Und auch würde.

Er ließ einige wenige Minuten verstreichen, nur um ganz sicherzugehen, dass es sich de Castello nicht doch noch einmal anders überlegte und zurückkam, dann löste er sich aus seinem Versteck und huschte lautlos und schnell wie ein Schatten über die Straße. Er näherte sich dem Haus des Henkers aber nicht direkt, sondern bewegte sich ein kleines Stück weit nach links, wo er über eine nur knapp mannshohe Mauer flankte und sich in einem winzigen Innenhof wiederfand, ganz wie er erwartet hatte. Der Sprung über die nächste Mauer brachte ihn auf die Rückseite des Henkerhauses, wo er auf einen kleinen, aber überraschend liebevoll gepflegten Garten stieß, und auf eine Hintertür, die jemand freundlicherweise nicht geschlossen hatte. Dahinter lockte warmer Kerzenschein, und er vernahm das undeutliche, aber fröhliche Murmeln zweier Stimmen. Der Henker war nicht allein. So, wie dieser Garten aussah und sich das Haus auf den ersten Blick präsentierte, spürte man die liebevolle Hand einer Frau. Andrej war verwirrt. Die Vorstellung, dass dieses Ungeheuer in Menschengestalt ein Ehemann und möglicherweise sogar ein liebevoller Familienvater sein könnte, erschien ihm ... absurd. Und doch war es so. Auf dem Boden lag Kinderspielzeug, und als er sich konzentrierte, konnte er nicht nur die Stimmen des Scharfrichters und seiner Frau verstehen, die sich ausgelassen über etwas unterhielten, was ihnen de Castello in Aussicht gestellt hatte, sondern auch die leisen Atemzüge zweier Kinder, die in einem anderen Teil des Hauses schliefen.

Andrej setzte dazu an, die Tür hinter sich zu schließen, besann sich dann eines Besseren und lauschte noch einmal und aufmerksamer. Nach nur wenigen Sätzen begriff er: Die Frau hatte keine Ahnung, wer ihr Mann wirklich war, sondern wähnte sich mit einem Beamten der Stadtverwaltung verheiratet, der im Moment alle Hände voll damit zu tun hatte, den überforderten Militärs mit der Organisation von viel zu vielen Schiffen in einem viel zu kleinen Hafen zu helfen.

Das allein war nicht einmal ungewöhnlich. Die Wenigsten wussten, dass die traditionellen schwarzen Henkersmasken zwar auch dem Zweck dienten, Delinquenten und Zuschauer einzuschüchtern, sehr viel mehr aber dem, die Identität des Henkers zu verschleiern, um ihn vor Racheakten und Anfeindungen zu schützen und ihm ein nach außen hin normales Leben zu ermöglichen. Dass nicht einmal seine eigene Frau wusste, wer er wirklich war, war schon ungewöhnlicher.

Andrej schlüpfte wieder in den Garten hinaus, um die Tür von außen zuzuziehen. Er hatte vorgehabt, dem Henker wenigstens ein bisschen von seiner eigenen Medizin zu schmecken zu geben und ihn kurzerhand niederzuschlagen und zu fesseln, um dann in aller Ruhe abzuwarten, bis der Vampyr erschien, was zweifellos der Fall sein würde, noch bevor die Nacht zu Ende war. Aber jetzt konnte er das nicht mehr. Es waren die Frau und die beiden Kinder, die ihm leid taten, wenn sie erfuhren, was für ein Ungeheuer sich hinter der Maske des treu sorgenden Ehemannes und liebenden Vaters verbarg. Früher oder später würden sie es erfahren, aber nicht jetzt und nicht von ihm.

Andrej ließ seinen Blick noch einmal prüfend durch den kleinen Garten wandern, entschied sich für einen halbhohen, aber sehr dicht wachsenden Olivenbaum und huschte in seinen Schatten. Nicht einmal ein sehr aufmerksamer Beobachter hätte ihn jetzt noch entdeckt, und dieses Versteck war so gut wie jedes andere. Wenn sich der angebliche Kriegsgefangene dem Haus näherte, würde er seine Präsenz spüren, lange bevor er sein Ziel erreicht hatte, und darüber hinaus war Andrej sicher, dass er nicht durch die Vordertür eindringen würde, sondern auf demselben Weg wie er.

Während Andrej sich in den Schatten des Olivenbäumchens schmiegte und sich innerlich auf eine womöglich sehr lange Wartezeit vorbereitete, stellte er sich zum ersten Mal eine Frage, die er bisher sorgsam gemieden hatte: Was sollte er tun, wenn der Vampyr wirklich erschien? Der Henker hatte weit mehr getan als nur seine Arbeit, sondern den Mann unnötig und grausam lange gequält. Wäre es anders herum gewesen und er, Andrej, hätte das Schicksal des vermeintlichen Kriegsgefangenen erlitten, dann wäre der Henker von Cádiz jetzt schon nicht mehr am Leben. Aber so war es nicht, und dieser namenlose Vampyr war nicht sein Feind.

Andrej entschied, diese Entscheidung auf später zu verschieben – nachdem er dem Vampyr die eine oder andere Frage gestellt und sich davon überzeugt hatte, dass dieser auch wahrheitsgemäß antwortete –, glitt in eine etwas bequemere Haltung und versuchte noch einmal, dem Gespräch im Haus zu folgen, und erst in diesem Moment fiel ihm auf, dass er nur noch die Atemzüge eines Kindes im Haus hörte.

Erst dann fühlte er die Präsenz des Vampyrs.

Andrej stieß den unflätigsten Fluch aus Abu Duns ohnehin beeindruckender Sammlung orientalisch-blumiger Beleidigungen aus, erwachte aber auch im gleichen Sekundenbruchteil aus seiner Erstarrung und war mit drei, vier gewaltigen Sätzen bei der Tür und mit einem fünften hindurch, ohne dass er Zeit damit verschwendet hätte, sie zu öffnen. Über ihm verstummte die Stimme des Scharfrichters mit einem erschrockenen Keuchen, und noch bevor die Trümmer der in Stücke geschlagenen Tür hinter ihm zu Boden gefallen waren, hatte Andrej die Küche durchquert und raste in den angrenzenden schmalen Flur hinaus. Gunjir sprang wie von selbst in seine Hand, noch bevor er die steile Treppe erreichte und mit drei gewaltigen Sätzen hinaufsprang. Oben gab es eine weitere Treppe und nur zwei Türen. Hinter einer wurden jetzt polternde Schritte und zwei aufgeregt durcheinanderrufende Stimmen laut, die andere sprengte er kurzerhand mit der Schulter auf, stürmte hindurch und wurde mit einem Anblick des Grauens belohnt.

Das Zimmer war vielleicht das einzige im Haus, das nicht von einer Kerze oder Lampe erhellt war, doch Andrejs scharfe Augen offenbarten ihm dennoch mehr, als ihm lieb war. Es gab nur wenige, aber gut erhaltene Möbelstücke, darunter zwei große Kinderbetten mit liebevoll bestickten Himmeln, in denen die beiden Kinder lagen, deren Atemzüge er eben noch gehört hatte. Sehen konnte er sie nicht, denn über jedes der beiden Betten hatte sich eine vor Schmutz starrende Gestalt gebeugt, die ihm den Rücken zuwandte.

Zwei, dachte Andrej wie betäubt. Es waren zwei Vampyre, und er spürte noch immer – und auch das viel zu spät – nur die Anwesenheit eines einzelnen Unsterblichen. Aber es waren zwei.

Sein Erstaunen hinderte ihn indes nicht daran, die beiden Vampyre auf der Stelle zu attackieren. Das Zimmer war zu klein, um Gunjir zu einem Enthauptungsschlag zu schwingen, also rammte er den ihm am nächsten stehenden Vampyr mit der Schulter zu Boden und stieß mit dem Schwert nach dem zweiten. Der Stich ging fehl, weil sein Gegner sich plötzlich mit fantastischer Schnelligkeit bewegte, aber immerhin ritzte die Klinge den Oberarm des Mannes, und Andrej wurde nicht nur mit einem ebenso schmerzerfüllten wie überraschten Schrei belohnt, sondern nutzte seinen Schwung auch, um weiterzustürmen und seinen Gegner mit dem puren Gewicht gegen die Wand und zu Boden zu schleudern. Hinter ihm brach auch der andere Vampyr in einem Hagel aus Holzsplittern zusammen, und damit endete seine Glückssträhne. Gunjir bohrte sich fast bis zum Heft in die dünne Wand aus Stroh und Lehm, verkantete sich und entglitt seinen Fingern, als er vom Schwung seiner eigenen Bewegung nach vorne gerissen und gleich darauf von einem Fußtritt getroffen und zurückgeschleudert wurde. Wäre der Vampyr hinter ihm ein erfahrener Kämpfer gewesen, so wäre es jetzt wohl um ihn geschehen gewesen. Doch zu Andrejs Glück war er das nicht. Er versuchte sich zwar genau in diesem Moment in die Höhe zu stemmen, stellte sich dabei aber so ungeschickt an, dass er sofort wieder stürzte und ein schmerzerfülltes Grunzen ausstieß.

Andrej entlockte ihm einen weiteren Schmerzenslaut, indem er mit dem Absatz aufstampfte und einige seiner Finger zermalmte, steppte aus der gleichen Bewegung heraus zur Seite und bemerkte ohne Überraschung, dass auch der andere Vampyr bereits wieder in die Höhe kam.

Es war der britische Kriegsgefangene. Sein Hals war wieder unversehrt, aber so schmutzig wie sein Gesicht, seine Hände und seine gesamte Erscheinung, und sein Mund war blutverschmiert. Nicht von seinem Blut.

Hinter ihm gellte ein Kreischen auf. Andrej riskierte einen raschen Blick über die Schulter und sah, dass der Scharfrichter durch die Tür getreten und dann vor Schreck mitten in der Bewegung erstarrt war. Seine Augen waren so weit geöffnet, dass sie schier aus den Höhlen zu quellen schienen. Der Schrei stammte von einer überraschend jungen, dunkelhaarigen Frau, die sowohl vom Alter als auch ihrer Statur her gut seine Tochter hätte sein können, vermutlich aber seine Frau war. Der Brite war nun endgültig wieder auf den Beinen und griff mit einem fast tierischen Knurren und ausgebreiteten Armen an, den Kopf wie ein wütender Stier gesenkt.

Nicht überrascht von diesem Angriff, begegnete Andrej ihm entsprechend. Als der Vampyr heranstürmte, hämmerte er ihm die verschränkten Fäuste in den Nacken und riss gleichzeitig das Knie in die Höhe, um es ihm ins Gesicht zu rammen. Beide Angriffe trafen, doch obwohl ein trockenes Knacken erscholl wie von einem zerbrechenden Ast und der Vampyr ein halb ersticktes Keuchen ausstieß, stürmte er trotzdem weiter und rammte Andrej den Kopf mit solcher Wucht in den Leib, dass diesem nicht nur die Luft wegblieb, sondern er zurück – und gegen den Henker und seine Frau geschleudert wurde. Zu dritt stolperten sie aus dem Zimmer und stürzten in einem einzigen Knäuel von Gliedmaßen und Körpern zu Boden. Die Frau schrie immer noch.

Andrej blinzelte den Schmerz weg, rappelte sich hoch und stieß irgendeine Hand weg, die nach seinem Gesicht grabschte. »Bring sie weg!«, keuchte er. »Schaff deine Frau raus! Ich mache das hier!«

Er verschwendete keine Zeit darauf, sich davon zu überzeugen, ob der Mann seinem Rat folgte, sondern sprang endgültig auf und begriff erst jetzt, wieso er überhaupt noch lebte. Sein doppelter Angriff hatte doch Wirkung gezeigt. Der Brite hockte auf den Knien, stützte sich mit beiden Armen ab, um nicht endgültig nach vorne zu fallen, und stierte mit glasigem Blick ins Leere. Er war nicht bewusstlos, kämpfte aber nur noch mit letzter Kraft gegen die Ohnmacht an, und Andrej gedachte nicht, ihn diesen Kampf gewinnen zu lassen. Mit einem einzigen Satz war er bei ihm, versetzte ihm einen Tritt, der ihn haltlos nach hinten schleuderte, und setzte ihm nach.

Im nächsten Moment fiel er der Länge nach hin, als sich eine Hand um sein Fußgelenk schloss und es mit eiserner Kraft festhielt.

Andrej trat noch im Fallen nach hinten aus, spürte, wie etwas unter dem mit Eisen beschlagenen Absatz seines Stiefels nachgab, und rollte sich hastig auf den Rücken. Sein Tritt hatte besser getroffen, als er zu hoffen gewagt hatte. Der Vampyr war zurück- und in die Trümmer des zerborstenen Kinderbetts geschleudert worden. Sein Gesicht war blutüberströmt, und einer der gedrechselten Stäbe des Bettes hatte seine Schulter durchbohrt und ragte wie ein abgebrochener Speerschaft daraus hervor. Keine tödliche Verletzung für ein Geschöpf wie ihn, aber eine, die ihn lange genug aufhalten würde, zumal Andrej spürte, dass dieser Mann noch nicht sehr lange vom Mensch zum Vampyr geworden war.

Andrej gönnte sich eine Sekunde – eine Ewigkeit, in einem Moment wie diesem, aber er brauchte sie –, in der er mit geschlossenen Augen neue Kraft sammelte, dann stemmte er sich hoch und wandte sich dem gefährlicheren der beiden Gegner zu.

Keinen Moment zu früh. So unglaublich es ihm auch erschien, der Brite war schon wieder auf den Füßen, wischte sich mit dem Handrücken das Blut aus dem Gesicht (diesmal war es das seine) und grinste dann breit. Mit leicht gespreizten Beinen und ausgebreiteten Armen nahm er Aufstellung, beugte sich leicht vor und winkte auffordernd.

Andrej dachte nicht daran, etwas so Dummes zu tun. Jetzt,

wo der erste Rausch des Kampfes vorüber war, bestimmte wieder logisches Denken sein Handeln, nicht nur Instinkt. Der Mann war gefährlich. Jede seiner Bewegungen machte Andrej klar, dass er es mit einem geübten Kämpfer zu tun hatte, und er war größer und muskulöser als er selbst; beinahe so groß wie Abu Dun und vermutlich nicht sehr viel schwächer. Und er war ein Unsterblicher wie er, sodass Andrej sich nicht auf die Stärke eines Vampyrs verlassen konnte. Wenn er diesem Burschen gegenübertrat, dann war es ein Kampf Mann gegen Mann ... und dieser Kerl war eindeutig stärker als er.

Doch Andrej war schon oft auf Gegner getroffen, die ihm körperlich überlegen waren. Er beschloss, seine Taktik zu ändern.

»Lass die Frau und die Kinder gehen«, sagte er auf Englisch. »Das hier geht nur uns etwas an.« Sein Blick tastete über Gunjir, das kaum eine Handbreit neben der Schulter des anderen in der Wand steckte, was dem Vampyr nicht entging.

Das sollte es auch nicht.

»Du wirst weich, Andrej«, antwortete er. *Andrej.* Interessant. Er wusste, wer er war. »Wenn dir das Leben dieser Sterblichen so viel bedeutet, dann sollten wir darum kämpfen.«

Das ließ sich Andrej nicht zweimal sagen. Er schickte ein Stoßgebet zu einem Gott, an den er nie geglaubt hatte, dass der zweite Vampyr noch eine Weile damit beschäftigt war, den Bettpfosten aus seiner Schulter zu ziehen, und machte blitzartig einen halben Schritt in Richtung des Götterschwertes. Der Brite reagierte genau so, wie er es erwartet hatte: Statt ihn unverzüglich zu attackieren, warf er sich herum und griff nach Gunjir. Seine gewaltigen Körperkräfte erlaubten es ihm, das verkantete Schwert aus der Wand zu reißen, aber Gunjir leistete ihm trotzdem für einen kurzen Moment Widerstand, und mehr brauchte Andrej nicht. Statt ebenfalls nach dem Schwert zu greifen, wie der andere wahrscheinlich erwartet hatte, hämmerte er ihm die Fäuste zwei, drei, vier Mal hintereinander mit aller Gewalt in den Rücken. Das war selbst für diesen Koloss zu viel. Mit einem dumpfen Stöhnen brach er in die Knie, und Andrej umschlang seinen Hals mit dem Arm, riss seinen Kopf in den Nacken und versuchte ihm das Genick zu brechen.

Es gelang ihm nicht. Der Kerl musste Knochen aus Stahl haben.

Immerhin kippte er nach hinten, strampelte einen Moment lang hilflos mit den Beinen. Aber in einer Situation wie dieser hatte Andrej keinen Sinn für Fairness: Er stieß dem Vampyr das Knie in den Rücken, zog ihn heran und warf ihn mit aller Macht gegen die gegenüberliegende Wand.

Und glatt hindurch. Das dünne Geflecht aus Stroh, Lehm und Farbe zerbarst in einer brodelnden Staubwolke, und der Brite fiel mit wirbelnden Armen in das angrenzende Zimmer. Andrej setzte ihm nach, bevor er auf dem Boden aufschlagen konnte.

Im ersten Moment war er praktisch blind. Zudem bekam er kaum Luft, weil ihm der Staub in Mund und Nase drang, aber er hörte das überraschte Keuchen seines Gegners, und mehr brauchte er nicht. Mit einem einzigen Schritt war er bei ihm, riss ihn mit beiden Händen in die Höhe und versetzte ihm einen Kopfstoß, dann einen doppelten Hieb gegen Herz und Leib. Überraschung und Erstaunen malten sich auf dem Gesicht des Riesen, als er auf die Knie sank. Andrej versetzte ihm einen Faustschlag gegen den Adamsapfel, der ihm den Kehlkopf zertrümmerte und ihn tötete; wenigstens kurzfristig.

»Weißt du, mein Freund«, sagte er, »du bist wirklich nicht der Erste, der sich zu sehr auf seine Kraft verlässt. Schade, dass du keine Gelegenheit mehr haben wirst, daraus zu lernen.«

Der Brite gurgelte eine Antwort, die Andrej nicht verstand,

verdrehte die Augen und erstickte zuckend. Andrej trat gebückt durch das Loch ins Nebenzimmer zurück, um sich um den zweiten Vampyr zu kümmern.

Er kam zu spät.

Auch wenn es ihm hundertmal länger vorgekommen war, so hatte der verbissene Kampf doch nur wenige Sekunden gedauert, aber selbst diese kurze Zeitspanne hatte dem Henker und seiner Frau gereicht, um wieder aufzustehen und ins Zimmer zu stürmen. Die Dunkelhaarige war neben dem zerborstenen Bett auf die Knie gefallen und beugte sich verzweifelt weinend über einen winzigen, reglosen Körper, der inmitten der Trümmer lag, aber ihr Mann beging einen tödlichen Fehler: Statt sich um das andere Kind zu kümmern oder – was vernünftiger gewesen wäre – seine Frau in Sicherheit zu bringen, stürzte er sich mit einem gellenden Schrei auf den zweiten Vampyr, der noch immer scheinbar hilflos am Boden lag und ebenso verbissen wie vergeblich versuchte, den Holzpflock aus seiner Schulter zu ziehen.

Der Scharfrichter half ihm dabei, indem er ihn mit beiden Händen in die Höhe riss und dann mit gewaltiger Kraft gegen die Wand schmetterte. Der Vampyr brüllte vor Schmerz, als der zersplitterte Pfosten tiefer in seinen Rücken hinein- und zugleich weiter aus seiner Schulter herausgetrieben wurde, packte den Pflock mit beiden Händen und riss ihn vollends aus seinem Leib heraus – und in die Kehle des Henkers hinein.

Blut schoss in einer schaumigen Fontäne aus dem zerfetzten Kehlkopf des Mannes, und der mörderische Hass in seinen Augen wurde zu Überraschung, dann zu Schmerz. Blasiges Rot erschien auf seinen Lippen, während er den Vampyr losließ und gleichzeitig langsam in die Knie sank, und dieser Anblick war zu viel für Andrej.

Er versuchte nicht, dem Mann zu helfen – es gab nichts mehr, was er für ihn tun konnte; der Mann war bereits tot –, sondern stürzte sich knurrend auf den Vampyr, brach seinen Widerstand mit einem einzigen, harten Rückhandschlag und nahm seine Seele.

Es ging so schnell, dass Andrej beinahe selbst überrascht war. Er hatte nicht mit viel Gegenwehr gerechnet, doch der Vampyr versuchte nicht einmal sich zu verteidigen, und Andrej spürte auch keinerlei Erschrecken oder Furcht, sondern nur Verwirrung. Dann war es auch schon vorbei, und der Körper in seinen Händen erschlaffte, als Andrej die Lebenskraft des Vampyrs seiner eigenen hinzufügte. Seine Seele war dünn, kraftlos und bestand nahezu ausschließlich aus Furcht; nicht die Seele eines Vampyrs, sondern noch die eines Sterblichen, der nur einen winzigen Schritt in eine andere Richtung getan hatte.

Andrej ließ den leblosen Körper los, prallte einen Schritt zurück und war einen Atemzug lang entsetzt von seinem eigenen Tun. Dann gewann seine Vernunft erneut die Oberhand. Es war noch nicht vorbei. Der Brite war tot, aber wer, wenn nicht er selbst, wusste, was für ein flüchtiger Zustand der Tod sein konnte? Er hatte den Vampyr verletzt, wohl tödlich, aber trotzdem nicht schwer. Sein fantastischer Körper würde vielleicht nur Augenblicke brauchen, um die Wunde zu heilen und das Leben, oder was auch immer Wesen wie sie dafür halten mochten, in seinen Körper zurückzuzwingen.

Trotzdem eilte er nicht sofort ins Nebenzimmer zurück, sondern kniete – wider besseres Wissen – neben dem Henker nieder und drehte ihn auf den Rücken. Der Eindruck, den er von dem Mann gewonnen hatte, war richtig. Er war stark, und er war zäh. Das Leben rann in schaumigen roten Strömen aus seiner aufgerissenen Kehle und seinem Mund, und über seine weit geöffneten Augen hatte sich bereits eine vage Dunkelheit gelegt, aber noch klammerte er sich mit aller Kraft an das verlöschende Leben.

Andrej nahm es ihm. Die Kraft, die in diesem Mann war,

würde ohnehin vergehen. Noch zwei oder drei Herzschläge und ein qualvoller Atemzug, der seine Lungen nicht mehr erreichen würde, und dieser kostbare warme Schatz war dahin, verloren für alle Zeiten. Verschwendet. Er bestahl ihn nicht, wenn er ihm etwas nahm, das er nicht mehr brauchte.

Andrej wusste, dass er sich selbst belog, dass es falsch und verboten war, was er tat, aber er konnte nicht anders. Mit unsichtbarer Hand griff er nach der Lebensflamme des Henkers, riss sie aus ihm heraus und fügte auch seine Kraft seiner eigenen hinzu. Und diesmal war der verbotene Trank süß und stark. Ihn schwindelte, als hätte er einen Becher starken Branntwein zu schnell heruntergestürzt, aber auch dieses Gefühl verging fast ebenso schnell, wie es gekommen war.

Als er die Augen wieder öffnete, begegnete er dem Blick der dunkelhaarigen Frau. Sie hatte aufgehört zu weinen, und sie kniete auch nicht mehr vor dem zertrümmerten Bett, sondern hatte sich über das zweite Kind gebeugt. Andrej konnte es nicht sehen, so wie sie über das Bett gebeugt dastand. Dennoch wusste er: Die beiden einzigen Herzen, die in diesem Raum noch schlugen, waren sein eigenes und das der Henkersfrau.

Andrej fuhr auf dem Absatz herum, trat durch den gewaltsam geschaffenen Wanddurchbruch ins Nebenzimmer und beugte sich über den noch immer wie tot daliegenden Vampyr. Er wartete, bis das Leben wieder in seinen Körper zurückgekehrt war, dann nahm er es ihm wieder.

Und diesmal endgültig.

Er wartete darauf zu empfinden – irgendetwas. Aber in ihm war nichts; eine sonderbare Leere, ein schaler Nachgeschmack, als wäre das Leben, das er gerade genommen hatte, verdorben gewesen, und auch dieses Gefühl verging, bevor er sich dessen ganz sicher sein konnte. Er sollte Schuld empfinden. Zorn. Irgendetwas. Aber da war nichts.

Andrej stand auf, trat mit zwei schnellen Schritten an der

Frau vorbei und drehte sich gerade noch rechtzeitig genug herum, um zu sehen, wie sich der Vampyr wieder erhob und mit einem Hechtsprung durch das geschlossene Fenster verschwand.

Andrej war mit einem einzigen Satz im Nebenzimmer und dann hinter ihm her, noch bevor die Glas- und Holzsplitter unten auf der Straße aufschlugen. Er landete buchstäblich in den Fußstapfen des Vampyrs, fing den Schwung seines Sprunges mit einer eleganten Rolle ab und kam noch rechtzeitig genug auf die Füße, um zu sehen, wie der Vampyr am Ende der Straße abbog und dabei noch einmal an Tempo zuzulegen versuchte. Andrej tat dasselbe, verringerte den Abstand zwischen sich und dem flüchtenden Briten mit einigen weit ausgreifenden Schritten auf weniger als die Hälfte und sah ihn abermals verschwinden, als er das Ende der Straße erreichte; diesmal nicht an der nächsten Abzweigung, sondern in einem schmalen Durchlass zwischen zwei Häusern. Vermutlich hoffte er, in dem Labyrinth aus Hinterhöfen, Gärten und Gässchen unterzutauchen, das sich dahinter verbarg.

Andrej legte noch einmal an Tempo zu, um ihn einzuholen, hörte aber schon nach wenigen Sätzen, wie die Schritte des Vampyrs abbrachen und er einen gedämpften Fluch in seiner Muttersprache ausstieß. Ganz offensichtlich hatte sich sein vermeintlicher Fluchtweg als Sackgasse erwiesen.

Ohne langsamer zu werden, stürmte Andrej hinter ihm in die Gasse, die sich nach kaum fünf Schritten zu einem rechteckigen, an allen Seiten von mehr als fünf Meter hohen und fensterlosen Wänden umschlossenen Innenhof weitete. Es gab eine einzelne Tür, die aber verschlossen und massiv genug war, um selbst den verzweifelten Bemühungen des Vampyrs zu widerstehen, sie aufzubrechen.

Andrej war hinter ihm, noch bevor er es auch nur bemerkte, stieß ihm Gunjir in die Flanke und riss das Götterschwert in der gleichen Bewegung wieder heraus, in der er zurück und einen Schritt zur Seite trat, um einem eventuellen Gegenangriff auszuweichen.

Doch dieser erfolgte nicht. Der Vampyr sank mit einem schmerzerfüllten Seufzen gegen die Tür, blieb eine Sekunde lang erstarrt und ohne auch nur zu atmen stehen und schwang dann schwerfällig herum, um Andrej aus ungläubig aufgerissenen Augen anzustarren. Dann machte er einen einzelnen, schweren Schritt und fiel auf die Knie. Blut lief in einem breiten, im Nachtlicht schwarz glitzernden Strom an seiner Seite hinab und sammelte sich zu einer dampfenden Pfütze um seine Knie.

Andrej ergriff Gunjir mit beiden Händen, holte zu einem Enthauptungsschlag aus und ließ die Klinge dann wieder sinken, als er die Mischung aus Unglauben, allmählich aufkeimendem Begreifen und purem Entsetzen in den Augen des Vampyrs sah.

Etwas begann tief in seiner Seele zu wispern; es war der Vampyr, der in den tiefsten Abgründen seines Ichs gefangen war und jetzt mit der Stimme des Versuchers flüsterte, unterstützt von Gunjir, das Blut gekostet hatte und nach mehr verlangte.

Es würde seinen Trunk bekommen. Bald. Aber noch nicht gleich.

Andrej ließ die Klinge noch weiter sinken, bis ihre Spitze kaum hörbar über den Boden scharrte. Das Geräusch ließ den Vampyr aufsehen. Sein Blick tastete über Andrejs Gesicht, wanderte an seinem Arm und der Schwertklinge hinab und verharrte für einen Moment an dem Blut darauf – *seinem* Blut –, bevor er an sich selbst hinabstarrte und seine Hand ansah, die er gegen die Seite presste, um das Blut zurückzuhalten, das in Strömen aus seinem Leib rann. Natürlich gelang es ihm nicht.

Andrej hatte sich schon oft gefragt, ob die Angst vor dem Tod hundertmal größer wurde, wenn man hundert Leben gelebt hatte. Er hatte nie eine Antwort auf diese Frage gefunden, doch als er in die Augen des Vampyrs blickte, wusste er, dass sie *Ja* lautete.

Er ließ ihm hinlänglich Zeit, um zu begreifen, was mit ihm geschah, dann beugte er sich über ihn und nahm ihm das Leben.

Und diesmal endgültig.

Es war anders als die Male zuvor; sogar anders als gerade, als er die Seele des Vampyrs genommen hatte. Er war jung gewesen, noch nicht wirklich ein Unsterblicher, sondern nur ein verwirrter Mann, der noch nicht einmal angefangen hatte, die Kräfte zu begreifen, die ihm zur Verfügung standen, und auch noch nicht verdorben von eben jenen Kräften.

Dieser hier war anders. Alt – uralt, älter als Andrej und Abu Dun zusammen – und unendlich mächtig. Er war stark, mindestens so stark wie er selbst, wenn nicht stärker, und wäre die Situation anders gewesen, so hätte sich Andrej vielleicht gefragt, wieso er vor ihm geflohen war, statt sich dem Kampf zu stellen und ihn möglicherweise zu besiegen. Und er war unendlich *böse*.

Nie zuvor hatte Andrej so viel Hass und Gewalt verspürt. Niemals, nicht bei einem einzigen der zahllosen Vampyre, die er getötet hatte, hatte er solche Wut gefühlt, und nie zuvor hatte er zusammen mit dem Leben seines Opfers so viel Gift in sich aufgesogen, eine so reine, verheerende Bosheit, die nun begann, die Macht über ihn an sich zu reißen.

Und es war *süß*.

Andrej genoss nicht nur die pulsierende Lebenskraft, die wie ein erquickender warmer Strom in ihn floss, sondern auch – und vor allem – die reine Bosheit dieser schwarzen Energie. Vielleicht war es das erste Mal, dass er *wirklich* begriff, welche Macht in dieser dunklen Kraft lag, und warum so viele seiner Art ihrer Verlockung erlagen … und es vielleicht sogar richtig war.

Er stemmte sich hoch und sah lange auf den reglosen Körper hinab. Jetzt wäre er froh darum gewesen, nichts zu empfinden. Doch er *empfand* etwas. Unendlich viel mehr, als er wollte. Ein fast berauschendes Hochgefühl durchströmte ihn. Ohne jegliche Schuld oder Reue.

Er schob das Götterschwert in die schmucklose Lederscheide unter dem Mantel zurück. Hinter ihm erscholl ein leises Lachen, untermalt von spöttischem Applaus.

Andrej fuhr herum und riss das Schwert aus dem Gürtel, und der Schatten, der unter der plötzlich geöffneten Tür erschienen war, hob rasch die Hand und schüttelte den Kopf. »Das wird nicht nötig sein, Andrej Delãny.«

Nötig oder nicht, Andrej riss Gunjir vollends heraus, trat einen halben Schritt zurück und ging mit gespreizten Beinen und leicht nach vorne gebeugt in eine perfekte Abwehrhaltung, wofür er mit einem weiteren gutmütig-spöttischen Lachen belohnt wurde.

»Ja, ich sehe, ich habe mich nicht in dir getäuscht, Unsterblicher.«

»Wer bist du?«, fragte Andrej. Er versuchte, die Dunkelheit unter dem Türsturz mit Blicken zu durchdringen, aber es war seltsam: Seine sonst so scharfen Augen schienen ihm den Gehorsam zu verweigern. Er sah nur einen verschwommenen Schemen, der sich in beständiger Auflösung zu befinden schien, um dann gleich darauf wieder eine neue Form anzunehmen. Groß und Dunkel strahlte er Kraft und Stärke aus, eine Aura, die ihm schier den Atem nahm und hinter der er noch etwas anderes, sehr viel Stärkeres spürte, ohne es begreifen zu können. Vielleicht auch etwas *Vertrautes.*

»Wer bist du?«, fragte er noch einmal.

»Nicht dein Feind«, antwortete der Schatten. »Oder vielleicht doch … wer weiß? Aber wenn, dann muss das nicht so bleiben, meinst du nicht auch? Manchmal werden aus den schlimmsten Feinden die besten Freunde. Und manchmal aus Freunden Feinde. Aber wem sage ich das?«

»Ich habe dich gefragt, wer du bist! Zum dritten und letzten Mal, wer …«

Der Schatten machte eine kaum sichtbare, fast beiläufige Bewegung, und eine unsichtbare Hand schlug Andrejs Arm beiseite und riss ihm das Schwert aus den Fingern. Gunjir prallte hinter ihm gegen die Wand und fiel scheppernd zu Boden.

»Jetzt bin ich verwirrt. Soll ich nun enttäuscht sein, dass du mich nicht erkennst, oder stolz darauf, dass meine Verkleidung ihren Dienst so gut zu tun scheint?« Der Schatten bewegte sich. Ein verirrter Lichtstrahl brach sich auf schwarzem, ölig glänzendem Haar und mattem Gold. »Und dabei hast du so lange nach mir gesucht. All die Jahre … und dann erkennst du mich nicht einmal?«

Für den Bruchteil eines Atemzuges war die Mauer nicht mehr da. Der Schatten blieb ein Schatten, durch einen geheimnisvollen Zauber seinem Blick bis auf das Wenige entzogen, was er ihm zeigen wollte, aber für einen kleinen Moment sah er dennoch, *wem* er gegenüberstand.

»Lo…«

Der Schatten machte einen Schritt auf ihn zu, der zu schnell war, als dass sein Blick ihm folgen konnte. Noch schneller war der Schlag, der ihn zu Boden warf.

»…ki«, führte er zu Ende. »Ja. Ich glaube, das ist der Name, unter dem du mich kennengelernt hast.« Die Maske fiel endgültig, und Andrej fühlte den verheerenden Zorn des Wesens, das da als Mensch über ihm stand und doch so weit davon entfernt war, ein solcher zu sein. Diese Kreatur wollte ihn vernichten, mehr als alles andere auf der Welt.

Auch Andrej wollte ihren Tod. Noch mehr, als dieses Ungeheuer *ihn* vernichten wollte. Er würde es töten, und wenn er Gott selbst herausfordern musste, um dieses Ziel zu erreichen.

Loki versetzte ihm einen Fußtritt vor die Schläfe, der ihn zurück und halb bewusstlos gegen die Wand schleuderte, rammte ihm das Knie in den Brustkorb und riss den Arm zu einem tödlichen Schlag zurück, in dem all seine unvorstellbare Kraft lag, die selbst die Andrejs um ein Hundertfaches übertraf.

Aber er schlug nicht zu.

»Nein«, sagte er. »Das wäre zu leicht.« Statt es zu Ende zu bringen und ihn zu töten, stand er auf, wich mit zwei oder drei schnellen Schritten wieder in den Schatten der Tür zurück und verschmolz damit. Doch ebenso schnell war er wieder zurück und bückte sich nach Gunjir. Wahrscheinlich zog er es vor, ihn mit der Götterklinge zu töten statt mit der bloßen Hand, dachte Andrej.

Aber er tat auch das nicht. Stattdessen ließ er sich noch einmal neben ihm auf die Knie sinken, schlug zuerst Andrej mit solcher Kraft ins Gesicht, dass er schon wieder beinahe das Bewusstsein verloren hätte, dann schob er Gunjir wieder in die Lederscheide an seinem Gürtel.

»Falls es dir eine gewisse Genugtuung verschafft«, sagte er, während er aufstand und wieder mit den Schatten verschmolz, »es fällt mir nicht leicht, dir diese Klinge zurückzugeben. Von Rechts wegen steht sie mir zu. Sie ist sehr alt, weißt du? Sie gehört zu unserer Familie, und sie hat mehr gesehen, als du dir auch nur vorzustellen vermagst.« Er schien auf eine Antwort zu warten. Andrej gab sich auch redliche Mühe, doch er konnte nur Blut spucken. Alles in ihm war Schmerz, und Lokis Tritt hatte irgendetwas in ihm zerbrochen. Blut füllte seinen Mund so schnell, dass er daran zu ersticken drohte.

Dann machte der Schatten über ihm eine flatternde Bewegung, und er spürte, wie das Blut versiegte, und zerrissenes Fleisch und gebrochene Knochen sich zusammenfügten und heilten.

»Bitte entschuldige, mein zukünftiger bester Freund«, sagte Loki. »Aber ich hielt es für angebracht, dir etwas zu zeigen. Deine Unsterblichkeit währt nur so lange, wie ich es will.«

Mühsam kämpfte sich Andrej durch einen Nebel aus Agonie und Frustration ins Bewusstsein zurück, doch zu einer Antwort war er nicht fähig. Zorn. Wut. Das war es, was er fühlte. Er wollte dieses ... *Ding* umbringen. Ganz gleich wie, und ganz gleich, was es ihn kostete.

Aber das Einzige, wozu er imstande war, war die Augen zu öffnen und den verschwommenen Schatten anzustarren, der über ihm schwebte.

»Ich weiß nicht genau, was ich jetzt mit dir tun soll, kleiner Unsterblicher«, sagte Loki. Andrej versuchte vergeblich, seinen Ton zu deuten. Er war spöttisch, kein Zweifel, aber es lag auch eine Drohung darin, vor der es kein Entrinnen gab. »Ich bin ein wenig enttäuscht von dir, Andrej, aber zugleich auch stolz. Du hast meine Erwartungen in dich nicht nur erfüllt, sondern sogar übertroffen. Du bist mein bester Schüler seit sehr, sehr langer Zeit.«

»Fahr zur ... Hölle«, stieß Andrej hervor.

»Aber da bin ich doch schon«, antwortete Loki seufzend. »So wie ihr alle übrigens auch, nur nebenbei bemerkt.«

»Was ... willst du von ... mir?«, keuchte Andrej. Jedes einzelne Wort war wie ein glühender Draht, der langsam durch seine Kehle gezogen wurde.

»Also die ehrliche Antwort auf diese Frage wäre natürlich: deinen Tod«, antwortete Loki belustigt. »Aber ich habe andere Pläne mit dir. Du hast meine Erwartungen in dich nicht nur erfüllt, sondern weit übertroffen. Dieser alberne Dummkopf hier hätte auf mich hören sollen.« Er versetzte dem toten Vampyr einen Tritt.

»Dabei war er mein bester Mann ... jedenfalls hat er das immer behauptet. Und ich fürchte beinahe, dass er sogar recht damit hatte.« Er versetzte dem Toten einen weiteren Tritt. »Wirft das nun ein besonders schlechtes Licht auf meine Fähigkeiten als Heerführer oder ein besonders gutes auf dich?«

Irgendwoher nahm Andrej die Kraft, nicht nur die roten Schleier vor seinen Augen wegzublinzeln, sondern sich auch auf die Ellbogen hochzustemmen und mit einer fahrigen Bewegung nach dem Schwert zu tasten, das Loki ihm wieder in den Gürtel geschoben hatte. »Wenn du mich ... umbringen willst, warum ... tust du es dann nicht ... einfach?«

»Ich habe es ja versucht«, antwortete der Schatten. Er klang amüsiert, aber auch ein wenig enttäuscht. »Dreimal, um genau zu sein – und dabei habe ich diesen Dummkopf noch nicht einmal mitgezählt.« Er seufzte tief. »Es wird immer schwieriger, wirklich gutes Personal zu finden, ist dir das eigentlich auch schon aufgefallen?«

Andrej hütete sich, zu antworten. Er hatte noch immer Mühe, überhaupt bei Bewusstsein zu bleiben, und er wollte Loki nicht die Genugtuung bieten, ihn zu verhöhnen. Er würde jetzt sterben, dass war ihm klar. Abu Dun hatte recht gehabt. Seine Suche hatte ihn am Ende zu einem Feind geführt, dem er nichts entgegenzusetzen hatte. Er verspürte tatsächlich einen unerwarteten Anflug von Furcht, aber auch das würde er Loki ganz gewiss nicht zeigen.

»Und das ist auch gar nicht notwendig, mein Freund«, sagte Loki.

Andrej erschrak. Las der Unsterbliche seine Gedanken?

»Selbstverständlich«, sagte Loki. Er klang immer noch amüsiert. »Hast du dein kleines Techtelmechtel mit Meruhe etwa schon vergessen? Sie wird ziemlich enttäuscht sein, wenn ich ihr davon erzähle, fürchte ich. *Sie* erinnert sich nämlich noch sehr gut an dich ... was an sich schon außergewöhnlich genug ist. Schließlich bist du wenig mehr als ein Sterblicher. Aber du scheinst Eindruck auf sie gemacht zu haben.«

»Du wirst sie ... in Ruhe lassen«, sagte Andrej leise.

»Oder was?«, erkundigte sich Loki. Er lachte. Die Schatten, die sein Gesicht verbargen, flatterten auseinander und huschten dann ebenso lautlos wieder an ihren Platz zurück, doch der Moment war zu schnell vorbei, als dass er wirklich einen Blick auf sein Antlitz hätte werfen können.

»Nein, du brauchst dir keine Sorgen um sie zu machen«, fuhr der Schatten fort. »Ich würde ihr niemals etwas antun ... ganz davon zu schweigen, dass ich dazu gar nicht in der Lage wäre. Hast du schon vergessen, dass wir einander nichts antun können?«

»Was willst du von mir?«, stöhnte Andrej. Warum brachte er es nicht endlich zu Ende?

»Ich habe nicht vor, dich zu töten«, sagte Loki, der abermals seine Gedanken gelesen hatte. »Ich wollte deinen Tod, das ist wahr. Aber du hast mir bewiesen, dass das ein schwerer Fehler gewesen wäre.« Er beugte sich abermals über Andrej und war ihm jetzt so nahe, dass dieser seinen Geruch wahrnehmen konnte, ein Hauch aus Schweiß, einem süßlichen Parfüm und Raubtiergestank, gerade an der Grenze dessen, was selbst seine scharfen Sinne noch wahrnehmen konnten. Andrej vermochte sein Gesicht immer noch nicht zu erkennen, aber er spürte, dass das spöttische Lächeln in den unsichtbaren Augen über ihm einer diamantenen Härte gewichen war. »Du wirst mir gehören, Unsterblicher«, fuhr er fort. »Schon bald.«

»Nie...mals«, murmelte Andrej. Glaubte er das wirklich? Auf seiner Zunge war noch immer der süße Geschmack der beiden Leben, die er gerade genommen hatte, und das verlockende Wissen, dass dort, wo dieses verbotene Mahl hergekommen war, noch sehr viel mehr war, unendlich viel mehr.

»Und dass es niemanden auf dieser ganzen Welt gibt, der dich daran hindern kann, es dir zu nehmen.« Andrej wusste nicht, ob es wirklich Loki gewesen war, der diese Worte sprach, oder das Flüstern vielleicht aus ihm selbst gekommen war.

Der Schatten stand auf, wich unter die Tür zurück und war nun wieder nur noch zu erahnen. »Auch wenn ich weiß, dass du ihn nicht befolgen wirst, gebe ich dir trotzdem noch einen Rat, Andrej«, sagte er. »Kämpf nicht dagegen an. Du wirst es trotzdem tun, das weiß ich, aber es ist ein Kampf, den du nicht gewinnen kannst. Nicht einmal du.«

Und damit verschwand er, und nur einen halben Atemzug später versagten Andrejs Kräfte endgültig, und er verlor das Bewusstsein.

11

Nicht für lange, das spürte er, noch bevor er die Augen wieder aufschlug. Er war nicht mehr allein. Zahlreiche Personen waren in seiner Nähe, zwei davon unmittelbar: Abu Dun und Rodriguez.

»Du kannst jetzt aufhören, dich schlafend zu stellen, Hexenmeister«, sagte der Nubier auf Persisch. »Die Arbeit ist erledigt, du kannst also ruhig aufstehen.«

Gut, Abu Dun war offensichtlich wieder ganz der Alte. Andrej schluckte die Entgegnung herunter, die ihm dazu auf der Zunge lag, stemmte sich halb in die Höhe und schlug erst dann die Augen auf. Das Erste, was er sah, war Abu Duns schwarzes Gesicht, das von einem strahlend weißen Grinsen in zwei ungleiche Hälften geteilt wurde. Dass seine Augen dabei so ernst blieben, wie Andrej es nur selten bei ihm beobachtete, machte den Anblick nicht unbedingt angenehmer.

Schweigend stand Andrej auf und tastete instinktiv nach dem Schwert an seinem Gürtel, obwohl er Gunjirs vertrautes Gewicht längst gespürt hatte. Die Klinge zu berühren hatte jedoch etwas sonderbar Beruhigendes, und er schloss die Finger noch fester um den mit Leder umwickelten Griff. Die Bewegung blieb Abu Dun nicht verborgen. An seinem aufgesetzt-schadenfrohem Grinsen änderte sich nichts, aber sein Blick wurde fragend. Andrej tat so, als hätte er es nicht bemerkt, und wandte sich mit einem Ruck um.

Sein Gefühl hatte ihn nicht getäuscht. Rodriguez kniete gleich hinter ihm und beugte sich über den toten Briten, stand jedoch genau in diesem Moment wieder auf und drehte sich herum, fast als hätte er seinen Blick gespürt. Aus der Tür in seinem Rücken, die jetzt offen stand, drangen flackernder rötlicher Lichtschein und aufgeregte Stimmen, und Andrej spürte auch in der schmalen Gasse hinter sich Menschen. Aber niemand kam ihnen nahe. Andrej fragte sich, ob sie vielleicht spürten, was hier geschehen war, und instinktiv vor der Nähe des toten Vampyrs zurückschreckten.

Vielleicht auch vor ihm.

»Das war gute Arbeit, Señor Delãny«, sagte Rodriguez. »Seid Ihr verletzt?«

»Nein«, antwortete Andrej. »Und mit Verlaub, Colonel, es war *keine* gute Arbeit.«

Rodriguez blickte fragend.

»Er hat sie getötet«, sagte Andrej ernst. »Beide Kinder. Das hätte nicht passieren dürfen.«

»Und Gonzales«, fügte Rodriguez hinzu. »Den Henker. Ich weiß. Seine Frau hat mir erzählt, was passiert ist.« Sein Blick wurde noch finsterer, zugleich aber auch sanft. »Sie hat mir auch erzählt, wie tapfer Ihr gekämpft habt, Señor Delãny.«

»Nicht tapfer genug«, beharrte Andrej. »Sonst wären die beiden Kinder noch am Leben.«

»Sie waren immerhin zu zweit. Und wenn ich mir diesen Kerl da ansehe, dann wundere ich mich, dass Ihr ihn überhaupt besiegen konntet. Der Kerl muss stärker gewesen sein als ein Ochse.«

Andrej widersprach nicht mehr. Rodriguez würde ohnehin keinen Widerspruch gelten lassen, ganz gleich was er sagte. Also deutete er nur ein Schulterzucken an und zeigte knapp auf den Toten hinunter. »Ihr solltet ihn verbrennen lassen«, sagte er.

»Nichts anderes habe ich vor«, erwiderte Rodriguez, doch Andrej schüttelte nur den Kopf.

»Verbrennt ihn«, sagte er noch einmal. »Am besten gleich.«

»Bevor er wieder aufwacht, meint Ihr?«, Rodriguez lächelte zwar, aber er klang auch nervös.

Andrej zog es vor, zu schweigen, und nach einem kurzen Moment befahl Rodriguez mit leicht erhobener (und deutlich schärferer) Stimme den Soldaten hinter ihm: »Ihr habt den Mann gehört! Schafft diesen Kadaver aus der Stadt und verbrennt ihn! Sofort! Und ich will, dass ihn zwanzig Mann bewachen und nicht eher zurückkommen, bis nur noch ein Häufchen Asche von ihm übrig ist!«

Abu Dun nickte, und Rodriguez wandte sich an Andrej: »Seid Ihr zufrieden, Señor Delãny?«

»Nein«, antwortete Andrej ehrlich. »Aber das ist wohl das Einzige, was wir jetzt noch tun können.«

»Ja, das scheint mir auch so«, seufzte Rodriguez. »Kommt, Señor. Lasst uns ein Stück gehen. Ich mag diesen Ort nicht.«

Sie verließen den Hof und die schmale Gasse, und Andrej fiel abermals auf, wie hastig die Soldaten Abu Dun und ihm Platz machten, und wie unsicher die Blicke waren, die ihnen folgten. Er konnte ihre Angst riechen. Und etwas in ihm reagierte auf diese Angst.

Er genoss sie.

»Gehen wir ein Stück, Señores«, sagte Rodriguez, nachdem sie die Gasse hinter sich gelassen hatten. Einige Soldaten wollten sich ihnen anschließen, aber Rodriguez scheuchte sie herrisch zurück. Andrej konnte die Erleichterung der Männer spüren.

Trotzdem fragte er: »Ihr begleitet uns ganz allein, Colonel? Nachts und in eine so unsichere Gegend wie die, in der der Goldene Eber liegt?«

»In Zeiten wie diesen gibt es keine sicheren Gegenden, fürchte ich.« Rodriguez lachte leise. »Außerdem: Könnte ich mich im Moment wohl irgendwo sicherer fühlen als in Eurer Gesellschaft, Señor Delãny?«

»Ja«, knurrte Abu Dun, bevor Andrej in die Verlegenheit kam, antworten zu müssen. »In meiner.«

Andrej stimmte zwar nach einem Moment in Rodriguez Lachen ein, aber er konnte selbst hören, wie wenig echt es klang, so wenig überzeugend, wie Abu Duns Bemerkung tatsächlich komisch war. Für eine geraume Weile, in der das Schweigen im gleichen Maße unbehaglicher zu werden begann, in der die Straßen schmaler und die Gebäude rechts und links dunkler und schäbiger wurden, gingen sie in scharfem Tempo nebeneinander her, und Andrej fiel auf, dass Rodriguez sich von Zeit zu Zeit nicht nur verstohlen umsah, sondern auch konzentriert lauschte. Er selbst tat dasselbe. Der Schlaf in den Häusern beiderseits der Straße war nicht ganz so tief wie es den Anschein hatte, und auch aus dem einen oder anderen Schatten folgten ihnen ebenso aufmerksame wie misstrauische Blicke.

»Der Mann, den Ihr in Gonzales' Haus getötet habt«, sagte Rodriguez plötzlich.

»Ja?«, erwiderte Andrej, als der Colonel nicht weitersprach, sondern ihn erwartungsvoll ansah. »Was ist mit ihm?«

»Euch ist nichts an ihm aufgefallen?«

»Außer, dass er ein wehrloses Kind ermordet hat?« Andrej schüttelte den Kopf und lächelte kalt. »Nein. Aber ich habe auch nicht auf Einzelheiten geachtet. Ich war beschäftigt.«

»Es war ein Soldat«, sagte Rodriguez ungerührt. »Nicht irgendein Soldat. Es war einer der drei Männer, die zum Friedhof hinausgeschickt wurden, um die Toten zu beerdigen.«

Andrej schwieg.

»Ihr habt nur zwei Leichen gefunden«, fuhr Rodriguez fort.

»Und jetzt wissen wir auch, warum«, sagte Abu Dun.

Rodriguez nickte zwar, schüttelte aber sofort darauf schon wieder den Kopf. »Das ergibt keinen Sinn. Ich kenne den Mann nicht. Und – auch wenn ich abstreiten werde, das jemals gesagt zu haben – ich würde nicht einen Finger für irgendeinen dieser Kerle ins Feuer legen, geschweige denn die ganze Hand, aber es fällt mir trotzdem schwer zu glauben, dass er einem entflohenen Gefangenen dabei hilft, zwei seiner Kameraden zu ermorden und dann auch noch hierher kommt, um den Scharfrichter und seine Kinder zu töten.«

»Ja, das klingt … in der Tat seltsam«, sagte Abu Dun nachdenklich. »Vielleicht waren sie von Anfang an Komplizen?«

»Kaum«, erwiderte Rodriguez überzeugt, sah dabei aber weiter Andrej an. »Und da war … noch etwas.«

»Und was?«, fragte Andrej widerstrebend.

»Wenn ich das wüsste«, seufzte Rodriguez. »Es ist nur so ein … Gefühl. Glaubt Ihr an Gefühle, Andrej?«

Andrej entging weder der lauernde Unterton in Rodriguez Stimme noch der plötzliche Wechsel zu einer vertrauteren Anrede. Nichts davon war Zufall. »Das kommt ganz auf die Art des Gefühls an, Colonel«, sagte er.

»Eine weise Antwort«, sagte Rodriguez mit einem flüchtigen Lächeln. Er blieb stehen. »Und genau die Art von Antwort, die ich von Euch erwartet habe. Schade.«

Andrej hütete sich, auf die unausgesprochene Frage zu reagieren. »Was für ein Gefühl hattet Ihr denn, Colonel?«, fragte er.

»Ich weiß es nicht«, wiederholte Rodriguez. Er klang enttäuscht. »Vielleicht, dass etwas mit diesem Mann nicht stimmte.«

»Das will ich doch hoffen, nach dem, was er getan hat«, sagte Abu Dun. »Alles andere würde kein besonders gutes Licht auf die spanische Marine werfen, meint Ihr nicht auch, Colonel?«

Rodriguez ignorierte ihn und starrte Andrej weiter ebenso durchdringend wie lauernd an. Schließlich seufzte er, jetzt ganz unverhohlen enttäuscht. »Ich muss zurück zu meinen Männern. Ich fürchte, wenn ich meinen übereifrigen jungen Adjutanten zu lange allein lasse, ist der Krieg gegen England das kleinste Problem, das diese Stadt hat.«

Er lachte, wartete einen Moment lang vergeblich auf ein Lächeln Andrejs und fuhr dann auf dem Absatz herum, um mit weit ausgreifenden Schritten davonzustürmen.

»Er weiß es«, sagte Abu Dun.

»Was er war?«

»Was *wir* sind.«

Ja, wahrscheinlich, dachte Andrej. Und wenn er es nicht wusste, dann ahnte er zumindest etwas; was nur zu oft schlimmer war. Er sah noch einen Moment nachdenklich in die Richtung, in der Rodriguez verschwunden war, und wollte dann ebenfalls weitergehen, doch Abu Dun hielt ihn mit einer raschen Bewegung zurück.

»Was ist wirklich passiert?«

Andrejs erster Impuls war der, seine Hand abzuschütteln und einfach weiterzugehen, aber dann überlegte er es sich doch anders. »Loki«, sagte er.

»Du hast ihn gesehen?« Abu Dun klang nicht überrascht, aber ein wenig misstrauisch. Vielleicht sogar mehr als nur *ein wenig*.

»Du hattest recht«, sagte er, statt Abu Dun zu antworten. »Wir hätten nicht herkommen sollen. Wir verlassen die Stadt, noch in dieser Nacht.«

»Und überlassen sie Loki und seinen Vampyren?«, fragte Abu Dun zweifelnd.

Mit einiger Verspätung, dafür aber umso heftiger, schlug Andrej Abu Duns Hand beiseite und fuhr ihn an: »Es ist noch nicht eine Stunde her, da warst *du* es, der gar nicht schnell genug von hier verschwinden konnte!«

Abu Dun schwieg.

»Verdammt, was gehen mich diese Sterblichen an? Lass sie sich doch gegenseitig umbringen! Was stört das uns?«

»Bisher hat es dich gestört«, antwortete Abu Dun.

»Ja, und was hat es genutzt?«, schnappte Andrej. »Wir können ein paar unschuldige Leben retten, meinst du? Was für eine wunderbare Idee! Das verschafft den anderen vielleicht die Zeit, ihre kleine Flotte noch schneller abfahrbereit zu machen, damit sie ihren Krieg führen können. Was glaubst du, wie viele dabei sterben werden? Zehntausend? Hunderttausend?«

Abu Dun machte sich nicht einmal die Mühe, darauf zu antworten.

»Verdammt noch mal, was willst du von mir?«, fauchte Andrej. »Bist du neuerdings mein Gewissen?«

»Ist es denn nötig?«, fragte Abu Dun leise. Er klang traurig, dachte Andrej. Aber hinter dieser Trauer verbarg sich auch eine stahlharte Entschlossenheit.

Er antwortete nicht, sondern riss sich endgültig los und ging weiter.

Es blieb eine kurze Nacht, weitaus kürzer, als er erwartet hatte. Sie waren in den Goldenen Eber zurückgegangen, und ganz gegen seine sonstige Gewohnheit hatte Abu Dun nicht vorgeschlagen, noch ein paar Krüge von dem zu trinken, wovon der Wirt behauptete, es wäre Bier, sondern war sofort in ihr Quartier hinter dem Stall gegangen und hatte sich schlafend gestellt. Später, nachdem er anscheinend glaubte, Andrej sei eingeschlafen, war er wieder aufgestanden und doch noch einmal in die Gaststube geschlichen, und Andrej hatte ihn auch in diesem Glauben belassen. Ihm war es nur recht, wenigstens für eine Weile allein zu sein.

Abu Dun hatte recht gehabt, mit jedem Wort, das er gesagt

hatte, und er fragte sich, warum er es nicht einfach zugab. Es *war* ihm nicht egal, was mit den Menschen in dieser Stadt geschah, und es *machte* einen Unterschied, ob zwei unschuldige Kinder lebten oder nicht; das machte den Unterschied zwischen Abu Dun und ihm und Geschöpfen wie dem aus, das er gerade getötet hatte.

Aber vielleicht hatte er sich ja getäuscht. Was, wenn Loki recht hatte und Abu Dun sich irrte? Natürlich traute er Loki nicht, jetzt weniger denn je, und natürlich würde er ihn töten – aber es war noch nicht lange her, da hatte ihm der Unsterbliche bewiesen, wie lächerlich dieses Vorhaben war. Loki war ihm so hoffnungslos überlegen wie er selbst einem zehnjährigen Kind, das in den behüteten Mauern eines Klosters aufgewachsen war.

Aber musste das so bleiben?

Etwas in Andrej weigerte sich immer noch, diesen Gedanken auch nur zu denken, aber dieser Zweifel an seinem Zweifel wurde bereits leiser. Er hatte immer gewusst, wie groß die Verlockung war, der so viele ihrer Art erlagen, und sich dagegen gefeit gewähnt. Aber das war ein Irrtum gewesen, dass wusste er spätestens seit dieser Nacht.

Es war nicht das erste Mal, dass er ein anderes Leben genommen und dessen Kraft seiner eigenen hinzugefügt hatte – aber der verbotene Trunk hatte noch nie so süß geschmeckt, und er hatte niemals zuvor und mit solcher Klarheit begriffen, wie unerschöpflich das Reservoir wirklich war, aus dem er nach Belieben schöpfen konnte, und welch kurzes Stück auf diesem Weg Abu Dun und er in Wahrheit erst gegangen waren.

Natürlich durchschaute er Lokis Plan, er war schließlich nicht dumm. Zweifellos hoffte er, Andrej ebenso verderben und auf seine Seite ziehen zu können wie so viele andere vor ihm. Andrej machte sich nichts vor: Er war nicht unbesiegbar, und auch er war nicht gegen alle Versuchungen gefeit. Vielleicht würde er am Ende der Verlockung unbegrenzter Macht erliegen, und vielleicht würde er zu genau dem werden, was er zeit seines Lebens gehasst und gejagt hatte. Aber vorher würde er Loki töten.

Es musste Mitternacht sein, als ihn Lärm aus der Gaststube aufhorchen ließ und das trunkene Johlen und Gelächter (darunter auch Abu Duns Stimme) aufgeregter wurde. Er hörte ganz in der Nähe einen Laut und war bereits auf den Füßen und griff nach seinem Schwert, als eine erschrockene Stimme sagte: »Ich bin es, Rodriguez. Bitte legt das Schwert weg, Andrej.«

Andrej fragte sich nicht, wie es dem Colonel gelungen war, sich unbemerkt nicht nur in den Stall, sondern sogar in seine improvisierte Schlafkammer zu schleichen. Vielleicht gehorchten ihm seine Sinne doch noch nicht so präzise, wie er es angenommen hatte. Er senkte auch Gunjir nicht, sondern wich nur einen halben Schritt zurück und maß die weißhaarige Gestalt unter der Tür mit misstrauischen Blicken. Als er etwas sagen wollte, hob Rodriguez die Hand und fuhr in plötzlich fast gehetztem Ton fort:

»Hört mir zu, Andrej. Uns bleibt nur sehr wenig Zeit. Bresto ist mit einer Abteilung Soldaten auf dem Weg hierher, um Euch und Euren Freund festzunehmen. Ihr solltet besser verschwinden.«

»Festnehmen?«, wiederholte Andrej. »Warum?«

»Das weiß ich nicht«, antwortete Rodriguez. »Der Befehl kommt direkt von de Castello, und ich glaube nicht, dass er einem einfachen Lieutenant eine Begründung für seine Befehle gibt.«

»Und einem Colonel?«, fragte Andrej.

Rodriguez zögerte, vielleicht nur einen kurzen Moment, aber trotzdem lange genug, um Andrej ahnen zu lassen, was er antworten würde, noch bevor er es überhaupt tat. »Nun, nach Brestos Worten ... möchte er mich ebenfalls sprechen.«

»Sprechen?«

»Er hat mich zu einer Unterredung einbestellt«, antwortete Rodriguez. »Ein charmantes Wort für Verhaftung, nehme ich an. Und bevor Ihr fragt: Ich weiß nicht, warum.«

»Wenn das so ist, dann bin ich vielleicht nicht der Einzige, der von hier verschwinden sollte«, sagte Andrej.

»Um de Castello den Vorwand zu liefern, nach dem er sucht, um mich tatsächlich in Ketten legen zu lassen?« Rodriguez lachte hart. »Gewiss nicht. Macht Euch keine Sorgen um mich, Andrej. Ich habe keine Angst vor de Castello.«

Weil du nicht weißt, wer er wirklich ist. Eine halbe Sekunde lang dachte er daran, es ihm zu sagen, entschied sich aber auch sofort dagegen. Wenn de Castello wirklich Loki war, dann würde er seine Gedanken lesen, was praktisch Rodriguez' Todesurteil bedeuten würde. Besser, er wusste so wenig wie möglich.

»Wir müssen Abu Dun warnen«, sagte er.

»Das wird nicht nötig sein«, erwiderte Rodriguez mit einer Kopfbewegung in die Richtung, aus der noch immer Stimmen heranwehten, so aufgeregt, als stünde ein Kampf kurz bevor.

»Nein, wahrscheinlich nicht«, gestand Andrej. Rodriguez sah ein wenig irritiert aus – vielleicht fragte er sich, warum er nicht einmal eine Spur von Sorge um seinen Freund zeigte –, trat dann aber ohne ein Wort wieder in den Stall zurück und bedeutete Andrej, ihm zu folgen. Der bückte sich nach seinem Waffengurt, schob Gunjir in die Lederscheide und band sich den einfachen Gürtel um, während er dem Colonel durch den dunklen Stall folgte. Die meisten Pferde schliefen im Stehen. Nur einige wenige Tiere reagierten mit einem unwilligen Schnauben oder Hufescharren auf die mitternächtliche Störung – und natürlich war es Abu Duns riesiger weißer Hengst, der nicht nur am lautesten protestierte, sondern auch nach Rodriguez und ihm schnappte, als sie an ihm vorübergingen. Rodriguez wich der gemeinen Attacke mit einer so erschrockenen Bewegung aus, dass er strauchelte und seine Balance nur mit Mühe wiederfand, aber Andrej hatte endgültig genug von dem heimtückischen Vieh. Er versetzte dem Hengst einen Fausthieb auf die Nüstern, der das Tier in die Knie brechen ließ.

»War das nötig?«, fragte Rodriguez stirnrunzelnd.

»Nein«, antwortete Andrej. »Aber schon lange fällig.«

Rodriguez sparte sich eine Antwort, bedeutete ihm mit einer Geste zurückzubleiben und trat als Erster auf den kleinen Innenhof hinaus. Erst, nachdem er sich aufmerksam in alle Richtungen umgesehen hatte, winkte er Andrej heran.

Der Lärm aus dem Goldenen Eber nahm zu, und er erkannte nun ganz zweifelsfrei Abu Duns Stimme. Sie klang aufgebracht und zornig, aber Andrej lauschte auch vergeblich auf jenen ganz bestimmten Unterton, der normalerweise versprach, dass bald Blut fließen würde.

»Geht«, sagte Rodriguez. »Versteckt Euch irgendwo. Ich warne Euren Freund, und wir folgen Euch.«

»Ja«, antwortete Andrej. »Das ist eine ganz ausgezeichnete Idee.« Er gab dem Colonel keine Gelegenheit zu antworten, sondern ging mit schnellen Schritten an ihm vorbei zur Hintertür des Gasthauses. Ein Krug zerbrach scheppernd, und Andrej spürte die Mischung aus Furcht und aufgestauter Aggressivität, die auf der anderen Seite der Tür auf ihn wartete, noch bevor er sie öffnete.

Als er lautlos in den kurzen Gang dahinter huschte, wurde aus seiner Vermutung Gewissheit: Abu Dun stand mit dem Rücken zur Wand und hatte die linke Hand auf den Schwertgriff gelegt. In der anderen hielt er einen Bierkrug, den er zwar wie eine Waffe schwenkte, zwischendurch aber immer wieder einen kräftigen Schluck daraus nahm. Umgeben war er von gleich einem halben Dutzend Soldaten, die nervös mit Musketen oder auch Hellebarden auf ihn zielten und trotz ihrer zahlenmäßigen Überlegenheit die eindeutig ängstlichere Partei stellten. Einzig Bresto überraschte ihn. Auch ihm gelang es nicht, seine Nervosität vollends zu verbergen, aber er gab sich immerhin Mühe. Andrej war nicht sicher, ob er nun ein Beispiel außergewöhnlichen Mutes oder ganz besonders großer Dummheit beobachtete. Vielleicht von beidem etwas – was meistens zu einer ganz besonders gefährlichen Mischung geriet.

»Ich hoffe, Euer Freund tut nichts Unbedachtes«, flüsterte Rodriguez neben ihm. Auch diesmal hatte Andrej nicht gemerkt, dass er ihm gefolgt war.

»Ich werde versuchen, ihn davon abzuhalten«, antwortete Andrej. Er wollte weitergehen, doch Rodriguez schüttelte hastig den Kopf und zog ihn im Gegenteil wieder ein Stück weit in den Korridor zurück.

»Verdammt, seid vernünftig, Andrej!«, zischte er. »Ihr könnt Eurem Freund nicht helfen, wenn sie Euch beide in Ketten legen!«

Andrej musste an sich halten, um sich nur loszureißen und Rodriguez dabei nicht niederzuschlagen. Sein Verstand sagte ihm, dass Rodriguez recht hatte.

»Ich werde ...«

»Tu, was er sagt, Hexenmeister. Wenn ich bis Sonnenaufgang nicht zurück bin, dann fängst du an, nach mir zu suchen!«

Andrej war so überrascht, dass er Rodriguez einen Moment lang anstarrte und erst dann begriff, dass das, was er gehört hatte, nicht seine Stimme und auch nicht Spanisch gewesen war, sondern Altpersisch. Im nächsten Moment fuhr Abu Dun fort, in leicht holperigem Spanisch und mit schleppender Stimme auf Bresto einzureden. Offensichtlich hatte er nicht nur Andrejs Anwesenheit gespürt, sondern auch Rodriguez' Worte verstanden.

»Was soll das, Kerl?«, fauchte Bresto. »Rede verständlich mit mir, und nicht in dieser Barbarensprache! Wo ist dein Freund? Antworte endlich!«

Abu Dun brabbelte eine unverständliche Antwort, nahm einen gewaltigen Schluck aus seinem Bierkrug und rülpste, dass die Wände wackelten. Bresto verzog angewidert das Gesicht.

»Gut, du willst es anscheinend nicht anders«, sagte er, während er demonstrativ mit der Hand vor dem Gesicht wedelte und eine Grimasse zog. »Deinen Freund finden wir schon. Packt den Kerl und legt ihn in Ketten!«

Den letzten Satz hatte er mit schärferer Stimme hervorgestoßen, doch im allerersten Moment reagierte kein einziger seiner Männer darauf. Der lebende Belagerungsring wurde im Gegenteil eher größer, als Abu Dun seinen Krug mit einem letzten gluckernden Schluck leerte, ihn so wuchtig auf die Tischplatte vor sich rammte, dass er in Stücke brach, und zugleich ungelenk an seinem Schwertgriff fummelte.

»Wenn er die Waffe zieht, erschießt ihn«, sagte Bresto.

»Das wird nicht nötig sein, Lieutenant!« Rodriguez trat an Andrej vorbei, bevor er ihn zurückhalten konnte, und ging mit schnellen Schritten auf Bresto zu. Als er Andrej passierte, flüsterte er: »Geht zur *Ninja*. Don Miguel wird Euch verstecken.« Lauter, fast schon schreiend, wandte er sich direkt an seinen Adjutanten. »Was geht hier vor, Lieutenant? Was hat das zu bedeuten? Ich habe Euch angewiesen, diesen Mann zu suchen und zu Don de Castello zu bringen, nicht ihn umzubringen! Wir brauchen ihn lebend! Oder seid Ihr etwa dazu imstande, einen toten Mann zu verhören?«

Bresto fuhr auf dem Absatz herum, einen Moment lang unschlüssig, vor wem er mehr Angst haben sollte: dem riesigen Nubier, der ihn wie ein Turm aus Fleisch überragte und dessen Schwert allein länger war als er groß, oder seinem vor Zorn brodelnden Vorgesetzten.

Schließlich rettete er sich in den Mut aller im Grunde feiger Männer, den Trotz.

»Dieser Mann ist gefährlich, Colonel«, sagte er herausfordernd. »Ich kann nicht das Leben meiner Männer riskieren, um ...«

»Genau genommen«, schnitt ihm Rodriguez das Wort ab, »sind es meine Männer, Lieutenant – zumindest noch –, und ich sehe auch nicht die Gefahr, in der ihre Leben angeblich schweben. Seht ihn Euch doch an! Der Bursche ist doch so betrunken, dass er kaum noch stehen kann! Wem sollte er wohl gefährlich werden, Eurer Meinung nach?«

»Er weigert sich, das Versteck seines Freundes zu nennen, Colonel!«, antwortete Bresto trotzig.

»So, tut er das?« Rodriguez seufzte, warf stirnrunzelnd einen langen Blick auf den zerbrochenen Krug und die Lache aus schalem Bier und schüttelte den Kopf. »Ich bezweifle, dass er sich noch an seinen eigenen Namen erinnern kann.«

»Colonel«, sagte Bresto nervös, »ich muss darauf bestehen –«

»Worauf?« Rodriguez fuhr auf dem Absatz herum und funkelte den einen Kopf größeren Bresto so wütend an, dass der unglückselige Junge zu schrumpfen schien. Andrej riskierte es, ein kleines Stück aus seinem Versteck herauszutreten und Abu Duns Blick zu suchen. Niemand sah in seine Richtung. Rodriguez und sein aufmüpfiger Adjutant waren damit beschäftigt, sich gegenseitig niederzustarren, und die wenigen Gäste, die es nicht vorgezogen hatten, angesichts so viel geballter Obrigkeit das Weite zu suchen, waren ganz auf Abu Dun und die beiden ungleichen Kampfhähne konzentriert und schlossen vermutlich schon Wetten auf den Ausgang des Kampfes ab. Abu Dun spielte so perfekt den Betrunkenen, dass selbst Andrej Mühe gehabt hätte, diese Rolle zu durchschauen, hätte er nicht gewusst, dass der Nubier sich nicht betrinken konnte; jedenfalls nicht so schnell und nicht so gründlich. Dennoch schien er Andrejs Blicke zu spüren. Er nickte unmerklich, und seine Linke machte eine ebenso leichte, komplizierte Abfolge von Bewegungen, die für niemanden einen Sinn ergeben hätte, in Wahrheit eine Nachricht in der Zeichensprache darstellte, die sie schon vor langer Zeit miteinander ausgemacht hatten. *Verschwinde. Ich weiß, was ich tue.*

Und so war es wohl auch. Abu Dun wäre nicht mehr hier und die Hälfte der Soldaten samt ihres kindlichen Anführers tot, wenn er es nicht ausdrücklich *gewollt* hätte. Er wich auch gehorsam wieder in die verhüllenden Schatten zurück und nahm sogar die Hand vom Schwert; trotzdem gefiel ihm Abu Duns Plan mit jeder Sekunde weniger. Abu Dun wusste nicht, was er wusste. Er hatte Loki gegenübergestanden, und es war ein vollkommen anderer Loki gewesen als der, den sie in der eisigen Hölle hinter dem Ende der Welt kennengelernt hatten. Böser. Gnadenloser. Und unendlich mächtiger. Er hatte gespürt, dass er nicht einfach nur einem weiteren Unsterblichen gegenüberstand, sondern einem *Gott.*

Andrej überlegte einen Moment lang angestrengt und kam dann zu einem Entschluss: Er würde Abu Dun seinen Willen lassen, aber ganz gewiss nicht zu diesem dubiosen Galeerenkapitän gehen und sich dort verkriechen, sondern den Nubier im Auge behalten. Und damit auch Loki.

»Nun, Lieutenant?«, fuhr Rodriguez mit schneidender Stimme fort, als Bresto auch nach einer geraumen Weile noch nicht antwortete, sondern nur immer unbehaglicher von einem Fuß auf den anderen trat, seinem Blick aber trotzdem standhielt. »Wollt Ihr immer noch Blut sehen, oder lieber Eurem Befehl nachkommen und diesen Mann lebend zu Don de Castello bringen?«

Bresto war immerhin klug genug, nicht darauf zu antworten, und Rodriguez warf ihm noch einen abschließenden eisigen Blick zu und wandte sich dann an Abu Dun. »Wenn ich Euch um Eure Waffe bitten dürfte, Señor?«

Abu Dun starrte ihn aus blutunterlaufenen, betrunkenen Augen an, zog ungeschickt den Säbel und reichte ihn Rodriguez mit dem Griff voran. Dabei stellte er sich so ungeschickt an, dass die Waffe seinen Fingern entglitt. Rodriguez tat den Teufel, danach zu greifen, aber sein Adjutant war dumm genug, instinktiv die Hand nach dem gewaltigen Säbel auszustrecken. Er hatte Glück und büßte dabei keinen Finger oder etwa gleich die ganze Hand ein, wurde aber vom enormen Gewicht der Waffe nach vorne gerissen und wäre um ein Haar gestürzt. Rodriguez' Blick wurde noch eisiger, und Bresto beeilte sich, den Säbel (mit beiden Händen) aufzuheben und an den kräftigsten seiner Männer weiterzureichen.

»Müssen wir Euch in Ketten legen, Señor, oder habe ich Euer Wort, dass Ihr uns widerstandslos folgt?«, wandte sich Rodriguez an Abu Dun.

»Daschschisch ... kein ... Boblem«, nuschelte Abu Dun. Er wankte ein bisschen, klaubte den abgebrochenen Henkel des Bierkruges aus dem Scherbenhaufen und starrte ihn einen Moment lang verdutzt an, als verstünde er nicht, wo der Rest geblieben war.

»Ihr habt den Mann gehört, Lieutenant«, sagte Rodriguez. Erneut lieferte sich Bresto einen winzigen Moment lang ein stummes Blickeduell mit ihm (das er auch diesmal verlor), dann wandte er sich trotzig an die Soldaten hinter sich und befahl ihnen, Abu Dun in ihre Mitte zu nehmen. Gleich vier von ihnen führten ihn hinaus, wobei sie sich allerdings hüteten, den Nubier zu berühren. Andrej fragte sich mit kühlem Interesse, was geschehen wäre, hätten sie tatsächlich versucht, ihn in Ketten zu legen; und er verspürte sogar ein sachtes Bedauern, es nie zu erfahren.

»Liegt sonst noch etwas an, Lieutenant?«, fragte Rodriguez, nachdem Abu Dun und seine Eskorte den Goldenen Eber verlassen hatten und Bresto immer noch keine Anstalten machte zu gehen.

»Nein«, antwortete Bresto hastig. »Es ... es ist nur so, dass ...« Er brach ab, fuhr sich nervös mit dem Handrücken über das Kinn und trat immer rascher von einem Fuß auf den anderen, als führe er einen albernen Tanz zum Klang unhörbarer Musik auf.

»Ja?«, fragte Rodriguez lauernd.

»Ich habe auch Befehl, Euch … ähm … zu Don de Castello zu bringen«, murmelte er.

»In Ketten oder nur mit Stricken gebunden?«, erkundigte sich Rodriguez.

»Colonel, ich bitte Euch!«, sagte Bresto erschrocken. »Don de Castello möchte nur mit Euch reden, das ist alles. Aber er hat darauf bestanden, dass Ihr so schnell wie möglich zu ihm gebracht werdet … zu ihm kommt, meine ich natürlich.«

»Natürlich«, sagte Rodriguez spöttisch. »Dann wollen wir den edlen Don de Castello nicht länger warten lassen als unbedingt nötig, nicht wahr? Habt Ihr etwas dagegen, wenn ich meinen Degen behalte, Lieutenant?«

Bresto blickte gequält. »Colonel, ich … ich tue nur, was man mir befohlen hat.«

»Ja, das ändert natürlich alles«, sagte Rodriguez grimmig. »Dann lasst uns gehen, Lieutenant.«

Er fuhr auf dem Absatz herum und ging so schnell, dass Bresto und seine beiden verbliebenen Männer alle Mühe hatten, ihm zu folgen.

Andrej zählte in Gedanken langsam bis zehn, bevor er den Goldenen Eber auf demselben Weg verließ, auf dem er hereingekommen war.

12

Der kleine Umweg hatte ihn mehr Zeit gekostet, als er erwartet hatte. Rodriguez und die drei Männer, die vermutlich nicht einmal selbst genau wussten, ob sie den Colonel nun eskortierten oder abführten, hatten das Ende der Straße beinahe erreicht, und hätte nicht einer der Männer eine Fackel getragen, hätte er sie beinahe übersehen. Von Abu Dun und seinen Begleitern war gar nichts mehr zu sehen. Andrej hätte erwartet, sie zur Stadtmitte gehen zu sehen, in der nicht nur die vornehmeren Gebäude standen, sondern auch die der Stadtverwaltung und die Zitadelle. Doch die Männer hatten den Weg zum Hafen zurück eingeschlagen.

Andrej achtete peinlich genau darauf, diesmal nicht gesehen zu werden, wich jedem noch so leisen Atemzug und jedem verdächtigen Schatten aus und folgte den vier Männern in großem Abstand, ohne dass er den Anschluss verlor.

Tatsächlich brachte Bresto den Colonel zum Hafen zurück. Der Zugang wurde jetzt, in der Nacht, von gleich vier Männern bewacht, die ihre Aufgabe äußerst ernst nahmen und selbst Rodriguez und seinen Adjutanten aufs Genaueste kontrollierten, obwohl er ihnen zweifellos bekannt sein musste.

Es kostete Andrej trotzdem keine sonderliche Mühe, sich an ihnen vorbeizuschleichen, ohne gesehen zu werden, doch dann musste er den Abstand zu Rodriguez und seinen Begleitern drastisch verringern, um nicht den Anschluss zu verlieren. Die Männer gingen nicht zum Pier, den Abu Dun und er kannten, sondern steuerten einen wuchtigen, halb verfallenen Turm am anderen Ende des Hafens an. Schließlich erinnerte sich Andrej: Es war das Gebäude, in dem am Morgen die gefangenen Briten festgesetzt worden waren. Dass man nun auch Abu Dun dorthin brachte, erstaunte ihn nicht einmal sehr ... aber Rodriguez?

Andrej musste zwei weitere Kontrollpunkte umgehen und drei Patrouillen ausweichen. Ein nagendes Gefühl sagte ihm, dass hier etwas Großes vor sich ging. Er wusste nicht, was, aber wenn er bedachte, wie lasch die Sicherheitsmaßnahmen bisher gehandhabt worden waren, dann musste es tatsächlich etwas von enormer Wichtigkeit sein. Möglicherweise hatte Rodriguez sich ja geirrt (oder ihn absichtlich falsch informiert), und das Auslaufen der Flotte stand unmittelbar bevor.

Das Gebäude, dass so offensichtlich Brestos Ziel war, lag nur noch einen Steinwurf vor ihnen. Er konnte kaum mehr als einen gedrungenen Schatten erkennen, vermutete aber trotzdem, dass es sich um die Reste einer ehemaligen Festungsanlage handelte.

Und das offen stehende Tor bewachten zwei Männer.

Mindestens einer von ihnen war ein Vampyr.

Andrej erstarrte für einen halben Atemzug zur Salzsäule, wich dann hastig ein paar Schritte zurück und drückte sich in einen Schatten, bevor er mit angehaltenem Atem und geschlossenen Augen in die Welt des Unsichtbaren horchte. Hatte der Vampyr seine Nähe gespürt, so wie er umgekehrt die seine? Andrejs Herz klopfte so laut, dass er fürchtete, es müsse noch am anderen Ende des Hafens zu hören sein.

Nein. Andrej lauschte mit aller Konzentration nach dem Vampyr. Er war ... mächtig. Grausam. Und sehr wach. Seine Sinne, die so scharf und aufmerksam waren wie die Andrejs, lauschten ebenso aufmerksam wie seine eigenen, aber er wirkte nicht alarmiert ... was nichts anderes bedeutete, als dass er noch nichts von Andrejs Anwesenheit bemerkt hatte.

Dann spürte er noch eine andere Präsenz, nur ganz schwach, kaum wahrnehmbar und weiter verblassend: Abu Dun. Der andere Vampyr musste seine wahre Natur erkannt haben und konzentrierte sich noch immer ganz auf ihn. Doch sobald Abu Dun ganz aus seiner Nähe verschwunden war, würde sich das ändern.

Andrej vergeudete eine weitere kostbare Sekunde damit, sich den Kopf über die Lösung eines Problems zu zerbrechen, das er in der Kürze der Zeit nicht lösen konnte, fuhr dann herum und tat das einzig Vernünftige: Er entfernte sich so weit von der Festung und ihrem gespenstischen Bewacher, bis dessen Präsenz nicht mehr zu spüren war; und auch noch ein gutes Stück weiter, nur für den Fall, dass die Sinne des anderen schärfer waren als seine eigenen. Erst nachdem er vollkommen sicher war, dass nicht einmal mehr Loki selbst seine Anwesenheit spüren würde (als ob er nicht längst wusste, dass er da war!), blieb er wieder stehen und knurrte einen Fluch.

Er war zornig – auf sich und seine Dummheit, diese Möglichkeit nicht vorhergesehen zu haben, auf Abu Dun, dessen kindische Abenteuerlust ihnen diese Situation eingebrockt hatte, und das Schicksal im Allgemeinen, das sich diesen perfiden Scherz mit ihm erlaubte. Einen Moment lang überlegte er ernsthaft, kehrtzumachen und sich gewaltsam Zugang zur Festung zu verschaffen und Abu Dun zu befreien – zu zweit standen ihre Chancen vielleicht nicht einmal so schlecht, Loki zu besiegen. Schließlich war es ihnen schon einmal gelungen, und dieses Mal verfügte er über eine Waffe, von deren wahrer Stärke der gefallene Gott vermutlich keine Ahnung hatte: ihrem Hass. Stattdessen aber schlug er mit der Faust so hart gegen die nächstbeste Wand, wie er konnte.

Trotz seiner enormen Kraft widerstand das Gebäude, zu dem die Wand gehörte, seinem Schlag, während seine Knöchel augenblicklich aufplatzten und heftig zu bluten begannen. Vielleicht brach er sich auch einen oder zwei Finger. Der grelle Schmerz half ihm jedenfalls, wieder zur Vernunft zu kommen.

Was war nur mit ihm los? Er begann Fehler zu machen. Das allein war nichts Außergewöhnliches – jeder machte Fehler, auch Abu Dun und er –, aber es war nicht seine Art, *solche* Fehler zu begehen. Hatte er sich ernsthaft eingebildet, Loki wäre so dumm? Und würde nicht jeden Vorteil nutzen, den Andrej ihm leichtfertig gewährte?

Während er dabei zusah, wie das Blut versiegte und die Haut ebenso lautlos und schnell (und schmerzhaft) wieder zusammenwuchs wie die Knochen darunter, versuchte er seine Gedanken zu ordnen.

Er veränderte sich, schneller und radikaler, als er selbst es für möglich gehalten hatte. Der Vampyr in ihm war erwacht, und er wurde mit jedem Atemzug stärker.

Und es machte ihm nicht einmal etwas aus.

Warum auch? Er hatte das Ungeheuer, das wie ein dunkler Bruder tief in seiner Seele lauerte, schon einmal besiegt, und damals war er weit jünger, schwächer und vor allem unerfahrener gewesen. Er würde es auch diesmal wieder schlagen – nachdem er seine Kräfte genutzt hatte, um Loki zu besiegen.

Doch dazu musste er erst einmal an ihn herankommen.

Andrej ballte die Hand so heftig zur Faust, dass seine Gelenke knackten, lauschte in sich hinein und stellte fest, dass er sich nicht nur vollkommen von der Verletzung erholt hatte, die ihm der Heckenschütze zugefügt hatte, sondern dass seine Kräfte auch gewachsen waren. Er fühlte sich nicht nur stark, er fühlte sich unbesiegbar … auch wenn er wusste, dass dieses Gefühl täuschte.

Wieder sah er zu dem alten Festungsturm hin. Das Tor war

wieder geschlossen und die beiden Wachtposten ins Innere des Gebäudes zurückgekehrt, sodass er nur noch einen bedrohlichen schwarzen Schatten wahrnahm. Auch die Präsenz des Vampyrs war nicht mehr zu spüren, ebenso wie die Abu Duns. Einen Moment lang dachte er darüber nach …

Nein. Er führte den Gedanken nicht einmal zu Ende. Er wusste weder, was dieses Gebäude wirklich war, noch wie es in seinem Inneren aussah und was dort auf ihn wartete. Er brauchte Informationen, vorher konnte er nichts für Abu Dun tun.

Und ein Versteck.

Tief versunken in seine Gedanken, hätte er die Schritte um ein Haar zu spät bemerkt. Erst im letzten Moment wurde ihm klar, dass sich eine weitere Patrouille näherte. Hastig glitt er in eine Mauernische, presste sich mit angehaltenem Atem in den Schatten und wartete ab, bis die beiden Männer vorübergegangen waren. Hätten die beiden Männer auch nur im Schritt gezögert, hätte er sie getötet. Und er fühlte sich bei diesem Gedanken nicht einmal schuldig.

Mehr durch Zufall als alles andere fand er den Rückweg zum Pier sofort und ohne sich in dem Labyrinth aus verwinkelten Gässchen und halb verfallenen Gebäuden zu verirren … aber der Weg hatte etwas Gespenstisches. So sehr der Hafen von Cádiz tagsüber auch vor Leben und Aktivität brodelte, so geisterhaft still war es jetzt. Dieser Teil des Hafens war sehr alt und vermutlich verlassen; schon vor Jahren oder auch Jahrzehnten von seinen Bewohnern auf- und dem Verfall anheimgegeben. Dabei mussten diese Häuser und Straßen einst einen prachtvollen Anblick geboten haben. Die Architektur war größtenteils maurisch und legte Zeugnis von einer Kultur ab, die vielleicht im Gefolge von Eroberern gekommen war, dieses Land aber dennoch zu einer zivilisatorischen und kulturellen Blüte gebracht hatte, die es seither nie wieder erreicht hatte und vielleicht auch nie wieder erreichen würde.

Ob es wirklich noch Zufall war, dass er ausgerechnet in Höhe der EL CID wieder auf den Pier hinaustrat, darüber dachte er nicht nach.

Das Monstrum ragte nicht nur wie ein Berg in der Nacht über ihm auf, sondern beherrschte den gesamten Hafen und ließ selbst die gewaltigen Linienschiffe in seiner Nachbarschaft wie Spielzeuge erscheinen. Nicht ein einziges Licht brannte an Bord des Schlachtschiffes, und Andrej hörte auch nicht den geringsten Laut, obwohl er etliche schattenhafte Gestalten ausmachte, die an Deck patrouillierten. Es war, als ob sich das Schiff nicht nur seinen Blicken, sondern *allen* seinen Sinnen entzogen hatte, als wäre es nicht wirklich Teil dieser Welt, sondern nur der Schatten von etwas viel Größerem und unendlich Bösem, dass hinter den Mauern der Wirklichkeit lauerte.

Andrej schüttelte den Kopf. Was für ein kindischer Gedanke! Seine Situation war auch so schon kompliziert genug, ohne dass er anfing, Gespenster zu sehen. Dieses Schiff war möglicherweise die gewaltigste Vernichtungsmaschine, die jemals gebaut worden war, doch nicht mehr. Trotzdem spielte er einen Moment lang mit dem Gedanken, sich noch einmal an Bord zu schleichen, um das Geheimnis dieses Schiffes zu ergründen – schließlich würde es auch ein hervorragendes Versteck abgeben, war es doch wahrscheinlich in ganz Cádiz der Ort, an dem Loki ihn am wenigsten vermuten würde –, und er hätte es möglicherweise sogar getan, hätte er nicht in diesem Moment eine Bewegung wahrgenommen. Automatisch wich er wieder in die Schatten zurück und erwartete, eine neuerliche Patrouille zu erblicken.

Stattdessen näherte sich ihm eine einzelne schlanke Gestalt. Sie trug einen offenen, dunklen Mantel, unter dem ein einfaches weißes Kleid schimmerte, und hatte nahezu hüftlanges schwarzes Haar, und vielleicht war es der verzehrende Schmerz, der in ihrer Seele wühlte, der Andrej die Frau erkennen ließ, noch bevor sie nahe genug war, dass er ihr Gesicht sehen konnte.

Was um alles auf der Welt tat Gonzales' Witwe hier?

Andrej wartete, bis sie an seinem Versteck vorbeigegangen war, ließ ihr gute zwei oder drei Schritte Vorsprung und folgte ihr dann in vorsichtigem Abstand.

Die junge Frau passierte die EL CID, ohne von dem anzüglichen Pfiff des Postens Notiz zu nehmen, der am Fuße des Fallreeps Wache hielt, und steuerte ein sehr viel kleineres Schiff an, das neben der EL CID lag und in deren Nachbarschaft nicht mehr klein, sondern geradezu zwergenhaft wirkte. Selbst sein Hauptmast erreichte kaum die Höhe des Decks der EL CID.

Es war die *Ninja*, Kapitän Gordons altertümliche Galeere. Andrej hatte immer noch nicht vor, Rodriguez' Rat zu folgen und bei dem zwielichtigen Seemann Unterschlupf zu suchen, aber er fragte sich, warum diese Frau hierher gekommen war, und so folgte er ihr nicht nur weiter, sondern schloss etwas mehr zu ihr auf.

Sie wurde erwartet. Die Planke führte vom Kai zum Deck der *Ninja* hinunter, statt in steilem Winkel nach oben, wie bei der danebenliegenden EL CID, aber auch dort ein Posten, der vor Ungeduld von einem Fuß auf den anderen trat. Er wirkte erleichtert, als Gonzales' Witwe vor ihm auftauchte, und trat hastig zurück und bedeutete ihr mit einer ungeduldigen Geste, zum Schiff hinunterzugehen. Und Andrej entgingen auch nicht die nervösen Blicke, die er in die Runde warf, bevor er ihr folgte.

Andrej entschied sich um und gab seine Deckung auf, um den beiden mit schnellen Schritten zu folgen. Gonzales hatte das Deck der *Ninja* bereits erreicht, wo sie von einer zweiten Gestalt in Empfang genommen wurde, während ihr Begleiter auf halber Höhe der Planke herumfuhr und nach seiner Waffe griff.

»Das wird nicht nötig sein, mein Freund«, sagte Andrej rasch. »ich bin auf der Suche nach Capitan Gordon. Das hier ist doch sein Schiff, oder?«

Der Mann antwortete nicht, trat Andrej aber einen weiteren Schritt entgegen und zog mutig sein Schwert. Andrej war einen guten Kopf größer als er, stand in einer erhöhten Position und trug seine Waffe deutlich sichtbar am Gürtel. Und er spürte, dass es ein schlechter Mann war, ein Räuber, Mörder und Dieb, um den es gewiss nicht schade war. Andrejs Hand glitt ganz ohne sein Zutun zum Gürtel und näherte sich dem Schwertgriff, und ...

»Lass den Mann passieren, Jacques«, befahl die Gestalt neben Gonzales. »Ich kenne Señor Delãny. Ich erwarte ihn.«

Andrej zog demonstrativ die Hand vom Schwertgriff zurück und ging mit schnellen Schritten an dem Mann vorbei. Gordon – er hatte seine Stimme erkannt, nicht sein Gesicht – wechselte noch ein paar geflüsterte Worte mit Gonzales, dann wandte er sich ganz zu Andrej um und begrüßte ihn mit einem knappen Nicken. »Ihr kommt spät, Señor Delãny.«

Der Mann zögerte noch einen Moment, in dem er Andrej ganz unverhohlen misstrauisch anstarrte, dann rammte er seine Waffe in den Gürtel zurück und gab mit einem trotzigen Schnauben den Weg frei.

»Ihr habt mich erwartet?«, fragte Andrej überrascht. »Einen Moment Geduld«, bat Gordon, trat an ihm vorbei und winkte den Posten herunter. »Bring Señora Gonzales in meine Kabine, Jacques«, sagte er in verändertem, scharfem Ton. »Und halt vor der Tür Wache, bis ich nachkomme. Sie ist mein persönlicher Gast. Du haftest mir für ihre Sicherheit.«

Der Mann machte einen großen Bogen um Andrej, und er glaubte erneut, einen üblen Geruch wahrzunehmen, der ihn umgab. Aufmerksam sah Andrej zu, wie er neben die junge Frau trat und ihr ungelenk seinen Arm anbot. Die Witwe reagierte nicht auf das Angebot, folgte ihm aber wortlos.

»Seid Ihr sicher, dass er der Richtige für diese Aufgabe ist, Capitan Gordon?«, fragte er.

»Jacques?« Gordon lachte leise. »Er ist der Schlimmste von allen, Señor Delãny. Solange Ihr an Bord seid, solltet Ihr alles, was Ihr besitzt, ununterbrochen im Auge behalten. Der Kerl würde für eine warme Mahlzeit sogar seine Mutter verkaufen ... wahrscheinlich auch für eine kalte.«

»Und trotzdem vertraut Ihr ihm? Warum?«

»Weil es außer mir niemanden an Bord gibt, den die Männer mehr fürchten als ihn«, antwortete Gordon. »Und außer dem Teufel selbst niemanden, den Jacques mehr fürchtet als mich. Niemand wird der Señora auch nur ein Haar krümmen, mein Wort darauf.«

Andrej sagte nicht, wie wenig sicher er war, was Gordons Wort wert sein mochte. Stattdessen wechselte er das Thema. »Ihr habt meine Frage nicht beantwortet, Capitan«, sagte er. »Woher habt Ihr gewusst, dass ich komme?«

»Sagen wir, ich habe gehofft, dass Ihr es Euch doch noch überlegt und mein Angebot annehmt, auf der *Ninja* anzuheuern«, antwortete Gordon. Andrej runzelte die Stirn, und Gordon rettete sich in ein unsicheres Lachen. Dann schüttelte er den Kopf.»Nein. Ein gemeinsamer Bekannter hat Euer Kommen avisiert. Ich hätte eher mit Euch gerechnet, das ist alles.«

»Colonel Rodriguez?«

Statt zu antworten, sah Gordon sich fast erschrocken um und deutete dann in die Richtung, in die die Witwe und ihr Begleiter gegangen waren. »Warum führen wir unser Gespräch nicht unter Deck fort?«, schlug er vor. »Die Nacht ist kühl, und wie es der Zufall will, habe ich auch noch eine gute Flasche Wein an Bord. Ich nehme doch an, dass Ihr einen guten Tropfen zu schätzen wisst, Andrej ... ich darf Euch doch Andrej nennen?«

Beinahe hätte Andrej den Kopf geschüttelt. Er legte nicht

viel Wert auf eine formelle Ansprache, aber dieser Mann war ihm unangenehm. Warum, wusste er nicht zu sagen. Es war nicht die lauernde Bösartigkeit, die er bei Jacques verspürt hatte, und auch nicht die gnadenlose Kälte, wie Loki sie ausgestrahlt hatte. Etwas an Gordon war ... glatt; wie ein schlüpfriger Fisch, den man einfach nicht fassen konnte, ganz egal, wie sehr man es auch versuchte.

Aber vielleicht war er auch einfach nur zu misstrauisch.

Er folgte dem Kapitän bis zur Mitte des Decks, wo eine einfache Leiter nach unten führte. Stimmengewirr, rotes Licht und ein Durcheinander der unterschiedlichsten und zum größten Teil unangenehmen Gerüche schlugen ihnen entgegen, und kaum hatte er das untere Ende der Leiter erreicht, da glaubte er sich endgültig in ein anderes Jahrhundert zurückversetzt. Die *Ninja* sah nicht nur aus wie eine Galeere, sie war es ganz zweifellos. An den eingezogenen Rudern gab es keine Ketten, aber Andrej glaubte das grenzenlose Leid fast mit Händen greifen zu können, das dieses Schiff gesehen hatte.

»Ihr vermutet richtig, Andrej«, sagte Gordon, dem seine Reaktion nicht entgangen war. »Mein altes Mädchen war früher einmal eine Galeere. Vor sehr langer Zeit.«

»Sind Galeeren nicht schon vor ebenso langer Zeit aus der Mode gekommen?«, fragte Andrej, während er sich weiter aufmerksam umsah. Obwohl die Decke so niedrig war, dass nicht einmal er aufrecht stehen konnte, ohne mit dem Kopf anzustoßen, kam ihm das Innere des Schiffes überraschend groß vor, was aber vielleicht schlichtweg an der Tatsache lag, dass es kaum trennende Wände oder andere Hindernisse gab, sondern nur einen einzigen, offenen Raum, der sich vom Bug nahezu bis zum Heck erstreckte. Ein wahres Chaos aus kreuz und quer gespannten Hängematten, Leinen mit schlampig gewaschenen Kleidungsstücken oder zerschlissenen Decken, die ihren Besitzern zumindest die Illusion von Privatsphäre vermittelten, verwandelten den großen Raum in ein Labyrinth aus Schatten und flackerndem rotem Licht, und es stank nach Rauch, glimmendem Holz und ungewaschenen Körpern. Überall brannten kleine Feuer oder glommen Kohlen in rostigen Becken, sodass es Andrej wie ein kleines Wunder vorkam, dass dieser ganze Kahn nicht schon längst in Flammen aufgegangen war. Andrej machte sich nicht die Mühe, die Männer zu zählen, die in kleinen Gruppen beieinandersaßen, tranken und redeten oder auch schon in ihren Hängematten eingeschlafen waren, schätzte aber, dass es mehr als hundert sein mussten; eine überraschend große Besatzung für ein so kleines Schiff.

»Vielleicht nicht so sehr, wie die meisten glauben«, antwortete Gordon mit einiger Verspätung. »Die hohen Herren nennen sie heute Galeonen und behaupten, die Männer säßen freiwillig an den Rudern, und das mag stimmen ... aber glaubt mir, so groß ist der Unterschied nicht.«

Andrej hätte ihm sagen können, wie sehr er sich irrte. Er war auf einem Schiff wie diesem gewesen, und allein der Anblick ließ ihn den Schmerz der rostigen Handfesseln noch einmal spüren, die grausame Hitze und den Durst, die allein dafür sorgten, dass die Männer an den Rudern wie die Fliegen starben, bevor sie der Schlacht auch nur nahe kamen, und das ununterbrochene Knallen der Peitsche, die Schreie und der Gestank nach Blut und Tod ...

»... alle Galeeren außer Dienst stellen, dann würde es wohl noch ein gutes Jahr länger dauern, bis die Armada in den Krieg zieht«, sagte Gordon gerade. Andrej blinzelte die Schreckensbilder aus einer längst noch nicht vergessenen Vergangenheit fort und versuchte Interesse zu heucheln. »Ist das so?«

»Vielleicht ein wenig übertrieben«, räumte Gordon ein. »Aber nicht sehr, glaubt mir. Und die *Ninja* ist auch etwas Besonderes.«

»Weil sie Euch gehört«, vermutete Andrej.

Gordon verzog die Lippen immerhin zur Andeutung eines Lächelns, schüttelte aber auch den Kopf und forderte Andrej auf, weiterzugehen. »Auch das«, gestand er. »Vielmehr aber, weil keiner meiner Männer gezwungen wird, hier zu arbeiten. Ich weiß, man sieht es ihr nicht an, aber ich habe hier die beste Mannschaft, die Ihr Euch nur vorstellen könnt. Jeder dieser Männer würde für seine Kameraden durchs Feuer gehen, und sie alle zusammen für mich.«

Andrej setzte sich gehorsam in die Richtung in Bewegung, die Gordon ihm bedeutet hatte, sagte aber trotzdem: »Ich glaube Euch gerne, Capitan, aber ihr bemüht Euch dennoch umsonst. Ich bin nicht für die Seefahrt geschaffen, fürchte ich. Und Abu Dun auch nicht.«

Gordon seufzte. »Nun, einen Versuch war es wert. Zwei so gute Männer wie Euch und Euren Freund könnte ich wirklich gebrauchen.«

»Das glaube ich gern«, antwortete Andrej mit einem schrägen Blick auf die leeren Ruderbänke. Gordon grinste.

»Ihr habt mir immer noch nicht gesagt, woher Ihr wusstet, dass ich komme, Capitan«, sagte Andrej.

»Und das werde ich auch nicht, bevor Ihr mir nicht die Freude gemacht habt, einen Becher Wein mit mir zu trinken«, antwortete Gordon fröhlich. »Nur keine Sorge. Wir haben Zeit. Colonel Rodriguez wird wohl erst bei Morgengrauen zu uns stoßen.«

Falls er dann noch lebt, dachte Andrej. Aber er sah auch ein, dass Gordon auf seiner närrischen Einladung bestehen würde und es vermutlich das Einfachste war, ihm seinen Willen zu lassen. Vielleicht war es auch besser, nicht vor all diesen Männern über Rodriguez und Loki zu sprechen. Ganz egal, was Gordon auch behauptete: Wenn er jemals eine Bande von Halsabschneidern und Piraten gesehen hatte, dann sie.

Gordon führte ihn zu einer Tür am anderen Ende des Schiffes (der einzigen, die es gab), vor der ein hünenhafter Mann mit vernarbtem Gesicht Wache hielt, die Arme vor der Brust verschränkt. Andrej erkannte Jacques' unangenehme Aura, noch bevor Gordon ihn mit einer unwilligen Geste zur Seite scheuchte. Seine Gefühle dem Piraten gegenüber schienen auch nicht unerwidert zu bleiben. Jacques maß ihn mit einem Blick, der ihn zu der Überzeugung brachte, dass es besser war, dem Kerl niemals den Rücken zuzudrehen.

Hinter der Tür erwartete ihn eine Überraschung.

Der Raum, in den sie traten, hätte ebenso gut die Kapitänskajüte eines x-beliebigen Linienschiffs sein können, wie sie zu Dutzenden im Hafen lagen. Er war durchaus vornehm eingerichtet. Ein Fenster war sogar mit kostspieligen Butzenscheiben versehen, das sich über die gesamte Rückwand des Raumes zog. Aber man sah ihm auch an, dass sein Bewohner dort, wo es notwendig war, mehr Wert auf Zweckmäßigkeit als auf Luxus gelegt hatte.

»Bevor Ihr es sagt, Andrej, Ihr habt recht«, sagte Gordon. Andrej hatte nicht vorgehabt, irgendetwas zu sagen, aber Gordon musste, als aufmerksamer Beobachter, seinen überraschten Blick auch jetzt bemerkt haben.

»Bei meiner Kajüte habe ich mir die eine oder andere historische Freiheit erlaubt, ich gebe es zu. Ein wenig Luxus dann und wann steht einem Kapitän nicht nur zu, sondern bildet auch seinen Geist, hat man mir gesagt. Und dieses Fenster ...« Er hob fast verlegen die Schultern. »Das Einzige, was mir nie an diesem Schiff gefallen hat, war die Dunkelheit unter Deck. Ich liebe Sonnenlicht. Also habe ich es einbauen lassen.« Plötzlich grinste er. »Genauer gesagt hat Kapitän Drake dafür gesorgt, dass die spanische Krone es mir einbauen ließ ... na ja, und ein wenig Hilfe von unserem gemeinsamen Freund, dem Colonel, war auch dabei, wenn ich ehrlich sein soll.«

»Rodriguez?«, erkundigte sich Andrej, obwohl ihn die Antwort auf diese Frage im Moment wenig interessierte. Er hatte seine kurze Inspektion beendet und wandte sich jetzt der dunkelhaarigen Frau zu, die an dem kleinen Tisch saß, der in der Mitte der Kabine mit dem Boden verschraubt war. Sie hatte die Finger auf der Tischplatte verschränkt und starrte aus blicklosen Augen ins Leere. Andrej lauschte flüchtig in sie hinein und fand dort nichts als Schmerz, ganz wie er es erwartet hatte.

»Nehmt Platz«, sagte Gordon. »Ich hole den versprochenen Wein. Trinkt Ihr ein Glas mit uns, Señora Esmeralda?«

Die Witwe reagierte nicht einmal mit einem Wimpernzucken auf die Frage, und Andrej bezweifelte auch, dass sie sie überhaupt gehört hatte. Sehr behutsam tastete er noch einmal nach ihrem Geist und erschrak zutiefst, als er spürte, wie verheerend das schwarze Feuer war, das in ihr wütete. Es war nicht nur Schmerz. Es war etwas, das sie verzehrte, unbarmherzig, lautlos und schnell. Der Vampyr hatte nicht nur ihren Mann und ihre Kinder getötet, sondern auch sie.

»Esmeralda?«, fragte Gordon.

Andrej hob die Hand. »Lasst sie. Sie hat ...«

»Ich weiß, was passiert ist«, sagte Gordon. »Die arme Frau. Ich wünschte, ich könnte etwas für sie tun.« Es klang ehrlich.

»Tut Ihr das nicht bereits, Capitan?«, fragte Andrej.

»Miguel«, verbesserte ihn Gordon und legte den Kopf auf die Seite. »Warum sagt Ihr das?«

»Immerhin gewährt Ihr ihr Unterschlupf«, antwortete Andrej.

»Worum mich der Colonel gebeten hat«, bestätigte Gordon. »Nach dem, was geschehen ist, konnte sie unmöglich in ihrem Haus bleiben, nicht wahr?«

Der Kerl war ja ein echter Menschenfreund, dachte Andrej. Er fragte sich, ob Rodriguez ihm auch gesagt hatte, dass de Castello – Loki – inzwischen wohl auch nach Esmeralda Gonzales suchen ließ. Ganz gleich, wie mächtig der gefallene Gott auch sein mochte, gegen Gerüchte und die Art von Geschichten, die die Menschen sich angstvoll hinter vorgehaltener Hand zuflüsterten, war auch er machtlos. Vielleicht waren sie sogar das Einzige, was ihn wirklich zu Fall bringen konnte. Andrej war längst zu dem Schluss gekommen, dass Abu Dun, Rodriguez und er nicht die Einzigen waren, die nach dem Willen des vermeintlichen Edelmannes in dieser Nacht hinter den Toren des alten Festungsraumes verschwinden und nie wieder auftauchen würden. Auch der bedauernswerte Bresto würde dieses Schicksal teilen, ebenso wie jeder einzelne Soldat, der an der nächtlichen Aktion beteiligt gewesen war. Loki pflegte keine Zeugen zu hinterlassen.

»Ist der Colonel ein guter Freund von Euch, Capitan?«, erkundigte er sich.

Gordon machte ein Gesicht, als müsse er über die Bedeutung dieses Wortes nachdenken. »Wir machen dann und wann ein kleines Geschäft miteinander«, sagte er. »Warum?«

»Nur so.«

Jetzt erschien Misstrauen auf Gordons bärtigen Zügen. »Ich finde, Ihr stellt seltsame Fragen *nur so*, Andrej.«

Um ihn nicht auch noch mit einer seltsamen Antwort zu verwirren, deutete Andrej nur ein Achselzucken an, ging zum Tisch und nahm Esmeralda gegenüber Platz. Erneut fiel ihm auf, wie jung sie noch war, und wie schön. Der Schmerz, der sich unauslöschlich in ihre Augen und ihre zu Stein erstarrten Züge gegraben hatte, tat diesem Eindruck keinen Abbruch, sondern schien ihre Schönheit auf grausame Weise sogar noch zu unterstreichen.

»Sie scheint Euch nicht zu sehen«, murmelte Gordon. »Ich habe einen Knochenflicker an Bord, der behauptet, Arzt zu sein. Wahrscheinlich war er allenfalls Barbier, aber er versteht ein wenig …«

»Davon?«, unterbrach ihn Andrej. Gordon schwieg verdutzt.

»Ich kenne mich ebenfalls ein wenig aus«, fuhr er fort. »Besorgt ihr einen heißen Tee mit einem kräftigen Schuss Rum. Einen *sehr* heißen Tee, mit einem *sehr* kräftigen Schuss Rum. Das wirkt manchmal Wunder.«

»Und wenn nicht, dann schadet es auch nicht, ich verstehe.« Gordon wirkte immer noch nicht überzeugt, beließ es aber bei einem letzten, zweifelnden Blick und ging dann hinaus, und mehr wollte Andrej nicht. So ziemlich das Letzte, was diese junge Frau jetzt brauchte, war Alkohol, aber vielleicht gab es etwas, das er für sie tun konnte. Vorausgesetzt, er war einige Augenblicke lang mit ihr allein.

Esmeraldas Haut fühlte sich so kalt und glatt an wie Eis, als er die Hand ausstreckte und ihre Finger berührte, und ihr Schmerz schien wie eine unsichtbare Flamme auf ihn überzuspringen, ohne ihm etwas anhaben zu können. Doch dann geschah etwas Sonderbares: Gerade, als Andrej behutsam nach ihren Gedanken tasten und den Quell dieser furchtbaren Pein erforschen und – vielleicht – betäuben konnte, öffnete sie die Augen und sah ihn an.

»Ich weiß, was du bist«, flüsterte sie.

Andrej war so überrascht, dass er die Hand zurückziehen wollte, aber jetzt war es die junge Frau, die nach seinen Fingern griff und sie mit überraschender Kraft festhielt. »Wirst du ihn für mich töten?«

»Das habe ich schon«, antwortete Andrej. »Der Mann, der dir das angetan hat, ist tot.«

»Der, der Schuld daran trägt, nicht«, antwortete sie. Ihr Griff wurde so fest, dass er beinahe wehtat.

»Der ... Schuld daran trägt?«, wiederholte Andrej überrascht. *Aber wie konnte sie das wissen? Das war unmöglich!*

»Paolo hat es mir erzählt«, antwortete sie, fast als hätte er die Worte laut ausgesprochen.

»Paolo? Dein Mann?«

»Er hat gesagt, dass jemand in der Stadt ist. Etwas. Etwas

sehr Böses, dass uns allen den Untergang bringen wird. Er hat es gewusst. Ich habe ihm nicht geglaubt, aber er hat es gewusst.«

»Hat er dir gesagt, wer dieser … *Böse* ist?«, fragte Andrej.

»Er hat es gewusst, und er hat gesagt, dass wir aus der Stadt weggehen«, murmelte Esmeralda. Ihre Stimme war ebenso leer wie ihr Blick. »Gleich nachdem die Flotte ausgelaufen ist, wollte er fortgehen.«

Andrej schwieg. Was sollte er auch sagen? Worte konnten so unendlich viel Schaden anrichten, und in einem Moment wie diesem so unendlich wenig helfen.

»Wirst du ihn für mich töten?«, fragte sie. »Du bist so wie er. Ich weiß, dass du es kannst. Wirst du es für mich tun?«

»Nein«, antwortete Andrej ehrlich. »Nicht für dich. Aber ich werde ihn töten, das verspreche ich dir.«

»Dann ist es gut«, antwortete Esmeralda. Es waren die letzten Worte, die Andrej je von ihr hörte.

Gordon erwies sich zwar als – zumindest im Rahmen seiner Möglichkeiten – nahezu perfekter Gastgeber, darüber hinaus aber als nicht annähernd so nützlich, wie Andrej gehofft hatte. Esmeralda hatte ihr ungutes Schweigen nicht noch einmal gebrochen, nachdem der Kapitän der *Ninja* zurückgekehrt war, und Andrej hatte keinen Sinn darin gesehen, Gordon irgendetwas von ihrem kurzen Gespräch zu erzählen. Sie hatte auch das Getränk abgelehnt, das Gordon gebracht hatte – dem Geruch nach zu schließen, einen Becher kochend heißen Rums mit einem winzigen Schuss Tee –, sodass er es kurzerhand selbst herunterstürzte, um *den guten Tropfen nicht umkommen zu lassen.* Nach fünf oder sechs weiteren vergeblichen Versuchen, mit ihr ins Gespräch zu kommen, hatte Gordon es schließlich aufgegeben und sie in eine kleine Nebenkammer geführt, in der ein schmales, wenngleich überraschend bequemes Bett stand. An der Innenseite der Tür gab es einen kompliziert aussehenden Riegel, dessen Funktionen

Gordon der jungen Frau erklärte, auch wenn sie beide das Gefühl hatten, sie würde auch weiter nicht wirklich zuhören. Nachdem Andrej und er die Kammer wieder verlassen und die Tür hinter sich zugezogen hatten, warteten sie vergeblich auf das Geräusch, mit denen der Riegel einrasten würde.

»Eine wirklich bedauernswerte Frau«, sagte Gordon. »Es ist gut, dass Ihr den Kerl getötet habt, der ihr das angetan hat.«

»Das macht es nicht besser«, sagte Andrej. »Und ihren Mann und die Kinder nicht wieder lebendig.«

»Nein«, stimmte ihm Gordon zögernd zu, maß ihn aber mit einem seltsamen Blick, als könnte er sich nur noch mit Mühe zurückhalten, etwas gänzlich anderes zu sagen, von dem Andrej sehr sicher war, dass es ihm nicht gefallen würde. »Aber manchmal hilft Rache, den Schmerz besser zu ertragen.«

»Das klingt, als wüsstet Ihr, wovon Ihr sprecht«, sagte Andrej.

Gordon setzte zu einer Antwort an, machte aber dann nur eine wegwerfende Handbewegung und wechselte sowohl das Thema als auch den Ton. »Ihr habt mir immer noch nicht gesagt, warum Ihr eigentlich gekommen seid, Andrej.«

Andrej war so verblüfft, dass er den Schwarzhaarigen eine Sekunde lang einfach nur anstarrte und sich fragte, ob das nun Dummheit oder Dreistigkeit war, die ihn diese Frage stellen ließ. »Wie?«

Gordon brachte aber vorsichtshalber einen weiteren Schritt Abstand zwischen Andrej und sich. »Colonel Rodriguez hat mir lediglich ausrichten lassen, dass Ihr herkommt und vielleicht meine Hilfe benötigt. Nicht, wie diese aussieht. Aber vielleicht warten wir besser, bis er hier ist und ...«

»Ich fürchte, er wird nicht kommen«, unterbrach ihn Andrej.

Andrej berichtete dem verstörten Gordon mit knappen

Worten, was passiert war. Natürlich hütete er sich, ihm die Wahrheit zu sagen, sowohl was den vermeintlichen Kriegsgefangenen als auch seine Vermutung anging, de Castellos wahre Identität betreffend. Gordon hörte ihm schweigend, aber mit zunehmend finsterer Miene zu und sagte auch nichts, als Andrej schließlich zu Ende gekommen war und ihn erwartungsvoll ansah.

»Das ist der Grund, aus dem ich hier bin, Capitan«, fügte Andrej schließlich hinzu. »Nicht, um mich mit Colonel Rodriguez zu treffen. Ich hatte gehofft, Ihr könntet mir ein wenig über dieses Gebäude erzählen.«

»Ich verstehe«, sagte Gordon. »Und jetzt erwartet Ihr, dass ich Euch einen genauen Lageplan zeichne, am besten noch mit einem geheimen Gang, durch den Ihr ungesehen hinein- und herauskommt, um Euren Freund zu befreien?« Er schüttelte den Kopf. Andrej war nicht entgangen, dass er Rodriguez nicht einmal erwähnt hatte. »Ich muss Euch enttäuschen, Andrej. Ich weiß nichts über diesen Turm.«

»Ich dachte, Cádiz wäre Euer Heimathafen«, sagte Andrej.

»Heimathafen?« Gordon lachte leise. »Unsere Heimat ist das Meer, Andrej. Wir bleiben niemals wirklich lange irgendwo. Seeleute gehören auf die See, nicht an Land. Und selbst, wenn es anders wäre«, fügte er mit leicht erhobener Stimme hinzu, als Andrej etwas sagen wollte, »könnte ich Euch nicht helfen. Niemand weiß etwas über diesen Turm, und kaum einer von denen, die hineingegangen sind, ist jemals wieder herausgekommen, um davon zu berichten.«

»Ich verstehe«, antwortete Andrej mit einer genau bemessenen Spur von Spott in der Stimme. »Er ist verflucht.«

»Wer weiß«, antwortete Gordon vollkommen ernst. »Ein Mann wie Ihr mag darüber lachen, Andrej, aber ich glaube durchaus, dass es böse Orte gibt. Sollte das so sein, dann gehört dieser alte Festungsturm ganz sicher dazu.« Dann schüttelte er den Kopf, wie um seinen eigenen Worten im Nachhinein etwas von ihrer Schärfe zu nehmen. Er versuchte sogar zu lächeln, doch es misslang. »Es heißt, die Mauren hätten dort ihre Gefangenen gefoltert. Furchtbare Dinge sollen dort geschehen sein. Manche erzählen sich, dass man nachts noch immer die Schreie der Gequälten hört, und ihr verzweifeltes Flehen, endlich sterben zu dürfen. Was natürlich Unsinn ist.«

»Natürlich«, pflichtete ihm Andrej bei. Ohne das Gebäude gesehen zu haben, wusste er, dass er sowohl Loki als auch jeden, der in seinen Diensten stand, dort finden würde. Die kettenrasselnden Gespenster und unheimlichen Stimmen in der Nacht aus Gordons Geschichte gehörten ganz sicher ins Reich der Legenden, doch auch er wusste, dass es so etwas wie böse Orte gab. Plätze, die so viel Leid und Schrecken gesehen hatten, dass sie es nicht mehr loswurden, Orte, die verdorben waren von zu viel Schlechtigkeit und Hass und nun ihrerseits jeden verdarben, der ihnen zu nahe kam. Möglicherweise hörte man die Schreie und das Wehklagen der Toten dort tatsächlich, wenn auch nicht so, wie Gordon behauptet hatte, sondern mit der Seele. Orte wie diese zogen Kreaturen wie Loki an. Er schwieg.

»Ihr habt tatsächlich vor, Euren Freund dort herauszuholen?«, fragte Gordon, plötzlich sehr ernst.

»Wäre das so erstaunlich, Capitan?«, fragte er. »Ihr habt es selbst gesagt: Abu Dun ist mein Freund.«

»Das ist nobel«, antwortete Gordon. »Der Mann, der Euch zum Freund hat, kann sich glücklich schätzen ... aber es ist auch Wahnsinn.«

»Warum?«

»Wie viele Soldaten braucht man, um fünfhundert Gefangene zu bewachen?«, fragte Gordon seinerseits.

»Viele, nehme ich an«, sagte Andrej. »Warum?«

»Weil sie dort drinnen auf Euch warten würden, Andrej«,

erwiderte Gordon. »De Castello lässt nicht nur jeden in diesen Turm werfen, der seine Pläne stört, sondern hält dort auch seine britischen Arbeitssklaven gefangen. Es sind gefährliche Männer. Soldaten wie die, die sie bewachen, und Männer, die wissen, was sie erwartet, und die nichts zu verlieren haben. De Castello wird sie gut bewachen lassen. Ihr hättet keine Chance, glaubt mir.«

Es wäre nicht das erste Gefängnis, in das er ein- oder auch ausgebrochen wäre, und auch nicht das erste, das gut bewacht war. Gordons Blick machte deutlich genug, dass er es ihm ansah.

»Ich mache Euch einen Vorschlag, Andrej«, sagte er. »Ihr bleibt über Nacht mein Gast, und ich schicke einen meiner Männer, um sich ein wenig umzuhören.«

»Und was soll das bewirken?«, fragte Andrej.

Gordon grinste. »Nun, zum einen hoffe ich auf die eine oder andere interessante Geschichte, die Ihr mir sicherlich erzählen werdet. Und es kann nie schaden, zuerst einen Plan zu ersinnen und dann loszustürmen, nicht wahr?«

Andrej hob die Schultern. Er würde ganz gewiss nicht tatenlos hier herumsitzen und darauf warten, dass die Sonne aufging und vielleicht ein Wunder geschah. Aber in einem Punkt hatte Gordon vollkommen recht: Es war unklug, einfach loszustürmen, um erst dann zu sehen, was geschah. Er brauchte einen Plan.

»Hattet Ihr mir nicht ein gutes Glas Wein versprochen, Capitan?«, fragte er.

Der Mann, den Gordon losgeschickt hatte, um sich ein wenig umzuhören, kam nach einer guten Stunde zurück und brachte keine guten Neuigkeiten.

»Irgendetwas geht vor«, berichtete er nervös. »Ich weiß nicht was, aber es … gefällt mir nicht.«

»Sprich nicht in Rätseln, Kerl!«, fuhr Gordon ihn an, bevor Andrej auch nur eine eigene Frage stellen konnte. »Was soll das heißen, irgendetwas geht vor?«

Der Mann begann unsicher von einem Fuß auf den anderen zu treten und wich auch Gordons Blick aus, schüttelte aber trotzdem stur den Kopf. »Genauer kann ich es nicht sagen, Capitan«, beharrte er. »Es sind viele Soldaten unterwegs. Sie haben die Patrouillen mindestens verdoppelt, und alle sind …«, er schien nach dem richtigen Wort zu suchen, »… nervös.«

Gordons Stirnrunzeln machte Andrej klar, dass wohl nicht nur ihm aufgefallen war, dass der Mann eigentlich etwas anderes hatte sagen wollen.

»Nervös?«, fragte er rasch, bevor Gordon abermals lospoltern und den armen Kerl endgültig so einschüchtern konnte, dass er gar kein Wort mehr herausbekam. »Was genau meinst du damit?«

»Sie scheinen jemanden zu suchen«, antwortete der Matrose unglücklich. »In der Festung herrscht helle Aufregung.«

Andrej tauschte einen raschen Blick mit Gordon. »Aufregung?«

»Vielleicht ist ihnen ja schon wieder ein Gefangener abhanden gekommen«, vermutete Gordon.

Und Andrej glaubte auch zu wissen, welcher. Er war allenfalls ein wenig überrascht, wie schnell es gegangen war. Die Festungsmauern, die Abu Dun hielten, mussten vermutlich erst noch gebaut werden, aber er hatte damit gerechnet, dass sich der Nubier deutlich mehr Zeit ließ, um dem Geheimnis des dunklen Turms auf den Grund zu gehen.

Aber vielleicht hatte er ja einen triftigen Grund gehabt, so schnell wieder von dort zu verschwinden.

»Kannst du mich dorthin bringen?«, fragte er.

»Wohin?«

»Zu diesem Turn«, antwortete Andrej. »Auf einem Weg, auf dem wir nicht gesehen werden.«

»Das ist unmöglich, Señor«, beharrte der Matrose. »Ich hatte unverschämtes Glück, nicht ebenfalls verhaftet zu werden.«

»Verhaftet?«

»Sie nehmen jeden fest, den sie auf der Straße antreffen und der sich nicht ausweisen kann.«

»Oder zum Militär gehört?«, fragte Gordon. Ohne eine Antwort abzuwarten, trat er an eine von zwei großen Truhen, die neben der Tür standen, klappte den Deckel auf und kramte einen Moment lang darin herum. Andrej betrachtete zweifelnd die zerschlissene Marineuniform, die er in den Händen hielt, als er sich wieder aufrichtete.

»Haltet Ihr das für eine gute Idee, Capitan?«, fragte er.

»Nein«, antwortete Gordon fröhlich. »Wenn Ihr eine bessere habt, so höre ich sie mir auch gerne an.«

»Wie wäre es mit einer zweiten Uniform?«, schlug Andrej vor. Die Idee war so verrückt, dass sie schon beinahe wieder gut war.

»Leider.« Gordon schüttelte bedauernd den Kopf. »Und in Eurer Größe wäre es wahrscheinlich ohnehin schwierig, eine passende Uniform zu finden. Ihr seid mein Gefangener, und ich habe Euch irgendwo abzuliefern.«

»Irgendwo.«

»Niemand wird eine Frage stellen«, behauptete Gordon und deutete mit dem Kopf auf die abgewetzten Epauletten der Uniform. »Das ist die Uniform eines Colonels. Kein einfacher Soldat wagt es, einen Colonel zu kontrollieren.«

»Oder gar zu verhaften?«, fragte Andrej.

Gordon blinzelte verlegen. Dennoch begann er sich unverzüglich aus seiner Jacke zu schälen und war schon mit einem Arm in der Uniform.

»Lasst den Blödsinn, Capitan«, sagte Andrej. Er versuchte ärgerlich zu klingen, brachte aber nur ein müdes Seufzen zustande. »Ich gehe allein.«

»Und wohin, wenn die Frage erlaubt ist?«, erkundigte sich Gordon, nahm aber immerhin den Arm aus der Jacke, wenn auch nicht vorsichtig genug, denn der Ärmel riss aus der Schulter, und eine der verblassten Epauletten fiel zu Boden.

Andrej unterdrückte ein Lächeln und zog es überdies vor, Gordons Frage zu überhören. Er konnte schwerlich zurück zum Goldenen Eber (nicht nur, weil Lokis Männer dort zuallererst nach ihm suchen würden), aber sie hatten genau für solche Situationen in jeder Stadt eine Anzahl von Treffpunkten ausgemacht, die er der Reihe nach absuchen würde. Und dabei konnte er ganz bestimmt keine Begleitung gebrauchen.

»Ich kann Euch nicht allein gehen lassen, Andrej«, sagte Gordon. »Wenn dieser entflohene Gefangene tatsächlich Euer Freund ist, dann werden sie ebenso nach Euch suchen. Und ich habe Colonel Rodriguez mein Wort gegeben, auf Euch aufzupassen.«

»Ich verrate Euch nicht«, antwortete Andrej. Er wollte sich zur Tür wenden, und derselbe Matrose, der vor einem Moment mit den schlechten Nachrichten hereingekommen war, vertrat ihm nun den Weg. Gordon scheuchte ihn unwillig zur Seite.

»Ich habe im Prinzip nichts dagegen, wenn Ihr Euch umbringen lassen wollt, Señor«, sagte er. »Schließlich ist es Euer Leben, nicht wahr?«

»Ganz recht«, antwortete Andrej. Seine Hand kroch ebenso langsam zum Schwert, wie er sich zu Gordon herumdrehte. »Aber?«

»Unglückseligerweise habe ich dem guten Colonel mein Wort gegeben, für Eure Sicherheit zu bürgen, Andrej«, antwortete Gordon. »Und das Wort eines Don Miguel Gordon gilt.«

»Und was genau«, erkundigte sich Andrej in fast freundlichem Ton, obwohl sich seine Hand fast ohne sein Zutun um Gunjirs Griff schloss, »wollt Ihr mir damit sagen, Capitan?«

»Ach, eigentlich nichts.« Gordon grinste plötzlich. »Aber natürlich werde ich mir den Spaß nicht entgehen lassen.«

Andrej sah den Spaß in dem, was er vorhatte, nicht, aber Gordons Grinsen war irgendwie entwaffnend.

Und schließlich mochte es sein, dass er in eine Situation geriet, in der es sich als nützlich erweisen würde, jemanden bei sich zu haben, den er im Zweifelsfall opfern konnte …

»Dann kommt mit«, sagte er. »Aber nur Ihr. Und zählt besser nicht darauf, dass ich auf Euch warte oder Rücksicht auf Euch nehme.«

»Das, Andrej«, antwortete Gordon lächelnd, »wäre ohnehin das Letzte gewesen, womit ich gerechnet hätte.«

13

Obwohl die Sonne erst in einer knappen Stunde aufgehen würde, glaubte er ihr bevorstehendes Erwachen bereits zu spüren. Es war ihm unangenehm. Schon der Gedanke an ihr grelles Licht und die unbarmherzige Hitze erfüllte ihn mit Unbehagen, und die Vorstellung, die schützenden Schatten der Nacht verlassen zu müssen, ängstigte ihn.

Vielleicht war er auch einfach nur nervös.

Andrej wusste schon, dass Abu Dun auch an diesem Treffpunkt nicht auf ihn wartete, bevor er die Tür der heruntergekommenen Kirche hinter sich schloss und dabei wie zufällig den Kopf schüttelte … Jedem halbwegs aufmerksamen Beobachter wäre selbstverständlich aufgefallen, dass sie eine Botschaft war für jemanden, der irgendwo in einem Versteck wartete, und derselbe Beobachter hätte auch gewusst, wo dieses Versteck zu suchen war: nämlich in der Richtung, in die Gordon krampfhaft *nicht* blickte, während er scheinbar gemächlich über den menschenleeren Vorplatz der Kirche schlenderte.

Allerdings gab es im Moment weder einen aufmerksamen noch einen unaufmerksamen Beobachter. Sie befanden sich in einem Viertel, das tatsächlich noch heruntergekommener war als das, in dem der Goldene Eber lag, und dessen Bewohner sich nicht von der allgemeinen Hysterie hatten anstecken lassen, sondern die wenigen Stunden Schlaf genossen, die sie in Zeiten wie diesen bekamen. Ringsum herrschte nahezu vollkommene Stille. Die einzigen Atemzüge, die er hörte, waren die Gordons und seine eigenen – und natürlich die der drei Männer, die Gordon selbstverständlich doch insgeheim angewiesen hatte, ihnen zu folgen.

»Ich fürchte, Euer Freund ist hier auch nicht, Andrej«, sagte Gordon, nachdem er unter dem Torbogen angekommen war, in dem Andrej auf ihn wartete. »War das euer letzter Treffpunkt?«

»Treffpunkt?«, wiederholte Andrej.

»Das Rathaus, die jüngste Kirche der Stadt, der Friedhof und die älteste Kirche der Stadt, sollte es mehr als eine geben«, erklärte Gordon, wobei er jedes Mal einen Finger hob. »Unauffällige Treffpunkte, solltet ihr getrennt werden und keine Zeit mehr haben, um euch zu verabreden.«

»Woher wisst Ihr das?«, fragte Andrej überrascht.

»Weil ich es genauso machen würde«, antwortete Gordon. Er machte ein fast mitleidiges Gesicht. »Gibt es noch einen weiteren Treffpunkt?«

Andrej schüttelte stumm den Kopf.

»Dann sollten wir zur *Ninja* zurückgehen«, sagte Gordon. »Vielleicht sucht Euer Freund ja dort nach Euch ... oder der Colonel hat ihn ebenfalls dorthin geschickt.« Er überlegte einen Moment. »Der Goldene Eber? Ich weiß, er wäre verrückt, dorthin zurückzugehen, aber Euer Freund ist schließlich nur ein Heide. Und möglicherweise glaubt er ja, dass niemand damit rechnet, dass er dorthin zurückgeht.«

Andrej schwieg.

»Ich werde einen Mann zum Goldenen Eber schicken, sobald wir wieder an Bord sind«, sagte Gordon. »Nur zur Vorsicht.«

»Warum so lange warten?«, fragte Andrej. »Schickt doch einen von denen, die uns so unauffällig folgen.«

Gordon riss die Augen auf, blinzelte einige Male und sah dann Andrej anerkennend an. »Habe ich schon gesagt, dass ich einen Mann wie Euch wirklich gut gebrauchen könnte, Andrej?«

»Ja«, antwortete Andrej. »Aber Eure Idee ist gar nicht so schlecht. Schickt einen Eurer Männer in den Goldenen Eber.«

»Und wir?«, fragte Gordon.

Andrej überlegte einen Moment. Sehr viel gab es in der Tat nicht mehr, was er tun konnte ... außer dem, was er von Anfang an hätte tun sollen. »Zeigt mir den schnellsten Weg zurück zu diesem Turm«, sagte er.

Gordon sah nicht begeistert aus und sein Blick wanderte in die Ferne. Andrej wusste, dass der klobige schwarze Umriss selbst von hier aus zu sehen war. Wie es der Zufall wollte, hatten sie zwar Stunden gebraucht, um die vereinbarten Treffpunkte nacheinander abzusuchen, waren nun aber wieder ganz in der Nähe des Hafens.

»Auf einem Weg, auf dem man uns nicht sieht«, fügte er eine Spur zu hastig hinzu.

»Ihr wollt tatsächlich dort hinein, um Euren Freund zu befreien?«, vergewisserte sich Gordon, nachdenklich nickend. »Ihr seid ein erstaunlicher Mann, Andrej. Völlig verrückt, wenn Ihr mich fragt, aber erstaunlich.«

»Ja, das sagt man mir öfter«, erwiderte Andrej.

»Erstaunlich oder verrückt?«

Andrej lächelte nur dünn. Gordon grinste breit, trat rücklings einen Schritt aus dem Schutz der Schatten heraus und rief mit leicht erhobener Stimme: »Kommt her. Er hat euch gesehen.«

Eigentlich hatte Andrej sie gehört, nicht gesehen, aber wahrscheinlich war es weder notwendig noch besonders klug, Gordon auf diesen feinen Unterschied aufmerksam zu machen. Nacheinander traten drei dunkle Gestalten aus ihren

Verstecken, und Andrej leistete im Stillen dem Galeerenkapitän und seiner Mannschaft Abbitte. Es war den Männern vielleicht nicht möglich gewesen, sich unbemerkt an ihn heranzuschleichen (kein normaler Mensch konnte das), aber sie hatten sich so verteilt, dass sie nicht nur jeden Fluchtweg abschneiden, sondern im Notfall auch binnen eines einzigen Augenblickes bei ihnen beziehungsweise ihrem Kapitän hätten sein können. Vielleicht hatte Gordon doch nicht nur eine Bande von Halsabschneidern und Gaunern um sich geschart, die nirgendwo anders ein Auskommen gefunden hätten.

»Auch wenn ich weiß, wie sinnlos es ist, Andrej«, sagte Gordon, »bitte ich Euch noch einmal: Überlegt es Euch. Dort drinnen sind mindestens fünfzig Soldaten, wenn nicht hundert.«

Und noch etwas, fügte Andrej in Gedanken hinzu. *Etwas viel Gefährlicheres.* Laut sagte er abfällig: »Dann muss ich mir wohl etwas einfallen lassen.«

Gordon verzichtete darauf, ihm noch einmal ins Gewissen zu reden, sondern wandte sich an einen seiner Matrosen. »Lauf zum Goldenen Eber«, sagte er. »Wenn er geschlossen ist, dann weck den Wirt auf. Aber gib acht, dass dich niemand sieht. Andrejs Freund soll zur *Ninja* kommen, sollte er dort auftauchen.« Noch während der Mann ebenso lautlos in der Nacht wieder verschwand, wie er daraus aufgetaucht war, wandte sich Gordon mit einem heftigen Wedeln beider Hände an einen zweiten. »Und du gehst zurück zum Schiff. Sie sollen alles zum Auslaufen bereit machen, aber vorsichtig. Es könnte sein, dass wir ziemlich hastig aufbrechen müssen.«

Auch der zweite Mann setzte sich sofort und ohne das geringste Zögern in Bewegung. Gordon sah ihm nach, bis auch er in der Dunkelheit verschwunden war, dann deutete er in dieselbe Richtung, und sie setzten sich in Bewegung.

Schon nach kurzer Zeit war Andrej insgeheim froh, Gordon um Hilfe gebeten zu haben. Den Weg zum Turm zu finden, stellte kein Problem dar – wie durch einen unheimlichen Zauber (in Wahrheit wohl eher durch einen architektonischen Trick seiner maurischen Erbauer) war er stets über den Dächern der Stadt zu sehen, ganz egal, wie schmal und eng die Gässchen auch sein mochten, durch die sie gingen. Der Weg führte sie jedoch nur ein kleines Stück weit über jene Art von Straßen, die er genommen hätte, hätte er sich nur am Anblick des rechteckigen schwarzen Schattens vor dem Nachthimmel orientiert. Bald tauchten sie wieder in das Labyrinth von Gässchen und Pfaden ein, stiegen über niedrige Mauern, huschten über Hinterhöfe und durch kleine Gärten und kletterten einmal sogar an einer Wand empor, um über ein Dach zu steigen. Andrej kamen diese Vorsichtsmaßnahmen ein wenig übertrieben vor. Obwohl er Gordon ja selbst darum gebeten hatte, argwöhnte er doch, dass der Galeerenkapitän die Gelegenheit nutzte, um sich wichtig zu machen.

Aber das galt nur für das erste Stück des Weges. Je näher sie dem Hafen und damit dem alten Festungsturm kamen, desto öfter gebot ihm Gordon mit einer plötzlichen Bewegung, stehen zu bleiben, lauschte einen Moment und wich auch zwei oder drei Mal hastig ein Stück weit wieder zurück, um eine Patrouille vorübergehen zu lassen, die es dann doch nicht gab. Andrejs feine Sinne hätten ihm die Nähe jedes anderen Menschen verraten, lange bevor Gordon sie gehört hätte.

Schließlich aber trafen sie doch auf die erste Patrouille. Es waren zwei Mann in Uniformen und mit schussbereiten Musketen, die so jäh aus einer Gasse vor ihnen auftauchten, das Gordon ihnen beinahe in die Arme gelaufen wäre und Andrej ihn gerade noch mit einer Hand zurückreißen und ihm die andere auf den Mund legen konnte, um einen überraschten Ausruf zu verhindern. Er sah nicht hin, spürte aber, wie sich der Mann hinter ihm spannte und nach seiner Waffe griff, bevor ihm klar wurde, dass er seinen Kapitän nicht angriff, sondern ihn rettete.

Die beiden Soldaten verschwanden nach wenigen Augenblicken in einer anderen Gasse, doch Andrej hielt Gordon weiter fest, bis ihre Atemzüge, ihre Schritte und einen Moment später auch das Geräusch ihrer Herzschläge endgültig verklungen waren. Erst dann ließ er den Kapitän los, und Gordon taumelte keuchend zwei Schritte rücklings vor ihm zurück und funkelte ihn an.

»Was zum Teufel sollte denn das?«, keuchte er. »Wolltet Ihr mich umbringen?«

»Ich wollte nur verhindern, dass sie uns entdecken«, antwortete Andrej.

»Ach?« Das Funkeln in Gordons Augen wurde noch ärgerlicher. »Und dazu ist es nötig, mich zu ersticken?«

Tatsächlich hatte Andrej ihm die Luft abgeschnürt und nur wenige Momente länger, und er wäre vielleicht erstickt. Und Andrej gestand sich ein: Er hatte es gewusst. Nur war es ihm nicht wichtig vorgekommen. »Tut mir leid, aber ich habe es nicht gemerkt«, sagte er. »Warum habt Ihr nichts gesagt?«

In Gordons Augen erschien ein Ausdruck purer Mordlust, aber nur für einen winzigen Moment. Dann schüttelte er den Kopf und grinste plötzlich wieder. »Habe ich Euch schon gesagt, dass ich einen Mann wie Euch …«

»Mehrmals«, unterbrach ihn Andrej. Damit ging er einfach weiter, und enttäuscht setzte Gordon seinen Weg fort.

Die Patrouille, der sie gerade noch ausgewichen waren, war nicht die letzte. Allein auf dem letzten Stück mussten sie noch vier oder fünf Mal hastig kehrtmachen oder in ein Versteck huschen, wenn Andrej das Geräusch von Schritten hörte oder sich ihnen Stimmen näherten. Seltsam war, dass keiner der Männer eine Fackel bei sich hatte oder eine Lampe. Nicht, dass es ihnen etwas genutzt hätte, wäre es wirklich Abu Dun gewesen, den sie jagten.

Aber daran glaubte Andrej schon lange nicht mehr. Wäre es wirklich Abu Dun gewesen, der aus dem Turm ausgebrochen war, hätte der Nubier ihn gefunden. Und die Hälfte der Soldaten, die nach ihm suchten, wäre wohl nicht mehr am Leben.

Als der Turm schließlich wieder vor ihnen lag, gab es gar kein Weiterkommen mehr. Das große Tor war nach wie vor geschlossen, und auch von der Präsenz des Vampyrs war nichts zu spüren. Aber der schmale Vorplatz wimmelte von Soldaten, und noch mehr Männer durchkämmten beharrlich jede Gasse und jeden Winkel in seiner Umgebung.

»Dem hochverehrten Don de Castello scheint es ganz und gar nicht zu gefallen, dass einer seiner Gäste seine Einladung ausgeschlagen hat«, sagte Gordon spöttisch. Zu Andrejs Missfallen flüsterte er nicht.

Dennoch nickte er nur und konzentrierte sich weiter auf den massigen Umriss des verfallenen Turms. Er war nicht so hoch, wie es im ersten Moment den Anschein gehabt hatte, und die Zeit hatte ihren Tribut von den trutzigen Mauern gefordert. Selbst einem weit weniger geschickten Kletterer als ihm wäre es wohl nicht allzu schwergefallen, an den zerbröckelnden Wänden hinaufzuklettern. Aber ihm war nicht wohl dabei. Den Turm umgab etwas, das ihm Angst machte.

»Wollt Ihr es Euch nicht doch noch einmal überlegen, Andrej?«, fragte Gordon. Die Sorge in seiner Stimme klang echt.

Er musste sich nicht entscheiden. Gordons Begleiter sog plötzlich scharf die Luft ein und deutete nach vorne. Ein halbes Dutzend Soldaten rannte in scharfem Tempo quer über den Platz und verschwand in einer der schmalen Gassen, und aus der anderen Richtung näherte sich eine zweite, nicht minder große und aufgeregte Gruppe.

»Euer Freund?«, flüsterte Gordon, obwohl es jetzt ganz und gar nicht mehr nötig schien, sich leise zu verhalten.

Andrej hob nur die Schultern, obwohl er die Antwort wusste. Nein. Es war nicht Abu Dun. Er wäre kaum so närrisch gewesen, sich in unmittelbarer Nähe der Festung zu verstecken, und ganz gewiss nicht so ungeschickt, sich erwischen zu lassen. Außerdem hätte er seine Nähe gespürt.

Aber etwas ging dort vor.

»Wartet hier«, murmelte er.

Selbstverständlich warteten Gordon und sein Begleiter nicht auf ihn, sondern setzten sich so schnell in Bewegung, dass Andrej Gordon einen unsanften Stups versetzen musste, damit er nicht sogar vorauslief – und den Soldaten geradewegs in die Arme gerannt wäre. Gordon bedankte sich mit einem wütenden Blick, indem jedoch auch ein amüsiertes Funkeln lag. Andrej wurde immer weniger schlau aus diesem Burschen. Gordon war alles andere als dumm und musste wissen, dass ihr Leben auf dem Spiel stand. Trotzdem schien er die Situation vor allem als ein großes Abenteuer zu betrachten. Konnte es sein, dass ...?

Andrej lauschte einen Moment lang so konzentriert in ihn hinein, wie er nur konnte, und er entdeckte durchaus das eine oder andere, das ihn überraschte (und noch mehr, das ihm nicht gefiel). Aber Gordon war ein ganz normaler Mensch.

Nun ja. Ein Mensch.

Sie umgingen den Platz und die meisten Soldaten in respektvollem Abstand, wodurch sie zwar noch einmal wertvolle Zeit verloren, das andere Ende der schmalen Gasse, in die die Soldaten so aufgeregt gestürmt waren, aber auch unentdeckt erreichten. Diese aber war leer. Die Männer waren längst weitergezogen, aber es fiel Andrej nicht schwer, ihre Spur aufzunehmen. Furcht und Wut hingen wie greifbar in der Luft. Die Fährte führte nach links, über einen weiteren, wenngleich deutlich kleineren Platz und verschwand in einem Labyrinth aus Schatten und Ruinen. Ganz leise waren aufgeregte Stimmen zu vernehmen, wenn auch wohl nur für ihn.

Er bedeutete Gordon mit einer Geste, von der er genau wusste, dass sie unbeachtet bleiben würde, zurückzubleiben, huschte geduckt und lautlos los und zog gleichzeitig sein Schwert. Immerhin waren Gordon und sein Begleiter leiser, als er befürchtet hatte.

Nach ein paar Schritten hielt er inne und lauschte. Die aufgeregten Stimmen waren jetzt lauter geworden und auch für Gordon und seinen Begleiter zu hören. Unverzüglich wollte sich der Galeerenkapitän in die entsprechende Richtung wenden, aber Andrej schüttelte nur den Kopf und wies nach rechts. Dort waren nur Schatten zu sehen und rein gar nichts zu hören. Aber etwas war dort. Er spürte Furcht.

Missmutig aber klaglos folgte Gordon ihm, und als Andrej ihm diesmal bedeutete, ein paar Schritte zurückzubleiben, gehorchte er sogar. Andrej hätte auch nichts anderes akzeptiert.

Der nur für ihn wahrnehmbare Geruch der Furcht wurde deutlicher, als er weiterging. Jemand war hier. Nicht Abu Dun, aber auch kein gänzlich Fremder. Er konnte nicht genau sagen, wer es war, hatte aber zugleich auch das sichere Gefühl, ihn kennen zu müssen.

Auch Gordon schien verwirrt. Nach ein paar Schritten hielt er ungeduldig inne. »Wenn Ihr meine Unwissenheit verzeiht, Señor Delãny«, sagte er. »Aber … wohin gehen wir eigentlich?«

Er klang jetzt ein bisschen wie Abu Dun, fand Andrej. Und er überlegte auch einen Moment lang, ihm eine Kopfnuss à la Abu Dun zu versetzen, um den Kerl endlich zum Schweigen zu bringen. Doch zu Gordons Glück kam er nicht mehr dazu.

Das Gefühl von Furcht, das er irgendwo in der Dunkelheit vor sich gespürt hatte, explodierte zu reiner Panik, und dann war da plötzlich noch eine andere, bekannte Präsenz, und Andrej rannte los. Gordon rief ihm etwas nach, das er schon nicht mehr verstand, und Andrej legte noch einmal an Tempo zu und stürmte blindlings durch eine halb eingestürzte Tür. Der Raum dahinter hatte keine Decke mehr, lag dafür aber mit Trümmern und Schutt so voll, dass selbst ihm das Durchkommen schwerfiel. Gordon und sein Begleiter schienen mehr mit den Hindernissen zu kämpfen. Andrej verschwendete keinen Blick hinter sich, aber aus dem Geräusch ihrer hastigen Schritte wurden zuerst Flüche und dann ein Poltern und Scheppern und ein Durcheinander aus herzhaften Verwünschungen und Unflätigkeiten. Andrej war es nur recht. Statt auf die beiden zu warten, duckte er sich unter einem verrotteten Türrahmen hindurch, den schon seit vielen Jahren keine Mauern mehr umstanden, und wäre um ein Haar die dahinterliegende Treppe hinabgestürzt, die unter einem halb unter Schutt verborgenen Loch im Boden lag. Mit mehr Glück als Geschick fing er seinen Sturz im letzten Moment ab und nutzte den Schwung, um das Dutzend Stufen mit drei gewaltigen Sätzen zu überwinden und mit leicht gespreizten Beinen und kampfbereit geduckt zum Stehen zu kommen.

Das Einzige, das ihn ansprang, waren die Schatten. Der Raum war leer bis auf den Schutt und den Unrat von Generationen, aber es gab einen halbrunden Durchgang auf der anderen Seite, hinter dem das unstete Licht einer Öllampe flackerte. Blanke Todesangst wehte wie ein verlockend süßer Duft heran, und er hörte Geräusche; ein Scheppern und Scharren, leises Lachen und etwas, das sich wie ein unterdrücktes Schluchzen anhörte. Der Vampyr war dort drinnen.

Andrej durchquerte den Raum mit zwei gewaltigen Sätzen, rief sich im letzten Moment in Gedanken zurück und bewegte sich auf dem letzten Stück wieder vorsichtiger.

Immerhin wusste er jetzt, woher das Gefühl gekommen war, sich keinem Fremden zu nähern. Es war (natürlich) nicht Abu Dun, aber es war auch nicht Rodriguez; obwohl die Gestalt eine blaue Marineuniform mit blitzenden Schulterstücken trug. Aber der Mann hatte kein weißes, sondern kurz geschnittenes, dunkles Haar und war jung genug, um Rodriguez' Sohn sein zu können. Er hockte mit eng an den Leib gezogenen Knien in einer Ecke, hatte schützend die Arme über den Kopf erhoben und trat und schlug manchmal ungeschickt nach einer zweiten, deutlich größeren Gestalt, die ebenfalls eine Marineuniform und schulterlanges, schwarzes Haar trug. Die Muskete, die der Mann vorhin noch in den Händen gehabt hatte, lag jetzt auf dem Boden. Auf der Spitze des dreieckig geschliffenen Bajonetts glänzte frisches Blut, genau wie auf der Klinge des Säbels, mit dem der Kerl lachend nach seinem wimmernden Opfer stocherte; allerdings nicht mit der Absicht, ihn zu töten oder auch nur schwer zu verletzen.

Zumindest noch nicht.

»Warum suchst du dir nicht einen gleichwertigen Partner, mit dem du spielen kannst?«, fragte Andrej.

Bresto hob mit einem Ruck den Kopf und starrte ihn aus weit aufgerissenen, dunklen Augen an, in denen Tränen schimmerten, und der Vampyr fuhr nicht nur übertrieben erschrocken herum, sondern spielte auch – fast – perfekt den Überraschten.

»Lass den Unsinn«, sagte Andrej. »Ich weiß, was du bist. Und du, was ich bin.«

»Lebensmüde?«, erkundigte sich der Vampyr.

Andrej schüttelte seufzend den Kopf. Ihm war nicht nach Spielchen – schon gar nicht mit diesem Kerl –, aber er nutzte die Gelegenheit, sein Gegenüber ein wenig genauer in Augenschein zu nehmen. Der Bursche war fast so groß wie er und erschien seltsam alterslos, wie man es oft bei wirklich *alten* Geschöpfen seiner Art antraf. Das lange, noch sehr dichte Haar und seine geschmeidige Art, sich zu bewegen, verliehen ihm zusammen mit der zerschlissenen blauen Uniform etwas Jungenhaftes, und wäre nicht das blutige Schwert in seiner

Hand und das grausame Funkeln tief in seinen Augen gewesen, wäre vielleicht sogar Andrej auf sein Lächeln und den Ausdruck von gespielter Verständnislosigkeit hereingefallen, der noch immer auf seinem Gesicht lag. »Señor?«, fragte er.

»Lass den Unsinn!«, fauchte Andrej. »Wenn du jemanden zum Spielen suchst, dann nimm mich!«

»Wenn es dein Wunsch ist, Andrej«, antwortete der Vampyr und griff an, warnungslos, blitzschnell und auf vollkommen andere Art, als Andrej erwartete. Das Schwert in seiner Hand bewegte sich nicht einen Millimeter, aber etwas Dunkles, Körperloses und unvorstellbar Mächtiges sprang Andrej mit der erbarmungslosen Gewalt eines Raubtieres an, krallte unsichtbare Fänge in seinen Geist und begann das Leben aus ihm herauszureißen. Es ging zu schnell, viel zu schnell und zu unerwartet, es war zu *fremd*, als dass ihm auch nur die Spur einer Chance geblieben wäre, den Angriff abzublocken oder gar seinerseits zurückzuschlagen. Verblüfft taumelte Andrej gegen die Wand, die seinen Sturz auffing, und hätte um ein Haar Gunjir fallenlassen.

Als der winzige Moment hilflosen Staunens vorüber war, war es zu spät. Die weiß glühende Klaue grub sich tiefer in sein Bewusstsein, fegte seinen Widerstand mühelos beiseite und riss weiter das Leben aus ihm heraus; so schnell, so erbarmungslos, dass er dem nichts entgegenzusetzen hatte.

Andrej wusste, was nun geschah. Er selbst hatte diesen mentalen Angriff unzählige Male ausgeführt (das letzte Mal vor wenigen Stunden) und nahezu ebenso oft abgewehrt. Doch jetzt war da nichts, das er packen konnte, keine wirkliche Kraft, gegen die er sich stemmen oder die er womöglich gegen sich selbst wenden konnte – nur eine unverstellbar starke, körperlose Hand, die seine Abwehr mit Leichtigkeit unterlief und nach seiner Lebensflamme griff, nicht um sie auszulöschen, sondern um ihr ihre Kraft zu entreißen und zu ihrer eigenen zu machen.

»War es das, was dir vorgeschwebt hat, mein Freund?«, fragte der Vampyr lächelnd. »Wer bin ich schon, dem mächtigen Andrej Delãny einen Wunsch abzuschlagen?« Sein Lächeln wurde spöttisch und begann dann vor Andrejs Augen zu zerfließen, als sich sein Blick trübte. Er war so schwach. Alle Kraft wich aus ihm. Jeder einzelne Herzschlag schien ihn mehr Mühe zu kosten als der davor, und plötzlich war ihm entsetzlich kalt. Selbst das Atmen war unverstellbar anstrengend. Alles begann sich um ihn zu drehen. Das Leben strömte schneller aus ihm heraus als Wasser aus einem durchschnittenen Schlauch, aber es verschwand nicht einfach. Da war etwas, das es aufsaugte und verschlang und zu einem Teil von etwas anderem und unendlich Bösem und Niederträchtigem machte. Was auf ihn wartete, das war nicht der Tod, sondern ewige Gefangenschaft in einem Kerker, der schlimmer war als die Hölle. Und es gab nichts, was er dagegen tun konnte.

Dann war es vorbei. Die unsichtbare Kralle war verschwunden, und Andrej registrierte ein flüchtiges Aufflackern von Überraschung, Schmerz und Zorn am Rande seines Bewusstseins. Rote Pein loderte wie eine Flamme in ihm hoch und nahm die Stelle der Schwäche ein, die ihn gerade noch ausgezehrt hatte, und Andrej spürte, wie er endgültig in die Knie zu brechen begann, als hätte die unsichtbare Hand ihm nicht nur das Leben entrissen, sondern ihn zugleich auch aufrecht gehalten. Vielleicht hätte er das Bewusstsein verloren. Vielleicht wäre er gestorben und hätte diesen Tod freudig begrüßt, wäre er doch die Alternative zu dem viel schlimmeren Schicksal, das er in den Augen des Vampyrs gelesen hatte, wäre da nicht plötzlich eine Bewegung ganz am Rande des rasch kleiner werdenden Ausschnittes der Welt gewesen, den er noch wahrzunehmen imstande war. Jemand schrie. Er roch Blut, und da war plötzlich ein winziger Funke von Trotz in ihm, der ihn zwang, noch einmal den Kopf zu heben und die blutigen Schleier vor seinen Augen wegzublinzeln.

Der Vampyr stand immer noch vor ihm, jetzt aber in seltsam gekrümmter Haltung. Die linke Hand hatte er auf den Oberschenkel gepresst. Zwischen seinen Fingern quoll hellrotes Blut hervor; und die Spitze des schmalen Dolches, den Bresto ihm schräg von unten in den Oberschenkel gerammt hatte.

Jeden normalen Mann hätte der Stich auf der Stelle kampfunfähig gemacht und nach wenigen Minuten getötet, wenn die Wunde nicht von einem guten Arzt versorgt worden wäre.

Zu Brestos Pech war sein Gegner kein normaler Mann. Den Schmerz spürte er wie jeder andere, aber er schürte nur noch seine Wut. In der gleichen Bewegung, in der er herumfuhr und ungeschickt hinter sich griff, um das Messer aus seinem Bein zu reißen, schlug er Rodriguez' Adjutanten den Handrücken mit solcher Wucht ins Gesicht, dass Brestos Hinterkopf gegen die Wand knallte und er auf der Stelle das Bewusstsein verlor. Das alles dauerte weniger als eine Sekunde.

Es war genau die Zeit, die Andrej brauchte.

Der Vampyr schenkte ihm noch einen weiteren winzigen Moment, als er dem unglückseligen Lieutenant einen kräftigen Tritt in den Leib versetzte, der ihm zwei oder drei Rippen brach, und drehte sich genau in dem Moment wieder herum, in dem Andrej auf die Füße taumelte und Gunjir hochriss.

Seine Reaktion war unvorstellbar schnell. Selbst Andrej ahnte die Bewegung mehr, als er sie sah, und wäre es nicht Gunjir gewesen, das er führte, sondern ein anderes Schwert, hätte er keine Chance gehabt. Der Säbel des Vampyrs schien einfach zu *verschwinden* und ein Stück höher und genau in Gunjirs Bahn wieder aufzutauchen, um seinen Hieb zu parieren.

Gunjir schnitt durch die Klinge aus schwarz gewelltem Damaszenerstahl wie durch dünnes Papier, schälte einen sauberen Streifen aus seiner Uniformjacke (und der Schulter darunter) und ließ ihm sogar noch Zeit, um zumindest zu erahnen, was mit ihm geschah. Auf seinem Gesicht lag ein Ausdruck von maßlosem Erstaunen, als sein abgetrennter Kopf davonflog und am anderen Ende der Kammer aufschlug.

Aber das hörte Andrej schon nicht mehr.

Als er erwachte, schlug ihn jemand mit der flachen Hand in sein Gesicht, doch es war nicht Abu Dun; ebenso wenig wie das Gesicht, das ganz langsam darüber erschien, das des Nubiers war. Allerdings schien der Besitzer der Hand dem gleichen Irrtum zu erliegen wie Abu Dun: Nämlich dem, dass man einen Bewusstlosen nur ausdauernd und fest genug schlagen musste, um ihn wach zu bekommen.

»Ich glaube, das reicht jetzt, Jacques«, sagte eine Stimme, die ihm vage bekannt vorkam, ohne dass er ihrem Klang sofort ein Gesicht zuordnen konnte. »Er ist jetzt wach. Wenn du so weitermachst, ist er es gleich nicht mehr.«

Andrej hatte das Gefühl, dass er jetzt eigentlich lächeln sollte, aber zugleich erschien ihm diese Anstrengung viel zu groß. Ein böser Blick in Jacques vernarbtes Gesicht war weit weniger mühsam. Der Matrose hatte zwar schon zu einem weiteren Schlag ausgeholt, las aber dann wohl in Andrejs Augen und entschied sich dafür, nicht den Verlust seiner Hand zu riskieren. Er stand sogar auf und entfernte sich, aber es gelang ihm nicht ganz, seine Enttäuschung zu verhehlen.

Andrej wagte es, sich auf die Ellbogen hochzustemmen, und versuchte, die Beine zu Boden zu schwingen, und wenn der nun doch noch einmal all seinen Mut zusammennehmende Jacques ihn nicht im letzten Moment gestützt hätte, wäre er, wie er jetzt erkannte, unsanft aus der schwankenden Hängematte, in der er gelegen hatte, gefallen.

»Nicht so hastig, Andrej«, fuhr die Stimme fort. Es war weniger ihr Klang, der Andrej an den dazugehörigen Namen erinnerte, sondern weit mehr der spöttische Unterton. Gordon. »Wir alle wissen, was für ein tapferer Krieger Ihr seid, Andrej, aber Ihr solltet es trotz allem nicht übertreiben.«

Dem stimmte Andrej im Stillen zu, aber er war es allein seinem Stolz schuldig, all seine Kraft zusammenzunehmen, den Kopf zu drehen und Gordon einen ebensolchen drohenden Blick zuzuwerfen wie zuvor Jacques. Doch das schien wenig Eindruck zu machen. Gordon grinste so breit, als wolle er seine eigenen Ohrläppchen verschlucken.

»Was zum Teufel …?«, murmelte er.

»Versündigt Euch nicht, Andrej«, antwortete Gordon. »Auch wenn ich mich allmählich ernsthaft zu fragen beginne, ob Ihr mit diesem Señor nicht mehr gemein habt, als ich bisher wusste … zumindest versteht Ihr es, wie er zu kämpfen.«

»Aha«, nuschelte Andrej. Er verstand kein Wort.

»Ihr habt keine Ahnung, wen Ihr da einen Kopf kürzer gemacht habt, habe ich recht?«, fragte Gordon.

Andrej glotzte ihn nur an, und Gordon lachte leise, aber doch sehr herzhaft und schüttelte so heftig den Kopf, dass seine schwarzen Locken flogen. »Einen Kopf kürzer«, gluckste er. »Ja, das trifft es ziemlich gut, nicht wahr?«

Andrej fand das nicht lustig. Er empfand, wenn er ehrlich war, gar nichts. Er begriff nicht einmal wirklich, wovon Gordon sprach. In seinem Kopf herrschte ein einziges, wüstes Durcheinander. Und ein spitzer Stachel aus Schmerz, der sich immer tiefer in sein Herz bohrte, ohne dass er die Ursache dieses Schmerzes begriff. Er erinnerte sich an nichts.

»Ihr wisst es wirklich nicht?« Gordon klang ehrlich überrascht.

»Ich fürchte, ich weiß nicht einmal genau, wovon Ihr redet, Capitan«, murmelte Andrej. Immerhin wusste er noch, dass Gordon Kapitän war.

»Julio Desantes«, antwortete Gordon in einem Ton, als hätte er ihm gerade die geheime Rezeptur des Steins der Weisen anvertraut. Andrej sah ihn verständnislos an.

»Lieutenant Julio Desantes«, erklärte Gordon. »Nur ein einfacher Lieutenant, ein Mann ohne besonderen Rang oder

Auszeichnungen ... oh ja, und fast hätte ich es vergessen: der beste Schwertkämpfer, der in de Castellos Diensten stand. Desantes war so etwas wie eine Legende. Wenn auch eine von der Art, die sich die Menschen nicht unbedingt gerne erzählen. Er galt als unbesiegbar.«

»Dann kann ich mich ja vermutlich glücklich schätzen, nie von diesem sagenumwobenen Schwertkämpfer gehört zu haben.« Andrej versuchte zum zweiten Mal und nun vorsichtiger, die Beine von seiner schwankenden Liege zu schwingen. Diesmal gelang es ihm. »Sonst hätte ich es am Ende noch mit der Angst zu tun bekommen und verloren.«

Gordon machte ein nachdenkliches Gesicht. »Es muss ein höllischer Kampf gewesen sein. Schade, dass wir zu spät gekommen sind, um ihn mit anzusehen.«

Vorsichtig stand Andrej auf, aber der Boden unter seinen Füßen schwankte immer noch. Ein wenig erstaunt sah er sich um und begriff erst jetzt, dass er wieder an Bord der *Ninja* war und der Boden nicht schwankte, sondern nur ganz sacht zitterte. Er hatte dennoch alle Mühe, sich auf den Beinen zu halten. Er fühlte sich so schwach wie schon seit langer Zeit nicht mehr. Leer. Der Vampyr hatte ihm fast all seine Kraft geraubt. Er hatte Glück, noch am Leben zu sein, wenn auch aus völlig anderen Gründen, als Gordon vermutete. Wahrscheinlich war es gut, dass Gordon und sein Begleiter nicht Zeugen des Kampfes geworden waren. »Habt Ihr mich bis hierher getragen?«, fragte er.

»Diese Ehre habe ich Jacques überlassen«, antwortete Gordon. »Ich habe mir Lieutenant Bresto geschnappt. Offiziere unter sich, Ihr versteht.«

»Und außerdem war er leichter«, vermutete Andrej.

Er jetzt spürte er, dass ihm ein vertrautes Gewicht fehlte. Stirnrunzelnd sah er an sich hinab. Die Schwertscheide an seinem Gürtel war leer. »Meine Waffe –«

»... ist in Sicherheit, keine Sorge«, unterbrach ihn Gordon.

»Ich habe sie mitgenommen ... obwohl das Ding beinahe schwerer war als dieser närrische Lieutenant. Eine prachtvolle Waffe, nebenbei bemerkt. Wenn auch vielleicht etwas schwer.«

»Wie geht es Bresto?«, erkundigte sich Andrej, nur, um Gordon zu unterbrechen.

»Besser als er es verdient, dieser junge Narr«, antwortete Gordon grimmig. »Nach dem, was er getan hat, sollte ich ihn eigentlich kielholen lassen – vom Bug bis zum Heck, nicht von Back- nach Steuerbord.«

»Getan?« Andrejs Gedanken bewegten sich noch immer träge.

»Das soll er Euch am besten selbst beichten. Vielleicht nehmt Ihr mir ja dann die Arbeit ab und dreht ihm gleich selbst den Hals um.«

Das hätte Andrejs Neugier wecken müssen, aber er fühlte sich viel zu schwach, um über diese Worte auch nur nachzudenken. Gebückt und mit schlurfenden Schritten wie ein uralter Mann folgte er Gordon in seine Kabine am Heck des Schiffes. Vor der Tür stand kein Posten mehr. So viel zu Gordons Ehrenwort, auf Esmeralda aufzupassen.

Die kleine Öllampe, die die Kapitänskajüte vorhin in mehr Schatten als Helligkeit getaucht hatte, brannte noch immer, aber ihr Licht verblasste in dem Farbenspiel, in das die bunten Bleiglasfenster den Schein der hoch am Himmel stehenden Sonne verwandelten. Die Tür zu der winzigen Schlafkoje nebenan stand offen, und Andrejs erster Blick galt der schlafenden Gestalt auf der schmalen Pritsche. Erst dann wandte er sich Bresto zu, der vornüber gesunken am Tisch saß, beide Ellbogen auf die Platte gestützt und das Gesicht in den Händen vergraben. Ein blutgetränkter Verband (den Gordon kurzerhand *über* der Uniformjacke angelegt hatte) zierte seinen rechten Oberarm, ein etwas schmalerer und sauberer weißer Streifen seine Stirn. Auf den ersten Blick sah es so aus, als säße er wie erstarrt da, doch als er das Geräusch der Tür hörte und die Hände herunternahm, erkannte Andrej, dass er zitterte; ganz sacht nur, aber am ganzen Leib. Sein Gesicht war grau, doch als er Andrej erkannte, erschien zumindest die Andeutung eines Lächelns auf seinem Gesicht.

»Señor Delãny.«

»Andrej«, verbesserte ihn Andrej und trat zur Seite, um auch Gordon eintreten zu lassen. Der Kapitän der *Ninja* schloss fast bedächtig die Tür hinter sich, legte den Riegel vor und verschränkte die Arme vor der Brust, während er sich gegen die Tür lehnte. Ein sonderbares Benehmen, fand Andrej. Wäre er nicht so müde gewesen, hätte es ihn wohl mehr aufmerken lassen.

»Es tut mir sehr leid«, sagte Bresto. »Wirklich, ich …«

»Was tut Euch leid, Lieutenant?«, unterbrach ihn Andrej. Selbst das Stehen kam ihm mit einem Male mühsam vor. Er ließ sich auf einen der niedrigen Stühle sinken und musste sich beherrschen, nicht genau wie Bresto den Kopf aufzustützen. Er war so schwach. So müde.

»Warum erzählt Ihr ihm nicht, was Ihr getan habt, Lieutenant?«, fragte Gordon schneidend. »Ich bin sicher, er wird vollstes Verständnis haben.«

»Capitan, bitte«, sagte Andrej erschöpft. Dann wandte er sich mit einem aufmunternden Lächeln wieder an Bresto. »Also, was ist passiert?«

Bresto schwieg. Er wich seinem Blick aus, und die Furcht kehrte in seine Augen zurück.

»Ich glaube, unser kleiner Lieutenant hatte die Idee, seiner Karriere ein wenig auf die Sprünge zu helfen«, sagte Gordon bissig. »Oder der Kerl ist einfach nur dämlich.« Seine Stimme wurde nachdenklich. »Vielleicht war das Kielholen doch keine so schlechte Idee.«

»Capitan, bitte«, seufzte Andrej noch einmal. »Wolltet Ihr mir nicht mein Schwert zurückgeben?«

Gordon funkelte nun ihn beinahe hasserfüllt an. »Ja«, sagte er, »das wollte ich«, rührte sich aber nicht von der Stelle. Aber wenigstens schwieg er.

»Was ist passiert?«, wandte sich Andrej abermals an Bresto. »Wieso habt Ihr Euch vor den Soldaten versteckt?«

»Ich bin geflohen«, antwortete Bresto. »Sie wollten mich nicht gehen lassen. De Castello hat ... er wollte nicht, dass ich gehe. Er hat Euren Freund und den Colonel in Ketten legen lassen und ...«

»Rodriguez?«, fragte Andrej. »Mit welcher Begründung?«

»Seit wann braucht Don de Castello eine Begründung, um jemanden zu verhaften?«, fragte Gordon. Andrej ignorierte ihn.

»Er behauptet, der Muselman hätte etwas mit dem Tod des Scharfrichters zu tun. Und ... und Ihr und der Colonel auch. Jeder Soldat in ganz Cádiz sucht nach Euch, Señor Delã... Andrej.«

»Colonel Rodriguez?«, vergewisserte sich Andrej überrascht. »Castello behauptet, er hätte etwas mit Gonzales' Tod zu tun? Aber wieso denn, um Himmels willen?«

»Er behauptet, der Muselmane und ... Euer Freund und Ihr wärt britische Spione, und der Colonel würde mit euch kollaborieren.«

»Und deshalb lässt er uns den Henker von Cádiz und seine Kinder ermorden?«, fragte Andrej. »Das ist lächerlich.«

»Jedenfalls behauptet er es«, beharrte Bresto. Er sah Andrej immer noch nicht an.

»Und er hat sogar einen Zeugen«, fügte Gordon hinzu.

»Einen ehrgeizigen jungen Lieutenant, der gehört hat, wie Ihr und Euer schwarzer Freund mit einem Fremden gesprochen habt. Auf Englisch, und kurz bevor der Henker getötet wurde.«

»Das ist völlig absurd«, murmelte Andrej.

»Und der Zeuge hat den Fremden auch erkannt«, sagte Gordon.

Andrej starrte den jungen Adjutanten an. »Das habt Ihr nicht getan«, murmelte er. »Lieutenant! Colonel Rodriguez ist Euer Freund! Ihr würdet jetzt noch am Tor stehen und Bettler und Halunken kontrollieren, wenn er nicht wäre!«

»Aber das habe ich nicht gesagt!«, protestierte Bresto.

Andrej spürte, dass er log, und Gordon sagte: »Habt Ihr doch, Lieutenant.« Er lachte leise. »Es gibt eine beeidigte Aussage, die Colonel Rodriguez der Spionage für den Feind, des Hochverrats und der Anstiftung zum Mord bezichtigt. Und sie trägt Eure Unterschrift. Ist es nicht so?«

Bresto starrte nur weiter an ihm vorbei ins Leere, doch Andrej drehte sich überrascht zu Gordon herum. »Woher wisst Ihr das?«

»Ich lebe nicht nur von den bescheidenen Prozenten, die ich für meinen selbstlosen Einsatz für die Hafenarbeiter bekomme«, antwortete Gordon grimmig. »Es gibt den einen oder anderen in der Stadt, der mir noch einen Gefallen schuldig ist, und Informationen sind manchmal mehr Wert als ein Beutel Gold.« Er schnaubte und beugte sich leicht vor, wie um sich auf den armen Jungen zu stürzen. »Die Anklageschrift ist schon aufgesetzt, und der entsprechende Richter informiert.«

»Ist das wahr?«, fragte Andrej. Er hätte nicht überrascht sein dürfen und doch war er es.

Bresto schwieg immer noch, aber Gordon fuhr unerbittlich fort: »Die Verhandlung findet heute Mittag statt, und ich verwette das Leben meiner Besatzung, dass das Urteil schon unterzeichnet in Castellos Schreibtisch liegt.«

»Die Hinrichtung ist für heute Abend angesetzt, nach der großen Parade«, sagte Bresto leise.

»Hinrichtung?«

»Auf Hochverrat steht der Tod«, antwortete Gordon an Brestos Stelle. »Ist das dort, wo Ihr herkommt, anders, Andrej?«

»Und wer soll hingerichtet werden?«, fragte Andrej, ohne den Einwurf zur Kenntnis zu nehmen. »Abu Dun und ich, nehme ich an … falls man mich bis dahin eingefangen hat.«

Bresto nickte. »Ja. Und … Colonel Rodriguez.«

Andrej schwieg einen Moment. Dass Loki Abu Dun und ihn tot sehen wollte, überraschte ihn nicht – unbeschadet von allem, was der abtrünnige Gott gestern selbst zu ihm gesagt hatte –, aber die Art seines Vorgehens erstaunte ihn … und warum Rodriguez? Es gab unauffälligere Wege, sich eines lästigen Zeugen zu entledigen.

»Das habe ich nie gesagt«, verteidigte sich Bresto. »De Castello hat mich gezwungen, die Anzeige zu unterschreiben.«

»Und nachdem Ihr es getan habt, hat er Euch ebenfalls einsperren lassen«, vermutete Andrej. »Nur zu Eurer Sicherheit, damit Euch nichts zustößt, bevor Ihr vor Gericht aussagen könnt.«

Bresto antwortete nicht. Er presste die flachen Hände so fest nebeneinander auf die Tischplatte, dass alles Blut aus seinen Fingern wich und sie so weiß wurden wie die eines Toten.

»Seid Ihr wirklich so naiv, Lieutenant?«, fragte Andrej sanft.

»Naiv?«

»Wie ich Castello einschätze, stehen auf dem Todesurteil vier Namen, du Dummkopf«, sagte Gordon. »Und wenn nicht, dann erleidest du spätestens morgen einen schrecklichen Unfall … oder findest dich auf dem ersten Schiff wieder, das in die Schlacht gegen Drakes Flotte zieht! Du hast nicht wirklich daran geglaubt, dass er dich davonkommen lässt, oder?«

Bresto antwortete auch darauf wieder nur mit nervösem Schweigen, aber Andrej sah ihm an, dass er in der Tat daran geglaubt hatte.

»Und warum seid Ihr dann geflohen?«, fragte er.

»Weil … weil es nicht wahr ist«, stammelte Bresto. »Ich weiß nicht, wer Ihr seid, oder Euer Freund. Vielleicht seid ihr Spione, vielleicht auch nicht, und vielleicht habt ihr den Henker und seine Familie getötet. Das geht mich nichts an. Aber der Colonel hat nichts mit alledem zu tun. Ihr habt recht. Er war gut zu mir. Ohne ihn wäre ich immer noch ein einfacher Soldat – oder schon auf dem Weg nach England. Ich will es ihm nicht auf diese Weise vergelten.«

Gordon schnaubte.

»Sie haben mich in eine der Zellen gebracht, unten in den Kellern, bei den anderen Gefangenen. Ich konnte entwischen, und meine Uniform hat mir geholfen, aus der Festung zu entkommen.«

»Aber nicht besonders weit«, spöttelte Gordon.

»Ich kenne mich in diesem Teil der Stadt sehr gut aus«, antwortete Bresto überzeugt. »Ich bin hier aufgewachsen. Als Kinder haben wir oft dort gespielt. Sie hätten mich garantiert niemals gefunden!«

»Ach nein?«, fragte Gordon höhnisch. »Und wer war dann der Kerl, vor dem Andrej dich gerettet hat?«

»Das war etwas anderes«, sagte Andrej rasch.

»Ach?«, machte Gordon. »Warum?«

»Ihr habt es selbst gesagt, Capitan«, antwortete Andrej, der sich am liebsten auf die Zunge gebissen hätte. Er schrieb es seiner Müdigkeit zu, dass ihm diese Bemerkung entschlüpft war; dennoch war der Fehler unentschuldbar. »Der Mann war so etwas wie eine Legende. Ein unbesiegbarer Schwertkämpfer. Solche Leute sind auch sonst zumeist nicht dumm. Und sie haben feine Instinkte.«

Die Frage, ob er aus Erfahrung sprach, stand unübersehbar in Gordons Augen geschrieben, aber er verkniff es sich, sie laut auszusprechen.

In betont sanftem Ton wandte sich Andrej wieder an Bresto. »Habt Ihr gesehen, wohin sie Abu Dun gebracht haben?«

»Nein. Aber Ihr solltet Euch ... keine zu großen Hoffnungen machen.«

»Wie meint Ihr das?«

»Colonel Rodriguez weiß, wie stark Euer Freund ist, und Castello auch. Sie haben ihn in Ketten gelegt, die nicht einmal ein Stier zerreißen könnte, und er wird streng bewacht.«

»Aber sie bringen ihn morgen zum Gericht?«

»Wo sie zweifellos schon auf Euch warten, Andrej«, sagte Gordon.

»Ja, danke, Capitan«, seufzte Andrej. »Ihr habt wirklich eine herzerfrischende Art, einen aufzumuntern.«

»Man tut, was man kann.«

»Er hat recht, Andrej«, sagte Bresto traurig. »Sie werden von einer ganzen Kompanie Soldaten bewacht, und de Castello rechnet damit, dass Ihr versucht, Euren Freund zu befreien.«

Vollkommen zu Recht, dachte Andrej. Und nicht nur das. Wäre de Castello einfach nur einer der üblichen Verrückten gewesen, mit denen Abu Dun und er sich seit Jahrhunderten herumschlugen, dann hätte er sicher die eine oder andere Überraschung für ihn parat gehabt. Doch das wusste de Castello und konnte selbst mit einigen womöglich noch größeren und ganz gewiss unangenehmeren Überraschungen aufwarten.

»Es ist gut, Lieutenant«, seufzte Andrej. »Ich muss ... einen Moment nachdenken. Ruht Euch ein wenig aus. Und lasst es mich wissen, wenn Euch noch etwas einfällt, was uns helfen kann.« Er versuchte aufzustehen, brauchte aber drei Anläufe, bis er auf die Beine kam, schwankend, weil ihm beinahe die Kraft fehlte, sich aufrecht zu halten. Wieder wogte Müdigkeit wie schwarzer Schlamm in ihm hoch und hätte ihn beinahe in einen bodenlosen Abgrund gerissen. Gordons Blick drückte unverhohlen Sorge aus, aber er trat nur wortlos beiseite, zog den Riegel zurück und hielt Andrej die Tür auf – zweifellos eine spöttische Geste, aber Andrej war ihm in diesem Moment zutiefst dankbar dafür. Er wusste nicht, ob er selbst die Kraft dazu noch aufgebracht hätte. Das Schiff schwankte immer heftiger unter seinen Füßen. Er war so ... müde.

»Es ist gut?«, ächzte Gordon, kaum dass er die Tür wieder hinter ihm geschlossen hatte. »Seid Ihr verrückt, Andrej? Ihr glaubt diesem Kerl doch nicht etwa?«

»Colonel Rodriguez ist ein Freund von Euch, habe ich recht?«, fragte Andrej, statt auf Gordons Worte einzugehen. »Ich meine: ein wirklich guter Freund.«

»Und wenn?«

»Dann gilt dasselbe, was Ihr vorhin über mich gesagt habt«, antwortete Andrej. »Der Junge sagt die Wahrheit.«

»Und woher wollt Ihr das wissen?«

»Sagen wir so«, antwortete Andrej. »Ich weiß einfach, wenn man mich belügt. Bresto sagt die Wahrheit ... oder glaubt es wenigstens.«

»Will sagen?«

»Zuallererst, dass Colonel Rodriguez klug gehandelt hat, Gonzales' Witwe hierher...« Er brach mitten im Satz ab, runzelte die Stirn und versuchte den Gedanken festzuhalten, der ihm gerade durch den Kopf geschossen war; ein guter Gedanke, dessen war er sich sicher, aber er war fort, verschwunden in dem Strudel aus Müdigkeit, der sich immer schneller hinter seiner Stirn drehte.

»Ja?«, fragte Gordon.

Andrej blinzelte. »Wie?«

»Esmeralda«, sagte Gordon. »Ihr wolltet irgendetwas über Esmeralda sagen.«

»Nur dass es klug von Rodriguez war, sie hierherzuschicken«, murmelte Andrej. Er konnte kaum die Augen offen halten. »Wie es aussieht, ist sie die Einzige, die noch bezeugen kann, was wirklich passiert ist.«

»Das ... stimmt«, murmelte Gordon. Er sah ehrlich überrascht aus. Anscheinend war ihm dieser Gedanke noch gar nicht gekommen.

»Dann gebt gut auf sie acht, Capitan«, sagte Andrej. Eigentlich nuschelte er es. »Und jetzt habe ich eine große Bitte. Capitan. Ich brauche …«

»Eine Hängematte?«, vermutete Gordon richtig.

14

Wenn es Gott wirklich gab, dann musste er ihn hassen.

Wieder erwachte Andrej nach viel zu kurzer Zeit (sein Gefühl sagte ihm, dass es gute vier Stunden gewesen sein mussten, aber die bleierne Schwere in seinen Glieder gaukelte ihm vor, dass es allerhöchsten vier Minuten gewesen waren) und mit einem widerwärtigen Geschmack im Mund, rasendem Puls und den letzten Bildern eines ebenso sinnlosen wie Furcht einflößenden Albtraums im Kopf. Die Hängematte, in der er lag, schwang so wild hin und her, als wäre das Schiff inzwischen nicht nur ausgelaufen, sondern auch in den schlimmsten aller nur vorstellbaren Stürme geraten. Und als wäre all das noch nicht schlimm genug, füllte jeder einzelne Atemzug seine Nase mit einem Gestank, der sofort auf seinen Magen schlug und Brechreiz auslöste.

Andrej öffnete die Augen, blinzelte in ein unerträglich gleißend helles Licht und presste die Lider erschrocken wieder zusammen. Bevor er es noch einmal versuchte, drehte er den Kopf und hob einen bleischweren Arm, um seine Augen zu beschatten, und aus seinem Verdacht wurde Gewissheit.

Er befand sich nicht im Herzen eines Wirbelsturms, sondern noch immer unter Deck der *Ninja*. Rings um ihn herum herrschte zum großen Teil wohltuendes Halbdunkel, aber direkt über ihm klaffte ein haarfeiner Spalt in den nicht ganz sauber verlegten Decksplanken, durch die ein kaum fingerbreiter Sonnenstrahl hereindrang, der *selbstverständlich* genau auf seine Augen traf.

Ja, Gott *musste* ihn hassen ... oder er hatte einen ausgesprochen bizarren Sinn für Humor.

Andrej verscheuchte den albernen Gedanken und rollte sich aus seiner schwankenden Liege.

Der Sprung auf den schmierigen Boden hinab fiel ihm leichter, als er befürchtet hatte, und er war angenehm überrascht, als mit der leichten Erschütterung, mit der seine Füße den Boden berührten, auch die bleierne Schwere von ihm abfiel; wie ein aus Metall gewobener Mantel, in dem er aufgewacht war, ohne es im ersten Moment zu merken. Und im gleichen Moment zerrissen auch die Spinnweben in seinem Kopf, und sein Kopf und seine Sinne arbeiteten wieder mit der gewohnten Schärfe.

Unglücklicherweise nahm er jetzt aber auch den erbärmlichen Gestank, der hier drinnen herrschte, noch deutlicher wahr. Ein rascher Blick zeigte ihm, dass er tatsächlich allein war. Gordons Mannschaft war nicht allzu weit – er konnte das Trappeln ihrer Schritte und ihre hin und her schallenden Rufe auf dem Deck über sich hören und ihre Anwesenheit hier unten vor noch nicht allzu langer Zeit riechen. Vor sehr vielen Jahren (bevor er das erste Mal einen Fuß auf die Planken eines Schiffes gesetzt hatte) hatte er einmal wie selbstverständlich angenommen, dass Seeleute ganz besonders sauber sein mussten, weil sie so viel Zeit auf dem Wasser verbrachten. Hätte es noch eines Beweises dafür bedurft, wie naiv diese Vorstellung gewesen war, so wäre es die *Ninja* und ihre Besatzung gewesen. Das Schiff stank wie eine schwimmende Kloake – nach Salzwasser und Rauch, nach menschlichen Ausscheidungen und Fäulnis und Moder.

Und Blut.

Kein sehr frisches Blut, aber auch noch nicht sehr alt, und

ganz eindeutig das Blut eines Menschen. Andrej versuchte einen Moment lang, die Richtung herauszufinden, aus der dieser verlockend süße Duft kam, und erschrak zuerst über sein Empfinden und dann noch einmal und sehr viel mehr, als ihm klar wurde, dass es seine Hände waren, die nach Blut rochen.

Jetzt erst, als er die Hände in einen Strahl des verhassten Sonnenlichts hielt, fielen ihm die schmalen, braunroten Ränder unter seinen Fingernägeln auf. Jeder andere hätte sie für Schmutz gehalten, und auch ihm selbst wäre nichts lieber gewesen, als daran zu glauben.

Unglücklicherweise wusste er es besser.

Es war menschliches Blut, es war nicht sein Blut, und es war auch nicht das des Schwertkämpfers, den er in der zurückliegenden Nacht getötet hatte. Aber wessen dann?

Andrej kramte angestrengt in seinem Gedächtnis, aber alles, worauf er sich besinnen konnte, waren die unzusammenhängenden Bruchstücke eines Traumes, der auch im Ganzen vermutlich keinen Sinn ergeben hätte.

Andrej war beunruhigt, schon, weil er nicht verstand, was geschah. Aber hatte er nicht doch eine Ahnung? Vielleicht hatte das nagende Gefühl tief in ihm, von dem er immer noch nicht bereit war, zuzugeben, dass es sich um nichts anderes als schiere Angst handelte, ja einen Grund.

Er verscheuchte auch diesen Gedanken, ließ die Arme wieder sinken und ballte die Hände zu Fäusten, wie um das Blut unter seinen Fingernägeln vor den Blicken eines unsichtbaren Beobachters zu verbergen.

»Und ich dachte schon, Ihr erwacht überhaupt nicht mehr.«

Andrej, der zwar Gordons Stimme sofort erkannt hatte, zugleich aber immer noch der Meinung war, gut noch weitere fünfzig oder auch hundert Stunden Schlaf gebrauchen zu können, drehte sich bewusst langsam um und musste sich zusammenreißen, um die Hände nicht hinter dem Rücken zu verbergen.

Obwohl er sicher war, keinerlei verräterische Regung gezeigt zu haben, schien Gordon etwas zu ahnen. Sein Blick heftete sich für einen Moment auf Andrejs Hände und kehrte dann in sein Gesicht zurück. »Ihr seht besser aus, Andrej, wenn Ihr mir die Bemerkung gestattet«, sagte er. »Euer neuer Freund, der Lieutenant, wollte Euch schon mindestens fünfmal wecken, aber ich konnte ihn daran hindern. Ich war der Meinung, dass Ihr ein wenig Ruhe braucht, nach dem anstrengenden Kampf letzte Nacht.«

Andrej versuchte vergeblich herauszuhören, ob Spott in Gordons Stimme war. Vermutlich nicht. »Ihr hättet auf Bresto hören und mich wecken sollen«, sagte er. »Die Verhandlung ...«

»... wurde abgesagt«, fiel ihm Gordon mit einem Kopfschütteln ins Wort. »De Castello fürchtet um die Sicherheit des Gerichts – und seine eigene – solange Ihr noch auf freiem Fuß seid. Er ist ein klügerer Mann, als ich dachte.«

»Soll das heißen, Abu Dun und Rodriguez bleiben weiter im Kerker?«

»Bis eine Stunde vor Sonnenuntergang, ja«, antwortete Gordon.»Das ist die gute Nachricht.«

»Und die schlechte?« Vielleicht war es die, dass er sich mit jeder Sekunde besser fühlte. Kraft durchströmte ihn, von der er einfach *wusste,* dass er sie nicht haben sollte. Gestohlene Kraft.

Gordon klappte den Mund auf, um zu antworten, da schien ihm etwas einzufallen. Er machte ein halb überraschtes, halb zorniges Gesicht und trat mit zwei schnellen Schritten an Andrej vorbei. »Wo ist dieser verdammte Kerl jetzt schon wieder? Ich hatte ihm befohlen, sich nicht von der Stelle zu rühren!«

»Capitan?«

»Jacques!«, polterte Gordon. »Wo ist dieser elende Kerl? Verdammt! Bin ich eigentlich der Einzige auf diesem Schiff, der weiß, wer hier der Kapitän ist?« Er gestikulierte wütend in Richtung Heck, auf die Tür der Kapitänskajüte. »Ich habe diesem Kerl befohlen, sich nicht von dieser Tür wegzurühren, solange Señora Gonzales an Bord ist. Wahrscheinlich hat er irgendwo eine Flasche Rum gefunden und schläft gerade seinen Rausch aus! Wartet, bis ich diesen Kerl in die Finger bekomme! Dann wird er mehr als eine Flasche Rum brauchen, um zu vergessen, was ich mit ihm gemacht habe!« Heftig mit beiden Armen gestikulierend, stürmte er weiter und stieß die Tür auf. Andrej folgte ihm dichtauf.

Die Kabine war leer, aber etwas war geschehen. Das Echo von Gewalt und Tod hing in der Luft, und aus seiner Erinnerung drängten Bilder empor, die er immer weniger nur für einen verrückten Traum halten konnte.

Gordon fluchte ungehemmt, stürmte durch die kleine Kabine und stieß auch die Tür zu seiner eigenen winzigen Schlafkammer auf. »Ist alles in Ordnung mit Euch, Señora?«

Er bekam keine Antwort, aber als Andrej mit einem raschen Schritt hinter ihn trat, sah er, wie sich Esmeralda auf der schmalen Liege aufsetzte und ihn ansah. Ihr Gesicht war bleich, und ihre Augen noch immer auf schreckliche Weise leer und rot vom Weinen.

Aber sie schien unversehrt, und aus irgendeinem Grund empfand Andrej die Vorstellung als tröstlich, dass sie geweint hatte.

»Ist alles in Ordnung, Señora?«, fragte Gordon noch einmal. Er bekam auch jetzt keine Antwort, aber Esmeraldas Schweigen schien ihm zu genügen. Er zögerte zwar noch einen Moment, murmelte aber dann nur eine Entschuldigung und zog die Tür beinahe hastig wieder zu. Mit finsterem Gesicht wandte er sich zu Andrej um.

»Gut«, knurrte er. »Jetzt muss ich den Kerl wenigstens

nicht eigenhändig erwürgen. Aber kielholen. Kielholen ist eine gute alte Seefahrersitte, die viel zu selten genutzt wird.«

»Längs oder quer?«, fragte er, aus keinem anderen Grund als dem, überhaupt etwas zu sagen und auf diese Weise vielleicht den Gespenstern Einhalt zu gebieten, die unsichtbar in den Schatten lauerten und ihm Dinge zuflüsterten, die er nicht hören wollte. Etwas war in dieser Kabine geschehen. Etwas Schlimmes.

»Das kommt ganz auf die Ausrede an, die er parat hat, wenn ich ihn in die Finger bekomme!«, versprach Gordon grimmig. »Kielholen wird er auf jeden Fall! Jetzt kommt es nur noch auf die Richtung an!«

Andrej schwieg, bis sie die Kabine wieder verlassen hatten und Gordon die Tür hinter sich schloss. Schritte polterten über ihnen, und das sachte Zittern des Bodens unter ihren Füßen schien zugenommen zu haben. Das Schiff schaukelte nicht nur in der ohnehin kaum vorhandenen Dünung des Hafens, sondern hatte sich in Bewegung gesetzt.

»Wir steuern einen anderen Liegeplatz an«, sagte Gordon, der schon wieder seine Gedanken erraten zu haben schien. Andrej vergaß immer wieder, was für ein ausgezeichneter Beobachter er war.

»Warum?«

»Mir hat die Nachbarschaft nicht mehr gefallen«, antwortete Gordon. Andrej dachte an die gigantische EL CID, neben der die schlanke Galeere wie ein Kinderspielzeug gewirkt hatte, und konnte ihn sehr gut verstehen. »Darüber hinaus«, fügte Gordon hinzu, »könnte sich ein Liegeplatz näher an der Hafenausfahrt als vorteilhaft erweisen. Nur für den Fall, dass wir vielleicht etwas eher als geplant aufbrechen müssen.«

»Eher als geplant?«

»Man weiß nie, was die Zukunft bringt, nicht wahr?«, philosophierte Gordon. »Ich bin immer gerne auf alles vorbereitet, selbst auf das, worauf man sich eigentlich nicht vorbereiten kann. Eines meiner Prinzipien. Vielleicht das, dem ich es verdanke, immer noch am Leben zu sein.«

Andrej verspürte wenig Lust, sich eine Episode aus Gordons zweifellos (für ihn) interessantem Leben anzuhören. Und er wurde noch immer von einer inneren Unruhe geplagt, deren Grund er sehr wohl kannte und immer noch zu leugnen versuchte. »Colonel Rodriguez«, erinnerte er Gordon. »Und Abu Dun. Wo sind sie jetzt?«

»Noch immer in der alten Festung«, antwortete dieser. »Nehme ich an. Und das ist die schlechte Nachricht. Ich habe ein paar Erkundigungen eingezogen. Castello hat an die hundert Männer dort versammelt. Nur seine besten Soldaten. Und nachdem Euer neuer Freund Castellos Einladung auf so unhöfliche Art und Weise ausgeschlagen hat, sind sie noch sehr viel wachsamer.« Er schüttelte den Kopf, um seinen nachfolgenden Worten den nötigen Nachdruck zu verleihen. »Unmöglich, dort hineinzugelangen. Wir bräuchten eine Armee, und selbst dann hätten wir binnen weniger Augenblicke die halbe spanische Marine und die ganze Stadt am Hals.«

»Dann warten wir, bis die Flotte ausgelaufen ist«, schlug Andrej vor.

»Und das ist die *wirklich* schlechte Nachricht, Andrej«, seufzte Gordon. »Die Gerichtsverhandlung wurde abgesagt, aber nicht die Hinrichtung.«

Andrej war nicht einmal überrascht. »Wann?«, fragte er nur.

»So, wie es geplant war«, antwortete Gordon ernst. »Heute Abend, bei Sonnenuntergang. Nach der großen Parade.«

»Welche Parade?«

Gordon schnalzte verächtlich mit der Zunge. »Eine kleine Volksbelustigung, um den Pöbel bei Laune zu halten ... oder was dieser Hund Castello dafür hält.« *Dieser Hund? Interessant.* »Die Flotte ist bereit zum Auslaufen. Munition und Lebensmittel sind an Bord, und im Laufe des Tages treffen die letzten Truppen und Mannschaften ein. Das übliche große Fest, bevor die tapferen Männer in den Krieg ziehen, um sich für König und Vaterland umbringen oder verkrüppeln zu lassen.« Seine Stimme troff vor Abscheu, und Andrej kam nicht umhin zu fragen:

»Wenn Ihr wirklich so denkt, Capitan, warum dient Ihr dann in dieser Flotte?«

»Das tue ich nicht, Andrej.«

»Nicht?«

»Ich segle unter ihrer Flagge, aber ich *diene* ihr nicht«, antwortete Gordon. »Ich werde bezahlt. Bezeichnet mich als Söldner, wenn Ihr es wollt. Die spanische Krone war so freundlich, mein Schiff instand zu setzen, und sie zahlt mir eine hübsche Summe dafür, ihr mein Schiff und die Schwerter meiner Mannschaft zur Verfügung zu stellen. Ich werde meinen Teil des Vertrages einhalten, keine Sorge, aber mehr auch nicht. Phillip hat mein Schiff und mein Schwert gekauft. Nicht meine Seele.«

Eine sonderbare Einstellung für einen Söldner, fand Andrej, hütete sich aber, auch nur ein einziges Wort zu sagen. Dies war nicht der Moment für eine Unterhaltung dieser Art. Außerdem ähnelte Gordons Einstellung viel zu sehr seiner eigenen, als dass es überhaupt Grund zu einer Diskussion gegeben hätte. Abu Dun und er hatten in mehr Kriegen als Söldner gekämpft, als Läuse auf diesem schwimmenden Wrack waren, und niemals war es einem ihrer Auftraggeber gelungen, mehr als ihre Schwerter zu kaufen. Andrej musste allerdings auch daran denken, dass sie mehr als einmal die Seiten gewechselt hatten, wenn sie im Dienst eines Mannes gestanden hatten, der fälschlicherweise glaubte, mit Geld alles kaufen zu können.

»Und der Höhepunkt dieser kleinen Volksbelustigung ist eine öffentliche Hinrichtung.«

»Die Eures Freundes, des Colonel und eines Dutzends anderer Verbrecher«, bestätigte Gordon. Andrej biss sich auf die Zunge, um sich die Bemerkung zu verkneifen, dass diese Wortwahl möglicherweise ein wenig zweifelhaft war.

»Am sichersten wäre es wahrscheinlich, den Transport gleich nach Verlassen der Festung anzugreifen«, fuhr Gordon fort. »Aber damit werden sie rechnen und uns erwarten. Ich fürchte Castellos Spielzeugsoldaten nicht, aber ich möchte auch nicht zu viele meiner Männer verlieren.«

»Anzugreifen?«, fragte Andrej, leise überrascht.

»Rodriguez ist mein Freund, Andrej«, erinnerte Gordon ernst. »Ich lasse ihn nicht im Stich. So wenig wie Ihr den Euren.«

»Aber Ihr habt recht«, sagte Andrej, ohne auf Gordons letzte Worte einzugehen. »Es könnte blutig werden.«

»Und genau aus diesem Grund habe ich meinen Plan geändert«, bestätigte Gordon. »Meine Männer sind noch dabei, einen geeigneten Platz auszukundschaften, aber ich halte es für sicherer, irgendwo auf dem Weg zuzuschlagen. Die Straßen werden so voller Menschen sein, dass sie unmöglich jeden kontrollieren können.«

Andrej überlegte einen Moment. »Ich nehme an, die Hinrichtung findet auf demselben Platz statt wie gestern?«

Gordon nickte. »Dann habe ich vielleicht eine bessere Idee«, sagte Andrej. »Schickt Bresto zu mir.«

Nun begann er sich, so schien es zumindest, wirklich in ein Geschöpf der Nacht zu verwandeln. Gordon hatte ihm – schon damit ihn niemand erkannte – einen zerschlissenen und für die Jahreszeit viel zu warmen Mantel und einen nicht minder schäbigen Hut mit breiter Krempe gegeben, den er so weit wie möglich ins Gesicht gezogen hatte, ohne Aufsehen zu erregen oder vor jedes Hindernis zu laufen, das ihm nicht schnell genug aus dem Weg sprang. Dennoch atmete er erleichtert auf, als er das Haus betrat und die Tür hinter ihm zufiel und nicht nur den Lärm und die ausgelassene Stimmung der feiernden Menge auf den Straßen aussperrte, sondern auch die Wärme und das gleißende Sonnenlicht. Seine Augen schmerzten, obwohl er nahezu ununterbrochen zu Boden geblickt hatte, und sein Gesicht und die Haut auf seinen Händen fühlten sich an, als hätte er sich einen heftigen Sonnenbrand zugezogen. Tief in seinem Inneren wusste er genau, dass auch das ein Zeichen dafür war, dass etwas mit ihm geschah. Noch gelang es ihm, die Augen davor zu verschließen. Er wusste nur nicht, wie lange noch.

»Señor Delãny?«

Andrej schrak aus seinen Gedanken hoch und konnte gerade noch den Impuls unterdrücken, nach seinem Schwert zu greifen, als er einen von Gordons Matrosen in der schlanken Gestalt erkannte, die hinter der Tür auf ihn wartete. »Capitan Gordon wartet oben auf Euch.«

Andrej ging so schnell an ihm vorbei, wie es in dem schmalen Flur möglich war, ohne den armen Kerl einfach über den Haufen zu rennen, und eilte die steile Treppe hinauf. Gordon wartete im selben Zimmer auf ihn wie Rodriguez gestern, und auch die Aussicht vom Fenster schien sich kaum verändert zu haben. Erst, als Andrej neben Gordon und Bresto trat, fiel ihm auf, dass die Menge größer war und die Stimmung noch ausgelassener. Überall wurde gelacht und gejohlt. Weinkrüge, Schläuche und Bierkrüge kreisten, Prostituierte boten ganz ungeniert ihre Dienste an (wobei sie wenig Hemmungen hatten, ihren potenziellen Kunden die feilgebotenen Waren vorher ausgiebig begutachten zu lassen), und selbst die obligaten Kinder waren wieder da. Außerdem war das hölzerne Podest im Zentrum des Platzes größer geworden, und statt einer Garotte erhob sich nun ein einfacher Holzklotz darauf.

Andrej hatte sich nicht gut genug in der Gewalt, um ein erschrockenes Zusammenzucken zu unterdrücken.

Als hätte er das, was er bei diesem Anblick empfand, tatsächlich in Worte gekleidet, bedachte ihn Gordon mit einem ersten Blick. »Unser Freund Castello lernt schnell«, sagte er. »Noch einen Mann, der sich nicht erwürgen lässt, will er dem Volk nicht präsentieren. Außerdem weiß er, was er den guten Leuten hier schuldig ist. Der Pöbel will Blut sehen.«

Und er weiß, wie man einen von uns töten kann, fügte Andrej in Gedanken hinzu. Wenn nicht er, wer dann? Nicht zum ersten Mal kamen ihm Bedenken, was seinen Plan anging ... oder, um Bresto zu zitieren: den *haarsträubenden Irrsinn,* den er sich vorgenommen hatte. Von seinem Standpunkt aus mochte er damit durchaus recht haben, aber Andrej hatte gute Gründe für diesen Irrsinn. De Castello wusste, dass er nicht einfach tatenlos zusehen würde, wie Abu Dun und der Colonel starben. Und Andrej war klar, dass alles, woran er dachte, auch dem abtrünnigen Gott einfallen musste. Er lief sehenden Auges in eine Falle. Aber vielleicht war das zugleich auch die einzige Chance, sie zu überleben. Auch wenn Loki sich noch so gut vorbereitet haben mochte, gab es vielleicht doch eine Möglichkeit, mit der er nicht rechnete.

»Ist alles vorbereitet?«, fragte er, ohne den Blick von der schrecklichen Vorrichtung im Herzen der Menschenmenge zu lösen. Dennoch registrierte er den zweifelnden Blick, mit dem Gordon auf seine Frage reagierte. Wortlos nickte er zu dem Platz hinab, zuerst nach links, dann nach rechts. Überall unter den Schaulustigen waren auch Uniformen zu sehen, Dutzende, wenn nicht hunderte von blauen Marineuniformen, wie sie heute das Stadtbild von Cádiz bestimmten. Andrej schätzte, dass sich im Moment mehr Matrosen und Soldaten auf den Straßen aufhielten, als die Stadt normalerweise Einwohner zählte; und in dieser Zahl waren die mehreren tausend Mitglieder der eigentlichen Parade noch nicht einmal berücksichtigt. In etlichen der blauschwarzen Uniformen, auf die er nun hinabsah, steckten nicht die, die hineingehörten. Zwei Dutzend, um genau zu sein. Gordon hatte geschworen, dass es seine zuverlässigsten und besten Männer waren, aber Andrej war nicht vollkommen vom Wahrheitsgehalt dieser Behauptung überzeugt. Die Aussichten, dass auch nur die Hälfte von ihnen in einer Stunde noch am Leben war, standen nicht gut, und Andrej hatte nicht vergessen, was Gordon über seine Mannschaft gesagt hatte. Gordon und er würden sicherlich niemals Freunde werden, aber Andrej hielt ihn (auf seine ganz spezielle Art) trotzdem für einen aufrechten Mann. Wahrscheinlich störte es ihn nicht sonderlich, wenn sie von Läusen aufgefressen wurden, sich die Krätze holten oder ihnen vom Skorbut die Zähne ausfielen, aber er würde sie niemals unnötig verheizen.

Aber mit ein wenig Glück würde es gar nicht so weit kommen.

»Ist er schon da?«, fragte Andrej.

»De Castello?« Gordon schüttelte den Kopf. »Nein. Natürlich führt er die Parade an, hoch zu Ross und herausgeputzt wie ein Pfau. Wir haben noch einige Stunden Zeit. Mindestens.« Er trat auf den schmalen Balkon hinaus und legte den Kopf in den Nacken, um in den Himmel hinaufzublinzeln. Andrej hütete sich, dasselbe zu tun, schon bei der Vorstellung, in die Sonne zu sehen, lief ihm ein kalter Schauer über den Rücken.

»Vielleicht sogar mehr.« Gordon trat wieder an Andrejs Seite und ließ seinen Blick nun nachdenklich über die ausgelassene Menschenmenge zu seinen Füßen gleiten. »Die Straßen sind völlig überfüllt. Castellos kleine Protz- und Prunkparade kommt nicht gut voran. Vielleicht wird es Mitternacht, bis sie hier sind.«

»Warum kann ich mich des Eindrucks nicht erwehren, dass Ihr Don de Castello nicht besonders mögt, Capitan?«, fragte Andrej.

»Weil es stimmt?«

»Und warum?« Andrejs Blick glitt genau wie der Gordons gerade über die brodelnde Menge und tastete dann über das gegenüberliegende Gebäude. Der Balkon, auf dem Castello gestern gestanden und der Exekution des Briten und der beiden anderen zugesehen hatte, war leer, aber die Tür stand offen, und er konnte schemenhafte Bewegung im Zimmer dahinter wahrnehmen. Dann und wann funkelte Metall. Er war sicher, dass Castello auch heute nicht auf seinen Logenplatz verzichten würde. Ganz besonders heute nicht.

»Ich verachte Männer wie ihn«, antwortete Gordon. »Er ist ein Dummkopf, und er ist grausam. Alles, was er hat, ist Geld, und alles, wozu er es benutzt, ist sich noch mehr Macht zu kaufen und seinen Grausamkeiten zu frönen. Hat Euch Rodriguez erzählt, dass die EL CID seine Idee war?«

Andrej nickte. »Mögt Ihr ihn deshalb nicht? Weil sein Schiff größer ist als Eures?«

»So ziemlich jedes Schiff ist größer als meines«, antwortete Gordon gleichmütig. »Aber allein für die Summe, die der Bau der EL CID verschlungen hat, hätte man zehn Linienschiffe bauen können. Er muss gewaltigen Einfluss bei Hofe haben, um den König zum Bau dieser Abscheulichkeit überredet haben zu können.«

»Diese Abscheulichkeit«, antwortete Andrej, »macht mir ganz den Eindruck, als wäre sie auch so stark wie zehn Linienschiffe.«

»Es ist nicht wichtig, wie viele Kanonen ein Schiff hat«, murrte Gordon. »Es sind die Männer an Bord, auf die es ankommt. Und nur sie.« Er schnaubte abfällig. »Gebt mir und meinen Männern den Befehl über die EL CID, und ich gewinne den Krieg ganz allein. Mit einem Mann wie Castello als Kapitän ist sie nicht mehr als ein schwimmender Sarg. Drake wird ihn auffressen.«

»Drake?« Andrej stellte seine Versuche ein, mehr als Schatten in dem Fenster auf der anderen Seite des Platzes erkennen zu wollen, und wandte sich ganz zu Gordon um. »Dafür, dass er Euch um ein Haar getötet und Euer Schiff fast versenkt hätte, scheint Ihr eine ziemlich hohe Meinung von ihm zu haben, Capitan«, sagte Andrej.

Gordon nickte. »Was mich nicht daran hindert, ihn auf den Grund des Ozeans zu schicken, wenn er mir jemals vor die Kanonen kommt.«

»Wenn Euer Schiff Kanonen hätte.«

»Ich respektiere sein Können, nicht ihn«, fuhr Gordon unbeeindruckt fort. »Und ja, Ihr habt recht. Ich *habe* eine hohe Meinung von ihm. Manchmal frage ich mich, ob einer von uns beiden in diesem Krieg nicht auf der falschen Seite steht. Seid Ihr jetzt schockiert, Andrej?«

»Es ist nicht mein Krieg«, sagte Andrej.

»Aber der meines Landes«, mischte sich Bresto ein. »Nur falls die Herren meine Anwesenheit vergessen haben sollten.«

Gordon schwieg, und auch Andrej sagte nichts. Tatsächlich hatte er Bresto schlichtweg vergessen, und das nicht zum ersten Mal. Andrej hatte niemals selbst einen Adjutanten gehabt, aber er nahm an, dass es zu den Aufgaben eines Adjutanten gehörte, möglichst unsichtbar zu sein. Wenn es so war, dann hatte Bresto offensichtlich seine Bestimmung gefunden.

Immerhin war Gordon diplomatisch genug, das Thema zu wechseln. »Der Wagen mit den Gefangenen muss bald eintreffen«, sagte er. »Wir sollten uns auf den Weg machen.« Er deutete auf die immer noch anschwellende Menschenmenge. »Sie werden genau wie wir im Pöbel stecken bleiben, nehme ich an, aber ich möchte trotzdem vor ihnen dort sein.«

»Das ist kein Problem«, sagte Bresto. »Ihr wollt dort hinüber? Ich kenne eine Abkürzung.«

»Kürzer als der direkte Weg?«, fragte Andrej.

»Ich bin in diesem Teil der Stadt aufgewachsen, Señor

Delãny«, erinnerte Bresto. Er klang ein bisschen verschnupft. Gordon grinste.

»Dann lasst uns gehen.«

Hintereinander eilten sie die schmale Stiege hinab, doch als Gordon sich zum Ausgang wenden wollte, schüttelte Bresto den Kopf. »Der Keller«, sagte er knapp.

»Keller?«, wiederholte Gordon misstrauisch.

»So kommen wir auf die andere Seite«, behauptete Bresto. »Und wahrscheinlich in das Verlies, in das sie die Gefangenen schaffen.«

»Es gibt einen Geheimgang?«, fragte Gordon, kein bisschen überzeugter. »Der ausgerechnet in das Haus führt, in dem die Gefangenen untergebracht werden?«

»Nein«, antwortete Bresto. »Oder ja.«

»Und was genau heißt das jetzt?«

»Hier gibt es überall Keller«, antwortete Bresto. »Und die meistens sind miteinander verbunden.«

»Und halb eingestürzt, nehme ich an«, sagte Gordon.

15

Wie sich zeigte, hatten sowohl Gordon als auch der Lieutenant recht. Nachdem sie eine kurze Treppe hinabgestiegen waren und eine Tür aufgebrochen hatten, gelangten sie in einen mit Unrat und ausrangiertem Mobiliar vollgestopften Gewölbekeller, der in ein wahres Labyrinth verlassener Stollen, Kellerräume, Gänge und Gewölbe mündete, manche davon groß wie unterirdische Säle und von nichts anderem als Spinnweben und dem Staub von Jahrzehnten erfüllt, wenn nicht Jahrhunderten, andere so niedrig und schmal, dass sie sich nur gebückt und hintereinander darin bewegen konnten, und mehr als einmal verwehrten ihnen deckenhohe Schutthalden oder eingestürzte Wände das Durchkommen, sodass sie kehrtmachen und sich einen anderen Weg suchen mussten. Was Bresto vorhin als Keller bezeichnet hatte, das kam Andrej bald wie der Eingang zu einer unterirdischen Stadt vor, die vielleicht so groß wie ganz Cádiz war, möglicherweise größer, auf jeden Fall aber älter.

Selbst Andrejs normalerweise untrügliches Orientierungsvermögen ließ ihn schon nach kurzer Zeit im Stich. Sie mussten so oft umkehren und einen anderen Weg einschlagen, dass er schon bald nicht einmal mehr sagen konnte, ob sie in die richtige Richtung gingen. Die heftig rußende Fackel, die Bresto mitgebracht hatte, trug eher zu ihrer Verwirrung als zu ihrer Orientierung bei, und zu allem Überfluss war die Luft hier unten so schlecht, dass sie immer wieder auszugehen drohte. Und der Ausdruck auf dem Gesicht des jungen Lieutenants war ebenfalls alles andere als beruhigend.

Andrej wartete eine – für seine Verhältnisse geraume – Weile darauf, dass Bresto von sich aus das immer unbehaglicher werdende Schweigen brach, blieb dann stehen und drehte sich betont langsam zu ihm herum.

»Wir haben uns verirrt.« Es war eine Feststellung, keine Frage. Bresto nickte auch nur. »War es nicht so, dass Ihr praktisch hier aufgewachsen seid und Euch selbst mit verbundenen Augen zurechtfindet?«

Als Bresto darauf verlegen schwieg, ging er einfach weiter und übernahm jetzt ganz unverhohlen die Führung. Auch wenn ihn sein Orientierungssinn im Augenblick narrte, waren seine Sinne immer noch scharf genug, um ihn auch noch den winzigsten Luftzug spüren zu lassen. Seinem Gehör entging auch nicht der geringste Laut. Allerdings musste er nur wenige Schritte vorausgehen, bevor Bresto wieder stehen blieb und sich unbehaglich räusperte, um seine Aufmerksamkeit zu erheischen. Auffordernd sah er ihn an. Bresto wich seinen Blick aus und begann mit den Füßen zu scharren.

»Also?«, fragte Andrej.

»Ihr … Ihr solltet nicht dort entlanggehen, Señor«, sagte Bresto unbehaglich.

Andrej sah ihn fragend an, bekam, genau wie er es erwartet hatte, keine Antwort und sah dann nachdenklich in die Richtung, in die sie bisher gegangen waren. »Ist das nicht die richtige Richtung?«, fragte er. Bresto gehörte wohl zu jenen Menschen, die immer ein Stichwort brauchten.

»Doch«, antwortete er.

»Aber?«, fragte Andrej.

»Sie … sie warten dort auf Euch, Señor«, antwortete Bresto ausweichend.

»Sie?« Er wusste zwar genau, wovon Bresto sprach, wollte es aber von ihm selbst hören.

»Es ...«, druckste Bresto. Sein Blick irrte überallhin, nur nicht in Andrejs Richtung. »De Castello«, sagte er schließlich.

»Es ist eine Falle«, sagte Andrej. Bresto nickte.

»Wie viele sind es?«, fragte Andrej ruhig.

»Das weiß ich nicht, Señor«, antwortete Bresto, fahrig und nervös, aber auch ehrlich. Das spürte Andrej. »Aber es werden nicht wenige sein. De Castello ... ich habe gehört, wie er mit einem seiner Männer gesprochen hat. Über Euch.«

»Er kennt mich?«

»Nein«, erwiderte Bresto. »Aber er hält Euch für einen sehr gefährlichen Mann, und ich glaube, er hat recht damit. Es werden viele sein, und gute Männer. Ihr dürft nicht dorthin gehen.«

Andrej schwieg einen Moment. »Warum tust du das?«, fragte er dann.

»Weil ich Angst hatte, Señor«, antwortete Bresto. »Bitte, ich ... ich bin kein Verräter, Señor, aber ich hatte Angst. De Castello hat gesagt, dass er mich foltern und meine ganze Familie umbringen lässt, wenn ich ihm nicht helfe, und –«

»Das meine ich nicht«, unterbrach ihn Andrej. »Warum warnst du mich jetzt? Du weißt, was das bedeutet. Für dich.«

Bresto nickte nur. Er wusste es sehr genau, und Andrej konnte sehen, wie die Furcht in seinen Augen loderte. Trotzdem fuhr er fort: »De Castello ist nicht dumm. Wenn ich nicht komme, dann wird er wissen, dass du mich gewarnt hast. Spätestens dann bist du genauso ein Gejagter wie wir.«

»Das bin ich doch jetzt schon«, antwortete der junge Lieutenant bitter. »Er wird mich nicht am Leben lassen. So oder so.«

»Und deine Familie?«

Zu seinem Erstaunen lachte Bresto. »Ich bin zur Armee gegangen, weil es sonst nichts mehr gab, wohin ich hätte gehen können. Meine Familie ist schon lange tot.«

Auch Andrej lächelte flüchtig, wurde aber auch sofort wieder ernst. »Du hast meine Frage noch nicht beantwortet«, sagte er. »Warum warnst du mich jetzt?«

Bresto sah ihn lange, sehr lange aus weit aufgerissenen Augen an. »Den Mann, den Ihr getötet habt«, sagte er dann, statt Andrejs Frage zu beantworten. »Der, der mich angeblich verfolgt hat, unten im Keller ... er war kein Mensch. Habe ich recht? Er war ... etwas anderes.«

Andrej schwieg.

»Und Ihr seid es auch nicht.«

Andrejs Schweigen schien Bresto als Antwort vollauf zu genügen. Seltsamerweise wirkte er nicht erschrocken oder auch nur alarmiert, sondern erleichtert. »Es ist nicht richtig«, murmelte er.

»Was ist nicht richtig?«

»Alles«, antwortete Bresto unruhig. »Ich ... ich kann das nicht. Ich hatte Angst, das gebe ich zu. Große Angst. Aber ich bin kein Verräter. Ihr dürft nicht dort hinaufgehen. Sie werden Euch töten.«

»Und de Castello?«, fragte Andrej. »Ist er bei ihnen?«

»Das weiß ich nicht«, antwortete Bresto und verbesserte sich sofort: »Nein, ich habe gehört, dass er bei Sonnenuntergang am Hafen sein will. Er will zur EL CID. Sie bereiten irgendetwas für den Abschluss der großen Parade vor. Ein Feuerwerk, glaube ich.«

Es fiel Andrej schwer, sich seine Enttäuschung nicht anmerken zu lassen. Er hatte fest damit gerechnet, Loki hier anzutreffen, und er war fest entschlossen gewesen, Abu Dun zu befreien und dann gemeinsam mit ihm den abtrünnigen Gott zu stellen. Jetzt ...

»Muss ich meine Pläne ändern«, murmelte er. Bresto sah ihn fragend an.

»Was ist mit dem Rest der Geschichte?«, fragte er. »Was du über die Hinrichtung und Abu Dun erzählt hast – war das ebenfalls gelogen, nur um mich hierher zu locken?«

Bresto schüttelte hastig den Kopf. »Um Euch hierher zu locken, ja – aber es ist wahr. Ihr sollt gemeinsam hingerichtet werden, falls es den Soldaten gelingt, Euch lebend gefangen zu nehmen.«

Andrej verstand. Loki würde sich die Gelegenheit nicht entgehen lassen, ihrer Hinrichtung beizuwohnen ... und im Zweifelsfall auch selbst das Schwert zu führen.

»Und du bist ganz sicher, dass de Castello nicht hier ist?«, fragte er.

»Ich weiß nur, was ich gehört habe«, antwortete Bresto. »Aber warum sollte er lügen?«

Vielleicht, damit du mir ganz genau das sagst, dachte Andrej.

Seine Hand schloss sich in einer Geste grimmiger Entschlossenheit um den Schwertgriff an seinem Gürtel, und Brestos Augen weiteten sich. »Ihr wollt doch nicht –«

»In diese Falle tappen?« Andrej schüttelte den Kopf. »Nein, keine Sorge. Aber so lange sie glauben, dass ich es tue, bin ich im Vorteil. Erzähl mir von den Gefangenen. Abu Dun und Colonel Rodriguez. Wo werden sie untergebracht? Im Keller?«

Bresto deutete in die Dunkelheit hinter ihnen. »Am Ende des Gangs ist eine Treppe. Die Tür an ihrem oberen Ende ist verriegelt, damit es nicht zu leicht aussieht und Ihr misstrauisch werdet, aber der Riegel ist nicht sehr stabil.«

»Damit ich ihn aufbrechen kann«, vermutete Andrej.

»Dahinter warten sie auf Euch«, bestätigte Bresto. »Aber nicht gleich. Sie wollen warten, bis Ihr die Zellen erreicht habt und Euren Freund zu befreien versucht.«

Und wenn genau das die Falle ist?, dachte Andrej. Was, wenn Loki wollte, dass Bresto ihm ganz genau das erzählte.

Die Antwort auf diese Frage würde er erst dann erfahren, wenn es so weit war.

Dann kam ihm eine andere Idee. »Aber sie werden die Gefangenen auf jeden Fall hinrichten«, fragte er. »Auch wenn ich nicht auftauche.«

»Das ... nehme ich an«, sagte Bresto zögernd.

Wenn nicht, dann dürfte die Menge dort oben auf dem Marktplatz ziemlich ungehalten reagieren, dachte Andrej. Und Loki würde ganz gewiss nicht das Risiko eingehen, Abu Dun am Leben zu lassen. »Kennst du noch einen anderen Weg hier heraus?«, fragte er. »Einen, auf dem ich nicht in ein Dutzend Musketenkugeln oder Bajonette laufe?«

»Sicher, aber –«

»Dann zeig ihn mir«, unterbrach ihn Andrej. »Und dann gehst du zurück zu Gordon und sagst ihm, dass ich meinen Plan geändert habe. Seine Leute sollen für ein wenig Ablenkung sorgen, sobald es so weit ist.«

»So weit?«, fragte Bresto.

Andrej lächelte. »Keine Sorge. Sie werden wissen, wann die Zeit gekommen ist.«

16

Die Sonne war untergegangen, aber auf dem Platz war es nicht dunkler geworden, und auch nicht leiser. Ganz im Gegenteil. In nahezu jedem Fenster und hinter jeder Tür brannten Lichter. Überall an den Begrenzungen des großen Platzes waren Fackeln entzündet worden, und auch in der zusammengelaufenen Menge brannten Lampen, Kerzen oder auch blakende Fackeln, die zwar Licht verbreiteten, aber auch beißenden Qualm und gefährliche Hitze, die vermutlich zu mehr als einem angesengten Schopf oder Kleid und mehr als einer üblen Verbrennung geführt hatten. In das ebenso betrunkene wie ausgelassene Johlen der Menge (das überdies in den letzten Minuten immer unwilliger und fordernder geworden war) mischten sich immer wieder Schmerz- oder auch Wutschreie, und Andrej hatte wenigstens einen brennenden Haarschopf gesehen und mindestens eine Gestalt, die sich schreiend am Boden wälzte und mit den Händen auf ihre brennenden Kleider einschlug.

Andrejs Blick tastete aufmerksam über die Menschenmenge. Von seiner Position aus konnte er sie nicht annähernd so gut übersehen wie vorhin, aber er war dennoch sicher, dass sich ihre Zahl mehr als verdoppelt hatte. Immer noch wurde gelacht und getanzt. Väter trugen noch immer ihre Kinder auf den Schultern, um ihnen einen besseren Blick auf das grausige Schauspiel zu ermöglichen, und junge Frauen boten noch immer ihre Körper und ihr Lachen für eine Handvoll Münzen oder auch nur einen Krug Wein feil. Aber die Stimmung hatte sich geändert. In das ausgelassene Lachen mischten sich immer mehr ungeduldige Schreie und Rufe, und ein oder zwei Mal war auch schon ein leerer Weinkrug geworfen worden und an dem hohen Aufbau im Zentrum des Platzes zerschellt. Der Menge war Blut versprochen worden, und sie begann immer lauter und aggressiver danach zu schreien, dass dieses Versprechen eingelöst wurde. Der Zeitpunkt, zu dem die Hinrichtung angesetzt worden war, lag eine gute Stunde zurück, und Andrej bezweifelte, dass der Mob, in den sich die guten Bürger von Cádiz verwandelt hatten, noch eine weitere Stunde abwarten würde, bevor er sich holte, was ihm zustand.

»Wir sollten anfangen«, sagte eine Stimme hinter ihm. »Die Leute werden allmählich unruhig.«

Andrej drehte sich nicht sofort zu dem Mann, der ihn mit diesen Worten angesprochen hatte, um, sondern ließ ganz bewusst einen oder zwei Atemzüge verstreichen. Dann nickte er wortlos, aber mehr schien der hochgewachsene Soldat mit der auffälligen Narbe im Gesicht auch nicht erwartet zu haben. Er fuhr dann mit einer zackigen Bewegung auf dem Absatz herum, um dem knappen Dutzend Männer in seiner Begleitung in rüdem Ton Befehle zuzuschreien.

Andrej fragte sich, ob es dieselben waren, die unten im Verlies auf ihn gewartet hatten. Wenn ja, dann hatte Bresto nicht übertrieben. Keiner von ihnen war auch nur einen Zoll kleiner als er, und sie mochten zwar schäbig gekleidet sein und ein bisschen nervös wirken, waren aber in sichtlich guter Verfassung, und zumindest ihre Waffen waren sauber und gepflegt. Und sie trugen sie wie Männer, die wussten, wie sie damit umzugehen hatten.

Warum war er dann so unruhig?

Andrej wusste die Antwort: weil Bresto recht hatte. Was er vorhatte, war der schiere Wahnsinn, selbst für seine Maßstäbe.

Unglückseligerweise hatte er keine andere Wahl, wenn er Abu Duns Leben retten wollte.

Andrej betrachtete die Männer, die jetzt murrend, aber dennoch mit militärischer Präzision und sehr schnell rings um ihn herum Aufstellung nahmen und ihre Musketen schulterten, noch einmal und mit anderen Augen und fragte sich, wie viele von ihnen noch am Leben wären, wäre er in die Falle getappt, die Loki für ihn vorbereitet hatte. Nicht viele, vermutete er, aber einige doch. Wie es aussah, verdankte er Rodriguez' Adjutanten sein Leben. Er war gut, und er hatte sich schon gegen eine größere Übermacht behauptet. Aber diese Männer waren keine Paradesoldaten wie Bresto, sondern Männer, die ihr Handwerk verstanden. Sie hätten ihn besiegt; wenn auch um den Preis der meisten ihrer Leben.

»Señor?« Der Soldat mit der Narbe sprach ihn erneut an, und obwohl er es in durchaus respektvollem Ton tat, klang er jetzt auf eine fordernde Art ungeduldig. Andrej wiederholte zwar sein stummes Kopfnicken, wandte sich aber dann demonstrativ um und deutete auf den Richtplatz.

»Bringt zuerst die Gefangenen«, sagte er. »Die Leute haben lange genug gewartet. Sie haben ein Anrecht auf ein anständiges Schauspiel.«

Einen Moment lang fragte er sich, ob er es damit vielleicht übertrieben hatte. Sein Vorschlag entsprach nicht den Befehlen, die der Narbige bekommen hatte, das sah er ihm an. Doch schließlich nickte er.

»Gut. Aber bringt es zügig zu Ende. Das hier dauert schon länger als geplant, und meine Männer und ich wollen noch etwas von der Parade mitbekommen.«

Andrej antwortete vorsichtshalber nicht, und der Soldat beließ es zu seiner Erleichterung nur bei einem abschließenden ärgerlichen Blick. Die Hälfte seiner Leute wandte sich um und verschwand im Laufschritt, und auch Andrej verschränkte die Arme vor der Brust und tat so, als betrachte er interessiert die blutrünstige Menge. Irgendwo unter ihnen waren auch Gordon und seine Männer, aber es war unmöglich – selbst für ihn –, sie zu erkennen. Sehr viele der Schaulustigen trugen mittlerweile das Blau und Weiß der spanischen Marine. Die große Parade, von der Gordon erzählt hatte, war noch immer nicht zu Ende, aber der Diensteifer der meisten Beteiligten schien bereits merklich nachzulassen.

»Wie oft hast du das schon getan?«

Andrej begriff im ersten Moment den Sinn dieser Frage nicht. Und auch der sonderbare Blick, mit dem ihn der Soldat mit der Narbe maß, als er sich ihm erneut zuwandte, gab ihm Rätsel auf.

»Oft genug«, entschloss er sich schließlich zu antworten. Dann verbesserte er sich: »Zu oft.«

Anscheinend war es das, was der Mann hatte hören wollen. Aus dem latenten Misstrauen in seinem Blick wurde jedenfalls eine Mischung aus Mitleid und Verachtung.

»Dann solltest du dich anstrengen, um alles richtig zu machen«, fuhr der Soldat fort. »Du weißt, was du den Leuten schuldig bist.«

Aus seinen bisher widersprüchlichen Empfindungen dem Mann gegenüber wurde blanke Verachtung, als Andrej begriff, dass der Soldat diese Worte bitter ernst gemeint hatte. Es ging ihm um nichts anderes als darum, der blutrünstigen Menge das Schauspiel zu liefern, nach dem sie schrie, und darum, zusammen mit seinen Männern möglichst schnell in die nächste Gaststube zu kommen oder ins Bett der nächsten Hure. Zum ersten Mal war er froh, die schwarze Henkersmaske zu tragen, sodass der Mann den Ausdruck auf seinem Gesicht nicht erkennen konnte.

Wieder verging Zeit – nicht einmal viel, aber sie kam ihm

wie eine kleine Ewigkeit vor –, doch schließlich kam Bewegung in die Szenerie. Die Anzahl der Fackeln, die den Richtplatz säumten, nahm plötzlich auf das Doppelte zu, und gleichzeitig begann eine Trommel zu schlagen. Für einen winzigen Moment senkte sich Stille über die Menge, als hielten all diese hunderte und aberhunderte Menschen den Atem an, dann erhob sich freudiges Gemurmel, das gleich darauf in einen johlenden Chor umschlug. Es wurde gelacht, gepfiffen und applaudiert, als sich auf der anderen Seite des Platzes eine Tür öffnete, Soldaten heraustraten und einen lebenden Korridor bildeten, der bis zu dem hölzernen Podest führte. Das Schlagen der Trommel wurde lauter, hämmernder und zugleich düsterer, dann wuchs das Stimmengewirr endgültig zu einem Kreischen und begeistertem Klatschen und Füßestampfen an, als die Gefangenen aus dem Haus geführt wurden. Andrej hielt instinktiv den Atem an und musste sich beherrschen, nicht unter den Mantel zu greifen und die Hand um Gunjir zu schließen.

Die Männer schlurften in einer langen Reihe, mühsam und gebückt. Ihre Hände waren auf den Rücken zusammengebunden, und ein weiterer, kurzer Strick fesselte ihre Fußgelenke aneinander, sodass sie nur kurze, trippelnde Schritte machen konnten. Die meisten hielten die Köpfe gesenkt, und der eine oder andere kämpfte darum, die Tränen zurückzuhalten oder hatte diesen Kampf auch bereits verloren.

Mit jeder Gestalt, die aus der Tür trat, wurde das Johlen der Menge lauter und begeisterter, und als die beiden letzten Delinquenten erschienen, wuchs der Lärm zu einem regelrechten Orkan an, unter dem der ganze Platz erbebte.

Die beiden Männer hätten unterschiedlicher nicht sein können. Der eine war mittelgroß und von eher schlankem Wuchs, hatte schulterlanges weißes Haar und trug eine tadellos sitzende Marineuniform mit goldfarbenen Epauletten, der andere war ein wahrer Riese, an die sieben Fuß groß und vollkommen in Schwarz gekleidet. Der ebenfalls schwarze Turban, den er gewöhnlich trug, war verschwunden, sodass Abu Duns glänzend schwarzer Kahlkopf zum Vorschein kam. Sowohl auf seinem Schädel als auch auf seinem Gesicht war eingetrocknetes Blut zu sehen, aber seine Züge zeigten nicht einmal die Spur einer Regung. Er war auf die gleiche Art an Händen und Füßen gefesselt wie die anderen, nur nicht mit Stricken, sondern mit schweren Ketten, die massiv genug aussahen, selbst seinen gewaltigen Kräften zu trotzen, brachte aber dennoch das Kunststück fertig, sich einigermaßen würdevoll zu bewegen, statt wie alle anderen albern dahinzutrippeln. Es fiel Andrej immer schwerer, ruhig dazustehen. Aber wenn er jetzt etwas unternahm, dann war es nicht nur um Abu Dun geschehen, sondern auch um ihn.

Sein narbengesichtiger Begleiter nickte auffordernd, und Andrej setzte sich gemessenen Schrittes in Bewegung. Auch die Soldaten, die seine Eskorte bildeten, hatten nun Fackeln entzündet und benutzten sowohl sie als auch die Kolben ihrer Musketen (und auch schon einmal ihre Bajonette), um für sich und Andrej eine Gasse durch die Menschenmenge zu bahnen. Sie kamen trotzdem kaum von der Stelle. Rücksichtslos, wie die Männer vorgingen, versuchten die Menschen ihnen Platz zu machen, aber wohin sollten sie gehen, wenn es nichts gab, wohin sie ausweichen konnten? Selbst Andrej, der von den Männern abgeschirmt wurde, so gut es ging, wurde mit Rippenstößen und immer wüster werdenden Flüchen und Verwünschungen bedacht.

Das Schlimmste aber waren die Blicke, die ihn trafen. Die spitze Kapuze, die er übergestreift hatte, verbarg sein Gesicht zuverlässig, aber er spürte dennoch die Mischung aus Furcht, perverser Bewunderung und Abscheu, die all diese Menschen dem Henker entgegenbrachten, in dessen Maske er auftrat; und erneut empfand er tiefste Verachtung. Er verstand die Menschen immer weniger. Wenn er ehrlich war, hatte er das nie getan. Sie waren so verwundbar und zerbrechlich, und ihre Leben so kurz, und dennoch schien ihre Begeisterung für Tod und Gewalt keine Grenzen zu kennen. Vielleicht, dachte er – und auch das nicht zum ersten Mal, aber vielleicht zum allerersten Mal im Ernst –, vielleicht hatte er ja all die Jahre hinweg die falschen Monster gejagt. Die Wesen, die Abu Dun und er in so großer Zahl zur Strecke gebracht hatten, mochten grausam und gnadenlos sein, aber sie töteten nur, um zu leben. Jetzt blickte er in Gesichter, in denen die blanke Blutgier geschrieben stand. All diese Menschen, die sonst ganz normale Einwohner dieser Stadt waren, Handwerker und Händler, liebende Mütter und fürsorgliche Väter und Ehemänner, schienen sich plötzlich in mordlüsterne Bestien verwandelt zu haben, die nur den Tod um seiner selbst willen sehen wollten. Sie lechzten nach Blut, und es war ihnen gleich, wessen Blut es war und aus welchem Grund es vergossen wurde.

Zum ersten Mal fragte sich Andrej, ob sie all die Jahrzehnte und Jahrhunderte des Kämpfens und Tötens wert waren; ob alles umsonst gewesen war.

Und vielleicht würde sich etwas ändern, wenn das hier vorüber war und sie es überlebten. Vielleicht würde er nicht mehr derselbe sein.

Obwohl ihr Weg kürzer war als der, den die Gefangenen zurücklegen mussten, erreichten sie den Richtplatz erst lange, nachdem die aneinandergebundenen Delinquenten auf das hölzerne Podest hinaufgezerrt worden waren. Einer der Männer versuchte im letzten Moment, ebenso sinnlos wie verzweifelt Widerstand zu leisten, und wurde brutal niedergeknüppelt. Irgendetwas kam aus der Menge angeflogen und zerbrach klirrend, was von stürmischem Applaus quittiert wurde, und aus Andrejs Verachtung wurde etwas anderes und weitaus Schlimmeres.

Trotz allem war er beinahe erleichtert, als sie ihr Ziel erreichten und er die schmalen Stufen zum Richtplatz hinaufstieg. Eine fast greifbare Woge von Furcht schlug ihm entgegen, das süße Aroma der Angst, die all diese Männer gepackt hatte und die auch ihn erschütterte, tief in ihm aber auch irgendetwas vor Gier aufheulen ließ. Ein Teil von ihm wollte den Tod dieser Männer, und ein – stärker werdender – anderer Teil von ihm genoss die Furcht, war sie doch das Lebenselixier der Bestie, die tief in ihm schlummerte. Er verscheuchte auch diesen Gedanken. Oder versuchte es wenigstens.

Als er die Bühne betrat, die für das grausige Schauspiel gerichtet worden war, begann die Menge zu applaudieren. Andrej verzog unter der schwarzen Maske angewidert das Gesicht, wandte sich aber trotzdem zu der johlenden Menge um und verbeugte sich, einem Schauspieler gleich, der seinem Publikum Respekt zollt. Hinter ihm betraten der Narbige und drei weitere Soldaten das Podest, die anderen bildeten eine lebende Barrikade am Fuße der Treppe, um der drängelnden Menge wenigstens symbolischen Widerstand entgegenzusetzen.

Andrej wandte sich wieder um, trat gemessenen Schrittes neben den mächtigen Holzklotz und streckte die Hand nach dem Stiel der riesigen zweischneidigen Axt aus, die darin steckte. Selbst er spürte das Gewicht des grausigen Werkzeugs. Den Mann, dessen Kleidung und Kapuze er trug, musste es enorme Anstrengung kosten, die Axt auch nur anzuheben. Zugleich glitt sein Blick prüfend über die Gesichter der gefesselten Männer. Die meisten wirkten jetzt gefasst und erwiderten seinen Blick mit steinerner Miene. Selbst der Mann, der sich gerade noch so verzweifelt gewehrt hatte, hatte nun aufgegeben und starrte aus blicklosen Augen ins Leere. Nur Rodriguez … lächelte.

Es war ein sehr sonderbares Lächeln, fand Andrej. Nicht verstockt oder trotzig, um seinen Henkern nicht die allerletzte Genugtuung zu gönnen, Angst auf seinem Gesicht zu sehen. Es wirkte echt, und als Andrej behutsam in ihn hineinlauschte, fühlte er auch in seinen Gedanken nichts als eine schon fast heitere Gelassenheit; als fürchte er den Tod nicht und wisse genau, dass er nicht in Gefahr und alles nichts als eine große Scharade war.

Andrejs Blick löste sich von dem des weißhaarigen Colonel und suchte Abu Dun. Der Nubier musste seine Präsenz ebenso deutlich fühlen wie Andrej umgekehrt die seine, aber anders als er sah er nur die schwarze Henkersmaske und spürte den Vampyr darunter. Er konnte nicht wissen, ob er nicht vielleicht einem von Lokis Verbündeten gegenüberstand, den dieser geschickt hatte, um auch ganz sicherzugehen.

»Worauf wartest du?«, zischte der Narbige neben ihm. »Fang endlich an!« Ohne Andrejs Antwort abzuwarten, gab er einem seiner Männer einen Wink, den ersten Gefangenen zu bringen, doch Andrej schüttelte rasch den Kopf.

»Bringt zuerst den Heiden«, sagte er.

»Meine Befehle lauten anders«, erwiderte der Soldat. »Er soll als Letzter hingerichtet werden.«

»Dann tu es doch selbst«, erwiderte Andrej gelassen.

»Du wirst – !«, begehrte der Soldat auf, und Andrej unterbrach ihn, indem er ihm das zentnerschwere Beil mit ausgestrecktem Arm hinhielt. Das spöttische Lächeln auf seinen Lippen konnte der Soldat nicht sehen, aber er musste es wohl in seinem Blick gelesen haben. Der Trotz in seinen Augen brach und machte Furcht und hilflosem Zorn Platz.

»Das wird Folgen für dich haben, das verspreche ich!«, zischte er, herrschte aber den am nächsten stehenden Mann an: »Bringt zuerst den Muselmanen! Und beeilt euch!«

Sowohl Andrej als auch der Narbige hatten leise gesprochen, doch der kurze Disput war nicht unbemerkt geblieben. Die zuvorderst Stehenden waren verstummt und blickten überrascht und neugierig zu ihnen hoch, aus den hinteren Reihen aber wurden schon wieder die ersten unwillige Rufe laut. Die Menge wollte Blut sehen. Und sie wollte es jetzt sehen.

Abu Dun wurde gebracht, zwei Männer hatten ihn an den Armen gepackt, zwei weitere gingen dicht hinter ihm und hatten ihre Bajonette erhoben, um sie ihm sofort in den Rücken zu stoßen, sollte er auch nur eine einzige falsche Bewegung machen. Selbst gefesselt flößte der riesenhafte Nubier seinen Bewachern anscheinend noch einen gewaltigen Respekt ein.

Andrej versuchte Abu Duns Blick einzufangen, aber es gelang ihm nicht. Der Nubier starrte an ihm vorbei ins Leere. Sein Gesicht war wie eine aus schwarzem Stein gemeißelte Maske.

»Nehmt ihm die Fesseln ab«, befahl Andrej.

»Bist du verrückt?«, entfuhr es dem Narbigen. »Sieh dir den Mann doch an! Er ist stark wie ein Ochse! Ich werde diesen Riesenkerl ganz bestimmt nicht losbinden!«

Diesmal spürte Andrej, wie ernst es seinem Gegenüber war. Und er spürte auch das Misstrauen des Mannes. Vermutlich hätte er ihn zwingen können, seinem Befehl zu folgen und Abu Dun loszubinden, aber dieses Risiko erschien ihm zu groß. Zusammen mit dem Narbengesichtigen hielten sich mehr als ein Dutzend bewaffneter Soldaten auf dem Podest auf. Wenn er überhaupt eine Chance hatte, diesen Irrsinn zu überleben, dann nur, wenn er den Vorteil der Überraschung nutzte.

»Ganz, wie du meinst«, sagte er achselzuckend, wandte sich zu Abu Dun um und zeigte mit dem Finger zu Boden. »Knie dich hin, Pirat.«

In Abu Duns Gesicht rührte sich kein Muskel, aber in seinen Augen blitzte ein winziger Funke des Verstehens auf und erlosch wieder, bevor irgendjemand außer ihm selbst ihn sehen konnte. Wortlos legte er den letzten Schritt bis zu dem monströsen Hackklotz zurück, ließ sich davor auf die Knie fallen und beugte das Haupt, bis seine Stirn das blutgetränkte Holz berührte. Das Johlen und Applaudieren des Mobs wurde lauter.

Als Andrej die Axt hob, verstummte es, und fast atemlose Stille legte sich über den Platz.

Andrej ergriff den Axtstiel mit beiden Händen, schwang die Waffe hoch über den Kopf und legte all seine gewaltige Kraft in den Hieb, mit dem er sie niedersausen ließ. Die doppelte Axtklinge verwandelte sich in einen silberfarbenen Blitz, der auf Abu Duns Nacken herunterfuhr ... und im allerletzten Moment seine Richtung änderte. Statt den Nubier zu enthaupten, fuhr die Klinge dicht über seinem gebeugten Rücken entlang, zerschmetterte Abu Duns Handfesseln und änderte dann noch einmal ihre Richtung, um auch noch die Kette zwischen seinen Fußgelenken zu zertrümmern. Funken stoben, und es roch nach Blut – er musste Abu Dun verletzt haben –, und der Nubier sprang mit einer einzigen, fließenden Bewegung auf die Beine und wirbelte herum, noch bevor irgendjemand außer Andrej und ihm selbst begriff, was geschah. Vielleicht war es der Narbengesichtige, der als Erster verstand – möglicherweise hatte er insgeheim mit einem Angriff gerechnet –, doch nun nutzte ihm dieses Wissen nichts mehr: Seine Hand fuhr zum Schwertgriff an seinem Gürtel, und noch bevor er die Bewegung auch nur halb zu Ende gebracht hatte, hatte Abu Dun ihn schon gepackt, riss ihn so mühelos in die Höhe, als wäre er nicht schwerer als ein Kind, und schleuderte ihn auf die beiden Männer, die hinter ihnen standen. Irgendwie gelang es ihm, noch in der Drehung den Säbel des Narbigen an sich zu bringen. Andrej fuhr herum, riss die Axt aus dem gesplitterten Holz und war mit einem einzigen Satz bei den anderen Gefangenen.

Es war, als würde die Zeit stillstehen. Niemand hatte sich gerührt. Niemand blinzelte auch nur, und wohin Andrej auch sah, blickte er in weit aufgerissene, verständnislose Augen und sah offen stehende Münder. Dann schrie irgendwo in der Menge hinter ihm eine Frau, und das Geräusch brach den Bann.

Noch bevor Andrej den ersten Gefangenen erreichte, brach auf dem gesamten Platz Panik aus, aber er verschwendete nicht einmal einen Blick darauf, sondern stürmte weiter, stieß einen Soldaten so wuchtig aus dem Weg, dass er vom Podest geschleudert wurde und in die auseinanderspritzende Menge stürzte, und schwang seine Axt. Die Klinge durchtrennte die Handfesseln des ersten Gefangenen und traf im Aufwärtsschwung auch noch mit der flachen Seite einen weiteren Soldaten, der bewusstlos zu Boden ging, und das war anscheinend Warnung genug für alle anderen. Nur ein einziger Mann versuchte, sich ihm in den Weg zu stellen, und bezahlte diesen Versuch mit dem Leben, dann hatte er Rodriguez erreicht, warf die Axt in hohem Bogen davon und zerriss die Fesseln des Colonels mit bloßen Händen. Rodriguez starrte ihn aus weit aufgerissenen Augen an; beeindruckt, aber nicht im Geringsten überrascht.

Das alles geschah in der ersten Sekunde.

In der zweiten griff die Panik unter den Zuschauern noch mehr um sich. Irgendetwas traf das Podest mit solcher Wucht, dass die ganze Konstruktion bedrohlich zu schwanken begann, und einer der Gefangenen versuchte, sich an ihn zu klammern, und flehte ihn an, ihn loszuschneiden. Andrej stieß ihn fort, wirbelte herum und zerrte Rodriguez so derb mit sich, dass dieser das Gleichgewicht verlor und fast über das halbe Podest geschleift wurde, bevor es ihm gelang, wieder auf die Füße zu kommen.

Ein weiterer Soldat besann sich endlich wieder auf den Grund, aus dem er eigentlich hier war, vertrat ihm den Weg und versuchte, ihm sein Bajonett ins Gesicht zu stoßen. Andrej dankte dem erstbesten Gott, dessen Name ihm einfiel, dafür, dass er nicht auf die Idee gekommen war, die Muskete abzufeuern, schlug die Waffe mitsamt ihres Besitzers zur Seite und unterdrückte einen Fluch, als Rodriguez sich losriss und schon wieder auf die Knie fiel; dann sah er, dass er sich lediglich gebückt hatte, um einen Säbel aufzuheben. Ärgerlich riss er Rodriguez zum zweiten Mal auf die Füße und registrierte fast beiläufig, wie das Holz unmittelbar neben ihm auseinanderplatzte und ein münzgroßes, rauchendes Loch entstand. Offensichtlich waren nicht alle Soldaten in Panik geraten. Mindestens ein Mann hatte die Nerven behalten und aus einem der umliegenden Häuser mit einer Muskete auf ihn geschossen.

Vermutlich war es reiner Zufall, dass die Kugel so dicht neben ihm eingeschlagen war, denn Musketen waren keine sehr zielsicheren Waffen. Andrej hatte allerdings auch nicht vor, abzuwarten und diese Vermutung zu überprüfen.

Er fuhr zu Abu Dun herum, stellte erwartungsgemäß fest, dass sich der Nubier aller seiner Bewacher entledigt hatte, und deutete mit der freien Hand nach links, in die Richtung, aus der sie gerade gekommen waren. Die lebende Gasse war ebenso verschwunden wie die Männer, die sie gebildet hatten, und alles, was er sah, waren panisch durcheinanderstürzende Menschen.

Abu Dun löste das Problem auf seine ganz eigene Art, indem er mit einem einzigen Satz in die Menge hinuntersprang und den erbeuteten Säbel schwang, um auf diese Weise nicht nur die Panik noch ein wenig zu schüren, sondern auch Platz für sich, Andrej und den Colonel zu schaffen.

Irgendetwas surrte mit dem Geräusch einer wütenden Hornisse so dicht an Andrejs Ohr vorbei, dass er den Luftzug spürte, traf einen der Gefangenen auf der anderen Seite des Podests und ließ ihn wie vom Blitz getroffen zusammenbrechen. Anscheinend trafen Musketen doch sicherer ihr Ziel, als Andrej angenommen hatte.

Rodriguez mit sich zerrend, sprang er von der Plattform, glitt prompt aus und wäre der Länge nach hingeschlagen, wäre es jetzt nicht Rodriguez gewesen, der ihn im letzten Moment gepackt und festgehalten hätte.

»Kein Problem, Señor«, grinste Rodriguez. »Ich denke, das war ich Euch schuldig ... auch wenn Ihr Euch reichlich Zeit gelassen habt, wenn ich offen sein darf. Euer Freund und ich dachten schon, Ihr würdet gar nicht mehr kommen.«

Andrej sparte sich jede Antwort. Rodriguez war entweder verrückt oder wusste etwas, wovon er nichts wusste. Er schien das Geschehen als eine Art großes Abenteuer anzusehen. Doch wenn ihm jemand den Kopf wegschoss, würde er vielleicht nicht mehr grinsen, dachte Andrej.

Er versetzte Rodriguez einen Stoß, der ihn weiterstolpern ließ, und blieb dicht hinter ihm, während sie zu Abu Dun aufschlossen, der durch die Menge pflügte wie ein Wal durch eine Schule hilfloser Tümmler. Er stieß und rammte Männer und Frauen beiseite und trampelte diejenigen nieder, die ihm nicht schnell genug Platz machten. Hinter ihm schloss sich die lebende Flut wieder, aber nicht schnell genug, um Andrej und Rodriguez den Anschluss zu verwehren.

Unmittelbar neben Rodriguez schrie ein Mann auf, griff sich an die Brust und brach zusammen. Zwischen seinen Fingern quoll hellrotes Blut hervor. Wer auch immer da auf sie zielte, dachte Andrej, hatte entweder alles Glück der Welt gepachtet oder war ein schon fast übernatürlich guter Schütze. Besser, er ging von der zweiten Möglichkeit aus.

Abu Dun bahnte sich weiter einen Weg durch die Menge, aber auch er wurde allmählich langsamer, und möglicherweise rettete das ihnen das Leben. Sie hatten das Haus, durch das er vorhin gekommen war, beinahe erreicht, als die Hälfte der Türen auf dieser Seite des Platzes aufflogen und eine knappe Hundertschaft Soldaten herausstürmte.

Sie eröffneten augenblicklich das Feuer.

Selbst Andrej, der geglaubt hatte, auf alles vorbereitet zu sein, war so überrascht, dass er eine halbe Sekunde lang einfach nur dastand und die Soldaten anstarrte, die aus ihren Musketen auf Abu Dun und ihn schossen – vor allem auf Abu Dun, der wohl das lohnendere Ziel bot. Die meisten Kugeln gingen fehl, was eindeutig an der mangelnden Treffsicherheit der Musketen lag, doch eine Kugel fetzte einen langen Streifen aus Abu Duns Mantel und streifte ihn am Arm, und auch etliche andere Geschosse trafen ihr Ziel ... wenn auch nicht das, auf das sie abgefeuert worden waren. In die panischen Angst- und Schreckensrufe der Menschen mischten sich Schmerz- und Todesschreie, und Andrej sah, wie zwei Gestalten getroffen zu Boden sanken. Abu Dun zog instinktiv den Kopf ein, und auch Andrej duckte sich und begriff erst hinterher, dass es tatsächlich so aussah, als benutze er den Nubier als lebendes Schutzschild.

Doch schon einen halben Atemzug später schien das nicht mehr wichtig, denn die gesamte Menschenmenge brandete in einer einzigen panischen Bewegung zurück und riss Abu Dun, Rodriguez und ihn einfach mit sich. Mehr Schüsse krachten, und wieder gellten Todesschreie auf. Im Lärm der tobenden Menge hätten diese einzelnen Schreie untergehen müssen, aber sie taten es nicht, sondern trafen Andrej im Gegenteil wie glühende Messerstiche.

Etwas zupfte an seinem Arm, und die Frau neben ihm brach schreiend zusammen und schlug beide Hände gegen den Hals. Schaumiges Blut quoll zwischen ihren Lippen hervor, und Andrej spürte, wie das Leben aus ihr wich, noch bevor der Schmerz ihr Bewusstsein endgültig erreichte. Es ging schnell, aber nicht schnell genug: Etwas griff aus Andrej heraus, bekam einen Rest der entweichenden Lebenskraft zu fassen und fügte ihn seiner eigenen Kraft hinzu. Es war nicht viel, kaum ein Tropfen im Vergleich zu einem ganzen Ozean, aber er schmeckte köstlich, hatte er doch die Süße verbotener Früchte.

Ohne Nachzudenken, ergriff Andrej Rodriguez' Hand

fester und zerrte ihn halb mit sich, halb wurden sie von der panischen Menge mitgerissen. Wieder krachte eine Musketensalve, und neue Schreie gellten durch den Lärm der menschlichen Stampede. Dann, so schien es Andrej im ersten Moment, ging die gesamte Rückseite des Platzes krachend in Flammen auf.

Wahrscheinlich waren es wohl kaum mehr als ein oder zwei Fässchen Pulver, die in zwei nebeneinanderliegenden Häusern auf der anderen Seite des Platzes explodierten, aber die Wirkung auf die ohnehin panische Menschenmenge war verheerend. Flammen und schwarzer Rauch barsten aus den splitternden Fenstern, gefolgt von einem Hagelschauer glühender Trümmerstücke und Splitter, und die Front eines der beiden Häuser brach zusammen und begrub zahlreiche Menschen unter sich.

Noch bevor das Dach des instabil gewordenen Gebäudes nachrutschen und noch mehr Opfer fordern konnte, ging eine dritte Sprengladung auf der anderen Seite des Platzes hoch. Diesmal verwandelte sich das Dach eines Hauses in den Schlund eines feuerspuckenden Vulkans, sodass der nachfolgende Trümmer- und Feuerregen viele Opfer forderte, Verletzte, vielleicht sogar Tote. Noch immer krachten vereinzelte Schüsse, aber Andrej bezweifelte, dass sie noch gezielt waren.

Eine jedoch schlug noch so dicht neben ihm ein, dass Steinsplitter aufspritzten und in seinen Handrücken schnitten.

Andrej sagte sich, dass das nichts als Zufall war, glaubte beinahe selbst daran und rannte blindlings weiter. Noch eine Explosion krachte, nicht so heftig wie die drei vorangegangenen und weiter entfernt, aber sie reichte aus, um den Platz in das pure Chaos zu verwandeln. Die Menschen rannten kopflos durcheinander, trampelten sich gegenseitig nieder oder begannen wie von Sinnen aufeinander einzuschlagen, und der lodernde Flammenschein verwandelte die Szenerie endgültig in eine apokalyptische Vision der Hölle, wie sie schlimmer nicht sein konnte.

Andrej hätte hinterher nicht sagen können, ob es reiner Zufall gewesen war oder etwas in ihm den richtigen Weg gespürt hatte – mit einem Mal hatten sie den Marktplatz überquert, und eine offen stehende Tür lag vor ihnen. »Andrej! Colonel! Hierher!«

Es war Rodriguez, der zuerst auf die Stimme reagierte und herumschwenkte, nicht Andrej, und er erkannte die schwarzhaarige Gestalt auch erst, als sie die Tür schon fast erreicht hatten. Dicht hinter Rodriguez stürmte er hindurch und an Gordon vorbei und warf sich dann instinktiv zur Seite, um nicht von Abu Dun über den Haufen gerannt zu werden. Gordon schmetterte die Tür ins Schloss, fuhr herum und schnitt dem schwer atmenden Rodriguez mit einer raschen Handbewegung das Wort ab. »Für Dank ist jetzt keine Zeit«, sagte er. »Weiter! Nach unten, in den Keller! Bresto wartet auf Euch! Und macht schnell! Hier fliegt gleich alles in die Luft!«

Andrej hatte nicht vorgehabt, sich zu bedanken – ganz im Gegenteil –, aber er sah Gordon an, wie ernst seine Worte gemeint waren, und hätte das nicht gereicht, so hätte ihm spätestens der Anblick der brennenden Fackel in Gordons Hand klargemacht, dass er besser daran tat, seine Warnung ernst zu nehmen. Er ließ endlich Rodriguez' Hand los und stürmte weiter. Als er die Kellertreppe erreichte, hörte er Gordon fluchen, und dann das Geräusch eines schweren Riegels, der vorgelegt wurde, und ihre Verfolger vermutlich nicht einmal so lange aufhalten würde, wie Gordon gebraucht hatte, um ihn vorzulegen.

Bresto erwartete sie am Fuß der schmalen Treppe, die in eines der üblichen Kellergewölbe hinabführte. Er hielt eine heftig rußende Fackel in der Hand, trat vor Ungeduld von einem Fuß auf den anderen und hatte frisches Blut im Gesicht, aber Andrej spürte auch, dass es nicht sein eigenes war. »Schnell!«, keuchte er. »Wir müssen weg!«

Über ihnen vernahmen sie ein dumpfes Krachen, fast unmittelbar gefolgt vom Geräusch splitternden Holzes und einem Durcheinander brüllender Stimmen, und als Andrej herumfuhr, tauchte Gordon am oberen Ende der Treppe auf. Er hielt jetzt keine Fackel mehr in der Hand. »Lauft!«, brüllte er. »Sie sind gleich da!«

Aber trotz der Warnung ging alles schneller als Andrej gedacht hatte. Gordon war noch keine drei Stufen die Treppe hinab, als eine schattenhafte Gestalt in der Tür über ihm erschien und mit einer Muskete auf ihn zielte. Der Schuss krachte, noch bevor Andrej Zeit fand, zu erschrecken.

Doch es war kein Musketenschuss.

Die Tür hinter dem Soldaten füllte sich mit blendendem Weiß, dann mit Flammen und Rauch und fliegenden Trümmerstücken. Ein gewaltiger Ruck ging durch den Boden, und erst, als die Druckwelle den Soldaten erfasste und in Stücke riss, drang das gewaltige Krachen der Explosion an sein Ohr. Andrej wurde von den Füßen gehoben und quer durch den Keller geschleudert. Irgendwie gelang es ihm, auf den Füßen zu bleiben – wenigstens so lange, bis Gordon gegen ihn prallte und ihn mit sich zu Boden riss. Zuckender Flammenschein und Rauch erfüllten den Keller und machten nicht nur das Atmen fast unmöglich, sondern auch jede Orientierung. Der Boden schwankte, die ganze Welt schwankte, und Steine und Kalk regneten von der Decke. Jemand Warmes, der heftig blutete, lag auf ihm und wimmerte leise, und er roch verbranntes Fleisch.

Halb benommen wälzte er den stöhnenden Gordon von sich herunter, stemmte sich hoch und suchte mit tränenden Augen nach den anderen. Abu Dun stand bereits wieder auf den Beinen, und auch Bresto kam torkelnd wieder in die Höhe; Rodriguez allerdings lag gekrümmt auf der Seite und rührte sich nicht. Andrej torkelte zu ihm, drehte ihn auf den Rücken und lauschte gebannt in ihn hinein. Rodriguez war bewusstlos und blutete aus mehreren tiefen Schnittwunden im Gesicht und am Hals, aber sein Herz schlug langsam und regelmäßig; er war verletzt, aber nicht lebensgefährlich.

»Sind alle … unverletzt?«, fragte Gordon hustend. Er klang nicht, als wäre er selbst unversehrt.

»Nein«, antwortete Andrej. »Aber am Leben … auch wenn das ganz bestimmt nicht Euer Verdienst ist, Capitan.« Er war mit zwei schnellen Schritten bei Gordon, sah, dass es ihn noch weit schlimmer erwischt hatte als Rodriguez, und riss ihn trotzdem mit einem derben Ruck auf die Füße. Gordon wimmerte vor Schmerz, aber das schürte Andrejs Zorn eher noch. »Seid Ihr wahnsinnig geworden?«, fuhr er ihn an. »Was habt Ihr Euch dabei gedacht, die halbe Stadt in die Luft zu jagen?«

»Dafür ist jetzt keine Zeit, Señor«, mischte sich Bresto ein. »Wir müssen weg. Das da wird sie nicht lange aufhalten!« Er deutete hustend auf den zusammengebrochenen Rest der Treppe, dann nach oben. Die Tür war verschwunden, und das ausgefranste Loch, in das sie sich verwandelt hatte, mit qualmenden Trümmern und Schutt verstopft. Aber Bresto hatte natürlich recht: Diese jämmerliche Barrikade würde ihre Verfolger kaum länger als ein paar Minuten aufhalten.

»Ihr kennt einen Weg hier heraus?«, wandte er sich an Bresto.

Der junge Adjutant nickte. »Ja. Aber wir müssen uns beeilen. Und …« Er zögerte.

»Ja?«, fragte Andrej.

»Würdet Ihr mir einen Gefallen tun, Señor?«, fragte Bresto, nervös und ohne Andrej dabei direkt anzusehen.

»Und welcher wäre das?«, fragte Andrej.

»Würde es Euch etwas ausmachen, endlich diese schreckliche Maske abzunehmen?«

17

Sie brauchten mehr als eine Stunde, um wieder an Bord der *Ninja* zu gelangen. Andrej hatte wie ganz selbstverständlich angenommen, dass Bresto sie durch das Labyrinth aus Kellern und Katakomben bis zum Hafen führen würde, aber sie waren schon nach einem kleinen Stück wieder an die Oberfläche zurückgekehrt, nicht mehr in Sichtweite des Marktplatzes, aber nahe genug, um noch immer das Echo der Schreie zu hören und den Widerschein der Flammen am Himmel zu sehen. In der schmuddeligen Gasse, in die sie hinaustraten, warteten drei von Gordons Männern auf sie. Einer von ihnen trug noch eine blaue Uniformjacke, deren Ärmel angesengt waren, im Gürtel des anderen steckte ein kurzer Säbel mit blutiger Klinge. Schweigend ging Andrej zu dem einfachen Karren, den die Matrosen mitgebracht hatten; ein simples Gefährt mit offener Ladefläche, das nur von einem einzelnen Maultier (das in Andrejs Augen nicht so aussah, als wäre es auch nur in der Lage, sein eigenes Gewicht über eine längere Strecke zu transportieren) gezogen wurde. Auf einen Wink Gordons hin kletterte Abu Dun hinauf, dann deutete der Kapitän auf eine zerschlissene Zeltplane; das einzige Ladegut, das der Wagen hatte.

»Versteckt Euch darunter«, sagte er.

»Und Ihr?«

»Der Colonel und sein zukünftiger Ex-Adjutant fahren vorne auf dem Kutschbock«, antwortete Gordon. »Niemand wird sie ansprechen, solange sie ihre Uniformen tragen. Aber Ihr und Euer Freund seid zu auffällig. Verbergt Euch unter der Plane. Und seid still. Es kann sein, dass wir kontrolliert werden.«

»Von wem?«

Gordon schien die Frage als überflüssig zu empfinden, denn er machte sich nicht einmal die Mühe einer Antwort, sondern winkte nur noch einmal einladend zu Ladefläche hin und ging dann nach vorne. Er begann mit leiser, aber sehr erregter Stimme auf einen seiner Männer einzureden, und nach einer weiteren Sekunde folgte Andrej Abu Dun auf die Ladefläche hinauf.

»Ist alles in Ordnung?«, fragte er – allerdings erst, nachdem er zu Abu Dun unter die Plane geschlüpft und sie bis auf einen kaum fingerbreiten Spalt über sich gezogen hatte.

Abu Dun antwortete, aber erst nach einer Pause, die für Andrejs Geschmack gerade eine Spur zu lang war, um ihm nicht Anlass zum Aufhorchen zu geben. »Ja. Doch du bist reichlich spät gekommen. Beinahe hätte ich angefangen, mir Sorgen zu machen.«

Andrej wies den Freund nicht darauf hin, dass es seine Idee gewesen war, sich verhaften zu lassen, um auf diese Weise an Loki heranzukommen. Er sparte sich auch jeden Versuch einer Erklärung oder gar Entschuldigung. Abu Dun und er kannten sich lange genug, als dass eine Erklärung notwendig gewesen wäre. Stattdessen fragte er: »Was hast du herausgefunden?«

»Eine Menge«, antwortete Abu Dun. »Und zugleich so gut wie nichts. Sie haben mich sofort in Ketten gelegt und allein in eine Zelle gesperrt. Ich habe nicht sehr viel gehört oder gesehen.«

»Aber etwas doch«, vermutete Andrej.

»Wenn du jemals in Gefangenschaft geraten solltest, Hexenmeister, dann bete darum, dass es bei einem Mann wie de Castello geschieht.«

»Warum?«

»Er behandelt seine Gefangenen gut«, antwortete Abu Dun. »Solange sie nicht sieben Fuß groß und schwarz sind, nehme ich an. Gutes Essen, und es roch nicht nach Schmerz oder Krankheit. Und niemand hatte Angst ... bis auf die zwei, die mich bewacht haben, heißt das.«

»Vampyre?«, fragte Andrej.

»Drei«, antwortete Abu Dun. »Mindestens. Aber wahrscheinlich mehr. Irgendetwas stimmt nicht mit diesen angeblichen Kriegsgefangenen.«

»Du meinst, Loki schart eine kleine Armee von Vampyren um sich?«, fragte Andrej. »Warum? Diese ... Unsterblichen haben nichts mit uns zu schaffen.«

»Als wenn du viel über sie wüsstest! Und de Castello ist nicht Loki, sondern nur de Castello«, antwortete Abu Dun.

»Woher willst du das wissen?«

»Weil er mit mir gesprochen hat.« Abu Dun lachte leise. »Er war zwar der Meinung, es wäre ein Verhör, und doch hat er mir mehr erzählt als ich ihm. Er hält uns für britische Spione. Der Mann ist ein Dummkopf und dazu noch grausam.« Andrej spürte, wie er in der Dunkelheit neben ihm heftig den Kopf schüttelte. »Aber er ist ganz gewiss nicht Loki. Das hätte ich gespürt.«

»Hattest du mir nicht lang und breit erklärt, dass sie sich tarnen können?«, fragte Andrej.

»Nicht so«, beharrte Abu Dun.

Andrej setzte zu einer ärgerlichen Antwort an, kam aber nicht mehr dazu, denn irgendetwas – vermutlich eine flache Hand – klatschte lautstark auf die Zeltplane über ihren Köpfen, und eine Stimme zischte in scharfem Flüsterton: »Seid still, habe ich gesagt! Wollt ihr, dass sie uns erwischen?« Andrej war still; so schwer es ihm auch fiel.

Der Wagen rumpelte in an den Nerven zerrend langsamem Tempo über das unebene Kopfsteinpflaster der Straßen, krachte immer wieder in Schlaglöcher oder hüpfte über Unebenheiten und Hindernisse, sodass Andrej mehr als einmal Angst hatte, das altersschwache Gefährt würde einfach auseinanderbrechen. Mehr als einmal hörte es sich auch ganz so an. Abu Dun und er wurden so kräftig durchgeschüttelt, als befänden sie sich mitten in einem Wagenrennen, bei dem es um Leben und Tod ging, nicht auf der Ladefläche eines Eselkarrens, der kaum im Schritttempo dahinrollte. Mehrfach wurde der Nubier so heftig gegen ihn geschleudert, dass ihm die Luft wegblieb oder es ihm die Zähne schmerzhaft aufeinanderschlug.

Gordons Warnung stellte sich jedoch als nur zu berechtigt heraus. Eingesperrt in fast vollkommene Dunkelheit und allein mit seinen Gedanken, die immer düsterere Pfade beschritten, sobald er nicht aufpasste, verlor Andrej beinahe jedes Zeitgefühl. Die Fahrt kam ihm endlos vor, und bis sie ihr Ziel endlich erreichten, wurden sie viermal angehalten; einmal auch für eine geraume Weile, in der es zu einer hitzigen Diskussion zwischen Rodriguez und einigen Männern kam, die Andrej durch seinen schmalen Sehschlitz nicht erkennen konnte, die sich aber von der Uniform des Colonels ganz offensichtlich wenig beeindruckt zeigten. Seine Hand wollte unter dem Gürtel schon nach dem Schwertgriff tasten, und er spürte auch, wie sich Abu Dun neben ihm anspannte, doch da war der gefährliche Moment vorbei, und sie fuhren weiter.

Endlich erreichten sie den Hafen. Andrej sah durch den schmalen Spalt im Segeltuch in der Dunkelheit nichts weiter als schmutzige Wände und dann und wann einen vorüberhastenden Schemen, aber der üble Geruch der Stadt machte dem kaum weniger unangenehmen Gestank des Hafens Platz, und sie hörten das Knarren der Schiffsrümpfe, das träge Schwappen der Wellen und das schwere Knarren von nassem Segeltuch, das schlaff von den Rahen hing. Der Wagen kam zum Stehen. Andrej wollte die Hand heben, um die Plane beiseitezuschlagen und seine Lungen endlich wieder mit frischer Luft zu füllen, doch Abu Dun ergriff (mit deutlich mehr Kraft, als notwendig gewesen wäre) seinen Arm und hielt ihn zurück. Erst, als rasche Schritte den Wagen umrundeten und das Segeltuch mit einem Ruck zurückgeschlagen wurde und den Anblick auf Gordons breites Grinsen freigab, ließ der Nubier ihn los.

Andrej gefiel Abu Duns Verhalten nicht. Schon durch seine Statur und gewaltige Körperkraft war er gewiss nicht die Sanftheit in Person – doch in den letzten Tagen hatte sein Benehmen eine andere Qualität angenommen. Manchmal hatte Andrej das Gefühl, dass er ihn mehr und mehr wie einen Fremden behandelte, einen Fremden zudem, von dem er nicht wusste, ob er ihm trauen konnte.

»Wir sind da«, erklärte Gordon, als wenn dies nicht offensichtlich gewesen wäre. »Rasch jetzt. Und keinen Laut!« Er streckte die Hand aus, um Andrej aufzuhelfen, doch der ignorierte die Geste, glitt von der Ladefläche des Karrens und streifte endlich den verhassten schwarzen Umhang ab, den er über seinem eigenen Mantel trug. Erst jetzt fiel ihm auf, wie erbärmlich der Stoff stank; nach getrocknetem Schweiß, aber auch nach Blut. Der Mann, dessen Kleidung und Maske er sich ausgeborgt hatte, war offensichtlich kein Neuling im Henkersgewerbe gewesen. Angewidert knüllte er den Fetzen zusammen, warf ihn auf den Wagen und fuhr sich anschließend mehrmals heftig mit den flachen Händen über die Kleidung, als könnte er den üblen Geruch auf diese Weise abwischen.

Gordon sah ihm einen Moment lang stirnrunzelnd zu und

blickte dann auf den abgelegten Mantel. »Lebt er noch?«, fragte er schließlich.

»Wer?«

»Der Henker.«

»Ja«, antwortete Andrej und zuckte die Achseln. »Wahrscheinlich. Ganz sicher bin ich nicht.«

»Wie bedauerlich«, sagte Gordon. »Ich kenne den Kerl. Wäre nicht schade um ihn gewesen.«

»So wie um die anderen?«, fragte Andrej.

»Welche anderen?«

Gordon wusste sehr gut, wovon er sprach, aber Andrej schluckte seinen Ärger herunter und machte eine Kopfbewegung in die Richtung, aus der sie gekommen waren. Über den Dächern der Stadt war noch immer der rote Widerschein der Flammen zu erkennen. Den Soldaten war es noch nicht gelungen, die Brände zu löschen. »Was glaubt Ihr, wie viele Menschen dort gestorben sind, Capitan?«, fragte er eisig.

»Dreißig?«, vermutete Gordon. Er tat so, als müsse er einen Moment lang nachdenken und verbesserte sich dann: »Vielleicht auch fünfzig. Wer weiß? Und wen interessiert es?«

»Mich«, antwortete Andrej gepresst.

»Wart Ihr es nicht, der mich gebeten hat, für ein wenig Ablenkung zu sorgen?«, fragte Gordon gelassen.

»Ich habe damit nicht gemeint, dass Ihr die halbe Stadt in die Luft jagen sollt! Diese Leute waren unschuldig!«

»Unschuldig?« Gordon lachte leise. »Niemand ist unschuldig in dieser Stadt, Andrej. Es ist Krieg.«

»Hier in Cádiz?«

»Nein«, antwortete Gordon. »Die guten unschuldigen Leute hier haben mit diesem Krieg nichts zu schaffen, nicht wahr? Schade, dass Ihr die Parade nicht gesehen habt, Andrej. Vielleicht wärt Ihr erstaunt gewesen, wie sie den Krieg bejubeln, mit dem sie ja so gar nichts zu tun haben. Sie schicken nur ihre Männer und Brüder und Söhne in den Krieg und sind insgeheim froh, dass er so weit weg ist. Vielleicht tut es ihnen gut, wenigstens einen kleinen Appetithappen zu bekommen.«

Andrej setzte zu einer scharfen Antwort an, aber dann musste er an die Begeisterung denken, die er in den Augen der Menge gelesen hatte, und an die Blutgier, die ihm entgegengeschlagen war. Vielleicht hatte Gordon recht.

Aber vielleicht waren Menschen auch einfach so.

»Vielleicht sollten wir diese Diskussion später führen, Señores«, mischte sich Rodriguez ein. »So interessant sie auch sein mag.«

Andrej musste sich beherrschen, um seinen Zorn nun nicht auf den Colonel zu entladen, als er überrascht feststellte, dass Rodriguez das Kunststück fertiggebracht hatte, nicht nur das Blut aus seinem Gesicht zu wischen, sondern auch seine Uniform zu reinigen und sein Haar zu säubern und zu einer Frisur zu arrangieren. Zu einem Empfang bei Hofe wäre er kaum vorgelassen worden, aber hier und bei den herrschenden Lichtverhältnissen sah man ihm nicht an, dass er noch vor kaum einer Stunde beinahe enthauptet, erschossen und in die Luft gesprengt worden wäre.

»Ja, da habt Ihr wohl recht, Colonel«, sagte er widerwillig. »Wo ist das Schiff?«

»Gleich hinter Euch, Señor«, antwortete Gordon amüsiert. »Macht einfach einen Schritt zurück. Aber gebt acht, dass Ihr nicht ins Wasser fallt.«

Andrej durchbohrte ihn mit Blicken, drehte sich aber doch vorsichtig auf dem Absatz herum und stellte fest, dass Gordon kaum übertrieben hatte. Der Wagen hatte zwei Meter von der Kaimauer entfernt angehalten, und Bresto und die drei Matrosen waren schon auf halbem Wege die schmale Planke zum Schiff hinunter. Irgendetwas am schlanken Umriss der *Ninja* und ihrer Umgebung hatte sich verändert. Aber er konnte nicht genau sagen, was. Etwas fehlte.

Dann verstand er. Es war der kolossale Schatten der EL CID, der fehlte, ebenso wie die der meisten anderen Linienschiffe. Die Galeere hatte offenbar abermals ihren Liegeplatz gewechselt und befand sich nun ganz am Ende des Piers, so weit entfernt von der schlafend daliegenden Flotte, wie es in dem hoffnungslos überfüllten Hafen überhaupt möglich war. Etwas sagte Andrej, dass das kein Zufall war, und ganz bestimmt nicht grundlos.

Rodriguez und er waren die Letzten, die die schwankende Planke betraten, doch Andrej sah noch einmal zur El CID hin. Das gewaltige Kriegsschiff war zwar ein gutes Stück entfernt, dank seiner monströsen Größe jedoch trotzdem unübersehbar. Außerdem war es das einzige Schiff im Hafen, auf dessen Deck mehr als eine einzelne Laterne oder Fackel brannte. Es war nicht taghell erleuchtet, aber Andrej sah zahlreiche kleine und größere Lichter, huschende Schatten und eine allgemeine vage Bewegung, und seine feinen Sinne verrieten ihm darüber hinaus eine allgemeine Nervosität und Hektik, die von dem gewaltigen Kriegsschiff Besitz ergriffen hatte.

»Was geht dort vor?«, murmelte er.

Rodriguez, der ebenfalls stehen geblieben war und aus angestrengt zusammengepressten Augen zur EL CID hinsah, deutete nur ein Schulterzucken an, aber Andrej spürte seine Sorge. Was er sah, das gefiel ihm genauso wenig wie Andrej.

Andrej versuchte sich an die Worte des jungen Lieutenant zu erinnern. »Bresto sagte irgendetwas von einem Feuerwerk, als großen Abschluss der Parade … glaube ich.«

»Das würde zu diesem Angeber passen«, sagte Rodriguez. »Seine Soldaten werden es ihm sicherlich danken. Die ganze Stadt feiert. Jeder einzelne Seemann und Soldat hat vielleicht zum letzten Mal in seinem Leben die Gelegenheit, sich zu betrinken oder seine Frau zu sehen, und sie dürfen Feuerwerksraketen zünden!« Er lachte böse. »Ja, wahrlich ein famoser Plan, um die Besatzung seines Schiffes zu motivieren!«

Andrej stimmte Rodriguez zwar zu, aber gleichzeitig hörte er Unaufrichtigkeit in seinen Worten mitschwingen. Konzentriert lauschte er in den Colonel hinein, aber es war genau wie vorhin auf dem Richtplatz: Alles, was er spürte, war eine sonderbare Gelassenheit, die ihm zwar völlig grundlos, völlig unpassend erschien, aber nicht falsch. Rodriguez sagte das, was er dachte.

Unten auf der *Ninja* wurden aufgeregte Stimmen laut – wenn auch nur für einen kurzen Augenblick – und Rodriguez nutzte die Gelegenheit, sich endgültig umzudrehen und die Planke hinunterzueilen. Andrej folgte ihm, wenn auch erst, nachdem er einen letzten, nachdenklichen Blick zur EL CID zurückgeworfen hatte. Loki tat niemals etwas ohne Grund.

Die Aufregung hatte sich schon wieder fast gelegt, als er die *Ninja* betrat, aber Andrej spürte auch die gedrückte Stimmung, die von den Männern Besitz ergriffen hatte.

»Was ist passiert?«, fragte er ohne Umschweife. Abu Dun warf ihm einen bedeutungsvollen Blick zu und Gordon schnaubte und sagte: »Jacques.«

»Der Mann, der Esmeralda bewachen sollte? Was ist mit ihm?« Andrej hatte das unangenehme Gefühl, die Antwort auf diese Frage bereits zu kennen.

Er wurde nicht enttäuscht. »Er ist tot«, sagte Gordon. »Jemand hat ihm die Kehle durchgeschnitten.«

»Tot?«, wiederholte Andrej erschrocken. »Und Esme –«

»Keine Sorge, ihr ist nichts geschehen«, unterbrach ihn Gordon rasch. »Wahrscheinlich ist er sich mit irgendeinem anderen dieser Gauner über ein Glas Rum in die Haare gekommen, oder er hat wieder einmal grundlos Streit angefangen und ist endlich an den Falschen geraten! Bei der Jungfrau Maria, ich schäme mich; wenn das hier vorbei ist, dann suche ich mir eine richtige Mannschaft, keine Bande von Halsabschneidern und Piraten!«

»Ist es an Bord Eures Schiffes üblich, dass die Männer sich gegenseitig umbringen, Capitan?«, fragte Abu Dun.

»Wenn ich nicht schneller bin und sie vorher erwische«, fauchte Gordon, riss sich dann mit einer sichtbaren Anstrengung zusammen und schüttelte den Kopf. »Nein, natürlich nicht. Aber Jacques war ... etwas Besonderes.« Er sah Andrej an, als erwarte er, dass dieser ihm recht gebe, und fuhr dann, als Andrej beharrlich schwieg, grimmig fort: »Kein schlechter Matrose, aber unbeherrscht und streitsüchtig. Ich wusste, dass es irgendwann ein böses Ende mit ihm nimmt ... aber Gott im Himmel, ausgerechnet heute!«

»Wo ist er?«, fragte Abu Dun.

»Der, der ihn umgebracht hat, hat ihn mit einem Ballaststein beschwert und über Bord geworfen«, antwortete Gordon, »aber er war nicht sorgfältig genug. Der Stein hat sich gelöst, als das Schiff abgelegt hat, und die Leiche ist wieder aufgetaucht. Sie haben sie unter Deck gebracht. Verdient hat der Kerl es vermutlich nicht, aber er soll trotzdem ein anständiges Seemannsbegräbnis bekommen.«

»Ich möchte ihn sehen«, sagte Abu Dun.

Leicht überrascht sah Gordon ihn an, bedeutete dann aber Abu Dun und Andrej mit einer knappen Geste, ihm zu folgen. Bresto und Colonel Rodriguez schlossen sich ihnen unaufgefordert an, als sie unter Deck gingen.

Der Raum, der ihm bisher so verschwenderisch groß vorgekommen war, erschien ihm jetzt winzig und beengt. Die Männer hatten die mächtigen Ruder eingelegt, und unter der Decke hing nun etwas, das man auf den ersten Blick für einen Baum hätte halten können, das sich bei genauerem Hinsehen aber als der Hauptmast der *Ninja* entpuppte. Warum auch immer, Gordons Männer hatten die Zeit ihrer Abwesenheit genutzt, um die *Ninja* nun auch äußerlich endgültig in eine archaische Galeere zu verwandeln.

Jacques Leichnam lag in nasses Segeltuch gewickelt im Bug

des Schiffes. Gordon ließ sich neben ihm auf die Knie sinken und schlug das Tuch zurück, und Abu Dun schob ihn mit sanfter Gewalt zur Seite und beugte sich über den Toten.

Lange Zeit stand er völlig reglos und nicht zufällig so, dass seine massige Gestalt allen anderen den Blick auf den Toten verwehrte. Auch Andrej konnte nicht mehr erkennen als ein Stück nasses Segeltuch – aber er sah den Ausdruck auf Gordons Gesicht, und was er darin las, gefiel ihm ganz und gar nicht. Der Kapitän der *Ninja* wirkte … erschüttert. Andrej hatte sich bis zu diesem Moment gefragt, ob Gordon dieses Gefühl überhaupt kannte.

»Verschwindet«, sagte Gordon schließlich.

Die Worte galten den Matrosen, von denen ihnen etliche (wenn nicht alle) gefolgt waren und sich jetzt neugierig hinter ihnen drängten. Die Männer gehorchten, wenn auch murrend, doch Abu Dun blieb auch dann noch eine geraume Weile als lebender Sichtschutz stehen, bevor er sich endlich aufrichtete und zur Seite trat. Sein Gesicht war wieder zu einer ausdruckslosen Maske erstarrt, aber der Blick, mit dem er Andrej streifte, war kalt wie gefrorener Stahl.

Andrej beugte sich über den Toten und auf einmal verstand er Abu Dun.

Hinter ihm sog Rodriguez hörbar die Luft zwischen den Zähnen ein, und Bresto gab einen sonderbaren, fast schon komisch klingenden Schreckenslaut von sich.

Es war Jacques, aber selbst Andrej fiel es schwer, ihn wiederzuerkennen. Sein Gesicht war verzerrt, als hätte er im Moment seines Todes etwas unvorstellbar Schreckliches gesehen, und er war nicht so bleich wie der sprichwörtliche Tote, sondern sehr viel blasser. Gordon hatte behauptet, jemand hätte ihm die Kehle durchgeschnitten, doch der Mann sah eher aus, als hätte sich ein tollwütiges Raubtier mit seinen Krallen über ihn hergemacht. Sein Hals war zerfetzt. Das Wasser, in dem er gelegen hatte, hatte alles Blut von seiner Haut gewaschen, sodass sie nun in den ausgewaschenen tiefen Wunden den weißen Knochen seines Rückgrats schimmern sahen. Nur eine Winzigkeit mehr, dachte er schaudernd, und der unbekannte Angreifer hätte ihn enthauptet.

Aber es war nicht nur der Anblick der schrecklichen Verletzung, der ihn schaudern ließ. Da war ... noch etwas. Ein unheimliches Gefühl von Vertrautheit, das er sich nicht erklären konnte. Als versuche ihm dieser Tote etwas zu sagen oder ihn an etwas zu erinnern. Bilder erschienen vor seinen Augen, verworrene Impressionen von Blut und Tod, Schreien und reißenden Klauen und Fängen.

Er verdrängte das unheimliche Bild, schloss für einen Moment die Augen und begegnete Abu Duns Blick, als er die Lider hob. Die Kälte in seinen Augen hatte noch einmal zugenommen.

»Was?«, fragte Andrej scharf.

Abu Dun streckte ohne ein Wort die Hand aus, zog, immer noch schweigend, den Dolch aus Gordons Gürtel und kniete dann neben dem Toten nieder. Ehe Andrej begriff, was er tat, setzte er den Dolch an und schlitzte den Leichnam vom Hals bis zum Bauchnabel auf. Bresto schnappte nach Luft, und Gordon keuchte: »Was zum Teufel treibst du da, du verdammter Heide?« Ein Wort, das ihn unter anderen Umständen gut das Leben hätte kosten können.

Jetzt jedoch reagierte Abu Dun nicht darauf, sondern stemmte sich mit einem übertriebenen Ächzen wieder hoch und trat zur Seite, um den Blick auf den Toten vollends freizugeben. Gordons Augen weiteten sich, und Bresto drehte sich mit einem Ruck um und begann zu würgen.

Abu Dun hatte den Mann regelrecht tranchiert, aber für diese, wie sie eben noch gemeint hatten, unnötige Grausamkeit hatte keiner von ihnen in diesem Moment einen Blick.

»Kein ... Blut«, murmelte Gordon. »Da ist ... nicht ein Tropfen Blut!«

»Aber wie kann das sein?«, flüsterte Bresto. Seine Stimme klang belegt.

»Vielleicht das Wasser«, murmelte Rodriguez. »Wie lange hat er im Wasser gelegen?« Niemand antwortete. Es war auch nicht nötig. Man musste nichts von der Seefahrt verstehen, um zu wissen, dass das Salzwasser nicht alles Blut aus einem Körper wäscht; nicht in wenigen Stunden. Rodriguez wusste das ebenfalls.

Ein sehr unangenehm lastendes Schweigen begann sich breitzumachen, und wieder musste Andrej gegen die Gespenster ankämpfen, die aus seiner Erinnerung aufsteigen wollten.

»Deckt ihn wieder zu«, sagte Gordon schließlich. »Und dann beschweren wir ihn anständig mit Steinen und werfen ihn über Bord.«

»Und das würdige Seemannsbegräbnis?«, fragte Andrej.

»Ich will nicht, dass die Männer das sehen«, sagte Gordon. »Seeleute sind ein abergläubisches Volk.«

Andrej sparte sich die Bemerkung, dass die meisten seiner Männer den Toten ohnehin schon gesehen hatten, wenn auch nicht in diesem Zustand. Aber Gordon hatte recht, Seeleute (und nicht nur diese) waren abergläubisch.

»Das müsst ihr allein erledigen«, sagte Abu Dun, drehte sich wieder zu Andrej herum und fuhr mit unbewegtem Gesicht und in unverändertem Tonfall, aber nun wieder auf Altpersisch, fort: »Ich muss mit dir reden, Hexenmeister. Allein.«

»Ich wüsste nicht, worüber«, erwiderte Andrej in derselben Sprache.

Abu Dun antwortete ihm mit einem eisigen Blick. Dann wandte er sich brüsk ab und ging. Andrej starrte ihm finster nach und war drauf und dran, ihn gehen zu lassen und Gordon mit dem Toten zu helfen, aber dann folgte er ihm doch. Abu Dun hatte es ernst gemeint, und noch viel beunruhigender als das, was er in seinem Blick gelesen hatte, war das, was er in dem Nubier spürte. Vielleicht war während seiner – mehr oder weniger – freiwilligen Gefangenschaft doch mehr geschehen, als er bisher zugegeben hatte.

Andrej erwartete, Abu Dun an Deck zu finden, doch der Nubier war schon auf halbem Wege die Planke hinauf und wartete am Ufer. Andrej kam dieses Verhalten im ersten Moment leichtsinnig vor, aber er wusste auch, dass der Nubier momentan nicht in der Stimmung war, auf vernünftige Argumente zu hören. Zudem verschmolz der ganz in schwarz gekleidete Nubier so perfekt mit der Nacht, dass es selbst Andrejs scharfen Augen schwerfiel, ihn zu erkennen.

Abu Dun war nicht nur nicht in der Stimmung für vernünftige Argumente, sondern auch nicht für Umschweife. Er wartete nicht einmal ab, bis Andrej bei ihm angekommen war, sondern fragte schon von Weitem: »Der Matrose Jaques. Hast du ihn getötet?«

Andrej wollte es nicht. Er hatte geahnt, was Abu Dun ihn fragen würde, und hatte sich dieselbe Frage schon selbst gestellt. Ganz bestimmt wollte er es nicht … aber schon im nächsten Augenblick lag Gunjir in seiner Hand, und die Spitze des Götterschwertes drückte sich so fest gegen Abu Duns Kehle, dass ein Tropfen Blut aus dem winzigen Schnitt quoll und eine glänzende Spur an seinem Hals hinabzog.

»Wenn ich das wäre, wofür du mich hältst, Pirat«, zischte er, »was sollte mich dann daran hindern, dir die Kehle durchzuschneiden?«

Abu Dun schwieg. Jeder andere an seiner Stelle wäre jetzt zurückgewichen oder hätte zumindest den Kopf in den Nacken gelegt, um dem Biss des Götterschwerts zu entgehen. Abu Dun rührte sich nicht. Nicht einmal, als Andrej den Druck auf die Schwertklinge noch um eine Winzigkeit verstärkte und das dünne Rinnsal aus Blut breiter wurde.

Tu es, flüsterte eine lautlose Stimme in seinem Kopf. Töte ihn und nimm seine Kraft. Du wirst sie brauchen, um Loki zu besiegen. Er ist zu stark für dich! Allein hast die keine Chance gegen ihn; aber mit Abu Duns Kraft kannst du ihn besiegen. Seine Hand begann zu zittern und das rote Rinnsal an Abu Duns Hals wurde noch einmal breiter. Es wäre leicht, so unglaublich leicht. Abu Dun war stets der Stärkere von ihnen gewesen, und das war er auch jetzt noch, aber mit diesem Schwert würde er ihn besiegen. Eine kleine Bewegung, nicht mehr als ein sachtes Zucken seines Handgelenks, und es war vorbei.

Und erst dann wurde ihm bewusst, was er da gerade gedacht hatte, und eine Welle von Scham spülte den rasenden Zorn hinweg und die Stimme der Versuchung verstummte. Mit einem halb erstickten Keuchen stolperte er zurück, ließ das Schwert sinken, und erst in diesem Moment und mit ruhiger, fast ausdrucksloser Stimme beantwortete Abu Dun seine Frage.

»Weil da vielleicht noch ein Rest des alten Andrej in dir ist. Ich frage mich, wie lange noch.«

»Es tut mir leid, Abu Dun«, stammelte Andrej. »Ich ... ich weiß nicht, was in mich gefahren ist.«

»Aber ich«, antwortete der Nubier. »Und du weißt es auch.« Er tastete nach dem Schnitt an seiner Kehle und hob dann die Hand vor das Gesicht, um das Blut auf seinen Fingerspitzen zu betrachten. »Es wird stärker, habe ich recht?«

»Was?«

Abu Dun griff zum zweiten Mal nach der Verletzung, fast, als müsse er sich davon überzeugen, dass sie auch wirklich da war.

»Was?«, drängte Andrej.

»Glaubst du denn, ich wüsste nicht, was du vorhast?«, fragte Abu Dun. »Glaubst du wirklich, ich sehe es nicht? Also: Hast du ihn getötet?«

»Ich weiß es nicht«, sagte Andrej leise. »Ich wünschte, ich wüsste es.«

»Ja, das dachte ich mir«, sagte Abu Dun. Seine Stimme war noch immer bar jeden Ausdrucks. »Tu das nicht, Andrej. Ich bitte dich.«

»Ich ... weiß nicht, wovon du redest, Pirat«, sagte Andrej ausweichend. Er wollte das Schwert in die Scheide zurückschieben, bemerkte einen winzigen Tropfen von Abu Duns Blut auf der Klinge und wischte sie sorgfältig ab, bevor er die Bewegung zu Ende führte.

»Ich weiß nicht, wie dieses Gift wirkt, das sie dir gegeben haben«, fuhr Abu Dun unbeirrt fort. »Vielleicht ist es schon zu spät. Vielleicht gibt es nichts, was seine Wirkung noch aufhalten kann, und du bist bereits verloren. Aber vielleicht ist es auch gar nicht die vergiftete Kugel, die dich verändert.«

»Du redest Unsinn, Pirat«, fauchte Andrej.

»Es ist Loki«, sagte Abu Dun traurig. »Du weißt, dass du ihm nicht gewachsen bist. Niemand ist das, der nicht so ist wie er. Du glaubst, du könntest ihn besiegen, indem du es zulässt, dass dieses Ding in dir die Oberhand gewinnt. Du weißt, dass das nicht funktionieren wird.« Er wartete einen Moment lang auf eine Antwort, doch Andrej starrte nur an ihm vorbei ins Leere.

»Du willst ihre Kraft, um sie gegen Loki anzuwenden. Aber das wird nicht gehen, Andrej. Der Einzige, der dabei zugrunde gehen wird, bist du. Du weißt, wie viele unserer Art wir getötet haben, die denselben Fehler begangen haben.«

»Das war etwas anderes«, behauptete Andrej. »Ich weiß, wie weit ich gehen kann.«

»Das haben all die anderen wahrscheinlich auch geglaubt«, antwortete Abu Dun. Er hatte recht. Natürlich hatte er recht.

»Und was wirst du jetzt tun?«, fragte er.

»Ich werde dir helfen, Loki zu finden«, antwortete Abu Dun. »Nicht dir«, er deutete auf Andrej, »ihm.«

»Und was genau soll das heißen?«, fragte Andrej kalt.

Abu Dun antwortete nicht, und es war auch nicht nötig. Sie wussten beide, was Abu Dun tun würde, wenn er zu dem Schluss kam, Andrej wäre wieder zum Vampyr geworden.

»Komme ich ungelegen?«

Andrej fuhr wie von der Tarantel gestochen herum und legte sofort die Hand auf den Schwertgriff.

»Wenn, dann täte es mir leid«, fuhr Gordon fort, als hätte er nichts bemerkt, »aber es wird allmählich Zeit für uns.«

»Zeit?«

»De Castello ist nicht dumm«, antwortete Gordon. »Sobald er erfährt, was passiert ist, wird er zwei und zwei zusammenzählen; eine Aufgabe, die selbst für ihn zu bewältigen ist. Er weiß, dass der Colonel und ich befreundet sind.«

»Und wird mit seinen Soldaten hier auftauchen, um nach uns zu suchen«, fügte Abu Dun hinzu.

Gordon nickte. »Fast wundere ich mich ein bisschen, dass das nicht schon längst geschehen ist. Wahrscheinlich knobeln seine Männer noch darum, wer die undankbare Aufgabe übernimmt, ihm die schlechte Nachricht zu überbringen … aber man soll sein Glück nicht unnötig auf die Probe stellen, nicht wahr? Wir laufen aus. Jetzt.«

»Ohne die Flotte?«, fragte Andrej. »Das könnte man als Desertion auslegen, nicht wahr?«

Gordon hob nur die Schultern. »Man kann einen Mann nur einmal aufhängen, oder? Außerdem habe ich nicht vor, fahnenflüchtig zu werden. Die *Ninja* ist kein Kriegsschiff, das in die Schlacht fährt. Die spanische Marine hat uns angeheuert, um Kundschafterdienste und Aufklärungsfahrten zu unternehmen. Wir laufen nur etwas eher aus als geplant, das ist alles … und nehmen vielleicht einen etwas anderen Kurs.«

»In die Karibik?«, vermutete Abu Dan grinsend.

»Irgendjemand muss doch schließlich nachsehen, ob es dort vielleicht englische Spione gibt«, antwortete Gordon ernsthaft. »Und wir …«

Er brach ab, blickte plötzlich ebenso aufmerksam wie erschrocken an Andrej vorbei in die Dunkelheit und hob zugleich warnend die Hand. Andrej fuhr herum, fest davon überzeugt, eine Hundertschaft Soldaten zu erblicken, die im Sturmschritt auf Abu Dun und ihn zuhielten.

Es war mehr als eine Hundertschaft, und die Männer bewegten sich nicht im Laufschritt und mit angelegten Waffen, sondern marschierten in ordentlichen Fünferreihen, und ihr Ziel war auch nicht die *Ninja*. Außerdem bewegten sie sich auf eine seltsame Art, die Andrej misstrauisch werden ließ. Die Männer marschierten mit militärischer Präzision, und doch schien an ihren Bewegungen etwas nicht zu stimmen, fand Andrej.

Abu Dun schien es ganz ähnlich zu ergehen. Auch er wirkte nachdenklich.

»Was hat das zu bedeuten, Capitan?«, fragte er, ohne die immer noch länger werdende Marschkolonne aus den Augen zu lassen.

»Das sind Marineinfanteristen. Sie gehen an Bord. Die Flotte sticht bei Sonnenaufgang in See.«

»Und alle Männer haben ihren letzten Landgang«, sinnierte Abu Dun. »Nur sie nicht. Ich frage mich, warum.«

»Und zu welchen Schiffen sie gehören«, fügte Andrej hinzu.

Er wandte sich mit einem fragenden Blick an Gordon. »Wann läuft die *Ninja* aus, Capitan?«

»In zehn Minuten«, antwortete Gordon. »Allerhöchstens einer Viertelstunde. Warum?«

»Weil wir uns das da ansehen sollten.«

»Warum?«

»Das weiß ich selbst nicht«, gestand Andrej. »Aber es gefällt mir nicht. Irgendetwas stimmt hier nicht.«

»Wahrscheinlich habt Ihr recht«, sagte Gordon. »Aber Ihr solltet Euch beeilen. Wir werden nicht auf euch warten.«

Andrej hatte vorgehabt, die Marschkolonne in gebührendem Abstand passieren zu lassen und ihr dann zu folgen, aber die in scharfem Tempo marschierenden Reihen schienen kein Ende zu nehmen. Es mussten Hunderte Soldaten sein, viele Hundert, und während Abu Dun und er von Deckung zu Deckung huschten und sich dabei langsam dem vorderen Ende der Kolonne näherten, hatte er abermals das Gefühl, dass etwas mit diesen Soldaten nicht so war, wie es sein sollte. Sie hatten zahllose marschierende Soldaten gesehen, seit sie in dieses Land gekommen waren, das zum Krieg gegen seinen Erzfeind rüstete, und die Männer unterschieden sich weder in ihrer Kleidung noch Bewaffnung von allen anderen, denen sie begegnet waren. Auch marschierten sie im Gleichschritt wie alle anderen; und zugleich ein wenig ungelenk. Als hätten sie zeitlebens etwas anderes gelernt, sodass ihnen die Bewegungen nun ungewohnt erschienen und sie kurz davorstanden, wieder in ihre alten Gewohnheiten zu verfallen.

Und trotzdem begriff er die wahre Bedeutung dessen, was er beobachtet hatte, erst, als er das Schiff sah, das die Kolonne ansteuerte.

Abu Dun und er ließen fast ein Drittel ihrer knappen Frist verstreichen, während sie in ihrem Versteck standen und der schier endlosen Schlange von Soldaten zusahen, die an Bord der EL CID gingen und unter Deck verschwanden, bevor sie kehrtmachten und zu der wartenden Galeere zurückeilten.

18

Sie erreichten die *Ninja* im allerletzten Moment. Die Planke war bereits eingeholt, und als sie näher kamen, hörten sie ein gleichmäßiges, schweres Platschen; das Geräusch, mit dem die zwölf Meter langen Ruder ins Wasser gelassen wurden. Gordon entdeckte sie, als sie noch ein Dutzend Schritte entfernt waren, und bedeutete zweien seiner Männer, die Planke noch einmal anzulegen, doch Abu Dun und Andrej sprangen die wenigen Meter kurzerhand auf das Deck der Galeere hinab. Gordon hob nur überrascht die linke Augenbraue, während die beiden Matrosen vor Schreck die Planke fallen ließen und einer einen Hüpfer zurück machte und um ein Haar über Bord gegangen wäre. Den Bauern der *Ninja* war eine Reling wohl überflüssig erschienen.

»Eines muss man euch lassen«, sagte Gordon. »Ihr seid pünktlich.«

»Und Ihr scheint ein Mann zu sein, der zu seinem Wort steht«, antwortete Abu Dun verschnupft.

»Ich habe euch gesagt, dass wir nicht auf euch warten«, erwiderte Gordon gelassen.

Abu Dun setzte zu einer Antwort an, die vermutlich schärfer ausgefallen wäre, doch in diesem Moment sah Andrej, dass Rodriguez und sein Adjutant ebenfalls näher kamen, und bedeutete Abu Dun mit einer raschen Geste, zu schweigen. Er wartete, bis sie in Hörweite waren, und fuhr dann, direkt an Gordon gewandt und in ernstem Ton fort: »Dabei wäre es besser gewesen, Ihr hättet auf uns gewartet, Capitan. Wir haben Neuigkeiten, die Euch interessieren dürften. Und Euch auch, Colonel.«

»Die Soldaten«, vermutete Gordon, während Bresto, wie Andrej beobachtete, unruhig wurde.

»Sie gehen an Bord der EL CID«, bestätigte Andrej. »Mindestens fünfhundert Mann, wenn nicht mehr.«

»Das ist die normale Besatzung für ein Schiff dieser Größe«, sagte Rodriguez. »Sie gehen vielleicht ein wenig früh an Bord ...«

»Und es sind auch keine Marinesoldaten«, unterbrach ihn Andrej.

»Jedenfalls keine spanischen«, fügte Abu Dun hinzu.

Bresto war jetzt nicht mehr der Einzige, der den Nubier anstarrte. »Wie meint Ihr das?«, fragte Rodriguez schließlich. »Wer soll es sonst sein?«

»Es sind an die fünfhundert Mann, Colonel«, sagte Abu Dun. »Kommt Euch diese Zahl irgendwie bekannt vor?«

Rodriguez schwieg, aber seinem Gesicht war anzusehen, dass es in ihm arbeitete, bis Bresto leise das ungute Schweigen brach: »Die Kriegsgefangenen.«

»De Castellos angebliche Arbeitssklaven, ja«, sagte Abu Dun. »Ich fand, dass man sie erstaunlich gut behandelt, vor allem, wenn man bedenkt, wer der Mann ist, der über ihr Leben entscheidet.« Er lachte humorlos. »Im Nachhinein muss ich sagen, dass ich noch niemals in einem Gefängnis war, in dem eine solche Stimmung geherrscht hat.«

»Und Ihr wart in einer Menge Gefängnisse, vermute ich«, sagte Rodriguez. Abu Dun griente.

»Aber das ergibt doch überhaupt keinen Sinn«, murmelte Gordon verirrt. »Es sei denn, er ...«

Abu Dun unterbrach ihn, indem er auf einen Punkt in seinem Rücken, ein Stück über ihm, deutete. Zwischen ihnen und der EL CID lagen fast ein halbes Dutzend Schiffe, aber die hoch aufragenden Masten des gewaltigen Schlachtschiffes waren trotzdem gut darüber zu erkennen, ebenso wie die winzigen Gestalten, die ameisengleich in den Wanten emporkletterten und sich an den gerafften Segeln zu schaffen machten. Noch während sie hinsahen, begann sich das Topsegel des Hauptmastes zu entrollen.

»Es sei denn, er hat vor, das Schiff zu entführen«, ergänzte Abu Dun.

Die bloße Vorstellung war so absurd, dass sie alle, selbst Andrej, für eine kurze Weile einfach dastanden und das riesige Schiff anstarrten. Ein zweites Segel entrollte sich, dann ein drittes, und Andrej meinte ein sachtes Zittern zu erkennen, das durch den Wald aus Masten und Rahen lief. »Aber das ist doch völlig verrückt«, murmelte Bresto. »Damit ... er kann sich doch nicht ernsthaft einbilden, damit durchzukommen!«

»Doch«, murmelte Gordon finster. »Er kann. Auf den Schiffen sind praktisch keine Besatzungen. Fast alle Männer sind in der Stadt und feiern. Verdammt!« Er fuhr mit scharfer Stimme fort: »Wer von Bord gehen will, sollte das jetzt tun. Wir laufen aus.« Ohne eine Antwort abzuwarten, wirbelte er auf dem Absatz herum und verschwand im Sturmschritt. Andrej und Abu Dun tauschten einen bedeutungsvollen Blick, und Rodriguez wandte sich zu Bresto um. »Lieutenant?«

»Ich kann so wenig zurück wie Ihr, Colonel«, sagte Bresto leise. »Wer würde mir schon glauben, dass ich nichts von seinen Plänen wusste, nachdem ich ...« Er brach ab und wusste plötzlich nicht mehr, wohin er schauen sollte.

»Für de Castello spioniert habt?«, half ihm Rodriguez, den Satz zu beenden.

Bresto starrte ihn an und schwieg.

»Mach dir nichts draus, mein Junge«, fuhr Rodriguez fort. »Hätte ich Angst vor de Castellos Spionen gehabt, dann hätte ich dich nicht zu meinem Adjutanten gemacht.«

Es dauerte einen Moment, bis Bresto allmählich zu begreifen begann und blass wurde. »Soll ... soll das heißen, dass Ihr von Anfang an ...«

»Warum geht Ihr nicht unter Deck und seht nach, ob Ihr Gordons Leuten helfen könnt, Lieutenant?«, unterbrach ihn Rodriguez sanft, aber doch in offiziellerem Ton. »Ganz egal, was der gute Don Miguel auch über seine Mannschaft behauptet, meiner Meinung nach ist es kaum mehr als eine Bande von Piraten, die ein wenig Aufsicht gebrauchen können.«

Diesen Wink verstand Bresto sofort. So hastig, dass er beinahe über seine eigenen Füße gestolpert wäre, eilte er davon, und Rodriguez wandte sich wieder an Andrej. »Seid Ihr sicher, dass Ihr nicht von Bord gehen wollt? Es könnte unangenehm werden.«

»Ich wollte schon lange einmal in die Karibik«, erklärte Abu Dun todernst. »Es soll dort sehr schön sein.«

»Und man sagt, es herrscht ein enormer Bedarf an schwarzen Arbeitskräften«, fügte Rodriguez nicht minder ernst hinzu. Dann folgte er seinem Adjutanten und Gordon, und Andrej und Abu Dun blieben allein auf Deck zurück

»Und wie kommen wir jetzt auf die EL CID?«, fragte Abu Dun, während er abermals zu dem gewaltigen Kriegsschiff herübersah. »Wir hätten uns gleich an Bord schleichen sollen.«

»Ganz unauffällig, indem wir uns unter die Soldaten mischen, meinst du?«, fragte Andrej. Er maß Abu Duns hünenhafte Gestalt mit einem spöttischen Blick. »Ja, eine wirklich originelle Idee. Und du bist bescheiden wie immer. Beanspruchst du die fünfhundert mit Musketen bewaffneten Soldaten für dich allein, oder erweist du mir die große Ehre, dir helfen zu dürfen?«

Abu Dun tat das, was er immer tat, wenn ihm Andrejs Spott zu beißend wurde. Er ignorierte ihn. »Das alles ergibt keinen Sinn. Selbst wenn du recht hast – und ich glaube es nach wie vor nicht – und de Castello ist Loki: Was will er mit einem Schiff mit einer Besatzung von fünfhundert britischen Marinesoldaten?«

Andrej sah nachdenklich zur EL CID hin. Jetzt war deutlich zu erkennen, dass sich das Schiff bewegte, wenn auch noch sehr langsam. Doch das würde nicht mehr lange so bleiben. Nahezu alle Segel waren gesetzt, und Andrej wusste, dass diese riesigen Linienschiffe zwar nur schwer und mit sehr viel Geduld in Fahrt zu bringen waren, aber dann nicht nur eine erstaunliche Geschwindigkeit erreichten, sondern auch praktisch nicht aufzuhalten waren. Überall auf den anderen Schiffen flammten plötzlich Lichter auf, und sie hörten aufgeregte Stimmen durcheinanderreden. Auf den Decks der Schiffe, die der EL CID am nächsten waren, schien die Besatzung auf das rätselhafte Geschehen aufmerksam zu werden, aber selbst, wenn einige der wenigen Männer seine wahre Bedeutung erkannten und es nicht für eine einfache Vergnügung hielten, die sich de Castello als Höhepunkt des Abends ausgedacht hatte, würde es zu spät sein. Die EL CID war für die spanische Marine verloren.

Aber was wollte ein Mann wie Loki mit einem Kriegsschiff voller britischer Soldaten? Und in der nächsten Sekunde fragte er sich, warum er eigentlich so blind gewesen war.

»Fünfhundert Soldaten?«, murmelte er. »Gib ihm eine Woche ...«

»... und es sind fünfhundert Vampyre«, führte Abu Dun den Satz zu Ende. Hätte Andrej nicht gewusst, dass es unmöglich war, er hätte geschworen, den Nubier erbleichen zu sehen. »Großer Gott, Hexenmeister«, murmelte er. »Ein Schiff wie dieses mit einer unsterblichen Besatzung ... weißt du, was das bedeutet?«

Ja, dachte Andrej. Das wusste er. Nichts anderes als das Ende der Welt.

Die *Ninja* lag auf der Lauer wie ein Hai, der auf das Vorüberschwimmen eines Walfisches wartete. Ein sehr kleiner Hai, der einen wirklich großen Wal belauert.

»Und Ihr seid wirklich sicher, dass Ihr das wollt?«

Andrej wusste nicht, wie oft Gordon diese Frage schon gestellt hatte. Er nickte auch dieses Mal nur, und Gordon schaute ihn ebenso missbilligend an wie die Male zuvor. Doch dieses Mal hob Gordon dann die Hand, um einer der schattenhaften Gestalten, die reglos auf dem Deck standen, zuzuwinken. Der Mann verschwand in einer Luke und kam nur wenige Augenblicke später zurück, beladen mit zwei sorgsam aufgewickelten Tauen, an deren Ende dreizinkige Enterhaken befestigt waren. Sowohl Abu Dun als auch Andrej runzelten die Stirn, als sie die Kletterwerkzeuge sahen, und schüttelten dann in einer nahezu synchronen Bewegung den Kopf. Gordon scheuchte den Mann unwillig fort und gab gleichzeitig einem der anderen Männer einen Wink. Der Matrose verschwand unter Deck, und nur einen Atemzug später tauchten die Ruder der *Ninja* nahezu lautlos ins Wasser, und die Galeere setzte sich schwerfällig in Bewegung und glitt zwischen den beiden Schiffen hervor, in deren Schutz sie bisher gelauert hatte.

Die EL CID hatte mittlerweile alle Segel gesetzt und Fahrt aufgenommen, war aber immer noch sehr viel langsamer als die *Ninja*. Andrej schätzte, dass sie keine fünf Minuten brauchen würden, um das fliehende Schlachtschiff einzuholen – falls die EL CID bis dahin nicht mit einem der anderen Schiffe zusammenstieß, zwischen denen sie mit immer größerer Geschwindigkeit hindurchmanövrierte.

Die Ruder tauchten zum zweiten Mal ins Wasser, und ein Ruck ging durch die Planken unter ihnen. Die *Ninja* wurde schneller, und Andrej erkannte, dass ihnen doch weniger Zeit blieb, als sie ursprünglich angenommen hatten. Er war schon auf Schiffen wie diesen gefahren, sowohl über als auch unter

Deck –, aber es war so lange her, dass er vergessen hatte, wie schnell diese Galeeren sein konnten.

»Warum tut Ihr das, Capitan?«, fragte Andrej, ohne die EL CID auch nur für eine Sekunde aus den Augen zu lassen.

»Was?«, fragte Gordon harmlos.

»Ihr riskiert Euer Schiff, das Leben Eurer Besatzung und nicht zuletzt Euer eigenes, nur damit wir an Bord gelangen?«

Gordon schüttelte den Kopf. »Ich bin vielleicht verrückt, Señor, aber so verrückt nun auch wieder nicht. Wenn Ihr und Euer Freund Selbstmord begehen wollt, dann ist das Eure Sache, und ich werde gewiss nicht das Leben auch nur eines einzigen meiner Männer aufs Spiel setzen, um Euch dabei zu helfen. Nein, wir wären so oder so längsseits gegangen.«

»Warum?«, fragte Abu Dun misstrauisch.

»Wir fahren in ihrem Kielwasser«, antwortete Gordon. »Unsere einzige Chance, aus dem Hafen zu kommen. Niemand wird auf ein kleines Ruderboot wie die *Ninja* achten.« Er sah hinüber zur EL CID. »Sobald wir die anderen Schiffe passiert haben, lassen wir uns zurückfallen und ändern den Kurs.«

Das war so verrückt, dachte Andrej, dass es sogar beinahe funktionieren könnte. Und wieder einmal ertappte er sich bei dem Gedanken, dass es ihm letzten Endes egal war, was mit Gordon und seinen Männern geschah. Sie waren Sterbliche, und ihre Leben ohnehin so kurz, dass ein paar Jahre mehr oder weniger keine Rolle spielten. Er sollte sich besser hüten, Zuneigung für diese Geschöpfe zu empfinden, kurzlebig, wie sie waren.

Schritte rissen ihn aus seinen Gedanken. Es waren Rodriguez und sein Adjutant. Rodriguez sah immer noch besorgt und zugleich grimmig entschlossen aus, während Bresto der langsam größer werdenden EL CID nur einen eher flüchtigen Blick zuwarf und sich viel mehr für Abu Dun zu interessieren schien. Sein Blick suchte die winzige Schnittwunde an seinem Hals und blieb daran hängen.

Die *Ninja* nahm jetzt immer mehr Fahrt auf und war jetzt nunmehr wenige Bootslängen von der EL CID entfernt. Auch das riesige Schlachtschiff war schon merklich schneller geworden, trotzdem aber noch weit davon entfernt, so schnell wie die *Ninja* zu sein oder ihnen gar davonzufahren, und sie hatten das Hafenbecken bereits zu einem Viertel durchquert. Inzwischen waren mehr und mehr Schiffsbesatzungen darauf aufmerksam geworden, dass hier etwas nicht mit rechten Dingen zuging. Laternen und Fackeln wurden geschwenkt, und aufgeregte Rufe hallten aus allen Richtungen über das Wasser. Gedämpfter Hufschlag drang vom Ufer herüber, als jemand lossprengte, um von den beunruhigenden Vorfällen im Hafen zu berichten, und von einem etwas weiter entfernt liegenden Schiff wurde eine Muskete abgefeuert, obwohl die Kugel keine Chance hatte, der EL CID auch nur nahe zu kommen.

Dafür verringerte sich die Entfernung zwischen ihr und der *Ninja* jetzt immer schneller. Abu Dun und er gaben ihren Beobachtungsplatz im Bug der Galeere auf und eilten auf die Steuerbordseite, dann machte das Schiff, nachdem es noch einmal beschleunigt hatte, einen regelrechten Satz, als es in den Sog der EL CID geriet.

Gordons Männer vollführten ein solches Manöver ganz offensichtlich nicht zum ersten Mal. Die Ruder auf der Steuerbordseite wurden im letzten Moment eingeholt, und die beiden Schiffe stießen mit einem fast sanften Ruck aneinander. Abu Dun hob die Arme und suchte nach einer geeigneten Stelle, um am Rumpf des Riesen hochzuklettern. Andrej tat dasselbe und ließ die Arme auch im gleichen Moment wie Abu Dun wieder sinken, als sich nur ein kleines Stück über ihnen eine rechteckige Klappe öffnete und ihnen beinahe auf die Köpfe gefallen wäre.

Es war nicht die einzige. Vom Bug bis zum Heck und in vier Reihen übereinander öffneten sich Dutzende und Dutzende von Geschützklappen, und eine schier endlose Zahl mattschwarzer Kanonen reckte drohend seine Läufe ins Freie.

»Was zum Schaitan …?«, murmelte Abu Dun, und Gordon unterbrach kreischend: »Um Himmels willen! *Haltet euch die Ohren zu!*« Seine Stimme schnappte über.

Die Warnung kam zu spät, jedenfalls für Abu Dun und Andrej, und vermutlich auch für den größten Teil der Männer an und unter Deck.

Der Himmel explodierte, als die EL CID eine volle Breitseite abfeuerte. Für den Bruchteil einer Sekunde wurde alles weiß, unerträglich hell und gleißend und *heiß*, als hätte die ganze Welt von einem Lidschlag zum nächsten Feuer gefangen, und ein ungeheures Donnern und Brüllen traf sie mit der Wucht eines Schmiedehammers. Feuer und brodelnder, glühend heißer Rauch brachen aus dem Rumpf der EL CID und rissen jeden auf Deck der Galeere von den Füßen und mehr als einen Mann glattweg über Bord. Der Lärm schwoll immer noch an, erreichte die Grenze des Erträglichen und dann die des Vorstellbaren, nahm noch einmal zu und erlosch dann ebenso abrupt und brutal, wie er gekommen war. Die pure Druckwelle des Mündungsfeuers reichte aus, die *Ninja* wie eine unsichtbare Riesenfaust zu schütteln und zugleich tief genug ins Wasser zu drücken, dass schaumiges Weiß über das Deck spülte. Noch mehr Männer wurden von Bord geschleudert – unter ihnen auch Bresto und Rodriguez –, und noch bevor sich das Schiff zitternd und widerwillig wieder aufrichtete, schlug die Salve in ihrem Ziel ein, weniger als zweihundert Fuß entfernt und mit verheerender Wucht.

Alles ging viel zu schnell, als dass selbst Andrej Einzelheiten erkennen konnte. In der einen Sekunde war das mächtige Linienschiff noch da, in der anderen war es einfach … *verschwunden.*

19

Flammen, Rauch und brennende Trümmerstücke verschlangen das Schiff in einem einzigen, lodernden Augenblick, und noch bevor die grellen Nachbilder auf Andrejs Netzhäuten verblassen konnten, loderte es auf der anderen Seite der EL CID ebenso hell und todbringend auf, als das Schiff eine zweite Breitseite abfeuerte. Diesmal konnte er ihre verheerende Wirkung nicht sehen, weil ihm der gigantische Schiffsrumpf den Blick verwehrte, und außerdem hatte er viel zu große Angst, um sich vom Fleck zu bewegen. Unter dem Rückstoß der zahllosen Kanonenschüsse legte sich selbst die gigantische EL CID ein gutes Stück auf die Seite, und auch wenn sein Verstand ihm versicherte, dass es unmöglich sei: Seine Augen sagten ihm, dass gerade ein Schiff von der Größe eines Berges auf sie herabfiel. Der Himmel leuchtete rot im Widerschein der Flammen auf.

Eine starke Hand riss ihn am Arm in die Höhe und wirbelte ihn genau im richtigen Moment herum, um zu sehen, wie sich die Wolke aus Rauch und wirbelnden Trümmerstücken verzog und das zum Vorschein kam, was einmal ein stolzes Linienschiff gewesen war. Jetzt war es ein Wrack, das in hellen Flammen stand. Der Großmast loderte wie eine Fackel und würde in wenigen Augenblicken umstürzen, um auch noch den Rest des Decks unter sich zu zertrümmern. Dann explodierte etwas unter Deck des Schiffes – vermutlich das Pulverlager – und riss das komplette Heck in Stücke, und ein tödlicher Regen aus brennenden Schrapnellgeschossen prasselte auf das Deck der *Ninja* herab. Andrej registrierte fast beiläufig, wie ein Mann von einem armlangen brennenden Splitter durchbohrt und ein zweiter von etwas Scharfkantigem und Glühendem, das rasend schnell herangeflogen kam, mitten im Lauf enthauptet wurde. Die *Ninja* erbebte, als hätte sie selbst eine Breitseite abgefeuert, und Hitze schlug wie eine glühende Hand nach ihm und nahm ihm den Atem. Abu Duns Lippen bewegten sich lautlos, aber alles, was er hörte, war ein feines Summen. Und er spürte das Blut, das ihm aus den Ohren lief.

Abu Dun versetzte ihm einen Stoß, der ihn aus dem Gleichgewicht brachte und nahezu ins Wasser geschleudert hätte, und irgendetwas bohrte sich lautlos und mit vernichtender Wucht genau dort in die Planken, wo er einen halben Atemzug zuvor noch gestanden hatte. Er murmelte ein Dankeschön, von dem er nicht einmal sicher war, ob er es überhaupt herausbrachte, trat einen weiteren Schritt zur Seite und verstand, was Abu Dun ihm hektisch gestikulierend mitteilen wollte. Der Nubier deutete auf die EL CID und zugleich nach oben. Sie mussten weg hier. Noch war die *Ninja* nicht einmal direkt in Gefahr, und dennoch war die Hälfte der Besatzung vermutlich schon tot oder schwer verletzt. Gordons Idee, sich als Schaf verkleidet im Schutze eines Wolfes aus der Herde herauszuschleichen, mochte gut gewesen sein – aber er hatte nicht damit gerechnet, dass sich der Wolf plötzlich in einen Feuer speienden Drachen verwandelte …

Abu Dun hob zum zweiten Mal die Arme und setzte zu einem Sprung in die Höhe an, und Andrej tat es ihm auch dieses Mal gleich, doch auch jetzt überlegte er es sich im letzten Augenblick wieder anders. Etwas bewegte sich, unter und ein kleines Stück neben ihnen. Die *Ninja* zitterte und bebte, als irgendetwas gegen ihren geschundenen Rumpf prallte, und Andrej hatte einen flüchtigen Eindruck von brodelndem Schaum, aus dem eine Hand verzweifelt winkte, er sah rosafarben gefärbtes Wasser und Augen, die in schierer Todesangst aufgerissen waren. Ohne nachzudenken, ließ er sich ins Wasser fallen. Das kalte Wasser, so kalt, dass es ihm den Atem nahm, traf ihn mit grausamer Kraft, und es schmeckte nach Blut. Eine Hand krallte sich in seine Schulter und verschwand wieder, und Andrej empfing einen tatsächlich körperlich fühlbaren Schwall schierer, köstlich schmeckender Todesangst. Blind taste er um sich, bekam Stoff oder Haar zu fassen, griff ganz instinktiv zu und wurde für seinen Rettungsversuch mit einem Schlag in den Magen belohnt, der ihm auch noch das letzte bisschen Luft aus den Lungen trieb. Trotzdem griff er noch einmal und fester zu, stieß mit einer kraftvollen Schwimmbewegung des freien Arms an die Wasseroberfläche und setzte all seine gewaltige Körperkraft ein, um die schon fast leblose Last in seiner anderen Hand auf das Deck der *Ninja* hinaufzuschleudern.

Noch bevor er genau erkennen konnte, wen er da aus dem Wasser gezogen hatte, wurde er seinerseits gepackt und nicht nur wieder auf das Schiff hinauf, sondern auch quer über das Deck und noch einmal in Richtung der EL CID gestoßen. Im Vorüberstolpern registrierte er, dass es keineswegs Rodriguez gewesen war, den er aus dem Wasser gefischt hatte, sondern sein junger Adjutant; und er war noch nicht einmal ganz sicher, ob er nicht am Ende einen Toten gerettet hatte. Bresto lag gekrümmt und vollkommen reglos auf dem Deck, und Abu Dun ließ ihm keine Gelegenheit zu einem genaueren Blick. Dieses Mal stieß er ihn nicht nur derb gegen den Rumpf des Schlachtschiffes, sondern ließ auch keinen Zweifel daran aufkommen, dass er ihn nötigenfalls mit Gewalt auf das Schiff hinaufschleifen würde.

Der Aufstieg erwies sich als leichter, als er zu hoffen gewagt hatte. Das Schiff war neu und seine Planken glatt und frisch lackiert, und die Bordwände stiegen absolut lotrecht und hoch wie ein Berg vor ihnen auf, aber Abu Dun und er waren nicht nur geschickte Kletterer, sondern besaßen auch eine Menge Übung und sehr scharfe Augen. Ihre Finger- und Zehenspitzen fanden selbst da noch sicheren Halt, wo andere nicht einmal mehr einen Spalt gesehen hätten, und so stellte der Aufstieg kein großes Problem für sie dar – oder hätte es nicht getan, hätte die EL CID nicht genau in dem Moment eine weitere Breitseite abgefeuert, in dem sie sich zwischen dem ersten und zweiten Geschützdeck befanden.

Andrej spürte es, einen Sekundenbruchteil, bevor es geschah; eine plötzliche Welle der Anspannung, in der sich Todesangst mit Vorfreude und fast emotionsloser Distanziertheit mischten, und er wusste sofort, was dieses Gefühl zu bedeuten hatte, sodass es ihm gelang, sich im letzten Moment und mit verzweifelter Kraft festzuhalten. Dann explodierte die Welt zum zweiten Mal in einer Woge aus Weiß und Hitze, nur dass die sengenden Flammen diesmal nicht über ihnen aufloderten, sondern überall rings um sie herum. Ein glühender Blitz aus purem, alles verzehrendem Schmerz explodierte in seinem linken Bein, und es stank nach verbranntem Leder und nur einen Sekundenbruchteil später nach schmorendem Fleisch. Andrej schrie vor Schmerz, ohne selbst auch nur den mindesten Laut zu hören, und klammerte sich weiter mit verzweifelter Kraft fest.

Es hätte nicht gereicht, hätte Abu Dun nicht im letzten Moment zugegriffen und ihn so lange gestützt, bis der Schmerz wieder auf ein (für ihn, jeden anderen an seiner Stelle hätte es vermutlich umgebracht) erträgliches Maß hinabgesunken war und er sich wieder aus eigener Kraft festklammern und weiterklettern konnte; deutlich langsamer als bisher und nur die Hände und den rechten Fuß zu Hilfe nehmend. Sein linkes Bein hing noch immer nutzlos und taub herab und pochte vor

Schmerz. Andrej wagte es nicht, an sich herunterzusehen. Er wusste auch so, dass er eine Spur aus Blut hinter sich her zog. Es würde lange dauern, bis er das Bein wieder einigermaßen belasten konnte; auf jeden Fall weitaus länger, als Abu Dun und er brauchten, um das Deck der EL CID zu erklimmen.

Das Schiff bebte und zitterte und schüttelte sich immer heftiger, und noch bevor sie die Reling erreichten, feuerten die Geschütze unter ihnen erneut; diesmal nicht in einer einzigen verheerenden Salve, sondern einzeln und so schnell, wie die Artilleristen ihre Kanonen nachladen konnten.

Andrej streckte die Hand nach der Reling aus, versuchte sich in die Höhe zu ziehen und musste sich selbst eingestehen, dass seine Kraft nicht mehr dazu reichte. Sein Bein schmerzte und blutete noch immer, und aus irgendeinem Grund kehrten seine Kräfte nicht annähernd so schnell zurück, wie er es gewohnt war. Vermutlich wäre es ihm irgendwie gelungen, auf die EL CID zu kommen, aber er war Abu Dun dankbar, als der Nubier, kaum dass er sich selbst über die Reling geschwungen hatte, herumwirbelte und nach seinem Arm griff.

Ohne viel Federlesens riss er ihn zu sich hoch, und Andrej federte den Sprung ganz instinktiv ab, schrie noch einmal (und noch immer ohne den geringsten Laut zu hören) vor Schmerz auf und sank auf die Knie, als sein verletztes Bein einfach unter dem Gewicht seines Körpers nachgab. Tränen schossen ihm in die Augen und machten es ihm fast unmöglich, etwas zu sehen, aber er spürte die Gefahr und griff schnell nach dem Schwert an seinem Gürtel.

Diesmal griff Abu Dun so fest zu, dass es wehtat.

Andrej schlug seinen Arm mit einer zornigen Bewegung beiseite, stand auf und zog die Waffe – und erstarrte.

Sie waren nicht allein. Mindestens ein Dutzend Soldaten umstanden sie in einem unregelmäßigen Halbkreis und zielten drohend mit ihren Bajonetten auf Abu Dun und ihn – und damit zugleich auch mit den Musketen, an denen sie befestigt waren.

Andrej bedachte blitzartig ihre Chancen. Er konnte stehen, aber sein Bein würde vermutlich schon wieder unter ihm einknicken, sollte er es wagen, einen Schritt zu tun, und Abu Dun hatte seine Waffe bisher noch nicht einmal gezogen. Es waren zu viele Männer – und hinter ihnen kamen weitere herangestürmt.

Abu Dun musste das wohl ganz ähnlich sehen, denn er hob ganz langsam die Arme und bedeutete ihm mit einem Nicken, dasselbe zu tun. Andrej zögerte zwar noch einen Moment, ließ Gunjir aber dann ebenfalls sinken; auch wenn er das Schwert nicht einsteckte, sondern seine Spitze in die Decksplanken rammte, um die mehr als armlange Klinge als improvisierte Krücke zu benutzen.

»Ich wusste immer, dass diese Scheißdinger eines Tages mein Untergang sein werden«, murmelte er – vorsichtshalber auf Deutsch, der Sprache, die sie meistens benutzten, wenn sie nicht verstanden werden, aber auch keine so exotische Sprache benutzen wollten, dass sie allein deshalb Aufsehen erregten.

Abu Dun lächelte nur humorlos, aber die Soldaten reagierten zu Andrejs nicht geringem Erstaunen auf seine Worte, indem sie ihre Waffen zwar keineswegs sinken ließen, aber ein gutes Stück zurückwichen. Sie wirkten nun angespannt, aber nicht mehr ganz so feindselig.

Andrej verlagerte sein Gewicht behutsam ganz auf das unverletzte Bein und wagte es zum ersten Mal, wirklich an sich hinabzusehen. Sein linker Stiefel war verbrannt, und die Sohle entweder komplett zu Asche verschmort oder auf dem Kanonenlauf zurückgeblieben, den er leichtsinnigerweise als Kletterhilfe missbraucht hatte. Bei den schlechten Lichtverhältnissen waren die Verbrennungen an seinem Fuß kaum zu sehen, aber dafür spürte er sie umso mehr, und auch sein Hörvermögen kehrte nicht annähernd so schnell zurück, wie es sollte. Aus dem feinen Summen in seinen Ohren war immerhin ein unrhythmisches Rauschen und Dröhnen geworden, aber es fiel ihm noch immer schwer, einzelne Laute zu identifizieren. Was er von den Geräuschen der Schlacht hörte, das schien durch einen Berg aus Watte an sein Ohr zu dringen.

Dann vernahm er doch etwas, drehte sich – vorsichtig – um und begriff erst, dass es eine menschliche Stimme war, als er Rodriguez mit weit ausgreifenden Schritten auf sich zukommen sah. Der Colonel sah nass und mitgenommen aus wie sie alle. Seine Kleider hingen in Fetzen, und er blutete aus einer hässlichen Schnittwunde am Hals, wirkte darüber hinaus aber eher aufgeregt als besorgt. Dabei schien er sich mehr um Abu Dun und Andrej, als um sich selbst zu sorgen, obwohl er sich doch gerade einer Abteilung sehr nervöser und mit Musketen bewaffneter Briten näherte, die dabei waren, das Flaggschiff König Philipps zu entführen.

»... nicht nötig ... ñor«, glaubte Andrej zu verstehen – und auch das nur, weil er von Rodriguez' Lippen las und er die verzerrten Wortfetzen halbwegs zusammenbrachte. Rodriguez begann mit beiden Händen zu gestikulieren und beeilte sich, noch schneller heranzuhumpeln. Andrej vermochte nicht zu entscheiden, ob er tatsächlich hinkte, weil er verletzt oder zu Tode erschöpft war, oder einfach Mühe hatte, sich auf dem bockenden Deck auf den Beinen zu halten. Trotz ihrer enormen Größe schwankte und stampfte die EL CID unter dem Rückstoß ihrer zahllosen Kanonen wie ein winziges Boot im Sturm. Selbst hier oben stank die Luft inzwischen so durchdringend nach Schwefel und Pulverdampf, dass ihm das Atmen schwerfiel. Wohin er auch sah, schien das Wasser zu brennen.

»Das ist nicht notwendig, Señor«, flüsterte Rodriguez. Sein Gesichtsausdruck verriet Andrej, dass er wohl aus Leibeskräften schrie, aber alles, was bei ihm ankam, war ein dünnes

Wispern, das von den unablässig dröhnenden Kanonenschüssen wie von höllischem Trommelwirbel in asymmetrische Fetzen zerhackt wurde. »Es besteht keine Gefahr für Euch oder Euren Freund, Señor Delãny! Aber Ihr solltet die Waffe einstecken! Die Männer sind ein wenig nervös, wie Ihr Euch vielleicht vorstellen könnt, aber Ihr habt nichts zu befürchten, wenn Ihr jetzt keinen Fehler macht, glaubt mir!« Er las einen Moment in Andrejs Gesicht. »Ich weiß, wie seltsam sich das anhören muss, aber es ist alles in Ordnung, Señor Delãny. Bitte steckt das Schwert ein und begleitet diese Gentlemen unter Deck.«

Gentlemen? Überrascht setzte Andrej zu einer Bemerkung an und zog dann stattdessen den Kopf ein, als ein gedämpftes Heulen erklang und ein verschwommener Schemen über sie hinwegrauschte, um mit gewaltiger Wucht in die Deckaufbauten hinter den Soldaten zu hämmern. Der Kanonier, der die Kugel abgefeuert hatte, war unerfahren oder in zu großer Hast gewesen und hatte ein Massivgeschoss gewählt, das nicht beim Aufprall explodierte, doch allein seine unvorstellbare Wucht reichte, um einen tödlichen Hagel aus Holzsplittern und Trümmern auszulösen. Mehrere Soldaten krümmten sich vor Schmerz oder gingen gleich ganz zu Boden, und mindestens einer von ihnen verriss seine Muskete und gab einen Schuss ab, der allerdings niemanden traf und den Andrej auch nicht hörte; er sah nur die kurze Mündungsflamme, die in Abu Duns Richtung stieß und von einer Wolke aus weißem Pulverdampf verschlungen wurde.

»... besser unter Deck!«, schrie Rodriguez und packte ihn kurzerhand am Arm. »Aber erweist Euch ... selbst Gefallen und ... Schwert weg!«

Diesmal war es nicht das Rauschen und Klingeln in Andrejs Ohren, das den Großteil seiner Worte verschluckte, sondern das gewaltige Krachen der Geschützsalve, mit dem die EL CID auf den frechen Angriff reagierte. Andrej musste nicht hinsehen, um zu wissen, welchen Preis der einsame Kanonier und seine Schiffskameraden für seinen Mut bezahlten.

»Kommt, Señor!«, schrie Rodriguez. »Wir müssen unter Deck! Hier ist es zu gefährlich!«

Damit mochte er recht haben, und Andrej tat ihm zumindest den Gefallen, Gunjir einzustecken, drehte sich dann aber um und humpelte zur Reling zurück. Etwas rauschte über ihn hinweg und riss ein fast mannsgroßes Loch in eines der Segel, aber Andrej dachte nicht darüber nach, wie lange das Schiff noch existieren würde, das auf sie gefeuert hatte, sondern beugte sich hastig vor, um zur *Ninja* hinabzusehen. Die Galeere klebte noch immer am Rumpf der EL CID, vom Sog des gewaltigen Schiffes so unerbittlich festgehalten wie von einem gewaltigen unsichtbaren Magneten, aber beinahe hätte Andrej die schlanke Galeere nicht erkannt. Die *Ninja* war ein Wrack, das sinken oder in Stücke brechen würde, noch bevor sie den Hafen verließen. Was von der *Ninja* zertrümmert war oder in Flammen stand, das wurde immer wieder untergetaucht, gegen die EL CID oder in die Höhe geworfen, nur um gleich darauf wieder zurück ins Wasser geschleudert zu werden, einem sich windenden Fisch gleich, der in den Fängen eines unsichtbaren Raubtiers zappelt. Für die Wenigen, die dort unten vielleicht noch am Leben waren, musste es schlimmer sein als die Hölle.

Rodriguez schien abermals zu erahnen, was er dachte, denn er schüttelte eilig den Kopf. »Das hat keinen Sinn, Andrej«, schrie er. »Wir lassen die Männer an Bord holen, die noch leben – und Lady Esmeralda ebenfalls. Aber jetzt kommt! Ihr könnt nichts für sie tun!«

Wie um seine Worte noch zu unterstreichen, feuerte eines der anderen Schiffe in diesem Moment eine halbherzige Breitseite auf sie ab; nicht mehr als sieben oder acht Kanonen, die in aller Hast schussbereit gemacht worden waren. Die meisten Geschosse gingen fehl oder prallten von den zwei Fuß dicken

Eichenbohlen des Schlachtschiffes ab wie harmlose Kieselsteine vom Panzer einer Schildkröte, und eine Kugel traf den hochgezogenen Bug der *Ninja,* und erneut flogen ihre Trümmer.

Die EL CID antwortete mit einer vernichtenden Salve, die das betreffende Schiff regelrecht in Stücke riss, legte sich träge auf die Seite und richtete sich im nächsten Moment ächzend und knirschend wieder auf, als auch die Geschütze auf der anderen Seite erneut feuerten. Pulverdampf und Rauch entzogen die *Ninja* kurzfristig seinem Blick, und das Rauschen und Dröhnen in seinen Ohren wich endgültig dem Höllenlärm der Schlacht … wenn man es denn eine solche nennen wollte.

Die EL CID hatte den Hafen zur Hälfte durchquert und nahm jetzt nicht nur immer schneller Fahrt auf, sondern zog auch eine brennende Schneise hinter sich her. Andrej schätzte, während er nun Rodriguez, Abu Dun und den Soldaten folgte, dass sie mindestens ein Dutzend Schiffe in Brand geschossen hatten, wenn nicht mehr. Das Geschützfeuer der EL CID nahm im gleichen Maße an Gewalt und Wut zu, in dem sich auf den anderen Schiffen Widerstand, und sei er auch noch so schwach, formierte. Andrej warf einen raschen Blick über die Schulter zurück und sah, dass auch auf einigen anderen Schiffen jetzt Segel gesetzt und in aller Hast Vorbereitungen zum Auslaufen getroffen wurden, auch wenn ihm dieses Vorhaben genauso lächerlich wie selbstmörderisch erschien. Die EL CID mochte eine Monstrosität sein, genau wie Rodriguez gesagt hatte, aber sie war auch ein unbesiegbares Monster, das erbarmungslos alles und jeden vernichtete, der sich ihm in den Weg stellte. Noch bevor sie den Hafen verließen, würde sie die halbe Flotte in Brand gesetzt haben … und die andere Hälfte wahrscheinlich draußen auf See, sollte sie dumm genug sein, ihnen zu folgen.

Doch das alles, dachte Andrej, war für ihn jetzt nicht wichtig. Abu Dun und er waren aus einem anderen Grund hier.

»Wo ist de Castello?«, schrie er.

Rodriguez brüllte eine Antwort, die im Donnern einer weiteren Geschützsalve unterging, wedelte mit der Hand in die Dunkelheit hinein und brachte sich dann mit einem fast schon komisch aussehenden Hüpfer in Sicherheit, als ein Teil der Takelage über ihnen in Flammen aufging und brennendes Tuch und Holzsplitter auf sie herunterprasselten. Ein weiterer Soldat ging verletzt zu Boden und wurde von seinen Kameraden weggebracht, und der Rest ihrer ohnehin arg zusammengeschmolzenen Eskorte hängte sich endlich seine Musketen über die Schultern und eilte in alle Richtungen davon. »Kapitän de Castello erwartet uns in seiner Kajüte!«, brüllte Rodriguez über den immer lauter werdenden Kanonendonner hinweg.

»Ja, das dachte ich mir«, sagte Abu Dun. Rodriguez blickte fragend, und Andrej fügte an Abu Duns Stelle hinzu: »Genau dort, wo man den Kapitän eines Kriegsschiffes während einer Seeschlacht erwartet, nicht wahr?«

»Das hier war nicht geplant«, antwortete Rodriguez. Irgendetwas explodierte, nicht allzu weit entfernt und mit einem Donnerschlag, unter dem der gesamte Hafen zu erbeben schien. Blutroter Feuerschein verwandelte das Deck des Schlachtschiffes in eine Vision der Hölle, und Rodriguez verzog nicht nur schmerzhaft das Gesicht, sondern zog den Kopf noch weiter zwischen die Schultern und griff so schnell aus, wie es gerade noch ging, ohne in Laufschritt zu fallen.

Als sie den Abgang erreichten, erlebte Andrej eine weitere Überraschung: Bresto war nicht nur noch am Leben, sondern hatte es auch irgendwie hier herauf geschafft. Anders als Rodriguez war er zwar auch bis auf die Haut durchnässt und wirkte vollkommen erschöpft, aber auch er war unversehrt; und er zeigte sich auch kein bisschen erstaunt von dem, was rings um sie herum geschah. Wenn sein Gesicht überhaupt irgendeine Regung zeigte, dachte Andrej, dann sah er allenfalls … *zufrieden* aus?

Andrej bedeutete Rodriguez unwillig, weiterzugehen. Loki war hier, ganz in seiner Nähe, das spürte er, und das war im Moment alles, was zählte. Seine Hand kroch unter den Mantel und schmiegte sich um den Griff des Götterschwertes.

Sie stürmten die Treppe hinab und tauschten eine Hölle gegen die andere. Der Lärm nahm nicht ab, sondern zu. Schießpulvergestank und Hitze nahmen ihnen sowohl den Atem als auch die Sicht, und Rodriguez, der vorauseilte, verschwand schon nach wenigen Schritten in beißenden grauen Schwaden und einem Chaos aus Lärm und reiner Bewegung. Irgendetwas brannte.

Und der Unsterbliche war nahe. Andrej spürte Lokis Nähe jetzt so deutlich, als wäre der Unsterbliche kaum eine Armeslänge von ihm entfernt, und seine Hand schloss sich unter dem Mantel noch fester um Gunjir, das in seiner Scheide zu vibrieren schien wie ein Raubtier, das Blut gewittert hatte und immer heftiger an seinen Ketten zerrte. Loki musste seine Nähe ebenso spüren wie er, aber das war jetzt nicht von Bedeutung. Loki musste sterben für das, was er ihm angetan hatte, für das, was er anderen angetan hatte, für das, was er *war*. Und wenn es sein eigenes Leben kostete, dann war sein Tod diesen Preis allemal wert.

Die EL CID erbebte, als wäre sie von Thors Hammer selbst getroffen worden, als die Kanoniere auf der Steuerbordseite eine weitere Breitseite abfeuerten, und Andrej hatte einen flüchtigen Eindruck von etwas Dunklem und ungemein Massigem, das vor ihm durch den Rauch rumpelte und ebenso schnell wieder darin verschwand, wie es aufgetaucht war, gefolgt von einem gellenden Schrei und dem Geräusch brechender Knochen. Eines der Geschütze hatte sich aus seiner Verankerung gerissen, was dem Mann hinter der Kanone zum Verhängnis geworden war.

Er würde nicht das letzte Opfer sein, dachte Andrej, das dieses Irrsinnsvorhaben forderte, ein Schiff wie die EL CID in die Schlacht zu führen, ohne vorher auch nur ein einziges Manöver abgehalten zu haben. Die Männer, die de Castello an Bord des Schiffes geschmuggelt hatte, waren gewiss gut, aber selbst die beste Besatzung brauchte Zeit, um sich an ein neues Schiff zu gewöhnen.

Als hätte es noch eines Beweises für diesen Gedanken bedurft, stolperten sie über drei weitere schwer verwundete oder tote Soldaten, bevor sie den Abgang erreichten, der diesmal allerdings nicht auf ein weiteres Geschützdeck führte, sondern in einen schmalen Gang, der nur von einer Handvoll heftig hin und her schwankender Lampen erhellt wurde und schnurstracks zum Heck des Schiffes und damit de Castellos Kapitänskajüte führte. Loki würde hinter der reich mit Schnitzereien verzierten Tür am Ende des Korridors auf ihn warten.

Die Hand noch immer auf dem Schwert, stürmte er hindurch und sah sich wild um. Loki war nicht hier, aber der bloße Anblick der Kabine ließ ihn für einen Moment innehalten. Er hatte etwas wie Gordons Privatgemächer an Bord der *Ninja* erwartet, nur größer und prachtvoller, aber das genaue Gegenteil war der Fall. Die Kapitänskajüte der EL CID *war* größer als die der *Ninja*, aber fast schon spartanisch eingerichtet. Es gab gleich drei große Tische samt der dazugehörigen Stühle, eine Anzahl leerer Regale und einen zweitürigen Schrank – alles sorgsam am Boden und den Wänden verschraubt –, aber er suchte vergebens nach goldgerahmten Bildern, seidenen Tischdecken und goldenem Essbesteck.

Abu Dun polterte hinter ihm herein, ging zum Fenster und riss einen der großen Flügel mit solcher Gewalt auf, dass das kostbare Bleiglas in Scherben ging.

Wie es aussah, führte es direkt in die Hölle.

Der Hafen brannte. Sie hatten schon vom Deck aus gesehen, welch verheerenden Schaden die Breitseiten der EL CID angerichtet hatten, doch was sich ihnen nun darbot, das war ein Inferno. Jedes einzelne Schiff schien in Flammen zu stehen oder sank, und der Kanonendonner war nicht nur lauter, sondern auch schneller geworden, als feuerten die Geschütze der EL CID nun im Sekundentakt.

Ein gewaltiger Schatten schob sich von rechts in den Ausschnitt des Hafens, den sie durch das Fenster sehen konnten; ein Schlachtschiff, nicht so monströs wie die EL CID, aber immer noch riesig und mit Hunderten von Geschützen bestückt, die Feuer und Rauch spien. Ein Schiff, das offensichtlich doch nicht so unterbesetzt gewesen war, wie de Castello gehofft hatte, eröffnete nun ebenfalls das Feuer. Andrej spannte sich instinktiv in Erwartung der gewaltigen Einschläge, die die EL CID erschüttern mussten.

Sie kamen nicht.

Stattdessen ging ein weiteres Schiff der stolzen Armada in Flammen auf, aber erst, als das Linienschiff weiter an ihnen vorüberzog und er die flatternde Fahne an seinem Heck erkannte, begriff Andrej wirklich, was hier geschah.

Es war die Flagge Englands.

Wieder erbebte die El CID unter der Wucht einer gewaltigen Breitseite, die noch mehr Feuer und Tod über die wehrlose Armada brachten. Auch jetzt zitterte der Boden unter ihren Füßen, als sich das riesige Schiff unter dem Rückstoß seiner eigenen Geschütze schüttelte, doch Andrej spürte zugleich auch, dass längst nicht mehr alle Rohre feuerten. Trotzdem loderten weitere Feuer draußen im Hafen auf, und das Inferno gewann noch einmal an Wut und Zerstörungskraft. Abu Dun wandte sich schaudernd vom Fenster ab, und auch Andrej riss sich endlich von der morbiden Faszination des Anblicks los und drehte sich zu Rodriguez und seinem Adjutanten um.

»Ist es möglich, dass Ihr uns die eine oder andere Erklärung schuldig seid, Colonel?«, fragte er kühl. Bevor er antwortete, deutete Rodriguez nervös auf Andrejs Hand, die noch immer auf dem Schwertgriff lag. »Ich verstehe Eure Verwirrung durchaus, Mister Delãny«, sagte er, »aber ich versichere Euch, dass wir nicht Eure Feinde sind und Ihr nicht in Gefahr seid. Das da ist absolut nicht notwendig, darauf gebe ich Euch mein Ehrenwort.«

Andrej demonstrierte ihm, was Rodriguez' Ehrenwort in seinen Augen Wert war, indem er Gunjir mit einer betont langsamen Bewegung aus der Scheide zog und die Spitze des Götterschwertes drohend in seine Richtung schwenkte. »Ich warte.«

Rodriguez schüttelte nur seufzend den Kopf, aber Bresto trat mit einem raschen Schritt zwischen Rodriguez und Andrej und war tatsächlich mutig (oder verrückt) genug, seinen Degen zu ziehen. Andrej war nicht nach Scherzen zumute, aber er konnte der Versuchung trotzdem nicht widerstehen, die linke Hand auszustrecken und den Säbel durchzubrechen. Brestos Augen wurden groß, und er ließ den abgebrochenen Stumpf seiner Waffe so hastig fallen, als wäre er plötzlich glühend heiß geworden.

»Ich warte, Colonel«, sagte Andrej noch einmal. »Aber nicht mehr sehr lange.«

Die Tür ging auf, und Gordon kam herein, begleitet von vier Soldaten in spanischen Uniformen und mit roten Haaren und grimmigen Gesichtern. Er hatte ein Funkeln in den Augen, das Andrej verriet, dass er jedes Wort gehört hatte.

»Aber ich bitte Euch, Mister Delãny«, sagte er spöttisch. »Das ist absolut nicht nötig. Und ich müsste mich wirklich sehr in Euch und Eurem Freund täuschen, wenn Ihr das nicht selbst wüsstet.« So gelassen, als wäre das drohend ausgestreckte Schwert in Andrejs Hand nicht vorhanden, wandte er sich direkt an Rodriguez und deutete zur Tür.

»Ich fürchte, mein tapferes Schiffchen wird sinken, bevor

wir den Hafen verlassen, Colonel«, sagte er. »Es wäre mir lieb, wenn Sie sich selbst um die Evakuierung der Besatzung kümmern würden ... vor allem um Mylady Esmeralda. Wir verdanken ihr viel – auch wenn sie es vermutlich niemals erfahren wird.«

Rodriguez war über diesen Befehl nicht glücklich, und er machte auch keinen Hehl daraus. Aber nach einem winzigen abschließenden Zögern trat er nur einen Schritt zurück, salutierte zackig und fuhr so übertrieben militärisch präzise auf dem Absatz herum, dass es schon fast komisch aussah. Bresto folgte ihm, mindestens genauso hastig, wenn auch auf nicht ganz so alberne Art.

Gordon wartete, bis sich die Tür hinter den beiden geschlossen hatte, scheuchte mit einer fast beiläufigen Geste auch die vier Soldaten aus dem Raum und wandte sich erst dann und betont langsam wieder zu Abu Dun und Andrej um. Das spöttische Funkeln war nicht aus seinen Augen gewichen.

»Ich nehme an, Ihr habt jetzt eine Menge Fragen an mich, Mister Delãny?«

»Im Grunde nur eine Einzige«, antwortete Andrej. »Wo ist de Castello?«

»De Castello?« Gordon tat so, als müsse er nachdenken und runzelte gespielt übertrieben die Stirn. »Oh, de Castello«, sagte er dann. »Ich fürchte, der gute Don Alberto de Castello hat es nicht mehr rechtzeitig zum Beginn des Feuerwerks an Bord seines Schiffes geschafft. Äußerst bedauerlich ... oder vielleicht auch nicht. Ich meine: So bekommt er immerhin die Chance, seinem König ganz persönlich zu erklären, wie es zu dieser ... unerfreulichen Entwicklung kommen konnte.«

»De Castello ist nicht an Bord?«, vergewisserte sich Andrej. Aber das war unmöglich: Er hatte seine Gegenwart *gespürt*, so deutlich, als hätte er neben ihm gestanden. Gordon schüttelte trotzdem den Kopf. »Ich fürchte nicht«, sagte er, immer noch amüsiert. »So wie es aussieht, müsst Ihr wohl mit meiner Gesellschaft vorlieb nehmen, Mister Delãny … aber bitte verzeiht meine Unhöflichkeit. Ich habe mich noch gar nicht vorgestellt, glaube ich.« Er hatte jetzt zwar alle Mühe, sich ein breites Schuljungengrinsen zu verkneifen, straffte dann aber die Schultern und salutierte fast genauso zackig wie Rodriguez gerade. »Gestatten: Kapitän Drake. Francis Drake.«

20

Selbst das blutrote Licht des Sonnenaufgangs vermochte den Feuerschein nicht auszulöschen, der den Himmel über der Stadt in Brand gesetzt hatte, und obwohl sich die EL CID ein gutes Stück von der Küste und damit dem Rest der Flotte entfernt hatte, glaubte Andrej, sowohl den Kanonendonner als auch das Schreien der Verwundeten und Sterbenden noch immer zu hören; ein Chor wehklagender Seelen, der direkt aus den Tiefen des Fegefeuers kam und einfach nicht verstummen wollte, ganz gleich, wie weit er sich auch davon entfernte, und wie verzweifelt er auch versuchte, die Ohren davor zu verschließen. Der Geruch von brennendem Fleisch lag in der Luft, und er hörte das Prasseln von Flammen und das schreckliche Geräusch splitternder Masten und berstender Schiffsrümpfe, und immer wieder Schreie und das vergebliche Flehen, dass es endlich aufhören möge. Dahinter vielleicht das Weinen von Kindern und das dumpfe Krachen und Poltern zusammenbrechender Häuser.

Nichts davon war real, wie er sehr wohl wusste. Die Schlacht hatte die ganze Nacht getobt und erst eine gute Stunde vor Sonnenaufgang ein wenig an Wut verloren, wie ein verheerendes Feuer, das sich in seinem Toben selbst verzehrt, doch seither waren weitere zwei oder drei Stunden vergangen, und die Schiffe, die Drakes kleines Überfallkommando bildeten, hatten sich längst wieder zu einer lockeren Halbkreisformation hinter der ramponierten EL CID versammelt. Die Schlacht war vorbei, und sie waren Meilen um Meilen von der Küste und dem brennenden Hafen entfernt; viel zu weit, als dass selbst seine scharfen Sinne die Schreie der Sterbenden oder den Geruch ihres brennenden Fleisches auffangen konnten. Da war etwas in ihm, das es hören und riechen *wollte.*

Andrej versuchte, nicht daran zu denken, und ließ seinen Blick über das knappe Dutzend Linienschiffe hinter ihnen schweifen. Nicht eines der britischen Schiffe war vollkommen ungeschoren davongekommen. Einzige wenige waren ernsthaft beschädigt, und das Vorderdeck eines gewaltigen Dreimasters hatte in hellen Flammen gestanden, als das Schiff aus der Morgendämmerung auftauchte, und brannte noch immer; die Mannschaft hatte Mühe, das Feuer zu löschen, hinderte es aber immerhin daran, weiter um sich zu greifen. Wie es aussah, dachte er, hatte sich die nahezu wehrlose Armada doch nicht ganz so ergeben zur Schlachtbank führen lassen, wie Drake und Rodriguez – der in Wirklichkeit Rogers hieß und Fregattenkapitän der englischen Kriegsmarine war – es sich vielleicht erhofft hatten.

Dennoch wusste Andrej, dass Drakes Flotte zwar Verluste erlitten hatte, doch was von diesem Teil der spanischen Armada noch übrig war, das verbrannte in diesem Moment zusammen mit einem Gutteil der Stadt oder sank auf den Grund des zerstörten Hafens. Der große Krieg zwischen Spanien und England, vor dem ganz Europa seit einem Jahrzehnt zitterte, war möglicherweise vorbei, bevor er überhaupt begonnen hatte.

Wieso hatte er nur das Gefühl, dass es zumindest zu einem Teil seine und Abu Duns Schuld war?

Und wieso machte es ihm überhaupt etwas aus?

»Weil wir uns nicht einmischen, Hexenmeister«, sagte Abu Dun neben ihm, ohne ihn dabei anzusehen. »Wir könnten

Geschichte schreiben, du und ich. Aber du weißt, dass wir es nicht dürfen. Andere wie wir haben es versucht. Du weißt, wie es geendet hat.«

Aber tatsächlich wusste er es nicht. Nach all den unzähligen Jahren, die sie nun zusammen waren, wurden die Rätsel größer, statt sich allmählich aufzulösen. Was, wenn sich Abu Dun irrte und die Welt in Wahrheit schon längst von Männern wie Loki regiert wurde?

Nein. Andrej rief sich zur Ordnung. Diesen Gedanken wollte er nicht denken. Wenn es so war, dann hatte nichts von alldem, was sie getan hatten und noch tun würden, irgendeinen Sinn gehabt.

»Kann man meine Gedanken wieder einmal so deutlich auf meiner Stirn ablesen?«, fragte er.

»Ja«, antwortete Abu Dun. »Und vor allem dann, wenn du sie vor dich hin murmelst.«

»Habe ich nicht!«, behauptete Andrej empört.

»Hast du doch«, sagte Abu Dun. »Aber mach dir nichts draus. Solch sonderbare Angewohnheiten kommen mit dem Alter. Irgendwann wirst du anfangen zu sabbern. Oder Schlimmeres.«

Andrej war nicht zum Spaßen aufgelegt und wollte auch Abu Duns gutmütige Sticheleien nicht hören, so sehr er sie sonst auch genoss. »Ich verstehe es nicht«, murmelte er.

»Dass du älter bist als ich?«, frotzelte Abu Dun weiter. »Du musst es nicht verstehen. Akzeptier es einfach. Das Schicksal ist grausam. Selbst einem Unsterblichen gegenüber.« Er grinste. »Sogar einem uralten Unsterblichen gegenüber, der allmählich in die Jahre kommt.«

Andrej blieb ernst. Sein Blick tastete über die ramponierte Flotte, die rings um sie herum in Position ging und Segel zu setzen begann; wenigstens die, die sie noch hatten. Beiläufig fragte er sich, wie viele Männer wohl auf diesen Schiffen gestorben waren. Dutzende vermutlich, wenn nicht Hunderte.

Doch wieder empfand er nichts bei diesem Gedanken. Menschen waren so unwichtig geworden.

Abu Dun schien wohl endlich begriffen zu haben, dass er nicht auf seine Sticheleien eingehen würde, und sah ihn mit plötzlich umso größerem Ernst an. »Was verstehst du nicht, Hexenmeister?«

»De Castello«, antwortete Andrej. »Loki. Ich *weiß*, dass er an Bord war. Ich habe ihn gespürt!«

»Du hast dich getäuscht, Hexenmeister«, antwortete Abu Dun. »Ich weiß zwar, wie schwer es Euch fällt, Sahib, aber selbst Ihr müsst einsehen, dass Euer unwürdiger Sklave möglicherweise recht hat und Ihr Euch im Irrtum befindet, oh Ihr strahlender Stern am Himmel des Abendlandes.«

»Ich habe mich nicht geirrt!«, beharrte Andrej, leise, aber ernst. »Ich habe ihm gegenübergestanden, Pirat. Ich weiß, wer er ist!«

»Dann hat er dich getäuscht, Andrej«, sagte Abu Dun seufzend. Er hob die Schultern. »Oder er wurde selbst genarrt. Verletzt es deinen Stolz als Unsterblicher, dass einer von uns von einem sterblichen Menschen hereingelegt worden sein könnte?«

»Er war an Bord«, beharrte Andrej. Selbst in seinen eigenen Ohren hörte er sich an wie ein Kind, das einfach nicht einsehen wollte, sich geirrt zu haben. Immerhin verzichtete er darauf, mit dem Fuß aufzustampfen.

»Sieh es von der positiven Seite, Andrej«, seufzte Abu Dun. »Wir sind noch am Leben. Und der Krieg ist für uns vorbei.«

Andrej wollte gerade scharf antworten, da fing er Abu Duns warnenden Blick auf, und er spürte im selben Moment, dass sie nicht mehr allein waren. Schnell drehte er sich um und erkannte Gordon – Drake. Es fiel ihm immer noch schwer, den britischen Kaperfahrer als den zu akzeptieren, der er wirklich war – der nicht etwa näher kam, sondern offensichtlich schon eine geraume Weile hinter ihnen stand. Er hatte es nicht gemerkt, obwohl es doch eigentlich unmöglich sein sollte, sich an ihn anzuschleichen.

Wahrscheinlich, dachte er, lag es daran, dass Menschen ihm nichts mehr bedeuteten, und an nichts anderem. Sie waren so unwichtig. So ... nutzlos.

»Euer Freund hat recht, Andrej«, sagte Drake. »Nehmt es von der positiven Seite. Für Euch ist der Krieg vorbei. Ihr könnt im nächsten Hafen von Bord gehen, wenn Ihr es wünscht ... obwohl ich diese Entscheidung bedauern würde. Männer wie Ihr und Euer Freund wären gewiss eine Bereicherung für die Marine Ihrer Majestät. Ich könnte Euch ein Offizierspatent anbieten ... und natürlich einen fairen Anteil an jeder Prise, die wir machen.«

Andrej starrte ihn an. Erst jetzt bemerkte er, dass er sich auch äußerlich verändert hatte. Statt der abgewetzten Piratenkleidung trug er jetzt eine makellose britische Kapitänsuniform, und sein pechschwarzes Haar war unter einer weißen Perücke verschwunden, von der Andrej argwöhnte, dass sie an dem großen Dreispitz angenäht war, den er trug; jedenfalls saß sie genauso schief auf seinem Kopf. Andrej wusste die goldenen Epauletten und Rangabzeichen auf seiner Jacke nicht sicher zu deuten, nahm aber an, dass sie zu einem Admiral gehörten.

Trotzdem sah Drake immer noch aus wie ein Pirat.

»Aber ich kann auch verstehen, wenn Ihr der Meinung seid, das alles hier ginge Euch nichts an«, sagte Drake, der seinen Blick offensichtlich missdeutete. »Überlegt es Euch einfach.«

»Ihr ... habt verstanden, worüber wir gesprochen haben?«, fragte Andrej alarmiert.

»Das war nicht allzu schwierig«, antwortete Drake. Er klang leicht amüsiert. »Wenn man so viel herumkommt wie ich, dann ist man irgendwann der einen oder anderen Sprache mächtig. Vor allem, wenn es die eigene ist.«

Es jetzt wurde Andrej klar, dass Abu Dun und er ihre kurze Unterhaltung tatsächlich auf Englisch geführt hatten. Das war ungewöhnlich. Andrej konnte selbst nicht genau sagen, warum, aber der Gedanke beunruhigte ihn. »Hm«, machte er nur.

Drake legte fragend den Kopf auf die Seite und deutete schließlich ein leicht enttäuschtes Schulterzucken an, als hätte er vergeblich auf eine andere Antwort gehofft.

»Nun denn.« Drake räusperte sich unbehaglich. »Im Grunde bin ich nur gekommen, um Euch und Eurem Freund noch einmal in aller Form zu danken und mich zu verabschieden.« Er deutete auf eines der anderen Schiffe, das mit dem brennenden Vorderdeck. Ein schlankes Beiboot hatte von dem gewaltigen Linienschiff abgelegt und hielt mit schnellen Ruderschlägen auf sie zu. »Ich werde an Bord der *Intrepid* gebraucht, fürchte ich. Ihr seht es ja selbst ... wenn ich mich nicht persönlich um alles kümmere, erledigen diese Narren am Ende noch das, was den Spaniern nicht gelungen ist.«

Andrej tat ihm den Gefallen, die Lippen zu einem angedeuteten Lächeln zu verziehen, aber Drake hätte schon blind sein müssen, um nicht zu sehen, was wirklich in ihm vorging. Er räusperte sich noch einmal unbehaglich, warf einen fast flehenden Blick zu dem näher kommenden Ruderboot hin und kam dann zu einem Entschluss.

»Es lag nicht in meiner Absicht, Euch zu belauschen, Andrej«, sagte er. »Aber ich kam nicht umhin, einen Teil Eures Gesprächs mit anzuhören.«

»Aha«, sagte Andrej. Sein Blick wurde bohrend.

»Ich weiß nicht, welchen Streit Ihr mit de Castello habt und für wen Ihr ihn haltet ... und ich glaube fast, dass ich es gar nicht wissen will.« Er legte eine Pause ein, gerade lang genug, um Andrej Gelegenheit zu einer Erklärung zu geben (die dieser schweigend verstreichen ließ), und fuhr mit einem abermaligen Räuspern fort: »Aber ich kann Euch versichern, dass er sich nicht an Bord befindet. Womöglich hatte er es vor, aber ich fürchte, dass ihm der letzte Becher Wein nicht bekommen sein dürfte, den ihm einer meiner Vertrauensleute kredenzt hat.«

»Ihr habt ihn vergiften lassen?«, fragte Abu Dun. Das war nicht nur überraschend, das war unmöglich.

»Ich bitte Euch, Sir!«, antwortete Drake leicht verschnupft. »Wäre das ehrenhaft? Nein, gewiss nicht!« Er schüttelte bekräftigend und so heftig den Kopf, dass sein Dreispitz samt der Perücke verrutschte, rückte beides hastig wieder zurecht und blinzelte dann in den Himmel hinauf. Andrej konnte sich gerade noch beherrschen, dasselbe zu tun. Die Sonne stand als rot glühender Ball eine Handbreit über dem Horizont, hatte aber noch nicht die Kraft, mit ihrem Lodern das Meer in Brand zu setzen. Dennoch war ihm schon ihr bloßer Anblick unangenehm. Er begann, sich zunehmend in ein Geschöpf des Zwielichts zu verwandeln.

»Vorausgesetzt, der Kanonendonner hat ihn nicht geweckt«, fuhr Drake fort, »dürfte er jetzt mit einem schlimmen Kater aufwachen und sich fragen, ob ihm der Himmel auf den Kopf gefallen ist. Es ist fast schade, dass ich nicht dabei sein und sein Gesicht sehen kann, wenn er aus dem Fenster blickt und feststellt, dass sein neues Spielzeug verschwunden ist.«

»Ihr meint das zukünftige Flaggschiff Eurer Flotte, Admiral?«, fragte Abu Dun.

»Flaggschiff?« Drake sah sich demonstrativ um und schüttelte dann so heftig den Kopf, dass sein Dreispitz samt der Perücke tatsächlich herunterfiel und er ihn gerade noch auffangen konnte. »Oh nein. Dieses Monstrum wird ganz gewiss nicht mein neues Flaggschiff, mein Freund. Ich meine: Jemand könnte mich darauf erkennen, nicht wahr? Ich habe einen Ruf zu verlieren … wie immer er auch aussehen mag.«

»Obwohl es wahrlich unbesiegbar ist?«, beharrte Abu Dun.

»Es ist nicht unbesiegbar«, antwortete Drake, »sondern eine Monstrosität. So etwas gehört nicht auf die See. Und schon gar nicht als Flaggschiff einer Flotte, die unter britischer Fahne läuft ... ganz davon abgesehen, dass ich nicht verrückt genug bin, mich und meine Männer selbst zur Zielscheibe zu machen. Ihr haltet dieses Schiff für unbesiegbar?« Er lachte. »Das Gegenteil ist der Fall, mein Freund. Jeder einzelne Kanonier wird dieses prachtvolle Ziel anvisieren. Diese Missgeburt wird nicht einmal die erste Schlacht überstehen, mein Wort darauf. Ich werde nie begreifen, wie es de Castello gelungen ist, König Philipp zum Bau dieses Schiffes zu überreden. Aber ich will mich nicht beschweren. Immerhin hat sein Bau ein hübsches Loch in die spanische Kriegskasse gerissen.«

Selbstverständlich glaubte Andrej ihm kein Wort. Drake log nicht, aber er konnte auch nicht wissen, wer sich hinter der Maske des aufgeblasenen Gecken wirklich verbarg, in der Loki auftrat. Er hätte ihm sagen können, wie es de Castello gelungen war, König Philipp von Spanien zum Bau dieses aberwitzigen Schiffes zu überreden; ebenso, wie er ihn darüber hätte aufklären können, dass Loki gewiss nicht betrunken im Bett irgendeines Mädchens lag und gerade in diesem Moment mit einem Brummschädel aufwachte. Loki war hier an Bord, dessen war er jetzt sicherer denn je.

Einen Moment lang dachte er daran, Drake beiseitezunehmen und ihm die Wahrheit zu sagen, verwarf diesen Gedanken dann aber. Einmal ganz davon abgesehen, dass Drake ihm gar nicht glauben *konnte*, würde Loki es nicht zulassen. Ebenso sicher, wie er spürte, dass der Unsterbliche an Bord des Schiffes war, spürte er, dass er Abu Dun, Drake und ihn genau in diesem Moment beobachtete. Und hierin irrte Drake: Andrej hatte gesehen, wozu dieses Schiff imstande war. Vermutlich war nicht einmal die EL CID – noch dazu mit halber Besatzung – dem Dutzend Kriegsschiffe gewachsen, das sie umgab, aber ein Gefecht mit Drakes Flotte würde weitere zahllose Opfer fordern, und für einen Tag war genug Blut geflossen, selbst für seinen Geschmack.

»Sehen wir uns wieder, Admiral?«, fragte Abu Dun.

Drake hob abwehrend die Hand, mit der er dann sofort seine alberne Dreispitz-Perücke wieder aufsetzte. »Vergesst den Admiral, mein Freund«, sagte er rasch. »Und was Eure Frage angeht: Ich weiß es nicht, aber ich fürchte, so bald wird es nicht sein. Wir sollten nicht länger hierbleiben als nötig. Ich fürchte, die Spanier werden uns unseren kleinen Überraschungsbesuch von letzter Nacht ein wenig übel nehmen, und es sind noch genug von ihren Schiffen übrig, um uns einiges Kopfzerbrechen zu bereiten.«

»Wie viele habt Ihr erwischt?«, fragte Andrej. Drake hob nur die Schultern, aber hinter ihm sagte eine seltsam vertraute Stimme: »Einunddreißig standen in Flammen oder waren bereits gesunken, als wir aus dem Hafen gesegelt sind.«

Andrej drehte sich um und begrüßte Rodriguez und seinen Adjutanten mit einem angedeuteten Kopfnicken. Der Weißhaarige erwiderte es und fuhr fort: »Aber ich nehme an, dass es noch ein paar mehr werden, bevor dieser Tag zu Ende ist. Ein teurer Tag für Spanien, nebenbei bemerkt – aber ich habe diesen Dummkopf Castello gewarnt. Es mag ganz praktisch sein, die Schiffe so dicht an dicht anlegen zu lassen, aber wenn einmal etwas passiert, dann sind die Folgen möglicherweise katastrophal.« Er lächelte flüchtig, wurde genauso schnell wieder ernst und nahm Haltung an, während er sich zu Drake herumdrehte. »Eure Eskorte ist bereit, Sir. Sobald der Brand auf der *Intrepid* gelöscht ist, kann die Flotte aufbrechen ... soll ich einige Männer abstellen, um bei den Löscharbeiten zu helfen?«

»Das wird nicht notwendig sein, hoffe ich.« Drake zog eine Grimasse. »Ich werde mich selbst darum kümmern ... wie üblich. Wahrscheinlich haben sie Probleme, ausreichend

Löschwasser zu finden.« Er griff hastig zu, als sein Dreispitz samt Perücke schon wieder ins Rutschen zu geraten drohte, überlegte es sich dann anders und warf beides kurzerhand über Bord. »So gerne ich noch weiter mit Euch plaudern würde, Andrej, fürchte ich doch, dass die Pflicht ruft. Ihr habt es ja gehört. Captain Rogers wird sich weiter um Euch kümmern. Selbstverständlich seid Ihr Gast der britischen Krone, so lange Ihr es wünscht.«

»Nicht länger?«, fragte Andrej.

Abu Dun runzelte missbilligend die Stirn, aber Drake schien ihm die Bemerkung nicht übel zu nehmen; und wenn doch, überspielte er es meisterhaft. »Die EL CID wird von hier aus nach Liverpool segeln, wo sie instand gesetzt und bis zur vollen Sollstärke bemannt wird«, antwortete er. »Captain Rogers wird ihr mit zwei Schiffen Geleitschutz geben, und selbstverständlich steht es Euch und Eurem Freund frei, auf der EL CID mitzufahren, oder einem der beiden Begleitschiffe ... es sei denn, Ihr zieht mein Angebot doch noch in Betracht, auf der *Intrepid* anzuheuern.« In seinen Augen glomm ein Funke von Hoffnung auf. »Ich könnte Euren Anteil an den Prisengeldern möglicherweise ein wenig erhöhen. Gute Arbeit soll auch gut bezahlt werden, das sage ich immer.«

»Und wer genau sagt das jetzt?«, erkundigte sich Abu Dun. »Sir Francis Drake oder ein gewisser Piratenkapitän?«

Drake war nicht beleidigt, sondern grinste breit. »Es gibt nicht wenige, die behaupten, so groß wäre der Unterschied gar nicht. Überlegt Euch mein Angebot. Aber jetzt, fürchte ich, ruft mich endgültig die Pflicht.« Er nickte Abu Dun und Andrej zum Abschied zu und ging dann mit schnellen Schritten davon. Rogers sah ihm mit unbewegtem Gesicht hinterher, bis er ein Fallreep nur ein Dutzend Schritte entfernt erreicht hatte, und verschwand, doch als er sich wieder zu ihnen umwandte, lag ein spöttisches Lächeln auf seinem

Gesicht. »Und ich weiß nicht einmal, in welcher Rolle er sich wohler fühlt«, seufze er.

»Habt Ihr gewusst, wer er wirklich ist, Colo… Captain?«, fragte Andrej.

Rogers nickte heftig. »Das will ich hoffen«, antwortete er. »Auch wenn so mancher der Meinung ist, die Royal Navy wäre nicht mehr das, was sie einmal war, so wäre ich doch höchst beunruhigt, wenn ein leibhaftiger Pirat in der Admiralität in London das Sagen hätte. Wir haben uns vor vier Jahren dort kennengelernt – kurz bevor ich nach Spanien kam.«

»Eine lange Zeit«, sagte Andrej.

»Aber es hat sich gelohnt«, erwiderte Rogers. »Ich glaube nicht, dass der Krieg damit zu Ende ist, aber vielleicht haben wir die Waagschale damit ein wenig mehr zu unseren Gunsten gesenkt. Und das eine oder andere Leben gerettet.«

»Vor allem das der Besatzung der dreißig spanischen Schiffe, nicht wahr?«, grollte Abu Dun. »Sie hatten keine Chance.«

Andrej fragte sich, warum Abu Dun Rogers so unnötig provozierte, und versuchte seinem Freund einen verstohlenwarnenden Blick zuzuwerfen. Abu Dun ignorierte ihn, und er war wohl auch überflüssig. Rogers war nicht verärgert, sondern zuckte nur gleichmütig mit den Achseln.

»So etwas kommt vor, wenn Menschen Krieg führen, Sir. Menschen sterben. Wäre es Euch lieber gewesen, wir hätten diese Schiffe mit voller Besatzung gestellt und versenkt?« Er schnitt Abu Dun mit einer raschen Bewegung das Wort ab, bevor er überhaupt widersprechen konnte. »Aber lasst uns nicht streiten, Sir … zumal über eine Sache, an der keiner von uns etwas ändern kann. Und ich fürchte, ich muss Euch ein wenig zur Eile drängen. Zieht Ihr es vor, hier an Bord zu bleiben, oder erweist Ihr mir die Ehre, Euch als meine Gäste an Bord der *King George* begrüßen zu dürfen?«

»Ihr bleibt nicht auf der EL CID?«, fragte Andrej überrascht.

Rogers schüttelte so erschrocken den Kopf, als hätte er ihm vor den Ohren der gesamten Mannschaft ein ehrenrühriges Angebot gemacht. »Nein, gewiss nicht«, sagte er. »Vier Jahre in der Haut eines spanischen Colonels sind genug. Ich sehne mich nach gutem englischem Holz unter den Stiefeln und den Flüchen schottischer Seeleute. Vielleicht könnt Ihr das verstehen.«

Besser als Ihr ahnt, Captain, dachte Andrej. Besser als ihm selbst lieb war. Er sah Rogers einen Atemzug lang durchdringend an und fragte sich, ob sich hinter diesem vermeintlichen Stoßseufzer vielleicht mehr verbarg. Er hatte nicht vergessen, was Rogers vor zwei Tagen zu ihm gesagt hatte, als er noch Rodriguez hieß: Ich weiß, was Ihr seid.

Rogers aber machte ein mäßig enttäuschtes Gesicht. »Ganz wie Ihr wünscht, Sir. Ihr habt Sir Drake ja gehört: Euer Wunsch ist mir Befehl. Aber überlegt es Euch gut. Wir fahren in spätestens einer halben Stunde los, und dann wird es schwierig, auf die *King George* überzuwechseln. Es ist eine lange Fahrt bis Liverpool. Fünf Tage, wenn nicht sechs. Mindestens.«

Täuschte sich Andrej, oder forderte er sie regelrecht auf, ihn an Bord seines Schiffes zu begleiten? Er schwieg, und Rogers ließ auch nur noch eine weitere Sekunde verstreichen, bevor er es aufgab und sich an Bresto wandte. »Dann liegt die Verantwortung für das Wohl unserer Gäste jetzt in Euren Händen, Lieutenant. Betrachtet es als Eure erste Aufgabe im Dienste der Krone. Und enttäuscht mich nicht.«

»Bestimmt nicht, Colo… Sir«, radebrechte Bresto in holperigem Englisch.

»Verratet Ihr uns noch den wirklichen Namen des jungen Mannes, Captain?«, fragte Andrej.

Rogers sah ihn erst verständnislos an, aber dann lächelte er. »Oh nein«, sagte er. »Der gute Lieutenant ist ganz genau der, für den er sich ausgibt … vielleicht als Einziger in dieser ganzen Geschichte. Seid nicht zu streng mit ihm. Ich bin sicher, dass er sich Mühe geben wird. Er ist noch jung.«

»Und ein Verräter«, murmelte Bresto, ebenso leise wie bitter. »Ich an Eurer Stelle würde es mir gut überlegen, einem Mann zu vertrauen, der sein eigenes Volk verraten hat.«

»So, wie ich das sehe«, antwortete Rogers gelassen, »habt Ihr lediglich Eure eigene Haut gerettet. Und was das Vertrauen angeht ...« Er zuckte die Achseln. »Ich vertraue prinzipiell niemandem, nicht einmal mir selbst. Betrachtet Euch selbst als Verräter, wenn es Euer Gewissen beruhigt, mir ist es gleich. Ihr habt Euer Land verraten und seid zu uns übergelaufen? Gut für uns, nicht wahr? Jetzt gibt es niemanden mehr, zu dem Ihr überlaufen könnt, sollte es Euch noch einmal in den Sinn kommen, jemanden zu verraten.« Er versetzte dem jetzt eingeschüchterten Bresto einen freundschaftlichen Klaps zwischen die Schulterblätter (der diesen beinahe vornüberfallen ließ) und verschwand dann ohne ein weiteres Wort. Bresto folgte ihm in kaum einer Sekunde Abstand, und mehr stolpernd als gemessenen Schrittes.

»Da gehen unsere beiden letzten Verdächtigen«, seufzte Abu Dun. »Und du hast das wirklich ernst gemeint? Die *King George* scheint mir ein bequemeres Transportmittel zu sein als dieses prachtvolle Schiffchen hier ... von der *Intrepid* gar nicht zu reden.«

»Loki ist hier an Bord«, beharrte Andrej. »Und ich werde ihn finden.«

»Zweifellos«, knurrte Abu Dun. »Und wenn du nicht ihn, dann er uns, nicht wahr?«

21

Andrej hatte noch nie viel von der Pünktlichkeit der Briten gehalten, und wie sich zeigte, war dieses Vorurteil genauso unbegründet wie das, das er der englischen Küche gegenüber gehegt hatte. Rogers hatte ihnen eine halbe Stunde Bedenkzeit eingeräumt, doch noch auf die *King George* oder ihr Schwesterschiff überzuwechseln, ließ aber schon nach kurzer Zeit die beiden Dreimaster Segel setzten und einen weiten Bogen schlagen, an deren Ende sie die EL CID in geringem Abstand flankieren würden. Auch das erbeutete Schlachtschiff setzte sich lange vor Ablauf der Frist in Bewegung, die Rogers ihnen genannt hatte, schwerfällig und auf eine beinahe widerwillige Art, aber doch auch unaufhaltsam.

Andrej legte den Kopf in den Nacken und blinzelte in das Gewirr der Masten und Rahen hinauf. Winzige Gestalten bewegten sich darin ameisengleich und in großer Zahl, zugleich aber auch viel zu wenige für ein so gewaltiges Schiff. Drake hatte recht, dachte er: Dieses Schiff war ein Monstrum, das nirgendwohin gehörte, und schon gar nicht auf die See. Andrej hasste die Seefahrt im Allgemeinen und Schiffe im Besonderen aus tiefstem Herzen, was aber nichts daran änderte, dass er eine Menge von Schiffen verstand. Die EL CID war so elegant wie ein schwimmender Ziegelstein und durch ihre pure Größe vermutlich ebenso schwer zu manövrieren, und sie verlangte vor allem nach einer gewaltigen Mannschaft. Mindestens doppelt so viele Männer, wie sich momentan an Bord befanden, und vor allem Männer, die dieses Schiff kannten und ihre erste flüchtige Einweisung nicht mitten in einem Gefecht bekommen hatten.

»Findest du allmählich Geschmack an unserem neuen Zuhause?«, fragte Abu Dun. Es waren die ersten Worte, die er seit gut zwanzig Minuten sprach, und Andrej war sicher, dass er eigentlich etwas ganz anderes hatte sagen wollen.

Trotzdem antwortete er. »Vielleicht stimmt es, was du sagtest …«

»Wie fast immer.«

»… und Captain Rogers ist der Klügere von uns. Wir hätten seine Einladung annehmen und eine gemütliche Kabine an Bord der *King George* beziehen sollen.«

»Weil du inzwischen zu dem Schluss gekommen bist, dass sich Loki dort versteckt und nicht hier?«, erkundigte sich Abu Dun.

»Es ist, wie Drake gesagt hat«, fuhr Andrej ungerührt fort. »Die Spanier werden ausschwärmen wie die Fliegen, um sich für den Angriff auf Cádiz zu rächen. Wenn sie die Spur dieses Walfisches aufnehmen, dann haben wir keine Chance, ihnen zu entkommen.«

»Sie werden uns nicht verfolgen«, behauptete Abu Dun.

»Und was bringt dich zu dieser Überzeugung?«

Abu Dun antwortete nicht gleich, sondern sah sich einen Moment lang suchend um und legte schließlich den Kopf in den Nacken, um genau wie Andrej zuvor aus zusammengekniffenen Augen in die Rahen hinaufzublinzeln. »Zwei«, sagte er schließlich. »Allein dort oben. Vielleicht sogar drei. Und mindestens einer von denen, die gerade an uns vorbeigegangen sind, sind auch wie wir. Wenn du nicht so sehr damit beschäftigt gewesen wärst, nach jemandem zu suchen, der nicht da ist, dann hättest du es wohl auch gemerkt.«

Abu Duns Spott prallte genauso wirkungslos an Andrej ab wie die eigentlich zwingende Logik seiner Worte. Abu Dun mochte von seinem Standpunkt aus recht haben, aber er dachte wie ein Mensch und tat damit vermutlich genau das, was Loki von ihm erwartete. Er beging menschliche Irrtümer. Vielleicht hatte er einfach zu lange unter diesen dummen Sterblichen gelebt. Ihm würde dieser Fehler gewiss nicht unterlaufen.

»Nichts davon ergibt Sinn, wenn er nicht an Bord ist«, beharrte er, auch jetzt wieder in ebenso bockigem wie kindischem Tonfall. Abu Dun warf ihm einen fast mitleidigen Blick zu und sparte sich jede Antwort.

Doch nach einem Augenblick und gerade leise genug, um Andrej im Zweifel zu lassen, für wen dieser Worte bestimmt waren, murmelte er: »Vielleicht nimmst du dich auch einfach nur zu wichtig, Hexenmeister.«

Andrej schluckte die Antwort herunter, die ihm auf der Zunge lag, und drehte Abu Dun demonstrativ den Rücken zu, um dem Aufbruch von Drakes Flotte zuzusehen; ein Anblick, der erhebend und niederschmetternd zugleich war. Zweifellos hatten Drake und seine Männer in der zurückliegenden Nacht einen gewaltigen Sieg davongetragen, auch wenn er einen bitteren Beigeschmack hatte (die Geschichte, dessen war sich Andrej sicher, würde ihn anders darstellen), aber der Preis, den die britische Kommandoflotte dafür bezahlt hatte, war höher, als sie bisher angenommen hatten. Die *Intrepid* brannte noch immer, allen Beteuerungen Drakes zum Trotz, und auch von den übrigen Schiffen war nicht eines ohne mehr oder weniger schwere Schäden davongekommen. Tatsächlich schienen die *King George* und ihr Schwesterschiff, die die EL CID eskortieren würden, noch die am wenigsten beschädigten Schiffe der kleinen Flotte zu sein, denn sie zeigten allenfalls ein durchlöchertes Segel oder eine gesplitterte Reling. Drake hatte von einem taktischen Rückzug gesprochen, aber die Wahrheit war wohl eher, dass sich die Flotte auf eine verzweifelte Flucht vorbereitete. Wenn es den Spaniern gelang, auch nur einen Teil ihrer Flotte wieder in Gefechtsbereitschaft zu versetzen und sie zu verfolgen (und Andrej zweifelte keine Sekunde daran, dass sie genau in diesem Moment mit fieberhafter Eile daran arbeiteten), würden sie Drake und seine Handvoll Schiffe schlachten. Vielleicht war Drakes Idee, die Flotte zu teilen und die EL CID in Sicherheit zu bringen, doch nicht so gut, überlegte er. Sie mochte ein Monstrum sein, eine Beleidigung für das Auge jedes Seefahrers und noch dazu langsam und schwer zu manövrieren, als schwimmende Festung war sie jedoch nicht zu verachten.

Andrej rief sich wieder in Erinnerung, was Abu Dun vorhin gesagt hatte: Hier wurde Geschichte geschrieben, und sie sollten sich hüten, die Feder in die Hand zu nehmen. Nichts von alledem ging sie etwas an.

Andrej drehte sich um und erstarrte.

De Castello stand auf dem Achterdeck und blickte aus kalten Augen auf ihn herab. Ihre Blicke trafen sich, und alles, was Andrej darin las, war Kälte. Und eine grimmige Entschlossenheit, der er nichts entgegenzusetzen hatte.

Andrej blinzelte, und die schwarzhaarige Gestalt war verschwunden. An ihrer Stelle stürmte Bresto die kurze Treppe vom Achterdeck herunter, und das in solcher Hast, dass er allein auf dem kurzen Stück zweimal fast über seine eigenen Füße gestolpert wäre.

Andrej blinzelte noch einmal, aber diesmal änderte sich an dem Anblick nichts. Bresto stolperte weiter auf sie zu und wirkte genauso hoffnungslos überfordert wie immer, aber auch wild entschlossen, sich der Aufgabe zu stellen, die Rogers und das Schicksal auf seine schmalen Schultern geladen hatten. War es möglich, dass …?

Andrej lauschte mit all seiner Macht in Bresto hinein und stieß auf ein wahres Chaos aus Gefühlen und einander widersprechender Empfindungen und Gedanken, aber auch einen unerwartet wachen Geist, dem nicht die winzigste Kleinigkeit in seiner Umgebung entging. Er war überrascht. Dass Bresto kein Dummkopf war, hatte er gewusst, aber was er nun erblickte, war dennoch unerwartet. Wenn das Schicksal gnädig genug war, ihn lange genug leben zu lassen, stand diesem jungen Burschen eine große Zukunft bevor – oder ein früher Tod am Galgen.

Vor allem aber war er eines: ein ganz normaler, sterblicher Mensch.

Auch Abu Dun runzelte die Stirn, als er Brestos Aufzug sah. Er trug noch immer die blaue Jacke, die seinem ehemaligen Rang entsprach, hatte aber sämtliche Insignien und Rangabzeichen entfernt und sogar einen abgewetzten Dreispitz aufgetrieben, der vermutlich zu keiner Uniform der Welt gehörte. Das Ergebnis sah einigermaßen lächerlich aus.

Zu allem Überfluss sprach er nun im schlechtesten Englisch, das Andrej seit einem Menschenalter gehört hatte. »Wenn Ihr mir bitte folgen würdet, Señ… Sirs«, stammelte er. »Ich zeige Euch Euer Quartiere.« Soweit verstand Andrej sein Gestammel.

Er überließ Abu Dun die undankbare Aufgabe, darauf zu antworten, und sah noch einmal konzentriert zum Achterdeck hoch; einen Moment später entschied er, dass ihm das, was Abu Dun vielleicht dazu zu sagen hatte, gleichgültig war, und eilte mit raschen Schritten die kurze Treppe hinauf.

Das Achterdeck war leer. Ein halbes Dutzend englischer Matrosen in schlecht sitzenden spanischen Uniformen war mit Reparaturarbeiten beschäftigt und beäugte ihn misstrauisch – keiner von ihnen war ein Vampyr –, aber von dem Unsterblichen war nichts zu sehen. *Weil er auch niemals hier gewesen ist,* flüsterte die Stimme der Vernunft in seinem Gedanken. Er begann Gespenster zur sehen, buchstäblich und nicht erst seit jetzt.

Doch selbst, wenn nun die Stimme seiner Vernunft sprach,

war Andrej weder geneigt, auf sie zu hören, noch gab er sich der Illusion hin, dass die Wahrheit immer mit dem scheinbar Offensichtlichen übereinstimmte. Loki mochte tatsächlich nicht an Bord dieses Schiffes sein, aber warum hatte der Unsterbliche sich so viel Mühe gegeben, ihn an Bord dieses Schiffes zu locken, wenn nicht, um …

Und dann wusste er es.

Für einen ganz kurzen Moment, den Bruchteil der Zeit nur, die ein Gedanke braucht, um zu entstehen und wieder zu vergehen, lag die Antwort klar und überdeutlich vor ihm; eine Erklärung, die ebenso schrecklich wie simpel war.

Einer der Soldaten ging dicht genug an ihm vorüber und war unachtsam (oder feindselig gestimmt) genug, um ihn anzurempeln, und der Stoß brachte ihn nicht nur aus dem Gleichgewicht, sondern ließ auch eine Welle heißer Wut in ihm aufsteigen, ein Jähzorn von nie gekanntem Ausmaß, der es ihm fast unmöglich machte, nicht herumzufahren und dem unverschämten Kerl auf der Stelle den Schädel einzuschlagen.

Was dem unglückseligen Burschen das Leben rettete, war der simple Umstand, dass die EL CID sich in diesem Moment träge über einen Wellenkamm hob und sich gleich darauf schwerfällig in das dahinterliegende Wellental senkte. Für die nächsten Sekunden war Andrej – genau wie jeder andere an Deck – voll und ganz damit beschäftigt, sich auf den Beinen zu halten (ein Vorhaben, das längst nicht allen gelang), und als sich das bockende Deck wieder beruhigte, war die Flamme des Jähzorns bereits wieder erloschen. Er beließ es bei einem wütenden Blick ins Gesicht des Soldaten und versuchte, den Gedanken, der ihm eben so einleuchtend erschienen war, wieder aufzunehmen.

Wenigstens versuchte er es.

Es ging nicht. Die Antwort auf alle seine Fragen lag noch immer zum Greifen nah vor ihm, aber als er die Hand danach ausstrecken wollte, entschlüpfte sie ihm wie ein glitschiger

Fisch. Wo alle Antworten auf alle Fragen gewesen waren, war jetzt nur noch Leere.

Noch einmal verspürte Andrej ein plötzliches Aufflammen womöglich noch heißeren Jähzorns – der diesmal aber ihm selbst und der mangelnden Disziplin seiner Gedanken galt – und kämpfte ihn ebenso nieder wie gerade.

Es half nichts. Je angestrengter er versuchte, den Moment der Erkenntnis zurückzuzwingen, desto weniger erinnerte er sich.

Vielleicht hatte er sich ja auch alles nur eingebildet, und der Vater des Gedankens war schlicht und einfach der Wunsch gewesen. Zornig drehte er sich um und ging zu Abu Dun und dem jungen Lieutenant zurück.

In Abu Duns Augen lag unübersehbar eine Frage (die Andrej geflissentlich ignorierte), und Bresto tat immer noch alles in seiner Macht Stehende, um sich mithilfe seiner vermeintlichen Englischkenntnisse zum Narren zu machen; Abu Duns Gesichtsausdruck nach zu urteilen durchaus mit Erfolg.

»Ah, Señor ... Mister Delãny«, sprudelte er los, kaum dass Andrej sich in Reichweite seines semantischen Angriffs befand. »Es wird allmählich Zeit. Colonel Rodriguez ... ich meine: *Captain Rogers* hat mir aufgetragen, Euch und Eurem Freund ein angemessenes Quartier zuzuweisen, und da ich noch andere Pflichten an Bord habe, wäre es mir recht ...«

»Tut uns und dem Rest dieses Schiffes einen Gefallen und redet in Eurer Muttersprache, Lieutenant«, unterbrach ihn Abu Dun. »Wenigstens so lange, bis Ihr des Englischen halbwegs mächtig seid.«

»Es ist eine barbarische Sprache!«, protestierte Bresto – nicht nur zu Andrejs Erleichterung auf Spanisch.

»Ja, und wenn man sie so spricht wie du, vermutlich sogar der Grund für den Krieg«, seufzte Abu Dun – vorsichtshalber allerdings wieder auf Altpersisch. Bresto sah ihn dennoch so vorwurfsvoll an, als hätte er die Worte verstanden, und begann dann, unbehaglich von einem Fuß auf den anderen zu treten. »Wie dem auch sei«, fuhr er mit einem Räuspern (und auf Spanisch) fort, »Colonel Ro… *Captain Rogers* hat mir aufgetragen, Euch und Eurem Freund die Kapitänskajüte zuzuweisen. Nach allem, was Ihr für uns getan habt, ist das das Mindeste.«

»Für uns?«

Bresto sah ganz so aus, als würde er vor Verlegenheit am liebsten in den Decksplanken versinken. Für einen Moment wusste er nicht, wohin mit seinem Blick. »Für … die britische Krone, meine ich natürlich«, stammelte er schließlich.

»Natürlich«, sagte Abu Dun.

Andrej warf ihm einen warnenden Blick zu und beeilte sich, Brestos Worte mit einem Nicken zu belohnen. Er konnte Abu Duns Spott gut verstehen und musste sich beherrschen, nicht selbst die eine oder andere entsprechende Bemerkung beizusteuern, aber er spürte auch die wachsende Nervosität des Jungen und empfand, fast zu seiner eigenen Überraschung, tatsächlich Mitleid mit ihm. Für Bresto war in der vergangenen Nacht mehr als eine Welt zusammengebrochen. Das Leben, das er bisher geführt hatte, war zu Ende, unwiderruflich. Und er wusste nicht, ob Rogers ihm einen Gefallen getan hatte, als er ihn nicht nur hier an Bord zurückließ, sondern ihm – wenn auch nicht offiziell, so doch *de facto* – das Kommando über die EL CID übertrug. Andrej war sicher, dass der junge Lieutenant dieser Aufgabe intellektuell gewachsen war, wenn man ihm ein wenig Zeit ließ, aber er war auch genauso sicher, dass er in seiner momentanen Verfassung kaum in der Lage war, den Weg in sein eigenes Quartier zu finden. Und dazu kam die Mannschaft. Seefahrer waren nicht umsonst als raues Völkchen verschrien, und für diese ganz besondere Mannschaft galt das vermutlich erst recht. Außerdem blieb Bresto für die meisten von ihnen ein Spanier, und damit ihr Feind.

Und für den einen oder anderen auch nichts anderes als Beute.

Er verscheuchte den Gedanken und nickte, wie um Bresto zu ermutigen. »Ein paar Stunden Schlaf tun uns sicherlich gut«, sagte er. »Es war eine anstrengende Nacht. Für uns alle.«

»Dann folgt mir.« Bresto fuhr auf dem Absatz herum und rannte die ersten Schritte beinahe, verfiel aber gleich darauf wieder in ein gemäßigteres Tempo; schon weil keiner der Matrosen Anstalten machte, ihm aus dem Weg zu gehen. Er *würde* Schwierigkeiten bekommen, dachte Andrej. Mehr, als er jetzt auch nur ahnte.

Bresto wählte nicht den langen Weg über das Geschützdeck, sondern führte sie einen kurzen Gang entlang, in dem es so dunkel war, dass Andrej sich vergeblich fragte, wie er eigentlich das Kunststück fertig brachte, mit seinen normalen menschlichen Augen überhaupt etwas zu sehen. Er selbst empfand das schattige Halbdunkel hier unten als Labsal. Es war noch immer heiß, und in der Luft lag der Gestank der Schlacht, ein dumpfes Gemisch aus Pulverdampf und Blut, aus Schweiß und verbranntem Holz, heißem Metall und verschmortem Fleisch. Bei der bloßen Erinnerung begann sein Herz schon wieder ein wenig schneller zu schlagen. Aber er spürte nicht etwa Furcht oder Entsetzen. Sein Verstand (und seine Gewohnheit) sagten ihm, dass er empört und angewidert sein sollte, und das war er auch … aber unter diesem gerechten Schaudern war noch etwas anderes. Die Erinnerung an den süßen Schmerz, an die reine Todesangst und den hilflosen Zorn der Männer, ihren Schrecken und ihr Leid, das ein Teil von ihm getrunken hatte wie süßen Wein. Ihm war mit einem Male klar, warum sie Geschöpfe ihrer Art so oft an Städten des Leids antrafen, auf Schlachtfeldern und Richtplätzen, in Siechenhäusern und Folterkammern. Leid war ihr Lebenselixier, der Nektar, der sie anzog wie der Gestank von Aas die

Schmeißfliegen. Ein Leben zu nehmen, brachte Geschöpfen ihrer Art Kraft, die sie selbst zum Leben brauchten, aber es war nur Nahrung, sonst nichts. Es gewaltsam zu nehmen, war ein Genuss. Und es einem Menschen zu entreißen, der Schmerzen und Furcht litt, ein Rausch, dessen Süße niemand verstehen konnte, der ihn nicht schon einmal selbst verspürt hatte.

Ein Rausch, der süchtig machte.

Auf den letzten Schritten eilte Bresto wieder voraus und brach sich einen Fingernagel bei dem Versuch ab, den Riegel schneller beiseitezuschieben, als es die grobe Konstruktion überhaupt zuließ, verbiss sich aber jeden Schmerzenslaut und stieß die Tür mit der anderen Hand hastig auf. Andrej verkniff sich ein spöttisches Grinsen, als Bresto es sich nicht nehmen ließ, sich respektvoll zu verbeugen und eine übertrieben einladende Geste zu machen, trat rasch an ihm vorbei und verzog dann doch das Gesicht, als ihn das Sonnenlicht traf, dem er gerade erst entkommen war. Das riesige viergeteilte Fenster war wieder geschlossen worden, aber dem Flügel, den Abu Dun in der Nacht zerbrochen hatte, fehlte das Glas, und die Sonne, ein flammend roter Ball, schien direkt hinein, als habe sie tatsächlich auf ihn gewartet, um ihm zu zeigen, dass er ihr nicht entkommen konnte – und ihn so zu verhöhnen.

Die Wahrheit war wohl eher, dass sich das Schiff inzwischen endgültig nach Westen gedreht hatte, um sichere Gewässer anzusteuern, und die Sonne somit genau hinter ihnen stand. Dennoch verspürte er für einen Moment einen sinnlosen Zorn auf dieses grausame Licht am Himmel, und eine fast noch größere Sehnsucht nach der Dunkelheit.

Abu Dun tat, als müsse er sich räuspern, und als Andrej aufsah, begegnete er dem ihm wohlbekannten Blick, in dem Sorge und eiserne Entschlossenheit lag. Er deutete ein Kopfschütteln an, aber Abu Dun tat ihm nicht den Gefallen, sich beruhigter zu zeigen. Die Entschlossenheit in seinen Augen nahm noch einmal zu. Vielleicht war es auch eine Drohung.

Bresto hatte seinen Blick zum Fenster bemerkt und – verständlicherweise – falsch gedeutet. »Das Fenster ist noch nicht repariert«, sagte er, ebenso hastig wie überflüssigerweise. »Ich suche gleich den Schiffszimmermann und schicke ihn her, damit er das in Ordnung bringt.«

»Aber sprecht Spanisch mit ihm, oder macht ihm eine Zeichnung«, sagte Abu Dun todernst. »Sonst baut er uns am Ende noch eine Feldküche ein, oder einen Glockenturm.«

Bresto blinzelte. Nun tat er Andrej tatsächlich leid.

»Das hat Zeit«, sagte er rasch. »Im Moment liegen sicherlich dringendere Reparaturen an als ein zerbrochenes Fenster ... bei der Gelegenheit: Was ist mit der *Ninja* geschehen? Konnte die Besatzung gerettet werden?«

»Weniger als die Hälfte«, antwortete Bresto traurig. »Wir haben das Wrack zurückgelassen. Wahrscheinlich ist es inzwischen gesunken.«

»Und Señora Esmeralda?«

»*Lady* Esmeralda«, antwortete Bresto betont, »ist unversehrt, der Jungfrau Maria sei Dank.«

»Wo ist sie jetzt?«, wollte Abu Dun wissen.

»Captain Rogers hat ihr die Kajüte des ersten Offiziers zugewiesen«, antwortete Bresto. »Der Schiffsarzt der *King George* hat sie untersucht, bevor sie abgelegt hat. Sie spricht immer noch nicht, aber der Arzt sagt, dass ihr eigentlich nichts fehlt. Wahrscheinlich wird sie sich wieder erholen, wenn man ihr nur ein wenig Zeit lässt.«

Andrej bezweifelte das. Er hatte in die Seele der jungen Frau geblickt und gesehen, welch verheerenden Schaden der Vampyr darin angerichtet hatte. Vielleicht – nur vielleicht – würde sie sich erholen und ihr Geist den Weg zurück aus dem schwarzen Abgrund der Verzweiflung finden, in den das Entsetzen ihn verbannt hatte, aber er glaubte es nicht. Er musste auch den Arzt nicht sehen, von dem Bresto gesprochen hatte, um zu wissen, dass es sich wahrscheinlich um einen der üblichen Metzger handelte, die es im zivilen Leben mangels Fähigkeiten oder Willen zu nichts gebracht und ihr Auskommen nun beim Militär gefunden hatten. Menschen waren so erfindungsreich, wenn es darum ging, einander Schaden zuzufügen. Warum waren sie nicht genauso gut, wenn es darum ging, die Wunden wieder zu heilen, die sie sich gegenseitig zufügten?

»Ich möchte sie sehen«, sagte er. »Und dann würde ich gerne das Schiff inspizieren.«

»Inspizieren?«, wiederholte Bresto. Er klang verwirrt, aber auch ein wenig misstrauisch. »Warum?«

»Nur so«, antwortete Andrej. »Wir werden ein paar Tage an Bord verbringen müssen.« Er hob die Schultern. »Ich weiß gern, wie mein neues Zuhause aussieht. Und ich hasse Untätigkeit.«

Bresto wirkte alles andere als begeistert. Er warf einen fast sehnsüchtigen Blick auf das offene Fenster und anschließend auf das schmale Bett darunter, als warte er darauf, dass seine Gäste es sich, von plötzlicher Müdigkeit übermannt, doch noch anders überlegten, aber schließlich bedeutete er ihnen resigniert, ihm zu folgen.

Der Weg war nicht besonders weit, und auf dem letzten Stück kam er Andrej auf sonderbare Weise bekannt vor. Noch bevor er die Tür öffnete, wusste er, dass er schon einmal hier gewesen war.

Bresto hatte von der Kajüte des Ersten Offiziers gesprochen, aber es war die Kabine, in der sie den Leichnam des jungen Maats gefunden hatten.

Abu Dun entging das so wenig wie ihm. Er zog vielsagend die linke Augenbraue hoch. Andrej schritt schneller aus, trat als Erster ein und stellte mit einem ihm selbst unverständlichen Gefühl von Erleichterung fest, dass dieses Mal kein Toter auf sie wartete ... auch wenn die jetzige Bewohnerin einer Toten mehr glich als einer Lebenden.

Esmeralda saß auf dem Rand der schmalen Pritsche, auf der sie den Maat gefunden hatten, hatte die Knie an den Leib gezogen und starrte ins Leere. Was ihren Körper anging, so hatte der Schiffsarzt der *King George* recht gehabt. Esmeralda Gonzales hatte nicht nur den Untergang der *Ninja* unversehrt überstanden, sondern sah eindeutig besser aus als noch am vergangenen Abend. Ihr Kleid war schmutzig und stank nach Rauch und ihr Haar war aufgelöst und wirr, aber das ließ sie nicht nur noch jünger erscheinen, als sie ohnehin war, sondern unterstrich auf sonderbare Weise sogar noch ihre natürliche Schönheit. Auch die unnatürliche Blässe war aus ihrem Gesicht gewichen, und wenn man nicht genau hinsah, dann hätte man sogar meinen können, das Leben wäre in ihre Augen zurückgekehrt.

Doch Andrej sah auch die Dunkelheit hinter ihren Augen und er spürte den Schmerz, der so sehr zu einem Teil ihres Selbst geworden war, dass sie ihn niemals wieder loswerden würde. Ganz gleich, was Rogers Schiffsmetzger auch sagen mochte, Esmeralda Gonzales war vor drei Nächten in Cádiz gestorben, und was nun vor ihm auf dem Rand der schmalen Liege saß, das war wenig mehr als eine wunderschöne, aber tote Hülle.

Der Anblick brach ihm schier das Herz, aber er bestärkte ihn auch nur noch mehr in seiner Entschlossenheit, denjenigen zur Rechenschaft zu ziehen, der für ihr Leid verantwortlich war.

»Ich habe es Euch gesagt«, seufzte Bresto. »Sie spricht nicht. Über nichts und zu niemandem. Aber sie besteht darauf, hier an Bord der EL CID zu bleiben. Captain Rogers wollte sie mit auf die *King George* nehmen, aber das hat sie nicht zugelassen.«

»Und woher wollt Ihr das wissen, wenn sie kein Wort spricht?«, fragte Abu Dun.

Bresto zeigte auf Esmeralda. »Versucht sie von Bord des Schiffes zu schaffen, und Ihr wisst es.«

Andrej ging zur Tür. Aus irgendeinem Grund war ihm Esmeraldas Nähe plötzlich unangenehm. Außerdem empfand er es als entwürdigend, in ihrer Gegenwart so über sie zu sprechen, als wäre sie nicht da.

Erst, als sie wieder draußen auf dem Gang waren und Bresto die Tür hinter sich zugezogen hatte, brach er das Schweigen. »Holt einen Mann, der diese Tür bewacht, Lieutenant«, sagte er. »Niemand betritt diesen Raum, wenn ich es nicht ausdrücklich erlaubt habe.«

Bresto sah ein wenig ratlos aus; vielleicht dachte er auch an das, was dem Letzten zugestoßen war, der einen ganz ähnlichen Befehl bekommen hatte. Dann aber eilte er gehorsam davon, um Andrejs Befehl nachzukommen.

»Vor wem wolltest du sie wirklich schützen?«, fragte Abu Dun, kaum, dass Bresto außer Hörweite war. »Vor dir?«

Bei diesen Worten hätte er zornig werden sollen, doch stattdessen verspürte er nur ein eisiges Frösteln, denn plötzlich wurde ihm klar, warum er sich gerade in Esmeraldas Nähe so unwohl gefühlt hatte.

Es war ihr Schmerz. Das Leid, das ihre Seele zerfraß. Etwas in ihm spürte diese Qual und *wollte* sie, und er wusste nicht, wie lange er der Stimme der Versuchung noch widerstehen konnte.

Bresto kam schon nach wenigen Momenten in Begleitung zweier Matrosen zurück. Beide waren mit schweren Säbeln und Musketen bewaffnet, hatten aber die spanischen Uniformjacken abgelegt – wie übrigens fast alle Männer an Bord – und schienen ihre Instruktionen bereits erhalten zu haben, denn sie nahmen wortlos rechts und links der Tür Aufstellung und gaben sich redlich Mühe, möglichst grimmig auszusehen. Andrej nickte Bresto zufrieden zu. Er bezweifelte, dass Esmeralda in der Obhut dieser beiden Kerle sicher war, aber etwas Besseres würden sie vermutlich auch nicht bekommen, solange sie sich an Bord dieses Schiffes befanden.

»Jetzt würde ich gerne das Schiff sehen«, sagte er, »wenn es Euch nichts ausmacht, Lieutenant.«

»Natürlich nicht«, antwortete Bresto. »Aber ich fürchte, dass ich Euch nicht viel zeigen kann. Tatsächlich kennt Ihr dieses Schiff wahrscheinlich besser als ich. Ich habe es vergangene Nacht zum ersten Mal betreten.«

»Dann sollten wir vielleicht gemeinsam auf Erkundung gehen, meint Ihr nicht?«

Bresto suchte sichtlich nach einer Ausrede, um Andrejs Ansinnen abzulehnen, fand sie aber nicht und rettete sich wieder einmal in ein Achselzucken, das alles oder auch gar nichts bedeuten konnte. »Ganz wie Ihr es wünscht«, sagte er, als sei ihm dies unbehaglich. »Auch wenn ich nicht weiß, was Ihr Euch davon versprecht.«

»Sagen wir: Ich interessiere mich für einen ganz bestimmten Raum«, sagte Andrej. »Einen, in dem ich schon einmal war.« Auf Brestos stumme Frage hin fügte Abu Dun hinzu: »Die Bilge.«

»Ganz wie Ihr wünscht«, sagte Bresto noch einmal. Wahrscheinlich würde er das auch dann noch antworten, wenn Andrej von ihm verlangt hätte, mit einer fünfzig Pfund schweren Kette an den Füßen über Bord zu springen, ob er es dann auch wirklich tat, einmal dahingestellt.

Es waren Abu Dun und Andrej, die Bresto nach unten führten, und nicht andersherum. Andrej war selbst ein wenig erstaunt, wie zielsicher er den Weg fand, den er nur ein einziges Mal gegangen war.

Ein Schiff dieser Größe auch nur oberflächlich zu durchsuchen, wäre normalerweise ein Unterfangen vieler Stunden gewesen, wenn nicht Tage, doch Abu Dun und er schafften es binnen weniger Minuten bis zur untersten Ebene hinab. Der Weg kam ihnen wie ein Spießrutenlauf vor. Auch wenn keiner der Matrosen und Soldaten sie ansprach, spürte Andrej doch die Feindseligkeit und das Misstrauen, die ihnen entgegenschlugen. Bresto war nicht der Einzige, den man hier an Bord ganz unverhohlen nicht willkommen hieß. Andrej war mit jedem Moment, der verstrich, weniger sicher, ob sie zwischen Cádiz und diesem Schiff wirklich einen guten Tausch gemacht hatten.

Nachdem sie das unterste Geschützdeck hinter sich gebracht hatten, waren sie beide erleichtert, denn hier waren sie allein. Andrej nahm an, dass sich auch unter normalen Umständen kaum jemand hier hinunterverirrte. Jetzt, da das Schiff mit weniger als seiner normalen Sollstärke bemannt war, würden sie in diesem Teil des Schiffes keine einzige Menschenseele antreffen, vermutlich bis sie Liverpool erreichten.

Schließlich kamen sie zu der Kammer, in der der unfreundliche Matrose mit der Pumpe gewartet hatte. Die Pumpe war noch da, und auch die Schläuche lagen noch im selben wirren Durcheinander wie vor drei Tagen, aber von der Mannschaft war keine Spur mehr zu sehen. Andrej bedeutete Bresto mit einer knappen Geste, zurückzubleiben – er sah nicht so aus, als wäre er besonders unglücklich über diese Entscheidung –, und trat dicht hinter Abu Dun in die angrenzende Kammer. Die Bodenklappe, unter der er vor zwei Tagen um ein Haar ums Leben gekommen wäre, war jetzt sorgsam verschlossen und zusätzlich mit einem Vorhängeschloss gesichert. Andrej fing trotzdem einen schwachen Hauch von faulendem Wasser auf, der durch die Ritzen der massiven Klappe heraufdrang. Und da war noch etwas. Etwas … Totes.

»Verrätst du mir, was du hier suchst?«, fragte Abu Dun.

»Irgendetwas hat mich dort unten beinahe umgebracht«, sagte Andrej.

Abu Dun machte ein erstauntes Gesicht. »Tatsächlich? Warum hast du mir nie davon erzählt?«

Andrej ignorierte die Worte. »Es gibt keinen Weg von außen dort hinein«, sagte er. »Wer oder was auch immer mich angegriffen hat, hat dort unten auf mich gewartet.«

Abu Dun nickte zustimmend. »Und?«

Darauf konnte Andrej nur mit einem Schulterzucken antworten. Es war die einzige Spur, die sie hatten. Sie war erbärmlich, aber trotzdem die einzige. Abu Dun sah ihn noch einen Moment erwartungsvoll an, seufzte dann leise und brach das Schloss ohne Anstrengung heraus. Als er die Klappe aufzog, wurde aus dem schwachen Hauch nach verdorbenem Wasser ein Fäulnisgestank, der ihnen fast den Magen umdrehte. Darunter war nichts als völlige Finsternis. Andrej setzte dazu an, sich unverzüglich in die Bilge hinabzuschwingen, aber Abu Dun hielt ihn rasch zurück und wandte sich zu Bresto um, der ihnen zwar gefolgt war, es aber nicht wagte, die Kammer ganz zu betreten, sondern unter der Tür Halt gemacht hatte. »Könnt Ihr uns eine Lampe besorgen, Lieutenant?«

Bresto verschwand, ohne sich auch nur die Zeit für eine Antwort zu nehmen. Abu Dun wartete, bis seine Schritte verklungen waren, und wandte sich dann in der Hocke ganz zu Andrej um. »Findest du es nicht auch seltsam?«, fragte er dann.

Andrej nickte heftig. »Sicher«, sagte er überzeugt. »Was?«

»Dass Rodriguez ihm das Kommando über dieses Schiff gegeben hat«, antwortete Andrej ernst. »Der Bursche ist doch noch ein Kind.«

»Das war Alexander auch, als er die halbe bekannte Welt erobert hat«, erwiderte Andrej nachdenklich und nickte schließlich. »Vielleicht ist der gute Captain der Meinung, dass es immer noch besser ist, einem Kind das Kommando über dieses Monstrum anzuvertrauen als einer Bande von Halsabschneidern und Strauchdieben.«

Abu Dun wies ihn nicht darauf hin, was für einen Unsinn er redete, und auch Andrej fragte sich, warum er versuchte, Bresto zu verteidigen. Bresto mochte ein noch fast unbedarfter Junge sein, der sein Mitgefühl verdient hatte, aber er hatte auch von Anfang an wenig getan, um seine Freundschaft zu erlangen. Ganz im Gegenteil.

Andrej versuchte gerade, diesen Gedanken in Worte zu kleiden (und ertappte sich schon wieder dabei, nach Argumenten zu suchen, die für den jungen Lieutenant sprachen), als Bresto auch schon zurückkam und nicht eine, sondern gleich zwei heftig flackernde Laternen mitbrachte. Eine stellte er dann dicht vor der Tür auf den Boden, die andere reichte er an Abu Dun weiter und zog sich dann schon beinahe fluchtartig wieder aus der Kammer zurück.

»Verratet Ihr mir, was Ihr dort unten sucht?«, fragte er nervös.

»Sicher«, antwortete Abu Dun. »Sobald ich es selbst weiß. Du wartest hier.« Die letzten Worte galten Andrej, und bevor dieser verstand, was er vorhatte, sprang er kurzerhand in die Tiefe hinab. Ein gewaltiges Platschen machte klar, dass das Schiff vielleicht nicht mehr zu sinken drohte, dort unten aber noch immer Wasser eindrang.

Andrej wartete einen Moment lang vergebens darauf, dass Abu Dun etwas sagte, aber alles, was er hörte, waren die platschenden Schritte des Nubiers, die sich zusammen mit dem flackernden Schein seiner Laterne langsam von der Klappe entfernten.

»Darf ich Euch ... eine Frage stellen, Señor?«, fragte Bresto hinter ihm.

»Tut Ihr das nicht schon die ganze Zeit, Lieutenant?«, erwiderte Andrej, ohne sich zu ihm umzudrehen. Abu Duns Schritte wurden allmählich leiser, und das Licht seiner Laterne war jetzt kaum noch zu sehen. Etwas an diesem Anblick gefiel Andrej nicht. Er konnte nicht sagen was, aber das Gefühl war zu stark, um es zu ignorieren.

Er schüttelte den Gedanken ab. Abu Dun war in der Lage, auf sich selbst aufzupassen.

»Es ... es geht um Euren Freund, Señor«, fuhr Bresto fort. Andrej spürte, dass er eine bestimmte Antwort erwartete, zögerte seinerseits einen Moment und drehte sich schließlich zu ihm um, während er zugleich aufstand. Erst dann wurde ihm klar, dass Bresto die Bewegung möglicherweise als Drohung auffassen mochte, denn er wich fast erschrocken zwei weitere Schritte vor ihm zurück und sah noch beunruhigter aus; auch wenn Andrej das noch vor einem Augenblick für ganz und gar unmöglich gehalten hätte.

»Was ist mit ihm?«, fragte er.

Bresto begann unbehaglich von einem Fuß auf den anderen zu treten. Er sah überallhin, nur nicht in Andrejs Gesicht. »Ist er wie ... wie Ihr?«, fragte er schließlich.

»Weiß?«, fragte Andrej lächelnd. »Nein.«

»Ihr seid ... ich meine, vor zwei Tagen in diesem Keller, da ... da habe ich gesehen, dass Ihr ...«

»Dass ich ein wenig anders bin als du und die meisten anderen, ja«, half ihm Andrej aus, als er endgültig zu stammeln begann. »Das ist wahr. Und Abu Dun ist genauso. Aber du brauchst dich nicht vor ihm zu fürchten, so wenig wie vor mir. Wir kümmern uns im Allgemeinen nur um unsere eigenen Angelegenheiten.«

»Er ... er ist verletzt«, murmelte Bresto. »Er blutet aus einer Wunde am Hals.«

Und du bist ein ausgezeichneter Beobachter, mein Junge, dachte Andrej. Laut und in bewusst kühlerem Ton sagte er: »Und du solltest dich um deine Geschäfte kümmern.«

»Natürlich!«, sagte Bresto hastig. »Es geht mich nichts an, ich weiß. Es tut mir leid. Ich wollte gewiss nicht unverschämt erscheinen! Es ist nur ...« Er begann unbehaglich auf der Stelle zu treten. Noch eine Winzigkeit mehr, dachte Andrej spöttisch, und er würde zu tanzen anfangen.

Doch wirklich komisch wollte ihm diese Vorstellung nicht vorkommen. Etwas stimmte mit Bresto nicht. Andrej musste seine Gedanken nicht lesen, um zu spüren, welches Chaos hinter seiner Stirn tobte. »Was ist los?«, fragte er geradeheraus. »Du willst mir doch etwas sagen. Nur raus mit der Sprache. Ich fresse nur Männer. Keine Kinder.«

Bresto sah jetzt so aus, als kämpfe er gegen die Tränen an. »Die Mannschaft, Señor«, sagte er. »Sie … die Männer reden. Über Euch. Euren Freund und Euch.«

Was für eine Überraschung, dachte Andrej. »Und was reden sie so?«, fragte er.

»Sie haben Angst vor Euch«, antwortete Bresto. »Vor allem aber vor Abu Dun. Manche behaupten, er … er wäre kein Mensch. Natürlich ist das Unsinn, das weiß ich sehr wohl«, fügte er noch hastiger und mit einem schrecklich verunglückten Lächeln hinzu. »Aber Seeleute sind nun einmal ein abergläubisches Volk. Die Männer … fürchten Euch. Ich weiß, dass das Unsinn ist, aber es …« Er brach ab, fuhr sich nervös mit dem Handrücken über das Kinn und sah sich schnell und mit fahrigen Blicken in alle Richtungen um, wie um sich zu überzeugen, dass auch tatsächlich niemand in ihrer Nähe war, der sie belauschte.

Andrej tat ganz instinktiv dasselbe und kam zu demselben, verwirrenden Ergebnis wie schon einmal: Bresto und er waren allein. Abgesehen von der beruhigenden Präsenz Abu Duns spürte er die Nähe keines anderen lebenden Wesens in weitem Umkreis … und zugleich *war* da etwas. Etwas Lauerndes und unvorstellbar Mächtiges, das sich nicht greifen ließ, aber ganz unzweifelhaft *da* war. Er sah Bresto noch einmal an.

»Was genau wollt Ihr mir sagen, Lieutenant?«, fragte er. »Nur zu. Wir sind allein. Niemand hört uns zu. Auch Abu Dun nicht.« Was eine Lüge war, aber das konnte Bresto nicht wissen.

»Es wäre besser, wenn Ihr und Euer Freund … also wenn Ihr für den Rest der Reise in Eurer Kabine bleiben würdet«, sagte Bresto.

Andrej starrte ihn an.

»Ich weiß, es steht mir nicht zu, Euch darum zu bitten«, sprudelte Bresto hervor, »Aber es wäre besser, auch für Euch, und … und …«

»Ja?«, fragte Andrej.

»Ich muss die Mannschaft irgendwie beruhigen, Señor. Ich habe die Verantwortung für das Schiff, und damit für die Ruhe an Bord.« *Und die Verantwortung hast du genauso lange, wie deine sogenannten Männer sie dir zugestehen,* dachte Andrej. Er behielt diesen Gedanken für sich, aber er fragte sich, warum Rogers seinem Lieutenant das angetan hatte. Bresto würde an dieser Aufgabe zerbrechen.

»Ich werde mit Abu Dun reden«, sagte Andrej versöhnlich. »Ein paar Tage Ruhe tun uns vielleicht ganz gut.«

Bresto atmete so erleichtert auf, dass man es noch oben an Deck hätte hören müssen, und setzte auch zu einer Antwort an, kam aber nicht mehr dazu, denn hinter ihnen polterte etwas. Andrej drehte sich halb um und erblickte Abu Duns Kopf und Schultern, die aus der Klappe im Boden auftauchten. Das Gesicht des Nubiers war wie Stein, aber Andrej spürte sofort, dass etwas mit ihm nicht stimmte.

»Abu Dun?«, fragte er.

Der Nubier ignorierte ihn. Sein Blick wollte Bresto fixieren, aber der Lieutenant hatte sich abgewandt und starrte in die Dunkelheit hinter sich, als hätte er dort etwas bemerkt oder gehört. Andrej lauschte ebenfalls und versuchte zugleich, die Dunkelheit mit Blicken zu durchdringen, aber es gelang ihm nicht. Sie waren tief im Rumpf des Schiffes, schon ein gutes Stück unter der Wasserlinie, und es war hier so dunkel wie in einer Gruft. Selbst seine Augen brauchten ein Minimum an Licht, um noch etwas zu sehen.

Und wie hat Bresto den Weg hier heruntergefunden?, wisperte eine lautlose Stimme hinter seiner Stirn, *wenn nicht einmal du etwas siehst?*

Er wollte diesen Gedanken nicht denken. Bresto verdiente seine Verachtung und vielleicht eine Spur von Mitleid, aber im Grunde war er es nicht wert, auch nur einen einzigen Gedanken an ihn zu verschwenden. Er war nur ein Sterblicher, viel zu bedeutungslos und kurzlebig, um im Leben höher entwickelter Wesen wie Abu Dun und ihm irgendeine Rolle zu spielen.

»Subtentiente?«, fragte Abu Dun. Bresto reagierte nicht darauf, und auch Andrej fragte sich, was zum Teufel dieses Wort eigentlich *bedeutete.*

Dann aber fragte er sich völlig fassungslos, wie er eigentlich so dumm hatte sein können. Zugleich wusste er aber auch die Antwort darauf: Weil etwas dafür *gesorgt* hatte, dass es so war.

»Subtentiente?«, fragte Abu Dun noch einmal. Jetzt war in seiner Stimme ein Unterton, von dem Andrej nicht ganz sicher war, ob er drohend oder misstrauisch war. Vielleicht beides.

Bresto drehte sich immer noch nicht herum, aber Andrej sah, wie er den Kopf schüttelte, dann hörte er ein halblautes, resignierendes Seufzen. »Ja, es sind immer die Kleinigkeiten, über die man am Ende stolpert, nicht wahr?«, murmelte er. »*Subtentiente* ... die spanische Entsprechung des englischen Lieutenant. Ein dummer Fehler von Captain Rogers. Dumm, aber verständlich. Als er ihm unterlaufen ist, war es zu spät. Und um ehrlich zu sein, hätte ich viel eher damit gerechnet, dass er Euch auffällt, Andrej Delãny. Dumm von Euch, aber genauso verständlich. Und wenn es Euch ein Trost ist: Es hätte rein gar nichts geändert.«

Er stellte die Laterne auf den Boden und drehte sich langsam zu Andrej um, und während er es tat, geschah etwas Unheimliches, zuerst mit seinem Gesicht, dann mit seiner gesamten Erscheinung: Sie ... *flackerte,* schien sich aufzulösen wie ein flüchtiges Trugbild aus Rauch, das von einem Luftzug auseinandergerissen wurde, und fügte sich dann neu und anders zusammen, aber nicht einmal, sondern mehrmals hintereinander und in völlig unterschiedlicher und anderer Form: Für die unendlich kurze Zeitspanne zwischen zwei

Gedanken war er de Castello, Pedro und Bresto und der Wirt aus dem Goldenen Eber, ein Mann aus Gordons Besatzung und einer der Hafenarbeiter, dann wieder ein vollkommen Fremder und schließlich, wie ein Schatten, der gerade kurz genug durch die Schleier der Wirklichkeit schimmerte, um nicht real zu werden, sondern eine schreckliche Ahnung zu bleiben, etwas, das nicht einmal mehr menschlich war. Dann wurde er für eine halbe Sekunde endgültig zu Don Alberto de Castello und gab schließlich auch diese Maskerade auf. Andrejs Hand zuckte unter den Mantel und schloss sich um Gunjirs Griff. Das Schwert schrie tief in seiner Seele voller Gier und böser Vorfreude auf, und Loki schüttelte den Kopf und machte eine kaum sichtbare Handbewegung.

»Nein.«

Gunjir schrie noch einmal und noch lauter, und Andrejs Hand war mit einem Male wie ein Stein, gelähmt und kalt und weder in der Lage, das Schwert aus seiner Umhüllung zu ziehen, noch seinen Griff loszulassen.

»Und ich hatte mir so raffinierte Pläne für den Fall ausgedacht, dass Ihr mir zu früh auf die Schliche kommt«, sagte Loki kopfschüttelnd. Er klang ein bisschen enttäuscht. »Eigentlich sollte ich jetzt böse mit dir und deinem Freund sein, dass ich mir die ganze Mühe umsonst gemacht habe.« Er war wieder derselbe Loki, an den sich Andrej so gut erinnerte: ein breitschultriger Riese, fast so groß wie Abu Dun, aber härter, mit wettergegerbten Zügen und langem Haar. Er trug sogar die derbe Kleidung des Wikingers, in dessen Gestalt ihm Andrej das erste Mal begegnet war, und aus seinem Gürtel ragte nicht mehr der Griff eines spanischen Offizierssäbels, sondern Gunjirs Zwillingsbruder.

Andrej hörte, wie Abu Dun hinter ihm schnaubend aus der Bodenklappe stieg, warf einen Blick über die Schulter zurück und stellte fest, dass Bresto doch noch da war, auch wenn er im ersten Moment fast Mühe hatte, ihn zu erkennen. Vermutlich lag er erst seit zwei oder drei Tagen im faulenden Wasser der Bilge, aber seine Züge waren dennoch bereits so aufgequollen und zugleich in Auflösung begriffen wie die einer Wasserleiche, die nach Wochen an den Strand gespült wurde. Loki musste ihm mehr genommen haben als nur sein Leben.

»War es nötig, ihn umzubringen?«, fragte er bitter. »Er war noch ein halbes Kind.«

»Du bist immer noch zu weich, Andrej«, seufzte Loki. »Ich werde dir wohl noch mehr Zeit geben müssen.«

»Um dich umzubringen? Gib mir eine Minute, das reicht.«

»Es wäre doch peinlich gewesen, wenn sich der gute *Subtentiente* durch einen dummen Zufall selbst begegnet wäre, oder?«, fragte Loki amüsiert. Andrej wollte antworten, aber seine Stimme versagte ihm den Dienst. »Er tut dir leid, weil er noch so jung war. Das ehrt dich, aber es ist auch überflüssig. Lass uns dieses Gespräch in hundert Jahren noch einmal führen, und du hast vergessen, dass es ihn überhaupt einmal gegeben hat.«

Abu Dun ließ den leblosen Körper des Jungen beinahe sanft zu Boden gleiten, trat dann an Andrejs Seite und richtete sich zu seiner vollen Größe von annähernd sieben Fuß auf. Seine Hand sank mit einem hörbaren Klatschen auf den Schwertgriff. »Kannst du uns beiden deinen Willen aufzwingen?«, fragte er.

»Das könnte ich«, antwortete Loki ernst. »Aber es wird nicht notwendig sein.« Er machte erneut eine knappe, aber dramatische Geste, wie ein Gaukler auf einem Marktstand, der sich der Aufmerksamkeit seines Publikums auch ganz sicher sein will, und hinter ihm traten zwei, drei, schließlich vier weitere Wesen aus dem Schleier zwischen den Realitäten. Auch sie flackerten, änderten ihre Gestalt immer wieder (die nicht immer menschlich war) und gerannen schließlich zu identischen Kopien eines einzigen Originals; vielleicht auch nur einer Idee. Jeder Einzelne von ihnen war so groß wie Abu Dun und hatte dieselbe, nachtschwarze Haut, war aber schlanker und in ein schlichtes, weißes Gewand gekleidet. Andrej überlegte einen kurzen Moment, ob dies nun die wahre Gestalt der Unsterblichen war, verneinte diese Frage aber auch sofort. Vielleicht hatten sie keine wirkliche Gestalt. Vielleicht waren sie nicht einmal Menschen.

»Und ich will es auch nicht«, fuhr Loki fort. Ein Schatten huschte über sein Gesicht, dann über seine ganze Erscheinung, und ganz kurz standen sie fünf gleichartigen dunklen Geschöpfen gegenüber. Dann wurde Loki wieder zu Loki, nur dass er jetzt glatt rasiert war und nicht mehr den Fellumhang eines Wikingers trug, sondern eine britische Marineuniform. Wenn Andrej die Rangabzeichen auf seiner Jacke richtig deutete, dann war es die eines Admirals.

»Bist du denn sicher, dass diese Übermacht reicht, um mit uns fertig zu werden?«, fragte Abu Dun spöttisch. Andrej bemerkte aus den Augenwinkeln, dass er seinen Säbel zu ziehen versuchte und es ebenso wenig konnte wie er.

»Ich will nicht mit dir kämpfen, mein Freund«, sagte Loki. »Und auch nicht mit dir, Andrej.«

»Das musst du auch nicht«, erwiderte Andrej. »Gib einfach meine Hand frei. Ich bestehe nicht darauf, dass du dich verteidigst.«

Loki lächelte. »Selbst wenn ich das täte, würde es dir nichts nutzen, Andrej«, sagte er. »Man kann uns nicht töten, versteh das doch endlich. Hast du es nicht oft genug versucht?«

»Einmal zu wenig«, antwortete Andrej.

Loki setzte zu einer Antwort an, schüttelte dann jedoch den Kopf und seufzte nur. »Marduk, Ra«, sagte er. »Begleitet unsere Gäste bitte in ihr Quartiere und sorgt dafür, dass sie dort bleiben.«

22

Andrej und Abu Dun brodelten vor Zorn, als sie von Marduk und Ra mit mehr als sanfter Gewalt zur Kapitänskajüte geleitet wurden. Dort erlebten sie eine weitere Überraschung: Die beiden Soldaten vor der Tür waren verschwunden, dafür saß Lady Esmeralda mit angezogenen Knien auf dem Bett und starrte aus blicklosen Augen ins Leere. Ein aus Bast geflochtener Koffer, der seine besten Tage schon lange hinter sich hatte und vermutlich die gesamte weltliche Habe enthielt, die ihr nach dem Untergang der *Ninja* noch geblieben war, stand neben ihr auf dem Boden, und jemand hatte sich nicht nur die Mühe gemacht, ihr eine Kanne mit heißem Tee und einen Teller Gebäck zu bringen, sondern hatte dazu auch kostbares Porzellan ausgesucht, das vermutlich aus de Castellos privater Schatzkammer stammte (die wiederum von den spanischen Steuerzahlern gefüllt worden war) und seinen Weg auf die EL CID im Gegensatz zu seinem unglückseligen Besitzer früh genug gefunden hatte. Der Tee war noch heiß und dampfte, aber die Tasse war unbenutzt, und auch das sorgsame Arrangement der Kekse war unversehrt.

»Besuch?«, murmelte Abu Dun bei diesem Anblick. »Wie erfreulich. Und ich hatte schon Angst, wir wüssten nichts mit unserer Zeit anzufangen. Du weißt, wie schnell Seereisen langweilig werden.«

Andrej war nicht danach, auf Abu Duns Tonfall einzugehen. Stattdessen drehte er sich zu den beiden Unsterblichen um. Es war ihm kaum möglich, sie auseinanderzuhalten. Wie schon unten in der Bilge, als sich Bresto in Loki und zurück verwandelt hatte, boten auch sie seinem suchenden Blick keinen wirklichen Halt. Andrej sah ihre zeitlos alten Gesichter und sah sie doch wieder nicht; es war, als lägen verschiedene Gesichter übereinander, als wären auch die Körper der Unsterblichen nicht wirklich von dieser Welt, sondern etwas nicht Fassbares, das in ständiger, schrecklicher Veränderung begriffen war.

Das einzig Konstante an ihnen war ihre machtvolle Präsenz, die jeden Gedanken an Widerstand im Keim erstickte. »Was soll das?«, herrschte Andrej dennoch einen von ihnen an. »Ich verlange eine Erklärung!«

Doch er bekam nur die Tür zu sehen, die vor seiner Nase ins Schloss fiel, nachdem sich die beiden Unsterblichen auf ihre unfassbare Art zurückgezogen hatten. Andrej musste an den schweren Riegel denken, den er vorhin an der Außenseite der Tür entdeckt hatte, und wartete auf das Geräusch, mit dem er vorgelegt wurde, aber es kam nicht. Wozu auch? Die beiden Unsterblichen dort draußen waren nicht auf Schlösser und Riegel angewiesen, um ihn hier gefangen zu halten.

»Hast du gehört, mit welchen Namen er die beiden angesprochen hat?« Abu Dun machte eine Kopfbewegung auf die Tür. Er wirkte viel mehr verwirrt als erschrocken oder gar wütend, aber Andrej spürte auch, wie es in ihm brodelte. Er nickte nur.

»Du weißt, was diese Namen bedeuten«, fuhr Abu Dun fort. »Wer sie sind.«

»Ich weiß nicht, wer sie sind«, antwortete Andrej mit Nachdruck. »Ich weiß allenfalls, wer sie zu sein vorgeben: Götter, die über das Wohl und Wehe der Menschheit bestimmen können. Doch wie groß ihre Macht auch immer gewesen sein mag, sind sie doch in Wirklichkeit nicht mehr als Betrüger, Abu Dun. Sie sind kein Stück besser als Loki.« Er drehte sich scheinbar widerwillig vom Fenster weg und nutzte die Gelegenheit, um unauffällig aus dem grausamen Sonnenlicht zu treten. Die Schatten, die mehr und mehr zu seinen Freunden wurden, schmiegten sich wie ein schützender Mantel um ihn. »Was bedeuten schon Namen«, sagte er. »Deine Mutter hat dich auch nicht auf den Namen *Vater des Todes* getauft, als du geboren wurdest, oder?«

»Ich bin überhaupt nicht getauft, Christenhund.« Abu Dun tat, als grolle er.

»Ich weiß«, antwortete Andrej gereizt. »Und deshalb wird deine Seele auch in der Hölle schmoren, Heide.«

»Solange ich dort nicht auf Ungläubige wie dich treffe, soll es mir recht sein«, brummte Abu Dun.

»Aber das wirst du«, belehrte ihn Andrej. »Als Aufseher und Wächter.«

Abu Dun setzte zu einer noch patzigeren Antwort an, lachte dann aber nur und trat an ihm vorbei ans Fenster, um schweigend hinauszublicken. Andrej verspürte einen absurden Neid auf den Nubier, als er sah, wie er im hellen Sonnenlicht stand und die Wärme genoss, die über sein Gesicht strich. Hastig verscheuchte er den Gedanken.

»Du denkst nicht daran, zurückzuschwimmen, oder?«, fragte er.

Es war als Scherz gemeint, ein ebenso verzweifelter wie sinnloser Versuch, die schreckliche Spannung zu durchbrechen, die plötzlich zwischen ihnen lag, aber es gelang ihm nicht. Abu Dun drehte sich langsam zu ihm um und sah ihn an, als denke er doch ernsthaft über diesen Vorschlag nach.

»Es ist ziemlich weit bis zur spanischen Küste«, sagte er.

»Und ich glaube kaum, dass sie uns dort mit offenen Armen empfangen werden«, fügte Abu Dun hinzu. Er sah wieder aus dem Fenster. »Ich frage mich, wohin wir unterwegs sind.«

Andrej hatte nicht vergessen, was Drake, noch in der Verkleidung des Piratenkapitäns, am vergangenen Abend gesagt hatte. Er hatte auch die interessierten Blicke des vermeintlichen Lieutenants nicht vergessen. »Vielleicht in die Karibik?«, schlug er vor.

»Weil dort ein so großer Bedarf an schwarzen Arbeitskräften herrscht?«

Andrej blieb ernst. »Es ist eine vollkommen neue Welt, die praktisch niemandem gehört«, sagte er nachdenklich. »Sie wartet nur darauf, dass jemand die Hand ausstreckt und sie sich nimmt. Was hätte sie einem Schiff wie diesem entgegenzusetzen?«

»Nicht viel«, sagte Abu Dun, schüttelte aber auch zugleich heftig den Kopf. »Wir haben dieses Schiff selbst beladen, Andrej. Dieser verdammte Kahn ist ein einziges schwimmendes Pulverfass, bis in den letzten Winkel vollgestopft mit Kugeln und Schießpulver.«

»Und?«, fragte Andrej. Sollte das ein Grund sein, warum Loki *nicht* aufbrechen und sich irgendwo sein eigenes kleines Königreich suchen sollte?

»Mehr aber auch nicht«, fuhr Abu Dun fort. »Ich habe mich ein wenig umgesehen, als uns diese sogenannten Götter wieder nach oben gebracht haben. Wir haben Wasser für eine Woche an Bord, wenn die Mannschaft einigermaßen haushält, und die Lebensmittel reichen nicht einmal so lange. Was immer sie vorhaben – wir segeln nicht in die Karibik. Jedenfalls nicht sofort.«

Andrej schwieg dazu. Seine Gedanken begannen schon wieder auf Pfaden zu wandeln, die er nicht beschreiten wollte, von denen er sie aber auch nicht abbringen konnte, so sehr er es auch versuchte; als hätte er einen schlammigen Weg betreten, der plötzlich unter ihm nachgab und zu einem Strudel wurde, der ihn schneller und schneller mit sich in die Tiefe riss. Ihm kam eine andere, weit schrecklichere

Idee: Was, wenn Abu Dun recht hatte und sich zugleich doch sehr täuschte? Selbstverständlich hatten sie auf ihrem Weg zur Bilge hinab nur einen winzigen Teil des Schiffes gesehen. Es mochte ganze Säle voller Trinkwasser und Lebensmittel geben, die sie nicht zu Gesicht bekommen hatten ... aber was, wenn es einen *Grund* hatte, dass Loki jeden Fußbreit des zur Verfügung stehenden Laderaumes mit Munition und Schießpulver hatte vollstopfen lassen ... zum Beispiel den, dass sie unterwegs in einen Teil der Welt waren, in dem Kanonenkugeln und Schwarzpulver ein kostbares Gut darstellten, das nicht so leicht zu ersetzen war.

Was, wenn die Mannschaft keine Nahrung brauchte?

Andrej hatte es nie ausprobiert, und angesichts der gewaltigen Mengen an Fleisch und Gemüse, die Abu Dun zu jeder sich bietenden Gelegenheit in sich hineinstopfte, war er nicht einmal auf die Idee gekommen ... aber war es möglich, dass Wesen wie sie allein von gestohlenem Leben existieren konnten?

So schrecklich die bloße Idee war, zwang er sich doch, einen Moment lang darüber nachzudenken. Die Menschen erzählten sich die wildesten Geschichten über Wesen ihrer Art, die meisten nicht wahr, manche vielleicht mit einem wahren Kern, der tausendmal neu erzählt und jedes Mal weiter ausgeschmückt und selbstverständlich blutrünstiger geworden war, andere frei erfunden und nur grotesk. Aber niemand kannte wirklich das Geheimnis der Unsterblichen – auch Abu Dun und er nicht.

Andrej lauschte in sich hinein und stellte beunruhigt fest: Es war inzwischen beinahe drei Tage her, dass er das letzte Mal etwas gegessen hatte, aber er verspürte keinen Hunger – keinen, den er mit Fleisch oder Brot stillen konnte.

Mit einer enormen Willensanstrengung versuchte er den Gedanken zu verdrängen. Es gelang ihm nicht vollkommen, aber der Zweifel beherrschte sein Denken nicht mehr, sondern pochte wie eine schwärende Wunde weiter, schmerzhaft genug, um nicht wirklich in Vergessenheit zu geraten, aber erträglich.

»Diese Namen sind kein Zufall, Andrej«, beharrte Abu Dun noch einmal. »Du weißt das, verdammt noch mal! Wir sind ihnen schon einmal begegnet!«

Glaubte der Nubier tatsächlich, er hätte es *vergessen*?

»Ich weiß«, sagte er, ohne sich zu ihm umzudrehen. Leiser, und in einem Ton, der verletzend war und nichts anderes sein sollte, fügte er hinzu: »Ich erinnere mich an Meruhe, mein Freund. Genauso gut wie du.«

Das saß. Er konnte hören, wie Abu Dun scharf die Luft zwischen den Zähnen einsog, und spüren, wie er sich spannte; aber auch, wie die Spannung wieder aus ihm wich und der gefährliche Moment verging.

Andrej kam sich schäbig vor. Es gab nicht viel, was zwischen ihnen stand – vielleicht tatsächlich nichts als dieser eine Moment –, und sie hatten in all den Jahren niemals auch nur ein einziges Wort darüber verloren. Auch jetzt sagte Abu Dun nichts, obwohl er es gekonnt hätte. Er hätte sagen können, dass es nicht seine Schuld gewesen war, dass Meruhe ihn manipuliert und ihm ihren Willen aufgezwungen hatte, genauso, wie sie es auch mit Andrej getan hatte. Und es wäre wahr gewesen. Aber er verzichtete auf diese ebenso berechtigte wie kindische Verteidigung. Das Schlimme war nicht, was Andrej gesagt hatte. Es war der Umstand, *dass* er es gesagt hatte, und die Absicht, die dahinter stand. Er hatte Abu Dun verletzen wollen, aus dem einzigen Grund, weil er es *konnte.*

»Es tut mir leid«, murmelte Andrej.

Es war ehrlich gemeint, aber Abu Dun schwieg auch dazu, und eine unangenehme, lastende Stille begann sich in der kleinen Kabine auszubreiten. Andrej hörte irgendwann auf, auf das Verstreichen der Zeit zu achten – vielleicht waren Minuten vergangen, ebenso gut konnten es aber auch Stunden gewesen sein –, aber irgendwann bemerkte er, dass er neben Esmeralda auf der Bettkante Platz genommen hatte und einfach ihre Nähe genoss – wenn auch aus einem Grund, der ihn erschreckt hätte, wenn er sich gestattet hätte, darüber nachzudenken –, während Abu Dun nahezu ununterbrochen in der Kabine auf und ab lief und sein ruheloses Hin und Her nur in unregelmäßigen Abständen unterbrach, um einen der Kekse zu stibitzen, die auf dem Tisch lagen. Als der Teller leer war, schien sich seine Miene noch mehr zu verfinstern, und Andrej war nicht mehr sicher, ob das dumpfe Knurren, das er von Zeit zu Zeit zu hören glaubte, nur ein Zeichen von Abu Duns Unmut oder seinem Hunger war.

Plötzlich wurde er sich Esmeraldas regelmäßiger Atemzüge neben sich bewusst, der Wärme ihres Körpers und ihrer bloßen verlockenden Nähe, und er spürte, wie schnell sein Herz schlug und wie schwer sein Atem plötzlich ging. Es war nicht die Frau, deren Nähe ihn so erregte, obwohl sie sehr schön war. Es war ihr Schmerz, den er trinken wollte, das Leid, das ihr angetan worden war und noch immer angetan wurde. Ihre Qual stellte die wirkliche Versuchung dar, den Köder, den Loki ihm hingeworfen hatte und nach dem etwas in ihm schnappen wollte, ganz egal, ob er die Falle erkannte oder nicht. Erschrocken vor seinen eigenen Gedanken rutschte er ein Stück von ihr weg, spürte, wie wenig es nutzte, und stand auf, um ans andere Ende der Kabine zurückzuweichen. Es half nichts, und wie auch? Ihr Schmerz war wie eine Flamme, die ihm in dunkelster Nacht den Weg wies, und etwas in ihm fühlte sich davon angezogen wie eine Motte vom Licht. Und er würde ebenso verbrennen, wenn er diesem Licht zu nahe kam.

Abu Dun hielt in seinem ruhelosen Auf und Ab inne und sah ihn nachdenklich an. Seine Hand lag noch immer auf dem Schwert. Und vielleicht sollte er es ziehen, dachte Andrej, und die Sache zu Ende bringen, solange er es noch konnte.

»Andrej?«, fragte Abu Dun ernst.

Statt zu antworten, schlug Andrej langsam seinen Mantel zurück, zog noch langsamer und mit der linken Hand Gunjir aus dem Gürtel und legte das Schwert betont vorsichtig auf den Tisch. Abu Dun zog die linke Augenbraue hoch und schwieg. Er machte keine Anstalten, nach dem Schwert zu greifen. Aber dann nickte er. Er hatte verstanden, was Andrej von ihm erwartete.

»Wie melodramatisch.«

Andrej hatte weder gehört, dass die Tür aufgegangen war, noch die Nähe des Unsterblichen gespürt, und er fühlte sie nicht einmal jetzt, als er sich umwandte und die schmale Gestalt im Rahmen der offen stehenden Tür sah. Loki war wieder in Brestos Aussehen geschlüpft, trug aber noch immer die Admiralsjacke, und an seinem Gürtel hing ein so gewaltiger Säbel, dass sich selbst Abu Duns monströse Waffe daneben wie ein besseres Messer ausnahm – ein fast alberner Anblick.

Loki/Bresto musste in seinem Gesicht gelesen haben (oder, was wahrscheinlicher war, in seinen Gedanken), denn das Schwert flackerte wie eine Spiegelung auf klarem Wasser, in das ein Stein geworfen worden war, und aus dem monströsen Säbel wurde ein kaum kleineres, aber vollkommen anders aussehendes Schwert, das eher der Götterklinge auf dem Tisch glich als einem britischen Offizierssäbel.

»Beeindruckend«, sagte Abu Dun spöttisch. »Jedenfalls, wenn man etwas für Jahrmarktszauberer und Gaukler übrig hat.«

»Ich werde es mir merken«, antwortete Bresto gelassen. Sein Blick streifte ganz kurz Esmeraldas Gesicht und kehrte dann wieder zu Andrej zurück. »Man weiß nie, was kommt, nicht wahr?«

»Falls das Piratengeschäft einmal nicht mehr so gut läuft?«

Bresto maß den fast doppelt so großen Nubier mit einem

Blick, zu dem er zwar den Kopf in den Nacken legen musste, in dem aber nichts als Verachtung lag, dachte einen Moment über eine Antwort nach und drehte sich dann zu Andrej um.

»Eine wirklich noble Geste«, knüpfte er an seine ersten Worte an. Er deutete auf Gunjir, dann auf Abu Dun. »Einen solchen Freund zu haben, ist ein unendlich kostbares Gut, Andrej. Aber du solltest wissen, dass du ihm keinen Gefallen damit tust, ihn um diesen letzten Freundschaftsdienst zu bitten. So wenig, wie mein Vater dir einen Gefallen erwiesen hat, dir dieses Schwert zu überlassen.«

»Ich wollte es dir ja zurückgeben«, antwortete Andrej kalt. »Wenn ich mich richtig erinnere, steckte es in deinem Rücken, als wir uns das letzte Mal gesehen haben.«

Loki lachte leise, trat an den Tisch heran und streckte die Hand aus, wie um mit den Fingerspitzen über die matt schimmernde Klinge zu streichen, und Andrej sah, wie sich Abu Dun fast unmerklich hinter ihm spannte. Er deutete ein erschrocken-warnendes Kopfschütteln an, das Bresto unmöglich sehen konnte, auf das er aber trotzdem mit einem neuerlichen dünnen Lächeln reagierte. Er zog die Hand zurück, ohne das Schwert berührt zu haben, und strich mit der anderen über den Knauf seiner eigenen, fast gleichartigen Waffe.

»Da ist noch so viel, was du lernen musst, mein Freund«, seufzte er, ohne dass ganz klar wurde, wem diese Worte galten. Dann gab er sich einen Ruck, straffte die Schultern und sah auf Esmeralda hinab.

»Ich muss mich entschuldigen, Euch ungefragt einen Logiergast aufgebürdet zu haben«, sagte er. »Aber ihr habt die Mannschaft gesehen. Unser guter Captain Rogers war leider nicht sehr wählerisch, was die Auswahl seiner Besatzung angeht. Ich fürchte, dies hier ist der einzige Platz an Bord, an dem ich für die Unversehrtheit unseres Gastes garantieren kann ... das kann ich doch, oder?«

Die Frage galt Abu Dun, der darauf zu Andrejs Erleichterung jedoch nur ein verächtliches Schnauben hören ließ. Sie wussten beide, warum Esmeralda hier war. Sie war das letzte Opfer. Der letzte Schritt, den er noch tun musste. Und es fiel ihm mit jedem Atemzug schwerer, ihn nicht zu tun.

»Es … es tut mit leid, Esmeralda«, murmelte er. Loki machte ein fragendes Gesicht, schwieg aber, und Esmeralda ließ keinerlei Regung erkennen. Ihr Blick bohrte sich in den seinen und ging gleichzeitig, noch immer schrecklich leer, einfach durch ihn hindurch. »Ich weiß, ich habe Euch versprochen, den Mörder Eures Kindes zu bestrafen, aber ich fürchte, ich werde mein Wort nicht halten können.«

»Und du bist sicher, dass du aus Transsylvanien stammst, Andrej, und nicht aus England?«, erkundigte sich Loki. »Wenn man dir so zuhört, glaubt man einem perfekten britischen Gentleman zu lauschen … nur schade, dass sie es nicht hört und dir entsprechend danken kann. Aber man kann nicht alles haben, oder?«

»Bist du nur gekommen, um uns zu verhöhnen?«, fragte Andrej.

Loki spielte beinahe überzeugend den Verletzten. »Jetzt tut Ihr mir aber Unrecht, Señor Delãny«, sagte er betrübt. »Aber um Eure Frage zu beantworten: Nein. Ich dachte mir, Ihr wolltet vielleicht von Eurem Freund Abschied nehmen, dem guten Colonel.«

»Rogers?«, entfuhr es Andrej. »Du willst ihn …«

Loki brachte ihn mit einer herrischen Geste zum Verstummen, spielte seine kindische Rolle aber trotzdem noch einen Moment weiter. »Warum legst du es nur immerzu darauf an, mich zu treffen, Andrej? Auch ein Gott hat Gefühle, weißt du? Wollen wir nicht alle am Ende nur das eine, nämlich geliebt werden?«

Andrej empfand es als unter seiner Würde, darauf zu antworten, aber Abu Dun war in dieser Hinsicht wohl weniger sensibel. »Wenn du uns umbringen willst, dann tu es endlich, Loki«, sagte er. »Aber verschon uns mit diesem albernen Theater. Das ist unwürdig. Selbst deiner.«

»Selbst meiner«, wiederholte Loki anerkennend. »Welch elegante Formulierung. Es scheint zu stimmen, was man sich über dich erzählt, Pirat. Deine Zunge ist ganz offensichtlich fast genauso spitz wie dein Schwert. Vielleicht sollte ich sie dir herausreißen lassen?«

»Hört auf damit«, sagte Andrej müde. »Abu Dun hat recht. Wenn du uns töten willst, dann tu es. Oder sag uns, was du von uns willst.«

»Wir ändern gleich den Kurs«, antwortete Bresto. Er wirkte enttäuscht, fand Andrej, aber er sah auch nicht mehr gänzlich aus wie Bresto. Es waren nicht wirklich die Züge des abtrünnigen Gottes, die durch die des vermeintlichen Lieutenant hindurchschimmerten, wohl aber seine Härte. Etwas wie ein körperloser Eishauch schien durch die Kabine zu wehen und verschwand wieder, bevor er seine Seele wirklich berühren konnte.

»Ich dachte, du wolltest dabei sein, das ist alles.« Er deutete auf Esmeralda, und dann glitt ein Schatten durch die Tür, eine nebelhafte Gestalt, die nicht wirklich unsichtbar und erst recht kein Gespenst war, sich ihren Blicken aber auf unheimliche Weise entzog. Esmeralda sog hörbar die Luft ein und versank dann wieder in ihr dumpfes Brüten. »Keine Sorge. Marduk wird sie bewachen, solange ihr nicht hier seid.«

»Mir wäre es lieber, wenn sie uns begleitet«, sagte Andrej kühl.

»Aber ich bitte dich, mein Freund«, sagte Loki kopfschüttelnd. »Das hier ist ein Ort voller rauer Männer mit schlechten Manieren. Das Deck eines Kriegsschiffes ist nun wirklich nicht der richtige Ort für eine Dame.« *Und wer weiß,* fügte sein Blick hinzu, *ob sie nicht sicherer ist, solange sie sich* nicht *in deiner Nähe aufhält.*

Andrej lag viel auf der Zunge, das er hätte erwidern wollen, aber er wusste auch, wie sinnlos es wäre, diese Diskussion fortzusetzen, und bedeutete Abu Dun nur mit einem Blick, es ebenfalls gut sein zu lassen und ihm zu folgen. Loki machte keinen Hehl aus seiner Enttäuschung, nicht noch eine weitere seiner geschliffenen Spitzen anbringen zu können, machte dann nur einen Schritt zur Tür hin, bevor er noch einmal innehielt und stirnrunzelnd auf Andrejs Füße hinabsah. »Was ist mit deinen Stiefeln passiert?«

»Sie waren schlauer als ich.« Andrej machte eine Kopfbewegung zum Fenster. Loki sah ein wenig irritiert aus, trat aber kommentarlos an den eingebauten Kleiderschrank. Silbernes Besteck und feinstes Tafelgeschirr waren nicht das Einzige aus de Castellos Besitz, das seinen Weg vor ihm an Bord des Schiffes gefunden hatte. Der Schrank quoll über von Kleidern. Die allermeisten davon hätte Andrej allenfalls als Alternative zur eisernen Jungfrau in Betracht gezogen, aber es gab auch eine Anzahl prachtvoller Uniformen samt des dazugehörigen Schuhwerks. Loki nahm wahllos ein Paar auf Hochglanz polierter Stiefel heraus und warf sie ihm zu.

Andrej fing die Stiefel auf und registrierte erleichtert, dass de Castello wenigstens darauf verzichtet hatte, die Stiefelspitzen zu vergolden, drehte sie aber trotzdem nur unschlüssig in der Hand. »Sie werden nicht passen«, seufzte er. »Ich hätte erwartet, dass Don Alberto auf größerem Fuß lebt.«

»Probier sie einfach an«, befahl Loki, mit einem Male ungeduldig. »Sie werden schon passen.«

Andrej tat ihm den Gefallen und probierte es. Zu seiner nicht geringen Überraschung drückten die Stiefel nur im ersten Augenblick; nachdem es ihm erst einmal gelungen war, hineinzuschlüpfen, passten sie so perfekt, als wären sie von einem meisterlichen Schuster eigens für ihn angefertigt worden. Er wollte sich zur Tür umdrehen, doch Loki winkte ihn noch einmal zurück, ging zum Tisch und hob Gunjir auf, um es ihm mit dem Griff voran hinzuhalten. Andrej rührte keinen Finger, um nach der Waffe zu greifen.

»Nimm es«, sagte Loki. »Es gehört dir.«

Andrej zögerte. Er war sicher, dass es nur ein weiterer Trick war, die Vorbereitung für eine weitere alberne Demütigung, die er ihm zugedacht hatte. Mit der Gestalt des jungen Adjutanten schien Loki auch etwas von seinem kindischen Wesen angenommen zu haben.

»Keine Sorge, Andrej. Es ist kein Trick, das Schwert gehört dir. Mein Vater hat es dir geschenkt, und ich werde dir dieses Geschenk nicht streitig machen ... einmal ganz davon abgesehen, dass du es brauchen wirst.« Er lachte leise. »Und du wirst vielleicht Verständnis dafür haben, dass ich gewisse Probleme damit hätte, eine Waffe zu tragen, die schon einmal in meinem Herzen gesteckt hat.«

»Wenn er sie nicht will«, sagte Abu Dun freundlich, »nehme ich sie gerne. Und keine Sorge – ich gebe dir mein Wort, nicht damit auf dein Herz zu zielen.«

Loki seufzte. »Ja, das habe ich auch erwartet. Dir die Zunge herauszureißen, scheint mir mehr und mehr eine gute Idee.«

Andrej sah, wie Abu Dun zu einer Antwort ansetzte, die weiteres Öl in die Flammen gießen musste, griff rasch nach dem Götterschwert und schob es in den Gürtel.

»Kommt jetzt.« Loki wedelte mit der Hand. »Wir haben später sicher noch hinlänglich Zeit, miteinander zu plaudern und uns gegenseitig die exquisitesten Nettigkeiten an den Kopf zu werfen, aber noch steht der Wind günstig, und das sollten wir ausnutzen. Wir haben eine weite Reise vor uns.«

Er eilte los, ohne ihre Antwort abzuwarten. Als Andrej ihm folgte, glaubte er einen flackernden Schatten aus den Augenwinkeln heraus wahrzunehmen; vielleicht weniger als einen Schatten, sondern nur die bloße Ahnung von etwas. Ra, vermutete er. Vielleicht waren ihre Namen auch ebenso bedeutungslos wie ihre Gestalt.

Er schritt schneller aus, um zu Loki aufzuschließen, der so selbstverständlich vorausgeeilt war, als hätte er nicht den geringsten Zweifel daran, dass Abu Dun und er ihm folgen würden.

Gunjir schlug im Laufen schwer gegen seinen Oberschenkel, und jetzt hörte er das gierige Flüstern der Götterklinge, auch wenn er ihren Griff nicht berührte, als reiche schon ihre bloße Nähe, das Ungeheuer in seiner Seele zu wecken. Loki hatte ihm dieses Schwert zurückgegeben, aber vielleicht hatte er es nicht nur getan, um ihn zu verhöhnen. Vielleicht hatte Loki nicht *ihm* das Schwert geschenkt, sondern *ihn* dem Schwert.

Er schritt noch schneller aus, holte Loki beinahe ein und wäre fast gestürzt, als er auf der untersten Stufe einen Fehltritt tat und ins Straucheln geriet.

Obwohl es nicht nötig gewesen wäre, ließ Abu Dun es sich nicht nehmen, ihn am Arm zu ergreifen; und natürlich hämisch über das ganze Gesicht zu grinsen. »Gib acht, wo du hintrittst, alter Mann«, feixte er. »Das hier ist ein Schiff. Da sind die Treppen steiler.«

Andrej schüttelte seine Hand mit einer heftigen Bewegung ab und ging weiter, ohne ihm die Genugtuung einer Antwort zu gönnen. Es musste an diesen verdammten Stiefeln liegen, dachte er. Sie waren wie der, für den sie gemacht worden waren: äußerlich prachtvoll, aber von schlechter Qualität.

Warmer Wind und unerträglich gleißendes Sonnenlicht schlugen ihm entgegen, als er hinter Loki auf das Deck hinaustrat. Er blinzelte und presste die Augen zu schmalen Schlitzen zusammen, widerstand aber dem Impuls, die Hand über das Gesicht zu heben, um sich vor dem grausamen Licht am Himmel zu schützen. Es war wärmer, als es sein sollte, das war das Erste, was ihm auffiel, dann spürte er, dass noch irgendetwas nicht stimmte, ohne dass er sofort ausmachen konnte, was es war.

Andrej blinzelte noch einmal, zwang die Tränen zurück und ließ seinen aufmerksamen Blick über das Deck wandern. Alles schien in Ordnung, zumindest auf den ersten Blick. Die ohnehin geringen Schäden, die die EL CID während des Gefechtes im Hafen davongetragen hatte, waren behoben, und selbst das zerrissene Segeltuch über ihren Köpfen war wieder geflickt. Sämtliche Segel waren gesetzt und so straff gebläht, dass man das Singen der bis an ihre Grenzen beanspruchten Taue hören konnte, und Andrej stellte überrascht fest, wie pfeilschnell das vermeintlich so plumpe Schiff über das Meer jagte. Selbst die beiden deutlich schnittigeren Linienschiffe, die ihre Eskorte bildeten, schienen alle Mühe zu haben, mit dem plumpen Koloss mitzuhalten. Außerdem war das Deck des gewaltigen Kriegsschiffes so gut wie leer.

Und das sollte es nicht sein.

Andrej legte mit einem Ruck den Kopf in den Nacken und zwang sich, trotz des grausam grellen Lichtes am Himmel in die Masten hinaufzusehen. Die EL CID hatte nicht nur alle, sondern sogar noch ein Paar zusätzlicher Segel gesetzt, die wie zwei monströse weiße Käferflügel beiderseits des Rumpfes schräg nach oben ragten. Aber auch die Takelage war nahezu verwaist. Einige wenige Matrosen turnten noch hastig in den Wanten, aber die allermeisten befanden sich bereits eilig auf dem Weg nach unten. Und dasselbe galt für das gesamte Schiff. Andrej erblickte nicht mehr als eine Handvoll Männer, deren Beschäftigung ausnahmslos darin zu bestehen schien, in Deckung zu hasten oder, wenn das aufgrund ihrer Aufgaben nicht möglich war, diesen so unauffällig wie möglich nachzugehen.

Es war lange her, dass er selbst ein Kriegsschiff kommandiert hatte, und es war nicht annähernd so modern oder gar groß gewesen wie die EL CID – aber es gab Dinge, die man nie vergaß und die stets und in allen Verkleidungen gleich blieben. Was er jetzt sah, gehörte dazu.

Die EL CID bereitete sich auf einen Kampf vor.

Andrej war mit wenigen Schritten neben Loki an der luvseitigen Reling und erlebte eine weitere Überraschung. Die *King George* hielt das halsbrecherische Tempo der EL CID nicht nur mit, sie holte ganz langsam auf. Und sie war bereits zu nahe herangekommen. Selbst bei geringerer Geschwindigkeit und in Friedenszeiten hielten Schiffe dieser Größe einen gewissen Mindestabstand, um auf eine plötzliche Windböe oder einen Wellenschlag vorbereitet zu sein. Die *King George* schoss jedoch keine hundert Fuß neben ihnen dahin, und ein rascher Blick über die Schulter zurück zeigte ihm, dass sich auch das zweite Schlachtschiff bedrohlich genähert hatte.

»Irgendetwas scheint hier nicht ganz so zu laufen, wie unser neuer Kapitän es sich gedacht hat«, knurrte Abu Dun neben ihm. Seine Hände schlossen sich mit solcher Kraft um die Reling, als versuche er das massive Eichenholz zu zerbrechen. Andrej wusste, was hinter seiner Stirn vorging. Sein Blick tastete aufmerksam über den schmaler werdenden Streifen aus schäumendem Wasser, der die beiden Schiffe noch voneinander trennte. Er hatte denselben Gedanken gedacht, schon als sie auf das Decke hinausgetreten waren, und fast augenblicklich wieder verworfen.

»Lass es«, flüsterte er. »Das hat keinen Sinn.«

Abu Dun machte keinen Hehl aus dem Umstand, dass er diese Meinung nicht unbedingt teilte, und Andrej tat ihm – wider besseres Wissen – den Gefallen, noch einmal ihre Chancen abzuwägen, eine Flucht von der EL CID zu wagen. Sie erbärmlich zu nennen, wäre geschmeichelt gewesen. Nicht einmal Abu Dun und er vermochten so weit zu springen, und ein todesmutiger Satz über Bord wäre unter den augenblicklichen Umständen schlicht und einfach Selbstmord gewesen, sogar für sie.

»Du solltest auf deinen Freund hören, Pirat«, sagte Loki, der offensichtlich Andrejs Gedanken gelesen hatte, oder auch die des Nubiers. »Ich weiß, wozu ihr fähig seid. Bis zur Küste zurückzuschwimmen gehört nicht dazu. Und glaub mir, mein Freund – Rogers wird nicht anhalten, um dich zu retten. Er mag ein typischer britischer Gentleman sein, aber unter seinen geschliffenen Manieren hat er keine ganz so hohe Meinung von euch *Kaffern.*«

Abu Dun hatte sich anscheinend fest vorgenommen, sich nicht provozieren zu lassen. Seine einzige Reaktion bestand aus einem eisigen Blick in Lokis Gesicht; und darin, die Reling noch fester zu umklammern. Andrej war sicher, ein leises Knirschen zu hören.

»Aber lass dich nicht von etwas abhalten, was du unbedingt willst«, fuhr Loki fort, nunmehr direkt an Abu Dun gewandt. »Wenn dir nach einem Bad zumute ist, nur zu. Niemand wird versuchen, dich aufzuhalten oder gar auf dich zu schießen. Mein Wort darauf.«

Zu Andrejs Erleichterung schluckte Abu Dun auch diese Worte ohne die geringste Reaktion herunter, und Loki gab sein kindisches Benehmen schließlich auf und wandte sich wieder der *King George* zu. Das Treiben an Deck des Schiffes war noch reger geworden. Immer mehr Männer erschienen hinter der Reling, winkten und gestikulierten oder begannen ihnen Worte zuzuschreien, die im Klatschen der Wellen und dem Knallen der Segel untergingen, und schließlich teilte sich die lebende Mauer, und eine schmale Gestalt mit schulterlangem weißem Haar trat an die Reling heran. Andrej musste den Ausdruck auf Rogers Gesicht nicht sehen, um zu spüren, wie es in seinen Inneren aussah.

»Was hast du vor, Loki?«, fragte Abu Dun. »Du hoffst doch nicht im Ernst, ihnen davonsegeln zu können?«

»Vergiss nicht, wer dieses Schiff entworfen hat, mein Freund«, antwortete Loki, während er zugleich den Arm hob und Rogers zuwinkte. »Vielleicht haben wir ja noch die eine oder andere Überraschung für den guten Captain auf Lager.«

»Und wie sollte die aussehen?«, knurrte Abu Dun. »Willst du diesem dümpelnden Monstrum vielleicht noch das Fliegen beibringen?«

Loki kam nicht zu einer Antwort, denn Rogers gab sein sinnloses Gestikulieren und Schreien endlich auf und stieg nicht nur mit einem Fuß auf die Reling hinauf, sondern ließ sich von einem seiner Offiziere einen fast meterlangen Trichter reichen, den er vor das Gesicht hob. Seine Stimme klang schrecklich verzerrt und blechern, übertönte aber nun den Lärm des unfreiwilligen Schiffsrennens. *»Lieutenant!«*, brüllte er. *»Was zum Teufel ist los mit Euch? Wollt Ihr das Schiff zuschanden fahren? Streicht sofort die Segel und macht Euch bereit, mich an Bord zu nehmen!«*

Loki winkte nur Rogers noch einmal gelassen und jetzt unübersehbar spöttisch zu. Andrej fragte sich ganz ernsthaft, ob der Unsterbliche wahnsinnig war. In einem gewissen Sinne war es wohl so. Aber wahnsinnig hieß nicht auch verrückt.

Und plötzlich wusste er, was geschehen würde.

»Tu es nicht, Loki«, murmelte er. »Ich beschwöre dich, tu es nicht! Es ist nicht notwendig!«

»Ich fürchte doch, mein Freund«, seufzte Loki. »Dein schwarzer Freund hat recht, weißt du? Wir können ihnen nicht davonsegeln. Aber diese Entscheidung liegt bei Rogers, nicht bei mir.«

Wieder winkte er Rogers und der *King George* höhnisch zu, und das war anscheinend selbst für die gepflegten Manieren eines britischen Offiziers zu viel. *»Das ist jetzt die letzte Warnung, du verdammter Bengel!«*, brüllte er. *»Du bist deines Kommandos enthoben, hast du das verstanden?«*

Loki winkte nur noch einmal, und Rogers Stimme klang nun beinahe hysterisch. *»Mister Peabody! Ich enthebe*

Lieutenant Bresto hiermit seines Kommandos! Die EL CID gehört Ihnen! Legen Sie diesen dummen Jungen in Ketten und streichen Sie die Segel! Ich komme an Bord!«

Nichts geschah. Andrej ließ einige Sekunden verstreichen und sah sich unauffällig an Deck um. Er erblickte niemanden, der aussah, als könnte er Peabody heißen – um genau zu sein, sah er überhaupt niemanden mehr. Abgesehen von Abu Dun, Loki und ihm selbst war das Deck der EL CID wie leergefegt – vermutete aber, dass es sich um den Ersten Offizier der hastig zusammengestellten Mannschaft handelte. Er vermutete auch, dass Mister Peabody im Moment indisponiert war. Vielleicht für lange Zeit.

Rogers musste wohl zu demselben Schluss gekommen sein. Als er weitersprach, war der hysterische Unterton aus seiner Stimme verschwunden.

»Also gut, EL CID«, rief er. *»Das ist die letzte Warnung! Streicht die Segel und bereitet Euch auf ein Enterkommando vor! Ihr habt eine Minute, bevor wir das Feuer eröffnen!«* Er senkte den Trichter und trat von der Reling hinab, und unter ihm öffneten sich die Stückpforten der *King George*. Zwei Dutzend Kanonenläufe schoben sich drohend aus dem Rumpf des Kriegsschiffes, und Rogers hob noch einmal seinen Trichter. *»Auch wenn Ihr es nicht verdient habt, Lieutenant, gebe ich Euch noch eine letzte Chance! Ich appelliere an Eure Vernunft, und wenn nicht daran, dann an Eure Verantwortung für die Männer, die unter Eurem Befehl stehen! Streicht die Segel und ergebt Euch, und ich sichere Euch einen fairen Prozess zu! Ich komme jetzt an Bord! Aber ich warne Euch! Wenn sich Eure Geschützklappen auch nur einen Zoll heben, eröffnen wir das Feuer!«*

»Ja, das dachte ich mir«, seufzte Loki. Rogers wandte sich mit einem Ruck um und verschwand in der Menge, und Loki schloss ergeben die Augen. »Wie gesagt, Andrej: Es ist nicht meine Entscheidung.«

»Ach nein?«, fragte Andrej bitter.

»Glaub bitte nicht, dass es mir Freude bereitet, Andrej«, antwortete Loki. »Aber Abu Dun hat recht: Wir hätten ihnen nicht davonsegeln können. Es muss sein.« Vielleicht war er für einen Moment unaufmerksam. Vielleicht ließ er es auch ganz bewusst zu. Gleichwie: Für einen unendlich kurzen Moment ließ er seinen geistigen Schild sinken, und Andrej konnte in den schwarzen Pfuhl blicken, der seine Seele war. Loki sagte die Wahrheit. Es bereitete ihm tatsächlich keine Freude, all diese Menschen zu töten. Es war viel schlimmer.

Es war ihm vollkommen egal. Er hätte die beiden Schiffe ziehen lassen, hätte es eine andere Möglichkeit gegeben, sich ihrer zu entledigen, und mit einer beiläufigen Geste auch die hundertfache Anzahl an Menschen geopfert, wären sie seinen Plänen im Wege gewesen.

Warum tun wir nichts?, dachte Andrej verzweifelt. Sowohl Abu Dun als auch er waren bewaffnet, und Loki war vollkommen allein. Wahrscheinlich war er zehnmal stärker als sie beide zusammen, und nicht einmal Abu Dun und er gemeinsam waren ihm gewachsen ... aber wann hatte sie das je abgehalten, es trotzdem zu versuchen? Warum *taten* sie nichts?

»Weil ich dich dann töten müsste, Andrej«, sagte Loki. »Und das will ich nicht.«

»Diesen Eindruck hatte ich nicht, als wir hergekommen sind«, sagte Abu Dun finster. Seine Hand lag auf dem Schwertgriff, aber Andrej wusste, dass er die Waffe so wenig ziehen konnte wie er selbst.

Loki zögerte einen Moment – während er aufmerksam zur immer noch näher kommenden *King George* hinübersah und Rogers im Auge behielt, der sich wütend gestikulierend einen Weg zum Heck zu bahnen versuchte –, bevor er antwortete. Und er tat es auch nicht an Abu Dun gerichtet, sondern direkt an Andrej gewandt. »Das war ein Fehler«, sagte er ruhig.

Sein Blick fixierte den Andrejs und hielt ihn fest. »Unsere Bekanntschaft stand von Anfang an unter keinem guten Stern, Andrej. Ich habe Fehler gemacht, wie mir heute klar ist. Ich hätte niemals versuchen sollen, dich zu töten oder dir ... andere Dinge anzutun.«

Viele vor ihm, im Laufe ihres langen Lebens, dachte er bitter, hatten versucht, Abu Dun und ihn zu töten. Und noch mehr würden es versuchen, bis es irgendeinem am Ende gelingen würde. Er hatte es längst aufgegeben, es persönlich zu nehmen. Was er persönlich nahm, das waren die *anderen Dinge*, von denen Loki gesprochen hatte.

»Ich erwarte nicht, dass du mir vergibst, Andrej. Ich weiß, dass du das nicht kannst. Ich kann nur versuchen, es wieder gutzumachen, um auf diese Weise vielleicht deine Freundschaft zu erringen.«

Freundschaft? Aus Lokis Mund, dachte Andrej, hatte dieses Wort einen fast obszönen Klang. »Meine Freundschaft«, wiederholte er nachdenklich. Er trat einen halben Schritt von der Reling zurück und maß Loki mit einem langen, nachdenklichen Blick von Kopf bis Fuß, ehe er ihm wieder ins Gesicht sah. Erst jetzt fiel ihm auf, dass sie auf gleicher Höhe waren. Loki hatte wieder Brestos Gestalt angenommen, aber er hatte auch nicht der Versuchung widerstehen können, sich ein gutes Stück größer zu machen. Er fragte sich, ob Rogers dies drüben an Bord der *King George* wohl ebenfalls aufgefallen war, und wenn ja, welche Schlüsse er aus dieser Beobachtung ziehen mochte.

»Ihr seid wirklich unsterblich, habe ich recht?«, fragte er. »Ich meine: *wirklich*. Nicht wie Abu Dun und ich. Ihr lebt nicht einfach länger, sondern ...«

»Bis in alle Ewigkeit, ja«, bestätigte Loki.

»Das ist gut«, antwortete Andrej. »Denn so lange wird es mindestens dauern, bis wir Freunde werden.«

Loki zuckte die Achseln. »Die Ewigkeit ist lang. Vielleicht

wirst du deine Meinung irgendwann ändern. Bis dahin reicht es mir, dich an meiner Seite zu wissen ... und keine Sorge, Andrej. Ich werde dich gewiss nicht in Versuchung führen und dir noch einmal den Rücken zudrehen.«

»Niemals«, sagte Andrej.

»Ein Wort, mit dem man vorsichtig sein sollte«, erwiderte Loki. Er unterbrach sich, um einen kurzen Blick zur *King George* hinüberzuwerfen, bevor er weitersprach. Rogers hatte das Heck des Schiffes erreicht und spornte ein halbes Dutzend seiner Männer an, eines der schlanken Beiboote zu Wasser zu lassen. »Du wirst deine Meinung ändern, glaub mir. Und es wird nicht mehr lange dauern.«

»Nach den Maßstäben deiner Zeit gerechnet«, vermutete Andrej.

Wut blitzte in Lokis Augen auf und erlosch genauso schnell wieder, wie sie gekommen war. Er sah noch einmal zur *King George* hinüber, schien für einen Moment über etwas nachzudenken und wandte sich dann mit einem angedeuteten Nicken ganz zu Andrej um; als hätte er sich im Stillen eine Frage gestellt und sie auch gleich beantwortet. Er packte Andrej mit der linken Hand am Arm und deutete mit der anderen zum Bug des Schiffes, nach Westen und damit in die Richtung, in die das Schiff jagte.

»Willst du nicht wissen, wohin wir fahren, Andrej?«, fragte er.

»Du wirst es mir gleich sagen, nehme ich an«, sagte Andrej spröde.

»Ganz wie du willst«, antwortete Loki. »Auch wenn du es längst weißt, habe ich recht?«

»Der Horizont?«, schlug Abu Dun vor. »Aber nein, verzeiht, weiser Sahib. Ich bin ja nur ein dummer Kaffer. Zweifellos liegt dort das Ende der Welt.«

»Und der Anfang einer neuen«, bestätigte Loki. Sein Blick ließ Andrej nicht los. »Verstehst du, was ich sage, Andrej?

Das ist nicht nur einfach ein anderes Land, sondern eine neue Welt, so groß wie unsere, und vielleicht noch größer. Und sie wartet nur darauf, dass jemand die Hand ausstreckt und sie sich nimmt.«

»Und dieser Jemand bist du?«, vermutete Andrej.

»Wäre dir König Philipp von Spanien lieber?«, fragte Loki. »Oder unsere neuen Freunde, die Briten?«

Er schüttelte heftig den Kopf. »Wir werden dorthin gehen, Andrej. Ich bin dieses Land mit seinen kleinlichen Kriegen und Streitereien leid. Sollen sie sich gegenseitig umbringen, wenn es ihnen Freude bereitet.«

»Ich verstehe«, sagte Andrej bitter.»Du ziehst eine Welt vor, in der du die Menschen umbringen darfst. Oder reicht es dir, sie nur zu versklaven?«

»Versklaven?« Loki sah ihn an, als glaube er, nicht recht verstanden zu haben. »Du sorgst dich um ihre *Freiheit?«* Er deutete auf die *King George*. »Sieh dir an, was passiert, wenn man deinen Freunden ihre *Freiheit* lässt! Sie nutzen sie zu einem einzigen Zweck: sich gegenseitig umzubringen.«

»So wie du?«, fragte Andrej. Die Worte kamen ihm sonderbar schwer über die Lippen, als wäre irgendetwas tief in ihm davon überzeugt, dass sie nicht wahr waren – oder, viel schlimmer noch: dass Lokis Worte eine Wahrheit enthielten, die er einfach nicht anerkennen wollte.

»Ich habe Menschen getötet«, sagte Loki ruhig. »Das ist wahr. Viele Menschen. Weißt du, wie viele?«

»Nein.«

»Um ehrlich zu sein, ich weiß es auch nicht mehr«, sagte Loki betrübt. »Ich kann selbst nur raten. So viele, wie in einer einzigen Schlacht in diesem Krieg fallen?« Er beantwortete auch diese Frage selbst mit einem Kopfschütteln. »Nein. Wahrscheinlich weniger. Aber ich will dir auch nichts vormachen, Andrej. Du bist zu klug, als dass ich dich belügen könnte. Sollen sie sich gegenseitig umbringen, das ist mir gleich.

Was hier geschieht, ist mir gleich. Wir verlassen dieses Land, ich und die, die mich begleiten.« Er ließ eine winzige, aber genau bemessene Zeitspanne verstreichen. »Du könntest zu uns gehören. Würde es dich nicht reizen, an der Erschaffung einer vollkommen neuen Welt teilzuhaben?«

»Als dein Sklave?«, fragte Andrej. »Nein, danke.«

»An meiner Seite«, antwortete Loki ruhig. »Als mein Verbündeter. Sklaven habe ich genug. Sie sind nützlich, aber nur bis zu einem gewissen Punkt. Ich brauche Männer wie dich. Nur deshalb habe ich dich am Leben gelassen.« Er hob die Hand, als Andrej etwas darauf erwidern wollte. »Nein, ich erwarte jetzt keine Antwort darauf. Denk über meine Worte nach, das ist alles, was ich von dir verlange.«

»Um so zu werden wie du?«, fragte Andrej.

»Aber das bist du doch längst«, antwortete Loki. Er lächelte, als versuche er einem Kind eine der einfachen Tatsachen des Lebens zu erklären, aber seine Augen blieben dabei so hart und seelenlos wie Kugeln aus bemaltem Glas. »Es gibt kein Zurück, Andrej. Ich weiß, dass du dagegen kämpfst, und so sehr ich es auch bedauere, bewundere ich zugleich deine Kraft. Aber sie wird dir nichts nutzen. Sie macht es nur schwerer für dich. Du gehörst bereits mir ... du gehörst zu uns, Andrej. Sieh es ein und gib auf, oder wehr dich noch eine Weile. Das Ergebnis ist dasselbe.« Er schien etwas drüben auf der *King George* entdeckt zu haben, was seine Aufmerksamkeit erforderte, machte aber dann noch einmal mitten in der Bewegung kehrt und deutete auf Abu Dun. »Mein Angebot gilt auch für deinen Freund«, sagte er. »Aber denk nicht zu lange darüber nach. Meine Geduld währt nicht ewig.« Und damit wandte er sich endgültig um und trat wieder an die Reling heran.

»Das war eine beeindruckende Rede«, sagte Abu Dun, als er zu ihm zurückging. »Anscheinend nimmt er meinen Vorschlag ernst.«

Andrej war nicht nach Abu Duns üblichen Scherzen zumute. Trotzdem fragte er: »Welchen? Dir Gunjir zu leihen?«

»Eine Karriere auf dem Jahrmarkt ins Auge zu fassen«, antwortete Abu Dun. »Ein Unsterblicher ist doch schließlich auch nicht schlechter als ein Mann mit zwei Köpfen, oder?«

»Er hat das ernst gemeint, Abu Dun«, sagte Andrej. *Und er hat recht. Es gibt kein Zurück.*

23

Abu Dun schwieg, und das war vielleicht das Schlimmste, was er tun konnte. Nach einem schier endlosen Moment, in dem er ihn stumm verzeihend angesehen hatte – was schlimmer war, als es jeder Vorwurf hätte sein können –, wandte er sich wieder dem Geschehen drüben auf der *King George* zu. Das Schiff kam nicht näher, sondern hielt nunmehr seinen Abstand von weniger als hundert Fuß; nahe genug, dachte Andrej unbehaglich, um mit einer Salve aus ihren vierundzwanzig Kanonen selbst bei der schwer gepanzerten EL CID gewaltigen Schaden anrichten zu können. Vielleicht war ihre Position direkt hier oben hinter der Reling nicht allzu klug gewählt.

Er maß Loki mit einem sehr aufmerksamen Blick und las nichts als angespannte Konzentration auf seinem Gesicht. Da war keine Spur von Sorge oder gar Angst. Hielt dieser Wahnsinnige sich etwa für kugelfest?

»Jetzt wäre es vielleicht an der Zeit für deinen Freund und dich, unter Deck zu gehen«, sagte Loki. »Ich fürchte, dieser Narr nimmt keine Vernunft an.«

Mit dem Narren war zweifellos Captain Rogers gemeint. Das Beiboot war mittlerweile zu Wasser gelassen worden und hüpfte nun auf den Wellen neben der *King George* auf und ab, nur noch gehalten von einem einzelnen, straff gespannten

Seil. Ein knappes Dutzend Männer – ausnahmslos bis an die Zähne bewaffnet – saß an den Rudern, und Andrej fragte sich vergeblich, was zum Teufel sie damit vorhatten. Sobald das Haltetau gekappt oder gelöst war, würde das Beiboot einfach wie weggezaubert verschwinden, so schnell, wie die beiden Schiffe nebeneinander herschossen.

Möglicherweise war Rogers zum selben Schluss gekommen, denn er richtete sich mühsam im Heck des auf und ab hüpfenden Bootes auf, hielt sich mit der linken Hand fest und hob mit der anderen noch einmal den Trichter vor den Mund.

»Lieutenant! Nehmt Vernunft an!«, brüllte er. »Ihr habt keine Chance! Wenn Euch gerade doch wieder eingefallen ist, dass Eure Loyalität eigentlich König Philipp gehört, dann lasst uns in Ruhe darüber reden. Ich gebe Euch mein Ehrenwort, dass Ihr nicht bestraft werdet! Gebt auf, und ich verspreche Euch, dass Ihr im nächsten Hafen als freier Mann von Bord gehen werdet! Aber setzt nicht das Leben Eurer Mannschaft aufs Spiel, ich beschwöre Euch!«

»Was für ein Dummkopf«, seufzte Loki. Er hob die Hand, vermeintlich, um Rogers noch einmal spöttisch zuzuwinken, in Wahrheit aber wohl aus einem ganz anderen Grund. Andrej hielt den Atem an.

Das Einzige, was geschah, war, dass Rogers sich hastig wieder setzte – eigentlich plumpste er reichlich unsanft auf sein Hinterteil – und seinerseits die Hand hob. Ein halbes Dutzend mit Enterhaken versehener Seile flogen von Bord des Ruderbootes auf die EL CID zu. Zwei gingen fehl und verschwanden im schäumenden Wasser, aber der Rest verhakte sich zielsicher in der Reling. Statt nach ihren Rudern griffen die Männer beherzt nach den Seilen und begannen zu hangeln – wenigstens die Hälfte von ihnen. Der Rest packte mit grimmigem Ausdruck seine Musketen, um damit auf die drei einsamen Gestalten hinter der Reling der EL CID zu zielen. So wild, wie das Boot auf den Wellen auf und ab hüpfte, dachte Andrej, würden sie allerdings ihre liebe Not haben, auch nur den Ozean zu treffen, geschweige denn das Schiff.

»Und ich dachte immer, *ich* wäre verrückt«, murmelte Abu Dun.

»Loki, ich beschwöre dich!«, sagte Andrej. Sein Mund war mit einem Mal so trocken, dass er Mühe hatte, die Worte herauszubringen.

»Ich will diese Schlacht nicht«, sagte Loki bedauernd.

»Das ist keine Schlacht«, murmelte Abu Dun. »Das ist Mord.«

»Glaubt mir, ich wollte nicht, dass es so weit kommt«, seufzte Loki. Seltsamerweise konnte Andrej sich des Eindrucks nicht erwehren, dass das Bedauern in seiner Stimme durchaus echt war. Loki *wollte* diesen Kampf nicht, aus welchen Gründen auch immer.

Was ihn aber auch nicht daran hinderte, seine noch immer wie zu einem spöttischen Gruß erhobene Hand mit einem Ruck zu senken. Immerhin, begriff Andrej mit kaltem Entsetzen, hatte er Rogers' Warnung nicht vergessen. Die EL CID feuerte eine volle Breitseite auf die *King George* ab, ohne dass sich die Kanoniere vorher die Mühe gemacht hätten, die Geschützklappen zu öffnen.

Ein Chor aus gellenden Schmerz- und Schreckensschreien mischte sich in das markerschütternde Brüllen der doppelten Breitseite (Andrej musste sich nicht umdrehen, um zu wissen, dass auch die zahllosen Kanonen auf der anderen Seite nur einen Sekundenbruchteil später gefeuert hatten) und er konnte *spüren,* wie mindestens ein halbes Dutzend Leben unter ihnen erlosch, noch bevor ihre eigenen Kugeln ihr Ziel trafen. Mindestens zwei Geschütze hatten auf Rogers Boot gezielt, und in einem winzigen Moment ungläubigen Entsetzens sah er, wie eine gewaltige Wassersäule hinter dem wendigen Boot aus dem Meer schoss; dann schlug die zweite, besser gezielte Kugel ein und verwandelte das Boot in eine auseinanderspritzende Wolke aus Trümmern, Feuer und zerfetztem Fleisch.

Dann verschwand die *King George*.

Wo sie einen halben Lidschlag zuvor noch gewesen war, stieg nun ein brüllender Vulkan aus Feuer, brennenden Trümmern und blutigem Rot aus dem Meer. Feuer verschlang die Welt, und die Hitze war selbst hier noch so gewaltig, dass Andrej das Gesicht zur Seite drehen und blinzelnd die Hand über die Augen heben musste. Schlimmer noch als der Anblick des explodierenden Schiffes war das, was er spürte: den lautlosen Todesschrei Dutzender Seelen, die von einem Atemzug auf den anderen gewaltsam aus dem Leben gerissen wurden; vielleicht auch Hunderter. Ein ungeheurer Donnerschlag rollte über das Meer, gefolgt von einer gewaltigen Druckwelle, die nicht nur Abu Dun und ihn von den Beinen fegte, sondern auch den Unsterblichen. Irgendetwas ... *flackerte* hinter Abu Dun in der Luft und war wieder verschwunden, bevor sein Blick es wirklich erfassen konnte, dann krümmte er sich hastig zu einem Ball zusammen und schlug schützend die Arme über den Kopf, als rings um sie herum ein tödlicher Regen aus brennenden Trümmerstücken auf das Deck prasselte. Etwas wie ein unterdrückter Schmerzensschrei drang an sein Ohr, der weder von Abu Dun noch von Loki stammte, sondern geradewegs aus dem Nichts zu kommen schien.

Ein mehr als meterlanger Speer aus brennendem Holz bohrte sich kaum eine Handbreit vor seinem Gesicht in die Decksplanken und ließ ihn den vermeintlichen Schrei vergessen. Viel zu spät, aber doch rasend schnell rollte er herum und auf die Füße und streckte zugleich die Hand aus, um Abu Dun aufzuhelfen.

Erst als er die Bewegung fast zu Ende geführt hatte, bemerkte er seinen Irrtum. Es war nicht Abu Dun, sondern Loki. Instinktiv wollte er die Hand zurückziehen, aber Loki war schneller, griff seinerseits zu und hätte ihn um ein Haar schon wieder aus dem Gleichgewicht gerissen, als er sich von ihm auf die Beine helfen ließ. Eine halbe Sekunde später mussten sie beide hastig nach der Reling greifen und sich daran festklammern, um nicht zu stürzen, als eine gewaltige Woge am Rumpf der EL CID zerstob und sie mit eisigem Wasser überschüttete. »Verdammter Narr!«, brachte Loki keuchend hervor. Er spuckte einen Mundvoll Wasser aus und ließ behutsam seinen Halt los. »Warum konnte er nicht einfach aufgeben? Das wollte ich nicht!«

Andrej glaubte ihm. Und er war auch ziemlich sicher, dass er das, was danach geschah, noch sehr viel weniger gewollt hatte.

Vom Himmel regneten noch immer Trümmer, brennendes Holz und glühende Segelfetzen und flockige graue Asche, und alles, was von der waidwunden *King George* noch zu sehen war, war eine gewaltige brodelnde Rauchwolke, in der es immer wieder grell und unheimlich aufblitzte wie das Wetterleuchten eines fernen Gewitters. Dann stach eine einzelne grelle Lanze aus rot-orangefarbenem Feuer aus der kochenden Wand, züngelte zu ihnen herauf und gebar den Tod.

Es war eine Eins-zu-einer-Million-Chance, ungefähr so wahrscheinlich, wie in einer Stadt von der Größe Cádiz' auf den einzigen britischen Spion zu treffen, der durch die Maschen der spanischen Geheimpolizei geschlüpft war, aber trotzdem geschah es: Die fünfzehn Pfund schwere Kanonenkugel raste in steilem Winkel zu ihnen herauf, zertrümmerte die Reling zwischen ihnen und riss Lokis rechten Arm dicht unterhalb des Ellbogens ab.

Loki kreischte, fiel auf den Rücken und begann wie tollwütig mit Armen und Beinen um sich zu schlagen, und etwas ... geschah.

Andrej taumelte, diesmal nicht unter dem immer wilder werdenden Schwanken und Stampfen des Schiffes, sondern weil plötzlich etwas ... nicht mehr da war; als wäre ein eiserner Vorhang zwischen ihm und der Welt weggezogen worden, der alle seine Sinne betäubt hatte, ohne dass er ihn auch nur bemerkte. Alles war ... anders. Plötzlich spürte er den Salzwassergeruch der Luft, den Gestank von brennendem Holz und heißem Metall und Blut, fühlte den grausamen Biss der Sonne und das Stampfen und Bocken der Decksplanken unter seinen Füßen und tausend andere Dinge, und jedes Einzelne davon tausendmal intensiver als noch vor einem Atemzug. Die Welt zerrann, ordnete sich neu und anders und prügelte mit schreienden Fäusten auf ihn ein, als wäre er jäh aus einem tiefen Traum gerissen und ins Zentrum eines tobenden Orkans geschleudert worden. Kanonen donnerten. Feurige Lanzen stachen nach dem Rumpf des Schiffes, hämmerten in seine Flanken und zerfetzten die Segel über ihren Köpfen, und er spürte weiteres Sterben, noch mehr Leid und Schmerz und panische Angst. Andrej torkelte, fiel schwer gegen die gesplitterte Reling und sah wie durch einen Nebel aus Blut hindurch, wie sich Abu Dun neben ihm benommen auf Hände und Knie rappelte. Vielleicht erging es ihm genau wie ihm. Vielleicht ging hier auch etwas ganz anderes und Schlimmeres vor.

Die *King George* feuerte erneut, und auch hinter ihnen brüllten die Kanonen des zweiten Schiffes auf. Das Schiff erzitterte unter dem Einschlag der Geschosse, die zwar zum größten Teil an der zwei Fuß dicken Eichenpanzerung der El CID abprallten, ihren Weg aber auch in offene Geschützluken fanden, Takelage und Segel zerfetzten oder die Deckaufbauten in Stücke rissen. Überall war Feuer, regneten Trümmer und scharfkantiger Tod vom Himmel, zerbarsten Planken und rissen Taue, um wie tödliche Messerklingen durch die Luft zu pfeifen. Die EL CID schrie wie ein riesiges lebendes Wesen, das unter den Hieben eines unbarmherzigen Gegners wankte ... aber sie wehrte sich nicht. Die Geschütze des gewaltigen Schlachtschiffes schwiegen, obwohl es seine Gegner vermutlich mit einer einzigen weiteren Salve endgültig hätte ausschalten können.

Andrej beschloss, sich auch über dieses Rätsel später den Kopf zu zerbrechen und erst einmal dafür zu sorgen, dass er ihn auf den Schultern behielt, half Abu Dun mit einem kraftvollen Ruck auf die Füße und fuhr dann zu Loki herum.

Odins gefallener Sohn hatte aufgehört, sich kreischend hin- und herzuwerfen und lag gekrümmt und wimmernd auf der Seite, die verbliebene Hand auf den Stumpf seines linken Arms gepresst. Blut schoss aus der zerrissenen Arterie wie Wasser aus einem durchschnittenen Schlauch, und er lag in einer gewaltigen, hellrot dampfenden Lache. Aber der rote Strom wurde bereits dünner, und Andrej spürte die gewaltige Willensanstrengung, mit der Loki versuchte, die tödliche Wunde zu verschließen.

Andrej gedachte nicht, ihm so viel Zeit zu lassen. Seine Hand schloss sich um Gunjirs Griff, und diesmal hinderte ihn nichts daran, die Götterklinge zu ziehen. Gunjir schrie in seiner Blutgier tief in seiner Seele auf, hundertmal lauter und wütender als zuvor, fast als spürte die magische Klinge die Nähe einer Beute, die sie schon einmal gekostet hatte, und könne es nicht mehr abwarten, ihr vor so langer Zeit begonnenes Werk zu Ende zu bringen. Andrej schlug mit aller Gewalt zu, die er aufbringen konnte, und doch schien es vielmehr die Klinge zu sein, die ihn nach vorne riss, als seine Hand, die das Schwert führte.

Er stolperte, machte einen hastigen halben Schritt zur Seite, um nicht vom Schwung seiner eigenen Bewegung von den Füßen gerissen zu werden, und der finale Enthauptungsschlag verfehlte Loki um Haaresbreite. Knirschend bohrte sich die armlange Klinge dicht neben Lokis Schulter in die Decksplanken, und Loki rollte nicht nur blitzschnell herum, sondern schlug die Waffe auch mit seinem Armstumpf so wuchtig zur Seite, dass Andrej haltlos zurückstolperte und um sein Gleichgewicht kämpfen musste.

Abu Dun fing ihn auf, schob ihn einfach zur Seite und stürzte sich knurrend auf den Unsterblichen. Sein gewaltiger Krummsäbel blitzte auf und zersprang in tausend Stücke, als Loki das Unmögliche vollbrachte und plötzlich sein eigenes Schwert in der Hand hielt, um den Angriff damit zu parieren.

Abu Dun wäre nicht Abu Dun gewesen, hätte er sich von dieser unerwarteten Gegenwehr aus dem Konzept bringen lassen. Er warf Loki kurzerhand den abgebrochenen Stumpf der Waffe ins Gesicht und stürzte sich mit bloßen Händen auf ihn, um ihn in Stücke zu reißen, und hinter ihm trat ein schwarz und weiß flackerndes Gespenst geradewegs aus dem Nichts in die Wirklichkeit heraus und schleuderte ihn davon.

Andrej konnte nicht sagen, welcher der Unsterblichen es war, Marduk, Ra oder einer der beiden anderen, deren Namen sie nicht einmal kannten, aber es war ihm auch gleich, und Gunjir schien es ebenfalls gleichgültig zu sein, in wessen Fleisch es biss. Der Unsterbliche stieß ein schmerzerfülltes Grunzen aus und brach in die Knie, als Gunjir seine Seite aufriss, und Andrej stürzte vor, hatte das Gefühl, in eine rot glühende Messerklinge zu treten und stolperte zum zweiten Mal.

Diesmal stürzte er. Sofort rollte er sich herum und wieder auf die Füße, doch jetzt war es zur Abwechslung Loki, dem das Schicksal zu Hilfe kam. Die Kanonen der *King George* feuerten eine weitere Breitseite, unter der sich die EL CID aufbäumte wie ein harpunierter Wal, und die Erschütterung riss sie allesamt von den Beinen. Wieder regnete es Feuer und brennendes Holz und Segeltuch. Etwas strich heiß und sengend an Andrejs Wange vorbei, und noch während er den Schmerz wegblinzelte, sah er voller Entsetzen, wie sich der gewaltige Topmast des Schiffes wie ein brennender Riesenbaum zu neigen begann und zersplitterte. Brennende Seile schnitten wie Peitschen über ihnen durch die Luft, und irgendwo tief im Rumpf der EL CID explodierte etwas und löste eine ganze Kette schwächerer Folgeexplosionen aus, unter der sich das Schiff abermals schüttelte, als litte es Schmerzen.

Die Kanonen der EL CID schwiegen noch immer, und auch das Feuer der britischen Schlachtschiffe nahm allmählich an Intensität ab – auch wenn Andrej nicht überzeugt davon war, dass das aus Barmherzigkeit geschah, und nicht weil die Kapitäne an Bord der *King George* und ihres Schwesterschiffs der Meinung waren, ihren übermächtigen Feind bereits geschlagen zu haben. Die EL CID war angeschlagen, aber gleich einem verwundeten Raubtier nur noch gefährlicher. Warum ihre unzähligen Geschütze das Feuer nicht erwiderten, war Andrej ein Rätsel, aber er war auch dankbar für jede Minute, in der das Töten zumindest auf einer Seite innehielt.

Wo war Loki?

Hastig sah er sich um und sah erstaunt, dass Loki die Gelegenheit offenbar nicht genutzt hatte, um Abu Dun und ihn erneut anzugreifen. Alles, was noch von ihm zu sehen war, war eine gewaltige dampfende Blutlache und eine blutige Fußspur, die zu den zertrümmerten Achteraufbauten führte. Andrej stemmte sich mühsam auf die Ellbogen hoch und bemerkte erst jetzt das brennende Holzscheit, das quer über seinen Beinen lag und beinahe seine Kleider in Brand setzte. Er fegte es zur Seite und tastete gleichzeitig nach seinem Schwert. Es lag nur ein Stück neben ihm, gleich neben Abu Dun, der augenscheinlich weniger Glück gehabt hatte als er. Der Nubier lag auf der Seite, blutete aus einer hässlichen Wunde an der Schläfe und war bewusstlos gewesen, kam aber gerade stöhnend wieder zu sich, als Andrej nun zu ihm hinkroch und die Flammen hastig mit seinem eigenen Mantel (und den bloßen Händen) erstickte. Sein Blick war leer, füllte sich aber fast sofort mit Schmerz, dann mit jähem Erschrecken. Es dauerte einen Moment, bis Andrej begriff, dass dieser Schrecken hauptsächlich ihm selbst galt. Er hockte über ihn gebeugt da, und seine Hände waren voller Blut. Andrej wusste zwar, dass es sein eigenes war, konnte sich aber beim besten Willen nicht erinnern, wie es dorthin gekommen war. »Keine Sorge«, sagte er rasch. »Ich bin wieder ich selbst.«

Abu Dun schlug seine Hand trotzdem beiseite, setzte sich mit einem Ruck auf und rutschte vorsichtshalber ein kleines Stück von ihm weg. »Und wer sagt dir, dass ich mir nicht genau deswegen Sorgen mache?«, murrte er.

»Ja, und du bist auch noch ganz der Alte«, seufzte Andrej. Er hielt noch einmal nach Loki und seinem Begleiter Ausschau, ohne aber auch nur die geringste Spur von ihnen ausmachen zu können.

Dafür fiel ihm etwas anderes auf: Die beiden englischen Linienschiffe hatten ihr Feuer ebenfalls eingestellt und tauchten langsam wieder hinter der Wand aus Rauch und Flammen auf, die sie beide verschlungen hatte. Andrej verbot es sich, auf die andere Seite zu sehen, aber der Anblick der *King George* allein vermittelte ihm eine Vorstellung von dem, was er dort sehen würde.

Das Schiff war angeschlagen, aber nicht so sehr, wie er nach der allerersten, verheerenden Salve der EL CID befürchtet hatte. Es brannte an zahllosen Stellen, ein Großteil der Takelage hing in Fetzen oder stand ebenfalls in Flammen, und einer der drei gewaltigen Masten war nicht etwa umgestürzt, sondern einfach verschwunden. Seine Flanke sah aus, als hätte ein zorniger Gott mit einem glühenden Schmiedehammer darauf eingeschlagen. Die Hälfte der Geschützluken hatte sich in Flammen speiende Schlünde verwandelt, zwischen denen hässlich gezackte Löcher und meterlange Risse gähnten. Zahlreiche reglose Körper lagen auf dem brennenden Deck oder trieben neben dem brennenden Schiff im Wasser, und dort, wo die prachtvollen Fenster der Kapitänskajüte gewesen waren, loderte ein weißer und orangefarbener Höllenschlund, dessen Hitze Andrej selbst über die große Entfernung hinweg noch spüren konnte. Dennoch war die Zahl der lebenden Männer an Deck deutlich größer als die der Toten, und sie stürmten keineswegs in kopfloser Panik durcheinander oder versuchten sich in Sicherheit zu bringen, wie es auf einen unerfahreneren Beobachter vielleicht den Eindruck gemacht hätte. Andrej erkannte auf den ersten Blick, dass sich etliche Männer zwar um ihre verwundeten Kameraden kümmerten, der Großteil aber damit beschäftigt war, die schlimmsten Brände zu löschen und von der Takelage zu retten, was zu retten war. Und die *King George* kam auch nicht mehr näher, sondern begann sich allmählich von der EL CID zu entfernen.

Andrej sah nun doch über die Schulter zurück und erkannte, dass auch das zweite Schiff schwerfällig auf einen neuen Kurs einzuschwenken begann. Seine Geschütze hatten das Feuer ebenfalls eingestellt, und es bot keinen deutlich besseren Anblick als die *King George,* sondern schien eher noch schlimmer beschädigt zu sein. Aber den Fangschuss hatte die EL CID auch ihm nicht versetzen können.

»Sie ... ziehen sich zurück?«, murmelte Abu Dun verwirrt. »Aber ... Warum? Sie haben uns!«

»Noch nicht ganz«, murmelte Andrej düster. »Aber bald.« Er fuhr mit einer ruckhaften Bewegung herum. »Komm! Wir müssen Loki finden, oder wir sind alle tot!«

24

Es war beinahe schon zu leicht, den Spuren der beiden Unsterblichen zu folgen. Flammen tosten ihnen entgegen und ein erstickender Schwall aus Hitze und teerigem schwarzen Qualm, und schon auf halber Höhe der Treppe stolperten sie über den ersten Toten, einen Mann in einer verkohlten spanischen Marineuniform, dem die rechte Schulter samt des dazugehörigen Arms fehlte. Die blutigen Fußabdrücke, die Loki und sein Begleiter hinterlassen hatten, führten direkt über den verstümmelten Leichnam hinweg und verschwanden in der von rotem Licht und tanzenden Schatten erfüllten Dunkelheit darunter.

Andrej musste sie nicht sehen, um ihnen weiter zu folgen. Er konnte Blut wittern wie ein Wolf, der die Fährte seiner Beute selbst im tiefsten Schnee nicht verliert, und dieses Blut ganz besonders. Es roch ... verdorben, wie etwas, dessen bloße Berührung schon Unglück und Not brachte, und aus dem nagenden Hunger in seinen Eingeweiden wurde etwas anderes, eine jähe Übelkeit, die es ihm fast unmöglich machte, der blutigen Fährte weiter zu folgen. Wenn es so etwas wie die absolute Verderbnis gab, dann war es dieses Blut und das Wesen, zu dem es gehörte.

Dennoch wurde er nicht langsamer, sondern versuchte seine Schritte ganz im Gegenteil noch weiter zu beschleunigen.

Loki war verletzt, so schwer, dass sich selbst eine Kreatur wie er nicht so schnell davon erholen würde. Eine bessere Chance, ihn zu stellen und zu besiegen, würden sie nicht mehr bekommen.

»Was zum Teufel hast du damit gemeint, dass wir gleich alle tot sind?«, keuchte Abu Dun. Sein Atem ging schwer, was allerdings an der Hitze und dem erstickenden schwarzen Qualm in der Luft lag, nicht etwa daran, dass es ihm Mühe bereitet hätte, mit ihm Schritt zu halten. Andrej hingegen fiel es immer schwerer, einen Schritt nach dem nächsten zu tun. Seine Füße schienen in Flammen zu stehen, und seine Zehen fühlten sich an, als wäre jeder einzelne davon gebrochen. Mehrfach. Aber er war nicht in der Verfassung, sich von solcherlei körperlichen Unzulänglichkeiten beeinträchtigen zu lassen.

»Du glaubst doch nicht wirklich, dass die Engländer fliehen?«, fragte er, während seine Blicke versuchten, das Chaos aus Licht und tanzenden Schatten vor ihnen zu durchdringen. Doch vergeblich. Schreie wehten ihnen entgegen, schmerzerfülltes Wimmern, das Weinen von Männern und gestammelte Gebete – Schmerz und Leid, das die Bestie in ihm vor Gier aufheulen und Gunjir in seiner Hand vibrieren ließ. Noch vor wenigen Augenblicken wäre es ihm fast unmöglich gewesen, der düsteren Verlockung zu widerstehen, die in all diesem Sterben lag. Jetzt erschreckte sie ihn zutiefst. Lokis Zauber war gebrochen, begriff er. Sein Zustand hatte niemals etwas mit vergifteten Dolchen und präparierten Musketenkugeln zu tun gehabt. Es war einzig Lokis Kraft gewesen, die ihn mehr und mehr auf die dunkle Seite hinübergezogen hatte. Und ohne diese eine verirrte Kanonenkugel, dachte er schaudernd, wäre es ihm vielleicht gelungen. Er hatte den Ausdruck in Abu Duns Augen gerade nicht vergessen.

»Ich an ihrer Stelle würde es tun«, sagte Abu Dun.

»Ja«, antwortete Andrej trocken. »Und deshalb hast du es

auch nie weiter als bis zum Kapitän eines Piratenschiffs gebracht.«

»*Des* Piratenschiffs«, belehrte ihn Abu Dun. »Die Möwe war das am meisten gefürchtete Sklavenschiff auf der Donau!«

»Die Möwe?« Andrej blieb endgültig stehen, runzelte die Stirn, als hätte er Mühe, sich auf die genaue Bedeutung dieses Namens zu besinnen, und nickte schließlich. In Wahrheit nutzte er die Gelegenheit, um seinen schmerzenden Füßen eine kleine Erholungspause zu gönnen.

»Du meinst den hecklastigen Kahn, den ich bei unserem ersten Zusammentreffen versenkt habe?«

»Es war unser zweites«, antwortete Abu Dun beleidigt. »Und du hast ihn *nicht* versenkt.«

»Ich weiß«, seufzte Andrej. »Der erste in einer langen Reihe von Fehlern, die ich gemacht habe, seit wir uns kennen.«

Abu Dun erwies sich in diesem Moment ausnahmsweise einmal als der Vernünftigere von ihnen und setzte die sinnlose Diskussion nicht fort, sondern wurde übergangslos wieder ernst. »Wovon sprichst du, Hexenmeister?«

»Sie fliehen nicht«, antwortete Andrej. »Das würden sie tun, wenn sie wirklich Piraten wären, oder …« Er bedachte den Nubier mit einem kurzen, abschätzenden Blick und entschied dann, den Rest des Satzes für sich zu behalten. »Das sind englische Soldaten«, fuhr er stattdessen fort. »Mitglieder der besten Kriegsmarine der Welt. Sie fliehen nicht. Sie lecken ihre Wunden und wechseln gleichzeitig ihre Positionen, und danach schießen sie dieses Schiff genüsslich in Stücke.«

Abu Duns Gesichtsausdruck nach zu schließen schien ihm diese Vorstellung nicht besonders zu gefallen. »Und wie viel Zeit bleibt uns noch?«, fragte er.

Andrej hätte, ohne zu zögern, seinen rechten Am für die Antwort auf diese Frage gegeben (oder zumindest den Abu Duns), aber er wusste es nicht. Er konnte nur raten. Die Schiffe waren beschädigt, und die EL CID jagte trotz allem noch immer in beeindruckendem Tempo dahin. Ihre Positionen zu tauschen und der flüchtenden Beute damit die unversehrten Flanken (und damit ihre Breitseiten) zuzuwenden, würde eine Weile dauern ... aber nicht annähernd so lange, wie sie vermutlich brauchten, um Loki und die anderen zu finden und auszuschalten.

Er hob die Schultern. »Zehn Minuten«, vermutete er. »Vielleicht fünfzehn.«

»Und ich hatte Schlimmeres befürchtet«, seufzte Abu Dun. Er schüttelte den Kopf. »Du hast wirklich eine reizende Art, einen aufzumuntern.«

Andrejs Füße hatten aufgehört, feurige Speere bis in seine Hüftgelenke hinaufzuschießen, und er fühlte sich dazu in der Lage, weiterzugehen. Wenigstens ein paar Schritte. Er deutete nach links. »Dort entlang.«

Abu Dun grunzte zustimmend und ging weiter, und wie aus dem Nichts tauchte eine schlanke Gestalt in einer zerfetzten Uniform vor ihm auf, fast so groß wie der Nubier, aber nicht annähernd so massig. Er hielt einen Säbel in der Hand, den er ohne das geringste Zögern in Richtung von Abu Duns Kehle schwang, und der Nubier wiederholte sein missmutiges Grunzen, nahm ihm fast beiläufig den Säbel ab und versetzte ihm mit der anderen Hand eine so gewaltige Maulschelle, dass der Mann wie vom Blitz getroffen zusammenbrach.

»Nicht unbedingt das, was ich mir ausgesucht hätte«, sagte Abu Dun, während er den Offizierssäbel mit mehr Interesse betrachtete, als er für seinen eigentlichen Besitzer übrig gehabt hatte. »Aber man muss nehmen, was man kriegt, nicht wahr?«

Andrej deute noch einmal in die Richtung, in der er Loki und den anderen Unsterblichen vermutete. Nahe, aber vielleicht nicht nahe genug.

Den blutigen Fußabdrücken der beiden Unsterblichen folgend gingen sie weiter, eilten eine kurze Treppe hinab und traten geradewegs in die Hölle hinein.

Es war das obere Kanonendeck der EL CID – oder was es irgendwann einmal gewesen war. Jetzt war es ein Ort der Pein.

Brandgeruch erfüllte die Luft; nicht nur der Geruch von brennendem Holz und heißem Metall, sondern auch der von verschmortem Fleisch, ein allgemeines Wehklagen und Stöhnen und flackernder roter Feuerschein. Die Planken waren mit Blut und Asche und eingedrungenem Wasser bedeckt; alles hatte sich zu einer schrecklichen rosa Schmiere vereint, und überall flackerten kleine Feuer.

Andrej erfasste die Situation mit einem einzigen schnellen Blick: Das Kanonendeck war verheert. Mindestens ein Viertel der Geschütze war zerstört, aus ihren Halterungen gerissen und selbst zu tödlichen Geschossen geworden, die ihre Bedienungsmannschaften zermalmt oder verbrannt hatten. Etliche der Kanoniere waren von den Salven der *King George* getroffen worden, andere ihrem eigenen Rückstoß zum Opfer gefallen oder dem Splitterhagel ihrer eigenen Geschützklappen, durch den sie ihre Überraschungssalve abgegeben hatten. Mindestens ein Dutzend Männer war tot und sehr viel mehr schwer verletzt. Hände streckten sich ihnen entgegen und flehten sie um Hilfe an, die sie ihnen nicht geben konnten.

Es war nicht mehr zu unterscheiden, was die größere Verheerung angerichtet hatte – die Salven der *King George* und ihres Schwesterschiffes, oder Lokis erste, wahnsinnige Idee, das Feuer durch die geschlossenen Geschützklappen hindurch zu eröffnen, die sich daraufhin in einen tödlichen Splitterregen verwandelt hatten. So oder so, dachte Andrej bitter, bot das Kanonendeck der EL CID nicht den Anblick, den sich Loki für diesen Moment der Schlacht vorgestellt haben mochte.

Und all dieser Schrecken war nichts gegen das, was geschehen würde, wenn die beiden Schiffe ihr Manöver beendet hatten und erneut angriffen.

Etwas wie ein … Flackern lief durch den Raum, und Andrej glaubte ein Stöhnen zu hören, das nicht aus einer menschlichen Kehle stammte, sondern aus der Wirklichkeit selbst, als versuche sich etwas am Gewebe der Natur zu schaffen zu machen.

Ein leises Schwindelgefühl streifte ihn und war wieder verschwunden, bevor es wirklich unangenehm werden konnte. Er bemerkte aus den Augenwinkeln, wie auch Abu Dun für einen Moment innehielt und für einen noch kürzeren Moment … irritiert aussah. Unsichtbare Spinnweben nisteten sich hinter seiner Stirn ein und versuchten seine Gedanken zu verkleben, und auch das allgemeine Stöhnen und Wehklagen ringsum veränderte sich, als hätte ein Hauch unsichtbarer körperloser Kälte die Seele jedes einzelnen Mannes hier drinnen gestreift. Abu Dun wirkte jetzt alarmiert, und Andrej beantwortete die unausgesprochene Frage in seinen Augen mit einem stummen, besorgten Nicken. Etwas näherte sich ihnen. Etwas Böses.

Mit einem gewaltigen Dröhnen entlud sich eine der Kanonen auf der Backbordseite. Ein Chor erschrockener Rufe und Schreie mischte sich in das nachlassende Grollen des Fünfzehnpfünders, und es stank nach Schießpulver und heißem Metall. Abu Dun wirkte noch verstörter, und Andrej bückte sich rasch, um einen Blick durch eine offen stehende Geschützklappe zu werfen. Die Kugel schlug ein gutes Stück hinter der *King George* ein und sprengte eine gewaltige Wassersäule aus dem Meer, die nicht mehr Schaden anrichtete, als einige der kleineren Brände am Heck des Schiffes zu löschen.

Aber da war auch … noch etwas.

Es war zu schnell vorbei, als dass Andrej wirklich sicher

sein konnte, es tatsächlich gesehen zu haben, aber für den Hauch eines Lidschlags schien sich die *King George* zu … *verändern*. Ihre Form war nicht mehr so, wie sie sein sollte. Etwas stimmte mit den Uniformen der Männer an Deck nicht und der verkohlten Flagge an ihrem Hauptmast, und …

Ein dumpfes Krachen riss Andrej in die Wirklichkeit zurück. Der unheimliche Moment verging, als die wenigen Geschütze, die die *King George* auf dieser Seite noch besaß, die Antwort auf den einzelnen Schuss nicht schuldig blieben. Ein halbes Dutzend greller Feuerlanzen stachen in ihre Richtung. Die Salve war schlecht gezielt und aus einem ungünstigen Winkel abgeschossen. Die meisten Kugeln gingen fehl. Nur ein einziges Geschoss traf, das aber mit verheerender Wirkung. Weniger als zwanzig Schritte entfernt flog eines der schweren Geschütze wie von einem Faustschlag getroffen auseinander und tötete zwei Mann seiner Besatzung, und ein glühender Splitter musste das dazugehörige Pulverfass getroffen haben, das mit einem gewaltigen Donnerschlag und einem grellen Blitz explodierte. Eine kompakte Wand aus Feuer raste über das Geschützdeck, schleuderte zahlreiche Männer zu Boden und ließ auch noch ein zweites Pulverfass detonieren. Die Kettenreaktion, mit der Andrej gerechnet hatte, setzte nicht ein, aber die zweifache Explosion hatte auch so mehr als genug Opfer gefordert. Andrej war es müde, die Toten zu zählen, es waren zu viele. Und es würden noch mehr werden, wenn sie Loki und die anderen nicht fanden.

Neben ihm rappelte sich Abu Dun mühsam wieder hoch und sah jetzt noch verstörter aus. Blut lief über sein Gesicht. Es war sein eigenes, aber er schien es nicht einmal zu merken. »Sind … sind die jetzt völlig wahnsinnig geworden?«, stammelte er.

»Nein«, antwortete Andrej. »Nicht geworden.« Jemand macht sie dazu. Abu Dun sah womöglich noch verstörter aus, doch statt seine Worte direkt zu erklären, ließ sich Andrej noch einmal zu Boden sinken und streifte zuerst den linken, dann den rechten Stiefel ab. Es tat so weh, dass er vor Erleichterung aufstöhnte, als er es endlich geschafft hatte, und seine Füße sahen genau so aus, wie sie sich anfühlten; wie rohes, blutendes Fleisch.

»Aha«, sagte Abu Dun und starrte ihn an, als zweifele er an seinem Verstand. Rings um sie herum brach die Welt in Stücke, und er machte sich Sorgen wegen ein paar eingerissener *Zehennägel?*

»Erinnerst du dich, was Loki vorhin gesagt hat? Es sind immer die Kleinigkeiten, über die man am Ende stolpert.« Andrej warf einen der Stiefel in hohem Bogen aus der Geschützklappe und wedelte mit dem anderen vor Abu Duns Gesicht herum. »Die Dinger sind zu klein. Mindestens drei Nummern.«

»Und?«, fragte Abu Dun.

»Aber ich habe gedacht, sie passen.«

Und endlich begriff auch Abu Dun. »So wie diese armen Hunde hier gedacht haben, dass sie ein spanisches Schiff beschießen«, grollte er.

Und gleich werden sie es wieder glauben, dachte Andrej. Die Spinnweben waren immer noch da, und sie wurden klebriger. Selbst ihm fiel es immer schwerer, seine Gedanken zu ordnen. Die Männer, die rings um sie herum litten und starben, hatten keine Chance, sich der Trugbilder zu erwehren, die Loki ihnen schickte.

Es ist so leicht, die Sinne der Menschen zu narren.

Die Stimme erklang so deutlich und klar in seinem Kopf, dass er sich um ein Haar erschrocken umgesehen hätte. Die Stimme klang nicht nur so – es *war* Meruhes Stimme, und einen hämmernden Herzschlag lang glaubte er sogar ihre vertraute Nähe zu spüren. Sie hatte es ihm gesagt. Sie hatte ihm vor so langer Zeit das Geheimnis ihrer Art verraten, aber es hatte bis jetzt gedauert, bis er *wirklich* verstand, was sie ihm hatte sagen wollen. Sie mochten unsterblich sein, zehnmal stärker als selbst Abu Dun und er und von einer boshaften Intelligenz, aber vor allem waren sie eines: Lügner. Nichts von alledem hier war real, abgesehen von dem Blut, dem Sterben und dem Schmerz all dieser Männer.

Wieder schien etwas wie eine unsichtbare Welle durch das Geschützdeck, vielleicht auch das gesamte Schiff zu laufen. Die Spinnweben hinter seiner Stirn wurden noch einmal dichter, und sein Mund fühlte sich plötzlich trocken an, wie mit Watte gefüllt. Und da war immer noch etwas, das näher kam.

»Weiter!«

Andrej zwang sich, nicht nur Hitze und beißendem Qualm standzuhalten, als sie ihren Weg zum Heck des Schiffes fortsetzten, sondern auch die Augen vor dem Sterben zu verschließen, das um sie herum seinen Fortgang nahm. Männer verbluteten, starben schreiend vor Qual oder flehten ihren Gott an, sie endlich zu erlösen, und Andrej hatte eine blitzartige Vision von der neuen Welt, die Loki und seine Begleiter für sich erschaffen wollten. Wenn das hier ein Vorgeschmack darauf war, dann war es die Hölle.

Aber das würde er verhindern, und wenn es das Letzte war, was er in seinem Leben bewirken würde.

Und um ein Haar wäre es das auch gewesen. Sie erreichten das Ende des Geschützdecks, stürmten hintereinander durch eine niedrige Tür, und Andrej ahnte die Bewegung mehr, als er sie sah. Instinktiv warf er sich zur Seite, spürte den Luftzug von rasiermesserscharfem Stahl, der nur Zentimeter an seinem Gesicht vorüberpfiff, und hörte einen dumpfen Schlag, gefolgt von einem schmerzhaften Keuchen, als sich die Klinge in Abu Duns Schulter grub, statt ihn zu enthaupten. Der mörderische Schemen, der hinter der Tür auf sie gelauert hatte, gab ein wütendes Zischen von sich und stieß zugleich mit einem Dolch nach ihm, den er in der anderen Hand hielt, und

Andrej, der sich in einer ungünstigen Position befand, tat das Einzige, was ihm blieb: Er nahm den Schmerz mit zusammengebissenen Zähnen hin und rammte dem Unsterblichen mit aller Gewalt die Schulter gegen die Brust; ein Stoß, der jeden normalen Gegner quer durch den Raum und an die gegenüberliegende Wand geschleudert hätte. Der Unsterbliche wankte nur leicht, aber seine winzige Unsicherheit reichte Andrej. Mit einer verzweifelten Drehung brachte er sich endgültig aus der Reichweite des blutigen Schwerts, riss Gunjir aus dem Gürtel und schlug seinerseits zu. Der Hieb war so wie die letzte Breitseite der *King George:* Schlecht gezielt und aus einem ungünstigen Winkel heraus geführt, der ihm fast seine gesamte Kraft nahm.

Dennoch reichte er, um dem Angreifer den Dolch aus der Hand zu prellen und ihn diesmal ein deutliches Stück zurücktaumeln zu lassen. Andrej setzte ihm nach, trieb ihn mit einem beidhändig geführten, wuchtigen Hieb noch weiter zurück und riskierte einen schnellen Blick zu Abu Dun hin. Der Nubier war auf die Knie gesunken und hatte sein Schwert fallen lassen, um die Hand auf die verwundete Schulter zu pressen. Hellrotes Blut, sehr viel Blut, quoll zwischen seinen Fingern hervor, und sein Gesicht war schmerzverzerrt. Die Wunde war nicht lebensgefährlich – nicht für jemanden wie Abu Dun –, aber schwer. Zumindest für eine Weile konnte er nicht mit der Hilfe des Nubiers rechnen.

Das Gefühl einer plötzlichen Bewegung hinter sich warnte Andrej. In einer einzigen, raschen Bewegung glitt er herum und in eine klassische Abwehrposition und registrierte ohne die mindeste Überraschung die zweite, in lose fallendes Weiß gekleidete Gestalt, die hinter ihm aufgetaucht war, wie der andere Unsterbliche lautlos und wie aus dem Nichts. Abu Dun hatte recht gehabt: Sie *konnten* sich tarnen. Nicht einmal jetzt, wo er ihnen Auge in Auge gegenüberstand, spürte Andrej ihre Präsenz. Wo etwas sein sollte, da fühlte er nichts als

Leere und allenfalls einen schwarzen Abgrund, in dem etwas unsagbar Verdorbenes lauerte.

Mit einem weiteren, fast ungezielten Schlag hielt er auch diesen Angreifer auf Abstand, wich rasch an Abu Duns Seite zurück und fiel auf ein Knie, um den Säbel aufzuheben, den der Nubier fallen lassen hatte. Sofort versuchte einer der Unsterblichen die Gelegenheit für eine Attacke zu nutzen. Andrej ließ sich zur Seite fallen, schlug die stochernde Klinge mit Gunjir weg und führte zugleich einen ungeschickten Hieb mit Abu Duns Waffe.

Der Unsterbliche wich dem doppelten Angriff zwar so hastig aus, dass er beinahe gestrauchelt wäre, aber sein Begleiter sprang gleichzeitig vor, täuschte einen Schwerthieb an und versetzte ihm einen heimtückischen Tritt gegen die Schläfe, als Andrej den Stich instinktiv parierte und sich zur Seite duckte. Schmerz explodierte in einer grellen Lohe vor seinen Augen, und sein Mund füllte sich mit Blut. Für weniger als eine Sekunde war er benommen und wehrlos, aber er wusste auch, dass diese Zeit seinem Gegner reichte. Der Unsterbliche war genauso schnell wie er. Der winzige Moment der Benommenheit war mehr Zeit, als er brauchte, um ihm seine Klinge in die Brust zu stoßen.

Stattdessen war die weiß gekleidete Gestalt plötzlich verschwunden, und nur einen Sekundenbruchteil später hörte er einen dumpfen Aufprall und ein eher zorniges als überraschtes Ächzen. Abu Dun hatte ihn einfach mit seiner gewaltigen Kraft gepackt und von den Füßen gerissen, so mühelos, wie ein Erwachsener ein Kind zu Boden wirft.

Vielleicht aber auch nicht, denn der Nubier sank mit einem unterdrückten Wimmern nach vorne. Seine Schulter blutete noch immer.

Andrej blieb keine Zeit, dem Nubier zu danken oder sich Sorgen um ihn zu machen. Hastig sprang er auf, trieb den anderen Unsterblichen mit einer wütenden Schlagkombination zurück und versuchte zugleich, dessen Kampfstil zu analysieren.

Das Ergebnis gefiel ihm nicht besonders. Andrej spürte sofort, dass er einem Meister der Schwertkunst gegenüberstand, einem Mann, der ebenso stark und geschickt im Umgang mit dieser Waffe war wie er, aber Jahrhunderte länger Zeit gehabt hatte, zu üben, wenn nicht Jahrtausende. Der Unsterbliche war kein Schwertmeister, er war ein *Großmeister* dieser Waffe, gegen den er nicht einmal den Hauch einer Chance hatte.

Dennoch wich der Unsterbliche Schritt für Schritt vor ihm zurück und begnügte sich damit, ihn auf Abstand zu halten, fast als hätte er Angst vor ihm – was natürlich vollkommener Unsinn war –, aber Andrej dachte auch darüber nicht weiter nach, sondern verdoppelte nur seine Anstrengungen, den Burschen weiter in die Enge zu treiben und vielleicht einen Zufallstreffer anzubringen. Auch das würde ihm nichts nutzen, wie er schmerzlich begriff. Sein Gegner war genau wie Abu Dun und er ... nur dass er nicht *beinahe*, sondern *tatsächlich* unverwundbar war. Nicht einmal Gunjir vermochte dieser Kreatur wirklich etwas anzuhaben. Er hatte Loki in den eisigen Katakomben von Walhalla die Klinge ins Herz gestoßen, und auch das hatte nicht ausgereicht, ihn zu töten. Vielleicht hatte Loki ja die Wahrheit gesagt, als er vorhin behauptet hatte, es sei unmöglich, ihn zu töten.

Der Unsterbliche machte einen blitzartigen Ausfall, brachte sein Schwert in einer fast unmöglich erscheinenden Bewegung zwischen seinen beiden Klingen hindurch und fügte ihm eine weitere, schmerzhafte Stichwunde zu, fast genau an derselben Stelle, an der ihn gerade erst sein Dolch getroffen hatte. Andrej fluchte, revanchierte sich mit einem Hieb, der den Ärmel des Angreifers auf voller Länge aufschlitzte und dem blütenweißen Stoff ein paar hässliche rote Flecken verpasste, und verfluchte sich selbst in Gedanken dafür, es mit Abu Duns Offizierssäbel getan zu haben, nicht mit Gunjir, steppte aber auch im gleichen Atemzug zur Seite, als er eine Bewegung hinter sich spürte.

Es war der zweite Unsterbliche, und Andrej entging auch seinem Hieb nur um Haaresbreite. Fluchend sprang er zur Seite, hieb aus derselben Bewegung nach dem Angreifer und registrierte verblüfft, dass auch er fast entsetzt vor ihm zurückprallte. Dabei sagte ihm allein die Art, auf die er sein Schwert hielt, dass er ein mindestens genauso guter Schwertkämpfer war wie sein Kamerad. Nicht einmal einem dieser Männer wäre er gewachsen gewesen, beide gemeinsam mussten so leichtes Spiel mit ihm haben, dass er sich fragte, wieso er eigentlich noch am Leben war.

Und ihr Verhalten blieb rätselhaft. Die beiden Männer umkreisten ihn, täuschten dann und wann einen Angriff vor und zogen sich blitzartig wieder zurück.

Dann begriff er.

Sie wollten ihn lebend. Und sie fürchteten Gunjir.

Die Götterklinge vermochte sie vielleicht nicht zu töten, aber anders als von Menschenhand geschmiedeter Stahl konnte sie sie durchaus verwunden und ihnen ganz sicher Schmerz zufügen, wie er gerade oben an Deck selbst gesehen hatte. Vielleicht konnte er ja aus einem dieser beiden Umstände Kapital schlagen.

Andrej täuschte einen Ausfall nach links an, warf sich dann mitten in der Bewegung um und attackierte den Mann zu seiner Rechten, indem er dessen Schwert mit Gunjir beiseiteschlug und gleichzeitig mit dem Offizierssäbel nach seiner Kehle stach. Nicht einmal er wäre auf diesen simplen Trick hereingefallen, und sein Gegner tat es erst recht nicht. Er schlug den Säbel mit der bloßen Hand zur Seite, wobei er sich einen heftig blutenden Schnitt in der Handfläche zuzog, aber die Wunde schloss sich nahezu augenblicklich wieder.

Und Andrej hatte gesehen, was er wissen wollte.

Wieder attackierte er den Mann zu seiner Linken, tat so,

als wollte er den Angriff erneut im letzten Moment abbrechen, und führte ihn dann doch mit aller Kraft zu Ende; ein fast noch durchschaubarerer Trick, mit dem sein Gegenüber ebenfalls gerechnet hatte.

Womit er nicht rechnete, war die Schnelligkeit, mit der Andrej den Säbel fallen ließ und Gunjir so fließend in die freie Hand wechselte, dass die Klinge den begonnenen Stoß an ihrer Stelle beendete; fast schneller, als der Blick der Bewegung folgen konnte und ohne spürbare Mühe durch den hochgerissenen Arm des Unsterblichen hindurch und bis tief in seine Brust.

Der Unsterbliche röchelte, stolperte mit wild rudernden Armen zurück und begann Blut zu spucken, während er langsam in die Knie brach, und Andrej fuhr schwer atmend um und riss die Götterklinge hoch, um einem Angriff des zweiten Unsterblichen zu begegnen.

Er kam nicht. Statt die Situation auszunutzen und ihm in den ungedeckten Rücken zu fallen, war der weiß gekleidete Riese weiter zurückgewichen. In seinen Augen stand nichts als pures Entsetzen, während er seinen Bruder anstarrte.

Einen halben Atemzug lang. Dann fuhr er auf dem Absatz herum und war verschwunden.

Andrej rechnete fest mit einem Hinterhalt und blieb noch zwei, drei weitere Atemzüge lang reglos und mit bis zum Zerreißen angespannten Sinnen stehen, doch nichts geschah. Es war kein Trick. Der Unsterbliche war fort.

Jemand stöhnte, wahrscheinlich Abu Dun, vielleicht auch der verletzte Gott. Andrej fuhr zu ihm herum, hob das Schwert mit beiden Händen und zögerte. Gunjir schrie in seiner Seele nach Blut, und Andrej würde ihm diesen Wunsch erfüllen … aber noch nicht sofort.

»Das ist jetzt deine Entscheidung«, sagte er. »Willst du weiter unsterblich bleiben, oder reicht es dir, nach deinem Tod angebetet zu werden?«

Ra – irgendwie wusste er einfach, dass er es war, mit einer Sicherheit, die nicht einmal den Hauch eines Zweifels zuließ – versuchte zu antworten, aber alles, was er herausbrachte, waren ein weiteres Röcheln und ein Schwall Blut, der über seine Lippen quoll. Sein Blick flackerte, und das Spinnweb-Gefühl zwischen Andrejs Schläfen wurde stärker. Plötzlich fiel ihm auf, wie erbärmlich dieser vermeintliche Gott war, und wie schwach. Es gab keinen Grund, ihn zu töten. Er war nichts weiter als ein …

Das Schwert des Unsterblichen blitzte auf und züngelte nach seinem Unterleib, und Gunjir sauste wie ein Fallbeil herunter und trennte ihm den Kopf von den Schultern.

Andrej hatte einen Gott getötet.

»Das war knapp«, murmelte Abu Dun. Keuchend vor Schmerz und mit immer noch verzerrtem Gesicht stemmte er sich hoch, versuchte einen Schritt zu machen und musste sich gegen die Wand sinken lassen, um nicht sofort wieder zu stürzen. Der gequälte Klang in seiner Stimme verdarb ihm ein wenig den Effekt, als er fortfuhr: »Nicht dass ich mich beschweren will, Hexenmeister. Schließlich kenne ich deine Vorliebe für dramatische Auftritte. Aber vielleicht machst du es das nächste Mal doch nicht ganz so spannend.«

Statt irgendwie auf diesen Unsinn zu reagieren, schob Andrej mit sanfter Gewalt seine Hand beiseite und besah sich Abu Duns verletzte Schulter. Die Wunde war tief und sah übel aus. Die Klinge des Angreifers hatte den Knochen verletzt, und wäre Abu Dun nicht von Natur aus ein solcher Bär von einem Mann gewesen, bei dem irgendwie alles doppelt so groß war, hätte der Hieb ihm den Arm vermutlich glatt abgetrennt.

»Das ist nichts«, presste Abu Dun zwischen zusammengebissenen Zähnen hervor. Schweiß perlte auf seiner Stirn. »Nur eine Schramme.«

Andrej zuckte mit den Achseln, nickte ernst und versetzte dem Nubier dann einen freundschaftlichen Klaps gegen die Schulter, dass ihm die Augen ein Stück weit aus den Höhlen quollen. Auf gewisse Weise hatte Abu Dun sogar recht. Die Wunde war übel, würde aber binnen weniger Stunden heilen … wenn ihnen noch so viel Zeit blieb.

»Vielen Dank«, sagte er.

»Dank?« Abu Dun beäugte seine Hand misstrauisch und rutschte vorsichtshalber ein kleines Stück zur Seite. »Wofür?«

»Der Schlag galt mir.«

»Und ich habe ihn aufgefangen, mit meinem eigenen zerbrechlichen Körper«, sagte Abu Dun missmutig. »Und was ist daran so außergewöhnlich? Wenn ich mich richtig erinnere, tue ich das doch ständig.«

»Dann solltest du dich ja eigentlich schon daran gewöhnt haben«, gab Andrej gelassen zurück. »Trotzdem, danke.«

Abu Dun funkelte ihn an, verkniff sich aber jegliche Antwort und verdrehte sich stattdessen fast den Hals, um seine verletzte Schulter zu begutachten. Sehr viel schien er nicht zu sehen, denn er versuchte unverzüglich, den Arm zu heben und die Hand zur Faust zu ballen, ließ es aber dann mit einem neuerlichen, schmerzhaften Grunzen gut sein.

Andrej seinerseits versuchte erst gar nicht, ihn zur Vernunft zu bringen, sondern schloss die Hand noch einmal fester um Gunjir und wandte sich wieder zu dem enthaupteten Gott um. Ra war tot, daran gab es keinen Zweifel. Sein enthaupteter Rumpf blutete noch immer, und Andrej spürte auch auf einer tieferen Ebene keine Spur von Leben mehr in ihm, so angestrengt er auch lauschte.

Aber das musste nichts bedeuten. Genau so hatte er auch über Lokis vermeintlichem Leichnam gebeugt dagestanden, nachdem er ihm Gunjir ins Herz gestoßen hatte, und er hatte so wenig Leben in ihm gespürt wie jetzt in Ra. Selbst Abu

Dun und er waren durch einen Stich ins Herz nicht unbedingt zu töten – auch wenn dies einer von wenigen halbwegs sicheren Wegen war, sie wirklich umzubringen –, und diese Geschöpfe waren unendlich viel mächtiger als sie.

Unsinn!, versuchte er sich selbst zu beruhigen. Es *gab* einen Unterschied. Loki hatte den Stich ins Herz überlebt, aber Ras Kopf lag zwei Meter neben seinen Schultern. Außerdem: Wenn sie mächtig genug waren, selbst das zu überleben, dann hatte es sowieso keinen Sinn mehr, sich gegen Loki und die Seinen zu wehren.

Er schüttelte den Gedanken ab und wandte sich wieder zu Abu Dun um. Der Nubier hatte inzwischen seinen Turban abgenommen und versuchte das schwarze Tuch mit nur einer Hand und den Zähnen zu einer Schlinge zu binden, in die er seinen verletzten Arm legen konnte. Er stellte sich nicht besonders geschickt dabei an. Andrej hätte ihm gerne noch eine Weile zugesehen, rief sich dann aber selbst zur Ordnung – sie hatten keine Zeit für solche Albernheiten – und half ihm. Schließlich gab er ihm noch den Offizierssäbel zurück, den Abu Dun wortlos unter den Gürtel schob.

»Das war einer«, sagte der Nubier finster. »Bleiben noch drei ... und unser momentan einarmiger Freund. Schade, dass ihm die Kugel kein edleres Körperteil abgerissen hat. Ob das eigentlich nachwächst?«

Andrej lächelte zwar pflichtschuldig, aber er machte sich nichts vor. Er hatte Ra durch pures Glück besiegt und einen hinterhältigen Trick, der ihm ganz bestimmt nicht noch einmal gelingen würde. Gegen drei dieser Unsterblichen – und Loki, der auch einarmig noch immer ein tödlicher Gegner war – hatten sie nicht den Hauch einer Chance.

»Immerhin haben wir etwas, wovor sie Angst zu haben scheinen«, sagte Abu Dun, der seinen finsteren Blick wohl richtig gedeutet hatte. Er deutete auf Gunjir, und Andrej steckte die Waffe ein. Das Götterschwert hätte ihm nichts genutzt, hätten Ra und der andere ihn wirklich töten wollen. Sie hatten versucht, ihn lebendig zu überwältigen, und dieser Versuch hatte einen von ihnen das Leben gekostet. Aber auch diesen Fehler würden sie nicht noch einmal begehen.

»Wir müssen von diesem Schiff runter«, sagte Abu Dun. »Bevor deine Freunde von der besten Kriegsmarine der Welt zurückkommen und uns zu Klump schießen.«

»Hast du vor, nach Spanien zurückzuschwimmen?«, fragte Andrej.

»Wenn ich dafür deinem Freund Loki entkomme, lerne ich auch, übers Wasser zu wandeln wie euer Christengott«, sagte Abu Dun.

»Das konnte er nicht«, behauptete Andrej. »Er wusste, wo die Steine liegen.« Aber Abu Dun hatte recht. Ihnen blieben bestenfalls noch Minuten, bis die *King George* und ihr Schwesterschiff zurück waren und die EL CID unter Feuer nahmen. Ihre mächtigen Panzerplatten und ihre solide Konstruktion mochten sie eine Weile beschützen. Aber wenn es Loki nicht gelang, seine Soldaten noch einmal glauben zu lassen, dass sie es in Wahrheit mit zwei spanischen Kriegsschiffen zu tun hatten, dann würde die EL CID untergehen: So oder so – Abu Dun hatte recht.

»Gut«, sagte er. »Holen wir Esmeralda. Darüber, wo die Steine liegen, zerbrechen wir uns den Kopf, wenn es so weit ist.«

Abu Dun rang sich eine Bewegung ab, die man mit einigem guten Willen als Nicken auslegen konnte, machte einen Schritt und blieb wieder stehen, um noch einmal auf den enthaupteten Gott hinabzusehen. Etwas geschah in seinem Gesicht, von dem Andrej nicht sicher war, ob es ihm gefiel.

»Was?«, fragte er.

»Weißt du eigentlich, wen du da gerade getötet hast?«, fragte Abu Dun. Andrej nickte, und Abu Dun schüttelte heftig den Kopf, um seine eigene Frage zu beantworten. »Das war nicht nur einer von Lokis Speichelleckern«, beharrte er. »Verdammt, Hexenmeister! Das war Ra, der oberste Gott meiner Vorfahren! Er ist älter als die Welt!«

»Nicht ganz«, erwiderte Andrej müde. »Und wenn du mir auf diese Weise unauffällig klarmachen wolltest, dass der Posten jetzt frei ist ...« Er schüttelte den Kopf. »Kein Interesse.«

Jetzt war es Abu Dun, der ernst blieb ... und dann etwas tat, was Andrej im allerersten Moment mit Verständnislosigkeit erfüllte, dann mit purem Entsetzen: Mühsam und noch immer vor Schmerz gebeugt schlurfte er zwei Schritte zur Seite, bückte sich und grub die Finger in Ras Haar, um seinen abgeschlagenen Kopf aufzuheben. Andrej keuchte. »Abu Dun?«

Der Nubier ignorierte ihn, drehte sich ächzend um und versuchte mit der verletzten Hand die Tür aufzufummeln, ohne dass es ihm auf Anhieb gelang. Andrej kam nicht einmal auf den Gedanken, ihm zu helfen, sondern fragte sich, was der Nubier eigentlich vorhatte. Ras Kopf pendelte wild in Abu Duns Hand hin und her – allzu groß schien der Respekt nicht zu sein, den der Nubier vor dem obersten Gott seiner Vorfahren empfand –, und seine sonderbar zeitlosen, androgynen Züge schienen sich zu einer Mine sachten Bedauerns zu verziehen. Kein Zorn oder Schmerz, sondern allenfalls eine vage Trauer, dass es nun doch vorbei war und sich sein Leben, auch wenn es Jahrtausende gezählt haben mochte, am Ende doch als zu kurz herausgestellt hatte.

Aber war es wirklich vorbei?

Andrej wusste es nicht, aber er hasste sich beinahe selbst dafür, sich diese Frage überhaupt gestellt zu haben, denn seine Fantasie nahm den Gedanken unverzüglich und dankbar auf und plagte ihn mit einer blitzartigen und ebenso grotesken wie Grauen erregenden Vision: Ras erschlafftes Gesicht schien ihm spöttisch zuzublinzeln, dann sah er, wie sein kopfloser Körper aufstand und mit blind umhertastenden Armen auf Abu Dun zutorkelte, ihm den Kopf wegnahm und ihn sich auf die Schultern setzte, wie ein mittelalterlicher Ritter seinen Helm.

Er blinzelte, und das absurde Bild war verschwunden. Aber etwas wie ein schlechter Geschmack blieb zurück, und die bange Frage, ob es wirklich nur ein besonders übler Streich seiner Fantasie gewesen war oder vielleicht eine Vision, die ihm jemand geschickt hatte.

Das – und die Frage, was zum Teufel Abu Dun eigentlich mit Ras Kopf vorhatte.

Er setzte dazu an, sie laut zu stellen, doch da gab Abu Dun seinen Kampf mit dem widerspenstigen Riegel auch schon auf und trat die Tür kurzerhand ein. Flackernder Feuerschein und ein Chor aus Schreien und Stöhnen drangen aus dem dahinterliegenden Kanonendeck heraus, und Abu Dun schob sich schnaubend hindurch und wankte der nächstgelegenen Geschützklappe entgegen. Die dazugehörige Kanone war bereits wieder geladen, und in der Hand des Kanoniers daneben knisterte eine Fackel. Er machte allerdings keine Anstalten, sie zu benutzen, sondern starrte Abu Dun (und vor allem den abgeschlagenen Kopf in seiner Hand) aus hervorquellenden Augen an und schien vor Entsetzen einfach gelähmt. Abu Dun schob ihn sanft zur Seite, holte aus und warf den Kopf in hohem Bogen aus der Klappe.

»So«, grollte er. »Das dürfte ihn vor ein paar Probleme stellen, selbst wenn er es irgendwie überlebt.«

Andrej sagte nichts. Anscheinend war er nicht der Einzige, der die Möglichkeit in Betracht gezogen hatte, Loki und die anderen könnten tatsächlich das sein, als was sie sich ausgaben: Götter, und damit unsterblich. »Gut«, sagte er. »Und jetzt lass uns …«

Ein Schatten tauchte hinter der Luke auf, groß und verzerrt

und eine Schleppe aus Rauch und noch immer lodernden Flammen hinter sich herziehend. Es war die *King George*. Sie befand sich auf der falschen Seite, und sie wandte der EL CID auch die falsche Seite zu: ihre unversehrte Flanke, in der sechsunddreißig offen stehende Stückpforten gähnten, aus denen sich die Läufe ebenso vieler geladener Kanonen reckten. Seine Schätzung war falsch gewesen. Die *King George* und ihr Schwesterschiff hatten ihre Positionen viel schneller getauscht, als er es für möglich gehalten hätte, und holten bereits wieder auf. Ihnen blieben nicht einmal mehr fünf Minuten, bis sich die beiden Schlachtschiffe in Schussposition manövriert hatten und der Weltuntergang über sie hereinbrechen würde.

Das Spinnweb-Gefühl war wieder da, ungleich stärker als zuvor, aber auch jetzt wieder so schnell vorüber, dass er sich weder seiner wahren Natur bewusst werden, noch es beeinflussen konnte. Auch Abu Dun blinzelte ein paarmal und wirkte schon wieder irritiert, dann erschrocken, und Andrej konnte dieses Gefühl nur zu gut verstehen. Dem Nubier und ihm machten die tastenden Finger in ihren Gedanken vielleicht nichts aus, aber die Männer an den Geschützen ringsum waren dem mentalen Angriff Lokis und der anderen Götter hilflos ausgeliefert. Er hatte sich abermals geirrt: Loki war nicht annähernd so angeschlagen, wie er gehofft hatte. Der große Lügner warf sein Netz bereits wieder aus, und er konnte sehen, wie die Gesichter der Männer ringsum leer wurden.

Noch einmal sah er zur *King George* hin und gab dem Tasten und Flüstern tief in seinen Gedanken jetzt ganz bewusst nach. Etwas … geschah mit den Umrissen des britischen Schlachtschiffes. Sie verschwammen vor seinen Augen, ordneten sich neu und flossen wieder auseinander, und Andrej rechnete fest damit, dass er – und jeder einzelne Mann an Bord der EL CID – am Ende dieses unheimlichen Werdens und Vergehens wieder ein spanisches Schlachtschiff sehen würden.

Stattdessen wurde aus der *King George* wieder die *King George*, nur dass sie ... anders aussah. Andrej hätte den Unterschied nicht in Worte fassen können – vielleicht, weil er nicht wirklich sichtbar war, dafür aber umso deutlicher zu spüren. Das Schiff wirkte größer, feindseliger und stärker. Die schrecklichen Schäden, die die erste Salve der EL CID verursacht hatten, wirkten weniger schlimm, und die Anzahl ihrer Kanonen schien zugenommen zu haben – was natürlich Unsinn war, aber sie wirkten auf eine subtile Art ... gefährlicher.

Wie das gesamte Schiff, begriff er. Das war der Unterschied, und er hatte ihn im allerersten Moment einzig deshalb nicht bemerkt, weil es überhaupt keinen Sinn machte: Das Schiff, wie er es jetzt sah – *wie es jeder einzelne Mann hier sah!* –, war eine andere Version der *King George;* eine Version des Schlachtschiffes, die einzig dafür gedacht war, Angst zu verbreiten und einzuschüchtern.

»Aber warum sollte Loki ...?«, begann er.

»Warum stellst du mir diese Frage nicht selbst, Andrej?«

Andrej musste an sich halten, um nicht mit irgendeiner kindischen Bemerkung der Art zu reagieren, dass Loki es sich allmählich zu einer wirklich schlechten Angewohnheit machte, ständig wie aus dem Nichts aufzutauchen und ungefragt in seinen Gedanken herumzuschnüffeln. Das wäre der Situation weder angemessen gewesen, noch hätte es dem entsprochen, was er wirklich empfand: pure Hysterie.

Nicht, dass er keinen Grund gehabt hätte, hysterisch zu reagieren.

Loki stand keine fünf Schritte hinter ihm. Sein Gesicht war von kaltem Schweiß bedeckt und wirkte eingefallen und grau, und die spöttische Wahl seiner Worte wurde von dem Ausdruck dumpfen Schmerzes in seinen Augen Lügen gestraft. Seine Gestalt wirkte nicht ganz real; wie ein Spiegelbild, durch das eine andere, unheimlichere Erscheinung hindurchzuschimmern versuchte. Sein Armstumpf war ebenso notdürftig wie schlampig verbunden und schien immer noch zu bluten, wenn auch nicht mehr so heftig wie zuvor. Er hatte sichtlich Mühe, sich auf den Beinen zu halten. Andrejs Hand senkte sich auf das Schwert und erstarrte dann mitten in der Bewegung. Loki war nicht allein gekommen. Zwei seiner Begleiter flankierten ihn (auch wenn Andrej argwöhnte, dass sie es vornehmlich taten, um ihn aufzufangen, sollten ihm die Kräfte versagen und er zusammenbrechen), und der dritte trat in diesem Moment hinter ihnen hervor. Mit dem linken Arm hatte er Esmeraldas Hals umschlungen und drückte brutal ihren Kopf nach hinten, die andere Hand hielt einen Dolch, dessen Schneide er so fest gegen ihre Kehle drückte, dass bereits ein erster Blutstropfen zu sehen war.

»Du willst nicht wirklich ihren Tod, oder?«, fragte Loki. Er lachte, aber seine Stimme klang leicht schleppend, und das unheimliche Flackern seiner Erscheinung schien noch einmal zuzunehmen: Etwas Schwarzes und Weißes schimmerte dahinter, von dem er jetzt sicher war, dass es nichts Menschliches sein konnte. Andrej schwieg.

»Leg dein Schwert ab, Andrej«, sagte Loki. »Es ist noch nicht zu spät. Gib auf, und dein Freund und du bleiben am Leben.« Er zögerte fast unmerklich, bevor er mit seinem unverletzten Arm auf Esmeralda deutete. »Und sie auch, wenn es denn sein muss.«

»Seltsam«, sagte Abu Dun ruhig. »Ich wollte dir gerade dasselbe Angebot machen ... na ja, ungefähr wenigstens. Über die Sache mit dem Am-Leben-Lassen müssen wir noch reden.«

Loki machte eine fast unmerkliche Geste, und der Unsterbliche fügte Esmeralda einen zweiten, heftiger blutenden Schnitt am Hals zu. Die junge Frau zuckte weder mit einer

Wimper, noch war auch nur der mindeste Schmerzenslaut über ihre Lippen gekommen. Ihr Blick blieb noch immer auf dieselbe, schreckliche Art leer.

»Hört auf!«, sagte Andrej rasch. »Das ist nicht nötig.« Er legte Gunjir nicht zu Boden, wie Loki es von ihm verlangt hatte, zog die Hand aber demonstrativ aus der Nähe des Schwertgriffs, und das schien Loki zu reichen, wenigstens für den Moment.

»Packt sie«, sagte er matt. Sein Blick löste sich von Andrejs Gesicht und suchte den Umriss des gewaltigen Kriegsschiffes draußen auf dem Meer, während seine beiden Begleiter mit schnellen Schritten hinter Abu Dun und ihn traten. Die *King George* flackerte erneut und sah jetzt noch bedrohlicher aus. Ihre Geschütze schwenkten weiter auf die EL CID ein, feuerten aber immer noch nicht.

»Und das werden sie auch nicht, keine Angst«, sagte Loki, der wieder einmal seine Gedanken las. »Der gute Mister Peabody hisst gerade in diesem Moment die weiße Fahne, auch wenn er sich immer noch nicht erklären kann, was eigentlich passiert ist.« Er lachte leise. »Seltsam, wie das Schicksal manchmal spielt, nicht wahr? Manchmal glaube ich, es ist die einzige Macht, der selbst wir Götter uns beugen müssen.«

»Abgesehen von britischen Kanonenkugeln, nicht wahr?«, fragte Abu Dun.

Loki funkelte ihn hasserfüllt an, aber dann lachte er plötzlich wieder. »Wenn man es genau nimmt, dann hat uns dieser übereifrige britische Kanonier mit seinem Zufallstreffer einen Gefallen erwiesen. Ich fürchte, die EL CID ist jetzt nicht mehr in der Lage, sich erfolgreich zu verteidigen. Wir werden uns wohl ergeben müssen.«

Und in einer Woche haben sie drei Schiffe, dachte Andrej schaudernd. *Wahrscheinlich eher.* Plötzlich wusste er genau, was geschehen würde. Loki hatte nur wenige Tage gebraucht, um ihn fast dazu zu bringen, auf seine Seite überzuwechseln, und die gesamte Besatzung der EL CID stand schon jetzt unter seiner geistigen Kontrolle. Welche Chancen hatten die Männer auf der *King George* und ihrem Schwesterschiff, diesem heimtückischen Angriff zu widerstehen?

»Keine«, sagte Loki. »Und jetzt legt bitte eure Schwerter zu Boden, oder ich töte zuerst die Frau, dann deinen Freund und dich.«

Andrej spürte, wie bitter ernst er diese Worte meinte. Er wusste auch, dass Loki sie trotzdem töten würde, und zwar vermutlich genau in dieser Reihenfolge und alles andere als schnell. Er rührte sich nicht. Wenn er sterben sollte, dann aufrecht und mit dem Schwert in der Hand. Sein Blick suchte noch einmal den Esmeraldas, und er erlebte eine Überraschung. Vielleicht war es kein wirkliches Leben, das in ihre Augen zurückgekehrt war, aber etwas ... war da. Sie sah ihn an, und ihr Blick ging nicht mehr einfach durch ihn hindurch.

»Es tut mir leid, Esmeralda«, sagte er noch einmal. »Ich kann mein Wort nicht halten.«

Loki machte eine unwillige Geste, und auch Abu Dun warf ihm einen fast beschwörenden Blick zu, zog sehr behutsam den Säbel aus dem Gürtel und ließ sich mit einem leisen Ächzen in die Hocke sinken. Seine Gelenke knackten hörbar. Noch vorsichtiger legte er die Waffe auf den Boden, bewegte Grimassen schneidend die verletzte Schulter und stand dann noch umständlicher wieder auf, und wie ganz selbstverständlich griff er aus der Bewegung heraus nach der Fackel des Kanoniers und fuhr dann blitzschnell herum, wie um sie dem Unsterblichen hinter sich ins Gesicht zu stoßen. Der schwarzgesichtige Riese reagierte zehnmal schneller, als ein Mensch es gekonnt hätte, warf den Kopf zurück und stieß Abu Dun zugleich die flache Hand mit solcher Gewalt gegen die Brust, dass man seine Rippen knacken hörte. Abu Dun torkelte haltlos zurück und stürzte, aber zuvor führte er seinen Angriff zu Ende, der nicht dem Unsterblichen gegolten hatte. Die Fackel berührte das Zündloch der Kanone, die sich mit einem ungeheuren Krachen entlud und zugleich einen gewaltigen Satz nach hinten machte, mit dem sie Abu Duns Bewacher von den Füßen riss, der daraufhin auf den Boden geschleudert wurde.

Und damit begann das Inferno.

Die *King George* erwiderte das Feuer, noch bevor die einzelne Kanonenkugel traf, und noch bevor die Breitseite aus sechsunddreißig Geschossen in der EL CID einschlug und er selbst zu Boden stürzte, hörte er auf der anderen Seite das infernalische Brüllen einer zweiten, nicht minder gewaltigen Salve.

Die EL CID wurde von Thors Hammer getroffen, halb aus dem Wasser gehoben und von einem zweiten, noch gewaltigeren Hieb zurück und in Stücke geschlagen. Planken zerbarsten. Feuer und tödliche Splitterregen erfüllten die Luft, und ein Chor aus Schmerz- und Todesschreien mischte sich in das Brüllen der Explosionen und das nicht enden wollende Splittern and Bersten von Holz, das dumpfe Dröhnen einer weiteren Kanone, die inmitten des Infernos von selbst losging, und das Zischen des Wassers, das durch die splitternden Wände eindrang. Andrej rollte herum, riss Gunjir aus dem Gürtel und schlug nach etwas Weißem und Tödlichem, das sich über ihn beugen wollte. Er traf und spürte selbst, dass er dem Unsterblichen kaum mehr als einen Kratzer zufügte, aber die Angst vor der Götterklinge ließ seinen Gegner zurückprallen, und mehr brauchte er nicht. Torkelnd kam er in die Höhe, fiel sofort wieder auf die Knie, als der Boden unter ihm sich weiter wie ein bockendes Wildpferd gebärdete, und drosch gleichzeitig weiter mit dem Götterschwert um sich. Er traf nichts, verschaffte sich aber die Luft, die er brauchte, um endgültig aufzustehen. Rings um ihn herum starb das Schiff. Ein Drittel des Decks stand in Flammen, der Rest war ein

Wust aus rauchenden Trümmerstücken und blutigem Fleisch, kochendem Wasser und purem Leid, und überall starben und schrien Männer. Abu Dun grub sich gerade fluchend unter einem Trümmerberg hervor und fluchte dann noch lauter, als er sich ausgerechnet an einem heißen Geschützlauf hochzuziehen versuchte, und Andrej musste schon wieder um sein Gleichgewicht kämpfen, als das Schiff erneut unter einer ganzen Serie schwerer Einschläge erbebte. Mehr Feuer und ein weiterer Hagel tödlicher Splitter erfüllten die Luft, und irgendwo über ihnen explodierte etwas mit so unvorstellbarer Gewalt, dass sich die Decke wie unter einem Faustschlag durchbog. Die Hitze war so gewaltig, dass er kaum atmen konnte. Überall waren Rauch und Flammen, und die Welt schien nur noch aus Schreien und dem Gestank des Todes zu bestehen. Er konnte nur noch zwei oder drei Schritte weit sehen, alles jenseits dieser Distanz war ein reines Chaos aus Feuer und hektisch tanzender Bewegung und Tod in allen nur vorstellbaren Variationen. Selbst Abu Dun war für einen Moment verschwunden. Als er aus der brodelnden Wand aus Rauch und Feuer heraustaumelte, war sein Gesicht schon wieder blutüberströmt. Er hatte seine Schlinge verloren, und ein Teil seines Mantels brannte. Er schien es nicht einmal zu merken.

»Raus hier!«, brüllte er – jedenfalls deutete Andrej das hektische Verziehen seines Mundes so, denn der Höllenlärm der Schlacht übertönte einfach jeden anderen Laut. Er nickte, um Abu Dun zu signalisieren, dass er verstanden hatte, ignorierte aber sein hektisches Gestikulieren und fuhr herum, um nach Loki zu suchen. Der einarmige Gott war genau wie er und alle anderen von den Füßen gerissen worden, und es musste ihn entweder wirklich schlimm erwischt haben, oder sein verwundeter Arm machte ihm noch mehr zu schaffen, als Andrej zu hoffen gewagt hatte.

So oder so, er war für einen Moment wehrlos, und das war

alles, was Andrej brauchte. Er stieß eine halb verbrannte Gestalt zur Seite, die aus den Flammen heraus auf ihn zutaumelte, riss das Schwert in die Höhe und führte einen gewaltigen, beidhändigen Hieb nach Lokis Kehle aus.

Die Riesenfaust schlug zum zweiten Mal auf die Decke über ihren Köpfen, und diesmal zertrümmerte sie sie. Loki verschwand unter einer Lawine aus Flammen und berstendem Holz, und irgendetwas traf Andrej mit der Wucht eines Hammerschlags zwischen die Schulterblätter und schleuderte ihn zur Seite, nur den Bruchteil eines Atemzuges, bevor die Decke auch unmittelbar über ihm nachgab und ein komplettes Geschütz samt seiner Besatzung – oder dem, was noch davon übrig war – genau dort niederkrachte, wo er gerade noch gestanden hatte.

Andrej rappelte sich mühsam hoch, registrierte fast beiläufig, dass es Abu Duns Hand gewesen war, die er zwischen den Schultern gespürt hatte, und nahm sich zumindest den Sekundenbruchteil, den er für ein dankbares Nicken brauchte, versuchte aber zugleich weiter, die brodelnde Wand aus Flammen und Rauch vor sich mit Blicken zu durchdringen. Loki lebte noch, er konnte es spüren. Er fühlte seinen Schmerz und die plötzliche, wilde Angst, die den Unsterblichen ergriff, als die Flammen sich in sein Fleisch fraßen. Loki war verwundet, so schwer wie vielleicht noch nie zuvor in seinem Leben, und er litt Höllenqualen. Vermutlich würde er es überleben und sich erholen, aber wenn er jemals eine realistische Chance gehabt hatte, ihn zu besiegen, dann jetzt. Er konnte Loki nicht einmal mehr sehen. Alles was er erkannte, war eine brodelnde Wand aus Feuer und Rauch, in der zuckende schwarze Schatten einen verzweifelten Tanz aufführten, aber er konnte ihn spüren, und das war alles, was er brauchte. Er hatte geschworen, ihn zu töten, und wenn er ihm dafür bis in den tiefsten Schlund der Hölle folgen musste, und wie es aussah, würde er diesen Schwur jetzt einlösen müssen.

Andrej hörte einen Schrei, fuhr herum und erblickte eine dunkelhaarige junge Frau, die sich wild im Griff einer riesenhaften, in lose fallendes Weiß gekleideten Gestalt wand. Esmeralda schrie, trat und kratzte wild um sich und versuchte den Unsterblichen zu beißen, aber gegen seine übermenschlichen Kräfte war sie wehrlos. Der Riese riss sie in die Höhe, versetzte ihr einen harten Schlag mit dem Handrücken ins Gesicht und zerrte mit der anderen Hand einen Dolch unter dem Gewand hervor.

Mit einem einzigen Satz war Andrej bei ihnen, trat dem Unsterblichen so hart in die Seite, dass er davontorkelte und rücklings über ein halb aus seiner Lafette gerissenes Geschütz stürzte, und riss Esmeralda in die Höhe.

»Lauf!«, brüllte er. »Abu Dun! Schaff sie raus!«

Die junge Frau versuchte sich loszureißen, doch Andrej versetzte ihr nur einen zweiten, noch härteren Stoß, der sie in Abu Duns Arme schleuderte, und fuhr wieder in Lokis Richtung herum. Er spürte den Schmerz des brennenden Gottes noch immer, sein Leiden und seine rasende Wut ... aber dann war da plötzlich noch etwas anderes, eine stärkere, finsterere und ältere Macht, die aus den dunkelsten Tiefen des schwarzen Pfuhls heraufstieg, den er anstelle einer Seele hatte, und die den Schmerz hinwegfegte und sein schmelzendes Fleisch zwang, sich wieder neu und in schrecklicher alter Stärke zusammenzufügen. Es war das allererste Mal, dass er Lokis wahres Selbst spürte, eine uralte, durch und durch böse Kreatur, die nichts Menschliches hatte, vielleicht nicht einmal etwas Lebendiges, und obwohl er kaum mehr sah als einen zuckenden Schatten, ließ ihn allein die reine Nähe dieses monströsen ... *Dings* wie unter einem Schlag zurücktaumeln. Loki entkam. Der Tod hatte ihn in seine Arme geschlossen und wieder losgelassen. Er starb nicht. Seine Kräfte kehrten bereits zurück, gewaltiger und verheerender als zuvor. Noch hatte er eine winzige Chance. Noch konnte er ihn töten, wenn er sein eigenes Leben dafür opferte (als ob das eine Rolle spielte, nach allem, was Loki ihm und so unendlich vielen anderen angetan hatte!), und es hier und jetzt zu Ende bringen. Alles in ihm schrie danach, es zu tun, ihn für das bezahlen zu lassen, was er ihm angetan hatte ...

Eine weitere Breitseite der *King George* schlug in die EL CID ein, und die Tore der Hölle öffneten sich noch weiter. Kanonen donnerten über ihren Köpfen, als ihre eigenen Geschütze das Feuer erwiderten und den Angreifern einen Teil des Todes zurückschickten, mit dem die beiden Schlachtschiffe sie überzogen, und Hitze und Rauch wurden noch einmal schlimmer. Jeder einzelne Atemzug schien seine Lungen mit flüssigem Feuer zu füllen, und alles verschwamm vor seinen Augen. Aber er hörte Abu Dun schreien, und darunter ein anderes, angsterfülltes Wimmern, und als er herumfuhr und sich aus tränenden Augen umsah, erblickte er den nubischen Riesen nur ein kleines Stück hinter sich. Er stand mit gespreizten Beinen und ausgestreckten Armen da und versuchte einen zerbrochenen Deckenbalken zu stützen, der sich langsam, aber auch unbarmherzig weiter durchbog. Abu Duns Gesicht war vor Anstrengung und Schmerz zu einer Grimasse verzerrt. Seine Schulterwunde war wieder aufgebrochen und blutete heftig, aber nicht einmal seine gewaltigen Körperkräfte reichten aus, um das Gewicht des kompletten Zwischendecks zu halten, das auf dem gesplitterten Balken lastete. Esmeralda lag wimmend direkt neben ihm und versuchte davonzukriechen, aber sie konnte es nicht. Ihre Beine waren unter einer umgekippten Geschützlafette eingeklemmt.

Andrej sah noch einmal zu den zuckenden Schatten inmitten des Flammenmeers hin. Noch war Loki verwundbar. Seine Kräfte kehrten immer schneller zurück, aber noch war er wehrlos, für wenige, kostbare Augenblicke, und ...

Andrej steckte das Schwert ein, war mit einem einzigen Schritt neben Esmeralda und hob mit einer Hand das Trümmerstück von ihren Beinen. Mit der anderen zog er sie in die Höhe, wich rasch ein paar Schritte zurück und zog den Kopf zwischen die Schultern, als Abu Dun den Balken losließ und ein gewaltiges Stück der Decke herunterkrachte und dem allgegenwärtigen Chaos noch eine weitere, eigene Facette hinzufügte. Flüssiges Feuer regnete nun auch von oben in das verheerte Geschützdeck, und das Donnern der Schiffsgeschütze schien inzwischen aus allen Richtungen zugleich zu kommen und zu einem einzigen, ununterbrochenen Dröhnen und Bersten zu verschmelzen, als brächen rings um sie herum ganze Gebirge zusammen. Loki verschwand endgültig hinter einer Wand aus brodelndem Rauch, und auch von den anderen Unsterblichen war nichts mehr zu sehen als ein tanzender Schemen, der wie ein Gespenst inmitten des Chaos aufblitzte und wieder verschwand.

Er wollte hinter ihm herstürzen, Gunjir aus seiner Umhüllung reißen und in sein Blut tauchen, aber neben ihm wankte Abu Dun schon wieder vor Schwäche, und da war auch noch Esmeralda. Wenn schon niemandem sonst, so war er es doch zumindest ihr schuldig, sie aus dieser Hölle herauszuschaffen. Sie war von allen hier die Unschuldigste. Ihr Mann und ihr Kind wären noch am Leben und sie selbst nicht hier, wären Abu Dun und er nicht nach Cádiz gekommen.

Und wäre Loki nicht hier.

Andrej traf eine Entscheidung – sie würde Abu Dun nicht gefallen –, ergriff Esmeralda gerade fest genug am Arm, dass sie sich nicht losreißen konnte, und zog sie mit sich zurück in Richtung Heck. Abu Dun, die Hand wieder auf die blutende Schulter gepresst, taumelte dicht hinter ihnen her.

Wieder schlugen Kanonenkugeln rings um sie herum und vor allem über ihnen ein, als das Geschützfeuer der beiden britischen Schlachtschiffe noch wütender wurde. Die englischen Kapitäne schienen fest entschlossen zu sein, der EL CID keine dritte Chance zu geben.

Eine Flammenzunge schlug nach Esmeralda. Andrej presste sie blitzschnell an sich, fing die Hitzewelle mit seinem eigenen Körper ab und presste die Kiefer aufeinander, um einen Schmerzenslaut zu unterdrücken, hastete aber trotzdem weiter. Ein Matrose wurde unmittelbar vor ihnen von einer Kanonenkugel getroffen und in Stücke gerissen, dann spaltete der Hieb einer unsichtbaren Riesenaxt ein Geschütz auf der anderen Seite des Decks, zusammen mit den Männern, die es bedient hatten. Eine weitere Kanone explodierte, als seine Mannschaft sie abzufeuern versuchte, und riss jeden einzelnen Mann im Umkreis von zehn Fuß mit sich in den Untergang, und auch Andrej wurde von irgendetwas getroffen. Es biss grausam tief in seinen Rücken, und er roch verbrannten Stoff und fühlte warmes Blut zwischen seinen Schulterblättern herunterlaufen. Aber vor ihnen war plötzlich auch eine Tür, und dahinter die Umrisse einer halb zerstörten Treppe. Die Hitze ließ das Bild vor seinen Augen wabern, und ein Schwall tanzender weißer Funken senkte sich auf Esmeraldas Haar und versuchte es in Brand zu setzen. Andrej schlug die Funken mit der bloßen Hand aus, stieß Esmeralda mehr vor sich her, als dass er sie schob, und schaffte es irgendwie, sie durch die Tür zu bugsieren, ohne ihr dabei mehr als einige blaue Flecken zuzufügen.

Er hatte gehofft, dass es besser würde, nachdem sie das Geschützdeck verlassen hatten, aber das Gegenteil war der Fall. Sie befanden sich in einem schmalen Aufgang, der unter normalen Umständen erstickend eng und dunkel sein musste, jetzt aber vom flackernden Schein der brennenden Treppe in tanzendes Irrlicht getaucht wurde. Wo die Bordwand zur Rechten sein sollte, gähnte ein mehr als mannsgroßes gezacktes Loch mit brandgeschwärzten Rändern, und auch hier war die Luft so heiß, dass es eine schiere Qual war, sie zu atmen. Aber die Treppe brannte nicht zur Gänze. Die schmalen Stufen nach unten waren unversehrt, und auch die flammende

Barriere über ihnen war nicht vollkommen undurchdringlich. Mit ein wenig Glück und Entschlossenheit (und wenn einem die eine oder andere Verbrennung nichts ausmachte) stellte die Treppe durchaus einen Fluchtweg dar.

Andrej wartete gerade lange genug, bis Abu Dun hinter ihm durch die Tür getorkelt war, strich noch einmal mit den Händen über Esmeraldas Haar, um die letzten Funken darin zu ersticken, und drückte Abu Dun dann die junge Frau in die Arme.

»Bring sie weg«, sagte er. »Springt einfach über Bord. Irgendjemand wird euch schon auffischen. Und wenn nicht, such nach den Steinen.« Er drehte sich ohne ein weiteres Wort um, und seine Hand klatschte auf den Schwertgriff am Gürtel. Das Geräusch war beinahe so laut wie das, mit dem Abu Duns riesige Pranke auf seine Schulter herabfiel; allerdings nicht annähernd so schmerzhaft.

»Wo willst du hin?«, fauchte Abu Dun. Seine Stimme zitterte noch immer vor Schmerz und Schwäche, aber das änderte nichts an der grimmigen Entschlossenheit, die Andrej in seinen Augen las. Er setzte dazu an, Abu Duns Hand wegzuschlagen, beließ es aber dann bei einem angedeuteten Kopfschütteln. »Loki«, sagte er. »Er darf nicht entkommen. Sonst hat es nie ein Ende.«

»Unsinn!«, fauchte Abu Dun. »Du willst deine Rache, das ist alles!«

»Das stimmt«, sagte Andrej, »aber das andere auch.« Er machte eine Kopfbewegung auf die offen stehende Tür und die Hölle dahinter. »Er darf nicht entkommen, Abu Dun. Und die anderen auch nicht. Wenn auch nur einer von ihnen überlebt und an Bord der *King George* gelangt, dann geht alles von vorn los. Und es wird nie enden.«

Die Härte in Abu Duns Blick nahm eher noch zu – aber nur für einen kurzen Moment. Dann zog er die Hand zurück und nickte sehr ernst. »Dann helfe ich dir.«

Statt zu antworten, schlug Andrej ihm mit der flachen Hand gegen den Arm, und Abu Dun stöhnte vor Schmerz.

»Wenn wir eine Stunde Zeit hätten, würde ich dein Angebot annehmen, Pirat. Aber so ...« Er deutete auf Esmeralda. »Bring sie weg. Es ist meine Schuld, dass sie hier ist.«

»Du wirst sterben«, sagte Abu Dun leise. »Du bist ihm nicht gewachsen. Nicht allein.«

»Ich weiß«, sagte Andrej, schloss die Hand fester um das Schwert und drehte sich herum, und hinter Abu Dun verschwand die *King George* fast zur Gänze hinter einem gleißenden Blitz, als das riesige Schlachtschiff eine weitere komplette Breitseite abfeuerte.

Der Einschlag riss sie allesamt von den Beinen. Brennendes Holz regnete auf sie herab, und es stank nach Schießpulver und heißem Blut. Irgendetwas traf Andrej so hart an der Schläfe, dass er zwar nicht das Bewusstsein verlor, aber auf dem schmalen Grat zwischen Ohnmacht und Wachsein balancierte. Alles wurde unwirklich, floss auseinander und drohte endgültig zu verblassen und setzte sich dann wieder zu einer in Flammen stehenden Version der Wirklichkeit zusammen.

Mühsam stemmte er sich hoch, schüttelte die Benommenheit ab, so gut es ging, und warf zuerst einen Blick zu Abu Dun hin. Der Nubier wirkte benommen, und seine Schulter blutete womöglich noch heftiger, schien darüber hinaus aber genau wie er selbst mit dem Schrecken davongekommen zu sein. Und Esmeralda ...

... war verschwunden.

Andrej blieb nicht einmal genug Zeit, um zu erschrecken. Die junge Frau tauchte wieder unter der Tür zum Geschützdeck auf, noch bevor er den Gedanken auch nur ganz zu Ende denken konnte. Ihr Kleid schwelte, und auch in ihrem schwarzen Haar hatten sich schon wieder glühende Funken eingenistet. Ihr linker Am hing kraftlos herunter und blutete aus einer klaffenden Wunde, die es gerade noch nicht gegeben hatte, und ihre andere Hand hielt ein lichterloh brennendes Holzscheit. Die Flammen züngelten nahe genug an ihren Fingern, um sie zu versengen, aber sie schien den Schmerz nicht einmal zur Kenntnis zu nehmen. Andrej streckte instinktiv die Hand aus, um sie festzuhalten, doch die junge Frau entschlüpfte ihm mit einer raschen Bewegung, sprang leichtfüßig über Abu Dun hinweg und war mit einem Satz bei der schmalen Treppe, die weiter nach unten und in den Bauch der EL CID führte. Ihre Blicke trafen sich, und Andrej las etwas in ihren Augen, das sich wie eine glühende Messerklinge in sein Herz grub und das er nie wieder im Leben vollkommen vergessen sollte. Dann war sie verschwunden, und Andrej starrte mit dumpfer Verständnislosigkeit auf den leeren Treppenschacht.

»Was …?«, mummelte er verstört.

»Bei Allah!«, flüsterte Abu Dun. Dann sprang er mit einem Ruck auf die Füße und schrie: »Andrej! Sie läuft ins Pulverlager!«

Und endlich begriff er. Schmerzen und Schwäche und selbst Loki und die anderen Unsterblichen waren vergessen. Er sprang auf, schrie Esmeraldas Namen und stürzte hinter ihr her, so schnell er nur konnte.

Abu Dun war schneller. Mit einem einzigen Satz war er auf den Beinen, umschlang Andrej mit beiden Armen und zerrte ihn zu der gewaltigen Bresche in der Wand und ohne das mindeste Zögern hindurch.

Die erste Explosion erfolgte, noch bevor sie ins Wasser stürzten, ein dumpfer, sonderbar trockener Schlag, dem ein blasser Lichtblitz und eine gewaltige Qualmwolke folgten. Dann tauchten sie unter, Andrej streifte endlich Abu Duns Arme ab und kam prustend und Wasser tretend wieder an die Oberfläche und fragte sich in der nächsten Sekunde ganz instinktiv, ob es wirklich eine so gute Idee gewesen war, wieder aufzutauchen, als eine Kanonenkugel keine zwei Fuß neben ihm einschlug und einen gewaltigen schäumenden Geysir in die Höhe schießen ließ. Wie in der grässlichen Szenerie eines Albtraums sah er die brennende Flanke der EL CID über sich aufragen, ein turmhoher lodernder Berg aus Holz, zerschlagen und brennend und mit zahllosen geschwärzten Wunden übersät, aus denen Flammen und Rauch loderten. Einige wenige Geschütze erwiderten immer noch das Feuer der *King George*, ohne dadurch mehr zu erreichen, als die Kanoniere des britischen Schlachtschiffes noch wütender zu machen.

Dann explodierte die EL CID.

Es ging zu schnell, als dass Andrej Einzelheiten sehen oder sich zumindest hinterher noch erinnern konnte. Die Welt wurde weiß, dann rot, und der Lärm der ungeheuerlichen Detonation zerriss seine Trommelfelle und löschte sein Gehör auf der Stelle aus, noch bevor die Druckwelle Abu Dun und ihn traf, ihre Lungen platzen und die Welle sie zehn, zwanzig, dreißig Fuß tief in das kochende Wasser des Atlantik hineinprügelte.

Aber das spürten sie schon längst nicht mehr.

EPILOG

Das Erwachen war wie immer und zugleich so vollkommen anders, dass es ihn erschreckte, als wäre es das allererste Mal. Andrej war unzählige Male gestorben und ebenso oft zurückgekehrt, und im Grunde war der Vorgang stets gleich – obwohl er niemals seine Unheimlichkeit eingebüßt hatte. Es war wie eine Geburt, ein wenig wie das Erwachen aus einem tiefen, traumlosen Schlaf, und es hatte viel von etwas, das sich nicht beschreiben ließ, weil es in keiner Sprache Worte für etwas gab, das man erlebt haben musste, um darüber berichten zu können. Natürlich gab es Unterschiede im Detail. Manchmal ging es schnell, manchmal schien es Ewigkeiten zu dauern. Manchmal waren seine Erinnerungen augenblicklich wieder da, so als hätte er nur kurz geblinzelt, um sich dann unversehens an einem anderen Ort und in einem anderen Leben wiederzufinden. Manchmal kehrten sie nur widerwillig und langsam zurück ... besonders dann, wenn sein Tod nicht leicht gewesen war und mit der Erinnerung an große Qualen oder Furcht verbunden. Manchmal war es leicht und fast schon berauschend, manchmal schien es Stunden zu dauern und war die reine Pein, sodass er schon den Wunsch gehegt hatte, es möge selbst um den Preis enden, endgültig in der großen Dunkelheit und im Vergessen zu versinken. Nie aber hatte er sich vor dem Neugeborenwerden gefürchtet.

Heute tat er es.

Es war das erste Gefühl, dessen er sich vollkommen bewusst wurde, noch während sein Geist – mühsam und unter großen Anstrengungen – langsam wieder aus dem schwarzen Abgrund emporstieg, in den er vor einer Million Jahren gestürzt war: Er hatte Angst vor dem, was ihn erwartete, wenn er die Augen aufschlug.

Andrej konnte sich dieses Gefühl nicht erklären. Er spürte, dass er nicht allein war, und etwas sagte ihm, dass er wissen sollte, *wer* bei ihm war, und aus welchem Grund, aber er wagte es nicht, die Augen zu öffnen und sich umzusehen – wie ein Kind, das sich im Dunkeln unter seiner Bettdecke verkrochen hat und mit klopfendem Herzen auf die Geräusche lauscht, die durch den Stoff dringen, und das genauso viel Angst vor der Dunkelheit wie vor dem hat, was es erblicken wird, wenn es die Decke zurückschlägt.

Dann begriff er, dass er selbst es war, vor dem er sich fürchtete. *Das* war der große und furchtbare Unterschied: Er war nicht sicher, ob er selbst es noch war, der in seinem Körper erwachte.

Die leise Stimme der Vernunft wollte ihm weismachen, dass allein die Tatsache, dass er sich diese Frage stellte, schon Antwort genug war, aber er war nicht in der Verfassung, auf etwas so Bedeutungsloses wie Vernunft zu hören. Etwas war geschehen mit ihm – als er vielleicht nicht ganz auf der anderen Seite der letzten Grenze gewesen war, ihr aber so nahe, wie ihr die wenigsten kommen konnten. Er versuchte sich zu erinnern – und hatte auch das sichere Gefühl, es zu können – doch etwas in ihm wollte es mit aller Macht verhindern. Vielleicht aus Angst (oder dem sicheren Wissen heraus?), an dieser Erinnerung zu zerbrechen. Er konnte sich an den Gedanken herantasten, seine Natur erahnen – und schon das war im Grunde mehr, als er eigentlich wollte.

Trotzdem zwang er sich dazu.

Er hatte etwas berührt auf dem Weg zu jener allerletzten Grenze, etwas unsäglich Böses und Verdorbenes, und schon die bloße Ahnung seiner Nähe erfüllte ihn mit fast panischer Angst, dieses ... *Ding* könnte ihn verändert, verdorben haben.

Natürlich war das Unsinn. Sein Verstand beharrte hartnäckig darauf, dass es so war.

Aber was bewirkte das Wissen, nur an einem eingebildeten Schmerz zu leiden, gegen den Schmerz? Die Antwort war so simpel wie brutal: nichts.

Andrej mobilisierte all seine Willensstärke, um diese irrationalen Gedanken zu bändigen, und lauschte mit all seinen Sinnen in die Welt hinaus, der er sich noch immer nicht zu stellen wagte. Er lag auf einer harten, übelriechenden Unterlage, auf der vor noch nicht allzu langer Zeit jemand gestorben war (nicht leicht), und die sich bewegte; ganz sacht nur, aber gleichmäßig und mit der Unaufhaltsamkeit einer Naturgewalt. Er war auf einem Schiff, das in der Dünung schaukelte. Jemand war bei ihm – nicht Abu Dun, aber er spürte seine beruhigende, starke Präsenz nicht allzu weit entfernt – und nun, einmal darauf aufmerksam geworden, spürte er auch die Nähe anderer Menschen. Sehr vieler Menschen, von denen erschreckend viele auf jede nur erdenkliche Weise litten, und wer keine körperliche Pein verspürte, der litt die Höllenqualen der Angst, oder die nicht minder schlimme Folter des Zorns, der kein Ziel fand, gegen das er sich richten konnte. Der durchdringende Geruch nach Tod lag in der Luft, der Gestank von Blut, Eiter, Ausscheidungen, aber auch ein Stöhnen, Wehklagen und Wimmern, die gemurmelten Gebete verzweifelter Männer und das Stammeln von Fieberfantasien, die nie mehr enden würden; und wenn, dann in endgültigem Schweigen. Er war auf einem Schiff – auf der Krankenstation eines Schiffs. Wenn es die *King George* oder ihr Schwesterschiff war, dachte er, dann musste diese Kranken- wohl eher eine Sterbestation sein und so ziemlich alles umfassen, was von dem ehemals stolzen Schlachtschiff noch übriggeblieben war.

Und endlich begriff er den Grund seiner Angst, und mit dem Begreifen kam die Erleichterung, und er hätte um ein Haar aufgestöhnt.

Er spürte den Schmerz all dieser Männer ringsum, ihr unendliches Leid und ihre Angst; ein Meer von Qualen, in dem er schwamm, und das noch vor kurzer Zeit nichts als ein Labsal für ihn gewesen wäre, nichts als ... Beute, auf die er sich ohne zu zögern gestürzt hätte, um sie an sich zu reißen.

Jetzt empfand er nichts als Mitleid. Vielleicht nicht annähernd in dem Umfang, in dem es angemessen gewesen wäre – waren doch all die Schmerzen und das Leid, die er wie das Wehklagen tausend verdammter Seelen tief in sich drinnen fühlte, zumindest zum Teil seine und Abu Duns Schuld – und sei es nur, weil sie es nicht verhindert hatten –; aber es war da, und es beruhigte ihn. Denn es bewies, dass er wieder er selbst war.

Ein gekünsteltes Räuspern drang in seine Gedanken. Andrej öffnete – widerwillig – die Augen, blinzelte in einen Schwall aus grellem Sonnenlicht, das ihm nicht mehr annähend so feindselig vorkam wie zuvor, sodass es ihm sofort die Tränen in die Augen trieb, und eine ebenso bekannte wie vollkommen unmögliche Stimme sagte: »Auch auf die Gefahr hin, jetzt unhöflich zu erscheinen; Señor Delãny – aber ich finde, Ihr habt jetzt lange genug den Schlafenden gespielt.«

Andrej blinzelte die Tränen weg, zwang seine Augen mit einer bewussten Anstrengung, sich an die veränderten Lichtverhältnisse zu gewöhnen, und der schwarze Scherenschnitt gerann zu einer Gestalt mit einem Gesicht, das zwar von einem blutigen Verband in zwei asymmetrische Hälften geteilt wurde, aber ebenso unmöglich war wie die dazugehörige Stimme.

»Colonel Rodriguez?«, murmelte er.

Der weißhaarige Offizier machte ein Gesicht, als hätte er unversehens in eine besonders saure Zitrone gebissen.

»Nein, ich bitte Euch, Andrej«, sagte er. »Diese Zeiten sind vorbei: endgültig, hoffe ich. Nennt mich Rogers, oder meinetwegen auch Captain oder Paul ... aber nie wieder Colonel.«

»Und ich hatte schon angefangen, Euch für einen der wenigen wirklich ehrbaren spanischen Offiziere zu halten«, sagte Andrej.

Rogers hob die Schultern und zog eine womöglich noch wehleidigere Grimasse. »Schließt nicht von König Philipp und Speichelleckern wie de Castello auf den Rest der spanischen Armee«, sagte er. »Es gibt eine Menge ehrbarer Männer unter ihnen. Tapfere Männer. Wäre es anders, dann würde es uns nicht so große Schwierigkeiten bereiten, sie zu besiegen. Aber trotzdem ... Gott weiß, wie sehr ich mich darauf freue, wieder zu Hause zu sein. In meiner Sprache zu sprechen. Verratet es niemandem – aber ich freue mich sogar auf englisches Essen.«

Auch wenn es Andrej schwerfiel, ihm zumindest die letzte Aussage zu glauben, lächelte er pflichtschuldig, stemmte sich auf beide Ellbogen hoch und nutzte die Gelegenheit, sich unauffällig umzusehen. Sein erster Eindruck – noch mit geschlossenen Augen –, sich auf der Krankenstation des Schiffes zu befinden, war genauso falsch wie richtig gewesen. Falsch insofern, als sich das schmale Feldbett, auf dem er aufgewacht war, ganz offensichtlich auf einem der Geschützdecks der *King George* befand. Das unregelmäßige helle Rechteck hinter Rogers, das er im ersten Moment für ein Fenster gehalten hatte, entpuppte sich bei genauem Hinsehen als Geschützklappe, die mit roher Gewalt (und fünfzehn Pfund spanischem Eisen) auf gut das Doppelte ihrer ursprünglichen Größe erweitert worden war. Rogers selbst saß keineswegs auf einem Hocker, wie er zunächst angenommen hatte, sondern hatte kurzerhand auf einem der wenigen intakten Geschütze Platz genommen

Aber zugleich war es auch eine Krankenstation, weil sich wahrscheinlich das ganze Schiff in eine solche verwandelt hatte. Jemand hatte nachlässig einige Decken aufgehängt und auf diese Weise einen winzigen Privatraum für ihn geschaffen, in dem gerade Platz für sein Bett und Rogers improvisierten Kanonenstuhl war, aber Andrej sah trotzdem, dass sich die Reihen des dicht an dicht stehenden Krankenlagers durch das gesamte Deck zogen. Nicht auf allen dieser Betten lagen noch Verwundete. Manche waren bereits gestorben, ohne dass ihre Kameraden oder die für ihre Pflege Zuständigen es gemerkt hatten (oder sich darum scherten), andere würden die nächste Stunde oder zumindest die kommende Nacht nicht mehr erleben, und wieder andere würden weiterleben, aber mit dem Verlust von Gliedmaßen oder Sinnesorganen bezahlen, oder aber mit unsichtbaren, aber nicht minder schlimmen Narben, die ihre Seelen davongetragen hatten.

Und er befand sich auf dem Schiff des *Siegers,* dachte Andrej. Aber was war ein solcher Sieg wert?

Ungefähr so viel wie der Krieg, in dessen Namen er errungen worden war.

Er erinnerte sich noch einmal an die letzten Worte, die Loki zu ihm gesagt hatte, und auch wenn er es nicht wollte, war da doch eine lautlose Stimme in ihm, die ihn fragte, ob der abtrünnige Gott nicht doch recht gehabt hatte. Was fingen die meisten dieser Sterblichen eigentlich mit ihrer viel gepriesenen Freiheit an – außer in ihrem Namen, aber ganz gewiss nicht für sie zu sterben?

Statt irgendetwas davon auszusprechen, fragte er: »Wie geht es Abu Dun?«

»Eurem Freund?« Rogers betonte das Wort sonderbar, fand Andrej – als wisse er genau, wie viel mehr als nur ein *Freund*

Abu Dun für ihn war. »Gut. Er hat großes Glück gehabt, genau wie Ihr.«

Und auch das, fand Andrej, betonte er auf seltsame Art. Und eigentlich sah er ihn auch seltsam an.

Andrej folgte seinem Blick, sah an sich hinab und stellte erst jetzt fest, dass die Decke nicht nur vollends von ihm heruntergeglitten war, sondern sich jemand auch die Mühe gemacht hatte, ihm die verbrannten und zerfetzten Kleider auszuziehen; allerdings nicht die, ihm auch nur einen einzigen Fetzen wieder anzuziehen. Er war nackt, und Rogers Blick tastete ganz unverhohlen über jeden Quadratzentimeter seines Körpers.

»Captain?«, fragte er.

Rogers fuhr zwar leicht zusammen und zwang einen verlegenen Ausdruck auf sein Gesicht, als er ihm wieder in die Augen sah, aber er machte sich nicht einmal die Mühe, diese Verlegenheit überzeugend zu schauspielern. »Ihr seid ein gut aussehender Mann, Andrej Delãny«, sagte er.

»Captain?«, wiederholte Andrej.

»Versteht mich nicht falsch, Andrej«, sagte Rogers. »Ich meine das ernst ... so weit ich das als Mann beurteilen kann. Die Frauen müssen Euch zu Füßen liegen, und wie stark Ihr seid, das habt Ihr schon zur Genüge bewiesen ... Ihr seid ein Krieger, habe ich recht? So etwas wie ein Söldner, der sein Geld mit dem Schwert verdient.«

»Und wenn es so wäre?«, fragte Andrej. Auch wenn er sich dabei selbst ein bisschen albern vorkam, griff er doch nach der Decke und zog sie so weit hoch, dass sie zumindest seine Blöße bedeckte.

»Ihr habt nicht eine einzige Narbe«, sagte Rogers. »Sind es nicht die Narben alter Schlachten, an denen man die Krieger erkennt?«

»Nur die ungeschickten«, antwortete Andrej. Worauf wollte Rogers hinaus?

»Ja, vielleicht«, antwortete der Engländer. »Dennoch: Seid sehr vorsichtig, Andrej; und nehmt einen Rat von einem Mann an, der vielleicht nur halb so alt ist wie Ihr, sich aber dem Ende seines Lebens nähert und vielleicht etwas mehr Weisheit besitzt, oder es zumindest behauptet. Die Männer reden bereits über Euch und Euren Freund. Das haben sie schon in Cádiz getan, und nun fangen sie hier damit an. Vergesst nie, was für ein abergläubisches Volk Seeleute im Grunde ihres Herzens sind.« Er hob die Hand, als Andrej etwas sagen wollte, und fuhr etwas leiser fort: »Wie gesagt: Ich weiß, was Ihr seid, Ihr und Euer Freund.«

»So?«, sagte Andrej spröde. »Wisst Ihr das?«

Rogers lächelte. »Vielleicht nicht«, räumte er ein. »Ganz bestimmt sogar nicht – aber ich weiß zumindest, was Ihr *nicht* seid, und vielleicht ist das schon mehr, als ich wissen will.«

Ganz bestimmt sogar, dachte Andrej. Worauf wollte Rogers hinaus?

»Euer Geheimnis ist bei mir sicher«, fuhr der Captain fort. »Ich werde gewiss mit niemandem darüber reden. Schon ...«, er lachte ebenso leise wie unecht, »... weil mir niemand glauben würde und ich wenig Lust verspüre, die wenigen Jahre, die mir noch bleiben, in einem Irrenhaus zu verbringen. Aber es ist gut möglich, dass nicht alle so denken wie ich. Gebt ein wenig acht.«

Andrej beschloss, es ihm leichter zu machen. »Es war die letzte Breitseite der *King George*, die die EL CID versenkt hat, nicht wahr?«, fragte er. »Ein Glückstreffer ins Pulvermagazin, nehme ich an?«

»So ungefähr muss es wohl gewesen sein«, antwortete Rogers. Er lächelte wieder, und dieses Mal sah es durchaus echt aus. »Eine andere Erklärung würde mir auch nicht einfallen. Wir stoßen im Laufe des Tages auf die Flotte und Drake. Es wäre mir recht, wenn wir ... dabei bleiben könnten.«

»Aber was sollte ich sonst sagen«, erwiderte Andrej, »wo

es doch die Wahrheit ist? Außer vielleicht«, fügte er hinzu und weidete sich einen Moment lang ganz unverhohlen an dem keinen Aufflackern von Sorge in Rogers Augen, »welch großes Glück Abu Dun und ich gehabt haben, von der Explosion weit genug über Bord geschleudert worden zu sein, um zu überleben.«

»Ja«, antwortete Rogers, hörbar erleichtert. »Das war wirklich verdammt großes Glück.« Er stand auf, wandte sich zum Gehen und machte dann noch einmal kehrt. »Nur eine Frage noch, Andrej.«

Ja?»

Rogers zögerte, sah sich hastig nach allen Seiten um und senkte die Stimme dann fast zu einem Flüstern. »Bresto«, sagte er. »Oder wer immer er wirklich war – war er so wie Ihr?«

Andrej wusste sehr wohl, wie gefährlich und dumm es wäre, ehrlich zu antworten, aber er entschied sich spontan, es dennoch zu tun. »Vielleicht nicht genau wie wir«, sagte er. »Aber ähnlich, ja. Warum fragt Ihr?«

»Weil ich nicht verstehe, warum er das getan hat«, antwortete Rogers. »Ich weiß nicht, wer Ihr seid, oder was, doch wenn Ihr das seid, wofür ich Euch halte, dann könnt Ihr nur überleben, solange das Geheimnis um Eure Existenz nicht aufgedeckt wird.«

Weil wir so wenige sind und ihr so unendlich viele, dachte Andrej. Er schwieg, das äußerste Zugeständnis an Zustimmung, das er Rogers machen würde.

»Warum also hat er es getan?«, fuhr Roger fort. »Er wäre nicht davongekommen. Zwei unserer Schiffe haben ihn versenkt, wenn auch mit Eurer Hilfe. Wäre es ihnen nicht gelungen, dann hätte Drake zwanzig geschickt, und danach zweihundert. Am Ende wäre er untergegangen, so oder so. War er so dumm, das nicht zu wissen?«

Es wäre leicht gewesen, einfach zu nicken und auch ein

bisschen verlockend, Loki im Nachhinein als Dummkopf dastehen zu lassen, der er ganz gewiss nicht gewesen war – aber nach kurzem Überlegen schüttelte Andrej nicht nur den Kopf, sondern erzählte Rogers sogar, was Loki und seine Begleiter vorgehabt hatten; wenn auch in stark verkürzter Fassung, und nicht nur das eine oder andere weglassend, sondern vieles auch so weit von der Wahrheit entfernt, wie es gerade noch möglich war, ohne zu leicht als Lüge erkennbar zu sein.

»Sie wollten also in die neue Welt, um irgendwo im Karibischen Meer ein eigenes Reich zu gründen?«, fragte Rogers, nachdem Andrej zu Ende gekommen war. Er schüttelte den Kopf. »Was für eine Dummheit. Was für ein Leichtsinn!«

»Wieso?«, fragte Andrej.

»Wenn ich Euch richtig verstanden habe, hielten er und seine Freunde sich für Götter, deren alte Welt zerbrochen war – und die jetzt glaubten, in anderen Gefilden ihre eigene neue Welt erschaffen zu können«, sagte Rogers.

»Wer weiß?«, antwortete Andrej. Irgendetwas an Rogers ... irritierte ihn plötzlich. Aber er hätte nicht sagen können, was es war.

»Sie wollten sich dort tatsächlich zu Göttern aufschwingen?« Der weißhaarige Engländer schüttelte lachend den Kopf. »Ist ihnen denn nicht einmal der Gedanke gekommen, dass es auch dort Götter geben könnte, die sich nicht so einfach verdrängen lassen?«

Nein, darauf waren sie wohl nicht gekommen. Oder vielleicht doch? War das vielleicht sogar der Grund gewesen, warum sie die EL CID gekapert hatten, das größte Schlachtschiff der bekannten Welt mit seinen unzähligen Kanonen und riesigen Pulvervorräten? Schließlich hatte Andrej selbst gesehen, wie man Götter töten konnte: mit Kanonenkugeln und Schwarzpulverexplosionen.

»Wenn sie nicht mit den mächtigen alten Göttern der neuen

Welt gerechnet haben, die auf alle Eventualitäten vorbereitet sind, dann waren sie wirklich dumm«, sagte Rogers. »Aber nun ist es genug. Ich gehe und sage Eurem Freund Bescheid, dass Ihr wach und bei Gesundheit seid. Ruht Euch noch ein wenig aus und versucht zu Kräften zu kommen. Sobald die *Intrepid* mit Drake hier ist, werdet Ihr kaum noch Gelegenheit dazu finden, so sehr, wie er Euch mit Fragen überhäufen wird.«

Er ging, und als er sich umdrehte und das Licht in einem ganz bestimmten Winkel auf sein Gesicht fiel, geschah etwas beinahe Unheimliches. Für einen winzigen, fast zeitlosen Moment sah er ... *anders* aus. Sein eben noch fahles Gesicht wirkte schmaler und strenger als zuvor und wie mit Bronze überzogen, und seine Nase stach spitz wie die eines angreifenden Adlers hervor

Dann beendete er seine Drehung, und der seltsame Moment war vorüber. Rogers war wieder Rogers, und dann verschwand er.

Eine sonderbare, wohlige Müdigkeit überkam Andrej; fast als wäre Rogers Rat, noch ein wenig auszuruhen, ein Befehl gewesen, dem er sich nicht widersetzen konnte. Und eigentlich wollte er es auch gar nicht.

Während er langsam in einen tiefen, wohltuenden Schlaf sank, dachte er noch einmal an den sonderbaren Anblick, den Rogers' Gesicht für einen Moment geboten hatte.

Aber sein allerletzter Gedanke war, dass es nur Einbildung gewesen sein konnte.

Ganz bestimmt.

ENDE DES ZEHNTEN BUCHES

Wolfgang Hohlbein

Das Blut der Templer

Roman

ISBN 978-3-548-26474-5
www.ullstein-buchverlage.de

Der 19-jährige David, aufgewachsen in einer Klosterschule, verbringt die meiste Zeit inmitten staubiger alter Bücher in der Bibliothek. Das einzig Ungewöhnliche in seinem Leben sind seine immer wiederkehrenden Alpträume. Und diese scheinen plötzlich wahr zu werden: David wird entführt, geliebte Menschen werden verletzt oder getötet und der geheimnisvolle Tempelritterorden trachtet ihm nach dem Leben. Denn angeblich fließt in seinen Adern Sangreal – heiliges Blut …

»Was Hohlbein aufschreibt, wird zum Bestseller.«
Bild am Sonntag

UB378

ullstein

WIE VIELE WÜRDEST DU TÖTEN, UM EWIG ZU LEBEN?

Jeremy Robinson

MISSION HYDRA

Thriller

ISBN 978-3-548-28177-3
www.ullstein-buchverlage.de

In der peruanischen Wüste wird ein Felsen mit griechischen Schriftzeichen entdeckt. Darunter macht der Archäologe Dr. George Pierce einen noch viel spektakuläreren Fund: einen Kopf der sagenhaften Hydra – der Sumpfschlange aus der griechischen Mythologie. Doch dann wird Pierce entführt, denn der Kopf der Hydra birgt ein Geheimnis: Seine DNS liefert den Schlüssel zur Unsterblichkeit – und zur Erschaffung der ultimativen Kampfmaschine. Jack Sigler und sein Delta Force Team werden beauftragt, den Wahnsinn zu stoppen.

ullstein

UB550